圖書在版編目（CIP）數據

桐城派名家文集. 第3卷,陳用光集 /嚴雲綬,施立業,江小角主編.
—合肥:安徽教育出版社,2014
ISBN 978-7-5336-7877-7

Ⅰ.①桐… Ⅱ.①嚴…②施…③江… Ⅲ.①中國文學—古典文學
—作品綜合集—清代 Ⅳ.①I214.91

中國版本圖書館CIP數據核字（2014）第143604號

桐城派名家文集 ③陳用光集
TONGCHENGPAI MINGJIA WENJI

出 版 人:鄭 可
質量總監:張丹飛
策劃統籌:吳壽兵 錢 江 夏業梅
責任編輯:鮑康健
裝幀設計:何宇清
責任印製:王 琳

出版發行:時代出版傳媒股份有限公司 安徽教育出版社
地 址:合肥市經開區繁華大道西路398號 郵編:230601
網 址:http://www.ahep.com.cn
營銷電話:(0551)63683011,63683013
排 版:安徽創藝彩色製版有限責任公司
印 刷:安徽新華印刷股份有限公司

開 本:787×1092 1/16
印 張:36.75
字 數:512千字
版 次:2014年10月第1版 2014年10月第1次印刷
本册定價:308.00元
全套定價:5480.00元

本書由全國古籍整理出版規劃領導小組資助出版

國家清史編纂委員會・文獻叢刊

桐城派名家文集

3

陳用光集

主編 嚴雲綬 施立業 江小角

時代出版傳媒股份有限公司
安徽教育出版社

國家清史編纂委員會出版委員會

總序

戴逸

二〇〇二年八月，國家批准建議纂修清史之報告，十一月成立由十四部委組成之領導小組，十二月十二日成立清史編纂委員會，清史編纂工程於焉肇始。

清史之編纂醞釀已久，清亡以後，北洋政府曾聘專家編寫清史稿，歷時十四年成書。識者議其評判不公，記載多誤，難成信史，久欲重撰新史，以世事多亂不果。中華人民共和國成立後，中央領導亦多次推動修清史之事，皆因故中輟。新世紀之始，國家安定，經濟發展，建設成績輝煌，而清史研究亦有重大進步，學界又倡修史之議，國家採納衆見，決定啓動此新世紀標志性文化工程。

清代爲我國最後之封建王朝，統治中國二百六十八年之久，距今未遠。清代衆多之歷史和社會問題與今日息息相關。欲知今日中國國情，必當追溯清代之歷史，故而編纂一部詳細、可信、公允之清代歷史實屬切要之舉。

編史要務，首在採集史料，廣搜確證，以爲依據。必藉此史料，乃能窺見歷史陳迹。故史料爲歷史研究之基礎，研究者必須積累大量史料，勤於梳理，善於分析，去粗取精，去僞存真，由此及彼，由表及裏，進行科學之抽象，上升爲理性之認識，才能洞察過去，認識歷史規律。史料之於歷史研究，猶如水之於魚，空氣之於鳥，水涸則魚逝，氣盈則鳥飛。歷史科學之輝煌殿堂必須巋然聳立於豐富、確鑿、可靠之史料基礎上，不能構建於虛無飄渺之中。吾儕於編史之始，即整理、出版文獻叢刊、檔案叢刊，二者廣收各種史料，均爲清史編纂工程之重要組成部分，一以供修撰清史之用，提高著作質量，二爲搶救、保護、開發清代之文化資源，繼承和弘揚歷史文化遺產。

清代之史料，具有自身之特點，可以概括爲多、亂、散、新四字。

一曰多。我國素稱詩書禮義之邦，存世典籍汗牛充棟，尤以清代爲盛。蓋清代統治較久，文化發達，學士才人，比肩相望，傳世之經籍史乘、諸子百家、文字聲韻、目録金石、書畫藝術、詩文小説，遠軼前朝，積貯文獻之多，如恒河沙數，不可勝計。昔梁元帝聚書十四萬卷於江陵，西魏軍攻掠，悉燔於火，人謂喪失天下典籍之半數，是五世紀時中國書籍總數尚不甚多。宋代印刷術推廣，載籍日衆，至清代而浩如烟海，難窺其涯涘矣。清史稿藝文志著録清代書籍九千六百三十三種，人議其疏漏太多。武作成作清史稿藝文志補編，增補書一萬零四百三十八種，超過原志著録之數。彭國棟亦重修清史稿藝文志，著録書一萬八千零五十九種。近年王紹曾更求詳備，致力十餘年，遍覽群籍，手抄目驗，成清史稿藝文志拾遺，增補書至五萬四千八百八十種，超過原志五倍半，此尚非清代存留書之全豹。王紹曾先生言：『余等未見書目尚多，即已見之目，因工作粗疏，未盡鈎稽而失之眉睫者，所在多有。』清代書籍總數若干，至今尚未能確知。

清代不僅書籍浩繁，尚有大量政府檔案留存於世。中國歷朝歷代檔案已喪失殆盡（除近代考古發掘所得甲骨、簡牘外），而清朝中樞機關（內閣、軍機處）檔案，秘藏內廷，尚稱完整。加上地方存留之檔案，多達二千萬件。檔案爲歷史事件發生過程中形成之文件，出之於當事人親身經歷和直接記録，具有較高之真實性、可靠性。大量檔案之留存極大地改善了研究條件，俾歷史學家得以運用第一手資料追踪往事，了解歷史真相。

二曰亂。清代以前之典籍，經歷代學者整理、研究，對其數量、類別、版本、流傳、收藏、真僞及價值已有大致瞭解。清代編纂四庫全書，大規模清理、甄别存世之古籍。因政治原因，查禁、篡改、銷燬所謂『悖逆』、『違礙』書籍，造成文化之浩劫。但此時經師大儒，聯袂入館，勤力校理，盡瘁編務。政府亦投入巨資以修明文治，故所獲成果甚豐。對收録之三千多種書籍和未收之六千多種存目書撰寫詳明精切之提要，撮其內容要旨，述其體例篇章，論其學術是非，叙其版本源流，編成二百卷四庫全書總目，洵爲讀書之典要、後學之津梁。乾隆以後，至於清末，文字之獄漸戢，印刷之術益精，故而人競著述，家嫻詩文，各握靈蛇之珠，衆懷崑岡之璧，千舸齊發，萬木争榮，學風大盛，典籍之積累遠邁從前。惟晚清以來，外强侵凌，干戈四起，國家多難，人民離散，未能投入力量對大量新出之典籍再作整理，而政府檔案，深藏中秘，更無由一見。故不僅不知存世清代文獻檔案之總數，即書籍分類如何變通、版本庋藏應否標明，加以部居舛誤，界劃難清，亥豕魯魚，訂正未遑。大量稿本、鈔本、孤本、珍本，土埋塵封，行將澌滅。殿刻本、局刊本、精校本與坊間劣本混淆雜陳。我國自有典籍以來，其繁雜混亂未有甚於清代典籍者矣！

三曰散。清代文獻、檔案，非常分散，分别庋藏於中央與地方各個圖書館、檔案館、博物館、教學研究機構與私人手中。即以清代中央一級之檔案言，除北京第一歷史檔案館所藏一千萬件以外，尚有一大部分檔案在戰爭時期流離播遷，現存於臺北故宫博物院。此外，尚有藏於沈陽遼寧省檔案館之聖訓、玉牒、滿文老檔、黑圖檔等，藏於大連市檔案館之内務府檔案，藏於江蘇泰州市博物館之題本、奏摺、録副奏摺。至於清代各地方政府之檔案文書，損毁極大，但尚有劫後殘餘，璞玉渾金，含章蘊秀，數量頗豐，價值亦高。如河北獲鹿縣檔案、吉林省邊務檔案、黑龍江將軍衙門檔案、河南巡撫藩司衙門檔案、湖南安化縣永曆帝與吴三桂檔案、四川巴縣與南部縣檔案、浙江安徽江西等省之魚鱗册、徽州契約文書、内蒙古各盟旗蒙文檔案、廣東粤海關檔案、雲南省彝文傣文檔案、西藏噶厦政府藏文檔案等等，分别藏於全國各省市自治區，甚至清代兩廣總督衙門檔案（亦稱葉名琛檔案），英法聯軍時遭搶掠西運，今藏於英國倫敦。

清代流傳下之稿本、鈔本，數量豐富，因其從未刻印，彌足珍貴，如曾國藩、李鴻章、翁同龢、盛宣懷、張謇、趙鳳昌之家藏資料。至於清代之詩文集、尺牘、家譜、日記、筆記、方誌、碑刻等品類繁多，數量浩瀚，北京、上海、南京、廣州、天津、武漢及各大學圖書館中，均有不少貯存。豐城之劍氣騰霄，合浦之珠光射日，尋訪必有所獲。最近，余有江南之行，在蘇州、常熟兩地圖書館、博物館中，得見所存稿本、鈔本之目録，即有數百種之多。

某些書籍，在中國大陸已甚稀少，在海外各國反能見到，如太平天國之文書。當年在太平軍區域内，爲通行之書籍，太平天國失敗後，悉遭清政府查禁焚燬，現在中國，已難見到，而在海外，由於各國外交官、傳教士、商人競相搜求，携赴海外，故今日在外國圖書館中保存之太平天國文書較多。二十世紀，向達、蕭一山、王重民、王慶成諸先生曾在世界各地尋覓太平天國文獻，收獲甚豐。

四曰新。清代爲傳統社會向近代社會之過渡階段，處於中西文化衝突與交融之中，産生一大批内容新穎、形式多樣之文化典籍。清朝初年，西方耶穌會傳教士來華，携來自然科學、藝術和西方宗教知識。乾隆時編四庫全書，曾收録歐几里得幾何原本，利瑪竇乾坤體儀，熊三拔泰西水法、簡平儀説等書。迄至晚清，中國力圖自强，學習西方，翻譯各類西方著作，如上海墨海書館、江南製造局譯書館所譯聲光化電之書，後嚴復所譯天演論、原富、法意等名著，林紓所譯茶花女遺事、黑奴籲天録等文藝小説。中學西學，摩蕩激勵，舊學新學，鬥妍争勝，知識劇增，推陳出新，晚清典籍多别開生面、石破天驚之論，數千年來所未見，飽學宿儒所不知。突破中國傳統之知識框架，書籍之内容、形式，超經史子集之範圍，越子曰詩云之牢籠，發生前所未有之革命性變化，出現衆多新類目、新體例、新内容。

清朝實現國家之大統一，組成中國之多民族大家庭，出現以滿文、蒙古文、藏文、維吾爾文、傣文、彝文書寫之文書，構成爲清代文獻之組成部分，使得清代文獻、檔案更加豐富，更加充實，更加絢麗多彩。

清代之文獻、檔案爲我國珍貴之歷史文化遺産，其數量之龐大、品類之多樣、涵蓋之寬廣、内容之豐富在全世界之文獻、檔案寶庫中實屬罕見。正因其具有多、亂、散、新之特點，故必須投入巨大之人力、財力進行搜集、整理、出版。吾儕因編纂清史之需，賈其餘力，整理出版其中一小部分；且欲安裝網絡，設數據庫，運用現代科技手段，進行貯存、檢索，以利研究工作。惟清代典籍浩瀚，吾儕汲深綆短，蟻銜蚊負，力薄難任，望洋興嘆，未能做更大規模之工作。觀歷代文獻檔案，頻遭浩劫，水火兵蟲，紛至沓來，古代典籍，百不存五，可爲浩嘆。切望後來之政府學人重視保護文獻檔案之工程，投入力量，持續努力，再接再厲，使卷帙長存，瑰寶永駐，中華民族數千年之文獻檔案得以流傳永遠，霑溉將來，是所願也。

二〇〇四年

前言

桐城派興起於清代康熙之際，延續至民國初年，前後達兩個世紀之久。其陣營之壯大，内涵之豐富，在中國文化學術史上，實屬罕見。近百年來，社會變遷，貶之者較多，譽之者亦不乏人，分歧頗大。自上世紀八十年代以後，在解放思想大潮的推動下，不少學人已不約而同地認識到：作爲清代文化學術領域内一種重大的存在，桐城派是一個繞不過去的話題。可以説，没有對桐城派系統、深入的研究，要想寫好清代文學史、學術史、文化史，當非常困難。而且，不少桐城派作家的社會實踐活動，涉及清代社會的諸多方面，如政治、經濟、軍事、教育、學術、文藝等，有些影響至爲深遠；且其詩文中史料甚豐，值得治史者細心發掘。然而，由於種種原因，桐城派所受到的學術關注，還很難説與其重要的歷史地位、影響相稱。很多研究有待於深化，不少的領域還是空白。文獻資料的搜尋、整理則長期停留在分散、零星的狀態。

桐城派名家文集係國家清史編纂委員會文獻組的規劃項目。此項目的確定與實施，無疑使桐城派文獻資料的整理工作邁入了一個新階段。其便利學人，推進桐城派研究的作用，自不待言。桐城派自興起、形成，歷經發展、變化，兩百多年中，直接或間接與桐城派相關聯的作者，可能近千人。影響所及，北達京都，南逾五嶺，東及吴越。文獻遺存十分豐富。我們此次從其發展過程中選擇各個階段的若干代表人物的文集，編纂整理，試圖爲廣大讀者提供一套大體上能體現桐城派不同階段特徵的文獻資料；在以歷史發展綫索爲主的基礎上，適當兼顧地域的因素。本着上述意圖，文集收入的作家爲：戴名世、方苞、劉大櫆、姚範、姚鼐、吴德旋、陳用光、方東樹、姚椿、管同、劉開、姚瑩、梅曾亮、吴敏樹、曾國藩、龍啓瑞、戴鈞衡、王拯、方宗誠、張裕釗、黎庶昌、薛福成、吴汝綸、賀濤、范當世、馬其昶、姚永樸、姚永概，共二十八人。持此一編，基本上可以感知桐城派演化的不同階段的根本特徵，亦能從中窺探清代社會某些方面的情景。

文集分甲、乙兩編。甲編收入姚範、吳德旋、陳用光、方東樹、姚椿、管同、劉開、姚瑩、吳敏樹、龍啓瑞、戴鈞衡、王拯、方宗誠、薛福成、馬其昶、姚永樸、姚永概等十七位作家詩文集。因爲在本項目擬訂規劃時，上述十七位作家的詩文尚未見到整理本出版，所以此次編纂、整理時，盡力求全：在對其已刊刻作品進行校勘、標點的同時，又儘可能蒐集其未刊稿，希望由此提高資料的完整性。乙編爲戴名世、方苞、劉大櫆、姚鼐、梅曾亮、曾國藩、張裕釗、黎庶昌、吳汝綸、賀濤、范當世等十一位作家的文章選集。上述作家，或爲桐城派開宗立派的大師，或爲推進桐城派轉變、發展的巨匠，其詩文本當全部匯録，但考慮到均已有整理本出版，因此本文集以其文選入編，雖然未能以全貌示人，但經過編者認真選擇、整理的文選，當亦能在基本方面體現出各位作家的文章風貌。

國家清史編纂委員會、國家清史編纂委員會項目中心與文獻組對桐城派名家文集的編纂十分重視，給予了多方面的指導與扶持。安徽省哲學社會科學界聯合會、中共桐城市委員會、桐城市人民政府從始至終對整理工作提供各項支持，諸多實際困難得以化解。顯然，若無上述各方面的關心，文集必然很難完成。時代出版傳媒股份有限公司安徽教育出版社一向重視文化傳承，扶持學術，毅然承當了文集的出版工作。在此，謹對一切關心、支持本項目的機構、人士深致謝忱！

桐城派名家文集乃是文化學術界第一次較大規模的桐城派文獻資料整理工程，難度可想而知。而我們則學力有限，每每有力不從心之憾。因此，文集内難免有不少疏誤之處。出版之後，希望得到廣大讀者的積極回應，給予指正。

嚴雲綬　施立業　江小角

二〇一一年九月廿五日

凡例

一、桐城派名家文集分甲、乙兩編；甲編收入姚範、吴德旋、陳用光、方東樹、姚椿、管同、劉開、姚瑩、吴敏樹、龍啓瑞、戴鈞衡、王拯、方宗誠、薛福成、馬其昶、姚永樸、姚永概等十七位作家詩文集，乙編爲戴名世、方苞、劉大櫆、姚鼐、梅曾亮、曾國藩、張裕釗、黎庶昌、吴汝綸、賀濤、范當世等十一位作家選集。

二、凡收入甲編的名家文集均保持其原刻本編次。不同年代刊行的文集或詩集按其刊刻年代先後編排。有輯佚稿者按文、詩分類編年，附於原刻文集之後；年代不明者，酌情處置。

三、每位作家文集前之整理説明，簡要説明作家、著作版本的主要情況。甲編各文集後附録清人所撰寫的年譜、附記、墓志銘等相關資料。

四、底本之選擇兼顧底本完整性與準確性兩原則。若兩者不能兼顧，則以訛誤少、校刻精之本作底本，其殘缺部分以他本配補。

五、凡底本不誤而他本誤者，一般不出校記。

六、底本之明顯的版刻錯誤，如因形近致誤的『己』、『已』、『巳』之類，可以依據上下文予以辨識者，逕改之，不出校記。

七、凡底本之訛、脱、衍、倒，確有實據者，予以改正，并以符號標識。以圓括號表示誤字或應删之字，改正之字置於括號後；以方括號表示增補之字。

八、文中脱漏、殘缺或難以辨識之處用方框表示。

九、底本與他本文异，但義可兩通、難以取捨者，以校記説明。一般虚字有异而文義無殊者，可不出校。

十、文字盡量保持原貌，通假字、异體字一般均依原文，不改爲現代通行體，亦不求統一。過於冷僻之字可酌改爲通行字。文中如有外文詞語之翻譯與現在通行譯法不同者，不作改動，仍存原譯。同一譯名在文集中前後相异者，亦存原譯，不予統一。

十一、校記力求簡短，摘引正文時僅舉所校詞語。校記置於該篇篇末。

十二、文中引文與原書小异但不失其本意者，不改動亦不出校。節引原書文字大异且失其原意者，出校説明，但不改正。

十三、標點符號依照一九九六年中華人民共和國國家標準標點符號用法的規定使用。考慮到古代漢語的特點，原則上不使用省略號、破折號、着重號和連接號。

十四、凡直接引用的文字用雙引號表示，若引文中復有引文，則加單引號。古人引書多述其大意或節略其文，凡此等處不用引號。

陳用光集

點校　徐成志

整理説明

陳用光（一七六八——一八三五）字碩士，一字實思。新城（今江西省黎川縣）鐘賢人。嘉慶六年進士。授編修，官至禮部左侍郎，提督福建、浙江學政。其古文初學於舅父魯九皋，後從師姚鼐，兼姚鼐、翁方綱之長，「理道寬博樸雅」，文筆渾厚精深，為時人推服；詩始學於蔣士銓，後法姚鼐，「氣稍斂抑」。為學宗漢儒而不背程朱。桐城派後起之秀管同、梅曾亮等多出其門。嘗為其師姚鼐、魯仕驥置祭田，以學行重一時。

陳用光一生著述甚多，傳世者有《太乙舟文集》八卷、《太乙舟詩集》十三卷及《衲被錄》等。其中《太乙舟文集》八卷為梅曾亮編定，門人黄右爰刊佈，有道光十六年（一八三五）甘泉黄氏刻本；道光十七年（一八三七）其長孫大煥又重刊於武昌，有武昌崇文堂刻本；其後又有道光二十三年（一八四三）孝友堂刻本。《太乙舟詩集》十三卷，曾由其「門下士攜稿入吴中，將付剞劂」因兵亂而不果，「稿亦散失」；後由其子陳溎生「從家藏稿中重錄得十三卷，鐫於濩澤官署」。有咸豐四年（一八五四）孝友堂刻本與咸豐五年新城陳氏濩澤官署刻本傳世。

本次整理，所用底本為道光二十三年孝友堂刻本《太乙舟文集》八卷，咸豐四年孝友堂刻本《太乙舟詩集》十三卷，這兩個版本是現存陳用光詩文集中收錄詩文最多、校刻最為精細的版本，較少衍脱訛誤。所用參校本為道光清頌堂叢書本《太乙舟文集》八卷。因《詩集》現存不同版本極少，暫未找到參校本。整理中，凡有文字衍脱訛誤之處，盡可能校改之。本次點校中校勘文字包括以下幾種類型：

1.校補，以校本文字補底本缺佚。如：

①原本缺「世法」二字，據清頌堂本補。

2.校改。以校本文字改底本文字，同時注明底本原文字。如：

①葉，原本作「業」。據清頌堂本改。

①夫子，原本作「天子」，據清頌堂本改。

3．保留底本文字，注明校本異文。如：

①原本、清頌堂本皆衍入一『則』字，逕删。

①清頌堂本題失『菊』字。

徐成志

二〇一〇年十二月十日

目録

太乙舟文集卷五

太乙舟文集卷六……八三

太乙舟文集卷七……一二〇

太乙舟詩集……二〇〇

太乙舟詩集卷四 …… 二八四

太乙舟古今體詩集卷七 …………三六五

太乙舟詩集卷九

太乙舟詩集卷十二

太乙舟外集卷十三……五〇二

詞……五一一

太乙舟文集

太乙舟文集卷一

論攻滑縣賊摺子

竊以那彥成進攻道口，賊巢全行攻燬，逆賊退屯滑縣，勢已窮蹙，指日傳城進勦，剋期可復。天威所臨，士氣百倍，竚聽鐃歌奏凱，露布報捷矣。臣聞兵法，因時制勝，務審敵情，勝而好謀，其功彌速。今之賊黨皆椎埋不逞之徒，毫無知識，既已被圍，寧足為患！第恐人急則計生，彼自知必死，或為走險之謀，伺我軍稍懈，潛謀衝突，防範一疎，或至逸遯，此不可不慮也。臣聞兵法，有急擊勿失者，有徹圍破賊者，有用降賊以破賊者，有得內應以破賊者。唐王式攻裘甫於剡，連勝賊而官軍亦疲，賊請降，諸將以白式，式曰：『賊欲少休耳，益謹備之，功垂成矣。』賊果複出，凡三戰而擒甫，此急擊勿失者也；漢朱雋圍韓忠，旋乘城而入矣。忠退保小城乞降，雋不許，而連戰不克。雋登土山望之曰：『吾知之矣，賊今外圍周固，內營逼急，乞降不受，欲出不得，所以死戰也，不如徹圍弁並兵入城。忠見圍解，勢必出，出則意散，易破之道也。』既解圍，忠出戰，遂大破之。此解圍而破賊者也。唐李愬得丁士良吳秀琳李祐等而擒吳元濟，此用降將之效。宋明鎬得貝州民汪文慶等為內應而擒王則，此用內應之效。兵機萬變，不可遙度，略舉數端可例。臣按：元和郡縣志曰：『滑臺城有三重，中小城滑氏為壘，後人增以為城。高堅峻險，臨河有臺，故曰滑臺。』臣未身至其地，若如元和志所言，則雖圍城而未易拔城。臣觀那彥成所奏，第雲：『攻克道口』，未必已圍滑城也。如其已圍則急攻，緩圍兩端，宜所審用；如其未圍，則李愬、明鎬之謀或可施行。臣料賊雖勾結，各股未必眾志如一，況彼本以財利誘人而為逆，今當攻掠州縣之後，未必不因爭奪財利而自結仇怨，惟我師攻急，則合謀以拒大兵，我師稍緩，則其中豈無以賊圖賊之人？其脅從之衆，豈無稍明順逆之人而思逃賊以自歸者？臣料我師必尚未能急攻，則此時正可用間。夫兵法用間，購賞、招降、誘戰，其謀非一。令購賞之策將兵者未聞用之，而特煩皇上之特詔，則將兵者之鮮謀可見矣。前奉『首告免罪』之上諭，聞者咸以為睿慮周詳，動合兵機，而皆一本於皇上平素好生之德，即此可以散賊黨而固人心矣。臣愚以為，滑縣左右，賊固蜂屯，民亦蟻活，可否更請皇上特頒密諭，令將兵者廣招謀計之士，與圖破賊之策，不必耑恃大砲轟擊，則有戎昭果毅之勇而無玉石俱焚之患，益足以著覆載之仁矣。

應詔言事摺子

竊以逆賊林清挾持左道，煽誘愚民，蠱伏已深，疣決遂肆。顧蝮蝎之之技，止於毒螫，業伏梟獍之誅，寧累覆載之德。而皇上乃猶省躬罪己，下詔求言，自非堯舜之用心，孰克疇咨之廑念！臣自奉詔旨以來，經涉旬月，深思致患之原。竊以為大端有二：一則大興宛平之選吏，未得慎簡之方；一則山東河南之察吏，未得舉措之道。何則？順天府尹，古之京兆尹也，漢時必以治行尤異者遷京兆，宋王安石欲困蘇軾，乃以為開封府尹，則京兆尹之難為，而期於得人更重於他守令也明矣。漢之京兆與二輔不相統屬，故趙廣漢以為得兼治之，則治犯法者當可差易。今制，大興宛平屬於順天府，而順天府尹之位亞於直隸總督，為府尹者則由欽命，以有才望之卿貳為之，其制較古為尤善。然選大興宛平者第由於直隸總督之題升府尹，雖會銜而不能專主。聞升此二縣，大抵以資格深而闒冗無才者授之，積習相沿數十年於此矣。夫春秋之例，王人序於諸侯之上；今制，京縣知縣列於正六品，夫固春秋之義也。京師為首善之區，奈何使闒冗無才者為之？彼既無才，安能責以發姦擿伏之治？臣度向來題升者之意，必以京師之地百司具焉，綱維所布，固已條教詳明，為大興宛平者，但能不失期會簿書之責固為稱職，不若畿輔他縣，差務殷繁，必須才吏始能無悞。然則雖升其官，若不失乎尊崇京縣之意，而不求其才，則寖失乎鄭重牧民之心。夫征徭固國家常制，供張本民所應辦，因供張而或致擾民，其責在於知縣，安可不重其選？ 臣非謂畿輔他縣可以無須才吏也，然但知詳於畿輔他縣，而不知詳於大興宛平，是謂知其一而不知其二。臣愚以為，若詔直隸總督，今後題升大興宛平者不得徒循資格堪升之例，必有治行尤異之才方與題升，而順天府尹亦復使之得兼保舉參劾之權，則良吏之才必出矣。臣聞湯斌為江南巡撫時，將劾吳江縣知郭琇，琇請見，願以治行自贖，斌許之，遂一變而為良吏，後且致位卿貳，復以名臣顯。然則有湯斌之巡撫，不患無郭琇之知縣，巡撫得其人，則知縣自能稱其職。林清之謀發於同興，而滑縣知縣固因捕獲逆黨旋被賊害，則山東河南之事不可以責其大吏也。然臣以謂未得察吏之道者，逆黨之謀，匪伊朝夕，其勾結如此之廣，蹤跡往來數年之間，兩省守土之吏豈其絕無聞見？苟能先事豫防，則龔遂渤海之化未必不可戢潢池之盜。惟其知之而不敢言，言之而不見聽，遂至一發而莫知所措，則先事之疎，兩省大吏固不能辭其責。臣聞： 古之聖王有不必峻刑罰而可以震疊天下者，在示之以嚮往之途而已。昨奉上諭，特寬失察處分，此固已飭吏治而作其任事之氣矣。皇上近復因那彥成之奏特允以孟屺瞻為滑縣知縣，聖人之明目達聰，務盡乎執兩用中之道也。如此可見，撫藩大臣苟能實心察吏，而非有徇私市恩之心，則有所保奏，未嘗不蒙俞允。

臣觀史傳所載，凡名臣之由薦舉顯者不可勝數，獨近來州縣特少其人，其循例保舉堪升者止敘虛詞，而鮮臚實事。臣愚以為，苟其有私，雖循例之保舉，未嘗不可以市恩； 苟其無私，雖破格之超擢，不必復疑其逾例。臣聞陳宏謀巡撫江蘇時，知平望都司白雲上之才，特獎勵拔擢之。其所與白雲上手札，以公事相策勉，有古名臣風，至今人以白雲上為賢將而以陳宏謀為知人。夫白雲上一武臣耳，而陳宏謀能留心獎勵之，此所謂以人事君之義也。近日劉清亦州縣起家，而今果能為皇上辦山東之賊。夫人才何地無之？但貴有以獎勵鼓策之耳。方今山東已大就寧謐，河南軍務亦將次奏凱，臣聞河以南飢民頗衆，可否特詔兩省大吏： 於所屬州縣中有能撫邺飢民實著勞績，其中兼有解散盜賊之方者，自縣州丞倅以下兼及將弁，特許保奏，予以超擢，則不獨激勸之有方，而亦可消患於無形矣。

論營田水利摺子

臣聞聖人之為治也，貴乘時而善因其勢。時有可為而為之，則無後事之悔；勢有可因而因之，則見易行之效。此為國之常經、古今之通義也。竊惟我皇上宵衣旰食，勤求治理，於諸臣工因循惰弛之習屢下諭旨，至再至三。則當今之時，固百僚震動恪恭趨事赴功之時也。然而事有未舉而功有未見者，其因循之過，在於見事之不確而任事之不勇。其見事未確，是其才識之不及，非可以強而猝致也；其任事之不勇，則大率以經費之未裕，相顧而莫知所措手。臣請舉其大者言之：睢口之決，於今歷幾月矣，去年之未敢動工修堵，以其時河南亂民未平，恐其乘機而生事也。今則大功已奏，不必慮宵小之潛跡矣，而至今未聞興工，幸今尚未解凍，不見可患之形，若至三月以後，江南春雨既多，或有衝決，則其為漕運之患者大矣。且臣聞山東、河南餓殍載路，而河南為尤甚。開封之民有拆屋毀磚賣取百十錢以餬口者，其一畝之田不過賣百文，本地之民富者皆貧，無力買田，其買田者大率客戶，然田雖買而無人為耕，大率買二十頃田而所耕者不過二頃，以客居之人非遊宦則商賈，不能塗體霑足以從事南畝，而本地之人則已死亡過半矣。其或業已下種，令春得雪，麥苗初長，則又為居民取其初長之葉以果餓腹，是則開封一帶數百里之地，其可耕之地而無耕之之人甚多。於此而乘其勢以利導之。臣愚以為有三策可行焉：一則急興修堵決口之工，俾為工者得藉以餬口，是以工代賑之法也；一則令地方官出示曉諭，諸買田者俾多出貲募民耕種，耕田者既可得食，買田者亦無廢土，其勢無不樂從其事，實為兩便；一則倣廢員効力營田水利之法，令河南大吏於因公罣誤而非有私罪者，令其分段辦理，以官職之崇卑分落段之大小，彼將藉此免罪而為出身之路，則雖竭財力以從事，宜無不奮勉者。由以工代賑之法言之，則國家本有修河之費，由買田募耕及廢員効力之法言之，則不必謀經費而坐收水利溝渠之益。所謂因勢利導，莫急於此。由此而推之山東，昨皇上俞李鴻賓疏濬泉源之奏矣。泉源不徒有資運道，兼可資水利，除有妨運河不可作為溝渠外，凡可以溉田者宜聽其訪查確實，聽民之所便，使民自為之。由此而推之，江南鳳陽、潁亳一帶皆可曉諭百姓使自為之。臣向聞鳳陽居民春則出省謀食，冬則歸里，此皆惰民不知自為生計，嘗怪司牧其地者何以未嘗一慮及此，及閱靳輔奏疏，乃知其為安徽巡撫時固已為鳳陽地方荒蕪籌及溝田之法，且其所謂生財之道，斷宜倣此。溝田之法隨地制宜，酌量更改而亟行之，則益國利民，無窮無盡，正與今日事勢符合，而陸隴其條陳靈壽縣事務，言水利當興條亦有云：『與其蠲賑於既荒之後，何如講求水利於未荒之前，蠲賑之惠在一時，水利之澤在萬世。』臣伏查嘉慶四年以來，就直隸一省而論，賜賑之費不下三百餘萬，其蠲免之費不下一百餘萬，以閭閻之生計而至特煩國帑之賙卹，就直隸一省而十餘年間累數百萬，若合天下計之，數更倍蓰。皇上如天之仁，至優極渥，無可復加矣。若使決口不修，江南或有水患，疆吏奏聞皇上，必復議賑蠲。當此經費未裕之時，臣實私憂切慮，以為百姓徒為不終日之計，而使國家有難以為繼之恩，非良策也。臣請以居民自謀生計者喻之：今有家於此，有數頃之田，聽其荒蕪，而所以為仰事俯育計者惟資借貸以謀生，借貸愈多，家計愈絀；若節衣嗇食，專力耕田，則歲入終有所得，積之既久可以無借貸而自充裕矣。天下之大，非一家之比也。有無窮之利而不及時乘勢以謀之，無異於有數頃之田而聽其荒蕪者也。

論令廢員修興水利摺子

臣伏讀正月二十三日上諭，『因姚文田之奏通諭直省督撫各飭所屬州縣官，務體朝廷貴粟重農之意，以勸課農桑等因欽此。』仰見我皇上念軫民依惟，欲海内戶有蓋藏，民無失所，此實心實政之所發揮，而堯舜禹湯之所同揆也。臣聞耕九餘三，國之常經。自古不能無水旱之災，而可使民無飢寒之患者，惟其蓄積之足恃也。臣伏思皇上特沛之殊恩，自嘉慶四年以來，凡賜賑之費，不下三百餘萬，其蠲免之費，又不下一百餘萬，以閭閻之生計而至特煩國帑之賙卹，十餘年間累數百萬。皇上如天之仁，至優極渥，無可復加矣。然而一遇偏災，百姓仍不免於飢寒者，臣嘗深究其故矣。東南之民，火耕水耨，其隄圩之防、蓄洩之宜，民知自力，故一遇偏災，沐賑䘏之恩，而民力易蘇；西北之民，惟知恃天而不知恃人，人力不盡，故雨少則憂旱，雨多則憂潦，其幸遇豐年，雖相安於無事，而一遇偏災，則惟國家之賑䘏是賴。夫以歲之不可恃，而賑䘏之不能已也。雖皇上愛惜蒸黎，不惜歲縻帑項以奠其生，然使百姓每歲惟恃䘏賑之恩而不能自為蓄積之策，則是百姓徒為不終歲之計，而使國家有難以為繼之恩也。臣思欲使民富，惟在務農，而欲務農，必先水利，然水利之興，驟欲使民自為之，則西北之民其習於恃天者，既罔知措力之處，雖使州縣官日張示曉諭，而民未必知於樂從，則亦徒有具文而鮮獲實效。若欲自官為之，則國家現當經費未裕之時，遽須先出帑金以事疏濬隄防，斷屬難行之事。臣愚以為，或可倣照營田以廢員効力之例，令直省廢員有能任此事者，令其自行招募興修水利，而以官職之大小分段落之多寡，始於一二州縣易於興修處試為之，二年之後著有成效，既予開復原官，如此則有三利：國家不須先出帑金，而可使閭閻實受旱潦無憂之利，其利一也；廢員知有此出路，則不甘自廢棄，而於所辦農桑水利，又即他日服官要務，悉心於此，則推而行之，於他日亦駕輕就熟，而國家又可以為造就人才之策，其利二也；各省督撫飭所屬州縣勤務農桑，不過通行札諭，以為具文，固由於因循之積習，亦由於興利之成規，無從著手，是以畏難苟安，今見有行之著效者，則倣而行之，亦易於為力，而督撫察吏之虛偽即其自為，督撫之賢否亦於此可見，其利三也。

論孫覿專祠摺子

竊惟各直省建立先賢專祠，許其裔孫承襲奉祀，所以發潛德之幽光，示人倫之模範，自非德行純粹，即亦忠節昭彰，名實相符，始馨俎豆，詎容僉壬之士濫膺斯選。臣前年恭承恩命，忝貳禮臣，初入容臺，檢閱文冊，十二年二月二十七日，見儀制司咨覆江蘇巡撫咨陽湖縣宋名臣孫覿奉祀生事，臣與尚書者英汪守和等俱訝。孫覿本非端人正士，何以得稱為名臣？何以得與承襲奉祀？

當時因奉祀生孫罣唐本係旁支權充，今已病故，應以其嫡子孫原之嫡子熊飛接充。臣部以與本部奏定章臣不符，應不準行，所有孫罣唐遺缺，應由該撫查明孫罣唐嫡長子孫承襲，繪具詳細宗圖冊結咨辦，臣等因俟江蘇咨覆後再行核議具奏。臣旋奉恩命出任浙江學政，臣抵浙視事後，據嚴州府淳安縣詳宋臣方應辰奉祀生事，衢州府江山縣詳宋太學生徐應鑣闔門殉節應予奉祀生事。臣覆核方應辰宋時名儒，其祀典載在學政全書承襲奉祀條內，固當準予接充。徐應鑣之一門忠烈，係近從郡縣志乘查出，雖尚未列入學政全書，亦復可與接充。若宋孫覿則學政全書承襲奉祀條內本無其名，臣又伏讀高宗純皇帝四庫全書提要，於孫覿鴻慶居士集條下詳著其劾李綱附和議，黄潛善汪伯彦引之使掌誥命，以贓罪斥提舉鴻慶宫，故其文稱鴻慶居士集。陳振孫書録解題，言其生平出處至不足道，趙與時賓退録摘其作韓忠武墓志極詆岳飛之謬。覿所為詩文頗工，尤長於四六，與汪藻、洪邁、周必大聲價相埒，流傳藝苑已數百年，今亦姑録存之，而具列其穢迹於右，一以節取其詞華，一以見立身一敗詬辱千秋，清詞麗句轉有求其磨滅而不可得者，亦足為文士之炯戒。是則謨訓所垂，嚴於斧鉞，如覿品行，豈可復予祠祀以與名儒名臣並列！現在未知江蘇咨覆已達部否？如其未達，臣愚伏懇皇上特降諭旨，黜其專祠，永不承襲奉祀；如其已達，亦懇勅交禮臣，遵奉諭旨咨覆江蘇撫臣，更正前誤，庶俾文士知所炯戒，其於風俗人心似有關係。

太乙舟文集卷二

孝子唯巧變故父母安之說

蘭瑞問曰：　孔子耻巧言令色，孟子惡機械變詐之巧，而曾子言孝曰『孝子唯巧變故父母安之』何歟？　余曰：　善哉問。孟子曰『不以文害辭，不以辭害意』，豈唯說詩，凡讀書莫不皆然。古之屬辭者各有所當，豈一端而已？　道所以守官也，學所以為道也，而春秋傳曰：『守道不如守官』，孔子曰：　『為學日益，為道日損』。昏禮不賀，人之序也。』而曲禮曰：　『賀取妻者曰聞子有客使某羞』。記又曰：　『情欲信而辭欲巧』。凡以屬辭而已。道固有偏舉言之者，韓子所謂『道為虛位』也。曰聞子有客使某羞，而辭不及於下達御輪之屬，則固未嘗賀也。且夫以巧變居心而致飾以悅，人之不可也，豈顧問哉？　從乎欲以自便其私，則為佞者之所以喪仁，從乎道，以盡其視無形聽無聲之事親，則非巧變不足以為孝，抑是言也。曾子之教人子也詳矣。本孝篇曰：　『以正致諫，以德從命』。大孝篇曰：　『先意承志，諭父母於道，辭固不厭其詳矣』。而此所云『孝子巧變父母安之』者，與『中道則從，不中道則諫之』文相次，以此為事父母之道也。巧變者，小則察，視乎起居飲食所憂樂之端，而大則盡其幾諫而見志，不從又敬，不違勞而不怨之實。今夫父母之愛子也至矣，獎其善而掩其過，其過之未彰而形似之，近善者猶且獎誘之以使之自悟；　為子者則不然，知親之有過而諫之不見從，而置之曰：　『既已諫矣，其有得失於吾無悶焉』。恝以居其心而懟以見於辭，是人之愛其子也，又不從其事親而從其親之待已。嗚呼，彝倫攸斁，其不以此歟！　聖人慮天下人之不知事親也，故詳著其辭於易之蠱，蠱之六爻言子父者五焉，而象辭則曰：　『先甲三日，後甲三日』。先甲三日辛也，後甲三日丁也。巽之六五曰：　『先庚三日，後庚三日』，先庚者丁也。後庚者癸也。辛，更新也，丁，丁寧也，癸，揆度也。天之道周於旬，紀日以之，紀歲以之，人事象焉。大則著乎國家條教之施，而小則著乎家庭日用之事。夫家庭日用之事，大抵兄弟之先後，伯叔之往來，衣服飲食之豐殺，財賄布帛之出入也。其行之而仁與，行之而有禮與，明恩而著，誼人咸頌且樂之；其行之而傷於仁與，其行之而違乎禮與，其始之也有漸，而其既之也有害，是蠱象也。其父母之不知而其子知之，則有所更新，丁寧揆度於旬日之間者，不可以已也。夫是之謂幹蠱彼裕之云者，雖非必恝且懟也，而終必及之，故曰『往吝戒之』也，曰『用譽勉之』也。才小者勉乎日之旬，德盛者豫乎歲之旬，唯巧變者能之。蘭瑞曰：屬辭之有異，既聞命矣，顧以為飲食起居之諐視者可以安父母，若親之不中道而翹之，毋乃類攘羊之證與，且用譽云者，非善則歸親之謂也。曰直躬證父者，暴其親之過以為己名，是故與比其親之過以便己之私者，皆不可謂之人也。曾子言：『兄之有過，猶曰養之』，何況於其親。積誠於己而揆度於後甲先甲，以巧合乎事理而變其親之過夫！孰從而暴之，己之譽，親之譽也。父母安之，用譽之謂也，善則歸親，孰大於是！夫古之篤行有闇修於己而人莫知之者矣，而況孝子之於親乎！

疑事毋質直而勿有說

君子之謹其言也，終身焉耳矣。少之所以事長，賤之所以事貴，不肖之所以事賢，莫不於言焉。先徵之言必麗於事，事有是有非，有知有不知，有疑有不疑，然而莫不以謹為貴。孔子於鄉黨似不能言者，他日告子路曰：『知之為知之，不知為不知。』言之要也。夫豈貌為恭而故為隱哉？不以賢知先人之實，發於心之所不自覺，而形於事之所誠然。其告子路者，所以告凡為學者也。曲禮曰：『疑事毋質，直而勿有。』鄭氏康成曰：『質，成也。彼已俱疑，而已成言之，終不然，則傷知。』鄭氏說迂晦而不辭。觀孔氏釋之謂成言，疑事後為賢人所譏，則傷己知而後明。然鄭氏所謂『己若不疑，則當稱師友而正之』云者，則固謹言之道也。鄭氏分句以為解，朱子則謂兩句宜連屬讀之，即少儀所謂毋身質言語也。謂陳我所見，聽彼決擇，不可據而有之，專務強辨，不然則是以身質言語矣。而近儒方氏苞則謂事為人所疑，苟無惡於己志，久將自明，不可急於質辨以求伸也。直雖在己，若據而有之，則形人之曲，君子所不敢。是三說者，朱子其至矣，固足以該鄭氏之說焉。方氏之說微傷於巧，然亦君子之言也。由鄭氏之說可以明謙，由方氏之說可以明厚。夫人之於言，終其身無或離之者，而莫不以形其心，奮於言者華，其心之華也，仁者其言也。訒其心之訒也，堂堂乎張也，難與並為仁矣。孔子知其蔽之所在，故告以達者之道，曰：『質直而好義，察言而觀色，慮以下人。』他日又語之曰：『多聞闕疑，慎言其餘則寡尤。』子路、子張，聖門之賢人也，而夫子戒之如此，況今之學者乎！夫能慎於少與賤之時，及其長而貴也，無患於剛愎矣；能慎於其所不疑之事，則於其所疑者無患於專固矣。謙者厚之，發也，汰者薄之，發也，循循於鄉黨子弟之事而精之，則可以為聖人；悖之，則不免於言偽而辨之誅。是故曲禮少儀皆言弟子之禮也，其於進退應對升降出入周旋之節，委曲繁重以馴習其心，知百體者，既詳且著矣。又特明其義於是兩辭焉。此先王之世所以多成德之士，而聖人之言道所以不外乎庸德之言行也乎。

大夫士廟無主說

古之聖人制祭祀之禮以教民孝，自天子以達於庶人，一也。記曰『祭祀之有尸也，宗廟之有主也，示民有事也』。尸以饗祭而主以棲神，自天子以達於庶人，宜無不同者。而鄭氏之說曰：『惟天子諸侯有主禘祫，大夫有祖考者亦鬼，其百世不禘祫。』無主，得毋非聖人意與？曰：此三代之通義也。大夫之不敢同於天子，諸侯猶之，七廟五廟之別云爾。意夏殷以來皆同此制，而禮軼不可考；周實因之，而其遺文見於士喪禮，故漢儒著之，說如此也。何休云：『天子主長一尺二寸，諸侯長一尺。』言天子諸侯而不及大夫，明其不得立主也』。士喪禮云：『士有重無主。』春秋傳曰：『凡君卒，哭而祔，祔而作主。』曰『凡君』則固以別大夫矣。崔靈恩云：『大夫士無主，以幣帛祔，祔竟並還殯宮，至小祥而入廟，故記曰：『重，主道也。殷主綴重焉，周主重徹焉』。又曰：『虞而立尸，有几筵』。蓋於新喪之際立之，重以明孝子之所繫心，及虞而有既遠之義焉。由是而之乎！

祭則將以事尸者，事神也。何氏之學異於鄭氏，而崔皇諸儒則傳鄭學於南北朝時者，而其為說皆如此。然則鄭氏之說豈得謂之無稽乎？且夫祭莫盛乎朝踐，尸至朝踐而始入，而特牲少牢詳延尸之禮，而無迎主之文，則大夫士之祭不敢同於天子諸侯，其見於禮經者亦明甚矣。春秋傳曰：『特祀於主，烝嘗禘於廟』。『於主』『於廟』對舉並稱，則主固在祏不常位於廟矣。天子諸侯有主而不常位於廟，大夫士無主則應遷之祖，以制幣招其神而藏焉。是故，衛孔悝出奔，宋使貳車反祏於西圃。鄭駁異義云：『孔悝祭所出君，故有主。祭所出之君，固不同於祭所出之大夫。以是為不敢干諸侯之等差云爾。或曰：『然則有主固非與？』曰：『立尸則可以無主，尸之禮廢則不可以無主，三代之立尸也聞之』。師曰：『是三代相沿於上古之禮，而秦漢以來之所不能為也。故程子論立主之道，必取象於三才焉。蓋古今之異，宜然也。

名位篇上

名與位之原出於天，天者，理而已矣。理在而氣數隨之，其參差錯出非其常也。君子道其常，是故無苟得之名，亦無苟得之位。孔子曰：『朝聞道夕死可矣』。又曰：『君子疾没世而名不稱焉。』又曰：『三年學，不至於穀，不易得也。』又曰：『君子畏天命，畏大人』。春秋時之大人何足畏哉？人實而位虛，人待居位而位待居人。君子實其虛，嘗樂乎己之能稱，夫位之待之也。位待我而我不至位，我無憾爾已，位待人而人不能稱位，位懸於虛，而其待夫人之實固在也。為仁，則大夫之賢者必擇而事；尊位，則雖不賢者亦畏，畏其君形者而已。天固有所不能勝，亦有所不必勝。今夫十畝之圃，而植木千章焉，其向陰向陽之榮瘁固殊矣，微獨木雖所庇之草亦然，天之仁不欲草木偕榮耶。然既已向陰矣，安必榮，如灌溉之培護之，一旦氣與數皆至，彼向陰者之榮也。視向陽者，斧斤或尋焉，瓦礫或壅焉，其榮瘁固有殊焉。人之所以靈於物者曰志，志於穀者非所以為學也，其學備而穀必及之者，理也。其不必及之者氣與數也。人當順乎氣與數以事天，而天不必強其氣與數以從人。故人曰參差錯出者非天，而吾曰參差錯出者固天之所以為天。三代而下之言名者吾惑之，曰：吾有名何必位？言位者亦如之。其如之者有二：從乎當貴利達之說者，君子之所鄙也；從乎施利澤於人而不務浮薄之詞以譁世取寵者，君子之所取也。然而意從乎富貴利達者，恒假夫施利澤之說以自遯，是故為名者必笑之。雖然，笑之誠是也，其所以為名者果君子之名耶！古之名一，為道而已；今之名三，曰以考據名也，曰以詩名也，曰以詞名也。是三者而出於為道之餘，非君子之所棄也。於道無聞，而徒為譁世以就寵，雖後世有述焉，君子不謂之名也。古之為道者內以善其身，而外以施諸人，人不知而不慍焉。故朝聞而可以夕死，朝夕之間隱微之地，自喻而無以喻諸人也。故曰：遯世不見知而不悔。顏子之行無所表見，徒以孔子稱之乃聲施至今，此所謂沒世之名也。顏子蓋所謂畏天命者夫？是以有此名也。吾嘗謂天之以名與位與人也，嘗恕嘗隨，其大小及夫賢不肖之能自克者而轉移以畀之，後世有善相者如所稱。唐裴晉公當餓死而終相，宋錢宣靖見許於陳希夷，一稱其所立，一稱其所轉。術家之說，小說雜録之紀載，似無足稱者，然春秋時以容貌辭氣決人休咎者多矣。劉康公單襄公之所述豈有誣哉。魯叔孫東門晉三郤向陽而自撥其根，裴晉公定氣數於俄頃。唐之初葉王勃楊炯四人以詩名，裴獻公曰：『士先器識而後文藝，勃等浮躁淺露，豈享爵祿之器耶！』范文正為晏元獻擇婿曰：『富皋張為善皆有文行，他日至卿輔。』元獻以修整者為優，卒婿富。後鄭公終以相業顯，安道雖貴而朱子不滿之。故世以文正謂張疎俊為知人也。裴獻公之學雖不及文正，然其知兵審吏，亦非苟冒於富貴利達者，其決王勃諸人，後皆驗其言誠當。王勃諸人之名誠不足以傲獻公之位也。位誠不易居，獻公豈遂足以稱夫位者。然天之與人，苟非貪戾殘賊終覆厥位者。雖其人志乎穀，天猶且隨其才之小大聽其所自致而使之終安，此天之恕也，此天之仁也。今夫學不至乎穀，乃足以聞道，聞道乃足以立名，名立而居位則為畏天命之大人，名立而不居位則為畏天命之君子。名不可不立，而非立苟得之名也？位不可不畏，而非畏苟得之位也？君子道其常，固以之自勵而不以之論人也。

名位篇下

或曰：名與位之皆不可以苟得也，以名策人，人猶勉於博聞好古；以位策人，是率天下而爲突梯脂韋也。且志於穀者天恕而與之位，人其無志於聖賢矣。子之言毋乃偵乎？陳子曰：『唯唯否否，言固有所屬，道固有所麗，事固有所會，物固有所階。』劉子曰：『民受天地之中以生，所謂命也。是以有動作威儀禮義之則，以定命也。能者養以之福，不能者敗以取禍。』斯言也萬世其猶龜鑑焉。是故，言毋輕毋妄，其重且誠者得位矣；行毋輕毋放，其重且謹者得位矣；好毋偏毋蕩，其審而節者得位矣；惡毋偏毋激，其審而容者得位矣；容貌舉止毋傾側毋縱肆，其端慤而安詳者得位矣。此道之所麗也。道之至者由是而精焉，其粗者未始非道之所麗也。會於事而見取於人，階於時而人則取之，人之所取，天之所取也。天愛百穀果蔬而謂其不並植蘭蕙荷菊乎哉！是故，有人焉，言則輕矣，俄而重且誠焉，則天稱其重且誠者而與之；行則輕矣，俄而重且謹焉，則天稱其重且謹者而與之。好惡容貌舉止之不適乎道矣，俄而適乎道焉，則天稱其適乎道之淺深大小而與之。匹夫可以階卿相，一命之士可馴致於高官厚祿，夫固皆其自取也。彼悉戾乎是而得乎位者，有之矣，彼其才氣固亦有以取之，然且未知其所終也。彼為名而言行好惡容貌適乎道者，前世有得位者矣，可覆按而與王勃諸子相證也。使王勃諸子易其浮躁淺露而以適乎道，庸詎不可以享爵祿？天與之以名，使傳其文詞於後世，而彼不能自適乎道以待天之所厚，是王勃諸子之過也。楊盈川得天稍勝於三人，而不能益致其敦篤，故僅以一令終。然究其所得，固愈足以明三子之失矣。

或曰：如子言，則得位者之言行容貌好惡果皆適乎道耶？考諸古今，其未必悉然也。且昌黎韓子所謂習熟時俗，工於語言者，何說耶？曰：言而輕者有之矣，然必其無害於重者也；行而輕者有之矣，然必其無害於重者也； 好惡而偏者有之矣，然必其無害於節與容者也； 容貌舉止有輕脫者矣，然必無傾側及縱肆者也。 表著之言，結襘之視，彼容有合焉，彼徒習時俗工語言者誠有愧於其位矣。 聖賢之居位也，道不越時俗言語之中，而自能立其審時俗正語言之則。 庸人反是，戒宴樂之奢淫也，而可以屏酒食而不御乎？ 彼言行好惡容貌之甚害乎道也，其位必顛，天固嚴之矣。 彼未至乎是而徒為庸人之所為，則天亦以庸人待之，而不必遽奪其位。 彼為名者之言行容貌好惡之不適乎道，而未甚害乎道者，其大小之位固猶有可以自致者矣。 其甚害乎道者，災禍始罔不及於其身焉。 且夫為名者不期而浮躁淺露至，又其甚，則不期而放辟邪侈亦至，彼固自恃其名之足以當夫位，而又見夫居位者之不概人意也。 外有所甚薄於人，而內有所甚矜於己，矜則情可縱而欲可肆，頹然放然以自靡於邪而不知，弱者以自困其身，而強者以害人家國。 彼不知位之不可輕，而居位者未始無足以當夫名者也。

且夫突梯脂韋者，其言行好惡容貌其安能有與於道耶？ 學而至於彀者，固有間矣，其於道，究未必適合也。 洪範五事次於五行，而好惡必歸於皇極，天之所錫，唐虞三代凜之矣，為名者毋恃其名而求當於道，居位者自媿其位，而反求其不至彀之學，能是者其於吾言必有取也夫！

雜說

鉅海有物焉，其名龍。 其得於天地者至厚，其性最靈，能噓氣以成雲作雨而潤萬物，故鱗蟲三百六十而龍為之長。 蛟，似龍者也，其得於天地者未嘗不至，而其性悍戾，不能下於龍，遂逞其奇能異術以震驚百物，而畏蛟者或附之。 夫天地本無奇也，則得乎天地者亦無奇也。 龍惟無奇是以為龍，而蛟乃不然，故君子惡之，惡其拂天地也。 或曰虺三千年化為蛟，蛟三千年化為龍，則蛟固化龍者也，曷惡焉？ 夫能化者必其相類，蛟既不類乎龍矣，孰從而知其能化也？ 是故，古之帝王，季秋則命漁人伐蛟，誠惡之也。 雖然，蛟能化其悍戾之氣，而自下於龍，與龍為無奇，又惡知其不能化龍也？

麥之植於西北也，多薅其苗以厚其根；治花卉者亦必刈其駢生以求其碩。君子觀於二者而知善反之功大也。夫為功於此而責報於彼，此不可必之數也。為功而欲速，其功必小，小功而食報，其報亦薄，此又自然之勢也。居自然之勢而於不可必之數，必求快己以自便，君子謂之弗思耳矣。是故苗既遂矣，猶必薅之；生既駢矣，猶故刈之。天下有以損為益者此類是也。嗟乎！益而猶損焉，彼固有待於損者，宜何如以處之也哉！

十五弟彪字說

綺縠之美不足以禦冬，珠玉之貴不足以止飢，夫人而知之也。然而重綺縠者百倍於布帛，寶珠玉者百倍於菽粟，何也？亦震乎其外焉耳。夫不計及於冬之不足以禦，飢之不足以止，則夫人之重而寶之也，固亦宜然；無足怪者，誠使當飢與寒之時，雖置綺縠珠玉於前有不暇顧者矣，此人心有同然也。君子推是心以立其身，富貴利達，外之耀也，孝弟忠信，內之懿也。人有孝弟忠信而不得夫富貴利達者矣，然而君子不以之病其身；人有富貴利達而未必能孝弟忠信者矣，然而君子不以之榮其身。其病之榮之之心在人則為是非之心，而在己則為廉恥之心，廉恥之心人之所本有也，要在於能充之，是以其身立而不潔之行無以加乎其身。充之之道無他，亦曰務吾孝弟忠信之實，不以富貴利達之見汩吾天性，如是而已。予從弟彪為三叔父之第六子，由大宗以派行十五，叔父名之曰彪，而字之曰成甫，俾予為之說，予聞之揚子曰：『或問：言成文動成德何以也？曰：以其弸中而彪外也』。夫外之『彪』必由於中之『弸』，亦可見君子之重內而輕外矣。一言一動莫不凜乎其所以成文成德之實，此中之所以『弸』而外之所以『彪』也。孝弟忠信莫不由言動而修焉，然則為君子者可不知所務乎？吾家自高祖以來，積德累行以遺後人，後之人坐享富貴利達，或乃震乎其外而忘乎所以致此之實，祖德不以此而替與？此為之曾孫者其責甚重，而其充之之功尤宜日加詳焉，而不可以怠而忽之也。余願與成甫暨羣從兄弟交相勗也。

四子字說

予踈於經學，然望其子之能治經。所謂『厲人夜半生子，取火視之，而冀其勿類我也』。經莫尊於易，字長子蘭瑞以『易庭』，易之為道大矣。然聖人惟曰『五十學易可無大過』，而夫子之稱顏子曰：『有不善未嘗不知，知之未嘗復行也。』凡人之去聖賢也甚遠，而過不能以一日無，人非學無以為人，而學莫先乎改過，故曰『震無咎者存乎悔』，無咎者，善補過也。蘭瑞闇於讀書而喜通世事，讀書闇則無以明理，世事習則易悅紛華。人之生也，吉一而凶悔吝居其三焉，紛華之悅其履乎悔吝也幸耳，悅之而欲以遂之，則機巧之智生而縱恣之習啟，去敦厚之風而逐浮囂之好，此不讀書之為患烈也。去闇莫尚乎能思，改過必先於務實，凜無恒之戒以求補過之方，蘭瑞其毋忘觀象而玩其辭也。次子蘭滋，性剛而開明，年十三輒能察人意旨之所向。夫剛不以制慾而以忤物，其開明不能先意承志於父兄，而徒為與世俛仰於行事，吾懼其他日之薄而猾也。孔子曰：『温柔敦厚』詩教也，惟敦厚故温柔。詩三百篇其纏綿悱惻之旨，蘭滋可以諷於口而返諸身矣，故字之曰『詩庭』。三子蘭第，性實而為我，四子蘭豫性澗略而為人，雖皆幼也，然各見其端倪焉。吾懼夫性實者長而有自私利之習，性澗略者長而有放蕩之行也，必見大而慮遠，然後能不徇利；必循度而守約，然後能不逐物。字蘭第以『書庭』，其能勉疏通知遠之學乎？字蘭豫以『禮庭』其能持恭儉莊敬之則乎？先太恭人夢蘭而生孫，故諸孫皆以蘭冠其名，今人取字或務矜詡飾觀聽者之所為，吾則以吾之所媿而有望於諸子者正告之。其於經義淺而可以究其深，其於四子之所患皆當而有以救其失。四子毋忽吾言，雖守之終身可也。

太乙舟文集卷三

先考行狀

府君姓陳氏，諱守詒，字約堂，號仲牧，一字種木。先世居新城城内，自曾祖浣修府君始遷居西鄉之中田里。曾祖以汧贈朝議大夫；曾祖妣李氏贈恭人。祖世爵贈資政大夫；祖妣魯氏贈夫人。考道，乾隆甲子舉人，戊辰進士，贈光禄大夫；妣楊氏，贈一品夫人。

府君兄弟五人，女兄弟三人。長伯父恕堂府君守誠，浙江分巡金衢嚴道，前卒；次府君；次叔父履堂府君守中，乾隆庚寅科舉人，候選内閣中書，貤贈中憲大夫，前卒；次叔父繹堂府君守訓，分巡濟東泰武臨道，擢江蘇按察使，前卒；次叔父果堂先生守譽，乾隆辛卯科舉人，候選内閣中書，誥封奉直大夫。長姑母長於府君，姑夫内閣中書楊尚鋐，前卒；次姑母少於府君，姑夫太學生涂志紘；次姑母少於府君，姑夫太學生魯勷，前卒。

府君體質魁梧，性嚴重而心慈厚，内和睦家庭而外任卹於鄉黨親戚，接人處事一以誠意，至義之所在斷斷不少假借焉。少隨侍先曾祖浣修府君治生計於南昌，能得浣修府君歡心，先祖凝齋府君晚家居，恕堂府君已出仕矣，遂一以家事任府君。凝齋府君卒，府君居喪盡禮，服闋，由前豫工例捐員外郎，以乾隆二十九年出補兵部武選司。居年餘，以伯父恕堂府君卒於家，急引疾歸。先是居南昌時，恕堂府君為門戶計，嘗有所資助人，及折閱棄券者不下數萬金。府君既與諸兄弟以所受分於凝齋府君之產業，重匀攤析分之矣，及是，痛伯兄以官事復毁其資，乃諗諸兄弟，復析產如前匀攤，時諸叔父皆敬聽無後言。人稱陳氏之孝友者，上則賢府君及諸叔，下則賢恕堂府君之長子伯兄元蓋。伯兄於家庭間事無不就府君謀，府君所欲謀者亦惟伯兄能行之。故伯兄之卒，府君及吾母魯太恭人哭之慟。及吾母魯太恭人棄養，而府君遂惘然無所向，因自號曰『半癡翁』。嘗語煦等云：『汝知吾命名之意乎？自汝伯兄歿而吾外失一助，自汝母歿而吾内無助也。』府君嘗憫附近鄉鄰之困於荒歉也，以祖母楊太夫人七十壽辰，奉楊太夫人命出數千金買穀，倡首於各村落建立義倉，春借於民，秋還於倉，歲積其贏以為儲蓄，自是附近居鄉不憂歉歲。至製衣被以貸人，及施藥棺木諸事，歲行之不為倦。蓋府君家居者十五年，至庚子春奉楊太夫人命乃復出。凝齋府君為宋儒學，晚以授吾舅氏魯山木先生仕驥，而居南昌時，知名士如南昌彭文勤元瑞、鉛山蔣心餘士銓、武寧汪輂雲軔皆樂從凝齋府君遊，因訂交於伯父恕堂府君及府君。府君內守凝齋府君家法，而外能得友朋之益，於山木、心餘、文勤、輂雲皆各取其善。府君之家居也，嘗割宅以居心餘，而經紀輂雲之喪，挈其孥以居於中田，輂雲之子孫遂為新城人。及府君之在官也，文勤已入直內廷，不能數數見，惟蔣心餘先生以編修居外城，數以詩詞相切磋。府君故工填詞，至是詞益進。其他所往還皆敦尚樸實氣誼之士，偶以宴會，來者皆敝車羸馬，無豪縱奢侈之習。蓋府君性厚而識通，所取益於友朋者，以敦實行為先。不孝用光入翰林時，作書訓之曰：『稱職為難，當日夕奮勉，不改秀才家風，方慰我念。讀書當守祖訓「切實有用」四字，不徒涉獵為能也。汝性頗近浮華，宜急改之。交遊尤宜慎重，不可濫交也』。嗚呼，觀府君之所以訓用光，則府君之自處可知矣。故人嘗舉萬石君質行勝於齊魯諸儒為府君頌，蓋紀其實也。初官兵部時，尚書為諸城劉文正公，府君以武選司稿進，會武弁有名曌者，文正舉以問曰是何字？府君曰：『是唐時所製字，讀若照』。文正笑曰：『君何從知之？』府君亦笑曰：『向不知此字，以昨閱稿，細攷得之耳。』文正以府君語樸誠，而察其居郎署勤慎端愨無奔競習，遂大器重府君。及再入京師，文正已卒矣。府君嘗語及文正之知己而嘆息不置云。居數歲，監督南新倉，旋推升車駕司郎中，調大通橋監督。時花戶貧乏不能運米，府君出私財七千金貸之，或諷府君以勿受人欺，府君曰：『吾行吾意之所安而已，他不之問也。』乾隆五十一年出補安徽潁州府知府，未至，調太平府。書中丞麟素知府君，府君來謁，迎謂曰：『太平事簡，君才治大通橋有餘，分其半治太平足矣』。退而語康茂園方伯基田曰：『此良二千石也』。凡他郡縣難了案牘，皆檄府君往聽斷之。府君皆執法以治，不為苟且詭隨之行，而其待同寮也一以樸實退讓自處，人不能以府君之獲乎上藉為趨附，故皆重府君之伉直，而彌信府君為長者。繼而，朱石君、孫補山兩相國來為巡撫總督，交重府君，方欲卓薦，而府君丁祖母楊太夫人憂歸矣，復服闋出補官，以乾隆乙卯秋補河南陳州府知府。抵任未數月，值楚北亂民為患於秦楚蜀之間，陳州所屬縣毗連潁州界，府君命申嚴邨落防守，而團練民壯為守禦策。當守太平時，嘗修太白樓、虞雍公祠於采石，有文士來遊者嘗與登臨飲酒賦詩以為樂；及來陳州，嘗欲修蘇子由亭，未及為而乞病歸，以嘉慶六年三月至家。府君居官居鄉一以實心實力任事，於財利，不為毫髮自私計；於人有善則稱，有過則戒，困乏則助，自一家羣從，以至親戚朋友故舊之子弟，莫不因其親疏之宜以行其意。臨川令常州莊君槤以事去官，非其罪也，府君代為捐復。初居京師時，買宅一所，而署之名曰『黎川新館』，曰：以居吾邑之計偕來京師者。再入京師，嘗雪夜與補山孫相國宴坐，曰：『吾輩擁爐，不知門外雪深幾尺；彼露處者，其苦何若？』因縱談及遠戍之苦，曰：『甘肅冒賑案，彼罔知法紀者，罪無可逭。顧其間亦有以株連，且其家室何罪？今伏法者，若而人遠戍者，若而人末減者，若而人俱已籍沒，家室不能歸，以金資之歸可乎？』補山曰：『吾固有此意，君能助之則大善。』府君曰『諾』。因各捐萬金畀人攜之往，蓋藉以得歸者數百家。嘗念中田地卑下而水淺多沙，瀕水居者歲有水患，語眴等曰：若得二萬金為濬河身，取其沙以築隄，則宅者不憂墊隘矣。且水日深，而隄上植樹木，鬱然若屏幛，則人之居此鄉者，仕宦亦顯貴，於形家言亦為利甚大也。嘗取祠傍數百金地址為居室，而未能予其值，因欲就其傍建藏書樓，藏凝齋府君遺書，而奉凝齋府君像於樓，傍為義學，以居子孫之讀書者。其贍之以義田學田，費皆數千金，嘗曰『此吾事也』。壬戌以書訓用光曰：吾居家得與三五兩叔父白首相聚甚樂，所不慊意者，不能即修藏書樓及擴充學田義田而已。蓋府君勇於為義，以利物濟人為心，自少至老無倦，不獨當家資饒裕時輕財好施而已。雖官京師斥去家資大半，及兩為郡守，歸而兩鬻田萬金以償逋戶，辛酉壬戌之間，家無餘資矣，而於宗族鄉黨間，猶惓惓於義所欲為也如此。府君體素壯，無疾，又善自調攝，日兩食，每食飲酒兩小杯，一飯一粥而已。偶感疾輒去飯粥，少間仍清齋，如是者數十年。人以府君顔貌之豐，又善自頤養，咸謂可登耄耋也。嗚呼孰謂以微疾遂至不起耶！初五六月間，府君以臀左患癤，藥敷治之良愈；至十月，患胃氣痛，服藥，一吐而愈。顧六七日則又發，至十一月初遂劇，然猶臥起如常，惟減食耳。嗚呼，孰謂至初八日早飯，纔兩口遂覺痛劇，至酉時遂棄不孝等長逝矣。嗚呼痛哉！

府君生於雍正九年正月初十日戌時，距卒，享年七十八。配魯恭人，廬陵訓導淮之女，乾隆辛卯進士，原任山西夏縣知縣仕驥改名九皋，山木先生之姊，前卒。子六：長不孝煦，充四庫書三分館校閲，議敘舉人加捐光禄寺署正，魯恭人出；次不孝繼光，三通館謄録，議敘加捐州同，嘉慶四年川楚例加捐知州，選補甘肅寧州知州，庶母胡宜人出；次不孝用光，庚申科順天鄉試舉人，辛酉科進士，改翰林院庶吉士，壬戌授職編修，充國史館總纂，文穎館纂校，文淵閣校理，戊辰科欽命河南鄉試正考官，魯恭人出。魯恭人臨終以庶母姚宜人無子，命用光奉以為慈母。次觀音保，庶母曾氏出，早殤；次不孝瑨光，庶母方氏出；次不孝瑾光，考取欽天監肄業，天文生，庶母湯氏出；女二：長適山西典史同邑楊錕第六子以涵，庶母李氏出；次適同邑吳中杰，庶母方氏出。甥孫三。孫十二人：長蘭祥，邑廩生，不孝煦出；次蘭畦，不孝繼光出；次蘭瑞，業儒，不孝用光出；次蘭林、蘭森，俱業儒，不孝煦出；次蘭芬，不孝繼光出；次蘭滋，蘭第，蘭豫，俱業儒，不孝用光出；次蘭靄，不孝繼光出。次科孫，次會孫俱幼，不孝瑨光出。長子煦婦，姑母楊孺人次女也。次子繼光婦，原任湖南郴州吏目同邑黃世逢女。三子用光婦，原任山西直隸忻州知州同邑魯潢女。五子瑨光婦，候選從九，同邑魯某某女，魯姑母娣之女也。六子瑾光婦，同邑余某某女。孫蘭祥婦，鉛山蔣編修士銓孫女，臨清州州同知廉女。蘭畦婦，同邑孔某某女。蘭瑞婦，壬申科舉人施南府通判東鄉吳居澳孫女，庚申舉人國子監博士嵩梁女。蘭林婦同邑江某某女。蘭森聘涂氏，涂姑母孫女也。蘭芬蘭滋未聘，蘭第聘吴氏，吴氏妹女也。蘭豫聘王氏，同邑王鴻女。蘭靄、科孫、會孫俱幼，未聘。孫女十四人，長孫女適楊姑母孫某某，重甥孫三，不孝煦出。次適己亥恩科舉人候選訓導鉛山蔣知節子立民，重甥孫二，不孝煦出。次適楊姑母孫某某，重甥孫二，不孝繼光出。次適候選州同同邑涂青崖長子慕郊，不孝繼光出。次適舅父魯山木先生孫應祜，應祜前卒，不孝用光出。次適涂青崖次子慕祁，不孝用光出。次適同邑王鴻子心尹，不孝用光出，重甥孫三。次適原任南海縣知縣王軾子汝誠，重甥孫一，不孝用光出。次未字，不孝繼光出。次適平凉縣知縣新建趙質彬子某某，不孝繼光出。次未字，不孝煦出。次未字，不孝用光出。次字建昌府同知長洲譚元子蘭祜，不孝用光出。次未字，不孝用光出。曾孫四人：長福，長孫蘭祥出；集福，次孫蘭畦出；增福，廣福，長孫蘭祥出。曾孫女一，字孫壻王心尹子，次孫蘭瑞出。

嗚呼，不孝煦、瑨光、瑾光侍疾無狀，致府君以康強無恙之身，嬰小疾遂至棄養，不孝繼光、用光復宦異地，不能親湯藥視含斂，不孝煦等何以為子，何以為人！終天之恨，百死莫贖矣。惟痛念府君生平，事事可以傳示子孫，當家饒裕時，府君得行其所欲為，及晚年家中落，雖府君胸次豁達，不以財賄耗聚為念，而環視親族鄉黨之間，府君所欲抒平生之懷以繼繼繩繩，施行未已而鬱而未伸者多矣。此數年中，府君嘗自肩輿，往各村落察視義倉斂放穀事，凡自中田來者皆能言府君於義倉事至老猶不倦也。府君生平言行，兹就不孝煦等所能記憶者，忍淚濡墨，略陳梗概，要亦第言其大略而已，於府君之志事尚未能得其萬一也。惟冀當世有道德能文章之仁人君子，錫以銘誄，俾後世子孫有所稽攷，則生生世世感且不朽。不孝男煦、繼光、用光、瑨光、瑾光，泣血稽顙謹狀。

先母事述

嗚呼，吾母之亡至今二十二年矣。吾九歲喪母，吾母彌留時，乳母抱而泣於牀側，迄今長大，追憶吾母之聲音笑貌，雖尚髣髴一二而不可得其詳矣。吾母頎身高準，鼻以上類大兄，行無欹立無倚，後雖患羸疾而居室無惰容。未病時，每夜予自塾歸，必課之讀，舉日間所成誦者與予同覆誦，至夜分乃止。嘗記讀至『子貢問士』，而夫子舉『言必信行必果』以為士之次，則戒予曰：汝曹他日無為硜硜之小人也。後既病，嘗傾荷取露以飲，日取而貯之瓶中，予每從索飲。兒時以得食為喜，吾母亦笑而不問也。疾既甚，歸寧舅氏家，余適患風疹，家人秘不令吾母知，會有自舅氏來者以告吾母，遂遽歸，而見吾無大疾意始釋。歸時日已晡，慈母擁予面庭而坐，吾母歷階而升，其景狀至今猶在目中也。嗚呼，孰知未逾旬而吾母亡矣。吾議婚於舅氏之族，嘗為州將於山西曰潢者，其家與舅氏鄰，當母在舅氏時數數召吾婦來與之竟日坐，問其能為女紅否？嘗讀書否？取嘗自簪金釵手授之，指階下一婢女曰：汝欲之否？翌日汝來吾家嘗令侍汝歸也。嗚呼，孰知以聞吾疾遽歸，未逾旬而疾已殆，不能召吾婦來矣。婦為予言，在舅氏家，吾母意戀戀有異常時，豈自知其不起之疾，不能見其子婦之承歡而將於是永訣耶？嗚呼痛哉！吾母事舅姑能孝，接娣姒姑姊妹能和以睦，待妾媵僕下寬而有禮，其詳見舅氏所為誌中，今所述者獨一二瑣褻事，吾之所能憶者止於是矣。嗚呼，二十二年為無母之兒，今年已三十，日月則已遠，吾母之聲音笑貌蓋永不可復見矣。歸氏所謂天下乃有無母之人，信乎，其言之痛也！自今以往，其常守『毋為硜硜小人』之訓，以貽辱於吾母氏也。

姚先生行狀

曾祖士基，康熙壬子科舉人，湖北羅田縣知縣。祖孔鍈，邑增生，贈翰林院編修。父淑，贈禮部儀制司員外郎。先生諱鼐，字姬傳，一字夢穀。嘗顏其所居曰『惜抱軒』，學者稱之曰『惜抱先生』。先世自餘姚遷桐城，遂世為桐城人，自明以來代有名德。入國朝，刑部尚書端恪公文然，先生之高祖也。

先生以乾隆庚午舉於鄉，癸未成進士，改庶吉士。丁父憂歸服闋，散館，改兵部主事。年餘，移補禮部儀制司。戊子為山東鄉試副考官。還，擢儀制司員外，記名御史。庚寅為湖南鄉試副考官。辛卯為會試同考官，擢刑部廣東司郎中。四庫全書館啟，以大臣薦，徵為纂修官。年餘，乞病歸。自是主講於江南，為梅花、紫陽、敬敷、鐘山書院山長者四十餘年。嘉慶庚午，以督撫奏，重赴鹿鳴宴，詔加四品銜。乙亥九月十三日，以疾卒於鍾山書院，距生於雍正九年十二月二十日，享年八十有五。

自康熙年間方侍郎以經學古文名天下，同邑劉海峰繼之，天下言古文者咸稱桐城矣。先生世父薑塢編修與海峰故友善也，先生涵揉見聞益以自得，刊落枝葉獨見本根。其論學以程朱為宗，其為文與司馬韓歐諸君子有相遇以天者。自其官京師時，有所作必歸於扶樹道教，講明正學，若集中贈錢獻之序是也。及既歸，益務治經，所著經說，發揮義理，輔以攷證，而一行以古文法。居揚州時，與歙吳殿麟定同居梅花書院，嘗以所作視殿麟，殿麟以爲不可即，竄易至數四，必得當乃止。殿麟，海峰弟子也。殿麟嘗語用光曰：『先生虛懷善取，雖才不已若者，苟其言當，必從之。於為文尚如是，於為學可知也』。故退居四十餘年，學日以盛，望日以重，其初學者尚未知信從，及既老而依慕之者彌衆，咸以為詞邁於望溪而理深於海峰，蓋天下之公言，非從遊者阿好之私言也。先生色夷而氣清，接人極和藹，無貴賤皆樂與盡懽，而義所不可則確乎不能易其所守。當纂修四庫書時，于文襄聞先生名，欲招致之門下，卒謝不往。及既歸，猶使人諷起之，終不行，集中復張君書是也。當居鍾山書院時，袁簡齋以詩號召後進，先生與異趨而往來無間，簡齋嘗以其門人某屬先生，為許以執贄居門下，先生堅辭之。及簡齋歿，人多毀之者。或且規先生，謂不當為作誌。先生曰：『設余康熙間為朱錫鬯毛大可作誌，君許之乎？』曰：『是固宜也』。先生曰：『隨園正朱毛一例耳。其文彩風流有可取，亦何害於作誌乎！』蓋先生存心之厚多如此，先生既歲主講書院，所得束修及門生羔雁，故舊贈遺，以資宗族知交之貧者，隨手輒盡，毫髮不為私蓄。計及晚歲，始以千金購田於江浦，蓋欲為移居江寧計也，然終亦斥去。迨既卒，乃無以為歸資也。先生當疾革時，遺書示兒子云：『人生必死，吾年八十有五，死何憾哉！吾棺不得過七十金，斂不得過十六斤；凡親友來助喪事者，便飯而已，不得用鼓樂諸事稱此，汝兄弟不得以財帛之事而生芥蒂，毋忘孝友。』嗚呼，觀先生此書其不數鄭康成之戒子益恩矣！

先生論學，既兼治漢宋，而一以程朱為宗。其誨示學者懇切周至，不憚繁舉，嘗謂：『說經，古今自有真是非，勿循一時人之好尚。如近年海內諸賢所持漢學，與明以來講章諸君何以大相過哉！夫漢儒之學非不佳也，而今之為漢學乃不佳，偏徇而不論理之是非，瑣碎而不識事之大小，嘵嘵聒聒，道聽塗說，正使人厭惡耳。且讀書者欲有益於吾身心也，程子以記史書為玩物喪志，若今之為漢學者以搜殘舉碎、人所少見者為功，其為玩物不彌甚耶！』又曰：『凡為經學者，所貴此心閎通明澈，不受障蔽；為漢學者不深則不能入，深則障蔽生矣。』嗚呼！以先生之論合觀於先生之制行，其於義利之辨可謂審之明而守之篤矣。

先生論文舉海峰之說而更詳著之，嘗編次論說為古文辭類纂，其類十三，曰：論辨類、序跋類、奏疏類、書說類、贈序類、詔令類、傳狀類、碑志類、雜記類、箴銘類、頌贊類、辭賦類、哀祭類；一類內而為用不同者別之為上下編。曰：『凡文之體類十三而所以為文者八：神理氣味格律聲色。神理氣味者文之精也，格律聲色者文之粗也。』然苟舍其粗則精者亦胡以寓焉？學者之於古人必始而遇其粗，中而遇其精，終則御其精而遺其粗。文士之效法古人莫善於退之，盡變古人形貌，雖有摹擬，不可尋而得其跡。其他雖工於學古，而跡不能忘。揚子雲、柳子厚於斯尤甚焉。以其形貌之過於似古人也而遽擯之，謂不足於文章之事則過矣，然遂謂非學者之一病則不可也。其論詩，以為如漁洋之詩鈔，可謂當人心之公者也，然其論止古體而不及今體，至今日而為今體者紛紜歧出多趨偽謬，風雅之道日衰，因取唐以來詩人之作迄於南宋採録用之，為五七言今體詩鈔二集十八卷，已刊行。其古文辭類纂卷帙多，尚未刊行，然自明以來言古文者莫詳於先生云。

先生始娶張孺人，前卒，生一女，適張元輯，前卒。繼娶張宜人生子二：景衡，壬子舉人，戊辰大挑知縣，今補泰興縣；師古，監生。女二：長適張通理，次適潘玉。側室梁氏生子一：雉，業儒。孫四：晟、芳、賜，景衡出；誦，師古出；楷，雉出。女孫三。曾孫一：聲，曾女孫一，俱幼。用光自庚戌歲謁先生於鍾山書院，及癸丑受業於鍾山者八閱月，自後歲以書問請業，辱先生所以期望之者甚，至而迄今無所成就，今聞先生之喪，蓋失所依歸，有甚於他門弟子者矣。先生居家孝友睦姻任卹之詳，用光所不及知者，致書與景衡兄弟，俟其詳列而編次之。茲先以先生平日為學為文之大旨，所習聞而略知之者，論次之如右，以待國史之採擇。嘉慶乙亥嘉平月，受業新城陳用光謹狀。

齊召南傳

齊召南，浙江天臺人，幼而穎敏，鄉里稱神童。年十六補縣學生，二十二學使何世璂舉選拔貢，成均嘗稱於衆曰：『此我朝奇士，當以王姚江一輩相待也。』雍正七年己酉科鄉試中副車，十一年癸丑詔復詞科之制，總督陳元章、學使帥念祖以博學鴻詞薦。乾隆元年召試於保和殿，欽取二等第八名，改翰林院庶吉士充大清一統志纂修官。散館，授檢討。四年，充武英殿校勘經史官，又充明鑑綱目館纂修官，八年四月御試翰詹於圓明園，列優等，擢右春坊右中允，旋轉左，以原銜署日講起居注官，晉翰林院侍讀。丁父憂，歸以前曾承辦禮記漢書考證，諭令在籍編輯，陸續交武英殿經進。先是京察及一統志館議敘屢列一等，及十一年綱目告成，議敘仍列一等，奉旨於起官日加一級服闋入都，命仍在武英殿校勘經史。十二年，補原官，充大清會典纂修官，旋晉侍讀學士，充續文獻通考館纂修官，主順天鄉試，以原銜充日講起居注官。十三年充會試同考官，五月御試翰詹於乾清官，榜未發奉上諭在阿哥上書房行走，以一等第一名擢授內閣學士兼禮部侍郎。甫一月，補授禮部右侍郎。上於寧古塔得古鏡。以來歷未詳，問朝臣，莫有對者，召南具悉原委，並其款識以對。上大悅，曰：『是不媿博學鴻詞矣。』九月，禮部於西苑樓前侍班伏觀御射，發十九矢皆中的，上騎還圓明園，顧尚書蔣溥與召南曰：『不可無詩。』召南翼日進詩四首，序一篇，上既俯和，命內監持稿示公，其知遇之隆如此。旋充續文獻通考館副總裁，侍班暢春苑大西門，奉特旨勘定通禮。十四年四月，充冊封婉嬪副使，二十九日自圓明園直上書房，歸澄懷園，甫及門，馬驚，墮觸大石，負重傷幾殆，程學士景伊亦自上書房歸，驚馳入告，上爲動容，賜藥三瓶，特遣中官就寓探問，傳蒙古醫療治，病少定。上見阿哥果親王，頻問爾師傅病如何？須時差人探問。後於木蘭圍場中又問阿哥，九月回鑾又問大學士尚書，賜乾鹿肉十五束，聖眷隆厚如此。十月病稍閒，詣宫門請聖安，召對於宏德殿，行步猶艱。天顔惻憫，曰：『爾病尚未愈，須加意安養。』召南因口陳，懇解職任回籍省視老母，上慰留再三，請益力。上言冬寒如何可行？十一月，具摺哀懇，俟春和時由長船回南，上始可其奏，猶傳太醫劉裕鐸邵正文診脉處方。召南單門寒素，起自田間，不籍引援，不由推轂，荷高宗純皇帝特達之知，而召南受寵若驚，奉身若不及。天鑒密微，一誠相感，蓋不獨以其學優而文贍也。召南自通籍以來，同詞科及翰苑諸臣拜文集石刻紗葛筆墨之賜者，錫賚便蕃，不可勝紀。十六年、二十二年高宗純皇帝南巡，召南再迎鑾，數蒙恩召對。二十六年恭祝皇太后萬壽，入京恭請聖安，既蒙召對慰問良久，内監扶起，命與尚書沈德潛仍赴上書房與諸阿哥相見，以詩文質正，辰入未出，有扶掖者不拘常儀，旋乞歸。二十七年、三十年，高宗純皇帝南巡再迎鑾，俱蒙恩慰問。三十年，幸敷文書院，御製詩疊頌，命召南與學臣及諸生和詩進呈，賜筆墨硯，時召南主敷文書院為山長也。三十年，召南之族子周華小時黨呂留良獲罪，邀恩寬免，僅予遠戍，及戍歸，刻其書呈於巡撫熊學鵬，並列召南十罪，學鵬上其書於朝讞定，磔周華，其近族弟姪子孫論大辟者凡十人，召南逮至京，法司當召南徇隱之罪而盡籍其產，高宗純皇帝鑒召南無他，僅予革職，還其產之十三。召南歸，旋卒，年六十有六。卒時言不及家事，惟云：『濱於死者二，皆賴聖主得以生全，馬驚觸石而得萬金良藥以生，族子之獄而荷從寬典，今日考終牖下，雖死猶幸。齊氏子孫生生世世宜如何銜結以報也。』召南所著述，其在史局，則一統志中河南、山東、江蘇、安徽、福建、雲南其所編輯，其外藩屬國向無底本，召南創稿新撰也。明史綱目前紀二卷神光熹三朝，召南所輯也。其分撰經史攷證，經則尚書禮記春秋三傳，史則史記功臣侯表五卷，漢書百卷，後漢書郡國志五卷，隋書律歷天文五卷，舊唐書律歷天文二卷，嘗言酈氏之注水經，明於西北而闇於東南，且域外之水道未詳，因撰水道提綱』三十卷，大而河海，小而溪澗，溯源窮委，一覽可悉。又有史漢功侯第攷一卷，歷代帝王表十三卷，後漢公卿表一卷，宋史目録，皆藏於家。

武虚谷家傳

君姓武名億，字虚谷，河南偃師人，乾隆四十五年進士，五十六年選山東博山知縣，官七月而罷。博山產煤炭，上官取給焉，使民挽運，又按戶納錢買馬以增郵遞，且充芻秣之費，君皆裁去。邑有孝子節婦必先榜其門，而後具狀請旌；又建范泉書院以教士。居官數月耳，欲為者將次第舉行，而杖軍役之事興。軍役曹君錫、杜成德者，隸步軍統領衙門，假緝捕為名，而招結無賴十一人橫行州縣，人莫敢誰何，入博山，三日不去。君則悉擒之，將治以法，君錫、成德出牌擲堂上，不稍屈。君撾其脛而數之曰：『此朝廷縣堂也，余奉朝廷命宰是堂者也。余知有朝廷，烏知所謂步軍統領，且牌稱所到之處報縣協捕，若來三日矣，不吾面何也？牌稱二役耳，十一人奚自來？一一杖之！』君固以治營卒酗酒事，巡撫欲君與某弁和，君弗聽而積之忤也，及聞是事，慮獲咎於步軍統領，又入丞劉某之譖，遂劾君濫刑，罷官日，縣民赴省垣乞留者數百人。巡撫悔之，適入覲，令君偕行，為謀捐復。阿文成公在朝堂，抗聲謂巡撫曰：『君劾某令何不明疏其罪？顧乃以虚辭陷彊項吏耶？』時步軍統領意未解，聞此言愈怒，遂以吏議沮格之。而君以不能復官歸。

君少有異氣，年十二既能屬文，塾師課之經，輒能舉疑義以相質難。十七喪父，十九喪母，哀痛毀瘠，以讀書自勵。君父官中外三十年，無儋石儲，君又不問生計，衣食幾不能給。歲大水，伊洛漫溢，居室傾圮，君自負敗木植泥潦間，壅以沙石，覆以葭葦，穴一隙通天光，傴僂而入，不廢吟嘯。嘗於風雪中取枯柳供爨薪，手僵，斧墮傷足，血淫淫溢，誦讀自若。君身八尺，腰腹十圍，狀貌奇傑，多膂力，嘗攜弟柩南歸，方盛夏多雨，過泥濘，輒手助推挽，足重繭，不以為勞。方未第時，居京師，從朱笥河先生遊，及里居，聞笥河訃，徒步往奔其喪。嵩縣典史某賢而死於官，貧不能歸，解衣資之去。又嘗假賈息置義田以瘞遺骸。在京師某顯官為君父門下士，欲君一見，終不往，其天性摯願而介介自守又如此。君在笥河先生門，以樸學為同遊所推服。其自京師旋，貧不能歸，仍至博山，授徒東昌，主講清源書院，修魯山、郟縣、寶豐三縣志，凡五年始歸里。安陽令趙君希潢與君同受業於笥河先生者，乃延君至署，訂金石文字，君旋以病歸家。嘉慶四年十月二十九日，君遂卒於家。時大臣專疏薦君，迨特召之旨下，而君歿已逾月，聞者無不惜之。所著有經讀考異 羣經義證 三禮義證 授堂笥記 金石三跋 授堂金石續跋 偃師金石遺文補録 讀史金石集目 錢譜 授堂詩文若干卷。

太史氏曰：余與虛谷為同年友，交相得也。君懷用世志，慷慨自期許。方在魯山時，楚匪至唐鄧，君議當於交口鎮設兵扼荆襄之險，於西山諸村塢立保甲以杜賊之來，計未行而賊果至，君信可謂有用才矣。乃卒以忤權貴為世所棄，雖然棄之於千萬人而取之於一二人，其輕重必有能辨之者，況垂死而受聖天子之知遇乎哉！

臧和貴傳

臧禮堂，武進人，和貴其字也。學於兄庸，喜許氏說文學，謂世行小徐本轉寫譌異，或據大徐補之，益失真，謂得熊氏韻會舉要所引小徐善本，乃重輯說文繫辭十五卷，又刺取許氏所引諸經為說文經考十三卷，其為儀禮今文多誤字，據說文考正之，段縣尹玉裁、王庶子引之皆歎其精確也。高祖琳康熙間以經學名世，謂之玉林先生，所著書甚富。禮堂少從其考讐校之，精甚，考亟稱之。其他自所校正經傳，皆有成書。又嘗録傳記孝子孝孫孝婦諸節行為書數百卷，蓋不獨專志文字，而欲以力行見者也。事父母至孝，母疾嘗封肉和藥進之，而母愈。執親喪，動必以禮。初娶婦，日為七言辭教之，乃合巹。其責難於兄庸，為書數百言寄之，其言躬自厚而不為怨誹，乃足以感人，可謂得善處家庭之道者也。阮侍郎元巡撫浙江，嘗延之修經籍纂詁，其後至階州，校淳熙本左傳，遇疾卒，年三十。其兄庸與鄉人私謚之曰：『孝節先生』。

陳用光曰：世之為漢學者咸訾宋儒，汪學士廷珍為余言，慎修江氏闡述宋五子之言凡數十卷，世未之見也，顧僅傳其考證之書，世之尊江氏非能尊江氏者也。夫人之力學為名高耶，行不若宋儒而訾之，以為名，烏足以言學。和貴孜孜，治章句而嚴取與，敦節行能自力於家庭，可謂得其本矣。志未竟而遽卒，悲夫！在東哀其弟博求人為文以記之，以屬於余。傳曰：人不問於父母昆弟之言，和貴之賢，以在東之哀而益信。

李毓昌傳

李毓昌字皐言，山東即墨人也。嘉慶戊辰科進士，發江南以知縣用。總督鐵保使勘核山陽縣賑事，君親行鄉曲，鉤稽戶口，廉得山陽令王伸漢冒賑，狀具清冊，將揭制府。山陽令患之，賂以金，君不為動，則謀竊其冊，使僕包祥與君僕李祥、顧詳、馬連升謀，不可得，復於山陽令曰：是無可奈何，計惟死之耳。君飲於山陽令廨，夜歸而渴，李祥以藥置湯中進。君寢後，包祥至，入室，君方苦腹痛而起，包祥急從後持其頸，君張目叱之曰：『若何為』？李祥曰：『吾等不能事君矣』。馬連升解己所繫帶縊之。嘉慶十四年六月七日也。山陽令以自縊復於淮安守王轂，轂遣驗視之，報曰『尸口有血也』。轂怒責驗者四十，遂以自縊狀上。有沈某與君同至江寧，久未得君耗，往山陽就君，至則君死已閉棺。其族叔李太清來迎喪，沈某檢視其書籍有殘稿半紙曰：『山陽冒賑以利啗毓昌，毓昌不敢受，恐負天子。』蓋復總督書稿，諸僕所未知毀去者也。沈某與李太清偕行至君家，君婦某氏有噩夢，其家屢有怪異也。棺至啟視，面如生。沈某以銀針刺之，針黑。沈某曰：『是有冤，不可不白矣！』李太清走京師訴於都察院，上聞命提王轂、王伸漢偕其衆僕來刑部會訊，命山東開棺驗君尸，其知縣驗有日矣。包祥自山陽來謀為之地也，天忽大風雨，棚盡撤，不能驗。山東按察使朱錫爵自至驗之，君尸惟胸前骨如故，餘盡黑，蓋受毒未至死，先以縊死也。具聞於朝，天子震怒。斬包祥，置顧祥、馬連升於極刑，而命官押李祥至君墓所，摘心祭君。王轂、王仲漢各論如法，江南總督以下皆貶謫有差，贈君以知府銜，封其墓，天子自爲愍忠詩三十韻，命勒於墓上。君無子，命訪其家立嗣。君卒時年三十餘。

太史氏曰：甚哉，聽訟之難也！悲夫李君，冤理於天子而情不能白之於大府，又聞君棺之歸也，有即墨人荆某者，少與君同學，長而為吏於縣中，暮出門，見輿馬傔從甚盛，有偉丈夫坐轎中，則君也。下而與執手甚歡，某訝曰：『吾聞君死矣，今胡為者？』君曰：『吾固死也，死而為城隍於棲霞，某月日吾家當開棺，則得吾死狀矣。君為吏甚苦，盍從我行？』遂不見。某趨至君家問之，君婦方慟哭，欲開棺視君也。荆某後數日果卒。鬼神之事儒者所不道，然沈某疑君死端緒不發於荆，某君之叔儒愚人也，何由敢訴諸朝哉？傳君之事者不一，余所聞沈某事乃得之於吾從子希祖，聞於吏部楊君者。

忻州知州魯公家傳

公諱潢，字守原，號緯蘧，一號渭川。贈公長子少負奇氣，不事家人生産，既困甚，隨婦翁王君遊京師，遂留居琉璃廠肆，性善別古字畫玉石，以是稍稍居積，作書賈，而身遊士大夫間，與陳伯常守誠、蔣心餘士銓交善，裘文達公嘗欲經紀某君喪，歸江西屬其事，伯常薦君才可任，三日而事集，文達以是奇之。居久之，遂入貲為山西知州，凡歷任霍、渾源兩州，攝平定州，調忻州。為渾源時有武生醉毁其鄉之佛寺，鄉人縛而訟之公，公疑：『一人醉安能毁寺？』沃之水，醒而問其故，生具伏曰：『非有釁也，醉而逞力，故及此。』公不信，生曰：『試之磚可矣。』命累巨磚與人齊，生以一指中擊之，有裂痕深至地。公曰：『是不啻能援廟桷矣，材如是何為酗以逞也！』諭遣之歸。生卒為善士。知忻州，有翁殺其婦與女孫者，其子誣服殺妻，公疑之，訊得其姦，乃抵翁以義絕故殺平人罪。州人以公為神明，或衍為小說戲劇以頌公云。居山西十餘年，所任事無不辨性明决，而不能為媕婀。與按察使某不相能，而朱文正時為布政使獨器之。公初娶王氏，無子；繼娶李氏，生子枚，才而早卒。公初迎養父母居山西，及是皆歸。公念母老，投牒以終養請，文正再三留之不能得。其巡撫某亦素重公，問公曰：『孰可繼公者？』某公以白金八千乞公薦己，公卻之，而薦某州牧某，曰：『其人貧而性鎮靜，且次不可越也。』巡撫卒聽公。公將歸，忻州人迎公至所立生祠，具酒饌以餞公，焚香跪路左以送者相屬，復醵金二千為公歸貲，公笑受而盡留以為書院膏火費。書院，公所創也，公居官時，凡寄貲為遠祖近祖廣祭田學田諸事，皆以屬其族子仕驥，學者所稱為山木先生者也。其事具詳於山木集諸尺牘中，公歸而復加擴充焉。公兄弟四人，公皆推己所餘廉俸與之立產業，其三從四從兄弟賴以舉火者甚眾。公既歸，事贈公尚數年，贈公乃卒。公居家，內事父母以色養，親故往來者皆以公為法；外以善化，宗族鄉里凡以事來就公決者，得公一言莫不服。年五十□，卒於家。在京師所娶李氏生子二：果、本，生女一，適陳用光。妾生女二，適陳玘、蔣知重。

陳用光曰：伯常予世父也。山木予舅氏也。先君與公交後於世父，公既歸，乃為余議婚，余為公壻數月而公卒。予於公家得觀公所與山木往還諸書，肫然一本之思，何其篤也。公未嘗讀書而所樹立如此，彼被服儒者宜何如？然公卒後而其子貧困乃彌甚。嗚呼，天為之耶，人為之耶！

蔣省齋家傳

蔣省齋諱祝，字賡三，省齋其號也。先世居於歙，後遷於杭，遂為杭州人。祖某、父某。舉康熙庚子鄉試，雍正癸卯成進士，以殿試第三甲二十七名改庶吉士，充會典館纂修官，兼充景山教習。乙巳散館，以第二等第二名授行人司行人，聞父疾乞養歸。主講敷文書院。高安朱文端公屬同修歷代名臣傳，宋史載岳少保武穆謚，君至西湖岳少保廟，讀其碑，得明王世貞所書宋理宗寶慶元年改謚忠武勅事，據以入傳。而世始知少保謚忠武，其勤於事如此。旋丁父母憂，服除，補官京師。四川巡撫紀公奏請偕君往，欲補君綿州知州，旋至京師，奉旨，以知州發直隸用，至則署樂亭縣事，清釐積案千餘，遂知晉州。吏部推擢雲南永昌府同知，引疾歸，時年六十九。居家十餘年，以乾隆戊子六月十六日卒。距生於康熙丙寅九月十三日，得年八十三。初官知州，授奉直大夫，以孫詩貤贈朝議大夫。子□人，孫□人，曾孫□人。君之知晉州也，興農桑，濬河渠，立保甲，事無不舉，州民有白某者習邪教，君曰不治則滋蔓，蔓而圖之難矣。遣數十人縛以來，置之獄，使人勸諭之，白卒泣悔，為良民。州俗悍喜鬥，君倣古方，製所謂三黃寶蠟丸，醫受傷重者俾不死，而傷人者得免於抵，所全活無算。治逾年，獄幾空。州瀕滹沱河，歲葺堤，君於堤上徧植柳，數年柳成陰，民謂為蔣公柳堤。制府方觀承薦於朝，引見，賜朝衣一襲。會報蝻灾，君自朝京旋治所，禱八蜡廟，民見飛蝗蔽滹沱河而南去，民乃相率為歌以紀事，且泐石於城隅云。永昌有土司頗骫法，君單騎入苗洞，曉以大義，苗卒戢會他處。苗有為亂者，君率民禦諸境，賊不敢入，永昌以無擾。其自他郡避難來者，君撫給其衣食，賊退而民不忍去。嘗攝永昌守事，為民置義倉，或曰：攝守乃不憚勞如是乎？君曰：『苟利於民，奚問攝為？』會夏旱，民以借義倉穀得不飢，乃大服公言。永昌產銅，廠事屬於守，銅有羨守取之。君攝守時，以其羨半歸之公，半以給役廠民。大府入覲，嘗舉君以對，上謂真廉吏云。君既歸，家居課孫，以小學近思録為教，蓋雍正乾隆間士大夫崇尚宋學如此。君之成進士，總裁為朱文端公，其同考官所薦則合河孫文定公，人謂君不負文端、文定也。

贊曰：余與君曾孫詩友，詩為君行狀二千餘言視余，屬為家傳。書曰：『學古入官』，詩曰：『豈弟君子，民之父母。』如君者其不媿學古而為民父母者與！君家居時，有直隸、雲南數十人送衣物數事至仁和縣庭，曰：蔣刺史去所治時不受民贈遺，吾儕皆各以事受其惠者，今欲以歸諸其家，仁和令以致於君，而浙中大吏屬能畫者，為作圖以紀事。嗚呼，觀於此，孰謂民而不可感以恩乎！

費給諫家傳

給諫君姓費氏，諱振勳，字策雲，一字鶴江，晚自號蒙士，吳江人也。先世嘗有聞於宋明，入本朝有名洪學者，康熙庚辰科進士，官博野縣知縣，君五世祖也。生子元謙，少孤，負母逃土寇之難，遇寇，以計脫母而身死於寇。妻錢氏年二十六，撫孤錫蕃得旌如制。錫蕃子浩是為君祖，以君貴，贈中憲大夫、戶部山東司郎中，贈戶部。子二，曰木曰林，林字西園，是為君父，以君貴，贈中憲大夫，刑科掌印給事中。母吳氏、趙氏皆贈太恭人。君兄弟八人，於趙恭人為次子。君生十一歲而孤，趙太恭人撫教其前母子及己子皆使有成立，及君伯兄以舉人為鹽大使卒於官，趙太恭人復謝世，而家大困。君既食貧，自奮於科第，痛其親不逮祿養，所以厚母黨者無不竭其力。而營祖父墓舍，招兄弟同居京師，使各得官及為人佐幕以去。數十年中，君支持門戶，諸兄弟惟君是倚賴。及君乞病歸，嘗植荆樹於庭，顔其室曰『蔓草』，而招其弟之遊楚者使之歸，日與諸兄弟相聚，為飲酒談笑。及諸兄弟先後病卒，而君亦遂謝世矣。君以乾隆戊子舉於鄉，乙未成進士，四庫全書館開，以進士書籤武英殿凡十二人，而君與焉。及敘勞，十一人者皆得知縣，而君授內閣中書，旋充文淵閣檢閱四庫館分校，轉戶部四川司主事，擢員外郎，再擢山東司郎中，監督寶泉局轉山東道監察御史，擢吏科給事中。當君為中書時，嘗典四川鄉試，及轉戶部充順天鄉試分校官，皆勤慎以得人，而視廣西學，培士氣，核真才如恐不及。嘗因其地之士習美惡而奏請減西隆州生員額以益陸川縣之額。有程一鵬者嗜學工文而家貧，不能應省試，則為具裝以使之應試，而一鵬終不得志以死，粵人至今以是頌君之愛士也。在戶部現審處，於旗民爭地質成者不輕逮訊，郊外民十餘年無株連者； 為御史言： 督撫考課州縣，宜師漢循史遺意，以安靜悃愊勞心撫宇者為上考，不得專取儇巧武健之人以病民。皆得旨飭中外如所言。又嘗言： 部據例案以治事，而案繁官不能周知，吏因持其短長，宜每司責令主事專掌成案，以時籍記，而剖析其異同。又嘗言： 近世士大夫好詆宋儒為學術害，宜令鄉會試，文有顯悖朱注者禁勿録。蓋君之當官，其言行之當乎體要者如此。君既歸，主講正誼書院者凡七年。歸而遇疾，以嘉慶丙子三月二十九日戌時卒於家，距其生於乾隆戊午四月二十九日，享年七十有九。子一： 蘭墀，壬戌科進士，官翰林院編修。

陳用光曰： 余與蘭墀同舉庚申京兆試，嘗得謁見給事，君藹然儒者之容也。蘭墀以書來，屬為作家傳，余覽其所為行狀千餘言，詳而有體，迺論次其大者著於篇。夫士當官而不能自知其所任之事，為學而好以其才智薄先儒，皆世道人心之憂也。君所言『部官宜習知成案』，『士大夫不可詆宋儒』，有旨哉，有旨哉！

馬一齋先生家傳

馬一齋先生諱翩飛，字震卿。弱冠喜宋儒學，途專志勤，弗懈於中途，弗回於旁趨，署其齋曰：『翊翊』，署其號曰『一齋』，演迤涵泳，可想見其為人。既屢絀於鄉試，洎如也。乾隆初年開制科，有司欲見之，而後舉謝不往，而應常熟令山長之聘。月吉會講，反復詳切，聽者忘倦。幼失母，事父盡其孝，治喪祭盡其誠。家貧，布衣蔬食終其身。故舊有欲餽之者，見而不能出諸口以退。盧墓時，巡撫某欲見之，而不能得也。以乾隆二十一年某月日卒。所著有讀易録二卷，禹貢初輯一卷，筆記二卷，詩文鈔二卷。享年若干歲。

先生世為六安趙氏，永樂初有贅於桐城馬氏，後遂沿其姓，為桐城人。萬歷中進士、歷官至太僕卿諱孟楨者，其六世祖也。贈兵部主事、旌孝子諱懋襄者，其七世祖也。

陳用光曰：余少事魯山木先生，言宋儒學；長事姚姬傳先生，言宋儒學。及遊宦所歷廿餘年間，人多稱漢儒無及宋儒者，若先生之闇然自修，遺棄聲利，雖無著述，固已得為學之本矣，況有著述乎！先生曾孫樹華乞余為傳，乃論次之如此云。

書許所望

許所望字叔翹，安徽懷遠縣諸生。工為詩，而通兵法，喜慷慨趨義。嘉慶壬戌冬，宿州亂民王朝明李勝才破宿州，所望嘗率其戚屬王冠英出積粟三千石餉軍，且助平賊於陳家集。嘉慶癸酉秋九月，河南亂民李文成據滑縣，內結林清，驚京師。其黨走山東，林清既伏誅，山東旋平，王師方會圍滑縣。兩江總督百齡駐徐州，安徽巡撫胡克家駐亳州，為江南防守。亳州有歸德人楊七郎者，盜魁也，擁衆引河集，其黨洪廣漢據保安山，與潁州亂民沙占魁、楊四、王書子某互勾結，伺隙未動，胡中丞知所望名，以書招之，使帥鄉勇助防勦。所望集邱惠齡、張國綱、謝崇訓等十人為隊長，率八百人至亳，霍邱民乘亂攻掠者，所望既往定之，乃畫策曰：楊七郎猛且狡，聞吾在軍，備且密，宜計誘之。命張國綱、謝崇訓率健兒八人偽為逃丐，投詣楊，楊果喜。越五日，誘至邱家集，楊忽疑曰：『若為許所望來耶？』時楊衆百餘人，崇訓出不意，斷楊左臂，衆大驚。張國綱疾呼曰：『吾張國綱也！』立擊殺數人。國綱萬人敵，與邱惠齡同攻破宿州賊者，賊素震其名，遂大潰。所望率兵至，賊黨擁七郎奔，或謂七郎死於路云。於是保安山洪廣漢衆亦潰，沙占魁等竄至永城白廟，所望追殺數人，會滑縣平，其餘黨來合，與亳賊南焚會亭，所望戰於公基湖，令列十火槍土埠上，曰：『賊至二百步發。』令衆伏地勿動，曰：『鎗發，乘烟突擊之』。賊大潰，追數十里，斬獲無算。亳州罷防守，蓋不煩五營一弁一卒也。當百制府防守徐州時，儀徵縣屠倬率河南人張永祥團練鄉勇三百人將助徐州防，事平解去。張永祥嘗以鄉勇四百人擊破川楚賊於盧氏縣，議功補外委。阮中丞巡撫河南時，嘗令其教五營鎗法，又攜之至浙，依屠儀徵也。張永祥不知書，而恂恂如讀書人，人呼之為張鐵鎗云。謝崇訓以功授練潭汛。

論曰：山東之平，功由鹽運使劉清。劉公為余言：河南亂民來山東者，人雖衆，心未必合。若俟官兵集始擊之，糧不足餉軍而賊志既定，攻之難破。吾既以語撫軍，遂率五百人破數千烏合之賊，不折一兵而山東無虞，非吾之能也，國家之福也。當川楚賊未起時，官兵方征苗，有大小章者犵犵也，其習俗界於苗與民之間，苗人畏之，嘗力抗苗，而官軍魚肉之，迺怨而叛去。溆浦嚴如熤卒招降之，與共破苗，嚴君後以佐川楚軍功官至漢中府知府，自為記其事始末甚悉。嚴劉之功皆為朝廷顯擢矣，人多知之者。所望兩辭盧鳳道珠隆阿及胡中丞之敘功，方以諸生應鄉試，而張永祥今浮家於揚州，余迺因吳清夫徵君賢湘所記所望事而刪潤論著之如此，以語世之好奇者，且附著張鐵鎗云。

嵇恭人家傳

嵇恭人，蔡生甫先生之配也。年十五，母沈孺人卒，父屈天翁喜其才，使主家政。內事父兄撫弟妹，外供賓客，事無不舉，稱父意。年二十四，嬪於蔡孝，於翁姑也如事父。而處貧家，躬親炷臼，使翁姑安其養而樂其賢。尤有人所難能者，故先生悲之曰：恭人嬪蔡以來，半生在憂勞蹇難之中也。先生作恭人行狀，援其鄉先輩徐蘋村學士倬所述，稽宜人之賢曰：恭人，宜人之姪孫女也，余生平境遇與蘋村大略同，恭人與宜人同為寒士妻，而孝於親，誠敬於祭祀，儉於己而樂施於人，明於御下，能使人畏其明而樂其寬，亦無弗同者，宜人享年七十有七，恭人享年七十有六。蘋村之述宜人也，年八十有一；余之述恭人也，年八十有二。事固有曠世而相感如此者。先生用光為庶常時分教習師也，用光官京師時數謁誨於先生，雖未及登堂拜母而習聞恭人之賢，今讀先生所為行狀，故述懿美以慰先生之意，若其世系子姓之詳具於誌銘，茲不著。

論曰：家人之六四曰『富家大吉』，蓋自二之在中饋進而至於四之富家皆言妻道也。所謂富者以其德不以其財，若恭人之佐先生於居貧，及先生貴而其貧如故，然而能協於富家之吉者，夫非以其德乎？恭人治家能見其大，米鹽零雜不屑屑為苛察。嘗謂苛則下必有受其病者。京師人相述以為名言，然其寬若是而人不敢欺，則以其明也。嗟乎，易之四，妻道也，亦臣道也。為臣而能知富以其德之義者，寬何以不失之縱？嚴何以不失之苛？固有道以處乎其間哉！

太乙舟文集卷四

記先贈大夫畫像始末家大人命代作

先贈大夫故有撫琴圖，模寫特肖。予命善畫者摹寫副本而加拓焉，攜之吳中而泐諸石，將奉像於藏書之樓下，使吾家子孫入室而覩像，登樓而讀書，惻然思手澤之尚存，悦音容之已邈，勉圖奮立，以紹祖武。即至他日身處困窶而有敢議及遺書書舍者，即治以不孝之罪。泐石之像既就，乃附記其始末如此。嗚呼！世人常患貧不能竟學，然自古居貧而成名者較之處富厚之家為多。先贈大夫少從大父治生計於會城，而卒以學業顯。今之子孫席先世之業，無衣食之累，而其能以力學著者何未之見也？人事之不齊，境遇之不可恃，安必他年，常如今日。貧窶非所患，其不能力學而辱身敗行以覆墜先人之業，則後之人其尚戒之！

朱梅崖先生畫像記

梅崖先生，余大父凝齋府君舉進士同年，而余舅氏魯山木先生所從受古文學者也。余不逮事祖，建寧距新城僅二百里而近，聞先生嘗一再訪余大父於中田，而余年十三四時見舅氏校刻先生遺文，嘗以不及見先生為憾。聞舅氏述先生之狀貌容止及其言論意氣，則傾聽之不厭也。及年稍長，與舅氏之族弟繽及舅氏第三子嗣光皆喜讀先生文，皆喜從先生自論其文語，以究其所以為文之旨而輒效之。舅氏既見姚姬傳先生於皖江，歸而以梅崖集寄質之。姚先生以為恨不識其人。舅氏又常命用光以所為文寄質於姚先生。癸丑歲，余從姚先生於鍾山受古文學以歸，而溯其始，非余舅氏之誨及嘗私淑於先生，固無由知古文學也。張亨甫明經際亮，先生之鄉人也，年少而鋭志為古文學，以不及見先生為恨，而與先生之後人遊處甚暱，因得見先生之遺像，而自摹副本以藏諸篋笥，既攜以來京師，因以示余且屬為之記，余諾之，累月而未敢措筆，蓋敬慕先生，欲倣先生之文體為之，而及其注於手，乃歎先生為絕塵而奔，瞠乎其不可及也！ 余昔未見姚先生時，嘗夢見之，及見，乃不類。亨甫言此幅較其家藏本僅得其七八。夫後進仰企前輩，通之夢與敬其像一而已，類不類無足為輕重也。余以通家子弟而得瞻先生遺像於四十餘年之後，亨甫以同里後進而珍藏副本，踰數千里而護視維謹，蓋皆不勝其私淑服膺之思云。

自訟室記

汪君均之顏其所居曰『自訟之室』，又以鐫一印章，謂余嘗與同意也，贈余印章而索為之記。於是余與均之同有此室名矣。傳曰：『畏我友朋。』余兩人交相策勵，安能已於言乎！ 余好奕，嘗與人奕罷輒思其舉棊之誤，自訟曰：『柰何有可勝之道而取敗如是！』比再奕，其誤如故，其自訟如故。則嘗推奕以自訟其言行曰：『柰何知忠信篤敬而偭棄如是！』今日如是，比明日其誤如故，其自訟如故。夫知其然而不能然，非明不足以察理而勇不能以蹈義乎？ 吾所知者尚有然，吾所不能自知者庸有冀乎？ 然則學之不可不講，而自訟之不可以虛詞謝也明矣。

均之應京兆試落解後嘗與余曰：『嘗夢登一山，若陟其梯，有人屬講論語義二章者，余既講而寤。其二章則曾子所以述顏子、孔子所以答衛靈公也。』夫有若無、實若虛，自訟之原也。此顏子所以不貳過乎？ 軍旅之事，亦學者所宜講習； 子路有其學，故夫子〔一〕許以從政。而今之答問陳也如是。然則范文正之所以語橫渠先生者，固非迂論乎？ 余嘗謂人暇能思論語孟子義，有內心者也。今均之不忘自訟，而徵之夢復有然，余敢不畏之乎？ 好奕者廢事愒日，此亦余宜自訟之一端，乃為之記如此，書贈均之而屬均之書一幅以規余。均之名正鋆，桐城人。嘉慶二十一年十一月二十一日，陳用光書。

【校】

〔一〕夫子，原本作『天子』，誤。據清頌堂本改。

重修黎川新館記

君子之敬其鄉也，蓋樂與其鄉之人共循夫敦厚仁恕之習焉。力之所可為者，則竭其力以圖其安；事之所當盡者，則竭其智以正其事。昔孔子言：『觀於鄉而知王道之易』，而其居鄉黨也以『似不能言』著。夫鄉黨所相沿之禮而行之可以興王道，以孔子之聖處事而其言如不出諸其口，然則君子之所以敬其鄉者信乎！其不以才知相先而惟以敦厚仁恕相尚也。士大夫之官於京師者非一邑之人也，其與其邑之人相聚則猶之乎其鄉也。

國朝大一統，建首善自京師始，士大夫崇敬鄉之誼，於是有府州縣各建之館，吾新城之館居正陽門之東久矣，其地俗所謂長巷四條衚衕者。先大夫官兵曹購宅一區於正陽門之西，其地俗所謂三眼井者。先大夫乞假歸時出所購之宅為吾邑西館，故吉州知州喻心筠竇忠、前鄺城縣令黃仰岱奕瑞，皆居是館成進士，而嘗經理其館中之事。先叔父繹堂府君購宅一區於正陽門之西，其地俗所謂椿樹衚衕者。先大夫於乾隆庚子補官兵曹，與繹堂府君易其所購之宅，由是西館乃建於今地，自先大夫及從兄觀，從子希祖、希曾及用光遞居之者垂四十年。墻垣屋宇日久頹壞，屢欲新之，費重莫舉。及希祖去年歸而其宅空。今年周貞木編修之楨商於邑人，分其宅之前與山西賈曉嵋員外大夏居，而資其僦直以修其前宅；其後宅為屋若干，則更鳩資助修之，以居邑之應禮部試者。其前宅僦直以六年為期，凡修治之費為白金九百兩，計其子金得白金一千五百四十八兩，六年及期而宅還為館。假力以復舊觀，資人以成己事，事成而費不鉅，廢於累年而新於一日，貞木之為此可謂智當於為者矣。館故有黎川新館匾，其經理館中事有條規，其購此兩宅有契約。凡計偕而東館不能容者，先大夫及從兄輩居此時嘗別租宅以居之，舊匾朽壞。某年，用光嘗乞蔡生甫先生之定為更書之，欲作記而未及為；今年邑人謂余宜終為記之。余惟先大夫之為此，既竭其力，以圖邑人之所安矣。其有所讓於德，有所咨於事，教有所必詳，智有所必盡。俾吾新城之人不徒以科第仕宦爲榮，而以敦厚仁恕為尚，是居東西館者之所當同勉也。余故樂諸君子之奮於義，而更為宣其意。其館中條規前所定及今所增者，皆具別幅。其年為道光元年七月上浣，為之記者，陳用光也。

習勤書屋記

余少時嘗喜誦韓太傅嬰所云：『昨日何生，今日何成。必念歸厚，必念治生。日慎一日，完如金城。』詩曰：『夙興夜寐，無忝爾所生』。其言蓋日嘗三復之。余今年六十有五矣，昨日今日之所考，以日計之，蓋積日得二萬四千九百日矣。其念之入也，惕惕以乘時而并日；其念之出也，悠悠以玩時而愒日。積念與積日較，銖兩不能符積日之盈數，既以之自愧，又嘗舉『厲人生子祝『勿類我』之言以戒諸子。今蘭第以『懶雲』名其齋，與吾少時意大異，余滋懼焉。爰易之以『習勤』。夫勤念歸厚而德崇，勤念治生則事立。厚於己〔一〕而必忠，厚於人而必恕。不忠不恕之念，可不勤於自省乎？治生非逐利也，今之士不能為農，則當師其作勞之意，以易其紈袴之習。勤則善心生，玩愒其必懲矣。杜子美『雲在意遲』之語，昔人謂其近道，蘭第之意其亦有取於此。然慕恬澹而不事事，則頹然自放而智慧不生；有義理當前，而視之而不見，聽之而弗聞者矣。大學所以言正心而以心不在為戒也。故『懶』不可以為名也。余懼蘭第誤於所趨，故屬祁堉書扁，作此記以示之。

【校】

〔一〕本作『已』，誤。據清頌堂本改。

阨臺記

陳州城南附郭里許，有臺屹然，不知始何時。或曰：東漢陳愍王寵『散弩臺』，以控阨黃巾者；或曰：孔子厄於陳蔡所居。蘇子瞻氏嘗以前說為近，而謂後說為不足信矣。顧至今尚沿其名曰『厄臺』，後人或易之曰『絃歌臺』，臺下置絃歌書院。康熙年間，翰林院學士揆敘作碑文，亦沿『絃歌』以立言。昔先君守陳州，嘗命用光檢書籍攷其實，時適未攜東坡志林，無以決其疑。後考得之，先君已離陳州矣。嘗攷漢陳愍王傳，有『強弩數千張出軍都亭』之言，合以附郭之形勢，則東坡之言其信。且守禦之備曰臺，春秋時因臺以為固者多矣。魯莊公三十一年春、夏、秋，築臺於郎、於薛、於秦，一歲之中而三築臺，其非為遊觀於遠地，而以資守禦四境可知也。今制行軍儲糧之地曰糧臺，夫寧非名之有相沿者與？今年陳州守李雲軒振翥以卓薦來報政於朝，與相見於煦齋尚書師座次，用光語之曰：『以阨易厄則音近而字訛，其實矣』。尚書師曰：『子曷不為文？余當為書之，俾雲軒刻諸石，以正其失也』。雲軒嘗佐治睢工，出己財築垣以守薪茭，工上人甚稱之。其才既嘗見諸事矣。余嘗聞陳潁間有賈逵、鄧艾通運渠屯田之遺制存焉，倘可攷其利而興之與？夫攷證是非以匡謬正俗，稽古者之事也；博求利病以善俗宜民，司牧者之責也。余既承尚書師之命，輒推其說以諗於雲軒，是為記。

菊隱圖記〔一〕

士之官京師而非著籍畿輔及顯貴擁厚貲者，類僦屋以居，無有園亭花木之勝，雖有之，亦不若家江南者之依山面水、靜深而幽曠也。偶以春秋佳日，挈朋挾觴，擇乎寬廣之野、寂寥之所，以自寄其意，顧亦不能數數至。以一日之流連而詫為平生之勝事，此家於南者所以誦仲長統樂志論而慨然以興也。趙象庵先生家距京數百里，官中書，買宅一區，地不廣而能以其隙蒔花木，貲不厚而樂以其暇召賓客。人聞其花木之盛，雖未嘗與主人面，遊焉而無所拒。其花木四時皆具而藝菊尤精，汪瀞雲農曹是以有菊隱之圖。其曰隱者廋詞也，猶曰『吾樂乎是』云爾。予數與秦小峴司寇、法梧門學士、吳蘭雪舍人、陶琴坨大令飲酒賞花於先生之家，諸君皆數賦詩，而學士大令之詩尤多，予不工吟咏，自媿無以稱先生之數招也，今乃索其菊隱圖而為之記。昔歸震川嘗記洪氏之菊窗矣，彼其居近吳淞江，有山水烟霞之趣，宜震川以擬於長統之所云者。今先生居京師甲第鱗集之地，而獨能不限於境而適其自樂如是，則知夫人苟內有所得而無所擇於地，而蘄于自明其志者，將何如哉？先生名鉽，其從子□與予同舉進士，先生予丈人行云。

【校】

〔一〕清頌堂本題失『菊』字。

仁術堂記

君子之為仁也，苟勢所可行，雖所處下而必奮，雖所事細而弗懈。惟設厥誠以究所成，以為其術之可推也，遑曰吾責不在是與？掩骼埋胔，官政也，紀於月令。或曰是周公之所經營也，而呂氏竊之以為名，故明堂陰陽記特載於明堂別録焉。夫官政之所舉，有司之事也；倡義之所釀，士大夫之仁術也。官政之所舉，曰『順生氣』云爾。顧官聯之所及，曷嘗不通乎四時？士大夫之仁術，曰『致吾不忍之心』云爾，就聞見之所及，而思以釋其患，曷嘗不佐乎官政？士庶民能為是，猶引而進之也。矧其為士大夫乎，嗟乎，俗之偷也！細民之役於利也，聞有受募直以應役者，或取骨畜產以售給，或剖暴朽槥以報塞，人物羼錯，神鬼恫怨，倡斯義者樂其名而不察其欺，則欲以造福也，而禍且及於其身。余聞姚秋農尚書、朱虹舫閣學言浙中之軼事而痛之，是故貲既釀矣，任其事者必擇夫醇厚之士，事既任矣，稽其實者必竭其孜核之才，吾有誠而人能同其誠，斯行之無疚於成也。斯議也倡於宜黄黄樹齋編修，而釀資之厚則夏森圃觀察之力為多。既買屋置產以為瞻斯事之具，而復構堂以居任事之人。余亦與於斯議者，以編修之屬為記，乃詳言其利病之所在，以示後之人，且以交儆夫今之任事者也。

勉學堂記

宋陳石堂先生之學，由輔氏而溯於朱子，博而能約，有體有用。余讀其經義字義諸文，大抵推闡前言，考驗人事，使為上者得以審治平之要，為下者得以究修齊之功，蓋粹然儒者之言也。余官翰林時，讀先生惟則定國賦而善之，顧未及細考其居址學派也。及督學來閩，按試福寧，閱郡志，乃知先生為寧德人，字尚德，其所居石堂，學者因稱為石堂先生。因以詢福寧諸生，無知者。試事竣，晤魏和庵翰林致中，屬為訪其遺書。和庵言尚可購諸民間，余大喜，遂屬和庵及余門人寧德令周梅閣立宰，為繕寫成帙，將謀付梓。及旋福州，和庵、梅閣俱以書來，曰：『已繕寫成帙，為廿二卷矣。』余亟喜披覽，因出按興化試，遂攜之行篋，三復紬繹，朝夕不厭。孟子曰：『博學而詳說之，將以返說約也。』又曰：『君子深造之以道，欲其自得之也。』近時爲漢學者詡詳說之功，而鮮返約之思；其為宋學者或又徒勦襲語録之緒餘，而無自得之實，二者交譏而未有以相勝也。若先生之遺書，則固可與北溪直卿後先輝映。閩中宋學最盛，先生固巋然為宋末一鉅儒也。先生常作勉學詩以勗其邦人，余既以『勉學』顏試院之堂，屬侯官李蘭卿太守彥章為隸書扁額矣。今來興化，復屬莆田諸生彭鳳岐為書勉學詩，將刻之石以寄福寧，而復為此記以勗為宋學者。夫先生之學非福寧之所得私也，而莆中為先生舊遊之地，當日承學士甚衆，今以詢莆中士子乃多不知先生之姓名，與福寧士子同其陋。蓋近時士不說學之習甚矣。余願天下士皆勉為先生之學，庶不媿『說約自得』之旨，不獨為閩士言之，而於閩士尤三致意云。道光十年秋九月，督學使者新城陳用光記。

重修江東橋記

江東橋，故虎渡橋也。其石材博而厚。當創橋之初，屹然巨觀，自前朝固便利之久矣。近數十年來，既傾且圮，過客以小舟渡，凡一再始達。余去年歲試，固以舟渡也，其時錢翼堂大令方募貲重修之，未竣工；今年某月日工成，余科試漳州，過是橋，果堅鉅，稱壯觀。余試泉州時，以未得遊洛陽橋為憾，今履是橋而喜諸君之能相與以有成也，乃踐去年翼堂見屬為記之諾，而諗於衆曰：橋之利於人也，修橋者之樂人之利之也，是仁術也。良有司以仁術治其民，鄉黨之長者以仁術濟其鄉黨，而因以及夫不知誰何之人之登是橋者，是皆惻隱之心之所發也。夫惻隱之心，於不知誰何之人而思有以利之，則凡所以利其親故相厚者當何如？所以利其宗族一體之親者當何如？苟能推其心而用之，其於親故宗族間，其必能不以貨財蔑禮義也，其必能不以好惡相攻奪也，其必能棄小忿而重懿親也。泉漳之以爭鬥攘敚蒙惡聲也久矣，而顧有能樂輸財以助成此橋者，固知其惻隱之心之足用也。良有司推是心以平曲直、讞獄訟，而使民預絕其不肖之心而相趨於仁讓，鄉黨之長者推是心以勸化其鄉黨，與父言依於慈，與子言依於孝，與兄言依於友，與弟言依於恭，與朋友言依於信。熙熙然不以貨財蔑禮義焉，藹藹然不以好惡相攻奪焉，肫肫然棄小忿而重懿親焉。吾見漳泉爭鬥攘敚之俗，擴然其一變而可以仁名其里也。是良有司及鄉黨之長者之所優為也。則斯橋之成豈獨利涉之一端而已。知皆擴而充之焉，吾固謂泉漳之俗之可變而趨於仁也。時道光十年十一月既望，為之記者督學使者新城陳用光也。

山木舅氏祭田記

山木舅氏以通儒之學、勵樂貧之操，自為諸生逮夫通籍而歸家待銓，數十年中，惟以課徒自給。積其館穀之餘置田五十餘石而已。歲辛亥謁選京師，得山西夏縣，居官三年，不名一錢，以甲寅夏卒於官，歸葬於家，惟餘養廉所得一千五百金。嫡子之存者三人悉舉與其庶弟五人。逾七八年，諸庶弟既已用去其一千五百金，而五十餘石之田亦斥去無餘。二十年中，諸子皆奔走衣食，無恒產以自存。用光官京師，心憂之而無以為策也。戊子秋，幸奉命督學閩中，及歲辛卯，始出其養廉白金四百，寄弟瑾光，屬為買田五十餘石以為祭產，俾諸子得資其值，年所得以供朝夕饘粥。昔帥仙舟中丞為陳春溆師置祭產二千石，其買田之券皆鈐以浙江巡撫之印，俾他人不得覬買此田。而後人雖貧困亦不得盜賣也。余亟喜其法之善，顧自愧所置田僅復舅氏自置之舊額，而未能為謀擴充也。既屬瑾光以田券具呈新城縣為加鈐印，而與庶表弟景陶、表姪應祥議輪年值醮之法。舅氏子，嫡四人，庶五人，嫡長肇熊前卒，子三：應祥、懋本、樹本；嫡仲肇光前卒於井徑途次，子一：應祉，前卒，議以嗣光之孫恩第為嗣；嫡叔嗣光前卒於京師，子二：廉本、元本，恩第即廉本之第二子也；嫡季迪光前卒，子一：元鼎。庶長景韓前卒，無子，尚未議立嗣；庶仲景蘇，卒於京師，子一：杏春；庶次仲景陶、庶叔景范殤，例不立嗣；庶季景伊。景陶、景伊皆尚未娶，議每年嫡庶各一人牧其穀以備祭掃，其余則以贍其家。兄弟八房，四年而周。所值四年以後，復以次輪值之。其所買之田別具簿冊，亦鈐以知縣之印。吁，『無恒產而有恒心者惟士為能』。今吾諸表兄弟子姪皆士也，其所以有恒心而不失吾舅氏樂貧之操者，吾望其能守家法於不替，且可以益大其家聲，則是區區之祭田其嚆矢也。道光辛卯秋七月，受業甥陳用光謹記之，以示其後人。

渭川外舅祭田記

用光之議婚於魯氏也，實吾山木舅氏為通兩姓之好。顧自余娶婦後，未逾年而外舅卒，逾數年而吾婦之生母卒。吾婦同母兄弟各一人，兄曰宗泰，弟曰宗岱。其嫡母所生兄卜臣枚，前卒於吾外舅之任所，其嗣子曰盛煊。吾外舅自忻州乞養歸時，既悉分其所得廉俸與諸弟，而與諸子之產業不過三千餘金，未有田也。余婦兄宗泰既納貲為縣佐，分發江蘇試用，不數年被吏議，奪職閒居。既前用去其所分產一千餘金，並其居室亦已鬻去。逾數年，婦弟宗岱亦已罄產無餘，而盛煊之產則前已無存矣。十數年來其兄弟叔姪皆以客遊餬口。余來閩中，婦兄前卒，其長子早夭，其幼子不知漂轉存亡，惟婦弟及盛煊前後來閩謀舉火之策，余謂客遊非常策也，乃以白金五百兩囑吾姪孫瀛為買得祭田六十餘石，分婦之兄弟三人為三房，輪年值醮。其長兄卜臣，士也，而聰敏於學，既早夭無子，而嗣盛煊。其兄弟及盛煊皆廢學，仲兄又前卒，今惟季弟宗岱及子萬保、姪盛煊三人存耳。其田券亦鈐以知縣之印，如吾舅氏山木先生祭田法。夫不能爲士，則農工商賈皆治生之正業也，其不能為農工商賈則閒民也。其或不知稼穡之艱難而博奕好飲酒，迺逸迺諺，則且為惰民。吾見有惰民鬻及其祭產者矣。今之法，足以存其田而不足以治其人，吾望吾婦弟勤身厲行，率其子姪謀治正業，以毋墮吾外舅之家聲也。爰記其顛末以示來者。

姚姬傳師祭田記

用光欲為吾師置祭田，於庚寅冬託人攜貲寄皖，而其人未克寄。及辛卯春三月，佟方伯景文北覲，用光始以八百金屬其交鄧嶰筠同年，存俟姚氏來取。時鈐以中丞之印而屬吾師之甥孫馬元伯瑞辰經紀其事。先是吾師之姪孫石甫瑩以書來曰：『先叔祖墓下有礐田若干畝，今贖歸之，其可為祭田。』及余至邵武，吾師之仲子籀君師古來，余語之故，籀君曰：吾家亦尚有他所田當贖者。余問其值，則並石甫所議贖者合計之，值可六七百金。余曰：『君歸與元伯謀，更取所餘資買田擴充之，得全數則書以語我。』籀君歸而尚未有書來也。余為先舅氏山木先生置祭田，議諸子分年值醮之例，以初買祭田之年予最窘乏之次房，俾藉以給其饘粥及次年，然後以孟仲叔季之次分房為分年，今為吾師諸子謀亦如之。吾師之長子根重持衡最苦，若值壬辰癸巳，而籀君彥耿以次得甲午乙未其可乎？既以是作書與籀君彥耿，而記其顛末如此。元伯其力，持經久之，規俾吾師墓田祭掃之餘，諸子得粗給饘粥，無為終歲客遊，作依人計也。辛卯八月望前，新城門人陳用光記於福州試院之思位齋。

重修謝文節祠正殿記

謝文節公後文信國七年而殉國，其絕粒實在憫忠寺，今所謂法源寺也。嘉慶初年，朱文正議建祠於寺中，以寺僧之沮，購寺後隙地，閱十餘年而始成。其詳見姚文僖所為記。祠成後又數年，文僖以屬江西值年者董其事。道光七年，用光復購得祠旁地，乃謀改建正殿。十二年壬辰秋，用光以其事屬從孫延恩。十月祠成，其規模頗宏敞矣。夫文節之忠，無知愚皆知之，不待論著而始明，不以建祠而始著也。景致命遂志之烈而建祠於絕粒之所，感俎豆馨香之報，而江右士大夫同展其桑梓之敬，蓋文正公第以抒其敬崇節義之心，而祠宇既立，祀事宜肅，吾鄉人實肩斯責焉。且豈獨吾鄉人而已。詩曰：『民之秉彝，好是懿德。』凡輸資以佐建祠者，皆海內士大夫懿德之好也。千百年後，瞻斯祠之蠲潔巍煥，與柴市信國祠同為京師勸忠勵節之祀，固非若琳宮梵宇徒以資遊覽之區而已，是則文正創建是祠之意。攷古者所咸致其愾慕慨歎之情也，爰記其顛末如是，其出財以佐成斯舉者，別立碑列其名以示後之人。道光十二年歲次壬辰，季冬月，新城後學陳用光謹記。

蜀岡紀遊圖記

蜀岡紀遊圖者，余同年友張芥航河督紀其與余同遊之圖也。時維癸巳之春，余奉命視浙江學，路出江淮，既與芥航相見於袁浦別去，會芥航勘工於高郵寶應間，與余復相見於揚州。俞陶泉都轉乃招與同作蜀岡之遊。初就桃花庵飯，飯訖登舟，至平山堂，徘徊久之。循西徑訪第五泉，泉不可見矣，有欄而標識者非泉之所出也。出登舟，沿洄以求盡湖之勝，而三賢堂、高詠樓皆不可登，惟遙見其欄檻基址而已。芥航慨然，謂昔嘗及其盛時，今頹敗若此，盛衰可感，不獨為遊覽慨也。翼日與余別，芥航返清江，而予則來杭州。視事之暇，偕海帆中丞，課士於詁經精舍，登第一樓，謁文瀾閣、朱子祠，問昔所謂小有天園、湖心亭，皆頹敗不可遊。乃彌憶芥航語，與海帆嘆息者久之。余數十年前於蜀岡、於西湖皆嘗遊，皆非其盛時，而已覺其衰之可感，若芥航之曾及其盛而今遂見其衰，其為感自尤至矣。夫池館亭臺之盛衰，遊觀者之寄興而已，不足以為事之重輕，然亦足驗物力之豐絀、人事之廢興焉。設有能復修池館亭臺之舊，其不獨可資遊觀者之歌詠，且足以見物力之轉絀而為豐，人事之由廢而復興也。夫物力人事之轉移由於天而亦由於人，其權非遊觀者所能操，而操諸司牧斯民者之心。且天下事固有立於此而驗於彼者，然則芥航賦詩，所謂『我輩艱虞同此日』，其可謂不諉諸氣數之偶值，而有自任其轉移之權之心者耶？芥航屬錢叔美為之圖，而屬余為之記。圖中五人：豫簣山太守益，鄒宮眉觀察錫淳，俞陶泉都轉德淵，而芥航與余也。芥航未得至西湖而有願遊圖，余嘗題之詩。今以此記視海帆，海帆其亦有感於斯也。是為記。

浙江學使院題名記

學使者之職，所以考德行、講文藝、廣教化、美風俗也。前明屬其事於提學道，我朝特重其制，不責以民事而專命以教士，三年旋朝報政，則更命儒臣一人為之。

雖在編檢，科道部郎而居其職者，其體制儀文與督撫等。蓋國家廣勵學官之德，意至優以渥而任其職，而能無愧者為尤難矣。

高宗純皇帝賜學臣竇光鼐有『克己』之訓，光鼐是以榜於楹，以當座右之銘，有『勤思克己，以勵儀型』之語。夫己何以克？己於何在？不公不清貪黷是營者，夫人知戒之矣。能戒乎是，而第樂體制之崇，賜祿之厚。苟以溫飽為志者，其己曰『鄙』；惟晏安是耽而不能綜核名實以期得士者，其己曰『倦』。僕御胥徒之言是聽而不察其罔者，『鄙』之屬也；因陋就簡於發策決科之習而不能導士以紬繹經史者，『倦』之屬也。克其鄙與倦，尚不足為仁，而可憚其難乎！前竇公者，有姜鴻臚橚雷副憲鋐以宋學教士，吾聞而慕之；後竇公者有朱文正阮芸臺兩相公以漢學教士，吾聞而慕之。『鄙』之己吾能戒之矣，『倦』之己吾斯之未能信也。繹彝訓而省身，余雖已受代，其敢忘自疚乎！

使院之門外有題名碑，自順治以來居是職者次第書其名於石，以俟後來之遞增，余乃志其自疚之端為之記。時道光十四年秋八月之下浣也。

杭州使院范文正公祠記

范文正公之名德，世之所共仰也。其崇儒術以造士，則固與其功在社稷者並著。蓋孫明復、李泰伯、胡安定皆其所扶掖而獎厲之者。而授橫渠先生以中庸，先生終成鉅儒與周程並列，後世遂崇祀文正於夫子廟之兩廡，夫守先王之道以待後之學者，文正之有功於學校，誠無愧於配饗矣。

文正之專祠，在文正生時青州及邠慶二州之民與羌屬既皆畫像立生祠，及其歿後，宣和五年，慶帥宇文虛中奏請賜忠烈廟額，慶陽平江府凡一十九處，成都府學以上並有公祠。朝旨所在，監司郡守學官歲時詣祭祀。夫捄災衛邊功在民，振興學校功在士。自宋及今，二大端之所著，仰盛烈而示後世，固亦已有專祠矣。杭州舊有范府君廟，在梅東高橋，明時以祀文正公。郡志云『里人奉為土穀神』。蓋皇祐初公守杭州時發粟捄饑，為術甚備，是歲兩浙惟杭州宴然，民不流徙。當時既德之，延及後世報功之祀不衰，而習俗相沿及於督學署中，亦祀文正為土地之神。夫土地之祠，世俗之稱，經傳所無也。古者祭祀，大夫五祀而已，諸侯則祭其境内山川，學使者之職與督撫同列，擬於古之諸侯。今世土地之祭，古者境内山川之祭也。余初至署謁祠，詢之人，則曰：『土地之神白鶴仙也。昔有白鶴之神翔集此地，有庇於人，故至今祀之。』此其説既不雅馴，而余周覽祠宇，見有聯語頌文正教士之功者，笑曰：是杭人德公之賑饑而奉公為土穀之祀，因凡署之有土地祠，遂沿及於學使者之署也。為楹聯語者雖不能知古無土地之祠，而頌及於文正之養士，其識固正，今直當去『土地』之名，而特稱為『文正祠』，則名正而祀典亦尊。後之為學使者能思齊於文正之養士，是文正之所享也。杭之士有能為孫明復、李泰伯、胡安定、張横渠之學者，文正其亦歆其祀而許之也。余不揣固陋，為正其祠名而作文記之，以告來者。時道光十四年仲冬月上浣。

謝文節祠後記

謝文節公之抗節絜於文信國，人莫不知之矣。信國致命在柴市，而歷今有專祠；文節餓死於愍忠寺，而後之人無為之立祠者，姚秋農先生嘗惜之，既請於朱文正，招同志醵金建祠於愍忠寺之北顧，逾二十餘年而其工始就，其詳見先生所為記。蓋事之難集而苟力為之亦卒無不可成也如此。余嘗求文節之事實於宋史，而惜其文筆蕪雜，不足以發人志氣。昔太史公之合傳，不獨以見其事之本末，且舉其人之聲音笑貌如相接於几席之間，蓋義法存而詞氣亦與之昭彰焉。今自劉應龍以下諸人，惟徐宗仁之死於厓山略近之，其餘雖賢皆不當與文節合傳者。明錢士升南宋書知與信國同傳矣，而其詞闒爾無文，假使歸震川宋史成，其為信國文節傳，當必使人歌泣如讀太史公書，而惜乎其未能成書也。秋農先生以祠事屬用光，諗諸江右之鄉人，用光復建客座三楹於旁，其恢宏其規模將俟諸後之有力者，乃為後記，以勸來者云。

遊石門洞記

自麗水以達永嘉，舟行甌江中，兩岸山多樹木、多石。木石之上下，草茸茸鋪青翠，下臨江水，澄碧深演。仰睇俯瞰，涉目可玩。行七十里至石門洞，兩岫峙若門，從洞口入，履石磴，循田疇，迎瀑而行，至誠意書院，謁劉文成像。書院已廢矣，山內外之田皆寺田也。文成像居後堂，前有廳事，皆空敞無門壁。瀑與廳事正相封，雷翠庭先生所為題扁曰『噴玉』也。余試溫州竣，舟旋處州重遊焉。雨後瀑較前益大，垂厓若紳，崖峻而當瀑垂處若稍窪其中，故瀑之垂也直而婉，迴翔而容與，如雪之激，如雨之霏，其下深谷水紺碧色，近瀑則雨濺衣袂，坐廳事而納衆景，使人欲舍世事而居之不忍去也。既歸，舟行一日始至麗水。舟溯流而上，東西行也。縴夫就南北路轉易其縴挽之徑，及欲轉時，背陡崕亂怒灘，槳中流而就夷曠。崖之陡也，其石如俯如立，如趺坐，齦齶露而肘趾錯，象物之形，若可以名。舟往返二百餘里，每當旋舟時，余輒喜迴旋瞻矚之，乃笑曰：崖岫之可名，惠定宇之言九經古義也。其有能言山川之體勢脉絡者，則顧亭林、錢莘楣之攷證史事也。若居洞中而納衆景，非深歷其境者不能，其洛閩諸儒之所以究微言而闡大義乎？翠庭先生為督學時，余舅氏魯山木先生嘗與襄校之役，余少時讀先生遊石門洞記，而心慕其境，今幸得續雷公之使事，而身履舅氏所遊之地，恧然媿學行之不足以希翠庭，而愴然思舅氏之不得見。誦荀卿子所云『弟子通利則思師之言』，蓋盡然不知其涕之何從也。

韶光步竹圖記

道光甲午秋，鄉試既蕆事。揭曉後數日，中丞宴兩主試於雲林。登韶光，循竹徑而上，至庵少憩。余與伊裕堂都統、英惇甫尚衣步行至觀海亭，徘徊久之，沿石磴下十數武，右折，有地廣數丈餘，僧徒方構屋其間，未竣工。余笑謂：若舍世事而居此習靜，俛納湖江之清光，仰矚雲物之變態，由是靜察此心之出入，可以企心齋坐忘之道矣。僧徒既不能知此，吾黨亦第窮一日登臨之樂而不能久居，其愈於僧徒無幾也。都統尚衣亦笑以為然。既遂，步行至雲林，過書藏，置姚姬傳先生經說詩文集及余所刻書數種，屬僧徒簿記之而歸。湖州費曉樓丹旭善寫生，因屬為作韜光步竹圖。夫西湖之勝隨人所自得，不獨雲林也。浙江山水之勝，亦隨在可以聽人自得，不獨西湖也。而韜光在西湖之雲林為最勝，余與中丞諸君適遊此，又適得曉樓善寫生而屬為之圖，其亦人事之可喜者矣。程梓庭制府時以閱兵至杭州，後數日亦自續為雲林之遊，屬曉樓為補入，故圖中有五人，吳退旃少農椿，徐廉峰編修寶善，梓庭制府，與中丞及余也。甲午仲冬月，新城陳用光為之記。

太乙舟文集卷五

復姚先生書

得正月二十二日手書，具審。體中安適，於仲春之杪當往江寧，計今當已達彼。用光曩承舅氏緒論，求所以誠其身者，聞先生之說，益以自信。事先生今十年矣，學未成而懼行之隳，文未進而懼業之廢。夙夜之矢將終身焉。中間涉歷世故，搖惑萬端，恐負謗於師門累更迷復。然於出處大節，固十餘年守之而不敢渝。易稱『即鹿無虞』，詩美『卬須我友』，用光於此有不勝其怵惕者。方今仕進惟科舉一途，既連辱於有司，妄欲改試京兆，念石君先生海內所稱君子人也，用光雖嘗以通家子得謁於皖城，今此北行將謀繼見，庶畿磨厲所業，以期有用於世，故前乞先生書以為介紹，而先生過為推許。其於汲引之意則厚矣，懼用光之不足以副之也。既拜賜之辱，且自明其慚恧之誠，伏惟鑒察。用光今歲筮得大過二爻，沈潛乎卦義，反復乎爻辭，驗之於身世之故，而察之於動靜之間。其剛也，其過也，涉乎世者嘗有吝矣，不敢不悔也。勵乎行者嘗不及矣，不敢不勉也。能充之，則有以為酬酢萬事之具；不能充之，則且使其身傀焉如不終日。斯言也，用光雖未能踐焉，固將終身誦之矣。行期屢易，淹留至今。孟夏決當首塗，侍教未知何日。山川間阻，南望神馳，為學之方，從政之要，尚冀提撕時及，俾得以時警發。茲有蘇州便人，囑其持書投至江寧。有示，付之攜還可也。

與姚先生書

三月之末附書於南歸者，計今當已達。用光遂於首夏趨途，今居京師月餘矣。南來客少，未奉手書，眷懷眠食，引領增憶。用光比為論語義疏，汎濫於諸經傳說，益知朱子之學誠為己耳，非有為乎人也。今之為漢學者誠為人耳，非有為乎己也。胡氏之傳春秋，前乎朱子者也，蔡氏之注尚書，後乎朱子者也。二子者論議之迂，名物之略，誠有過焉，而攻朱子者，叢擊之不遺餘力，曰：吾漢學也。春秋每月書王，以為孔子之筆，此服虔說也，而胡氏因之；其不書王，以治桓賈逵說也，而胡氏取之。曰服賈而黨之，曰胡蔡而伐之，黨乎其所異而不知，固伐乎其所同，曾是以為愈乎人心之相勝至無已時也。不顧義理之安而攻乎名之所難犯，以為己名。夫胡蔡其蒿矢也，生心作事之害非獨儒生之論議而已。然則先生倡宋儒之學以為世道人心之防，豈得已乎？京師雨後風氣益涼，今溽暑時也，然袷衣未嘗去體，用光治經之暇，惟事舉業，閉門讀讀，寂若深山。出處之節，自守之閑，曩所聞於先生者未嘗踰越也。石君尚書昨已謁見，辱教誨之甚至。用光不為海內君子之所擯，固當益繕治其學行以無重為知我者詬病矣。屬有南下者附書問安，所欲請誨，具於別紙，冀賜書惠及。

寄姚先生書

自乙卯之冬拜辭里第，曠違顏色兩載於茲。去歲擬重作南遊，及秋復思為歸計，輒緣牽係，事皆中止，延及於今，行止靡定。以此遂未能常修稟函，上問起居，而懷思明德，未嘗不矯首南望，自悵其事與願左也。顧嘗念先生之所期於用光者，學以致夫道。自古師弟子之相授受，固貴乎親炙，而其傳之能習與否，必視其人之自力。苟終日侍側而志氣不從，則如其未侍焉爾已。用光曩者在江寧時是也。苟千里阻隔，而服膺師說而弗懈，則如其日侍焉爾已，而用光今者乃不能。然晝作夕休，與物營營，悲年歲之不與，悼壯志之無成，今年已三十矣，自視此心蓋不免於旦晝之牿。前兩辱書以治心見勗，用光不敏，請從事於斯焉，不敢復蹈於自欺之蔽也。去歲與盧南石學使往還，頗論及正嘉前輩作文之旨，觀其自著，亦足相副。因思用光汎埋於科舉之學久矣，欲悉屏去，正嘉以後作者勿觀，而專力於歸唐諸子，由是以治古文，亦無他歧之雜。庶昔人所謂絕利一源、用師十倍者。苦所作不能多，僅得三數藝，而自視究未能工，因抄録之並附他作學為科舉之體者，呈請鈞誨。俾得有所遵守，伏冀先生詳為之訓示焉。

用光世父嘗造園一所於居室之東，頗足登眺，家大人遷祖廟於園之東而建樓於園中，以貯大父藏書。及大人自太平歸而園已非舊觀矣。樓故面西，其西有亭，亭則〔一〕既毀為居室，而樓之前耳目壅塞，大人易為東向，而懼後之人或將並其樓而棄之，乃摹大父之像而泐諸石，將祀像於樓中，使後人不敢議遷毀。既自為敘其緣起，且欲得先生為之記以示久遠，今并畫像奉寄，且命用光詳書以請於先生。伏冀從其請而惠賜以文。

【校】

〔一〕原本、清頌堂本皆衍入一『則』字，刪。

寄姚先生書

向嘗承論管子天下才，後世求其人不可得，若東坡介甫，皆非宰相才之說，比讀荀子益信。因竊以為，荀子之才不及孟子，然苟使其得位行道，其所成就當不在夷吾之下。賈生陸相才幾近之，而不能及其深也。以此意求古賢之才略之遠近，未知其有當否？至『人心之危』，『道心之微』二語荀子已引用之，而以為道書之說。竊意道書者，三代相傳舊說，古聖之說也；偽古文者竊取之，以為堯之語，舜則不必然矣，而理則當也。程朱諸儒取之，以為歷聖相傳之心法，以理斷之，未為不可也。書缺有間矣，二帝三王之微言，容有錯出於各家之傳記者，別白而標舉之，是即無異於尊經，由是以推周子太極圖說，固無嫌其得之於道家矣。今之為漢學者辨其授受之源，而以為非河圖洛書之所有，昧其所自得而斤斤於同異之間，豈獨其心之不公耶？抑亦其考之未審矣！愚意如是，伏乞裁示。

寄姚先生書

三月來未奉手書。頃乃得端午日所賜書並詩文六種，所以誨用光者諄諄詳盡，忻怍警惕，不能已已。用光居此數月，藉得收拾身心，溫理舊業，於經史大端，似略有所得，而治形家言則苦其轇轕，無與決其疑而歸於一者。又執卷終日，不能目驗山川形勢，雖使果有所得，亦趙括之言兵而已。近日形家書以葉九升為善本，而蔣子鴻、范宜賓則攻之；朱雀源於生氣，葉氏以為水法是已，而蔣氏以屬大元空、五行減；龍則穴歸於右，而葉氏以為歸於左；　納甲之說，寅戌申辰似未可屬坎離也，而葉氏以屬之。鄙意，漢儒言名物制度有確當者矣，而舛誤者亦復不少。若蔣氏之流，不啻龍溪、卓吾之言『汪洋』『徜徉』而不得所據，彼象山、陽明說雖少過而固有使人可據守者焉如彼，其書用光未得見之也。用光比讀鄭康成禮記注，厭孔氏之繁冗，思通驛於鄭朱，以破世之宗漢攻宋專己守殘之習。力小而思舉重任，未知其能成此志否也。夫子水法四格比始得其端緒，而未能旁推交通以證其說，今略就日夕所讀書雜舉其一二端，以求折衷於夫子，惟冀有以詳示之為幸。用光比於此刊行莊子章義，其字句須訓釋者，用光據陸氏盧氏附入，茲以副本寄覽。其所為禮記，亦大略似此，而疏義則另附於經後。然此則須遲之十年以後矣。外寄同鄉鄧氏所刻老佛五種書，其牋注不必佳，而安般守意經在內。鄙意此書所言與參同契可相表裏，夫子覽之，以為是否？用光比有說經文字數篇，匆促未能抄寄，當俟明年攜質也。

寄姚先生書

壬戌冬詣桐城，癸亥秋過皖城，皆未獲侍杖屨。雖屢訊問，起居安吉，精神愈健，而數載睽隔，曠燕居側坐之私，虛執經請益之願，事阻而跡違，意存而身縶。今此居北，南望愈遠，又自去秋來未奉一書，懷慕之思，益不能已。用光去年過泰安，得聶君泰山道里記，乃有先生一序，為用光向所未嘗見者，意其為少作不入集，或以其迹之未化而故去之？然愚以其文乃神似子長，近時執筆者無能彷佛其萬一也。以是推先生往時裁取之過嚴，蓋有文若是而不存焉者多矣。用光嗣是當留意訪求，而先錄此文寄覽。其當入集，固宜存之；其或可去，亦望示其所以然，俾用光得藉以研求乎文事也。用光曩時閱梅崖集，以為不可及，比乃覺其氣少懈而骨格未堅，譬之樂鮮純繹之音，譬之木鮮密栗之致，二者望溪似猶未至焉。梅崖於望溪乃彌不能及已。近時王鐵夫為文不可一世，用光去年得見其十二三，誠有過於梅崖者。然其於沖淡自然之詣，亦似未之有得。夫昌黎變排比之習而以疎勝，昌黎不獨以疎勝也。歐陽、曾、王氏取其疎而得其所以爲疎者，故能各獨成其體。後之人無其學，而徒為冗散汗漫，使不可合於尺度，固宜其見詬病於世也。然司馬子長所以勝孟堅者，曷嘗必以縝密為貴乎！先生謂歐公能取異己者之長而時濟之，非獨濟之以密也。先生謂曾公能避所短而不犯其所長在於疎，固非冗散汗漫而不可合於尺度也。先生往昔之論，用光今者乃恍惚乎似有見焉。書以質之夫子，冀有以指示之。所懷千萬，書難悉達。

與姚先生書

陶意雲處寄來十月二十八日、十月七日兩書具審，道履沖和為慰。前此所寄書及為用光蘭雪評定文字俱收到矣。第去歲秋間從鄧同年廷楨處曾寄書，及以先履堂叔行狀呈政，求為作先叔墓誌者，不知此曾達否？王竹嶼南旋，復有雜文及書託寄，度於今正可達耳。用光非不知慕古者，顧官京師數年，學未能盡而職未能稱，外不能效世俗取聲勢得美仕，而內不能具甘旨終年侍衰親之側，與俗汩沒，志嗟跎而無成，年荏苒以增齒，嘗自念古人之學富矣，欲跂而及之，宜加其學焉。用光竊聞先生長者緒論，既知其途矣，而人事之牽綴，性情嗜好之不得所制，中痞而思，既悔而旋迷者屢矣。既無所得於此，遂欲解俗之弢以求吾所謂志者，是以去年有南歸就先生之說。顧家累既重，舟車之資未易具，官京師饘粥之資，其親友資助之者每歲須得千餘金，若遽爾言旋，無以對親友。且婚嫁之事又至矣。微先生言得館之難，今固且隱忍於此，而未能行也。古之人未有不以行道為志者，用光幸居館中治文字，無政事之責，然求其所謂祿養者而不可得也。五六月間當求得御史以為乞外郡之地，此於古人之義遠矣，然今之居館中者大都如是，道之可行也，與吾學未有以稱之。用光固惟此之為策耳，承先生為籌出處之道，故敢述其近狀。

寄姚先生書

敬啟者，既作前書將發，而陶意雲持十月廿三日手書至，讀之，知今歲不返桐城。計前所發信，比當次第收到矣。本朝之有考據，誠百世不可廢之學也。然為其學者輒病於碎小，其見能及乎大矣，而所著録又患其不辭。用光嘗服膺明儒之尊信宋儒，而病其語録之不辭也。先生獨舉義理、文章、考據三者並重之說以誨示人，而所自著復既博且精。奄有三者之長，獨闢一家之境。用光嘗謂唐宋諸賢至夫子而集其成焉。蓋天地間文字相嬗至今，而必不能不有此境，獨非得其正且至者無以發之。然則論文章於今日，先生功邁於震川矣。鐵甫見未及此，固宜以其考據為病也。鐵甫嘗自言：生平所較，勝於人者，東京六朝之功頗深也，而深恨未識先生。使得見先生，聞先生之議論，其學當必有進。鐵甫嘗為用光言：宜留意兼采左史班固之茂密。夫以東京六朝入西漢，是綴狐白以羔裘也。其兼采左班之茂密，譬列雞彝龍勺而不廢敦卣，意其言固猶有可采者乎？乞夫子為明示之。用光鄉頗不喜惠定宇明堂大道録，比見翁覃溪先生與胡雒君書，亦以此為畔道之作，所當辭而闢之者。覃溪先生又言：『與其過信漢儒，毋寧過信宋儒。』此非近日諸儒所能為之言也。用光頗悔與覃溪先生踪跡之疎矣。用光比閲近儒陳啟源毛詩稽古編，其說專與朱子為難，而其考訂名物頗有是者。用光向嘗辨其據小序以難朱子者數條，今欲盡成其說，俟其成，當以質之夫子耳。用光欲擬明人之集震川尺牘而為夫子集書札，其抄所自得者成帙矣，他處蒐羅亦積日，頗有所得，今抄往在里第所得四札不知姓氏者，乞夫子爲標示之。因思魚門、莘楣、覃溪諸君子往日必有與夫子往來之札，未審能檢出并寄借抄否？若以附於夫子尺牘之後。他日并夫子筆記及薑塢先生各書筆記，刻為別集以傳，此則歐曾諸集之所未有也。胡雒君豫章沿革攷未審能託其家尋取寄示否？山木門人吳君喜用光之啟蒙師，亦作新城沿革攷，此皆聞先生之風而起者，用光亦思以次學為之。用光為十月中娶婦事煩，俗不可耐，今幸了却矣。居京師中，乃經年無伏案之功，今頗愧悔，欲自臘月初為始，每日排比作經史功課。前所云黃石齋禮記，其書總名石齋九種，今日再求不可得，南中如有是書，乞先生代購求之。其易學似頗別具奥解也。八月書已得，茲寄吳禮部復書一函、禮府家傳一冊，乞查收。又用光寄楊蓉裳一書，乞為轉致之。近作古文有副本者，亦望寄示。

寄姚先生書

去冬陶意雲至，得手書具審，杖履安適。今開歲又逾月矣，意雲之弟北來，當必復有書見示，而今尚未至。用光比泛濫經傳，每有所疑，質之以夫子之說，則融洽精核，必有所折衷。舉昔人執單辭偏據之失而一空之，此誠為經生之鉅製。用光自信為汙不至阿其所好之公論也，而於說九江，據漢志之文則有不能無疑者。漢志得目驗之實，固非後人所可並論矣。朱子以湖名易江名，固似有改易經文之失矣。然經文固言治荊州之水也，鄙意言尋陽以下之江，固統括於『江漢朝宗於海』句內，其言『九江』，與沱潛雲夢之辭相屬，則朱子以洞庭當九江似未為失。洞庭當堯時未必無泛濫之患，禹功施於揚州之震澤，未必不施於荊州之洞庭。洞庭受湘沅，雖未入江，似亦可名之曰江也。且言雲夢而洞庭似不宜略也。禹時名之以九江而後人名之以洞庭，猶震澤、具區、太湖之異其名也。則朱子固未嘗改易經文也，班氏之目驗豈敢臆議其非？而以經文方域之所繫、辭意之相屬求之，用光不能無疑，謹效直而勿有之義請益於左右，惟夫子誨示之為幸。李安溪以彭蠡為巢湖，與夫子同而其說微異，今録數段寄質，亦望有以誨之焉。用光比讀王遵巖文，覺其辭繁而不能成音，震川則雖常語而亦可成誦，以此知震川之不可及也。近日經史及唐宋人文所蓄疑者甚多，亟欲依侍講席以待剖決。若果得差南行固幸矣，不然七八月間終當籌南歸之策耳。外文一篇呈誨。

寄姚先生書

到京後發書五六通，並以韓理堂古文、孔撝約公羊通義、高文良所評撼龍疑龍兩書，及用光自作文兩篇陸續奉寄，未知俱得到否？數月來未奉一書，殊深馳戀。家兄在江寧，計寄書當更易達而反遲滯，意家兄勤於公事未能數往謁候起居耶。用光頃數謁覃溪先生，諄諄以古義相勗，因述曩與夫子詩酒過從，又嘗作古文會，令人想見前輩風流，今則為古文者無其人矣。又夫子當日文筆業已成家，今用光齒過夫子居京師之時，而窺尋緒論，其所自作曾不能挈李翺皇甫湜於萬一，其可媿恧，寧有量耶！覃溪先生窮經以博綜漢學，而歸於勿背程朱為主，其識自非近人所及，然其論夫子經說謂不當自立議論，說經文字不可以作古文，則用光不敢謂然。歐陽子曰：經非一世之書也。前人成說，有可以為左證者，有不可以為左證者。儒者學古，以其自得義理兼所目驗事實，參互考訂，歸於一是。必欲於前人成說一字不敢移易，是今人所嗤為『應聲蟲』者也。雖依附鄭孔，安能免門戶之見哉！朱子之學所以上接洙泗者，固其躬行心得非諸儒所能幾及，而其窮經之餘又精通文律，故其詁經文義十得七八。用光嘗謂東漢人拙於文辭，雖邠卿、康成亦然。凡其說之難通者，皆其拙於文辭所致也。文辭之在人，乃天地精華所發。周秦人無不能文者，諸經雖不可以文論，然固文也，不知文不能文者則不可以通經。今人讀孔賈疏，未終卷輒思臥，其為說轇葛繚繞，不能啟發學者志意，非疎於文事之過耶？然則說經而以古文行之，其有益於後人豈獨文字之間而已哉！韓昌黎所注論語，惜後世無傳本，使其傳於世，朱子必亟稱之矣。用光恐覃谿先生之說貽悞於後學，敢私質其說於夫子。

寄姚先生書

幾及一年未奉手書，懸念起居，見之夢寐。頃家兄遣人來，收到三書，乃知去冬固有二札，家兄今始同寄，接讀之餘，喜慰無已。然用光今年亦曾三寄書，其兩次皆由家兄轉達。來書未提及，豈尚未收到耶？昨一書乃從江寧王舍人鼎文託緞行轉寄，則固須此月下浣方可到耳。所寄經說詩文集皆收到。用光去年固以所存經說一部送與覃溪先生矣，用光嫌其下筆處塗乙未當，僅於蘇齋匆匆一閱，而未與用光攜歸，則此次固不必再送去矣。用光意先生於古文無所得，其治經亦似纖細處多而下筆苦於繚繞不休，其論詩亦似有晦澀之病，有喜人同己之意，其於夫子經說，以所論『梓材』『康誥』為不然，而以『緇衣』說『吳憮音近假借字』為極當，但惜其無他左證。用光意投壺禮文固既左證矣。如先生論石鼓文斷其為成王時事，以左傳成有『岐陽之蒐』為據，外此亦未有他左證也。頃有論荀虞易一條抄録呈覽。用光比與兒輩講關雎之亂，查朱子語類三條皆與注中『樂之卒章』意同而似，皆未明了，張稷若以儀禮合樂詁亂字似甚確，合樂有六詩，而曰『關雎之亂』猶『學而』『為政』以首章標題也。合樂在正歌告備之時即可曰『卒章』，不必別有他卒章也。因思夫子言關雎，言『樂而不淫哀而不傷』，似亦因合樂所奏而感及其德，『哀而不傷』似指卷耳説之，為當求淑女而不得不至於哀也。嗟懷人而寘『卷耳』於『周行』則哀而不傷矣，然無左證，惟朱子曾云：『此詩意文王居羑里時作，而惜其時不可考』，朱子之慎如此。用光意以此言哀似較專，以關雎一詩言之者為更合。未知前人已有言之者否？ 茲以所為師摯之始一節文及與舍姪書一篇呈覽，前所與家中兄弟書稿如尚存几席，乞為檢寄。又法貼題跋刻本亦望寄一二部。頃尋得夫子所為孟通議先世墓表一篇，查存稿中未有，今以寄覽，似當補入也。五家叔已來金陵否？ 舍弟舍姪得依侍經席，真三生之幸！ 其學雖淺，未能有受教之地，然坐春風、沐化雨即後生之福也。

寄姚先生書

用光今校刊先大父外集，茲先將第一卷寄覽。先大父於鄉黨之間，能調和貧富而成善舉也。如此舍間諸兄弟輩能守此意，魯氏斷無前年之訟矣。今訟尚未了，未知將來如何結局也，為之三歎。處事之法，不本於學問則動必得咎。用光於指揮署被盜事，若持之以鎮靜詳審，則盜可獲而事亦就辨，乃惑於總憲之言，不能無希世取容之意，而適以獲咎。雖聖主特與優換〔一〕，而用光自反則實以自訟也。平日之所學者何事，乃明知告密者之妄言而顧欲捕賊以自効，此之謂失其本心矣。用光於去年十月十二得御史，今年十月十二歸翰林，此似亦前定之數，人或以斷翰林前俸為用光惜，用光則謂此無庸計也。欲接俸者為易於開坊也，用光謂此即願乎？ 其外之思，惟一日居翰林則當盡一日之職，肆力於學而委心任運，此用光之所當自力者。

【校】

〔一〕換，疑為『撫』字之誤。

柬習之

習之足下：　前在山聚談兩日，此心浩浩然，乃遂匆匆言歸，意殊不樂。數日來未得手書，未知即日體中如何，無恙否？懸念之至。僕歸來都無一事，可告足下者，近復為三叔父校對十三經石刻，無暇治經，惟早晚可讀書耳。校對時又徒潦草塞責，大失古人即事即學之旨，奈何，奈何！　足下讀古人書，事事反求諸己，惻惻然自覺其心之放此，真為己之學，為僕所心折者。　雖然，易有之：『君子學以聚之，問以辨之，寬以居之，仁以行之。』足下於學，聚問辨之功信有之矣，於寬與仁之義則似尚未至也。大抵吾人為學，固以收斂靜一為主，收斂靜一則日自覺其非，所謂『學然後知不足』也，知不足則惟勉以期其足而已，而顧自況愈下，若有所不勝然者，則是以自下之心而反入於自畫之意，以至謙之意而反成為自滿之心，其辨在幾微之間，而其失為終身之累。程子曰：『人有過，惟改之而已』。悔之過甚，亦足為心累。夫自視抑責之意過多，則古人暇豫自得之意不見，而吾之學遂難以底乎正大光明，此非『寬以居之』之義也。子曰：『力行近乎仁』，仁以行之，此易言謂『純亦不已』也。然既以仁為言，則固有藹然肫然之意在焉。足下前與僕言『每樂言矯』，以為『非矯之過則不能以造乎中』。夫矯輕警惰，張子固嘗有是言矣，然矯以至乎中，非矯而至於過也。荆公云：『矯枉者欲其直也，矯之過則歸於枉矣。』矯過而至於枉，則此心不能無重輕，心有所重輕，則已非藹然肫然無適無莫之宇矣。又況措之於躬，見之於事，於人情有所不合，而是非毀譽以起，是非毀譽以起而心不能不應之，則忿懥好樂有所之而互相為害，其於易之所謂『艮其背不獲其身，行其庭不見其人』者不亦大相懸絕矣乎！　足下言治心，然處事而不得其平則心固由以不治矣，內外固無二致也。程子定性書固宜日三復焉，僕之自治尤疎於足下，然以己之不治而見足下之失，匿而不言，亦即非所以自治也。僕之所患大抵『懦弱輕惰』四字足以盡之，語云：『見人則明，自知則昏。』足下有見於僕之所患更有他者，望不惜時有以規之。

致魯賓之書

久不奉書，惟侍奉安吉讀書益勤厲也。古文學之難成久矣，有志而不能成者，或病於才弱，或病於學疎。僕之才弱於足下，而學復遜足下之勤，辱相望不能副，可愧何如！夫學宜勤矣，然朋友講習及聞見之資於外得者，亦不可少。方望溪嘗以所作文示李巨來，巨來輕之曰：『縣以桐名者不一矣，今曰「吾桐」，後世孰知為桐城耶？』巨來文豈足以望望溪，然此言未始不當矣。夫文有虛有實，虛者骨脉神氣也，實者名物度數之見於文字間者，非攷證之博則每患其疎，故姬傳先生嘗以攷證誨學者也。僕侍姬傳先生久，又嘗旁采莘楣、覃溪諸君說，於攷證知其塗轍焉，而筆不足以副之，嘗以氣弱為恧。兹得專力文事，當益發奮以成其學也。承相望之切，輒率臆以報。

復魯賓之書

奉手書，得近著及所鐫削用光文皆當，知足下之勤，勤於用光也，獨所論教人為文之法則於義不協，懼足下執此意以徇世好，則無以蹈山木之盛軌。自山木死今無復言學古者矣，不以是望足下，無可與望者。足下所謂法者，正嘉諸君子之法乎？正嘉諸君子之法無所與於科舉之學。用光所謂學古者，豈劉向揚雄司馬遷相如之學乎？劉向揚雄司馬遷相如之學亦無所與於科舉之士。雖然，君子之教人也，不語以其所不能至，而亦不絕之以其所可從，厚期之以生其仁義之心，而利導之以紓其踴躍自奮之力。科舉之學，俗學也。然而其所誦者未嘗不與學古者同。豪傑之士無所待於人而自能學古，然猶有上知之資溺於科舉之學而不返者矣。若中下之資無與扶掖之，則彼將自畫於所從事，而進則以自矜，退則以自廢。自矜則妄，妄則倍心生；自廢則餒，餒則鄙心生。挾冊而居於一室，其鄙與倍不之見也，及歷之事而見焉，然後譏之為俗學，夫惡知其病之所自來也！鄙倍者利心之所為也，善不明則固以利為善矣。足下所言者二事也，用光見其通焉。至若所謂時文之法，敏者可一月得之，鈍者亦可三數月而得之，無俟朝夕與之語也。

凡為文以氣為主，氣非學古於何生？有法而無氣，則土偶之官骸而已。以學古而至於裂規矩棄繩墨，則尤不當。吾嘗以法繩今之文士，有偭背者矣，以繩學古者則十或一二焉，然則一二人究不可謂之學古者也。用光固中下之資也，人之譽之者皆世俗之見也，惟山木善誘之，乃能知學古為可慕，而積所聞見以略知古人之涯涘。其受業於山木固深且久矣，若足下聞山木之論甚暫而未詳，而所學已逾於用光，乃忘其所自得而易一說以誨人，毋乃近於惑，與世之不以學古為教，彼其素闇於此，毋怪其然也。不然則或有忌愎之見存焉，若好學如足下而猶惑於世俗之說，則追山木之盛軌者更誰屬也？用光與習之與足下同事山木，今習之已矣，微足下用光固無可為盡言者。狂瞽之罪無所逃，幸足下諒詧之。

與魯賓之書

去冬辱手書，並承示雜文數篇，反復數過，乃與足下曩者之意境相遇。念昔與足下及習之三人相策厲以問學，今習之已矣，用光於學無所增益，獨足下養親課子、鍵戶讀書，是宜坐進此道，加勝萬倍。今以數年之別，居千里外，奉尺寸之書，而不啻並坐而與為言笑。且得考其近日之志業，此其欣忭何可勝言！易曰『君子以朋友講習』，詩曰『心乎愛矣，遐不謂矣』。用光敢舉其臆得而求合於姬傳先生者，請質於足下：

夫為文非立言也，立言之道非周公、孔子、曾子、子思、孟子莫屬。自漢以來，惟程朱諸儒誠有紹絕學之功，是以可謂之立言焉。若夫釋經訓詳攷典則，及詞章之善言情事，猶故老之述舊聞，時鳥好花之娛於耳目，備采擇而已，曷足以云立言？雖然，文具而事顯，藝精而道合，事足以察古今，道足以資愚智，燦著者其迹也，鏗鏘陶冶者其情也。其質足以媲周任史佚之所稱，而其詞足以鼓舞學者，使之趨於道德而不倦，蓋喜為文者，聲華榮利之事其鮮得而干之也，則推其功而謂之立言，夫孰曰不宜？夫古樂之存於今者希矣，今之鐘鼓弦管、五音繁會，其遂足以云樂乎？樂莫尚乎琴，然使今之善鼓琴者進而言太古之音，其必無幾矣。君子禮樂不可斯須去身，吾嘗謂古樂無以求，求諸文則足以當樂，求諸文以當樂，詩歌其小成也，古文辭其大成也。樂不可遺器數，故為古文辭者不徒尚乎聲，而必求所以實之。今夫噫氣之鼓萬竅怒號者，其聲耶然，而山林之畏佳、大木百圍之竅穴，其必有所激矣。風而厲，氣之逆也。其各以時至而無傷於物，歲序之所以不忒也。為古文辭而博稽乎載籍，調劑其心氣者，何以異是？姬傳先生嘗謂：『義理、考據、辭章，三者不可缺一』。義理、考據其實也，辭章其聲也。用光比致力於三者而媿未有以聚之也。足下專志銳力，其於義理得其正矣，宜求其精焉者；於考據得其要矣，宜求其確焉者；於辭章得其清矣，宜求其恢奇而典則焉者。博問於友朋而詳考乎見聞，吾與足下共勉之而已。冬間北來，可相見，攄其所懷，並勉勵於學古之道。率此先報。

復賓之書

承手書。勤勤懇懇，以世之為攷證學者，務枝葉而忘本根，逐細碎而舍遠大，事空文而鮮實用。懼用光樂小道之可觀，忘致遠之或泥，且心思固僿，則見之文字者氣不足以舉其詞，其有害於古文之學也。足下之於用光，可謂敦輔仁之思者矣。同治古文二十餘年，而用光迄今無所成，非足下振發其志氣孰與策勵之？感何可忘，感何可忘！雖然，用光非能為攷證學者也。吾師舉義理、考證、詞章三端訓示學者，用光雖嘗從事斯語矣，顧知其途而行之不力，譬適遠途者，或日一里焉，或日數里焉，或數日不行焉，車敝馬羸而欲以至乎千里之遙，其何能濟？用光方以自媿，謂足下宜策其惰，不謂當舍攷證於不為也。且吾師之所謂攷證，豈世之所謂攷證乎？用光嘗因吾師之說而推以合乎宋儒『格物致知』之學，蓋今之言學者咸以適用為要矣，而攷其見諸事者，或失則重，或失則輕，或畸輕而畸重，或前重而後輕，欲興利而不知利之所由興，欲去害而不知害之所由去。機有由伏莫省其度，流有必濫莫塞其源。苟詡其見之所及，而不知不合乎古人永終知敝之道，其原由於知之不致，故意不能誠而事不能辯也。以是知『格物致知』之說之不可易，而循吾師考證之說，則於宋儒之學未必其無所合也。用光之意蓋在乎是，固非欲以名物象數之能攷證矜其博識也。足下知尊信吾師之說，而所以策用光者，乃舉其同趣而異嚮者以為言似，未察用光之意也。且足下所舉閻朱二家之學亦正有辨，百詩以漢學訾宋學，其詞氣之偏駁者，非學者所當法也；其攷證之精核者，則固古人實事求是之學不可不法矣。竹垞之為人不足論，其學亦不逮百詩，然博聞強識則今人固未易幾也。其文字雖無當於古文之業，然以其該洽，凡言學者往往不能廢之。往日，吾鄉亦嘗有聞山木之風而為古文者矣，然卒之無成者，以其無學也。無學則無以輔其氣、定其識。世人以古文學者多空疎，職是故也。且能以攷證入文，其文乃益古。吾師嘗語用光云：太史公周本紀贊所謂『周公葬我畢，畢在鎬東南杜中』，此史公之攷證也。其氣體何其高古！何嘗如今人繁稱博引、刺刺不休，令人望而生厭乎？史公此等境詣，吾師文中時時有之，此固非百詩竹垞之所能知也。然則以考證佐義理，義理乃益可據；以攷證入詞章，詞章乃益茂美。自今以往，用光願與足下同切磋於是，以求其成焉耳矣。比亦屢有所作文字，俟少暇時當寄質。

答賓之書

得六月間手書，具承相望之懷。又知息意北行，養親却埽，而勤力於通鑑之學，今世之為學者鮮矣。夫人之通塞繫乎時，而學之篤實存乎我。雖伏處里閭，未嘗不有經世宰物之學在焉，此非所謂立德立功之根柢耶。今之為漢學者，破碎穿鑿，令人不樂觀，雖僕亦以為然，足下議之當矣！顧舍是而使人得以空疎誚我，徒以機軸氣體為古文辭，雖明之茅鹿門今之朱梅崖，皆深有所得於古文者，而不免病是也。故用光奉姬傳先生考證之說而願與足下講習者，意在此也。用光嘗謂：為古文辭者，非詩人之所得同年而語也。詩人如沈、宋、溫、李，其行之佚蕩浮薄不足道，然使絜李杜於韓、歐、蘇、曾、王諸君子，其亦有差次矣，何也？以其見諸實用者李杜為不足恃也。胡身之不以文名而其於通鑒之學則深且博，足下為身之之博而又工文，用光今且以此望足下。柳子厚云：『鏗鏘陶冶，時時見古人情狀。』此言格律聲色也。用光所謂合乎樂者此也。無格律聲色不足以言古文辭，其謂『合乎樂』，比擬之詞爾。非謂古文辭之音響節奏即樂之音響節奏也。夫天下之道有本有末，有淺有深，局於末且淺者，固不足與語矣；求其本與深焉者，而遺其末與淺焉者，此高語性命之學而不究諸事物之失也。為古文辭乃亦類乎是。格律聲色古文辭之末且淺者也，然不得乎是，則古文辭終不成。自韓歐而外，惟歸震川得此意，故虞文靖、唐荆川皆莫逮焉。本朝則桐城之文非他人所能及，亦惟在於是爾。不能相見，聊以達意。

與伯芝書

昔姬傳先生與吾書云：『讀宋儒書是致知工夫』，此語從未經人說過，却極精當，耐人玩味。惜此書在陳州燬去，中尚有論黄太沖文字，雖不入格，却寫得出，論亦極當。餘數通亦尚有論文字語，惜吾只記此耳，吾甚恨之！頃覃溪先生評吾一詩云：『作不入，所以作不出。』此語亦精極。伯芝此刻正有作不入、所以作不出之病，不然鄉試題大可發議論，何以格格不吐？可見胸中蓄義理不多也。姚先生評方百川吾猶及史之闕文，語極可玩味。昔山木先生嘗教人看明文待孫起山評語，此真循循善誘也。頃見邵叔宀一印章用『僕嘗好人』譏彈其文，吾甚喜之。學然後知不足，前輩大抵如此。姚先生所以聽吳殿麟批抹其文，改至數四也，若負氣護前，便是諱疾忌醫，終身無益矣。因信尚未發，復草此一段勗伯芝，當不河漢其言也。

與伯芝書

戊申己酉之間，山木先生嘗與用光言注經之難；唐人義疏辭繁而不了當，使讀者易生厭棄，若深於文事者以高古簡質之筆為出之，斯不朽之盛業也。時讀易因即為易注，山木素熟於御纂周易折中，因取純皇帝周易述義參用之。山木既謝世，吾昨為刊行此注，室如曩謂此注多采安溪，不若刻山木文集，更足以見山木之學。吾曩時亦喜室如議論之高矣。昨為兒輩講易，因取山木注重讀之，於吾言行意見大有警發，其取資於折中、述義皆約其旨而融洽之，因憶山木曩時之言，蓋其時山木正與姬傳先生論說經文字意，固以此說經也。說經而有益於人身心，視徒以記誦該洽自詡，相去遠矣。室如議論高而不得其實。曩時謂瑟莽先生刻試牘而不刻江慎修儀禮，亦與此說同為賢者之過。頃與一作令同年論醫理，謂仲景醫中之聖，然有云『輕可去實』，此四字大足為處劑要訣，吾忽悟此言大有理，豈獨言醫！雖以之治天下可也。管葛之所以得，王荆公之所以失，正在於此四字有得失耳，為學文亦然。室如細思其所以然否？蘭瑞於六〔一〕月二十五日舉一子，甚可喜。吾名之曰『西福』，吾以辛酉成進士，望其念祖修德云。

【校】

〔一〕原字不清據清頌堂本校。

與伯芝書

頃檢取姬傳先生手札，中有一書，論作袁隨園墓誌事，尋之不可得。書言作此文時，勸先生勿為者甚衆，其人率皆生則依託取名，歿而窮極詬詆，先生以謂『如生毛西河朱竹垞時，有為兩君求誌者安能不作？作而不著其過以存厚，不飾其辭以惑世，誼也；必并其能而沒之，豈君子之誼乎？』先生此論用心最公。吾初裝先生手札為一巨冊，及汝以改為手卷而此書不見，意或汝去之，去之非也。人有必不可沒之名，亦有必不可護之過，其詬詆者固非君子之道矣。或護其過而并去持論最平者之言，用心有所倚，而律己之閑或因之而亦馳。是故，君子慎其靡也。吾於人無所苛求，況隨園先生向嘗辱其稱引而與以教誨者乎？徒以姬傳先生之手札而不欲其終失，汝宜為尋得之。歲紀之在甲子也。凝齋府君鄉舉以之，盛德之報，周於數而復其始，汝襲累世之庥，殆奮跡接武以慰祖父於今年乎？有其名者不可無其實，獲其福者歸於有其德。察凝齋府君之用心，而務蕲肖之家庭日用之間，經權委曲之際，神而明之，存乎其人，默而成之，不言而信，存乎德行。吾望汝之勿為常子弟也。制舉業亦宜留意，以為不足為而薄之者，夸也；以為無與於學問之事而淺視之者，闇也。代聖賢之務為詩詞者薄之無足怪，為漢學亦薄之，彼其研究乎經史之同異者，非孔孟之歸而孰歸乎？

與伯芝書

伯芝行後一月而吾改歸翰林，此朝廷異數恩也。望見諸長者為吾述安之之意，且吾於此見天道焉。吾素非喜事者，而乃奏被盜事不啻其喜事矣。人或以為他人所牽累，非也。予苟能鎮靜，寧惑於人言？其惑於人言是固功利之心也，乃遂使之改官，是天之不欲予有功利之心也。

君之恩天之道也。鎔金者投鉛錫於爐中則必提之使出，而後為純金。今之改官，是天之出吾鉛錫而使為純金也，予敢不敬承乎！凡人遇事貴能自反。伯芝試自反其亦有鉛錫之當出者乎！伯芝其出之他日，懸純金於五都之市，而曰無人之售之者，吾不信也。予校刊凝齋府君外集，今以一帙寄汝。予反覆之，深得處鄉黨法。伯芝知重之，曷不為伯叔言其所以推行之者乎？

與伯芝書

憶六月曾發六號、又六號兩信，此月所發信內列第七號而蘭瑞不知，乃外列不列號，可見其粗心。此次我乃仍列第七號也。前信內寄莊子二部，可以一送賓叔，茲又抄姚師與劉明東書與賓叔。作詩不可作草頭名士，作古文不可作鄉黨自好之文，一以貫之也。廣仁莊事已平矣，而魯氏乃為眾姓，建莊在彼，雖出於私意而其名則公，吾家無私意而所為則近於私，以彼之公絀我之私，吾陳氏此後無以服眾矣。欲清葛藤惟合而後能斷，分則必不能斷，或因他事生波瀾，彼來則我亦不能不應，不能聽其自顛自倒也。此皆十五叔信中語。信雖出於十五叔，而其辭伯芝之辭，則其見伯芝之見也。伯芝之才可以明了於事而今乃不明於事，伯芝之意極尊宋儒而其識見全非宋儒，吾欲伯芝之明於事，乃蹈成事不說之咎，而復與伯芝言之，伯芝當能知此意也。典屋詩抄寄與汝，汝欲此詩何為？吾今作詩文頗多，而總無愜心處，看來吾於虛處斷不能步趨吾師，惟當努力於實處，以冀步趨十分之一二耳。

與伯芝之書

昨日從鍾溪處送到四月廿九日第七號書，具悉一切。攷證之學，古人惟事其實而已，至本朝始立其名，前輩如顧寧人、閻百詩、錢莘楣諸君子，亦惟事其實而已。近人為其名者乃僅僅掇拾遺闕以為博，攷核名物度數以為精，而罔知其大者焉。戒其所失而求其所得，則攷證不徒不足為吾病，而且有資於吾學。韓柳歐曾蘇王及明之震川皆不深於考據，然惟諸君子則可，吾輩所稟受之才力不能及諸君子之萬一，而欲以空疎不學之辭冀能立古文之業，則無望焉已。且使韓柳諸君子生於今日，亦必不薄攷證，此古今之異也。觀韓柳諸君子集中所論辨者，無攷證之名而何一非攷證乎？典藉流傳，以推闡而義益出，有後人勝於前人者矣。求之耳目之外，此近日為攷證之失，元明人無是也。近人譏元明人不學而所求乃在耳目之外，此其所以失也。伯芝以元明人為求之耳目之外，此未攷元明人集之辭也。且伯芝不喜攷證而喜搜求散佚，然則所搜求者詞章之學而已，此則更下攷證一等矣，然能搜求亦未嘗無益。居貨者牢籠萬貨，以為吾有此，良賈也，務畜收而訾；貯丹漆金錫者之無用，則亦不足以因時而乘利。吾學中有因時乘利者，攷證義理而以期適用，無適無莫而義之與比也，義何以能比？不有資於攷證乎！然則攷證非格致之學乎？里中樹木，魯氏諸君縱人伐之，而今議培植之，此與吾家角勝而與我以曲之術也，吾家於此事不議不論，此事勢則然，雖差勝於不知機而更為議論以求勝者矣。然不可謂之有得也。子產治鄭，為政者之事也。居鄉者安能行之？即曰其師意，亦非以威臨之也。伯芝之意在於能以威臨之始為才，故曰齒爵二尊者，當權子產治鄭之意以用之，此內不足而求之外之辭也。陳仲弓、王彥方何以能化其鄉里？彼亦何嘗齒爵俱尊乎？能化其鄉里者，匹夫為之而有餘；不能化其鄉里者，齒爵俱尊者為之而不足。且山木先生之爵未嘗尊，而居鄉時人固有信服之者矣。子產治鄭伯有伯石公孫黑諸人，其剛柔異施，何嘗一於威也？夫處事有世法，有古人以義制事之法，今之從政者，其有善舉不過世法〔一〕之善者爾，吾輩自當求制事之義於古人，然苟不得其當，則反不如世俗之法之無害於事，所謂五穀不熟不如荑稗也。若於世法之不善者反師之，而自以為有合於古人以義制事之道，則惑之甚者也。伯芝治安溪之易，吾以為不若治望溪之禮，既可博求義類，且伯芝方當為舉業之學，於闡發義理更有資助也。望溪外集刻本望覓一部寄我，否則且以所得者寄我，讀過俟後再寄歸耳。

【校】

〔一〕原本缺「世法」二字，據清頌堂本補。

再與國史館總裁書

前者妄陳鄙見，輒蒙有所采〔一〕録。昨所呈各傳復荷簽示商改，謹已一一如命增損矣。用光嘗恨壯歲以來從宦無師，有疑莫質，今已五十餘矣，執卷徬徨，靡所請業，乃幸得因官行文字，得聞前輩緒論，是無師而有師也。其為欣幸，曷可言喻。顧弟子於師，不廢辯詰，趙商張逸各有質論見之鄭志，不獨孔孟之門諸賢人也。今輒抒管見如左，有所可否？乞賜裁示。用光聞：善為政者無變今之法而能行古之道，善為文者無變今之體而能用古之法。繁簡張弛，與時消息，雖在為文，何獨不然！史傳貴在傳其人，俾可見於後世而已。馬班諸史，無所謂附傳也。劉向歆宜專傳，而見於楚元王傳中，不云附猶曰其子孫也。孟子荀卿列傳列慎到田騈三鄒子之屬，而標題但曰孟荀，不注旁以附，其嚴朱徐賈諸傳，俱平標諸人，不云徐賈以附嚴朱也。惟范氏蔡茂傳附郭賀，則以賀釋夢而茂辟以為掾也。然賀居官有殊政，嘗為顯宗所褒異，蓋以類相從，各有命意。今之為傳，雖不能全用其體，而未嘗不當略存其意。又昔之為文苑傳者，邊讓趙壹之流，其人皆偏宕之士，今既嚴絕偏宕之士，不以入傳矣，則入傳者皆有守有為之士，不獨其文學可稱，而政事亦當紀，雖不能盡然，而可紀者必當詳紀之，以待後人之采擇。故用光於汪堯峰傳，舍蕓臺先生録四庫提要議論之虛語，而録陳午亭相國紀載之實事；其朱竹垞傳，用光所附者尚有數人，以館中諸君謂附傳不宜多列人數，姑徇其意，而獨存譚吉璁者，以其為朱氏之中表，又同舉鴻博而嘗有守城之功也。且用光觀古人立傳之意，更有一說：林苑云者，羣材總集之區也。若其人有傑出之材則以專傳為貴，董江都、鄭康成不入儒林，司馬長卿不入文苑是也。今之列儒林文苑者，異日苟有馬班之才出焉，豈無特取而為專傳者乎？然則今之儒林文苑中專傳之人，不啻皆異日之附傳者也？故用光謂今之為傳，不必以馬班自居，而惟詳列其事以待異日馬班之采擇。蓋文章之事與世相嬗，豈獨用光今所為者曰『草創』云爾，雖老前輩所酌定者猶之，其草創也，其修飾潤色不能不有待於後之人也。居館無事，不敢妄行謁見，雖見亦造次，不能以辭自達，故敢以書達其請業之誠，非有炫暴之思也。如有可采，乞賜裁示。

【校】

〔一〕原本缺『采』字，據清頌堂本補。

上英煦齋師書

自吾夫子擢居步軍統領以來，中朝士大夫皆相慶，謂必能肅禁旅而嚴翊衛，人情業業倚以為安矣。昔唐李師道納兵於東郊之留後院謀為變，小卒以告留守，呂元膺亟追伊闕兵攻賊，賊遁去，是時留守兵寡弱，元膺坐皇城門，指使部分，意氣自若，都人賴以安。而明正德時，畿輔盜攻霸州，謀以十一月朔車駕出郊宮省牲犯御蹕，時兵部尚書何鑑未寢，既自具帖子以聞於宮內，又縋城賚報通州、良鄉、涿州，各嚴守備，分調軍馬於南海子、盧溝橋、羊房角三處下營，以防衝突。翌日武宗問：『今日駕可出否？』對曰：『駕當早出，以安人心。』車駕遂出，訖暮方回。賊知有備不敢犯。當九月初，惟無如元膺者，乃有十五之事。及夫子還，而人乃仰之如呂留守矣。頃奉上諭，議壇廟典禮各護衛事，用光迂愚之見，以為今日事勢與明不同，而何尚書之調度或有可師其意而用之者。九月十七夜，城內人情惶恐，賴夫子取造言者插箭徼示，訛言始息。人咸頌以為有周亞夫堅臥不起之風。夫處大事者鎮靜與嚴整必兩相備，猶之議獄者剛決與仁恕必兩相成。方今訛言未息，雖大半出於鄙俚之言，固不可為所搖動也。然亦不可不密為之備。又近捕治餘黨，亦似有過於密者。叛賊固不可稽誅，愚民或苦其株逮。光武之焚與王郎交通者書札曰：『使反側，子自安』，似更為定亂之良法。吾夫子造膝之對，自必有大異乎常人者！書生迂愚之見，惟鑒察之。

上英煦齋師書

初二之奏，其冒昧之咎在用光一人。其迹似乎喜事，其情似乎貪功，但用光之意則實不在此。用光雖騃愚，然素謂處事者宜以鎮靜為主。當去年九月廿〔一〕後尚持此論，何況今日！用光騃愚，喜以古事律今事。唐李師古為亂於曹，或告韓宏曰：『剪棘夷道，兵且至矣！』宏曰：『兵來不除道也。』不為應。師古詐窮，用光嘗借此以律告曹黑臉者，謂：苟欲為亂，安有定期而使人知之者！則其不欲以捕治曹黑臉為功可知矣。但此事不可信，而為此言者亦亂民。用光方諭司坊官密為訪緝，並可藉此以得祝顯等蹤跡，而不意指揮署中乃適有此事，用光當時亦第令捕役等密為訪緝，未欲具奏也。歸寓時過茹總憲寓中，偶述及此，古香前輩謂此安可不奏，萬一此真曹七之黨巡城何事，豈可不急捕治！用光當時訥於言詞，未能以『未經訊明未可具奏』之言力止總憲，是總憲之張皇，亦用光之訥於言詞有以成之，未可以之咎總憲，用光惟以自咎而已。至總憲既決意具奏，用光苟能自不具摺方見鎮靜，用光復不能然。是用光既以累人又以失己，一言不慎其咎至此。聖諭所責，忙亂之咎，夫復何辭！至指揮署中之事，當指揮面稟時，用光見其垂涕泣而陳訴，又素知指揮署中止有皂隸數人，又隔彼土房數層，一時未能捕得行兇之賊，自係真情，斷不疑及於姦拐也。使當時指揮竟被菜刀擲傷致死，其因姦拐行兇雖亦應究訊，而究以先緝正兇為要。今指揮未死而正兇亦未獲，用光當時亦只急於輯兇，未暇究其所以行兇之故也。設當時不即具奏，則刻下亦只移交刑部緝兇之案而已，指揮當時口稟執燭持刀情形，方以脫死為幸，安有邀功之念。惟用光以述之總憲而不能鎮靜，以其適與收禁曹七同日之事，遂疑及於其為同黨，此用光與總憲之疑非指揮之疑也。用光於初一日午刻往會遊擊王元凱，未晤；而遊擊與守備皆於夜間來，用光方與彼言城營宜一體，望其同力協輯。安有事在可疑而遽有邀功之念？用光既以不知大體媿見夫子，又恐武弁或與司坊官有隙，於夫子前所述或有參互，特述當日情形，以明用光之媿。

【校】

〔一〕原作『甘』，據清頌堂本改。

上錢莘楣先生書

莘楣先生閣下：用光器質孤陋，學識弇鄙，伏首誦書，自總角以迄於今三十，進不能揣摩世好，竊榮名於甲科；退不能剽襲學問之末流，以嘩世取寵。獨守一先生之說闇汶自處，以妄冀乎古人傳世之業，而氣孱力弱，乘以驕惰。學焉而莫見其成，為之而不著其效。若用光者，譬材則擁腫，而乘則駑駘也。其於有道君子，魁閎豪傑之門，宜其見棄之久矣。顧自癸丑之冬，介姬傳先生之書而以謁於從者，嘗辱閣下誘與深言，獎掖備至，質以所業，則賜之鐫繩，不憚詳委，且示以自著。俾知所由用力之方，驚喜踴躍，出於非望。及其既歸，而姬傳先生復以書來曰：閣下嘗稱用光於東浦方伯曰，如某之治古文，其必有成焉。材之下而褒之逾量，榮施非分，而下士知奮。若用光者，其何幸而得此！既以感勵於中，五年其未有迨，而還顧時序遷流，學無增進，則又未嘗不恧然汗出，惄焉其無以自處也。夫力薄則功苦，時久則慮遷，志雜則神明亂，更變多則反而事夫始。秦人有善治田者，得沃土而勤播種，歲收獲倍，一旦去而事冶鑄，及貨獘惡而弗售，則舍而復夫農。夫棄本業而逐邪贏，嘗試於非所素習者以儌一時之利，固不可耶。嗚呼，此壽陵餘子之所以見笑於邯鄲也。用光幼受古文業於舅氏，及試於有司而屢絀焉，思所以投時好者遷而為之，其屢絀也如故。十餘年間，好惡貿亂心志回惑，及其既久，乃恍然悟曰：夫文者人心善惡之所形，足以驗世之治亂而還為治亂之所從出。文盛則世治，文衰則世亂，君子由之以復性，小人由之以遷善，胥是道也，故上自易、詩、書、禮、春秋，下至諸子百家，以及於稗官野史，淫詞俚曲，學士大夫之所諷誦，野人孺子之所謳歌，可喜可懼，或悲或泣，舞蹈迴旋不能已已。所感殊途，則其受感也亦異致，故曰：觀乎人文以化成天下，而夫子之文章子貢以為可得而聞，誠以性情之際惟文為深昧乎？此措之於事為則悖，形之於威儀則野，然則所謂性與天道者，要亦不外乎此。誠知好焉，固未有可以易業而他徙也。伏以閣下之學魁冠一世，用光聞閣下之名，自成童後已識之久矣，幸而得拜謁於堂下；又辱閣下逾分之知，顧自以學術蕪雜，治經史傳記雖略知指歸而未有成說，昨者復不戒於火，所為雜文悉皆燬去，未能繕録以求裁正。第因人南還，輒敢修函啟問起居，兼自述其所以從事於文者以質於閣下，伏惟閣下閔其愚而有以教之，幸甚！聞所著廿二史攷異付梓業已蕆功，自三國志而上前者已辱惠賜矣，今去人來北，倘得更畀全書，則尤不勝有深幸焉。

上翁學士書

覃溪學士閣下：用光聞古之君子，其身處顯位者，未嘗不樂後進之士能嗣續其學，以彰國家作人之化；古之士，其知慕乎道者，未嘗不欲見賢儁之君子而祓濯其心，以獲尊聞行知之益。是故，兩漢諸儒往往以一士而與公卿大夫相晉接，故其傳經有家法，而其事公卿大夫也不嫌於援上。

伏惟閣下以古學號召天下，而好士之忱汲汲如恐不及，其所自著布於海內者，士莫不饜飫乎道德而想望其豐采矣。用光凡才淺識，無所比數，而曩者當閣下視學江右時嘗辱拔之於稠人之中，而奬掖之備至，用光因是亦自奮勵，而不欲以常士自期待。蓋隰桑之詩曰：『隰桑有阿，其葉有難，既見君子，其樂如何？』其卒章曰：『心乎愛矣，遐不謂矣。中心藏之，何日忘之。』而綿蠻之首章曰：『綿蠻黃鳥，止於邱阿。道之云遠，我勞如何？』用光始者有隰桑詩人之樂，既已中心藏之而不能忘，而因循惰廢無以成其學，雖仰望閣下之輝光而無因緣以謁於左右，以求所謂請益者。僻處鄉曲，譬黃鳥之止邱阿，則又不啻如綿蠻詩人之所傷也。昨者欲謀應都下之試，故求得姬傳先生之書以為介謁之資，會以事牽，不果於行，伏惟閣下存好士之盛心，念用光之意存乎古人之慕道者，不待奉贄階下，而先教誨之，俾得覯乎光明而不至以鄉曲自晝，則漢儒傳經之家法不獨頌美於往昔矣。

抑竊有請者：先大父藏書萬卷以教後之子孫，大人築樓以貯書而摹大父之遺像將奉祀於樓前，既求得姬傳先生之記而欲書文以入石，度海內之書足與先生之文媲美者非閣下莫屬，故命用光踰分以請，如閣下念曩者於用光亦嘗辱一日之知也而賜之，燕閒而為之書，則所以為光寵者，大人實有深幸焉，豈獨用光之感德而已！

外呈用光雜文四篇，如賜觀覽，亦希有以裁之。

上王侍御書

懷祖侍御執事：用光聞之，學莫貴乎得其本。通經，學之本也，知通經則得其本矣。是故古之學者三年而通一經，其為時之久如此也。旁求之諸子百家、傳記、方言、小說，靡不參互攷訂以求一當，其所務之博又如此也。時既久，故思慮有所必通；務既博，故有以濟其聞見之所不及。漢之儒者莫不從事乎此。及其弊也，穿鑿傅會之失益滋，則反昧於為學之本。宋儒揭其本以救之，而及其弊也，空疎無據之病復起，故今之學者以漢學相倡和，而考據之精冠於前代，其著書立說馳聲譽於海內者肩相望而踵相接也。執事以鴻才實學為前輩之魁傑，而郎君之賢能繼其志純，終領聞修業不遑息版，用光伏處下風，聞而思慕，如景星慶雲之在天，企而欲見之者久矣。昨者謀應都下之試，求得姬傳先生之書，將以介於從者而謁於左右，見盧南石督學而以達於執事之觀覽，小儒穴見，無足當乎大雅，而比諸候蟲之時吟，則氣機所感，固有不能自已者，他日因緣得至都下而進謁階墀，將有深於是者以執經而請業焉，惟執事之不鄙棄之。

與秦小峴方伯書

曩聞舅氏山木先生居京師時與閣下過從至熟，得所商榷舅氏文字一冊閱之，信知閣下之用意於文章者為甚深矣。去年於楊員外芳燦處得讀所著詩文全集，及旌旆朝京師，託蓉裳以舅氏遺蹟乞題，而顧未得接言論於執事。夫今世之為古文學者至少，其自詡為能者皆張乎其外者也。襞績以為古，茁軋以為奇，非所謂有內心者矣。先生之文獨無競於世之心而有進乎古之學，一篇之中，清醇沖淡之旨使人往復之而不厭，此其識高於人遠矣。夫見草木之榮滋而知其為春氣之發生者，不必皆在乎萼跗也，根之茂，葉〔一〕之蕃，條枝之遂，天地之文在是焉。苟翦綵帛以為之，雖萼跗皆具矣，非實有為之，榮滋者非草木也。夫文亦何異於是！詞具而氣質、神味不存焉者，亦非文也。用光少事山木先生，長而受業於姚氏之門，雖樂趨是塗而才與學不足以稱之，每自媿其無成，聞閣下之風而慕望之久矣。茲乃因外弟魯迪光進謁之便而通書於左右，並質其所見如此。素所作文字本不多，又散漫未之收拾，茲以去年所為述典一篇寄覽，惟閣下之有以益之也。

【校】

〔一〕葉，本作『業』。據清頌堂本改。

上韓理堂先生書

理堂先生：竊以人之生也有其所以為人之道，而道之積於躬也，在乎學以來之。古今言學者衆矣，同源殊流，紛然各出。綜其大端不越三者，程子所謂文辭、訓詁、儒者是也。事文辭者或馳於為人事，訓詁者或至於無用，故程子以為仔肩道統非儒者之學莫屬。顧儒者之學自南宋以來復歧而二之，程朱陸王之辨紛數百年而未有定也。嗚呼，自漢以來，功利之私，承秦餘習，泯泯棼棼，無所寧止，世之學者棄康莊而趨曲徑，徇一得而昧大同，孔孟之學是以不著於天下。其間董子以正誼明道之說救正人心，而漢之學始一振；越數百年，韓子以仁義道德之說攘斥佛老，而唐之學始一振；又越數百年，周子言止靜，二程子言格物致知存誠主敬，俾學者有所從入之地，而宋之學於是大振。迄宋南渡，子朱子紹周程之統，其為說也尤詳以備，而千聖之學得周程而大振者賴以不墜，數百年間代不過一人，數千年間不過數人焉耳。後之學者承經喪道否之後，坐享諸賢之遺澤，得以自得夫為人之道，顧乃於其說之切而當者畔而去之，自便其意以幸一得，而不期至乎其極，此其於聖賢為已之道為何如此！有志之士所為感慨奮發，辨析疑似，極於毫芒，斷然主一，以為歸直，以昌明正學，救正迷溺為己任而不辭也。間嘗攷後儒所不滿於朱子者，在補大學格物致知一傳，雖篤信朱子若明之蔡虛齋、林次崖，本朝之李厚庵，皆以傳為不必補，惟明之薛敬軒、胡敬齋，本朝之張楊園、陸清獻，則篤信之而不疑。用光幼習膚學於聖經，不能稍窺其萬一，亦安敢以妄論其得失！然受業於舅父山木先生，先生命以朱子之學為學，間嘗比古本大學及二程子、朱子、蔡氏、林氏、李氏所論定者而詳攷之，則見夫古本大學似無倫次，其為必不可從也無疑。二程子所定其序見矣，而尚未見其秩然條理之妙，惟朱子所定使夫學者優游饜飫，反復於其書而不能釋。至於蔡氏所定謂格物傳自具於古本中者，則其為說復偏格而無以示學者用力之方，林氏從之而李氏亦不能以大異，則亦猶是蔡氏之失已矣。然則讀大學者必以朱子之說為歸無疑也。從朱子之說則傳之補有所不能已者，而或者以為朱子不能闕疑昔孔子之作春秋也。春秋天子之事也，而孔子作之，故曰『知我者其惟春秋乎？罪我者其惟春秋乎？』朱子之補傳殆猶孔子之作春秋也，孔子以春秋維既熄之王迹，朱子以補傳啟學者希聖之階，所謂權也。其補傳貫通程子十六條之說，以出之其先後本末之間，使學者誦之悠然而有以自得，入德之方誠莫是先焉矣。用光賦質凡鄙，雖從舅父學，間嘗搜討先儒諸書，然都無心得，秋間自省試歸來，舟中無事，靜驗夫此心之所之，則紛然人心之擾，而道心之萌則微，而無以相勝。因思周子以無欲為學聖之要，而非從格物致知入門則意不能誠，安能無欲？以是益確信朱子大學補傳真千古聖學入德之門也。用光日奉舅父所命以為學，故日夕所為肄習者，本之六經以求其質，究之諸史以求其義，繹小學近思録以悍其神，考薛胡張陸諸子以博其指，凡以事夫身與心，而身與心究未之治也，此用光之所為惶然自愬者也。伏以先生學朱子之學者，用光之聞而慕之也數年於茲矣。既嘗緒聞夫昔者先生之所以為政，今又得讀所為制義，益恍然於藹如之旨。顧念未立之身，本不敢妄有所瀆於左右，奉舅父命録一二近作雜文以就正，輒序其所從事者以獻於左右，伏惟賜裁擇焉以示之途。

與張桐岡先生書

桐岡先生几下：用光自來陳州，聞先生及武君虛谷之名，思欲見其人訪求其詩文未得也。久之，得武君所著書數種，讀之愛且敬，因是益慕先生而以未及謀見為憾。去年冬莫丐西華張學博為録取先生之詩文以來，詩數十首、文數篇耳，然而淵博之識、沈邁之氣，足以扶持學者之志氣而使之自奮之。荊山者寶其片玉，寠人獲徑寸之珠則傳而玩之。以用光之學術淺陋，譬操豚蹄而祝滿車，及履乎好畤之阡陌輒忘其非己有，而欲坐閲其倉廪以為快也。海内學者衆矣，精攷據者窒於文，習詞章者疎於學，獨先生能兼之，為古文辭能得其氣，振起后學，非先生其孰任之？方今為古文辭者幾同絕學，鮮得其法者，惟桐城姚姬傳先生工為之。用光雖嘗師事而未能幾其萬一也。先生以古文自任，度必有心得者，用光質雖駑下，然其慕望之誠冀先生之有以誨之也。夫為古文之學者，必其身制行能不苟，故其詣視為詩詞者為尤難。以先生之清德介節為人所推重者久矣，大河南北，用光所願見者惟先生及武君二人。武君既前卒不及見，用光適為事拘綴不及為造廬請謁之行，故輒抒其愚見並寄詩文二冊以請誨，如閔其愚以為可教而教之，幸甚。

與鄧鹿耕書

曩時讀先生四書蛾術編、於孟懿子問孝一則有未敢奉以為然者。比作四書正義，反覆於語類或問，彌見朱子解經之善，學者未全讀朱子之書而輒欲以為異，無當也。孟僖子病不能相禮而使其子學禮於孔子，其所謂禮亦郊勞至於贈賄之儀爾，非有見於先王之禮也。孔子以其善補過而稱之，所謂與人為善也，非果謂其知禮也。使其知禮則所以守臣節而無歌雍之僭，強公室而為後嗣之訓者，當自有在，而求之左氏無文焉，則不得援僖子之命以學禮，而謂孔子之訓懿子以象賢也。或問以設撥為葬之僭禮，歌雍為祭之僭禮，援據明確，庸詎非漢儒實事求是之意，而今之為漢學者輒以朱子為索之空虛，雖苹楣先生亦有此失，毋論東原西河，願先生之勿效之也。文理密察見於中庸，窮理盡性見於易、孟子。學孔子者別孟子於孔子，非學者所敢出，言理則足以該禮，言禮不足以該理理之。節文正朱子善於解經之辭，奈何以相病乎？宋儒有奉母之命，母既歿，而日誦佛經一卷者。朱子以為平日鮮諭親於道之學，從親之令為孝，固不問於存歿也。世之忘親而不知孝者，無論已固有天性甚摯而察理未明者，執「為其親諱」之說而或護其親之非以為是，諱之可也，以非為是不可也。生則盡幾諫之誠，歿則勉幹蠱之義，懿子雖不足以語此，而孔子之言以詔萬世，故程子謂「無違之旨」為「凡為人子者言之」。朱子既宗其說而復兼列三家僭禮之失。用光謂：朱子解經，毫髮無憾。此章之義，舍朱子莫可從也。又「敬不違」違字義與此「無違」義絕不同，西河乃據彼以解此，其可笑有不足置辯者。至其辭氣謾駡巧詆，自蹈鄙倍，吾黨復豈可援引及之？先生好學深思，其所成就，非用光之所敢望，而有不敢為附和者，輒妄抒其鄙見以質於左右。

與劉仲矩書名祖憲福建甲寅孝廉

望足下書久矣。陳君來，得手札，及知途中患瘧，久始達黔，比已得補永從。欣慰欣慰。用光嘗謂：知縣者知一縣之事也。於一縣之事無不知，而必思為之所則，其縣無不治矣。今足下惡健訟之繁而思所以化其澆，憫輕生之多而思所以化其愚，審保甲之害而思所以得其利，置其身於後圖而惟以民事為事，可謂心誠求之者矣。守是心而勿渝，因其地之所宜而益精求其施措之方，吾知足下必大遠於俗吏之為也。夫人相習則從其言，事相習則究其法。言之不從，其人之未習也；法之不究，不可云習於其事也。頃見一治疾者，以為當用某方，及用之，初若甚効，後乃潰決四出不可復禦其侮，乃疾未至是而某方非所宜用耶。其所以神而明之者非耶。昔人言治羸疾者不可用黃柏、知母等藥誘之，使陰氣盜虧竟成羸疾矣。猶之人而不仁，疾之已甚，適足以召亂也。保甲之為良方無疑也，然而行之無益於彌盜，且足以使為善者蒙其害亦無疑也。處劑者用成方而必有增減，為治者用古法而必有變通。變通之道無他，在於習其事而已。今之行保甲者，失周官『比閭族黨佐行教化』之意，而反鄰於商君相連坐之法，非徒其法之未究，抑亦其用意之相左矣，足下有誠求之心，久之則民必與相習，相習則必從足下之言。從其言，則所舉充保正者必敦慤任事者也，非無賴喜事者也。且人既習於足下矣，雖不行保甲而官民一體，不啻其行保甲也。鄙見如是，足下以為何？如承誨示，蘭瑞懇至感甚。彼今疾未除根，間常一發，比來發時覺比前稍輕，承惠肉桂，俟冬間與胡君商為處劑耳。

再與呂禮北書

昨日從周稚圭方伯處寄書，答相望之意，並請枉駕為上思之行，俾兒子蘭滋得受教益。不知此書於何時方達桂林。蘭滋曾否能致書幣達其意？先生能從其請否？仰企之懷，曷能已。近日古文之學，惟桐城得其宗。足下之文，其於姬傳先生之講貫，若有相遇以天者，其筆力且欲突過仲倫矣。足下未嘗見姬傳先生也，而由先生之緒言以自奮其功力，其所得遂已至是，視用光向曾受業於先生而至今無所成就者，相去奚啻倍蓰！顧猶虛懷下問，詢以得失，循是以上企古人，他日所成就，非用光所能幾及可決也。所示大著，今輒以鄙見綴於簡末，未必當也，惟采擇而互與商榷之為幸。用光之師先舅氏山木先生，受古文法於朱梅崖，其在吾江西卓然成一家言者也。姬傳先生之門人有管異之同、梅葛君曾亮，皆深造有得，勝於用光，惜異之今年秋病歿矣。葛君則年齒甚壯，精進未可量。此數君子之業與王惕甫、張皋聞、吳仲倫不相上下，仲倫聞在杭州，先用光至三四日前行，惜未與之晤也。茲寄山木先生集一部交蘭滋面呈，用光北行至吳江阻雪，未得發，舟中呵凍書此致復。數千里相望，惟珍衛自愛。

與管異之書

曩者惜抱先生亟稱足下之才，用光蓄願見之思者十年於茲矣。兩過江寧皆不相值，今夏劉明東來此應順天試，意明東舉於北而足下舉於南，固人間可喜事乎！顧卒皆報罷。科名不足重，惟不得聚居而相與講習之為悵悵也。昨於鮑覺生先生處知足下方輯吾師筆記，又來索尺牘，頃見與覺生書，又欿然以學不足為言，而未嘗以失意於決科為憾，足下信可謂有內心者矣，此固惜抱先生所望於足下者也。夫古文辭傳之於世必才與學兼備而後能有成。才不可強能而學則可勉致。然學有二，其存乎修辭者，異乎南北朝人之所學，為古文而得其途者知之矣；其存乎學而銖積寸累以求其義理，為古文而得其途者，其所得又有淺深之分焉，得於此者深，雖修辭之功不至而固可自立；得於此者淺，雖修辭之功至而未必其能自立也。蘇氏曾氏之於歐陽，才與學兼備者也，繼歐陽而庶幾及之。李習之、皇甫持正、孫可之學不足而修辭之功至焉者也，繼韓而瞠乎其后焉。然習之、持正、可之尚足以自立，生宋人之後而學不足，微特不能絜習之、持正、可之諸君子，且不能如為南北朝人之所學者之有成矣。鄙見如是，足下以為然乎？用光弱於才而疎於學，嘗媿負吾師之所傳，明東又以貧不能已於遊，惟足下闇然一室，貧而力於學，故願聞其學之所在，而先以書通其意。

與梅伯言書

昨以沈君文及用光復某君札奉覽，以為何如？定菴所言派別非，而其鐫刺鄙文處則是，沈君才不及定菴而取途正，則似勝於定菴也。孫過庭言作字云：『先求平正後追險絕』，作文正復如此。未能平正而遽求險絕，譬之孩提之童而欲舉烏獲之鼎，效魏犨為距躍曲踴也，其不至於絕臏折足者無幾矣。然某君所見似尚未及此。其所見未忘乎六朝之綺麗而震慴乎簡齋之炫燿，爾年少，所見未定，固宜有然。用光少時亦嘗有此論，嘗以此質之吾師，吾師與用光尺牘中所以有『簡齋豈世易得之才』云云也。吾師措詞，渾人不覺之，不知正答用光論才之說也。用光比年來乃知簡齋之才雖橫絕，而用之於古文則全無是處，以此服足下所見之卓也。某君執所見不化，難與捄正，惟以語足下〔一〕當必以為然也。近人於舉業能真別白古人家數者少，而臆斷其近似者則多。如陶庵臥子面目亦時彷彿能喜之。足下為應舉文，且宜出其面目以使人知其澤古之功，若欲渾化其體，則非場屋所宜也。

【校】

〔一〕原本、清頌堂本皆衍入一「下」字，刪。

諭汀州諸生

使者初來，以閩中為宋元儒者之鄉，近雖其風稍替，而績學博古之士聞不乏其人，則暢然喜；又聞士習骩骳，其以竿牘與州縣官相恫疑恐喝者亦不乏其人，則適然驚。使者欲返其舊而歸之淳，既作文宣諭其意矣，復於觀風課命題特以「非仁無為、非禮無行」勉諸生，以自反而不患憂患之學，比按試諸郡既鮮遇博聞之士，而其以訟事互訐者所至輒有，何諸生之不自克也。去年歸化學生監賴章聯陳璡等，援乾隆四十八年按察使司所諭「生監宜守本分，胥役毋得侮辱斯文」通飭各學之碑文為例，欲重申其說，而更為州縣以戶婚細故拘生監班房不移學收管者示之禁，使者既飭戒諸生，以毋得於預外事而復令歸化校官録寄按察使司文。及今閱校官所詳，乃建寧府知府之文非按察使之文也。其或年久碑泐，無案可稽，固亦事之所有，其州縣官不知愛士，而聽任胥役輒拘生監於班房，固亦不能保其事之必無，然此自係乎為吏者之賢否，於諸生無與也。若以有碑文而謂足杜州縣官之聽任胥役，諸生既失之迂矣。若以有碑文而遂藉以為挾制官吏之具，則諸生已自蹈於非僻，其用心毋乃險乎！使者固知諸生以受辱之忿，而出其迂見以嗚於使者之前，非果有險心也。然其弊之所極，不能不為之防〔一〕。孔子曰：「躬自厚而薄責於人，則遠怨矣」。又曰：「攻其惡無攻人之惡」，非修慝與請生，第修慝以厚其躬而不必以一朝之患為患，使為吏者以諸生之厚而亦化於厚，亟然自反，其所為是諸生之與人為善也，諸生何不自力焉。

【校】

〔一〕防，原本、清頌堂本皆作「坊」，誤，逕改。

太乙舟文集卷六

山木先生周易注序

近人治周易者，因李鼎祚集解所列三十餘家而推求其宗系，闡荀虞之緒論，繹爻變之指歸，升降消息推而至於歸魂世變，其於漢儒之説可謂明且該矣，然欲藉之以求合於夫子學易寡過之旨，則茫乎莫得其歸宿。然則治易而欲有益於學者之身心，舍宋儒之道無由也。余嘗謂王輔嗣注易明於人事，首變漢儒之法，雖言理精密不及宋儒，蓋其學未有以副之。然循其説以立身行己，亦足以發明剛柔進退、義利公私之辨矣。故程子言治易使人先讀王氏注，誠有取爾也。夫王氏且不可廢，況程朱乎！

國初治程朱之易者莫善於安溪李氏，余舅氏山木先生嘗亟稱之。戊申己酉間與諸生徒講貫四聖人立教之本，因為此注。其説本程朱及旁采安溪者為多，蓋非以著書也，欲使學者知觀象玩辭之要而已。然余每讀一過，輒於日用動靜之間有所警發焉，因取以課諸子而謹序其緣起如此。余嘗見程魚門先生自序其易注，其説與山木先生合，顧但見其序而已，未見其書也。夫學者治易誠欲以淑其身心，而非以為名，則由安溪以溯程朱，其於山木先生之言，固必有合也夫！

輔孝二書序

知有所不及，博采廣詢以蘄進於知，學者之近思也，況以之事親乎！推己之所得，著書立説以公之於人，仁人君子之用心也，況以之輔孝乎！倉公傳於司馬氏堪輿徵諸天老，而今世人恒以術數少之，於堪輿尤斷斷焉。程子曰：『病卧於牀，委之庸醫，比於不慈不孝。』朱子嘗述伊川之卜地，而譏呂伯恭之不知是也。然則事親者之於二術固宜盡心焉。昧沒於平時而鹵莽於臨事，均謂之不有其親，余不及侍先大夫含斂，痛不能知先大夫病狀，既躬蹈不慈不孝之罪矣。今卜宅兆尚未得也，因發憤取岐伯郭璞以下諸氏書讀之，以自責其所不知於前者，以自勉其所待知於後者。漢陽吳生泰初從余學舉子業，出其先世慎齋先生輔孝二書乞余為序，先生於二術初亦不知，與余同，而卒能自得，且著書博采廣覽，不主一說，無專己守殘之失，無暖暖姝姝奉一先生之言而以自足之過。先生故儒者，其思不誠近而其心不既仁矣乎！余舅氏山木先生兼精二術，余從學時未嘗請業及是，今欲叩之而舅氏已前卒矣。悼哲人之既萎，幸成書之得見，而彌以痛其事親之多疚也。乃泫然為之說如此云。

河南耿氏富春軒藏書目録序

富春軒者，耿徵君震國與其兄華國讀書之齋名也。耿氏居襄城，自奉政君顯，以學行仕宦著於明者數世，崇禎末，富春君偕二子殉難，及我朝而以文學稱者相接也。富春君嘗購書金陵，合奉政所積，得三萬五百七十卷，傳至訓導君應蛟而目録遂失，又五世孫迪吉乃就其父孝友君所蓄書并先世所藏重加編目，又備著孝友君所手鈔及累世自著書目附於後，仍繫之富春軒者從其朔也。子興宗以示余求言，余謂學者學為忠孝而已。忠莫著於死事，孝莫大於承先志。耿氏忠節著兩世，可謂不媿其所讀之書矣。而後嗣又能裒集遺書，兢兢守之，惟恐失墜，不可謂賢乎！富春君遊高忠憲黃石齋之門，而百樓先生為孫徵君奇逢弟子，雖籍西平別於襄城，然固興宗五世從祖也。孫徵君隱居伊洛，實開我朝湯文正潛庵之學。余觀耿氏自著書有中州道學編，孝友君手抄書有蘇門大社譜，意其所述者孫氏之學乎！文正繼孫氏後以宋儒之學顯名，蓋康熙雍正年間士大夫風概如是，今乃有掇拾漢儒緒餘而譏宋學為空疎者，余師姚姬傳先生嘗謂：『述微言以示將來，吾黨事也』。興宗之師鮑侍講桂星與余同事姬傳先生，興宗又辱以文字問於余，余因念昔吾祖凝齋先生實為宋學，而遊太學時購書於京師以歸，家大人為藏書樓以庋之，其事與耿氏有相類者。余既慕耿氏之多才，嘉興宗之有志，故與之言宋學，以為士君子博聞強識，敦善行而不怠，其所嚮往固在此而不在彼也。余不獲見道學編大社譜二書，並約興宗他日相示云。

清芬世守録序

嘉興錢文端公以文學受知於純廟，晚年以尚書致仕歸家而食俸。上每作詩，猶頻寄書使和以進。其母陳太夫人摹古畫冊，既屢賜御題，而復得登藏於石渠寶笈。蓋儒林之至榮，古今人所未有之遭遇也。乾隆甲辰年，文端孫錢端以曾祖母所畫四子講德圖進，上既題詩卷中，而復題其卷首曰『清芬世守』，今海寧州學博泰吉是以有清芬録之輯，蓋成王命康叔之治沬邦，惟曰：『導小民以聽，聽祖考之彝訓』，而康王之命畢公以保釐東郊，亦兢兢以『世祿之家，鮮克由禮』為戒。周之盛時其所以垂訓者如此，故都人士之詩曰：『其容不改，出言有章。行歸於周，萬民所望。』因其衰以思其盛，乃睠睠於言行可望之都人士也。我朝之治化絜於成周，禾中之風俗美於沬土，而錢氏子孫多才俊，其以文學發聲名得爵位者，接踵鵲起，可謂數百年望族矣。而學博所自為文，乃有曰所謂世家者，非徒以科第顯達之為貴，而以士農工商各敬其業、各守其家法之為美。其有佚遊隳業者，則相與戒之，何其與『聽聽由禮』之言相似也！旨哉斯言，余嘗舉以示吾家子弟，以為此清芬之所以世守也。昔胡康侯之教法冠於北宋，從之遊者出而人見之，不問而知為胡先生之弟子。余蓋甚望學博之以教其家者教其士，余家與錢氏為世好，近復申之以婚姻。余家家法向以嚴肅純厚著，而近數十年來羣從子弟亦稍渝謹厚之習矣。余故序是録，不禁有慕乎學博之言也。

擬虞道園翰林珠玉集序

有元至治天歷之間，以詩名者稱虞揚范揭，而文靖公尤卓然為諸家之冠。公嘗自定其集曰道園學古録，而自負其詩如漢廷老吏。間嘗發而讀之，其詩自漢魏六朝以至唐宋諸作者靡不察其升降所由，派別所在，而淹貫出之，精密老健，符所自言，信乎其為一代之能者也。公初薦授大都路儒學教授，歷國子助教博士，累遷至翰林侍讀學士，其時與歐陽元、馬伯庸、柯敬仲諸人相唱和，為詩如金鐘大鏞，鏗訇震耀，極文章之盛事，故好事者於公所自輯更録其在朝應制諸作為翰林珠玉集以著一時之盛，又以為來者模也。抑嘗讀公所為送李彥方閩憲詩，慨國初許文正表章程朱之功，而其學者或顯背謗毀之，欲彥方之有以正其俗，汲汲然以明道為己任，此其用意之深遠尤非詩人所能及矣。蓋公早年固嘗從吳文正公遊，聞所以為學之本，故其所用心如此。嗚呼，此尤學公詩者不可不知也。

翠微山紀遊詩序

翠微山，京師之西山支山也，以寺而得名。其幽深峭削、木石寺觀之勝，足以饜遊者之目而發物外之想。乙丑九月八日，梧門學士與吳蘭雪舍人偕遊，披蘚攀石，盡歷諸勝，二日而返，共得詩若干首。初約陶大令琴坨與余同往，余二人皆不果，琴坨乃盡次其韻為詩而囑余為之敘，予雖未登翠微，然其幽深峭削、木石寺觀之勝，乃悉遇之數君子之詩，其物外之想因之以益深焉。夫人之遊於物外者樂其靜而曠也，曠不可以耳目拘，靜不可以世俗累。遊而有所得與居城市而亦有所得者，其固有同焉者存耶。山中之僧近山而居之，野老稚子日習於山而若無覩也，士君子一至而愛且慕之不置；士君日居城市而若無覩也，山中之僧與野老稚子至焉而驚且異之，且愧其僻陋而莫能遊於是也。其愛慕驚異之情固不可同年而語矣，然則士君子之所以勝於山中之僧與夫近山而居之野老稚子者，宜必有在也。讀琴坨詩為一發其覆焉。

恩餘堂輯稿序

唐宋以來，名位與文章兼盛者唐之張燕公、蘇許公、權文公，宋之韓、范、文、富，皆有集，元明則虞文靖、楊文貞為之冠。蓋偉人盛業，殊稟得之天授，績學勤於人力，發揮蘊蓄，潤色聲名，信今傳後，固其所也。吾師南昌彭文勤夫子，少以詩文名，著有潛源詩鈔，顧通籍後已佚其稿，及入直南齋，受高宗純皇帝之知遇，晚歲復膺仁宗睿皇帝之眷顧，數十年間所作皆應奉文字，其退直應人之求及隨時綴筆者多隨手散去，故惟夫子自定經進稿數十卷傳於世，其他文字雖門弟子未得徧讀也。今夫子第四孫春農學士邦疇裒所藏弆及訪輯所得者，合夫子自定稿中讀書跋尾策問存課二種，並以付梓，名之曰輯稿，而命用光為序其意。用光竊惟：夫子經進稿文字固當頡頏燕許，今輯稿中詩文亦大率與權文公為近，其在吾江右則文靖貞之遺也。夫子與先府君及世父恕堂府君為總角交，用光庚申歲來京謁於門屏，夫子與語先曾祖之軼事，用光所未及知者；又嘗語先曾祖厚期夫子之說，蓋移晷始出。及辛酉得列門墻，嘗呈一文，夫子親筆點竄數字，且示以『文貴生氣逸出』之旨。用光自以通家子弟，幸得為門弟子，方冀追隨几席，親承指授，漸摩薰陶，庶幾可成其業。顧壬戌冬乞假南歸，及癸亥冬補官來京而不及見夫子矣。蘇許公集世無傳本，自陳振孫作直齋書録時已慨為未見，然則春農蒐輯之功，既可見誦芬之思，而用光幸得執筆為序，追慨請業之無從，而尋繹緒言，如承語笑，蓋不勝流連愾慕之意云。

南池文集序

南池先生先大父執友也。乙巳歲，用光年十八，魯山木舅氏攜以謁先生於蟠山居，信宿，先生語以心性之學，臨行復以所著一帙贈余，蓋先生嘗毀其所梓行之集，余未及見，所贈者其近著也。先生之孫某，余姑之子也。今年以先生文集命予校定而屬為之敘，蓋距見先生時越二十有七年矣。距先生卒時已若干年，而吾舅氏之卒亦已十有八年矣。竊惟舅氏當日攜謁先生之意，蓋將使知吾家先人為學之本，夫學必本宋儒而後其處心也無私，其制事也有道。身何以誠？由於明善，明善而思誠則可以動物，不明善而不誠則不足以悅親。善不能明，則失其本心矣。牿亡之端，大之在貧賤生死富貴之間，而微之在朝夕動靜語默之際。故孟子曰：『無欲其所不欲』。先生之言學也如是。余嘗以是語吾家羣從云：先大父以躬行為學，吾輩世守之，其循循規矩，罔敢踰越，蓋共矢此意矣。惟當益拓聞見而求合於先人之所以為學者，則處事無偏倚之弊，而立心免澆薄之過。顧余浮沉世俗，能言之而不能行之，嘗懼無以稱舅氏相望之意。然則讀先生之集而反躬自疚，安得不益慚且恧也！先生之文論學者為多，即其他文字亦皆質樸而自然，合乎矩度。先生本不欲以文章自見，其少作又皆毀去，今所存者僅得若干篇。先生姓涂名登，字于岸，一字南池。晚自號蟠山學者，人稱之為南池先生云。

南池類稿序

涂南池先生嘗自定刻其文集曰南池類稿，凡若干卷，後自刪去大半，所存僅數十篇。先生歿後，孫金蘭録未刻者為三帙，並已刻一帙，屬用光勘定，將以付梓。用光釐為八卷而序之曰：　先生余大父凝齋府君執友也，其學喜王陽明氏，乾隆甲辰年，先大母八十壽，先生來中田，余隨諸叔後進謁先生所，為作甲辰再至中田記也。及乙巳，先舅氏魯山木先生攜余謁蟠山居，再宿，先生勗余以儒先學，贈類稿中近文數首而別，自是後遂不及繼見先生矣。先生文蒼莽自遂而發揮儒先義，蘊言心性者居多，其警發學者辨義利求放心，誠足以羽翼道教矣。若其大學古本說自立一論，異於朱子，並不同於明時諸儒之說，非用光之所敢從也。然以為先生為學之宗旨在焉，故亦不刪去而列於卷首，以俟後世之論定。其第二卷時習編，類聚論、孟、中庸之語，足以見先生用功於身心之學。昔先大父嘗仿近思録例，輯四子書為一編，而自識所見語於簡端者數十則，甲辰乙巳間，山木舅氏嘗舉以授用光，用光手録存篋中，攜至陳州，燬於火。今惟用光録所識語數十則副本存耳，其輯四子書原編存羣從家者，求之不可得矣。今讀時習編，乃想見先大父與先生相切磋以正學之大概，而用光不能寶守手澤，其可愧恨為何如也！　先生已刻稿中有增訂危太樸雲林集及湯義仍問棘堂集序，皆與先大父同校刻者，用光乃未嘗見此二書，而先生所與用光類稿中近文有論鹿忠節為學一首，則今刻本鈔本皆未之有，然則先生文尚當有散佚者。俯仰四十餘年間，而聞見之參互若此，余與涂君念先澤之易就湮沒，思力學之難為繼述，其可不撫是編而日有警策乎！　道光二年冬除夕前二日，陳用光謹序。

惜抱軒尺牘序

余編輯惜抱先生尺牘凡八卷，既屬山西門人郭汝驄付之梓，迺為之序曰：　韓柳文集無所謂尺牘也，有之自歐陽公始，後人編輯者遂於書記外列尺牘一類。用光嘗問其體於惜抱先生，先生曰：『是雖不足為文，然必取材於梁昭明文選及東晉人諸帖，則其詞雅馴矣』。然先生自定其文極嚴，尋常應酬之作，雖他文皆棄去，其尺牘皆無存焉者。用光自侍函丈以來二十餘年中，凡與用光者皆藏弆而潢治之為十冊，因更訪求之與先生有交遊之誼者，寫録成帙，而先生幼子雉及門人管同復各有録本，余皆録得之，乃成此八卷。先生經說詩文前後集及筆記雖皆已付梓，然各自為部，而所修四庫書題識一冊，先生以早退，當時修書者不列入題要，故今不入之集中，余嘗欲他日總輯先生全集以四庫書題識入之題跋類，而尺牘則附之書簡後焉。昔孫覿聞宣卿侍郎以所蓄東坡詩文雜言長短句，殘章斷稿尺牘游戲之作櫝藏焉，而為之記，乃作詩美之，彼生不同時猶護惜之若是，况用光之受業函丈者乎！用光又嘗慨編陸清獻公全集者，於公所題跋白鹿洞條規東林會約諸編，乃使人不可讀，不知當時何以舛誤若是。用光於先生已刻筆記外，續有訪得，並取所題識於各書簡端者彙録之，將以附於筆記之末，今尚未卒業，乃先識之於此，蓋以明余之護惜先生文字不啻宣卿，而又以警余他日之編先生全集勿為編陸清獻集者之續也。時道光三年歲次癸未正月初三日，新城陳用光謹序。

法梧門文集序

自叔孫穆子有『三不朽』之言，而後世文士遂銳志於『立言』之業。然吾謂言之立也，別是非、辨賢否、陳天德、明王道，苟其言之當，則如周任史佚之所述。臧文仲之既沒而言立，後有賢者皆能識之，初何嘗有文章之名哉！西漢人莫不能為文，及魏晉南北朝而其體益雜，韓昌黎起八代之衰，歐曾王蘇遞尊之而肆力於文章之事，於是始有古文之名。顧求其本，必由於躬行仁義，而成其業，必由於調劑心氣。苟其人之不賢，與雖賢而不盡力於文章之事者，皆不足以與乎此。而及其業之既成，則遂傑然足以當不朽之目。然則以文為立言之道，其源雖異於古之所云，而其實足以相配，此文章之密因世遞增，而亦人心之感於天地自然之文有所不能已於此也。余曩時聞梧門先生居成均時博學能文而愛士，汲汲如恐不及，心嚮往之；及居京師過從至密，先生每作文必以示用光，商榷至再三，必從之而後已，其心之虛也如此。此古君子之用心，所謂躬行仁義之本，雖不以文字見世之士，猶當奉以矜式，况其文之既工且富焉矣乎！先生之文沖淡夷猶，俯仰揖讓，有歐陽氏之遺風，讀其文者如見先生樂易可親之象焉。辱先生以序文見屬，乃為之說如此，世之人苟能由先生之文而得先生之用心，則於立言之道所為該本末而一之者，夫固有以得之矣。

郭頻伽續刻文稿序

頻伽與余少同受業於姬傳先生，學詩於簡齋先生，未之面也，而其志趣同，其先後居鍾山書院也亦同。然余於詩文皆無所成就，其有媿於頻伽負詩名而能自成其體於簡齋之外者多矣。頻伽索予序其續刻文稿，而以書來云：『不敢自絜於藉湜，庶幾區洪趙德之倫』，是予之所當自居者也，而頻伽顧以自居乎！余少時嘗編集韓門弟子為一帙，後至京師校全唐文，又別録皇甫持正文為一帙，時時省覽，嘗以為是皆孤峰特嶂，不足以語嵩華之勝也。余志昌黎則於諸君子姑舍是云爾，及今年日老，氣日下，自視所業一成再成之不足言，其視藉湜，蓋自居猶部婁也，其內疚於心非一日矣。近人言古文者，秦小峴、王惕甫、惲子居、張皋聞、吳山子諸君，皆各成專集。頻伽讀書多，取材博，造意遣詞蔚然成采，其派別雖殊於秦王諸君子，而其集固可與俱傳，蓋正集續集皆足以供學士大夫之采擇也。余與之同媿為未能副姬傳先生之期望者。諸頻伽之請而為之序，蓋彌愧所業之不逮頻伽云。

龔海峰文集序

世或謂考證之學足以累文辭，是不然。將由夫搜舉細碎、矜名物之偶獲以為美與，是為攷證學者之所不取也。豈徒病其文固已病其學，將由夫明辨審問以助篤行與，是君子之所以畜德也。既已有其學，自必有其文。學也者土也，文辭者其土所生之物也。土美則生物必茂，不資土而詡其華，是翦繒綴帛之枝葉也。物固有資於土，而為黃茅白葦者矣，以茅葦而笑蘭蕙，是不察其質之殊而姑欲抗舉夫翦繒綴帛之枝葉也。

建寧朱梅崖先生以古文辭名乾隆間，龔海峰先生其受業弟子也。海峰先生不以攷證名，而其為文沛然暢達，中論辨經史往往得其指要，固有為攷證學所必取之說者。其論時事，如論臺灣之招撫，論甘肅鹽法歸地丁之得失，論甘肅省垣宜建於涼州，其議川楚軍事機宜，議勦、議撫、議堅壁清野，皆實事求是控制合度，其後川楚奏凱，卒以堅壁清野成功。夫人之為學，內以篤其行，外以適於用而已。博學而不能明辨，則內與外交困，考證者博學之事也。先生雖不以考證名，而其學如是，宜其文之工已。先生官甘肅久，晚以川楚軍功膺卓薦來京，其時用光乞假歸，先生旋卒於京師，不得相見，嘗以為恨。今其嗣受穀豐穀以先生文乞序於用光，將以付梓，乃著其所見論列之如此。受穀豐穀嘗乞姬傳先生為先生墓誌，會姬傳先生卒不及為，用光之舅氏魯山木先生亦梅崖弟子也，用光私淑梅崖而又嘗受業於姚氏，嘗聞『義理、攷證、辭章，三者不可缺一』之論，而媿其學之未有以副之也。讀先生文乃益增嚮慕之思云。先生名景瀚，字海峰，福建某縣人，某科舉人，乾隆辛卯進士，由知縣起家，累官至某。

家仰韓兄文集序

人之志於學也，其能幾於成者有命焉，能自力者不謂之命。雖然，其業未易就也。余於庚戌歲始學古文辭於姬傳先生，時年二十三，年少氣盛，謂業可立就，先生微哂曰：『子逾十年，規模粗具爾。』余頗訝先生之易視予也。今已逾三十年矣，自視其文，於時人尚不能軼王暢甫、秦小峴、惲子居輩，何况敢望姚先生之門墻！頃與吳蘭雪論詩，謂余學不力則詩不進，廼循念先生之言，而憮然於其所為文也。仰韓雖辱愛余，命以序所為文，顧余奚足以重仰韓哉！仰韓與余同師事先生有年，年長於余十歲，昨者郵寄其文十餘篇，遲之三年，余始妄抒其見報之，今所刻者，多余所未見，其文當益工也。念余兩人皆年就衰，而仰韓獨自力以究先生之業，余雖媿而不敢不勉也。遂書此，以為之序。

白鶴山房詩鈔序

余友葉仁甫工為詩。余於壬申歲既嘗序其少作矣，時仁甫固未刻其詩也。及官清河道，乃次第付諸梓，比擢都轉年餘，續有所增，而屬余復為之序。蓋仁甫與余同以戊子生，同舉京兆，同成進士，官翰林二十餘年，以文字相切劘，雖中間官異地，不少間。其意氣之合，不獨以婚姻之誼也。今之屬余以序者，蓋欲余言其所得。余少雖好為詩，然實未有所得。雖與仁甫倡和，嘗自媿其工弗如也，兹何足以言仁甫乎！然世之知余者往往先稱其詩，余嘗笑名之所在非實之所在，世事固類有然也。夫古人以『詩言志』而不必存其名，今人以詩成名而固可以考其志。詩三百篇自周公召公衛武公尹吉甫外，其餘感歎傷喟之作大抵皆人之代言，非必其所自為，顧欲考其作者之名氏，類不可得，古人之不重名也如此。今人之於文辭，其所業也，有志者又往往因文以見道，故自宋以來，凡以集垂世者，其人之志行存其中，其時事之得失隆汚亦見於其中。然則舍虛車之飾而以核考業之功夫，論詩者豈非以友輔仁之一事哉！仁甫官中外皆勤於其業，而志嘗慨然，欲有所為於世，其為都轉也，皭然自處而欲振刷衰敝，俾國家實受通商之益，其他日名位所至，後之論詩者宜可隨時以考其志也。余昔所作序，斤斤致辨於格調間，以明仁甫所得，踰於流俗者，不足以盡仁甫矣。

吳蘭雪遊武夷詩序

吳蘭雪遊武夷得詩十餘首，寄余京師，且曰：『吾詩音節自古人出，而能出奇於古人之外，子其為我序之。』余嘗聞古文法於姬傳先生矣，曰：『所以為文者八，曰：神、理、氣、味、格、律、聲、色』。古文之格律聲色，詩之音節也。不求於是，何以為古文？何以為詩？大興翁覃溪先生言詩最嚴，余向嘗患其言音節繚繞而不可解，蘭雪曰：『先生之言音節最佳，吾有領之於語言之外者』。余近數見先生，亦若有相契於余心者，乃曰：蘭雪之言不謬也。夫惟中有所得者，學古人而能化，古人且能化，而況於今人之言乎！且夫武夷之幽深阻峭，其草木烟霞之變幻蔥鬱，惟能詩者遇之而成色，歌之而成音。天地之氣之鼓蕩於是者，其有不知其然而然者耶，詩人之以為詩者，其亦有不知其然而然者耶！嗟夫，知夫此言者，可與言音節矣。

金源紀事詩序

青浦湯虞樽運泰作金源詠史樂府若干卷，其子敬甫顯業為之注，既刻板行世矣，敬甫遇余於周小蓮觀察所而索為之序。余取讀之，貫串書籍，詞氣馳騁，既以為工矣，而其屬辭有未愜余心者。真文忠公請絕歲幣一疏，識議同於賈董，非書生之迂言也。其立朝敷政，必本正心誠意為言者，蓋以心不正意不誠則好惡不得其當，將有以賢為不肖、以不肖為賢者矣，如是，何以為修政事、屈羣策、收衆心之本，舍此而言修政事則亦空言而已。宋之所以棄君子而用小人，王所謂以賢為不肖、以不肖為賢也。然則正心誠意之言，安得鄙之以為迂論乎？稗說中鍾庸大鶴之詞不雅馴，儒者難言之，虞樽意在尊文忠而引用及焉，不幾於訕笑文忠乎？儒者之觀人於其素，胡樞密邦衡素君子也，其論王倫未嘗失實，倫之死於金，勢無復之，非果死節也，不當紀王倫而議邦衡也。其餘亦有瑕瑜不相掩之文，而此二詩則大者。余欲俟暇與敬甫商論之，俾請於虞樽，得改之而後善，而敬甫以疾卒於京師矣。虞樽敬甫家庭之授受，可謂博聞強識好學不倦，余不識虞樽，使敬甫不死，當必以余言為然。惜乎，其竟死矣！小蓮哀敬甫之好學而旅死，所以護視其喪者甚勤，今復申敬甫之請，乃書余所見以為之序如此云。

方彥聞儷體文序

余未嘗為駢儷之學，顧於其源流派別攷核之嘗熟。往者喜楊蓉裳農部芳燦之文也，蓉裳之言曰：『吾之為儷體文，色不欲其炫，音不欲其諧，以闒采而得古錦之觀，以闒響而得孤絃之韻，是則吾之所取於玉溪生也。』蓋本朝之為儷體文者至衆，而討論之精則後來者往往軼出前人之上。若蓉裳之文，取格近於邵叔宀、孔顨軒而易其樸而為華，取材富於陳其年、吳園次而易其熟而為溢，其於此事信可云『三折肱』焉矣。彥聞明府往嘗與余唱和為詩歌於京師。及來為令於閩，而乃知其工儷體文，昨自福州郵以示余，蓋與蓉裳有異曲而同工者。蓉裳固彥聞之鄉先輩也，蓉裳為人樸誠，若不見其才之能有為者，而其為伏羌令，嘗著戡亂之功，人謂民感蓉裳之誠，故潛以賊諜之謀告而蓉裳得捡之，以守城而定亂也。然蓉裳絕口不自言，上官亦無有舉其功而特擢之者。今閩中無亂民而其俗之凋弊甚矣，舞文抵法者接踵而興，閩縣為赤緊而其俗之弊自若也。上官咸知彥聞之才，故自永定調取以治首邑。彥聞發揮儒術，當必有異乎俗吏之所為者。行見膺不次之擢，其遇合逾於蓉裳矣，歐陽子曰：『文章止以潤身，政事可以及物。』余故序彥聞之文而舉誠能動物以為言，以為彥聞必能深究乎誠求保赤之學也。

銀籐花館詞序

詩餘之學肇於唐末，歷代工之者無慮數十家，至我朝而朱竹垞氏稱大宗焉。余少時謁姬傳先生於江寧，先生語余曰：『子來從學甚善，顧子之意何居？將專工一家之業以蘄其至乎？抑欲滙聚古今文士所能以矜於人乎？夫人之材力有所能有所不能，才廣而好為苟難，君子之所戒也。曩余官京師，王西莊謂余曰：「始吾畏子，今不畏子矣。鄭康成不以文名，曾子固不以詩名，古之人且有然矣，今子欲合康成、昌黎、子美、太白，下逮姜、史、鍾、王為一手，毋乃志奢而願難副乎？」余心違其言，乃舍棄詩詞而專力於古文之學。今子欲學古文亦宜知此意，若詩餘儷體，非殫畢生之力為之不能工。子材力不相近，則於二者姑舍是可耳。』用光少亦好為詞，自是遂不敢復作。休寧戴竹友曹郎好為詞，棄舉子業及他嗜好而專為之，既工矣，頃官京師以視余，余讀而屢復之不厭。其竹垞序戴錡之詞，以為能兼南北宋人之能事，顧其詞余未之見也。竹友與同姓，同為休寧人，意固其支屬與？使竹垞見竹友詞，其當歎賞之為何如！余不逮竹垞而為竹友作詞序，謂竹友之業精於勤為喜，而余專為古文辭之無所成為可媿也。

鑑湖歸舟圖序

鑑湖歸舟圖者，余乞富春周芸臯編修凱為翁鳳西太常歸餘姚之所作也。太常以湖南布政使入覲，求補京職，居數月，乞病將歸，余向於譚退齋所聞太常名，既相見於侍講謝向亭宅中，數過從，得見所注困學紀聞，徵引宋人說極博，太常猶以未得多見宋人集為憾。余讀盡七八卷，猶以未得全讀其餘為憾也。太常之為是書云本於邵二雲先生，先生云：『王伯厚采綴其所聞之說，掇其菁英而未具其全文，且有未舉其名氏者，若能蒐訪標引，俾後世讀者，不獨知所從來，且備見采綴之意，則功恢於閻百詩全謝山矣。』太常自居儀曹及歷滇黔粵楚數十年中，仕宦所至，輒手是編不置。其於近人若錢竹汀先生及他知好，苟有可采，亦具著卷中，塗乙補綴，凡四易稿而猶未定，其自所論說亦多精核，使二雲先生今尚存，其必以為太常之有功於王氏固邁於閻、全也。余不及見二雲先生，聞先生有孟子疏尚未梓行，屬太常為借其稿本。太常氣靜而性恬，與人言論沖易簡質，使人見前輩敦厚之風，其居官當必多善政，足見學古之效者。余既惜未能悉知之，今幸得相見，方樂得朝夕過從，問學為事，而太常將歸矣，為是圖以致餞，聊以致其不能攀留之意。昔宋王文忠為會稽風俗賦，所舉儒學則有若王充、沈珣、謝沈、謝承、孔僉、孔祛、賀孝先、虞伯施諸人，如太常者當以是求之，若賀知章以乞鑑湖一曲為詩人所稱，不足以盡太常也。

湯雨生罷釣圖詩序

古之善畫者多武臣，唐李思訓、曹霸，宋趙令松，皆官至武衛將軍； 其本居武職，若劉永年、吳元瑜、郭元方、李延之之屬皆是也，載諸傳記流及後代。至思訓之子昭道，官中書舍人，而世亦沿其父官別之為『小李將軍』，官以藝傳，藝不必以官著，往往皆然。而畫其一端也。雨生雲騎尉，以其祖若父殉節臺灣蔭得今職，嘗官江南矣，以事罷去，非其罪也。大吏為奏復其官，謁選來京師，工詩善畫，與余一再晤，語恂恂有儒雅風。既以其秋江罷釣圖屬余為之辭，而雨生今方得官廣東隸撫標將，與余別。日者廣東頗有海賊未靖，雨生之才必見委任於大府，則吾請以釣喻：餌之投諜之縱與？鯤鮞之不取鯨鯢之必得與？昔韓昌黎以文驅鰐魚於潮州，而陳文惠則捕而戮之。無昌黎之誠而薄文惠之所為，與挾文惠以訾昌黎者皆非也。且何以云事當其機哉？吾聞曹不興有兵符圖極工，世所未嘗見也，雨生如求之而得其意，其於畫也思過半矣。系之以詩曰：餌投五十犗，智出任公子。果能牽大魚，固非濫淵比。身閑未得閑，持竿今且起。但制橫海鱗，莫傷寄書鯉。

董君棋譜序

漢藝文志蹴鞠二十五篇，列於兵技巧，而唐書則王積薪金谷園九局圖一卷，韋珽棊圖一卷，列於雜藝術類。揚子雲曰：『斵木為棊，梡革為鞠，亦皆有法焉』。棋之有圖譜所以明其法也；顏師古曰：『蹴鞠，陳力之事。』附於兵法，今世不傳蹴鞠之法，而棋譜則流傳獨廣。蹴鞠習於戲，而棋則學士大夫喜為之，亦所謂智士樂思慮之事。與言棋之攻取形勢者以為近兵，而邵子觀奕以為算法明則自能取勝。余嘗學九章算法，未之有得也。雖嘗好與人奕，而於邵子之言亦不達其旨，每以自愧焉。常州董君今之奕秋也，選今人圖譜自施夏以下凡若干局，分為上下卷，余嘗覆譜之，不啻按行魚復浦觀八陣陣法而與程不識論部勒之術也。又嘗以為奕之道戒貪，則姑舍兵法而以勵守身之思焉，獨愧於算術之未悟。昌平王君北堂深九章之學，與董君習，董君以邵子之語語之，其有以誨余乎？是為序。

屈氏義莊書田序

昔惠先生士奇之說地官吾有取焉，其言曰：管子法周官事類相近，凡孝弟忠信賢良儁才由其下以次復於上，有過惡由其下以次及於上，猶是周官比閭族黨州鄉勸善糾惡、慶賞相共、刑罰相及之意，非若商君什伍連坐之法益之以暴也。蓋古者政詳於下，故其上之政簡。夫相受相保、相賙相救，民之所以自致其恩誼也。然而曰『使之』云者，則政行於其間矣，不然何以曰『施教法於邦國都鄙』哉！自周官之法不行，而賢士大夫能敦孝友睦婣任卹之行者，往往足以輔教化之所不及，若范文正之義田是也。常熟屈氏四世之立義莊書田，其信可謂能法文正者與！當屈傳野先生自景州牧歸後置贍族田，其子畢節令君曾發增置安濟堂，其從孫睢寧教諭文基又續捐田，今農部君廷鎮復本其嗣父奉政公文在所遺膏火田捐為書田，以贍本支子姓之能讀書者，孝友之風，四世弗懈，益恢以宏，洵可謂賢矣。景州之為贍族田自為之記；畢節之為安濟堂，沈文慤公德濳為之記；農曹君之為書田，姚秋農侍郎亦為之記矣；農曹君復檢諸記及其義莊規條暨夫由縣牒部勒石示後諸文示用光，俾更為之序。夫牒部以垂後者為歷世久遠計也。人家子孫賢否不能齊，固有漠視其先人良法美意而因以自利者矣。行之官而恐不得其人，若常平社倉之建有不若聽民自任為可杜吏胥之欺蔽者，勢位之足以閡夫事權也，行之民而恐不得其人。若義莊義田之建，必聞諸官而勒之石可示法守於后世者，禁令之足以輔夫仁義也。人與法相維，惟賢者能與時消息，而守良法美意於勿替，農部其可謂能用心於久遠者矣。吾家義田向亦嘗牒於部者故不辭而爲之説如此云。

東甌文存序

余歲試處州竣，將往溫州，陳鏡帆廣文以王景建先生儒志編及所輯東甌文存贈余且索為文存序。今世教學者惟以應舉文為利達之誨，鏡帆不取得科名之文而獨蒐輯其鄉先輩之有學而未得科名者，表微闡幽，而使後生子弟知所慨慕，其風尚誠足多也。雖然，余之語鏡帆者猶有進。

夫溫處二郡，在宋元時多名賢宿儒，而近今數十年來語浙中之文學，輒以溫處為下駟。余考其實，未嘗無上駟之才，特聞見陋而前輩師承者少也。頃在溫州求得陳止齋葉水心文集讀之，水心集賴雷翠庭學使有重刻本，而集中同安朱先生祠堂記中幅以後脫文不相屬者未及校正，其他文當尚有之，止齋集則無重刻本矣。處之龔深父、季元衡，溫之周恭叔、鄭景望、薛士龍，其所著述猶有可攷者乎？樂清之錢熙載賈元範與王梅溪同邑，其質行足以型方訓俗，賴水心有樂清縣學三賢祠記，而至今尚得知其人，余在閩嘗屬福寧之守令為梓行陳石堂先生普之文集，而今尚未見其成書也。

夫樂舉緒言以風誘後進，訪求懿德以勸勵末俗，其有文者求其文，其無文者求其行，博蒐廣采而編輯成書，力不能梓者則多録副本以語同志之士，此固表微闡幽而使後生子弟知所慨慕之尤大焉者也。鏡帆居溫之永嘉而秉鐸於處之麗水，其能推儒志之例而更求二郡先賢之著書，於吾所舉之龔季周鄭薛錢賈諸君之外，更有所蒐輯焉，彌足以訓後生子弟之博聞多識而漸摩成上駟之才，是則余所期於鏡帆者，乃次其語以為之序云。

重刻陳文節公止齋集序

南宋陳文節公有體有用之儒也。余治春秋，於宋元諸儒取文節及高抑崇、張元德、趙子常之說為多，而於文節、子常則服膺尤切，嘗以未見文節之左氏章旨及文集為憾。比按試溫州，得乾隆年間所刻文節文集，喜為剏獲，惜字多漫漶闕悞未為善本，乃與海帆中丞謀重刻。中丞亟喜從之，屬錢生士雲為校訂。錢生購得明正德本，為正其訛誤，補其闕佚。若改正德本之『四十年』為『十四年』，『紹興』為『紹熙』，則參攷歷代帝王年表甲子而得之，尤為詳審，可喜也。文節之學行及其文詩之醇雅典茂，為永嘉學者之冠，讀其書當自得之。四庫全書提要言左氏章旨存於永樂大典者已殘闕不能成帙，余他時當校正補刻之。比又得趙子常文集，亦思與重刻也。樓攻媿序文節集稱其於諸生中擇能熟誦三傳者三人：蔡幼學、胡宗、周勉，遊宦必以一人自隨，遇有所問其應如響。此可見文節攷究之詳。當時諸生能務實學之習，惜三人之文字無從見，不能知其學行之所至也。刻文節既成，余為序其緣起，因附著之以致其慨慕云。

重刻居官寡過録序

昔魏弱翁為丞相好觀漢故事，及便宜章奏數條，奏請施行賢臣賈誼、朝錯、董仲舒等所言，以為古今異制，方今務在奉行故事而已。余嘗惜弱翁所奏二十三事盂堅未詳載其文，欲博采他志傳稽其歲月以究其設施之迹而未暇也。夫位高者務大體，職近者察庶物，天下之治由州縣始，州縣之難為也。不履迹以求憲，雖有愛民之實心不足以自效。漢之去古近矣，其所行之故事不必其同於三代也，今之去漢遠矣，其所當行之故事又不必其同於漢也。其所謂故事者，因革損益之大端也。吾以為今之為州縣者且置因革損益為後圖，而先勉其誠求於民之用心，其心而不誠求也，雖旦夕常行之吏事，害在而不知所去，利在而不知所循，遑問乎其他？其心而能誠求矣，雖旦夕常行之吏事，害在而即知所去，利在而即知所循，而遂可以徐及乎其他，蓋別於大端之故事而又有所謂常行之故事焉。君子之勤民，宜以是為兢兢也。山右胡格臣衍虞著居官寡過録一書，其所言皆州縣常行之吏事也，其所采之言，皆前明及本朝有守土之責者之條教。蓋自制府中丞以至州縣司李及未仕者之論著，條舉件繫，皆冠以格臣所自為之說，約而賅，切近而當於情事，雖今日州縣皆可旦夕奉之以為誠求之道。余從仙遊明府劉肖庵功傑所得之，亟勸其梓行以公諸世。肖庵湖南人也，為仙遊有政聲，余先友袁易齋先生嘗宰湖南，以治行最擢禮部主事，嘗著圖民録一書，亦深言誠求之道者，余先君子嘗梓藏其書，今舉以贈肖庵，乃言及格臣是書。夫寡過者所以誠求之階也，能寡過而後能誠求，勤民之君子其有取於余言也已。道光庚寅季秋月下浣督學使者新城陳用光序。

重訂讀書分年日程序

元程畏齋先生本朱子意作讀書分年日程一編以示學者，俾知誦數講貫之法，其事甚易而其效甚大且速，非為科舉之士言之也。然而為科舉之學者循其法以行之，固足以免荒經蔑古之失，而漸以趨夫博聞強識之途。乾隆年間，特詔天下郡縣學校頒發此書，以勵學者嘉惠儒林之意，豈非至優極渥，而為士子者所當敬謹遵奉勿替者與？福建為朱子過化之地，宜其襲衍前聞力學稽古之士所在多有。余初來時方欲訪求其人，以與宣究考亭之緒，顧自按試列郡以來，知其不足以深言及此，其於科舉之學，亦惟以苟得速化為事，而鮮能以博綜古訓為貴者，余實恫焉。因取是書，録其易明易從者刊示多士，使知自課之法，其父兄能以是課子弟，亦可知其事非迂而其效易覩。夫遵朝廷之功令至順也，循前賢之遺規至明而易從也，上知之士無所藉於聞見而自奮於考古之業者，雖難驟遇其人，中材以下苟能讀是書而用其法以自課，則積累之久及其成功與上知一而已。余蓋以是望閩士也。

魯賓之文稿序

賓之為厚畬先生季子，承先生家法，工制舉業。及見山木先生，則學為古文，而專志於梅崖先生之體格，日手梅崖集一編不置。時年十八九，與余及習之朝夕相策勵也。賓之少羸弱多病，山木舅氏嘗指用光語厚畬先生曰：『此子固多病者，今雖瘦，然體頗充實矣。吾叔其無以賓之為念也。』然賓之既壯而其瘦如故，目光炯炯，喜論文，性沈靜，方行矩步，無文士輕佻習。乾隆壬子，與習之同舉江西鄉試，一應禮部試，下第歸，不與計偕者逾十年。嘉慶丁丑，始奉母命北行，既成進士，未廷試而丁母憂歸。歸謀葬母於山中，遇疾卒，余為誌其墓，悼君之文工而命嗇，志大而學未逮其成也。君之於古文既亟稱梅崖，後雖聞姬傳先生論而不易其說，當丁丑應禮部試時，余先約之寓余家，既來而與余縱論及所業，蓋交有所規勗亦交相歎，所學之未就，無以追古人之絕境也。嗚呼，孰謂君歸而遽卒！余今裒刻其遺文乃僅得此數十篇也，余能無慟乎！爰次其語以為之序云。辛卯八月陳用光序。

魯習之文稿序

習之為古文承其家法，後乃益傳以翁覃溪、姚姬傳兩先生之講授。覃溪君所從舉拔貢師也，初得拔貢時嘗居試院，日侍師為攷證學，兩遊京師，所業益進。其為文則守姚先生之矩矱，而傑然欲自成體，顧不及多作，今所刻者多少日文，後所附益僅數篇而已。君所為校正禮記爾雅說文諸書中，多覃溪先生商榷語，然皆未成書，余初未之見也。余兄子蘭祥為裒集以歸其兩子，余索之於其子，乃録副本，而將俟他日別刻之。蓋君之博核精當，與賓之文筆之俊傑廉悍皆非余所及。余後君死，而姚魯二氏之家法余皆未有以衍其緒也，序君文而痛君亦彌，以誌余之媿也。辛卯八月陳用光序。

山木先生文集後序

乾隆庚子辛丑間，山木先生嘗自刻其未經梅崖先生評定文爲外集四卷，及丁未游安慶見姚姬傳先生，歸而自定其文為初編次編三編寄質於姚先生，姚先生為論次之，其本今存用光所。及辛亥作令於山右，自刻其官行文字為翠巖雜稿。先生既下世，其叔子嗣光屬用光以全集乞姚先生為删定之。嘉慶戊午姚先生以寄用光於陳州，諾為之敘而未及為也。用光今據姚先生所論定本編次為十二卷，其文之前後，則先之以梅崖先生所論定者，每卷之先後皆如是，而翠巖雜稿則列為外集十三卷、十四卷，又附以先生族弟賓之文為十五卷，先生叔子習之文為十六卷。

先生少從先大父凝齋府君研究儒先之書，而獨喜象山陽明之學，既受古文法於梅崖先生，而其所自得沖澹夷猶，別成其體於梅崖之外。其為人嚴毅刻苦以自守，誠懇肫摯以待人。其於宗族親戚鄉黨間，因事而導以義，因人而勉之善，數十年鄉人皆仰為鉅人長德也。當成進士後，需次當得知縣，或勸之出者，先生曰：『吾自度迂疎無濟於時，伏處里閈，勉為陳仲弓、王彥方不亦可乎？』及晚年以身累，不得已謁選得夏縣，而非其本意也。顧自先生出而鄉黨風氣漸趨澆薄，及先生卒於官迄今卅餘年，而先輩敦厚之風渺然盡矣。讀先生文孰不慨然有今昔之感乎！

用光九歲而失恃先太夫人，屬伯兄有光、用光於先生謂舅氏，其終能教二子以正學。先君子約堂府君官京師時，復屬先生為經理十倉之斂放事，用光居家塾，嘗見先生與農夫野老雜坐問晴雨，乃有以知稼穡之艱難。及稍長，以次得聞儒先之派別，古文之義法。及己酉省先君子於太平，辛亥歸，而先生以謁選北行矣。自是惘惘無所依恃，至於今日已四十年，而用光年亦六十有四矣。追惟提命如昨日事，而齒衰而學不加進，無以稱傳習之望，校刊遺集安得不愴然以思、悄然以悲也。

先生文向惟韓理堂一敘，鄧旴原太守謂王蘭泉侍郎亦知先生者，所為敘宜并刻之。乃並其贈敘、祭文、及姚先生之墓志、盱原之敘同列於卷首，而用光詳述其淵源之所自、及校訂之義例為之後。敘云『先生名仕驥，晚更名曰九皋』，此墓志所未及詳者，特著之，庶俾後之人無惑於卷中前後稱名之有異也。道光十一年秋七月，內閣學士兼禮部侍郎、福建督學使者、受業甥陳用光謹敘。

說文答問疏證序

余少時嘗喜顧亭林論說文之學，謂學者能取其大而棄其小，擇其是而違其非乃為善學，誠哉是言也。叔重生漢東京，去古雖較近，然其未嘗親見制字之人，而承其口講指畫則與後之人一而已。及後見錢莘楣、王西莊、段楙堂、孫伯淵諸君子皆極尊許氏學，為之闡述其旨者各有成書，而莘楣之說為尤善。其謂『參商』二字為連文，叔重非以商訓參，誠足以釋顧氏之疑矣。然視犬之字如畫狗，狗，叩也。其詞不雅馴，顧氏以為豈孔子之言，錢氏無以難之也。又過信吳越春秋『弓生於彈，彈起古孝子之言』，以為可證許氏『弔，從人持弓，會歐禽』之訓為可信。夫作吳越春秋者豈果在叔重之前乎？而乃引以為據乎！吾師姚姬傳先生嘗謂說文『日在草中為暮』其說近鑿，用光亦以為然。爾雅釋山『山西曰夕陽』。郭注云：『暮乃見日，山之與草，高下懸絕矣』。山雖未嘗無草，而顧必以日在草中為訓乎？吾師又謂『許氏有功於字學而未嘗無失小學之義，容有許氏所未詳，而漢儒尚有別傳者』。其說誠精當。吾謂許氏之學，後儒闡發許氏之學，皆當取其大而棄其小，擇其是而違其非也。甘泉薛子韻，好學深思之士也，為說文答問疏證以闡發錢氏之旨，而亦有捄正其失者，從余來閩，襄校文之役甚勤，且當余嘗欲舉其所疑於許氏者與之商榷，而行至汀州，痛其一病而歿，以為天之生好學之士何不永其年以竢其成也！乃為梓行其疏證而為之序，時道光十一年八月望日也。

紅葉山房文集序

國家以四書文取士，四書文固發聞士子之利器也。今夫志於求士者，於漠不相知之人而因文而得其所用心，則以為善士在是焉；志於用世者，於漠不相知之人而因文而受其拔取，則以為知己在是焉。其拔取而得科第，固可以有師弟子之分矣；其第拔取而未能得科第，而士猶以師之名被焉者。士之謙且厚，而非志於求士者之所敢必居也何者？一日之文而得其用心第得半之道，雖其由之得科第者，亦必如昌黎之於陸宣公，曾子固、蘇子瞻之於歐陽公，師弟子始皆可以無媿。若猶是尋常之知遇而已，則有是科即有是師弟子，曷足多乎？而況其固未嘗由之以得科第乎！鄉會試之分校官，第有拔取其文之權而非有必得科第之權也。余己卯分校禮闈，得鄭君祖球文，拔取以登諸主試者，而未能使之成進士。既出闈得見其詩古文十餘首，以為其用心誠，慕乎古，與其四書文相稱，思數與相見顧，旋聞其病，復旋聞其卒，驚歎悼惜，以為何天生才不樂觀其成之如是也！去年其令弟夢白方伯以所梓文集寄示，且索為序。嗟夫，鄭君之志與文余既甚愛之矣，使天假之年，雖晚達，安知其不得第？一第雖不足重，然固可發其用世之志階也。而今乃第得因其文以考見其志，欲聊以慰方伯友愛其兄之心，而余求士之心乃無以自慰矣！迺揮涕而為之序如此云。

惜抱軒經說後序

謹按：姬傳先生所著易說一卷，尚書說三卷，詩說一卷，周禮說一卷，儀禮說一卷，禮記說二卷，春秋說一卷，論語說一卷，孟子說一卷，凡十二卷。

蓋經之難明久矣，自漢以來學者凡三變：始亂於讖緯，中晦於訓詁，及程朱諸儒出，破除碎義，涵泳聖涯，經旨於是煥然大明。行之既久，而後之學者得其淺而遺其深，竊其近似而不能力學以求其至於是，有高談性命而躬行多遺議，窮究事理而於典章制度且懵然莫名其所從來者。有志之士倡漢學以矯之，就其善者，亦足以刊正謬誤，著明古義；及其弊也，鉤釽析亂，使人如遊於百貨之市，眩奇衺而莫辨良楛；又其甚者，徒執其穴見以與宋儒為難，訐以為直，莫執其平，非徒不足以明經旨，而其害於心術也大矣。夫學以期復其性而經則備言其旨，學以期施諸事而經則備舉其要。如醫之有方，隨所取以救其疾；如農之有器，隨所用以力諸田。神而明之，與時為變通而要不離乎其宗。此程朱之旨而學者之所大同也。今乃執一名一物之偶得以攻前賢之偶失，譬若行師者昧客主強弱之勢而矜言孫吳之陣圖，為農者不乘時以力穡而徒誇能辨耒耜錢鎛之形製，不亦傎乎！又況程朱諸儒於大義所在固嘗明辨以晳之矣，今之所偶得者其於程朱猶拾瀋也，而侈為創獲是亦自知之不明矣。先生之於經，不孤守宋儒而兼綜鄭馬以核其實，不矜言漢學而原本程朱以究其歸，其於為出主入奴之辨者，則尤深疾而嚴辨之。用光所聞於先生者如此。竊嘗以為先生經說出足以正人心而衛聖道，雖比功於孟韓可也，程朱復起不易吾言矣。至其文詞之古，則後之學者自得之，茲不論，論其大者云。

莊子章義後序

莊子非忘天下者也，使之為政，其必有以異乎世之為政者也。彼自以為乘天下之正，御六氣之辨，游無窮而無所待矣，而視夫知効一官、行比一鄉、德合一君而弊弊焉。以天下為事者則不勝其厭，而著之辭以剿剝之。故曰：『道隱於小成，言隱於榮華』。又曰：『唯達者知通為一，為是不用而寓諸庸。』善乎！司馬氏之傳循吏也，彼自孫叔敖以下五人或詳其一事焉，或舉其大凡焉，其世不相及而其事皆可以為世世法。觀孫叔敖之治楚，何其有似於莊子也！市不安則請復更幣之令，欲高車則令高其梱，非所謂治外乎正而後行者耶？非所謂入其樊而無感其名者耶？莊子稱孫叔敖甘寢秉羽而郢人投兵，雖其寓言，意固有取於孫叔也。

管子之書有所謂國準者，有所謂繆數者，其所謂繆數是莊子名實未虧而喜怒為用之說也。晏子請為飢民發粟，景公不許，且為路寢之臺。晏子令吏重其賃遠其兆，徐其日而不趨，三年臺成而民振，庶幾乎如庖丁之解牛，游刃有餘地矣。仲尼之門無道桓文之事者，然而諸葛武侯則自比管樂，樂毅之言世不概見，武侯取之其必有見也。太上以德化民，其次因之，其次利道之。勤於行而形其德，所謂日漸之德，下戒者也。故曰遊心於淡，合氣於漠，順物自然而無容私焉，而天下治矣。司馬季主述莊子之言曰：『君子內無饑寒之患，外無劫奪之憂，居上而敬，居下而不為害，君子之道也。』其言平易正直，不類今莊子，王伯厚輯莊子逸篇而獨遺季主之所述。吾以為莊子之學出於夏，而其才則近子貢，惟其達也。達而過焉，且欲堯桀之兩忘，雖未必非後人所亂，然其謬悠荒唐無端崖之辭，固已大遠乎聖賢居敬行簡之道矣。又其甚者，魏晉諸人遂以清言亂天下，顧寧有當於莊子應於化而解於物之旨乎！ 漢初文景之治，皆黄老之治也。莊子雖取於老子，而才則過之，得老氏之緒餘猶足以為治也。誠得莊子以任之，其效亦未必遽下於管晏。莊子未必不薄管晏，然而莊子之才足以為管晏也。孔孟薄管晏亦必薄莊子，然而孔孟為政必任管晏亦必任莊子。夫豈獨任之而已，固且大任之，是子貢可使從政之說也。

桐城姚姬傳先生乃余受業師也，所分莊子章義獨得本旨，蓋第言其學而已。然才者學所成也，予讀莊子而深有慕乎其才焉。先生之伯父範嘗合諸家本互有攷證，余本二先生之說，而於其訓詁之難了者取陸氏釋文以詮釋之。近人盧抱經文弨之說亦間有取焉。屬楚北諸君為鳩資以付梓，乃序其所見如此云。

南石先生制義序

制義者，古文辭論說之一體而傳注之遺也。自明以來朝廷以之取士，而習為之者顧忘其創立之初意而惟以塗飾為工，於是稽古好學之士皆薄其體以為不足為，夫庸知其體本尊而習為之者卑之與！ 我朝李文貞公之制義，以前明化治正嘉之體格倡於國初，而乾隆年間山左則竇東皋先生繼之，與東皋先後同時者，桐城則劉海峰大櫆、姚姬傳先生鼐，長州則彭尺木紹升，新城則吾舅氏山木先生仕驥，而山左則閻懷庭循觀、韓理堂夢周皆能探求經旨，傳以心得，而體格則一範之以古文辭。余少時從山木先生學，嘗裒集竇姚諸先生文為一編，以爲言制義之正體無逾於是矣。及侍先君於陳州，得謁南石先生而讀其文，然後又知先生之文固竇韓之嗣響，而近年文家之正體固當獨推山左也。夫事有傳之久而漸失其初意者，朝廷之法度、文家之派別皆因人心思氣習為轉移，有君子為之維持於其間，則可以不趨於下而漸復其初。昔漢徐防請定五經章句，以為論語不宜射策，而其辭且推及於改薄從忠之道，其尊嚴經旨而用意深厚也如此。今先生本儒術以佐熙朝之治化，其造剏所陳說，雖非外廷所能知，而其崇尚忠質以為化導，其可以即文而可得其用意之所在乎！若文家之派別，讀者當自得之，固不足以盡先生之文之美也。

存素堂制藝序

今世之言學問者大率以詩古文自喜，至於時文則薄而不為。吾謂由乎性情之說者，詩古文之道尊已，彼依附孔孟之旨，必其身不悖乎聖賢而後能一當於文字之間，其功不尤鉅而體不尤尊與？若由乎名譽之說者，時文雖工，謂其志希科第而無事於自得云爾。彼徒以詩古文矜夸於世而不必果有所自得者，皆張乎其外之為也，其愈於時文庸足貴乎！以其體不出於漢唐，故別於古文而謂之曰『時文』；以其為應舉者之所業，故謂之曰『制舉業』；若能深觀乎文事，而必其文與行相稱始能為自得之言，則體雖時文制舉業也，而可以謂之『經義』。『經義』者，固古文之一體也。蓋有明以來，稱此者不可數數得，無怪乎世之以時文為詬病也已。

梧門先生學富而才鉅，功深而業善，其詩古文皆足以傳於世，而制舉業亦多自得之言。當其為成均祭酒時，孜孜與諸生講解孔孟之道，至今人皆思之。其所定課文傳布海內，莫不奉以為程式也。夫學不厭而教不倦，孔子之所志不過如是而已。先生名其文不敢自居於『經義』而謙曰『制藝』，可謂有欿然之思者。予故推明經義之體之尊，使世之言學問者有所取信焉。

重刻一隅集序

國家以四子書命題取士，蓋導以庸行庸言之謹而勗以溫故知新之業。士修其業宜皆能勵實學以應上之求矣。顧沿流而昧其原，逐末而舍其本，師弟子之相授受，或且馳騖於卮言之日出以覬苟得科第、取富貴而已，其於言行相顧之道未之有當也。是豈朝廷取士之意哉？荀子曰：『君子之學也以美其身，小人之學也以為禽犢。』程子曰：『舉業不患妨功，惟患奪志。』有志者猶患其奪也，苟以為饋獻之物如禽犢者，志不在於美其身矣，何奪之足云。

陸清獻公取先正傳文論次為一隅集，以示為舉子業者，就文詞章句之末而推極於身心性命之際，蓋不啻講學之書，非世俗選刻科舉文字之類也。觀凡例中所引朱子言『以渾厚純正明白俊偉之文為法，亦正人心作士氣之一事』，可以見公之用心矣。近人以其文平淡多簡略之，不知其可貴也。余奉命督學閩中，取是編刊行之以訓士，於凡例後附録顧亭林日知録二則，以使學者知所戒；録韓理堂會文約一首，以使學者知所慕。夫溫故知新，致知之事也，庸行庸言之謹，力行之事也。閩，朱子枌榆之鄉也，而向有海濱鄒魯之稱，誠能即科舉文字而相勸以趨於實學，是則余所期於閩士者，爰次其語以為之序云。

續一隅集序

文之有法猶人之有體也。韓子曰：『體不備不可以為人，辭不足不可以為文。耳目口鼻與夫四體之不可以偵也，夫文亦若是焉已矣』。今之為文者吾異焉，未及乎指臂之相使，而遽已咸其股、咸其腓，此陸清獻公所以歎今人昧乎先輩之體格也。清獻之時文章盛時也，而其弊已若此。夫詞依法以行，依意以立。理之不窮，何以立意；法之不具，何以屬詞！窮鄉僻壤之士，尠師友之講習，苟非英俊傑出之才，孰能無所藉以究夫理法？又況乎倖得科第者偭規背矩之無以導之乎！嗟乎，徒善不足以為政，徒法不能以自行，言治與言文一而已。孟子之言豈欺我哉！余不欲以試牘訓士，督閩中學時，梓清獻之一隅集；督浙中學時，梓姚姬傳先生之四書文選。先生之意猶之乎清獻之意也，而其言文家之派別加詳焉，然非高才生或無以得其益。余課弟瑾光子蘭第，乃雜取前明及本朝人文為是編而評示之，其上及化治正嘉者，使之明乎體之所自，而導之以澤。夫古元酒之尚鸞刀之貴之說也，其不遺乎！近人之房行書者決科之善者固亦有法焉，割刀之用莞簟之安之說也。昔歐陽公宰夷陵日，披覽案牘以求治事，固有與時消息，安可泥於古而不適於用也。其文不過數十篇而名之曰續一隅集，謂夫此一隅之舉而已，苟有能以三隅反者，則是編雖棄之可也。刻既成，乃述其意而為之序如此云。

重訂姚先生四書文選

學莫先於窮經，四子書窮經者之所首務也。國家取士，沿前朝舊制，以四書文覘學者之蘊蓄，其初為之者闡經訓之旨歸，參儒先之講貫，上則可以成一家言，與前朝之作者相抗次，亦鏗鏘陶冶，時時見古人之情狀。而行之既久，習尚漸替，士子獵其末而忘其本，乃僅取得科第之文以轉相摹倣，其有能進求先輩之義法而不囿於卑近者，已翹然負其異於眾矣。若更由是進求於經史之貫串，將以窮經為致用之本，其才固未易數數覯也。姚姬傳先生主講敬敷書院時嘗病乎是，因為選四書文，自隆萬以及國朝，約二百餘首，以為士子讀是足矣，不必更求附益。但當進求之經史以深其蘊蓄，此誠荀卿子所謂接人用梱之苦心也。用光奉命來視浙學，乃重訂是選以與浙中士子相講習。蓋近人亦多言窮經矣，然惟考訂字句訓詁之異同而不求大義，學使者之訓士，又往往刊行試牘以示之趨嚮。昔孫文定總理成均時誨學者云：『學求心得將以明體而達用，若臚舉先儒之成說，雖五經紛綸不足以言窮經也。』以試牘訓士又與取得科第之文以為摹倣者無異，余不樂為是，故視學閩中亦惟刊行陸清獻公一隅集而不刊試牘。今之為此刻，亦猶是刊一隅集之意也。姚先生所以訓士與清獻同條而共貫，學者苟以是為蒿矢而進求之經史百家之言，則為人為學由博返約之功可漸以次第語之矣。刻既成，乃申其說以為之序云。

祝人齋先生集序

人齋先生，先大父凝齋府君執友也。用光不逮事先大父，少時從舅氏魯山木先生學，先生舉先大父及人齋先生為學之旨誨用光，且言先大父病中嘗屬舅氏為購取先儒說春秋諸書，謂先大父嘗屬人齋治禮記而自任春秋也。先大父旋棄世，所為春秋集注未成。而用光少時於家宅保疎堂樓中檢得先生所為禮記注稿八十餘冊，喜甚，竊不自量，欲為先生寫録續成之。自是南北行輒攜以自隨。今老矣，顧未能成書，所欲續成先大父春秋注亦僅寫訖襄公時三傳，既以自媿。而先君及諸叔訪問人齋先生後人未之得，用光在京師訪之浙中知好，亦鮮知之者。及去年奉命視浙江學試至海寧，得祝生琳，乃言先生后人無存者，而所為井辨居詩文稿二冊嘗見之，既遂攜以謁我，又得日新書屋詩文鈔二冊，後錢學博泰吉又屬祝生卿雲亦攜井辨居日新書屋詩文來，與祝生琳本小有附益，余乃編次成四卷，仍分井辨居日新書屋為二集，從其舊也。先生為宋儒學，不欲以文字著，故所存無幾，而其為學條理則已見於此數冊及與先大父尺牘中，後之人讀其書而考其志行，固知為粹然儒者也。先生宗法張楊園，所集淑艾録及所訂楊園先生集余皆得讀之。近又從嘉興李明經富孫所得楊園未刻文二帙，余亦思他日為刊行於世，獨惜先生集中有祭張北湖文，極言其學行可師法，乃訪之浙士，無由知其名及其生平之大略也。

徐心菴文稿序

心菴侍講領鄉試第一，成進士入翰林，嘗出典江南試，督廣東學。既還朝，擢贊善，乞病歸。余來浙科試嘉興竣，心菴以書寄其古文，屬余論定。蓋心菴之領鄉薦，出桐城李海帆觀察之門，海帆嘗請業於姬傳先生，而吾友魯賓之嘗稱海帆之為人與學，余是以獲交於海帆，而心菴同官京師，與余過從亦至密。夫為古文者，必本於質行，行得其正矣而博學以輔之，是以其言有物而有序。至於節奏義法之見諸屬辭者，旬日間可究其緒也。心菴之論文，既云立言不可以無本矣，其衡文課士悉與其言相副，江左南粵聲稱翕然。他日出而洊登卿貳，朝廷稽古右文之化著，以人事君之義，年愈進而學愈篤，名日著而文日高。余與相切磋而講貫者桐城之家法，其益以表見於天下也。今序心菴文，其以為息壤之盟焉可也。

振綺堂書目序

余來杭州，聞汪舍人遠孫家藏書甚富，既蕆試事，遂與往還。余索借觀其藏書目錄，舍人既以咸淳臨安志見贈，并索為目錄序。余所借書，以得見查初白手錄儒先論易語之注疏本及王損仲之宋史記為尤快意。此二書者，余所願見而未見之書也，而今乃得見之。初白為是錄時年六十有七，余今年亦六十七矣，顧未能手自著錄，第屬錢生士雲為謄寫一過，以俟他日之研究。生平疎於經術，尚未必能及賈山，齒衰而又不能自力，以視初白不可愧乎！損仲之文筆未必能及震川，然觀其所著凡例，固自有學識。余既寫得副本，又自念向嘗厭宋史之蕪雜，欲續成震川之業，而力小任大，恐其學不足以副其志也。舍人家舊有宋寶祐四年登科錄，記文謝及陸秀夫之甲第相次，足以助為宋史者之攷證，而其書已佚。書之難得而易失也如此。而劉器之盡言集、魏了翁之儀禮要義，謝皋羽之金華游錄，余今皆以未得借讀為憾。人事之牽綴而歲月之易逝，余雖老矣，其安能不念及此而益自勵於學也！舍人之藏書分經史子集為四部，部各有子目，而所攷證其書之佳否真偽及得書之緣起，自注於上方甚詳，且秩然有條理之可觀也。舍人遺榮謝客專志於讀書，其蕭然自得之胸次不獨為杭州之賢士也，余是以樂為之記。時道光十四年冬十月之廿九日也。

觀齋集序

子卿同年居京師與余為詩酒之會，過從至熟也，比子卿出守而不相見者及今遂二十餘年。道光乙酉秋，余使江南，過徐州登黃樓見壁間諸石刻，想見子卿觴詠時意興。去年余按試溫處還，而子卿書來寄其觀齋集索序。其集中石門洞諸詩，刻畫幽勝，使吾如重履其地。余亦以遊石門洞記寄質子卿，且招之來，曰：『君曷不贏糧為西湖南屏之遊？』子卿且雖諾之而不果至。子卿之師左田宮保嘗惠書與余，言其佐石君相國學幕時有筆記，述山川形勝文獻存佚及場屋病利頗悉，余亟思得之以自鏡，不知其剞劂竣未也。人生知好以常聚為樂，以不得常聚為可念，況余與子卿二十餘年之不相見乎？子卿長余數歲，聞其意興尚豪健，治右園得張于湖故宅。余不能訪子卿於右園，與子卿之不能來武林，皆可誦伐木之詩以致其慕望者。子卿詩之於宮保如蘇門之鼂張，讀者當自得之，余更為述聚散記憶之情以為此，子卿之所樂聞也。時道光甲午秋八月。

録先大父語書後

先大父嘗以朱子近思録例集四子書為一編，因之日自攷鏡其得失，有所發明，往往條記其下。蓋先大父之所以畜其德也如此。用光之生也，距先大父之沒十有九年矣，不及見先大父之所以為學，顧自幼從舅氏遊。舅氏為言：先大父生平為學闇然内閟，故語言文字所存者少。今之遺集亦后人綱羅散佚而僅得之者，至於其他抑又尠已。年十五，舅氏以此書命用光手鈔，日夕省覽，其時未有知也。然舅氏日舉先大父之學以勗，故偶或一時之明輒由是編，旁取先儒切近之説以律其身。然靜而惕然，動或潰之，忽忽不自振，以至於今年亦有十九矣。今年省試歸來，日尋繹是編，懼手澤之易泯，輒掇其所記者彙而録之，俟后日合諸遺集，庶幾覩先大父為學之全，謹識之如此。吁，先大父既闇然為己，語言文字不少，概見其一二存者，后之人宜何如珍惜而愛護之！顧珍惜愛護而僅以為是故物存焉，亦非所以為珍惜愛護也。用光有志於學，竊願循其所以自治者恐終未有所得也。反覆此編，不勝兢惕之思云。

先大夫八倉記書後

右先君及先舅氏山木先生所為各鄉義倉記凡八通，余庚午歲奉先君諱歸里檢出之裝為一卷，俾兒子蘭瑞藏之；服闋來京師，俾次子蘭滋、蘭第、蘭豫同觀之，各相勵以守先人家法。當壬戌冬，余乞假歸省，先君方為用光兄弟析產，人各二百石，而公中債負餘萬金尚未知所處，有為先君謀者曰：『公家固不貧也，債可緩謀償，而所捐義倉三千石可收還以為子孫計，俟歉歲再謀出贏餘以為平糶策，則名實兩得矣。』先君怒，立斥之曰：『汝奈何為此市井語！吾以利鄉人而還以自利乎？且其所謂名實兩得者，計則巧矣，獨不知巧於自謀者適以干天地之怒乎！使吾子孫惑汝言，先業其就墮矣！』既斥其人退，復以戒用光兄弟，俾不忘。嗚呼！先君之言如此，與山木易齋之所記，是真能守朱子記吳氏義倉之家法者矣，吾子孫世世守之，毋忘也！大坑所立倉，當尚有記，俟寄書往索取之。時嘉慶甲戌十二月之望日。

查九峰家居自述跋

家居自述者，查實菴觀察自述其歷官事實以示其子弟之書也。余見觀察於閩中，聞其招降朱渥事，壯其才，欲為文以紀之而未果，今觀是編所紀，益知觀察之才為不可及。易曰：『豶豕之牙，吉。』書曰：『非佞折獄，惟良折獄。』凡事於未發之初而有以折其萌，已發之后而不使棼其絲，則理得而患弭，蓋萬事莫不皆然，而於折獄治亂民為尤甚。余嘗讀漢寒朗傳，喜朗之有識。蓋顯宗時案楚獄，顏忠王平等辭所連及者多陷入，朗上言其冤，顯宗問之，朗曰：『臣見考囚在事者，咸共言大過臣子所宜同疾，今出之不如入之，可無后責。又公卿朝會，陛下問以得失，皆長跪言：「舊制大罪禍及九族，陛下大恩裁止於身，天下幸甚！」及其歸舍，口雖不言而仰屋竊嘆，莫不知其多冤，無敢牾陛下者』。帝意解，理出千餘人。夫楚獄為人所難言而郎能言之，由是而推之，其小於楚獄者，固貴於以臣之忠而成君之仁也明矣。曩吾鄉盧學士浙言『祝顯等餘黨無足治者』，仁宗從其言，世頌仁宗之仁過於漢帝，而盧學士為無媿於寒郎。觀察之招降朱渥，既使人免罹於兵戈，而其署河南提刑時，治劉文煥之獄，言：『去其尤者，餘黨為不足患。』其意亦歸於仁恕，故余並著之，使世之言治者有所考焉。道光四年七月立秋前一日，新城陳用光跋。

朱錫鬯史館上總裁第五書書後

錫鬯先生纂修明史時所上總裁七書，言多中史法，獨第五書言儒林道學不宜分傳，則於司馬班氏所立義例，及宋元明諸儒之源流派別，皆有考之不詳者。

儒林傳創於司馬氏，班范仍之，皆所以著明傳經家法也。范氏更述其義例於序，曰『東京學者猥眾，難以詳載，今但錄其能通經名家者以為儒林篇，其自有立傳者則不兼書，若師資所承宜標名為證者乃著之』云。蓋所傳之經學在是則家法在是，雖其人節行無可稱，然亦不能不著之於儒林，故班氏之書，言易則曰『有施孟梁邱之學，有京氏之學』。書傳歐陽生六世孫政為王莽講學大夫，則曰『有歐陽氏學』，詩則曰『有韋氏學』。傳毛詩者至徐敖，敖授九江陳俠，為王莽講學大夫，則曰『言毛詩者本之徐敖』，言左氏者則曰『本之賈護』。劉歆范氏之書著楊政之習梁邱易也，而不沒其剛果任情；著歐陽歙之傳伏生尚書也，而不沒其在汝南贓罪千餘萬。夫孟喜、京房、歐陽政、韋賢、陳俠、劉歆、楊政、歐陽歙之節行皆無足稱者，然其所傳易書詩春秋之家法在焉，著之儒林而不沒其實，司馬班范之所以為良史也。若以孟喜京房諸人與周程張朱諸君子並舉而同稱，雖淺學且知其不可，況通儒乎！

道學非可以為名，有宋諸大儒亦未嘗自名為道學，使周程張朱生於漢時，司馬氏必特著之曰周程張朱列傳，觀於孟荀列傳可知矣。今錫鬯氏乃曰儒林足以包道學，道學不可以統儒林，是不特沒是非之公，且其所考於司馬氏班氏范氏之儒林傳，亦未詳其實矣。夫通天地人之為儒，稱此名者非周程張朱莫屬也，彼京劉之屬曷足云！然而其傳經之家法，則京劉之屬有不可沒者。然則生漢宋之後，而儒林、道學不能不分為立傳，固史家之通例，亦史家之定例也。周子於諸經無論著，二程子、張子有論說而未備，及朱子而大備焉。明薛文清、胡敬齋、羅整庵之論經，皆散見於語錄中而未有專書，若以言傳經家法則，惟程子朱子宜列儒林，然而程朱之為人又非可以京劉比也。周子、薛文清、胡敬齋、羅整庵無說經之書，而其人制行固足以發明經意，不列儒林不足以輕周薛胡羅諸君子，列之於道學亦非以輕周薛胡羅諸君子，所以著其實也。且薛文清、羅整庵位通顯，周子乃居下僚，胡敬齋乃布衣，則亦安可以無傳？楊慈湖之言學，禪學也，陸子靜亦時入於禪，然以言制行則陸優於楊矣。楊陸之歧途乃歧途於道學，非歧途於儒林。今錫鬯氏乃第舉宋之楊陸而不及明之湛甘泉、王陽明，則其於道學家言考之尤未詳。

余惜錫鬯氏之博綜羣籍，其所言又多中史法，而獨於此失之，故不能不為之說云。

王述庵與蓉裳尺牘書后

余於東南諸耆宿皆嘗接其言論豐采，獨未識盧抱經、王述庵兩先生。戊午夏過蘇州，乞得莘楣先生書為介紹，將往謁述庵先生於青浦，會以他事未果。時抱經先生已前卒矣。自是之後，余亦不復作江左之遊，惟於自青浦來者詢悉先生之起居安勝以慰而已。辛酉之夏，與蓉裳農部訂交，乃得覩此冊，雖不過尋常問候之言，而吐辭之雅馴論事之明切，有可以想見前輩風流者。夫以今望古，古人不可見則嘗以為恨，若並世而猶不及見者，其願見之意宜何如？顧往往以世事之牽累而不得一副其願，以我之於並世如是，推之於古人，其前后輩之相望亦必有願見而不及見者。然夷攷其所自樹立，又往往有終身不及相見之人而其文章氣節與之相配，較之日夕相見而漠然無所改乎其初者，乃懸絕萬萬也。然則見者其跡而非徒以其跡，彼徒以一見自詡，乃徇乎名者之所為，將以譁世而取寵於君子。思自樹立之旨，寧有當乎！余於抱經先生既有不及見之恨，聞先生雖篤老矣，尚能延接后輩。余秋初將乞假遊江南，當謀一見以副平生之願。今讀是冊，輒述其意而跋之於紙端如此。抱經先生專以攷據名，先生則兼以詩文著。余雖素聞姚姬傳先生『學問有三端』之說，而學識疎淺，於兩先生之業乃茫乎未有以測其涯涘，則又執筆而恧焉，以自媿也。

題楊忠愍公墨蹟卷

楊忠愍公嘗偏習樂律、天文、地理、兵法於韓苑洛，既居部曹，又嘗從講學者遊，人或謂公柰何干聲譽，公笑曰：『亦視其志何如耳。』蓋習數以窮委，必觀化以探原，以此見前明講學者未嘗無體用兼備之學，而世或僅以氣節重公，非知公者也。近時廠肆中多畜王陽明、鄒東郭、倪文貞、黃石齋及公墨跡，雖真贋雜出，然以厭虎賁中郎之慨，則姓氏所留君子猶寄慕焉，不必致考核也。劉君松嵐於太原得楊忠烈及公墨跡，既藏忠烈書於應山忠烈祠，又以此幅乞松筠庵僧俾之弆守而屬余為之記，劉君可謂篤論世之思者矣。余考官狄道典史時，嘗引洮河以溉田，驗之我朝胡侍郎季堂所為松筠庵記，有官甘肅時至狄道見其溝洫相通水旱無虞之言，則王弇州所紀公狀有信然者。夫典史卑官耳，而所為遺利至垂三百餘年之久，然則事苟能為，何利不興然！非公講習有素而不卑其官，亦奚績之可紀？世之慕公者，其求公於本原之地可也。

袁簡齋尺牘跋

歲庚戌，余受詩法於簡齋先生；及癸丑，從姬傳先生遊，居金陵半載，往來隨園益熟。比歸江右，嘗取先生所與書札裝潢成冊，時時省覽，如與先生相接對於几席間也。蓉裳為先生高第弟子，予與訂交，索觀先生書札，乃示以此冊。攷其作書先后，其前三書為時則遠，其索和自輓詩時，正予初見先生歲也。當時余知有蓉裳，蓉裳不知有余。先生歿后四年，余始交蓉裳；又一年，始見此冊。回憶遊金陵時，歲已逾一星終矣。以歲月之迅駛而悲聚處之難常，以老成之殂謝而喜翰墨之可寶，余二人於先生手札安得不各致其珍惜也。先生故嘗以海內知交書札潢治為十餘冊，余居金陵時嘗得借觀，若錢莘楣、程魚門、蔣心餘、嚴冬友諸君，中多論掌故、詩文，可以啟發后學心志。在先生以誌交遊之情，而在吾黨則可以為多聞之助。今於先生手札，二者之意蓋兼而有之，余與蓉裳皆嘗學詩於先生也，執筆而為此跋，益不勝流連惻愴之思云。

山木先生書冊跋

丁未之秋，舅氏檢舊所臨晉唐人書數本示余及習之，余得曹娥碑；習之得東方先生像贊。舅氏復為余書昌黎原人以下文五篇。歲甲寅始並為一冊，而裝潢之以藏於家，而舅氏於是歲之春歿於山右矣。嗚呼！舅氏受吾母臨終之託，任余兄弟讀書之事。予幼雖隨塾師習句讀，然講釋字義則常在舅氏左右，及從舅氏受制義業，飲食起居未嘗一日離舅氏也。歲癸卯，余年十六，人有謗舅氏者，余惑焉，思舍其學以從之。秋，中夜夢伯兄謂余曰：『子胡然。舅氏之學吾祖之學也，子他日終以舅氏之學成名。』因手一履，顧余而哂曰：『此舅氏之屨也，子其履之！』寤而若有動於心，遂以述諸舅氏，且泣陳其悔。舅氏亦相持而泣，乃授以宋儒書及唐宋諸君子所以為文之旨。自是遂守其說而不敢變也。戊申己酉之間，舅氏教余為世俗之文，余不能竟其學。己酉秋試既被黜，乃省吾父於太平，及辛亥春乃歸，歸而舅氏以補官北行矣。余在太平時有召余歸者，余遲遲未能行。使余既歸，舅氏固可留。當舅氏居外祖之喪服闋，固可以補官矣，其所以不行者，固自度其性氣不堪為吏，抑亦戀戀於余兄弟也。而余乃無以處舅氏，使舅氏漠然無所向而去，既鬱鬱不得志矣。及之官，而中途喪其仲子，愈憂愁無聊，遂以勞成病，勤官而歿。此余之負舅氏也，即余之不孝於吾母也。少時惑於人言幸其尚知悔，今雖知悔而舅氏不可見矣。以學業未成之身，終不得依舅氏左右，惄然如不知吾母之有遺言者，余尚得為人乎！丁巳之秋，復檢是冊，而有感於前事，因詳誌之以彰吾過。伯兄者吾世父之長子，名元，字愷齊者也。居家孝友，有至性，諸父無間言，吾母劇愛之。先吾母一年而卒，卒時吾母哭之慟，其生平蓋服膺吾舅之教云。

韓幼徽四書文冊跋

韓文懿四書文能集前明眾家之長調劑以出之，而其造意創言則取諸包長明者為多。今讀幼徽先生文，乃知文懿固善承家學也。世人每薄視四書文，余謂曰『應舉文』，則誠足薄矣。曰『四書文』則固詁經之一體也，且唐以詩賦取士，猶之今以四書文取士也。唐人之賦今人且矜重於館閣中，彼其工於詞誠足愛，然欲以見人之性情學術，則四書文之不若，而一重一輕乃如是，世之矜於名而不攷其實類如是，可笑也！先生文多不自愛惜，隨手散去。此一首為五世孫昺得於剩簡中，既裝池跋而藏之於家，旋失去，后三十年，其親戚孫君得於保定市中，迺以歸諸桂舲司寇，司寇屬余識其后。余比亦得先大父凝齋府君肄業成均時所作易義箚記近百條於王白齋尚書家，皆余家所未有之稿，蓋與幼徽先生之不留稿同，足以見數十年前老輩樸實為學、不自炫耀之意。而為之子孫者，則幸先澤之存留，務寶守而弗失，其義固並行不悖也。昔陸務觀記張子功樞密能識其先人遺稿，王漁洋因推論之，而惜葉文莊之遺集其裔孫文敏未能刻，李廷尉丞清之南唐書其子木庵御史亦未之能刻也。然則司寇之兢兢於斯文，誠足見重於務觀漁洋而余亦得援司寇以自慰云。道光甲申二月，新城陳用光跋。

鑑湖詩集跋

吳梅梁侍御以其族祖鑑湖詩集屬題，余讀數過，於鮑覺生侍講所作序之言深有取焉，謂鑑湖之詩足當其言不媿也。余舉京兆出陳春淑夫子門，夫子期許過厚，用光嘗呈少作一帙，夫子輒綴籤校其字之誤，其循循善誘蓋如此。夫子歿十餘年，余嘗欲訪葺夫子遺詩而未能。夫子平湖人也，鑑湖以贅壻家於平湖，今乃得侍御為表章之，則余於師門，其為媿寧有既乎！侍御今督學蜀中，蜀中詩人近年以張船山太守為最，船山詩格與覺生殊途，然其才固不可及也。侍御校士，能得如船山之才而拔擢之，俾有所成立乎！能知船山、覺生之所以為異，而無害於其為同者。吾知蜀中之俊才，自是彬彬然出矣。

山木先生訓子貼書後

乾隆丁未戊申間，山木先生課余及希祖、希曾，居石竹山房。先生諸子念之、純之、習之、延之、及孫伯原居萃雲峰，此卷訓語皆石竹山房寄萃雲峰尺牘也。萃雲峰距中田五里而遙，先生構書室於其巔，余嘗過之，與習之昆季講習所學。其山頗峻，樹木具幽邃之勝，余嘗喜就其西崦聽泉聲。今聞此書室已毀去，其藏書散失，無有存焉者矣。習之次子育仁來就余閩中，余索得此訓語，廼為潢治成卷，付育仁藏之。此訓語雖多言應舉文字，然其論文家派別，及言學者宜躬行實踐，勿為浮夸口耳之學，皆格言也。其言陸子因筦庫三年而學進，及學者就日用米鹽零雜瑣屑之務而可以研求人情物理，尤與許文正儒者以治生為要語相表裏。所謂治生者，刻苦其身以自奮，非於求乎人以自污也。故孔子賢顏子之『屢空』而稱其『簞瓢陋巷』之不改，其樂顏子不可幾矣。漢儒之且耕且讀，及傭力為學者，非皆所謂能治生者乎！今育仁兄弟多貧而無以自存者矣，其能紬繹訓語，不徒以為手澤之珍藏，而反身刻苦以求無墜祖德，是則余所望於育仁兄弟者也。道光十年八月六日，受業甥陳用光敬跋。

白鹿洞講義書後

義利之辨之切於人也，非獨為士者，服儒衣冠宜以是自責。雖不學之齊民，苟能辨乎是者，嘗見重於鄉黨而其身亦免於禍患矣，其不能辨者反是。然而能辨義利者之鮮也，雖士君子猶難言之，而況其為不學之齊民乎！泉漳為朱子過化之地，其流風餘韻昔者嘗見重於閩中矣。近百餘年來，狙詐矯虔之風，其憖置乎義利之辨者，乃冠於閩中，言者輒舉以相戒，余竊爲泉漳恥之。科試漳州既，進諸生而誨之以喻義喻利之旨。頃，復取象山先生之講義及子朱子之跋，屬南靖陳廣文泰階贊平為書而鐫之石，以勸漳州之士民。抑余猶有慮焉：夫重朱陸之講義，誦之口而反諸身者，將為其實也，非為其名也。如以其名，而已賓賓然號於人曰：吾朱子之徒也。而攷其立心制行，則狙詐矯虔之風無異於細民，是之謂色取仁而行違，其得罪於朱子也實甚焉。余故特闡其義以立之防，願諸生以身為齊民倡，為其實不為其名，以闇然自修為勵，而不以譁世取寵、因以便其蔑義趨利為事，俾民亦感而丕變其狙詐矯虔之風，使人皆稱頌之曰：是不媿海濱鄒魯之稱，非猶是前此之泉漳也。是則余之所厚望者，爰書此語於講義之後，將俟刻成而寄泉州，俾與偕勵焉。道光十年十一月長至日，督學使者新城陳用光敬跋。

九倉斂散籍序跋

先大父約堂府君奉先祖母楊太夫人命，於乾隆乙未丙申間出家穀四千二百五十石分建義倉於各鄉，而使魯山木舅氏任其斂散事者凡十四倉：曰豐裕、曰妙濟、曰永濟、曰大濟、曰同仁、曰允惠、曰綏和、曰協和、曰和義、曰永裕、曰益原、曰培原、曰裕原、曰義積，中更頹廢而實存其倉者凡九：曰豐裕、曰大濟、曰仁和、曰和義、曰協和、曰順和、曰和裕、曰益原、曰培原，其散以春而斂以秋，則計石而納一斗三升以為息，蓋行之今六十年矣。山木舅氏謁選出仕，而吾家主計者或乾沒其羨，鄉人訟之官，官讞之不能審，知建倉循朱子法，使鄉人捐穀者同稽其出納之意，乃斷令專歸之陳氏。既逐主計者，而吾伯兄青梧府君奉先大夫之命任其事者十二年，其倉僅存九，其名有更易，皆伯兄時定之。伯兄歿而弟侄任其事又十二年，及己丑，吾專以屬伯兄之次孫淇，及今年，淇持其斂散籍來省吾於武林，吾閲之，喜其斂散之悉當。其穀之斂而有贏者及賍穀錢不以私用，而買穀存倉，俟散者其數既悉還初建倉之舊而加贏至千餘石焉，若守此不變，歲有增贏，可更立倉以衍大先大夫之緒。吾嘗記先大夫斥主計者之言矣，其言欲收義倉之穀以捄己貧，為私產而不以與人，其意鄙而其言足以惑人，先大夫恐子孫無識者或樂從其説也，故斥之特嚴。今淇能知此意矣，願吾家子孫長守此意，不得以貧而覬收此穀，不得以糴資而私為己用。庶先大夫仰體先祖母楊太夫人之意，可以歷世彌久而不虞廢墜，若其有以貧而横收此穀而廢倉，及任事而巧取其糴資及賍穀錢，不益買穀歸倉而私以為己用者，是為吾陳氏之不肖子，當與族屬鄉黨共黜之。今淇方援例出謀升斗之禄以養母，吾乃以其事屬玉士弟次子蘭翹任之，乃記其緣起及斂散之法而序其意如此，俾後之人知所法戒焉。時道光十四年孟春望後十日也。

九倉惟大濟、培原兩倉為吾家獨捐穀所置倉，其餘七倉向日皆有各鄉人所捐穀數。蓋山木舅氏仿朱子法，使吾家與鄉人互相稽考，則敝絶而事可久，法至良也。壬戌癸亥間，鄉人之訟者其説雖不為無據，而其意則亦在於攘其利，故官斷有分還鄉人穀，而倉則專歸陳氏之説。今幸淇經理五年，歲有贏穀仍歸之倉，故鄉人從其法而頌其美。淇於癸巳冬收鄉人所原捐之數，令之領去無餘，其領字及底冊存於吾家，此杜奸滑者之覬覦，其勢有不得不然者，而其於初立法之意失之遠矣。凡立法不能無弊，及捄弊而更立法，固不能舍初意而忘後慮，何也？其初意固大公無我之心也，繼自今年歲順，成穀有厚積，願吾家賢子孫更擇鄉人之愿厚者使之補捐穀，而仍前同經理之説，則山木先生與吾先大夫守朱子之意永垂於久遠矣。爰記此意於序後以諗來者。甲午三月新城陳用光跋。

太乙舟文集卷七

送伯芝南歸序

南榮趎不得於庚桑楚之言，七日七夜至老子所。老子曰：『何與人偕來之衆也』！夫南榮趎所患於仁義知三言者不可謂無見也，其有疑於庚桑而就正於老子不可謂求道不勤也。然而眉睫之間，使老子遂見其有自恃之色，然則自恃之病於人大矣哉！今有舉其手以示人者曰：『若何為正』？曰：『俯則正，仰則非。』夫俯仰之間各效乎其時之所宜，然不可以預期。今執其所見以為是而不審其時，是猶譽據席定向之中禮，而以執玉捧盈為非禮也，可乎哉！故孟子曰：『執中無權猶執一也。』此之不可不審也。伯芝鋭志而勤學，其才足以任事而不能無意必之患，以拔貢朝試報罷將歸，余欲留之居，而語以老子所以語南榮趎者，伯芝以吾伯兄兄嫂念之甚不可留，今且去。夫留而能從吾言，留可也；不留而亦能從吾言，不留亦可也。伯芝今年四十而無世俗之好，其求諸古人而得吾之所以語之者，吾知其學日進而所志終有成也，於其行，申以勗之。

送登之以通判分發江蘇序

登之少工作字，得其父筆法。父没後從姚鏡塘學為文，望見塗轍矣，而又自以得諸家庭之聞見者，務記覽、求事理，期實用。既不得志於有司，廼以丐助於親友者納粟得通判，今分發江蘇，將行。蓋吾家自吾大父凝齋府君以宋儒之學訓子孫，登之之大父、吾節庵伯兄以孝友實行見重於鄉黨，而不永其年，是以登之之父叔皆早歲得科第，列朝籍，官卿貳，而父叔既没，家幾中落，登之以弱冠之年走數千里外營葬其祖母及其父母，遂挈其庶母弟妹以來居於京師，今不得志，為門戶計，又當挈以之官，登之之才誠有過人者，而其用心亦甚苦矣。夫人事之不能無盛衰者勢也，懼其或衰而務厚培本根以冀或盛者，即云為門戶計，然得謂之非實行乎！世家子弟往往舍讀書而求仕宦，及其能振家聲，未嘗不仍藉讀書之力。

登之為罷讀圖索人題詠，而未嘗以示余。夫讀不可罷也。以子路之賢，而『何必讀書然後為學』之言遂為夫子之所斥，故曰『君子學道則愛人』，又曰『不患莫己知，求為可知也。』夫求為可知之實，舍學其曷由？登之非不知此，而顧為是言者徒激於人之不己知云爾。雖然有所激，不可也，是即忿懥之謂也。以是心而居家，則無以泯猜嫌而使之化；以是心而治吏事，則無以審好惡而得其平。以登之之才而不能日增益其所未足，吾甚惜之。江南今日之重地也，通判今日之閑曹也，以登之之才當必獲上而任以繁劇之寄也。吾望登之日讀書以擴其才，毋徒以人之毀譽為欣戚，而必求無負乎期實用之初心，則振家聲而保世滋大也。吾於斯行決之矣。

送劉孟塗南歸序

孟塗與用光同出姬傳先生之門。嘉慶癸亥，余自里北行過安慶謁先生，時往六安未得見，見孟塗，留數日，縱論古今，意氣偉然可畏。時重九雨中，孟塗治具邀余登大觀亭，還憩敬敷書院，樹木蕭颯，秋聲翛然，與言身世，事多可感者。既別去，十年不相見。聞孟塗遊江西、粵東，詩古文日益進，名日益盛，則益以慕且畏焉。今年孟塗來應京兆試，落解將南旋，為予言曰：『家貧不能不客遊，遊則恐妨其所學。今且當陟嵩華、登衡嶽循楚而歸，東攬西湖天目之秀，而息影敝廬，以終習先生之所傳者，科名之得失姑聽之，不介吾意也。』余聞其言，雖悲其不遇而彌壯其志之不懈也。往戊辰年，余從姚伯昂編修處得先生與海峰先生書，言將乞假歸養，益繕治古文學以誨誘後進，蓋先生四十三歲而乞歸，此其前一年書也。以先生之學，居京師猶患不得究心於學，歸數十年而始就韓歐之業。若用光者，其學識何敢望先生之萬一，而汩沒於車塵馬足間，雖日諷文史，間亦嘗有所論著，而以言學以致道，其有媿於居肆之百工者多矣。然則身累之難遣，而有志之士天之愛之，而卒使能成其業者，其亦有數存乎其間耶！或者曰：古人即事即學，若必絕人事而冥心息慮以求其所為道，非儒者之學也。是固然。雖然，用志不紛乃凝於神，出見紛華而悅，入聞道義而亦悅，則子夏以為病與人事為緣而慎其所靡，則固無異於居肆也。余固用志紛而未能戰勝者，因孟塗之樂習靜乃述其言以送其行，既以自警且以堅孟塗之意云。

送童觀察序

余同年友童蕚君以工部主事入軍機，既擢為郎中，旋轉御史，未逾兩月，奉命出為甘肅蘭州道。蕚君為御史時，上書論事，數稱旨，蕚君尚有所欲論列者，會外擢遂不果。

聖天子勵精圖治，求言惟恐不逮，苟其言之有當慮，無不特降旨見之施行者。雖然天下之大、輿圖之廣，親民之吏聞德音思自效，豈無有志之士起而思以循良自任者！顧事成有所未易行，效或有所未見，而為之大吏者又或未能審知其材能而使之各盡其所長，則雖明詔屢下，省以傳之郡，郡以傳之邑，不過案牘之具文而已，則為御史而徒以其言著，不若出而任其司牧之責，能見諸行事之為有益於國家也。

蘭州道所轄者蘭州一郡，所理者屯田茶馬之事。夫足民以務農為本，昨者皇上因姚文田之奏特下重農之詔矣。屯田，務農之事也，顧其名以之設官職，而西北連年荒歉，關中陸海之饒，未聞如昔所稱，豈地利固多未墾，民力固多未盡，而為其官者未嘗一究心於此乎！昔韓重華領振武軍，出贓吏九百餘人耕其傍便近地以償所負，人莫不涕泣，感奮盡力，既連二歲大熟，軍不復饑。而重華以為是未足為天子言，請益募人為十五屯，屯置百三十人而種百頃，朝廷從其議，秋果倍收，歲省度支錢千三百萬。重華所為出吏使耕地，非今時所可行也，然師其意而不師其法，以之稱屯田之職訪民情所便而為之，俾國家得收富民之效，宜若可為者。夫興一利而病或生焉，非利之有病也，務其名與務其實之異也。務其名則或采貌言之華，務其實則必求實事之是。

蕚君處軍機有年，閱人情甚熟，出而膺外任，介不絕物而和不違衆，當無慮乖忤於時者，而意又甚務實，由其職而盡其才，使其效著白於世，上以稱天子求治之意，而下不徒為具文之設施，則其所得，較之為御史而僅以其言見者不更多乎！

蕚君工詩賦之學，嘗與言：當以至官之暇録所存舊稿以寄質，余謂此不足為蕚君事也。歐陽子固言文章止於潤身，政事可以及物，擴及物之功而以稱聖天子特擢之選，余蓋以是期諸蕚君。余與蕚君同舉順天鄉試，又同出多曉峰夫子之門，頃又同官御史，於其行也為之序，以俟其政之成云。

送胡墨莊給諫擢延建邵道序

邵武接壤吾新城，循光澤行可二日達。吾嘗由土關至邵武，近於光澤數十里遂至延平，夜篝火過郡署，緣石磴歷階登，俯視城外，山紆青縈碧，映帶煙靄中，其山川絕可念也。建寧朱梅崖先生，吾舅氏魯山木先生所從受古文學者也，用光因是私淑之，獨恨未得至建寧。

夫閩中自出朱子後，宋元明儒者之學最盛，遊其地者嘗有昔賢之慕矣。若官於其地而訪求賢俊，風示末俗，講求利病，則兩漢儒者固嘗以是為汲汲焉。墨莊為漢學而持論不偏頗，其籍涇近朱子之歙，而其莅官初地則朱子降生之尤溪，又屬延平，近大賢之居，論學治民無媿昔賢，吾以是望墨莊矣。余嘗謂今人言漢學多攻朱子，此門戶之習耳。夫為科舉之學者，非能為朱子之學也。治經而兼綜漢儒，以究朱子之緒，則真學朱子之學者也。墨莊亦以為然。墨莊與余以學行相砥礪，今當之官，余念聚散之多感，而又以邵武、延平之山川嘗遊歷焉，而惜未能與偕往，雖嘗慕為梅崖之文，媿不能至，固有不能已於言者。汀州之武平令鄧君傳安亦為漢學，墨莊舉進士同年友也，嘗與余書言聽訟折獄一以治注疏法行之，頗能得其情。其言似絕迂而實當於理。余復之書，謂五聽參觀誠當顧，不可有門戶之見存其中也。墨莊今得與上下其議論，吾見閩人安於吏而閩士興於學，其皆由二君樹之鵠而導之源也。

送劉松嵐為河東道序

余初於船山壁間見松嵐五字詩，以松嵐為詩人也。後蘭雪為予言：松嵐為人伉爽敦氣誼，與人交然諾不欺，又以松嵐為詩人而有豪傑之風者也。比今年識松嵐於京師，長身高矚而意致蕭然以靜，及讀其詩，感奮身世，其識常有餘於文焉。余乃爽然自失，謂向者未足以盡松嵐也。余昔者嘗慕韓理堂之學行而恨未見其人矣，及來京師，凡山左士大夫之以文字相過從者，窺其意向皆近於質直好義，達者之為心，嘗以為近聖人之居而興起於百世之下，山左士大夫固宜其多君子也，今乃又得松嵐。余又嘗謂近古以來為詩古文之學者類多迂疎，不適於用，豈其人之性使然與？抑固所謂五穀之不熟者與？鬻百貨者居積厚，則應人之求而不窮；徒慕乎足以應人之求也，而居積之術乃不工，未見其足以應人之求也。余好為古文而嘗病乎是。苟有有用之才，嘗樂與之遊以冀其切劘焉。松嵐官有政聲，今得河東道，為天子不次之擢。松嵐所以自待以求，副聖天子用之之意者，當必在是。余於其行而贈之言，不獨以詩為縞紵，而固望其勉有用之學以為余導之先路也。

送何蘭士為寧夏守序

寧夏略得漢北地朔方郡地，河入甘肅過陝為中國患，而寧夏獨資其灌溉之利。其人尚禮好樸，言士習者多稱美焉。夫地不窳則利易興，習不媮則政易達。得忠信慈惠之二千石而一方乃足以言治，人咸以是為蘭士頌也。蘭士嘗守九江矣，九江地瘠而俗敝，為長吏者不得有所設施，而又有迎送奔走之勞以困之。蘭士毀己貲以成其廉，勤事以成其能，不逾年而忠信服於人，慈惠播於衆。

夫守之難為也，何以獲乎上？何以信乎下？吾介乎其間，任其成而不能行其意。加以地敝民偷，如是而能賢則信乎其賢矣，而況於其地差善者乎！蘭士之尊甫雙溪先生有宿德重望，今蘭士歷官足繼先美者。吾先大父凝齋府君以宋儒之學力諸躬行矣，吾嘗謂食舊德之家，不獨以能無子弟之過為賢，苟歷官任政而不能自行其學，則不足以言恢衍前人之緒，吾蓋以是自媿而深有慕乎蘭士也。蘭士為人色夷而氣清，語簡而度遠，廉潔不足以稱蘭士，吾將更期以守之所難為者。寧夏有水利舊矣，然抑或更有當推之以濟民生者。地近邊，民有黠有懦，察察非明，煦煦非仁，曷以臥治而無害於成？蘭士推其所未及而訪其所可行，由是而擢居牧伯，雖以之利及天下可也。

蘭士好學工詩，其能以文學興起邦士，固素所蓄積也。余從姬傳先生遊，則知蘭士且稔其家世，顧及去年始申文字之好。余以兄事蘭士，蘭士以弟畜余。詩云：『我日斯邁，爾月斯征。夙興夜寐，無忝爾所生。』吾與蘭士，家世略同，其感念夫所生而各勉其日月，余蓋將聽頌聲而以自勵其經世之學也。

送服齋給諫外擢之官山左序

人咸言今山左難治，吾謂亦視其為治何如耳。夫吏與民之相為勝負也，吏勝民則疾苦莫之問，民勝吏則恩威無所施。此雖他地，莫不患是，奚獨山左然？而曰山左尤甚者，或謂民習於夸詐使然。然吾聞嘗有樂其令之愛民而出金穀代償逋帑以請留其令者，此近十年內事也，民何必不知感？

或曰：吏之習於傾軋也，此其患在吏不在民，而究亦及於民，何也？賢而為人傾，則賢者澤不下究矣。然程子有言：『介甫之過，吾黨有以激成之。』寇萊公嘗短王文正於真宗，文正顧亟稱萊公才，文正、程子非人所當效法者乎？且吾避利若浼，則不肖者亦無所介意焉，孰誠而不能動物乎？夫守己存乎德，及民視乎才，無德以居才，則才之所至，或中易其意；無才以行德，則德之所至，或者外格其施。吾渾渾乎不求異於人，則信乎朋友矣，由是善用其德與才以及民，雖難治之地，吾見其迎刃而解也。服齋居翰林勵於學，為臺諫甚有聲，巡城視漕皆舉其職，天子既知其才矣。今以京察外擢山左，而匑匑然無以副委任之意，可謂君子之用心矣。

夫德視乎人之自修，而才則練乎事而日出者也。參驗古今應變，曲當與時遷徙，與世偃仰。荀卿所謂『大儒之稽』也。荀卿子又曰：『庶人駭政則莫若惠之。』今山左號難治，是駭政時也。曰『惠之』則無取乎『勝之』矣。吾嘗謂今為吏者，不獨黃次公、龔少卿之行事可師法，雖薛宣、朱博有時有可兼采取之者，顧自媿闇於世事，不知其見之當否。

服齋行矣，勉循吏之政，而致頌聲、膺優擢，其有以發我，蓋不獨為山左言也。

送鄧鹿耕擢鹿港同知序

菽原先生為漢儒之學，而治縣輒所至有聲。嘗與余書，謂『聽訟以讀注疏法行之，迺動中窾要。』余喜其說，嘗述以贈胡墨莊之觀察延建也。菽原治縣皆在閩中，既由閩縣舉卓異，又循資擢鹿仔港同知，今來引見，詔俞其擢，五月既望，過予言別。鹿港在海外為臺灣屬地，民番雜處，雖獷野然質直，不若內地民黠詐難究治。菽原治諸子，其黑白可瞭諸掌也。墨莊方觀察臺灣，以同志之人而官同地，其庶幾如宮商之相應乎！余嘗謂為漢儒之學而已。朱子言福州王伯照、劉昭信、任希純三人皆以明禮稱，而伯照之書尤考訂精確，可見諸用，菽原能為羅源武平既嘗著其效矣。今之治鹿仔港，譬舍注疏而治學者必折衷於程朱，而後品立而可施諸用，不徒為記誦吾訪得之乎？夫以禮治躬儒者之事，而以禮化民至於使外夷嚮化，則儒者之效彌見之天下矣。

送陳秋麓還官安慶序

昔歐陽子與學者言多及政事而鮮及文章，以為文章止於潤身而政事足以及物也。吾宗秋麓負異才，嘗質其文於姬傳先生，亟稱之；而顧惜其方得官不得竟其學，與之書，勉以毋受世摧折之患，何其異於歐陽子所云耶！豈古今時勢不同而所以為言者遂異與！夫學何為？期適於用而已。適於用，則古今異執而同術；不適於用，則其文辭雖工，亦歐陽子所謂草木榮華之飄風、鳥獸好音之過耳而已，何足以言學！豈歐陽子所謂文非適用之文與？士有居深山者，致虛守寂，自以為無患乎外物之干也；及出，而習於都會之聲利，則與俗俱化。故人莫誤於自信，道莫貴於善反。居而能觀其通者，出而能貞其守。摧折之患不在仕宦是非毀譽榮辱之間，而在乎聲利之干我也。然則先生之言與歐陽子之言若宮商之相應，五味之相調也。秋麓始為令於蜀中，既擢官安慶。癸酉，嘗偕胡中丞防守徐州，請率健士邀賊商邱、永城間，既護其聚落無草竊之警，且擒賊之自滑竄毫者，以是功得奏請實授郡司馬。秋麓之才既見諸用矣，使先生在，其必喜秋麓之不負所學也。當滑賊為亂時，吾同年友廣西朱鳳森守濟源有功，奉特旨晉一階矣。顧與初統兵大帥不合，乞病閒居數年，今仍需次河南知縣以去，朱君不以為摧折也。吾以語秋麓，亦壯之。其斯為不忘先生之言者乎？於其別，申以贈之。

贈譚琴巖序

琴巖使君自與余訂交，申之以婚姻，及今逾二十餘年矣。其先公為吏楚北，治獄有隱德，余嘗詢其實，琴巖曰：『既曰隱德矣，曷襮以言』！遂不言。琴巖亦善聽訟而工於辭令，能使人聽而樂從之。會昌有李祥高者饒於財，而其行為鄉黨所信重，又能知吃菜事魔亂民姓名，令從之索亂民，無不獲。亂民遂咸誣祥高實為其會主，讞從重比。上大府將定讞矣，南昌黃樹庭郎中兄弟謀所以生之者語琴巖，會中丞召琴巖飯而祥高讞辭適進，琴巖曰：『聞祥高無罪，而入大辟，其何以勸善人？』中丞愕曰：『其然，顧已奏矣。』琴巖曰：『是何傷！頃者，大理卿楊介坪駁刑部案，刑部從其言，自檢舉乞從輕比，得旨褒嘉，是非吾君好生之德乎』！中丞曰：『諾』。既退，提刑率郡守覆讞之，由祥高得從輕比者，凡九人。琴巖之攝郡守，以片言而決滯獄者數十事。有訟秀才嗾犬殺其子者，子固在而不肯仞。琴巖笑曰：『犬非獒，安能嗾！』既非嗾，則訟者亦不列誣告律。訟者迺攜其子以去。有訟強姦其妻者，以證未具，數年不決。琴巖笑曰：『強暴之來安有證也！讞獄者曷不誦行露之詩？』訟者乃以索財奪文簿於其妻所具服也。余笑曰：是數事皆非難決，而有數年不決者，以此見吏治之媮也。琴巖其良足多矣，願毋以是自喜而益求稱職之道也。今將與琴巖別，遂次其暇時所談及者以為之序。

送北溪先生乞假歸里序

人有所得於學，則出有所以為出，處有所以為處，其無所得者異是。夫學，終身事也。博誦習於古，識聞見於今，皆學也。易曰：『君子以多識於前言往行，以畜其德』。論語曰：『察言而觀色，慮以下人。』皆言學也。

不然，如原伯魯之所譏，單襄公之所善，夫豈以事估畢為學，而言敬、言仁、言忠、言信皆無與於學也哉！　北溪先生少以學見知於彭文勤公，既成進士，居刑曹，遽乞假歸，十年而再出，遂以學受知於高宗純皇帝及今天子，由部郎出觀察秦中，而洊陟乎封疆之寄。其處也既有以裕乎出之本矣，其出也世頌其無媿乎處之節焉。用光少居塾中，習聞議論，顧尚未能深知先生也。及先生今來為儀曹郎，用光以姻家子數侍起居，每樂聞其述前輩故事，然後知學非文辭之謂，練乎才與識之謂也，而先生亦若以用光為可與言者。俯仰數十年，吾家之盛衰幸而得一長者與之，卹舊勸學，而今遽釋然遠去，則於先生之乞假以歸也，用光其能不漠然無所向乎！　夫學之相契，無間乎遠近；而言行之得諸見聞者，時過則易湮。昔楊園先生嘗輯言行近古録近鑒諸書以示學者，先生如仿其體紀所見聞，後之人必有慕而知所勸戒者。用光亦欲仿焦氏獻徵録例，蒐輯近人文字勒為一書，以示後人，他日相從於蘇山金梠園之間，出以相質先生，其以用光為尚能尊所聞也夫！

送黄初甫前輩乞養南歸序

余與初甫同歲生，少時未相知也。初甫已成進士入翰林，庚申歲余來京師應京兆試，初甫則先來詣余，遂數數來，析疑賞難，歙乎其不自足而若以余為可語，余不知何以得此於初甫也。及辛酉，余以同館後進修謁前輩禮，而初甫則愈抑然其自下。自是之後行必與翼，言必與導，以前後輩而致親厚之誼者，莫逾於初甫。夫丹青久而或渝，橘踰淮則化為枳，士君子天懷敦篤，入世而不改其操，此非徒驗之於歲月之間也。余是以蓋有慕乎初甫。今初甫乞假將歸，以養其親，尊人環山先生年及耆，視聽未嘗衰，精神不怠也。夫父母之望其子至矣，或在側而不以為喜，或遠離而彌以為樂，語曰：『或出或處，或默或語，亦各從其時也。』人子以父母之心為心，固有不必以日夕侍側為養者。若乃居可退之時而徒戀繫乎膴仕，則君子恥之。初甫兄弟惟二人，初甫念其兄弟俱出不得侍親側，一旦遂決然引去，此蓋人子不容已之情，非有所迫而致之者也。初甫典試浙中，取士甚盛，人皆以為榮。余謂如初甫之工文章，其以之取士也，若良賈之辨金玉，望色而能審其真僞，此不足以盡初甫，獨其敦古君子自守之道而勇退以急親養為可貴也。夫南陔之詩，人相戒以養，而蘧伯玉恥獨為君子。初甫辱親厚余，余固有慕乎初甫。余之親年逾七十，今送初甫之行也，能不以養親為心乎！初甫歸，其為我語諸兄弟曰：用光行有日矣。

送姚石甫序

桐城姚石甫大令，吾師姬傳先生從孫也，為詩古文辭皆有才氣法度，稱其家學，尤究心於經世之務，以戊辰進士謁選得福建平和縣，將行，乞余一言為贈。世人動言古今不同時，所以為政者亦異。余謂特鮮以古之道行於今之世爾，苟行之何必不見效？夏葛而冬裘，渴飲而饑食，古今無異情也，以夏裘饑飲為復古，何必不為病？且古人為政亦不尚苟同，故疆有周索戎索，而著之禮經者亦曰『齊其政不易其宜』，然則所謂同異者，固非時之謂也。昔王介甫以農田水利擾北宋，蘇子瞻言其病屢見於所為詩，然子瞻開西湖未嘗非水利也，何以不病民，而頌之者至名其隄乎？石甫喜余西北水利之說，然余嘗思之，使今日果有棗祗韓重華其人，其所以勸農與趙過或同或異，當必有在矣。聞平和俗好爭鬭不易治，欲興利須先除害，要在民各輸其情耳。以石甫之才膺卓薦擢治之，濟寬濟猛，所以因地制宜者，當何如？嗚呼！吾師不可見矣，用光所疑亦無所質矣，迺應石甫之屬，舉所習聞之一端作送石甫序。

送程梓庭提刑之任江西序

古者以禮治世，刑也者所以輔禮之窮也。呂刑言折民惟刑而本之於伯夷降典，蓋唐虞三代之遞相授受也如此。周官『大行人』屬於司寇，吾師姚姬傳先生釋之曰：『帝王建官分職，各以時事繁簡而制之宜，司空首於虞而末於周，稷契益三官之職併於司徒。周時禮制繁而刑措不用，使大行人屬於宗伯，則宗伯司寇之勞逸懸絶矣，是以均之於司寇也。』而大司寇之以兩造兩劑禁民訟獄，吾師釋之曰：『先王之意，統欲民之無訟獄，雖訟形成矣，猶冀可勸諭使息，必更行其各入束矢鈞金，則訟獄意堅，然後聽之。是雖聽訟獄而本意乃欲禁之。』夫聽訟之難也，人情之善變也。今時人乃有本無意訟獄，特與所訟者積不相下，故攻訐之以使其自困者，於是而欲得其情，固貴於師聽五辭矣；於是得其情而欲使之不得盡其辭，則非齊之以禮不能也。程梓庭先生和而有守，勤於職而練於事，居刑曹二十餘年，稱於其長而遂受知於天子，是以由郎中擢內閣侍讀學士，甫一月既拜江西提刑之命。提刑為易疇先生從子，先生嘗著立禮篇矣，其範乎身，其所以治乎世也。先生與姚先生皆以經學重於世，而用光嘗與提刑同與分校之役，習於其為人，故於其行也述師說以為言。昔康叔嘗為周小司寇，後遂繼蘇公為司寇，提刑之才望，人以為他日必膺內召，擢長秋官，故吾不獨以受治於禮為鄉邦士民慶，而且謂恢閎禮治以佐成我朝刑措之風者，非提刑莫屬也。

送鄧嶰筠同年廉訪湖北序

余與嶰筠別六年矣。今年嶰筠膺廉訪之擢，重相見京師，握手如昔日歡。其論事加明，意致加閑遠，雖酬酢繁劇，然常若有餘於事者。傳曰：『仕而優則學，學而優則仕』，嶰筠之於仕，其可謂能自深於學矣。余與嶰筠先後同出惜抱先生之門，廉訪、明刑其職也，故余録先生大司寇禁民訟獄說以為贈。雖然古今事勢不同，入束矢鈞金法不可行於今也，且人情之患固有一造不至一無劑而不能已於訟者，讞獄而使吏禁諭之，則吏或骫法以熒聽，然則古人之說其非歟？吾聞良醫處劑不必執古方也，而未嘗不得古人立方之意。是故，執古方而不得古人之意者，是趙括之論兵，房次律之車戰，王介甫之周禮也。迂古人之意而以為自有方者，是安得司空城旦書之說也。彼匠石之運斤成風，庖丁之芒刃不頓，固有暗今古法者存乎？荀卿子曰：『有法者以法行，無法者以類舉。』此統論為政之方也，而於明刑為尤當。嶰筠與余言讞獄數事，往往得以類舉之道，由是推之，階愈進而任愈大。雖進退人材總方略一統類嶰筠，其必能不負所學矣乎！余才不逮嶰筠，又年逾五十，鬚髮加白，精神意興常若積然其就衰矣。既樂友朋之顯榮，而才可進乎古人，而念知交之遠別，悵寂處之誰語，則今於嶰筠之行也，其安能以無言乎！ 時道光元年仲春月八日也。

送賀藕耕贊善出守南昌序

漢班固傳循吏，自文翁至召信臣凡六人，皆太守也，而著其義於敘中，述宣帝之言曰：『太守，吏民之本也。』二千石有治理效輒擢以為公卿，『故漢世良吏於斯為盛』。然則朝廷重才俊之選，士君子奮功名之思，均於及民課實效焉。文學侍從之階所以儲明體達用之才，知治道者未嘗有重內輕外之意存焉也。

藕耕居館中，愔愔績學，視學山右，勤於誨誘，士興民頌。既還朝，擢贊善，駸駸陟清要矣，而天子擢以為南昌守。南昌，首郡也。故事吏部注選官例不得首郡，雖翰林出守亦鮮即膺首郡者，率先試他郡，以俟其後擢。今藕耕未及外轉之期，而遽膺不試之特擢，豈非重藕耕之才而欲播儒者之效於天下乎！

夫儒者之效不越教養二端，雖宰天下亦由是焉而已。班氏言循吏之績曰：『所居民富，所去民思。』而文翁之為蜀郡，特以教士興文學見稱。今之為郡者簿書期會，無失要約而已。民不由之以富而士不由之以興也。

首郡之事劇於他郡，或且謂愈難以行其意。豈古之道果不可行於今與？抑固有事異而功同者存與？ 藕耕興士之效既見於山右矣，富民之效今其見之南昌。夫南昌非荒瘠之郡，其士之秀者科名之盛固甲於他郡矣，然則所謂教養者何在也？荀卿子曰：『法而不議，則法之所不至者必廢；職而不通，則職之所不及者必隊。』儒者之效，周浹旁皇爲一郡，而可使他郡皆取則焉，則其道雖宰天下可也。

藕耕好善而下人，循吏之績，他日必荷璽書之褒而擢爲公卿之選，用光既喜桑梓之帡幪於君子，而又樂同寮之馳驟乎天衢，敢進一言曰：益持其守，益橫其施，毋使人謂黃次公功名或減於治郡時，其可也。

送梁芷鄰儀曹擢守荆州序

我國家抗威稜而拓疆宇，其廟謨之稟承，密勿之贊襄，有軍機大臣之寄，而當其燕間無事則綜理機務，其制略與唐宋之中書門下等。其爲之章京者，軍機大臣由此其選也；而其出爲郡守觀察者，往往積其才望，任封疆而躋令僕，非獨其地勢然也。更事多則才智生，依侍禁廷久則忠藎篤也。

芷鄰儀曹明敏而樸誠，易良而鎮密，其才與學吾黨所交推也，以京察召對稱旨，未逾月擢爲荆州守。荆州爲楚之上遊，國家駐勁旅八千，領之以將軍副都統，簉之以固山達百餘人，而軍餉之給頒自郡守。交際既繁，協和匪易，陽開陰合，與爲雨風。內以著文武之輯睦，外以洽吏民之畏愛，理分而窾會，榦遂而枝榮。中和樂職之歌，所以克副夫委任者，吾於芷鄰企之矣。

吾黨八九人，與芷鄰以文字相切劘者有年。今其行也，董侍御國華索孫子和義璽爲之圖，八九人皆賦詩，而屬余爲之序。夫聚散不能無感情也。以文字相切劘，蓺也；由蓺而窺夫道則體用之學備。芷鄰他日任封疆而躋令僕，其益懋聲譽自今日始，庶幾使後之考者謂吾黨之交遊非徒曰蓺而已也。

送劉筠圃同年巡撫浙江序

筠圃同年由少宗伯爲少司寇，嘗語余曰：『余未習律，懼其弗勝任也。』今由少寇承命巡撫浙江，又語余曰：『余不習爲吏，懼其弗勝任也。』余謂君審于其職而思竭其才，是以兩膺特簡于九重，而匑匑如畏若是，信可謂有內心者矣。循是以往，其曷弗濟！

昔夫子言：『臨事而懼，好謀而成。』蓋不特爲行軍言也，至于爲政何莫不然！曰『好謀而成』，則非謀而寡斷也。行軍之成在于量敵彼已、戎昭果毅于疆埸；爲政之成在于因時制宜、因人器使于庶獄庶慎。蓋懼則無喜事之心，其非獨不以位爲己恣也。成則無避事之心，其非獨能以位為己守也。封圻之寄，環數千里之民而待治于其守與令，舉數十百守令之賢否而待別擇于巡撫。君審於其職而思竭其才，使士君子之知政體者頌之無爽辭，而編戶小民密移遷善而不自知，則於爲政也何有？

余同歲生之任封圻之寄者，鹿苹嶰筠皆各以其才守輝映于皖粵，而君今繼之。余素習于君，去年偕奉使事于江南，君之策余也加摯焉。君今之行也，余安可以無言！蓋浙江爲聲名文物之邦，昔白樂天蘇子瞻以守倅治之，而頌遺利者尚至今，非以其風流文采之足詡也。君位尊于白蘇，將使其治績亦軼出于其上，而移風易俗以仰副聖天子委任之意。君其勉之而已。

果堂五叔父六十壽序

余家負棲靈山，面黎水，有樓翼然，可以眺一村之勝，吾父居之，其北五叔父家焉。兩家衡宇相接，東西偏有地如錯繡。先是吾父自陳州歸，斯樓始建，樓前有堂曰藤花廳，則數十年諸叔昆弟遊讌處也。用光居京師，吾父書來輒言白首弟兄過從之樂。用光嘗乞假歸半年，日侍杖履往來，及壬戌秋北行，而三叔父捐館舍。數年來，吾父惟與五叔父過從如昔，五叔父治事縝密而性情敦篤，其事兄極其恭。乾隆辛亥，吾父歸自太平，鬻產萬金償宿負，不足，五叔父實倍納其值而身經理之，而言語詞氣彌巽且愨焉，煦煦翎翎歷數十年如一日。用光十四五時不順於舅氏，五叔父督過，用光卒能安。山木先生俾用光終事之，吾父諸叔父合已析之産而復析之者三。五叔父任五家事如己事。伯父伯兄歿，而希祖兄弟之家計五叔父經理之；四叔父歿，而十二兄兄弟之家計五叔父經理之；吾父官京師，吾家家計亦惟五叔父是任。既倍值任吾父歸家之宿負，而今猶歲始終靡勸助三百金。夫古所稱孝友之家者，長有字幼之宜，幼有事長之禮。今五叔父之事長既以身教矣，而所以字幼者有加焉，則吾家諸幼所以事叔父，宜何如以致其恭？伐木詩人肥牡羜以速諸父、諸舅，而曰『寧適不來，微我弗顧』；『寧適不來，微我有咎』，以『有咎』責諸己，而不以『弗顧』責諸人，古人之厚於朋友也如是，而況於家庭乎！今人有厚於朋友者矣，而家庭之間顧未必盡然也。其於本末不亦慎乎！

用光違侍吾親四年矣，為門戶計遠出以從仕，賴叔父篤友于之愛，而吾父乃紓其念子之懷。今年三月爲叔父周甲之慶，用光弗克稱觴於家，質言叔父言行以爲侑觴之祝。叔父杖履優游，登耄耋，與吾父徜徉林壑間。用光他日歸家，相從於吾家樓前，歲時上壽，其樂蓋有不可紀極者矣！至叔父居平好善樂施，教子孫以讀書立身，他日必有能承志而恢大其門庭者。此叔父之素所蓄積，無俟用光之稱頌也。

仲兄朗亭四十序

仲兄長予五歲。庚子，兄從大人補官京師，予年十三而仲兄十七耳。兄從大人日久，益習外事，性明敏，雖人所難習者，習之不逾時，輒能持算；權輕重，決物真贋必當；好騎射音律，人以為上。近世尚泰西人製鐘，其小而圜者則曰表，用以視日之十二時，其製絕巧，其銖黍分杪，轉機運輪之法，兄輒能析其器而修治之，見者以為莫能及也。喜飲酒，待人坦易，厚于友朋，雖人有欺之者不與較。大人待人以質直忠厚爲本，于仕宦不爲苟且逢迎之術，居太平、陳州數年，仲兄皆隨侍。今自任寧州，一遵大人之法。余聞之，深喜其足慰大人之心也。

余家自曾祖以來以積德累行遺子孫。曾祖少時食貧作苦，治生計于南昌，十餘年不歸家；曾祖母以紡績自給，其艱難困苦，初不料後世子孫席豐履盛若是，然遇人有急難，拯以千金不少惜。及後，家益裕，而祖父凝齋先生躬宋儒之學，大人暨諸伯叔父皆碰兢兢不禮法自守，故吾鄉人人言及陳氏者皆曰是積德之門。頃二三十年以來，仕宦日益盛矣。顧凡爲官者家皆中落，吾兄弟五人，伯兄與予習儒業，兩弟皆幼，仲兄爲門戶計，乃援川楚例以貲得知寧州，始以仕宦毁其貲，及家既落矣，不得不籍求祿以謀生。仲兄之出非有所得已也。

予自二十以後隨侍大人南北仕宦，與仲兄相聚之日為多，今大人優游林下，而仲兄居寧州，余居京師，不得日夕承歡左右。以今思昔，感念身世之際，而益求乎養志之道，則詩所云『夙興夜寐，無忝爾所生』者。予與仲兄皆當日夕誦習之不忘。夫境不能累人，患人不能處境耳。今日之境，視曾祖時之艱難困苦爲何如？曾祖居艱難困苦而力于爲善，今不必有艱難困苦之境，而所以自力者，乃前人之不若。予觀于羣從子姓間而惄焉，懼先澤之或替也。仲兄能遵大人之法以居官，余故于其四十初度時因養志之說而推及于先德之遺，郵寄是言以爲祝。

夫利物濟人之事，有其心則必見諸事。膺民社之責者，雖不必能爲所得爲然，以視艱難困苦之時，其力爲易致，亦惟能念艱難困苦于前人者，其心爲易推。仲兄其以予言爲何如也？

贈集正五十序

學有資於仕乎？世或以儒爲迂也；學無資於仕乎？經術或慮其疎也。譬諸器繇工巧，判厥精觕，孰能舍規錯矩曰：我可不範不模。士君子幸生稽古右文之代，致身通顯則益務殫其力於學以見諸行事，又安得謂其爲顓愚固陋與？集正居翰林有聲，屢典直省鄉試，能得知名士督學於蜀、於晉、於吳，煦煦然與諸生講求夫仁義道德之途，諸生往往有聞其言而奮志於古者，然此猶文史之職耳。及歷任侍郎於六曹事，輒能究其利弊之所在，鉤考財賦、察稽功事、銓法軍政以及刑律，或因、或革，為寬、為嚴，往往敬慎所事，事後而人有頌之者。余與集正同事魯山木先生，嘗謂闡先生之緒論而見之於當官者，集正其庶幾近之矣！

當壬子冬，集正將計偕北上，先府君餞之，問曰：『汝得官則唯當內職，若得縣令，吾不以期汝也。』集正曰：『若能如二叔祖所期固善矣，如得縣令且當乞假歸，整理府君遺書，且助二叔祖任各鄉義倉事，以終衍山木先生之志。』先府君嘗亟稱其言，以為集正遂能以一甲第三人居翰林，惟其識之大，乃能膺國恩家慶於其躬也，愷齊為不死矣。夫縣令、卿貳職之崇卑不同，其為佐天子治民一也。然縣令治一縣，嘗患於其志之不能行，為卿貳者可以行其志之所欲為，又患於未能周知民間之利病，而舉措之悉當。然有其要焉：在得人而已。仲弓為宰，夫子以舉賢才語之，今之為令者無舉人之職，然能察吏胥之舞文而任其良善者以理庶事，是亦不啻其舉之也。推而上之，太守則能察其一郡之賢否而舉措之，督撫則能察其一省治之賢否而舉措之，不以私意與其間，不以簿書期會為盡職之術，而惟以得大體行教化為先，則天下何患不治！今集正得不為其職之卑者而居其崇者，復以明刑弼教之寄爲聖人所特簡，其何以無負聖天子之委畀夫！亦居其職之所當為，充其曩日之公心而已。他日集正入直樞廷，出任封疆之寄，其事愈煩劇則其責益重，然得其要以為之，一以貫之之道也。

余與集正居家塾時，日以文事相切磋。今同官於朝，而今年四月二十三日為集正五十初度，輒舉夙昔所聞於山木先生者以為文，蓋不啻居家塾時執書相質辨之情事，以為是亦家庭之一樂也。

姚姬傳先生七十壽序

昔夫子以四教而文居其首。弟子之以文學稱者，有遊、夏諸子，而叔孫穆子論『三不朽』，其一則『立言』是也。夫文者，學之始事也。及其言既立，則宣暢義理，啟牖後世，遂為學之終事焉。天地有自然之文，日月星辰、風雨露雷、山川雲物皆是也。人效能於天地，亦必有其自然之文。故善為文者，讀其文如與天地之情狀相寓；其不善者，天地之氣不降於其心而堙鬱闇昧，其文乃無由以著。蓋涵泳聖涯而褆躬純粹乃能由其心得，而推衍聖賢先得之理者，載道之原也。研究文事而鏗鏘陶冶，乃能得其中聲，而發見天地自然之文者，修辭之要也。自兩漢至唐宋諸君子，其所為文千餘年尊之如一日者，胥是道也。

自明以來惟歸震川氏足當不朽之目，及我朝而方望溪、劉海峰接踵而興，二先生皆桐城人也。姬傳先生為二先生同鄉後輩，而海峰於先生為父執，居鄉時過從論文至熟也。先生又承其世父薑塢先生之傳，推而大之，所以盡載道章身之事者，其功既周而賅焉。故望溪海峰沒後，而先生遂為海內之鉅望者數十年。望溪理勝於辭，海峰辭勝於理，若先生理於辭兼勝，以視震川猶有過焉。海峰既稱之，使望溪得見先生之文其所推服當何如？惜乎其不及見也。且當望溪時，士猶尊宋學，雖有一二聰明才辨之士，或以宋儒為詬病，然其流猶未盛。訖今日，而出主入奴顯相排斥，迺逸迺諺，標漢學以相誇者，不啻晉人之清言矣。先生獨推尊宋儒以相救正，雖海內學者未必盡相信從，然宋儒之所以有功于聖門者，賴先生而益明，則先生之說雖不顯於今日，亦必盛於他時。使望溪生於今日，推闡文以載道之旨，有不以先生為中流之砥柱者乎？

用光從先生，所以期之者甚至，顧才力淺薄，乃毫末有以稱也。昔曾子固、蘇子瞻為歐陽文忠之門人，而非其素常受業者；李翺、張籍雖受文於昌黎，而以視曾蘇之歐陽，其業則不逮矣。先生今之韓子、歐陽子也，用光雖嘗慕曾蘇之遺風，而以視習之文昌之所業，自顧猶多惶恧焉。

今年為先生七十初度，用光以事拘綴陳州，未能親詣桐城登堂奉一觴以相祝，輒述其素所聞於先生之論文旨者如此，先生如不以用光之辭為務張乎其外，其必有以許之矣。

壽洪稚存序

癸亥十月，余訪王惕甫於樗園。惕甫留余飲，論及並世賢豪知名士，惕甫曰：『余慕姬傳先生，而踪跡相左不獲見也。莘楣、蘭泉兩先生皆老矣，往時與洪稚存、孫淵如相策勵以學問之事，今余已退居，每接文學之士，其慕望洪孫不啻錢王。人世年齒之相嬗為先後，而士君子貴自樹立固如是也。』惕甫之言蓋以自憙也。

夫四序有代謝，而天地之氣則迭出而不窮，其發而為偉異非常之觀，人與物有交著其美者焉。故歸熙甫曰：『文者天地之元氣，得之者其氣直與天地同流。』又曰：『士大夫必知文而後可與言學，詩古文辭，文之分立其體者也。然得其正且至者則皆足以不朽。』若夫與不朽之人同時而有相遇不相遇者，則事又有幸不幸焉。

余已未歲見淵如於姬傳先生所，癸亥秋居金陵，與淵如過從至熟也。聞稚存先生居鍾山書院，作詩欲投之，比至而知為傳聞之誤，乃不果見。及來揚州見惕甫，乃以所為詩託之寄常州。今年春，長君孟慈孝廉來應禮部試，以先生周甲攬揆之辰，而索余詩為稱觴之助。余謂先生志行氣節似東漢獨行諸君子，其文則法六朝，而所為意言則間出以王符、王充之體，其詩則法韓杜不朽之業，已自立之矣，世俗祝頌之辭寧足為先生述！余于詩雖常為之而媿其不工，於文雖知所從事也而未有成也。孟慈世其家學，其詩文已具體於先生矣。

余樂先生之以文世其家也，而又以生平願見而未之見也，乃次惕甫語而為之文如此，以應孟慈之請。他日與先生相從于蓉湖惠山之間，尚當舉其胸臆所疑於諸經者就相質問云。

魯南畹七十壽序

陳魯於中田為著姓，陳氏之興後魯氏而世為婚姻。南畹先生吾舅父山木先生之五世祖免兄弟也，余從子希祖南畹之女夫也，余婦南畹之族妹也。然余少時見南畹於山木先生所，稱之曰舅氏，及來京師，吾邑中官京師者推南畹為耆舊，而予又嘗質其應舉時文字，兼有師友之誼焉。

南畹居郎署舉其職，居臺諫盡其言。雖以言事謫官，而天子嘗稱其敢言也，以是人爭慕之，歸而延致為書院院長者相屬。今居豫章者兩年，而以某月日為七十初度之辰。余思所以壽之者，蓋魯氏之世德遠矣，自西溪西麓父子以名德稱，遂致通政檢討兩君之貴顯，而其家多賢子弟，及後稍陵夷，而山木先生與南畹振興之。山木先生嘗與南畹相勖以教導子弟之事也，山木故為吾祖凝齋先生弟子，吾家自諸叔而下羣從子姓又多為山木弟子，余不逮事我祖而自幼事山木先生，習聞兩家先世盛德事，又見凡來山木先生所者，溫恭退讓循循然弟子之職，不獨陳魯兩氏之子姓而已也，故人咸稱中田為仁里。今山木先生歿十餘年矣，吾鄉之士習亦少衰矣。南畹嘗以致慨於其家，余亦深懼凝齋先生家法或稍替。顧魯氏有南畹以繼山木先生，而吾家之為山木先生者何人也？

東漢荀韓鍾陳皆獨行之士也，范蔚宗不以入獨行而別為合傳，蓋以四君後皆有顯人，故表之以勸世，此范氏之史才也。凡貴顯者，莫非其先世之遺德；既貴顯矣，而弗克紹續之，先澤其終沫乎！紹先澤者，莫先於隆禮；教人以紹先澤者，亦莫先於隆禮。南畹方以禮教于家，雖尚未得子，而以天道推之終必有商瞿之報。

余與南畹別二年，願鄉人之自南來者先慶南畹之得子，且述吾鄉風俗能復曩者淳樸時，蓋教行於魯氏而陳氏亦與有賜焉，故不為祝嘏之浮辭，而詳綜兩家之事以為言。南畹其樂聞焉，而為之舉一觴矣乎！

鄧東嵐太守壽序

吾邑鄧氏為著姓。東嵐太守少由舉人得四川知縣，所至有政聲。而前後辦西藏過師及征勦湖北亂民軍務尤著勞，以是擢至知府，於是年六十矣。

余少未識東嵐，及去年東嵐以同知論薦來京師始相見，與之語，果明決有為人也。余好論經世務，自二十後遊四方，嘗樂就賢士大夫訪求當世利病及措置農桑兵刑諸法，聞李恭毅公之巡撫雲南也，苗民謀為亂，他郎一武人謀應之，器甲具矣。恭毅公命布政司以下果能往他郎者。衆各疏姓名上，公置不省，手出一紙曰：『鹽大使吳某有福命，可單騎行也。』衆愕然。及往，毀其器械，挾武人來，苗民謀沮，事遂解。恭毅公蓋伐謀也，其云『有福命』詭詞耳。而洪介亭編修占銓爲予言：吾鄉紀君大奎治博平，其鄰邑有習邪教者謀爲亂，博平人亦謀應之，大吏欲以兵往，紀君曰：『毋庸，吾能取其渠魁來也。』大吏詫其大言，惟知府某君贊成之。紀君卒以大義諭，散其黨與而縛渠魁以獻，置一人於法而兩縣皆帖然。此乾隆甲寅乙卯間事也。及丙辰而鄖陽之亂民起，使治郡縣者皆得如紀君，楚北之難不蔓延於秦蜀矣。

余雖識紀君，且見其天文律算及治經之書甚衆，然未之卒業又未與上下其議論。今紀君方爲四川之什邡，東嵐其有以悉紀君之才乎？其他郡縣有能如紀君者乎？東嵐去年來，不數日既別去，其治縣政績及佐辦軍務必有超越乎人者。昔之所未言，今能以告余乎？今天子仁聖威武，方内就理，四川亂定后，得官者咸以爲樂土，而東嵐今方有表率之責，功不必自己出，其知人善任，使雖由是而膺節鉞之寄，道不外是也。

東嵐之族子寅春，吾舅氏山木先生外孫也。屬余爲文以介東嵐壽，余既習知東嵐，乃以余所見質之如此。若夫東嵐孝友任卹之見於家鄉，與其富貴壽考之食報於未已者，吾爲吾邑慶，且即於東嵐之治行決之矣。

徐芝田丈七十壽序

予嘗喜言管仲莊周之書，非獨美其文詞而已。水地四時五行之爲政，逍遥遊人間世之自處，内以治乎己而外以治乎人，譬呂梁之遊、匠石之運斤，從乎水而不爲私焉，盡堊而鼻不傷也。世並傳老莊，亦或稱莊列，予觀莊生於老聃、列禦寇皆嘗剽剝之。使莊生治天下，固異於老氏也。列子之書張湛稱其旨近佛氏，蓋亦與莊生殊。莊生之書惓惓於爲天下，嘗稱管仲之舉隰朋，以其人爲能不以賢臨人。昔仲尼嘗許子桑伯子之簡矣，居敬行簡之道，莊生未之能行焉。然而莊生之簡，其愈於子桑伯子也，惜乎其不遇仲尼也。夫達則簡，不能簡者不能達者也。達有出於天，有成於人，仲尼之學天與人合，下是則或以天勝，或以人勝。魏晉之清言非知天者也，荆公之言法不能盡人者也。世有達而不能盡乎人者矣，未有盡乎人而不能達者也。

余持此說以語人，人未有能信之者。與芝田丈言往往合，丈其可謂達者與！丈宰新城時，與予諸叔善，晚又與先君子相知，予時年少，旅見而已，未之深知也。今年館于其家，因得悉其所以爲政之端，惜其一蹶而家居，今年遂已七十矣。世之稱莊生者或附會以神仙之說，固失其實矣，然而衛生之經莊生所言，君子不之非也。丈年七十而精神意興不過如五十許人，此達之徵也。世有知丈者其不足當隰朋之舉，與達之見於世者不可必而其養乎己者可自爲，莊生之言曰：『抱神以靜，形將自正，必靜必清，無勞汝形，無摇女精，可以長生。』

余不及侯設弧之辰稱觴於堂上，乃援是說以爲頌。以丈之厚於予，予不可以浮詞祝，而是說之稱乎達之實，由是而至于期頤，固未有盡焉者也。

繹堂制府六十壽序

繹堂尚書躬名臣之裔，秉不世出之姿，纘厤前光，舄奕朝列，内綜樞務，而外任封疆，膺殊眷於三朝，馳駿譽於海寓者，前后蓋三十餘年。

今年十一月十七日爲尚書崧降六十之壽辰，天子既特頒優賚，又命尚書長子襲公爵，容安馳驛至秦，爲尚書稱慶，以家庭稱觴之禮，上廑九重顧念。朝廷之異數，儒臣之榮遇也。其在於雅·彤弓爲天子錫有功諸侯之詩，其在於頌·三夏爲天子享元侯之樂章。享元侯之禮僅賴左氏傳著其説而逸於三禮，故先儒嘗惜之。然呂叔玉、杜元凱所舉三夏雖不同，而其爲頌則一，時邁執競思文，三詩皆述天子功德，而以爲君享臣之樂，則股肱心膂之倚畀，可以即金奏而得其義類焉。

制府之職絜於古之方伯，連率尚書，宣國家威德於西陲，而天子賜以爲壽之禮，邁於彤弓之念功矣。尚書以康彊壽考之身，膺異數殊榮之錫，而益著其篤棐勵翼之忱，以稱乎股肱心膂之寄，蓋自是而益恢其治績也。夫治績之垂義則因乎其時，而仁則因乎其俗。關中古稱陸海，地富饒甲天下，而我國家拓地至數萬里外，其經費仰給乎內地者歲不貲，甘肅郡縣往往有彫敝之地，難乎其爲吏者，察吏而能得人則民安。陝甘制府之所控制有難於他地矣。昔韓重華既賑振武軍之饑，而益務屯田，謀省漕輓之費，昌黎嘗亟稱其才。其出入河山之際六百餘里，皆今陝甘制府所轄地也。今天子因言官建言水利，下其議於直隸，制府方籌其事，如得重華之才而任之，其可有效於直隸乎！如陝甘之地可循重華之績，關外之仰給於內地者其庶可省乎！古今時勢不同，書生據陳編以爲言，未知其有當焉否也。

用光館中后進，仰尚書之風徽既久，及己卯之春分校禮闈，乃得習聞其議論。辱尚書之知，以爲可與有言者。今際尚書之榮遇，不可無侑觴之詞以致其頌祝之意，乃推論重華之議而遙以爲質如此。夫皇極有錫福而臣能竭其忠藎以膺之無忝此，固雅頌之義矣。繼自今尚書益衍其算以長承天子股肱心腹之寄者，用光願執筆而竢其后矣。

楊柏溪先生八十壽序

君子之所得於天而不能自必者有三焉：性質之清明可以成其學矣，而所造之境詣不能自必也；器量之恢閎可以用乎世矣，而所膺之爵位不能自必也；氣稟之淳厚可以享大壽矣，而所歷之年歲不能自必也。然所成於學者深，則位可無忝而享壽可馴致，若是乎學之不可以已也夫。

所謂學者，非徒事佔畢勤著述云爾也，多識於前言往行以畜其德，而所以制其身出處之義者，有先見之明，有審幾之決，而后可不負其所學。觀之六三曰：『觀我生進退』象曰：『觀我生進退，未失道也。』程子釋之，以爲『動作施爲出於己者，觀其所生而隨宜進退，求不失道，故無悔咎』。夫求道不外乎觀我，乃能爲知命之君子。吾見有顧乎外而進退失據者矣，是以深有慕乎。

柏溪先生之善制其出處之義也。先生少時應禮部試，眷戀庭闈，與其弟少晦先生更迭出入，以無違親側，既見其孝弟之實矣。及成進士，官刑曹，未踰年遽乞假歸，逾十年始來補官京師，旋出爲觀察於陝西，洊擢至方伯，中更黜擢，終陟封疆之寄。比以事內召，補禮部郎中。值睿皇帝龍馭，上賓朝夕哭臨喪次，釋服后援懸車之義，乞病歸。人或謂盍少行緩以俟新命之祓濯，而先生自念旅力之既愆，介然不俟終日也。方先生之刑曹乞假也，世競頌先生深於唐舉姑布子卿之術，謂自審年運有咎，故退歸以順受。余謂此非知先生之深者。苟審幾不決而濡滯以俟年運之通，夫孰曰不可？而先生決然舍去。以此與懸車乞休合觀之，蓋觀我生進退之義，先生之擇之也精矣。先生之爲刑曹及出陟封疆，政績皆卓卓可紀，少晦先生所爲事略詳矣。余謂官刑曹力抗權相不徇內侍，故入人罪之請；及撫浙江治慈谿，富人之獄不末減，殺卑幼之尊長而使之伏法二事，尤足以見其無忝於位之實。蓋先生受睿皇帝之知深矣，其屢受特褒，先生每言之而嗚咽不已也。

先生予丈人行也。余少居塾時嘗辱先生及少晦丈之知，及官京師，先生自江南浙江歲有存問；比先生補儀曹，則與用光過從尤密，期許尤至，媿用光無以副也。今年八十開秩之辰，妹夫祖枚以壽言見屬，用光素喜震川壽文多清曠之音無世俗繁縟之辭，先生固嘗以用光爲可語文者，故今爲侑觴之文輒本先生之學言之，以爲如先生之居位無忝既前見之矣。今茲以素位之行，享頤養之樂，自是而九十而百歲，用光樂得繼此以爲言，蓋不獨親戚頌禱之私情已也。

李松甫先生六十壽序

詩人之壽者稱韋蘇州焉。夫其發淳古淡泊之音而寫其寧靜純固之處，類非雕繪乎辭章、馳騁乎聲譽者之所能爲也。子夏深於詩者，其言曰：『吾彈琴以歌先王之風，有人亦樂之，無人亦樂之』。若是乎，其善言詩也。然夫子猶曰：『子以見其表未見其裏也』。自唐迄今，能詩者無慮千百家，其誠有樂於己者皆無人之見存者也。然以言自得而類於有道者之言，雖以李杜之聖，於詩猶若不逮蘇州焉。夫后世文士所自樂於詞章之間者，誠不可以絜聖門之弟子，賢者所自樂，猶不概於聖。聖人之悉心盡志於詩也，前有高山后有深谷，泠泠乎如有所立，其極通乎天命，其廣及乎天下國家，未易言也。然其所被暨則自得而近乎道者，固足以勝專力詞章之文士。蘇州既近乎道矣，近道者必得壽，而蘇州其尤著者也。

臨川李松甫先生自少喜爲詩，其詩實法蘇州，雖博采師友，間出入於白樂天、賈長江、張文昌、孟東野之體，而要以蘇州爲歸宿。其贈公丹臣丈徒步自臨川，起家於桂林，積而能散，富而好行其德，先生繼之，益宏其緒，人之遊君父子間者交頌盛德焉。而先生又以詩名，才士附之者益衆。山東李少鶴憲喬，以張賈詩名者也，先后皆爲令於廣西，立介節，無放誕習，先生與之交，爲經紀其死生甚至。觀先生於少鶴，可謂得其友者矣，此固為詩之本也。

先生次子中書宗濤與予爲同舉生，其長子學士宗瀚與予從子希曾同舉癸丑進士，學士之子聯珂希曾壻也。予居京師，與學士兄弟過從至密也。今年七月，爲先生周甲之辰，中書乞假歸謀所以介壽者，予既爲之念於海內同舉生，咸謂用光宜爲其侑觴之文。余謂先生家世累德，天下人所知也；先生詩法蘇州，亦天下人所知也。丹臣丈享大耋而蘇州實獲詩人之壽，凡同舉生莫不視先生近紹贈公而遠邁於蘇州，而予更推本蘇州之近道者言之，以見得壽之可必。而凡爲詩者，其毋以后世文士自域，而必求合於孔子論詩之旨也。

李繼齋先生六十壽序

嘉慶之初，川陝湖北受亂民之虐，其初不過羣盜草竊，而蔓延至七八年之久而始定。使其初有能爲墐穴熏鼠之策，禍不至若是烈也。湖北亂民初起實在鄖陽，而竹谿爲其屬邑。竹谿羣不逞者謀應之，勢匈懼，居民空城逃。余同年李君昌平之尊甫繼齋先生居柳溪，方病足，乃謂昌平曰：『賊雖多，然合則強，分則弱。誠得健勇數千人乘其未合而擊之，我制其命矣。』昌平受教，集鄉人部署以兵法，遂以丙辰三月初五日破鼓兒寺及麻河觀，殲賊五百餘，其渠魁方學問、楊三虎就擒焉，而昌平之從兄昌道、昌鳳亦擊賊於南鄉有功，後其家以節死者十八人。然竹谿義勇大抵響應，境内卒平。繼齋先生以賊雖去而其竄伏於秦蜀者往來窺伺無已也，擇地築堡備守禦諸法，俾賊來無所掠。其後昌平爲戰守諸策文甚美，彭文勤以聞於天子，天子下其議於湖北，聚糧於堡寨，省輸運之勞者，用昌平議，而昌平本諸其父者也。迄賊定，昌平與繼齋之名皆大著。繼齋先生今年六十初度，昌平思所以壽其親者，告用光，索爲之序。夫人必見信於鄉里也，而後鄉里爲之用。其惠澤及於人也大，則其受報也必厚以豐，此自然之理，必至之符也。繼齋先生讀書工詩，善擘窠字，恂恂君子人也。家素封，以喜施予遂中落，及遇亂，卒以是保其家而全其鄉。語曰：『仁者必有勇』，不其然乎！昌平其益勉於有用之學，以推衍先生之志，使他日播其澤於天下，隨所用之大小而皆可以奉手而助太平之政治，不徒以往昔鄉里之禦亂見稱於人而已。是則先生之所樂，而亦吾黨之所援以爲交道之重者夫！

陳旭峰助教七十壽序

人之壽孰與之？曰：天與之。人之遇孰與之？曰：天與之。謂壽本乎天而無與於人，然而善衛生以自全者有時而壽矣；謂遇由於天而無事於人，然而循正道以自守者有時而不遇矣。天之爲道，時絀時贏，適然值之，爲虧爲成。譬草木之茁於春而亦或以冬榮，故縱欲而壽不若衛生而不壽之爲得也，詭道而遇不若守正而遇之爲貴也。君子尊其人之天，而不尊其天之人。是故行不知所之，居不知所爲，與物委蛇而同其波，老子之語南榮趎不獨爲衛生言也。

旭峰先生工爲制舉業，其弟子從之學者大抵得顯官以去。先生晚始得一第，而浮沉於國子監助教者十餘年。助教，卑秩也，七十，上壽也。居卑秩而能成就人材者，助教與有力焉。雖世之言成就人材者或不在乎此，然宣究聖賢之業，由文章而推極於性命，則矜夸以爵位之顯榮，不若讀書考業之淡而有近思也。懸揣不知誰何之中而冀其一得，不若朝夕講肄之習而能深知也。吾故論成就人材之道爲在此而不在彼，先生之無媿於其職既有成效矣，以汲引之盛心而獲上壽之平格，固其理也。先生之處境甚困，其貧窶之況與人事之拂逆，蓋有非他人所喻者。先生嘗作夢説以自廣，可謂能尊其人之天之君子矣。余知先生久而相見晚，辱先生嘗以余爲能知文章之事者，故余於先生七十誕辰而爲之推其説如此。夫莊周之夢爲蝴蝶，周不自知也；周不自知而后可以適志，先生其得之矣。

張太安人八十壽序

桐城左太安人，吾同年張君聰慧、聰賢之母也。嘉慶十九年三月三十日爲太安人八十壽辰，聰賢謀所以稱觴者而不敢以官物爲壽，乃自長安梓太安人詩三十七首爲北堂詩鈔，寄京師索諸同年爲侑觴之文，衆以是屬用光，用光不敢辭。

蓋聞君子之所謂孝也者，國人稱願焉，曰：『幸哉，有子若此，所謂孝也已！』又曰：『夫孝始於事親，中於事君，終於立身。』此人子之至情、終身以之者也。顧其親賢則所以稱其親者愈難，而立身之道愈不敢不蘄其至。

太安人賢母也，自少能詩，既歸磁州公，佐理家政，上事舅姑，下撫諸子，孝慈勤儉，動合典則。其三子歷官直隸、四川、陝西，所以訓之者皆隨其地而勉以盡其職。其誨聰賢也，聰賢爲長安令，每定省必問所決訟，一日未判事則色不懌，曰：『昔七世祖嘗爲陝西參政，祖巡撫公復爲陝西布政使，今汝官是邦足以見先人遺德矣，可不思所以稱之乎！』太安人之明大義識治體也如此。夫親民之吏莫知縣若矣，是起化之源也。顧今之爲令者循分守職，苟其廉，足稱斯已矣，鮮有議及於利病之當興廢者。而首邑有供億大吏之繁，迎送奔走之苦，辨色參公，日晡后始克歸廨。其本邑聽斷之事，大吏類遺官佐治之，而本居是職者亦若，以爲吾可以不過而問焉。今太安人獨以古義責聰賢，聰賢能承親志以民事爲事，可不謂賢乎？

聰賢舉進士有聲，官翰林逾年而外宦，人或以是爲聰賢惜。然吾謂使聰賢居常參中，洊登侍從，擢階卿貳，其以爲文章之美則有之矣，若欲使之利澤及於人，則不若爲令之實見諸行事也。陝西秦地，陸海之饒稱於古者，而近世則每患荒歉，鄭白之渠，昔人所興以爲民利者，今猶有存焉乎？吾嘗謂富民之本惟在務農，近世西北多災祲之區，不及東南多蓋藏者，以民未知務農，而溝洫之制，官其地者亦未知講求也。今陝西邊徼之地，亂民之患甫平，若因是而講求富民之道，爲國家計，宜莫先於此者。居首邑而得與大吏數相見，大吏以爲材則聽其言必易，入不以供億而以興廢舉利爲務，水利決訟其一端耳。推而行之，更端而次第爲之，本古而證之今，固宜有利民之道在焉。此其爲太安人之所以責聰賢，聰賢之所以慰太安人之意乎！

昔左忠毅公領畿輔屯田差，上三因十四議，至今人頌之，以爲繼虞集徐貞明而逮議及此者惟忠毅公。太安人忠毅公之族也，余故以是爲聰賢勗。聰賢與余爲辛酉同年，余爲辛酉之文，故於聰賢言之特詳，以是介一觴，蓋兼以是質太安人也。若其長子聰賚、次子聰慧他日之洊致通顯，與聰賢同爲名宦以顯太安人之教者，福德之隆，固太安人所自致。當俟太安人開衮九十壽而繼繼繩繩以爲頌云。

太乙舟文集卷八

西湖德馨祠碑

贈刑部尚書明杭州守加提刑按察副使銜姚公芳麓，余師姬傳先生之□世祖也。其仕汀州、杭州時有惠政，二郡人祠祀之弗衰，其祠在杭州西湖及吳山者，余皆嘗過謁。其西湖祠有前制府趙文莊公慎畛所題聯，頌公閩浙之政甚詳。余亦書吾師謁德馨祠詩以誌嚮慕焉。而公之□世孫瑩重修德馨祠紀事文言浙江布政使春秋遣官致祭，入於祀典。乾隆三年，公之六世孫淮重修公祠，錢塘令周君勘復，附祠地界及舊置田畝刊入碑記中。嘉慶元年有司請再修，八年暨道光四年，公子孫自桐城復有來修葺者。夫子孫之致隆其先德，亦必因其先人所莅之地，有去思而后能有祠。使公無實政而第邀虛譽，當時雖祀之，沒則已焉，安能歷二百餘年而敬奉之不衰？攷公之守杭州，郡志載其『訟無留獄，待士以禮』，而公之在海澄實爲縣令也。海澄德公之修水利，名其浦曰『姚浦』。余嘗嘆近時言水利者，第爲其名而實無其事，若訟之有留獄而待士不以禮者，所在多有之。夫親民之官莫如守令，尊先賢導揚盛美以激勸來者，封疆大吏之責也。若趙文莊者可謂知所本務矣。公祠之在吳山者，在城隍廟之東，以城隍廟燬于火，公實修葺之，是以后人祠公于廟之左，亦名之曰『德馨祠』。其在西湖者公六世孫淮重建，南屏文昌閣碑記詳其事。公之□世孫瑩爲福建江蘇縣令皆以才著，實能勵循吏之績，而思繼公志者。其爲元和縣時寄紀事文屬余爲碑記，余既重慕吾師之先德，而又嘉瑩之能繼志也，爰詳列其祀事之顛末於麗牲之碑，而系之詩曰：

顯允姚公，實政在民。民之祀公，奕世不湮。孰尸厥位，孰究厥功。古賢太守，白公蘇公。公其嗣之，民其識之。肸蠁廟祀，維其世之。我列其實，翳古是思。凡爾百職，於古其稽。

資政大夫前湖南巡撫李公神道碑銘并序

公諱堯棟，字東采，又字松雲。李氏世居上虞，后遷山陰之趙墅村。曾祖諱士珍，河南彰德府通判；祖諱光昭，直隸東安縣知縣；考諱浚原，舉乾隆庚午順天鄉試，仕至臺灣兵備道。妣梁太夫人，文定公國治妹也。有子三人，公為長。

公少秉異資，讀書過目不忘，爲文章清麗雅贍，操紙筆立就。十八舉於鄉，二十成進士，改庶吉士，習國書，散館，授編修，四庫館開，充永樂大典纂修官。其奉使事庚子丁未兩與會試分校，癸卯典試江西，丙午典試福建，其官階充文淵閣校理，日講起居注，官右春坊右贊善，左春坊左中允。乾隆庚戌，京察一等，授常州府知府，調江寧。丁父艱歸。服闋，選授雲南東川府，以母年老改近，調山東泰安，再調濟南。以迴避門生方提刑維甸，歸里居二年，謁選，授江南徐州府，調福建延平，丁母艱歸。服闋，授四川雅州府，調成都，擢建昌兵備道，晉貴州按察使，調江蘇按察使，署江寧布政使，調雲南布政使，晉雲南巡撫，調福建巡撫，未之任，署雲貴總督，調湖南巡撫。今上既位，命來京，以三品京堂候補。道光元年九月初八日卒於寓，享年六十有九。

公少以文學有聲館閣中，而勤敏其職，讐校秘書，詳覈審慎。高宗既知公矣，又嘗代撰進日下舊聞考表文，高宗覽之而亟稱善焉。公又工於應制文字，屢任衡文之役，向例主江西試，正考官多卿貳而公以編修被命，異數也。其前后所拔取多名士，后多歷卿貳任封疆者。人謂公久居京職，旦晚可躋卿相，而公顧乞外，迴翔二十餘年乃終陟封疆之任，雖未足以盡公，然觀公爲政知大體，能因地措施，以宜民而不爲趨避矯激之行，則知公固有幹濟才而非徒以詞章著者也。公在濟南時，巡撫陳大文治尚嚴，公輒侃侃與爭是非；及居延平，則一以簡靜爲治，其在建昌中瞻對土司洛布七力抗拒官兵，大府命總兵羅思舉勦之。公駐打箭鑪，籌辦餉糧，設議置礮以擊碉樓，蕆役敘績，賞戴花翎。其自雲南布政使入覲而歸也，於途次膺仁宗擢任巡撫之命，馳驛往滇，助總督進勦臨安夷民高羅衣爲亂事，至滇而事已平。公助鞫囚，誅渠魁數人，而分別治其脅從者，所全活甚衆。既奏，請緩征建水、蒙自二縣之被兵而誤春耕者，又以爲滇南夷番錯處，易起爭端，思患豫防，奏陳十款，下部議施行，邊民德之。嘉慶戊寅，緬甸之木邦新街夷民爲亂，緬甸遣兵攻捕，議者慮夷民竄入煽動内地，公乃嚴飭邊防，而于所獲竄入夷民，許緬甸求請發還，自為懲治，邊境以安。其在湖南湘潭，商民互鬥，讏言至京師，獄久未決。公至旬餘，廉得其實，定讞具奏，戮十三人而已，衆咸以爲允也。蓋公之爲政，得大體如此。其爲雲南山川地理圖二卷，夷人圖二卷，圖后各係以說，蓋續成前巡撫陳若霖奉仁宗諭旨特辦未就之書，及其創修四川通志，詳實不蕪。而以公帑五百緡購書以惠湖南嶽麓書院之士子，則又公博聞精識嘉惠士民之大者。若其爲江寧建長干橋，繕莫愁湖、瞻園而誌以詩，築補梅亭于湖南節署，以誌嗣美梁文定撫楚之名蹟，風流輝映，世豔稱之，又其餘也。

用光當乾隆癸丑歲謁公於江寧，嘉慶辛未遇公于蘇州，見公手寫十三經而質以所業，公所以期許者愧未足以副之也。今年公來京，謁公于法源寺，詢公詩文，公笑曰：『予生平未嘗禍梨棗，不以自信也。』詢湘潭事，公曰：『讏言不足信也。始釁由江西商民，而繼則湖南之報怨，其所云掠殺之子女，后其父母皆獲得之，則未嘗掠殺矣。戮爲亂者十三人，非寬縱也。』余謂公論得其平，惜欲詢以瞻對事而公已卒矣。公子冏以神道碑文屬用光，曷敢以不文辭！公所著有寫十四經堂詩集十二卷，樂府詞各一卷，奏疏二十卷，皆藏于家。公家世子姓詳墓志，茲不具。銘曰：

懿鑠李公，以文起家。究是儒術，義穗仁芽。壯歲乘軺，中年露冕。施吾鈐鍵，俾民宴衎。新雨之堂，榮誌天褒。良二千石，式此詞曹。委畀既隆，外攘内靖。不茹不吐，施於有政。愔愔宴寢，矻矻寫經。匪曰澤古，曷駿惠聲。素絲之節，緇衣之好。廉己厚人，施不望報。臚厥媺行，儒者慕思。儀型有位，視此銘詞。

五叔父果堂府君墓誌銘

府君諱守譽，字季章，一字果堂。於贈朝議大夫諱以汧、贈恭人李氏之室爲曾孫；於贈資政大夫諱世爵、贈夫人魯氏之室為孫，於贈光禄大夫諱道、贈一品夫人楊氏之室爲第五子； 於用光爲叔父。府君庶出也，庶祖母雷太恭人實生四叔父繹堂府君及府君。乾隆辛卯，府君舉於鄉，再應禮部試罷歸，以雷太恭人病足痿，繹堂府君方爲刑曹，居京師，乃入資爲候選内閣中書，而不復與計偕。事雷太恭人及楊太夫人竭其誠而以其暇綜理五家生計事。歲己酉，子吉冠舉于鄉，甲寅，府君偕北行，途次吉冠遇疾歸，遂卒。時叔母吴宜人前卒，諸幼子未生也。府君傷之甚，督課兩孫日望其成。戊辰，孫敬曾舉副貢生乃稍慰。府君厚于故舊，廣昌黄静山永年，同邑涂紉庵、瑞凝齋，府君之師友； 南豐趙勉齋鳴鸞府君之師也。其子孫貧乏，府君存恤之靡懈，而静山之二子館饘于家者逾二十年。嘉慶二十三年，府君以事居南昌，十二月十三日得疾卒，享年七十有一。

吾陳氏之居中田也，自資政府君以廉賈起家，饒于財者近百年； 光禄府君嘗本資政之意，立祭田以爲義田凡二千石； 及世父恕堂府君專以之爲祭資祭政田，又立光禄祭田亦二千石，而更别立田二千石爲小宗義田。恕堂府君殁，先大夫約堂府君既以小宗義田爲恕堂府君祭田矣，而伯兄元旋請于先大夫仍以之爲義田，而别立恕堂府君祭田。先大夫既從其讓産之意，而光禄府君又嘗立陳氏學田一千石。凡祭田、義田、學田共七千石，先大夫兄弟五人經紀其事者數十年無替。嘉慶二十年，府君念諸兄弟皆喪，而先人遺意宜如范氏義莊之例，垂之久遠，乃詳具文簿，牒於縣府阮中丞元，以達於部，得旨旌奬。嘉慶二十一年九月十九日，四兄觀時爲倉場侍郎具摺，偕用光及伯兄元之子希祖入朝謝，睿皇帝召見觀而垂詢焉。蓋義産之立，曾祖志爲之而未及行，凝齋府君行之，三世而推衍益大，其具文簿以上于朝則府君力也。府君性周密而詳慎，篤倫理而喜文詞，當初析産時，府君年最少，食指少生聚，封殖加贏焉。乾隆乙酉，世父恕堂府君殁，無餘貲，先大夫〔一〕自京奔兄喪歸，謀更舉兄弟四人所受産而五析之，以資世父諸子，商之府君，府君亟從焉。及辛亥，先大夫自太平歸，逋負多，將鬻田以償，府君率從兄文冕受田而皆倍歸其值。蓋先大夫兄弟五人，其宦游者率毁其貲，惟府君家居致贏，而爲所當爲，不惜舉助于家庭間，大者如此。其于鄉黨知好推解賙恤不可勝書，又其餘也。

府君既喜文辭，晚年欲擴諸孫以聞見，乃攜效曾游江南謁姚姬傳先生，及程易疇、孫淵如諸君子。年逾六十，志氣不衰。勤于途路，求償其意，雖以素封之貲不十年間耗損大半，然不之悔。其居南昌將謀鬻產以償逋負也，悲夫！叔母吳宜人，吳祖姑母之女也，能佐府君，以嚴明持家課子，而任卹於族黨，再從姑饒氏許氏貧無所歸，叔母養於家，終其身。子吉冠，乾隆己酉科舉人，入貲得都察院知事銜，封府君爲奉直大夫而吳孺人贈宜人，娶楊氏。次壽冠，候選縣丞，娶王氏。妾魯氏出。次椿冠，廩貢生，娶吳氏，妾姜氏出。次鼎冠，娶某氏；次棣冠，聘某氏，姜氏出。次尚冠，聘某氏，妾王氏出。次慶冠，聘某氏，妾黃氏出。女十一人：長適吳永年壻，前卒；次適喻宗崙，嘉慶戊午科優貢生，候選知縣，皆吳宜人出；次適吳允祥，次適吳祖香，次適附生涂崇禮，次適吳允礽，次適鄧兆生，次適嘉慶戊寅科舉人楊慶枚，次適靖安舒智，次適安徽胡逢豫，次未字。孫六人：長效曾，廩貢生，候選訓導；次㝡曾；次敬曾，嘉慶戊辰科副貢生，候選教諭；次敏曾，敻曾，敷曾。曾孫十人：昌華，昌麐，昌馗，昌祁，昌斗，昌琴，昌蘭，昌文，昌桂，昌元。

嘉慶二十四年十月初二日，壽冠弟葬府君於棲靈山之陽，以書來屬用光爲墓誌。府君事先大夫甚恭，當癸丑歲，先大夫欲不出，府君亟贊之，謂宜謀所以爲處者。及既出而歸，仍多逋負。先大夫嘗誦其言曰：『五弟之愛我也！』嗚呼，今其言不可聞而先君兄弟無有存焉者矣！乃泣而敘次，以爲銘曰：

曾祖之澤，義以爲質。大父繼之，宋學是律。叔承厥緒，植己匑匑。實諧其昆，不懈益恭。嘉慶癸亥，我父居里。叔左右之，俾筵俾几。釃酒速賓，言笑申申。以娛我父，俾釋于貧。我父既喪，恤余小子。欲提挈之，俾適于止。金陵之寓，袁浦之舟。喜來悲去，摻袪淚流。余幼之翼，俾練於事。余惰而懲，余拙而甚。門風往軌，填膺成夢。凶耗乍承，風木增痛。幽宮貞石，鐫是銘詞。宅兆從卜，永安於斯。

【校】

〔一〕『先大夫』，本作『先大父』，誤。從清頌堂本改。

伯兄青梧府君墓志銘

伯兄諱有光，字暉吉，後改名曰煦，號青梧，先大夫約堂府君之嫡長子也，其殁於今七年矣。吾嫂楊宜人後兄六年而即世，兄子蘭祥卜得吉壤於某山某原，將舉葬事而祔楊宜人，以書來徵志墓之詞，用光乃忍痛而銘之。

兄幼受業於舅氏山木先生，初鋭意爲韓歐文，繼復自奮於宋儒學，山木先生喜而勗之，所爲作贈陳甥暉吉序也。後又喜爲詩，數就蔣心餘編修講習，而與其子知廉、知節結婚姻。以屢試有司不得意，省視先大夫于京師時，四庫館初竣功，高宗純皇帝命寫三分書貯于江浙文宗文匯文瀾三閣，兄以與總校，勞議敘得舉人，旋復納貲，得光祿寺署正銜，應禮部試罷。乾隆庚戌，省視先大夫於安徽太平，遂歸，歸而綜理家事不復出矣。

兄性願而慤，用光初入塾，兄手寫孝經授之讀，一日夜寫竟，目幾爲之腫。先大夫築生壙於鹿源，袁易齋先生所相度之地也。先大夫棄養后，有謂其不可葬者，兄乃與諸弟謀，厝先大夫於西谷之丙舍，俟得吉卜而后葬，而兄固不及待矣。兄性喜書及字畫，自京師歸，聚書至數萬卷，其字畫蓄之數千幅也。嘉慶某年某月以疾卒于家，享年六十有四。娶吾嫂楊宜人，楊氏姑次女也。逮事吾母魯太恭人甫逾年，勤儉慈和，能嗣姑教。吾幼多疾病，魯太恭人嘗憂之，嫂慰吾母曰：『姑無以小叔爲念也，羣從子弟得科第仕宦者，吾小叔行與偕得矣。』先三叔母魯太恭人數數舉斯言爲用光誦之。

嗚呼，用光遠宦七八年之間，兄與嫂相繼謝世，吾安得不念斯言，悲吾兄吾嫂而追痛吾母也！道光元年以覃恩，用光得貤贈兄爲奉政大夫，貤封嫂為宜人，寄誥命歸，吾嫂喜曰：吾小叔其念我也！未逾月遂得疾，以道光二年十月初六日卒，享年六十有八。子二：長蘭祥，己卯科舉人，婦蔣氏，臨清州州判知廉女也；次蘭林，縣學生，婦江氏。女二：長適楊□，有甥孫□；次適己亥舉人蔣知節，子立民，有甥孫□。側室葛，子一：

蘭森，縣學生，婦涂氏。女一，適魯濱。孫大經、大綸、大綬，蘭祥出。大□、大□，蘭林出。大□、大□，蘭森出。吾嫂卒後，十二月十日，葛亦卒，蘭祥以祔葬於兄嫂之塋左。爲之銘者，同母弟用光也。銘曰：

先君之北，置余里居。祖母所憐，十三齡余。兄繼北行，嫂善視我。余婦初來，挈右提左。課子課孫，時更盛衰。兄晚易怒，嫂能兄宜。中落之家，周甲之壽。魯祔孔安，永燾厥后。

從兄仁山侍郎墓志銘

從兄賓我名觀，號鑑軒，晚自號曰仁山，世父恕堂府君之第四子也。其仕至侍郎矣，而接人處衆渾渾無崖岸，一如其爲諸生時。蓋兄天性渾穆，不省世間有詭激捭闔習，故其在外臺能使以才智相凌轢者自愧服，而上官亦樂兄之厚德爲霽其威嚴也。兄以乾隆庚子舉於鄉，甲辰成進士，授工部主事，循資擢郎中。乙卯，以京察一等發福建，以道府用，既授福州府知府，旋擢鹽法道。嘉慶庚午，擢浙江按察使； 壬申，擢江寧布政使，調山西布政使；乙亥調陝西布政使，丙子內召爲太僕卿；任事未逾月，擢內閣學士兼禮部侍郎； 越月，擢倉場侍郎； 冬十一月遇疾，十二月初五卒於京邸，享年六十有四。娶楊夫人，楊姑母之長女也，先兄卒。子三： 長希頤，嘉慶甲子科舉人； 次希濂，均先卒； 次希良，護兄喪至家，疾卒。女幾人，孫十二人。

兄之守福州也，有兄弟以爭產訟，兄諭以大義，則皆感泣，請罷訟。有黠民欲傾富室，誣訟其婦以曖昧事，兄白其誣而抵黠民於法。其爲鹽法道也，愍鹺商之困，罷供億而慎重於更張，審調劑而斟酌其上下，擢廉訪則慎庶獄，而不以苛刻爲能也。擢方伯，則守資格而頻以奔競爲戒也。其自號曰『仁山』，蓋以擢廉訪召對時，奉『刑名關係民命』之諭旨，而寓書紳之意以勵靖共之思也。兄持重而見事明，能不失其機會。其於家庭親戚間，恩誼尤篤。恕堂府君歿時，兄年幼，伯兄愷齋督之學甚勤，兄輒能敬聽兄言而力於學。及既貴，資助其仲叔兩兄者盡其誼，從兄弟子姪之賴兄以濟其困者，稱其情而各適其意。官鹽法道時，嘗以己所應得階貤封三叔父履堂府君焉。乾隆癸卯，三分書館開，有人勸先府君以伯兄煦及用光任纂校者，用光時在家事山木舅氏，兄語先府君曰：『此子他日能自致科名，無俟以他途進也。』府君頷其言。兄爲倉場時以語用光乃知之。蓋兄以李虚中術推測人年命，往往中。當其病前一月語用光云：『子行年某年當慎之又慎。』蓋兄之愛用光也如此，今其不可復聞矣。兄葬於眉山，楊夫人祔。銘曰：

惟我曾祖，我祖世父。厚德延祐，秉命之融。值時之隆，實先我兄。温温儒業，從政於鑠。外臺内閣，惟厚不渝。爰宦爰居，爰登天衢。自丙溯甲，其歲逾卅。棣韡篪翕，謂是夕朝。入几出鑣，樂我同朝。愴余問疾，俄痛撤瑟。揮淚作述，素旐之行。馬鬣之成，歲逾周星。吉兆既訊，紀實是徇，衍澤其曼。

從兄子玉方墓志銘

玉方十一二歲時，從塾師魯東生學擘窠字輒工。余與同塾見其背誦所讀書時，里中人輒來求書也。及成進士，書益進。嘉慶壬戌癸亥以后遂大成，踵門求書者益多，書名滿京師，識者謂自劉石庵相公外無與顔行者也。玉方年十三補縣學生，二十二中乾隆丙午科鄉試。時先大母楊太夫人病痿痺，玉方以嫡長曾孫侍疾，不會試，及弟希曾舉己酉科，乃與偕北行，遂以庚戌成進士，改刑部主事，以承重丁楊太夫人憂歸，服闋，至乙卯始補官，循資格擢至郎中，以弟希曾爲刑部侍郎，迴避，改吏部，旋試御史，補浙江道監察御史。嘉慶二十五年乞養歸，至杭州病，七月十九日卒於蘇公祠，得年五十有□。

玉方讀書好深湛之思，余自江南攜梅氏算書歸，玉方取讀之輒能得其解，用其法以計作室用磚數，不差丈尺。從山木先生學制舉業，能知有明諸大家體格，嘗一主試河南，一分校禮闈，所取士多績學知名者。其於書篤好董思白，聞人有董氏墨蹟輒從假觀之，當其觀時寢食俱廢。其所別董書之真僞輒當，凡董氏書之流傳者，其為中歲及晚年作，玉方輒以意決之，不假考證年月，而人皆以爲有神契也。玉方十七八歲時得喀血疾，山木先生爲治藥餌，教之習靜優游于文事而不督課之。余與同居西谷別業，日則見其默誦韓柳文，而暇則聽其撫琴數操以爲常。逾二十后，體中遂大愈。當其少年時人不謂其能至五十也。余自二十歲后出遊江南及隨侍吾父於陳州，與玉方不終年聚者。逾十餘年，及庚申應京兆試，謂玉方：能不應考差試俾吾得不迴避乎？玉方則應曰：『諾』。而余遂於是年舉京兆。及後與余同應考差試，見余得使事則必喜。庚辰得疾，余謂乞養之請可且緩，竢病愈而歸可也。玉方曰：『吾思親切，且出京師則身心暇豫，疾可就愈，無慮也。』及至江南，其子延恩與偕行，以書來曰：『吾父病固向痊矣，過金匱，應人作書數十幅，無倦容也。』嗚呼，孰意其居西湖而疾遂不起矣！

玉方名希祖，爲吾伯兄元之長子，吾世父金衢嚴道恕堂府君之嫡長孫，而吾大父凝齋府君之嫡長曾孫也。母黄太夫人先一月卒於家，玉方在杭州未之知也，以終養歸而不及見母，悲夫！妻魯氏，前戶科給事中魯蘭枝公女。生子一，延恩；女一，殤。側室生子一：三恩。延恩娶其適潘氏姑之女，生子一，玉方名之曰受多，今四歲矣。延恩卜得某山某原，將以某月日葬，以書來乞銘。銘曰：

君志專而貌寂兮，渺望古而思齊也。寄一蓺以成名兮，官刑曹而意與委蛇也。期外捷而無內嬰兮，曰實下以名宦也。是維吾家之宗子兮，衍舊德而引後祺也。

從兄子鍾溪侍郎墓志銘

吾世父恕堂府君之次孫，由乾隆己酉鄉舉第一、癸丑進士以殿試一甲第三人爲編修，歷官至工部右侍郎名希曾者，吾伯兄節庵府君之次子也。少孤而敏於學，工爲文，有治事才。既官侍從，屢膺使事，逮陟卿貳，仁宗睿皇帝益深器之。既命督學江南，甫半歲，召爲刑部右侍郎，旋命偕戶部右侍郎成格讞獄浙閩，蓋將大用之矣。復命未幾，咳疾發，乞病踰時，終至不起。遺疏聞，仁宗爲嘆息者久之。吾世父四子，伯兄既早世，季兄仁山府君由陝西布政使內召爲太僕寺卿，旋再擢爲倉場侍郎，與鍾溪同居朝列，季兄卒而鍾溪繼之，其撤瑟之辰相距甫半月，蓋丙子之季冬也。家門方慶振興，而有顯望者先摧，鍾溪之身雖顯，而志亦未究，可悲也夫！

君字集正，又字雪香，鍾溪其初入詞館時所自號也。其官由編修擢贊善，六遷至內閣學士兼禮部侍郎，擢二部右侍郎，自江南還爲刑部右侍郎，調左侍郎，旋補工部右侍郎。其使事典雲南貴州江南試，督四川山西江南學，分校丙辰會試，主庚午順天鄉試，讞獄於浙閩，其任史館編纂事，充國史館、武英殿、實録館纂修，熙朝雅頌總纂官，及擢卿貳，充武英殿、國史館、河渠方略館、文穎館副總裁，讀殿試卷，閱朝考卷，直省選拔貢生朝考卷，而充教習庶吉士，則戊辰己巳凡再膺命，其充文淵閣直閣事則命於閣學時，充經筵講官則署吏部右侍郎時也。其與重華宮聯句茶宴者四，其被賜有御製詩文集及文綺字畫，筆硯書籍不可勝紀。晚名其室曰『賜書千卷之廬』，以全唐文千卷特紀恩遇也。

君之督學蜀中也，士多客籍，文有假手。君禁約書吏僕從，杜其根株，其骫於法非甚不可教者，輒懲其惡而導以善。其士之有才者獎勵甚至，以故士畏其嚴而仍樂其寬。及在山西，士習樸於蜀中，鮮骫於法者，君煦嫗以教士，乃奮興於治經而詩亦漸諳聲律矣。稷山令及校官爲士論所薄，有攻其冒試者，倡言欲罷試，君不爲動，徐開示之，按冊唱名，以使諸生進而黜其所攻者，終試時，士無譁，既劾令及校官，而士亦曉然於法度，咸悦服。其在江南僅試蘇州、太倉、松江、常州，所取多知名士，士爭濯磨，而以其未終厥任爲悵也。在工部考核工程，慎屬曹司，擇其端謹與爲淬厲，在户部時亦然。有曹司欲兼他司主稿者，君不同畫諾曰：『是嘗辦某事，安可兼司？若吾所見不當，則侍郎固可聽劾也。』終皆從君言。先是有御史劾總辦秋審處多紈袴貲郎者，既得俞旨及君貳刑部，而總辦猶未補人，君曰：『是職安可曠？今所欲掄委，雖非紈絝，亦資淺望輕者，曷不遴資深望重者？』衆方議而君以使事出矣。君之在部能虛懷以接，曹司使得盡其言，而及其有不可者，則又持之甚力。蓋君沒而朝士嘗舉其軼事以相與稱述如此。

君性開敏而喜求實用，明輕重慎取舍，遇事亦敢爲有氣。少時諸叔祖嘗使之勾稽質庫事，他人不能得其要領者，君至一按其籍，主進者咸懾服，衆謂君才任治劇也。當壬子北上時，先府君笑謂之曰：『汝成進士，且作知縣否？』君曰：『希曾雖得部曹，亦乞假歸，佐叔祖治義田祭田及諸鄉義莊事，以究闡先人之緒也。』先府君喜曰：『集正有器識矣。』其爲編修，典雲南試還，有欲偕置資于納資官主進者，君笑謝之曰：『是得無非公儀子拔園葵之意乎？且翰林不可有市心也』。及爲卿貳，朝官之業鹾者或欲議姻，亦笑謝之。睿皇帝嘗詢其有往還否？既知其不相識，則曰：『朕知其與汝異趣也。』其初得閣學時，語同年潘芝軒尚書曰：『國家之設此官，欲使閱題本而兼嫻六部事，儲材之意也。吾輩可憚煩而不一審其所畫諾之事乎！』其爲國史館副總裁，於本朝大臣之有政績者，録其副以時省覽。而於江西之有著述入四庫書目者，自明以來皆録取而纂輯之，欲都爲一書而未及焉。蓋先大父凝齋府君嘗有輯江西文統之意矣，未及爲而遽卒。君與余偕受業於魯山木先生，略知先大父之意；又嘗奉先府君命，偕余同檢閱凝齋府君藏書，編爲目録以藏之五宅，故其欲推衍先志如此。君之文得山木清剛之氣，而傳以所博采。及居館中，作詩賦皆能工，與翰詹都試皆得前列。循資遷至卿貳，惜其所欲爲者未能究厥志也。

君兄弟三人：兄希祖，庚戌進士，官至浙江道御史；弟希孟，辛酉選拔貢生。君事母孝而友愛兄弟篤。母黄太夫人性嚴毅，君先意承志，能得其歡心。女弟二人同居京邸，諸甥皆賴其提攜，以充裕其家。兄雖爲部曹，而其家計皆君爲區畫之。弟佐治家事，以拔貢可得知縣，欲出就官，君挽留之而爲納資得同知，比得選而弟以病卒矣。當癸酉督學江南時，與余別，嗚咽言曰：『希曾尚爲能知先人之志事者，欲推究之而恐其弗及焉。惟吾叔自幼與同筆硯，其有以明之也。』余曰：『君年甚壯，受國恩甚厚，今所以報國恩而衍先澤者，其事未艾，三年之别，何遽言是！雖人事錯迕，難以自行其意，然寬裕其中，優悠以竢之，君才無不克遂也。』嗚呼，孰謂其言乃若讖！自江南還，雖尚同居京師二年餘，而終以咳疾不起，吾今乃銘君墓也。余能無感於中乎！君之疾，自典試江南時勤閲卷而得之，亦足見其不苟於使事也。嗚呼，悲夫！

曾祖道世所稱凝齋先生也，祖守誠恕堂府君也，仕至金衢嚴道父元節庵府君也，皆以君貴贈如其官，妣皆贈一品夫人。君卒后一年，母黄太夫人攜其子婦諸孫歸，後君四年卒於家。娶同邑江氏，生子二：晉恩、孚恩，縣學生；側室子一：升恩。女五，幼者未字。壻江承詰，臨川壬午科舉人；李鳴珂，嘉善錢沂，南豐趙登畯。君以嘉慶二十一年十二月二十四日卒，年五十一。某年月日葬於某山某原。爲之銘者從叔用光也。銘曰：

先君昆弟，曰維五支。世父之澤，伯兄培之。孝友溫恭，鬱而早世。德馨所襲，茂於厥嗣。三子皆儁，仲也尤才。帝眷上承，家聲是恢。駪駪原隰，與與著位。和而有守，廉而不劌。黎水湯湯，邑之西鄉。居是望族，朝頌載揚。季父晚登，同朝半載。再旬偕喪，士悲友駭。宗生族茂，洪幹俄伸。高曾矩矱，孰繼孰承。繄余弱植，曷以負重。求福不回，庶偕羣從。列君懿美，式告將來。幽宮既妥，無恫君懷。

兄子蘭祥墓志銘

先府君之嫡長孫蘭祥，字伯芝，吾伯兄煦之嫡長子也。以道光己丑成進士，與館選，年五十五矣。余寓書京師語之曰：『人生三十年爲一世，滋大之訓余不敢忘於辛酉，汝其可忘於己丑乎？』嗚呼，孰謂此言不吾售！汝以辛卯再省吾於閩，遽得病，十日而卒也。嗚呼，汝固有感於吾言而志事不及究，吾深有望於汝，而乃有弱一个之痛，而謂吾能不爲家世慟乎！

初，吾母魯太夫人夢蘭於室曰『其得孫之祥』。吾諸孫其以蘭爲序，故汝生而名之曰蘭祥。逾年，吾母卒時吾才九歲，而汝方周晬也。當是時，吾家方盛，吾母顧深念盛衰倚伏之理，吾雖幼，嘗誨以植身績學，庶幾盛不遽衰而衰可復盛，既屬伯兄煦及用光於山木先生誨之學。吾母彌留時，猶申以遺命，故余兄弟事山木；汝幼，乃別受業於塾師，然性聰穎異常兒，誦書屬文嶄然見頭角矣。及稍長，雖亦嘗受業於山木，然未知篤信。歲辛亥，吾府君自太平奉祖母諱歸，山木謁選於京師，余既漠然無所向。汝聞大父申言盛衰倚伏之不可不懼，乃能自折其英鋭之氣，而務斂抑爲醇樸，時時就余問山木爲學之要領。及余受業於姬傳先生，又時時就余問姚先生之學。及吾官京師，汝居家侍大父，能先伯兄意而使大父忘其老。己卯以後，經營吾家所立祭田、學田，廣仁莊各鄉義倉，皆兢兢以無忘先人成法爲念，且思有以恢衍其遺緒。其爲鄉黨平曲直，輒能使人感其言而服從之。及既成進士，再與吾相見，氣益平，識益老，議論練達悉中理。吾方倚汝爲吾助，而汝乃舍我而去矣！嗚乎，吾能不爲家世慟乎！

汝以辛亥歲爲趙鹿泉學使拔置第一名，補博士弟子員，嘉慶癸酉科充拔萃生，北行應朝考，以從兄鍾溪與閲卷格試，例當補試，列二等而歸。逾六年始舉己卯鄉試，又逾十年始成進士，遇不可謂嗇而數不可謂不奇也。汝工書，固翰苑才，而汝欲得縣令以捄貧，意甚切。雖然得縣以捄貧，世俗之説也，且得縣者多矣，其不能捄貧而轉益滋累者多矣，汝後亦自知其用意之誤，顧得庶吉士而不使之得授職以究其才也。豈非吾家世之可爲歎惜者乎！

汝於大宗行第五，於伯兄爲長子，娶蔣氏心餘先生之第四女孫、修隅州判知廉之女也。子三：瀛，縣學生；淇、溥，皆國子監生。孫四：梁、楫、杞、□。三子皆才而苦家貧，淇今援例捐兵馬司副指揮，以爲代耕祿養之謀，今來省吾於浙中，將歸，謀得吉壤以葬汝，而乞余爲銘幽之文，余乃忍痛而銘之。銘曰：

天欲老其才，胡不究其施。其感鄉人而涕泗，固足驗身後之追思。嗚呼，逾中壽之不可期！吾家世其誰與扶盛，而毋使及衰！

叔母魯恭人墓志銘

吾叔母魯恭人之卒也，先吾叔父十閲月。吾叔父歿於茲四年矣，諸兄弟以書來告葬期，且曰『汝宜銘』。嗚呼，用光爲先太恭人晚子，幼羸多病，出入顧復，在家中則慈母姚安人是賴，養於叔母家則惟叔母是賴。叔母並能審定藥餌以治其疾病，先太恭人嘗命之曰：『汝其母，慈母叔母。』先太恭人棄養三十一年叔母卒，今復五年，欲求先太恭人言語笑貌于叔母之言論今已不可得，而叔母恩同於所生，用光又未有以報也。惟叔母勤儉慈厚之德實足以垂示子孫，用光曷敢不述撰示後，以爲世世家法！

叔母姓魯氏，曾祖瓊，通政司副使；祖亨；父江，官蕪湖縣典史。蕪湖君于吾外祖廬陵訓導淮爲再從兄弟，叔母於吾母姊妹行也。蕪湖君娶吾曾祖之女生叔母，叔母吾曾祖之甥孫女也。叔母生九歲而魯氏祖姑沒，吳氏祖姑撫養之，年十八歸吾叔父履堂府君，順於翁姑，恭于庶姑，和于諸姑娣姒，仁于衆妾，慈于子而嚴於教，厚于姻黨而寬于婢僕。其于母家也，事蕪湖君孝而遇事能調劑之，人往往有不及知者。蕪湖君兄弟十人，敬事之終身不衰，事繼母庶母如母，而孝於吳氏祖姑也，手製衣履以進，歲爲常。叔母修眉廣顙，與人極和而氣質誠樸，辨事是非雖尊長前無所諱，其或侮之者，雖卑幼不與校。先太恭人於諸娣姒中爲尤親，叔父有園曰『西水園』，蒔花木亭沼頗幽邃，叔母隨大母來園中，春秋伏臘，五家子孫迭治酒食奉觴侑食。楊氏姑、涂氏姑嘗見叔母衣服敝陋，治女工與婢姬雜作，曰：『三十年前誠樸氣象，惟汝叔母如一日也。』

叔母體素健，近六十髮未白，及七兄銑沒，哭之慟，自是遽衰。壬戌十月十一日卒。叔父自南昌歸，哭語諸子曰：『吾數十年足不出里門，乃今不及與汝母一訣耶！汝母未嘗以財利自私，吾兄弟無間言，汝母實助之；待妾媵極其寬，與吾數十年無忤容，吾安能不悲之深也！』年六十有二。子六：應泰、銑、耀、淳、彪、沅；女三：長字魯，早卒；次適吳，吳氏祖姑孫婦也；次適李。庶出子六人：旭文、虎、沅、魁、玘、汾，孫二十七人，四爲諸生；曾孫二。彪與用光同歲生，叔母養用光時，彪養于先太恭人。戊午歲，沅舉於鄉，叔母以用光未得舉爲戚，及聞用光成進士則大喜，顧壬戌冬乞假歸而叔母已不及見矣。叔母以伯父四子觀爲福建鹽法道貤封恭人，葬於白畬灣，距中田三十里，中田吾鄉名也。銘曰：

無母何恃？用光無母而有母也。恩同于所生，而母遂棄予于宦之初成也。寸草之無知兮，何以報春暉兮！惟吾家子姓之昌且隆兮，其毋忘吾叔母之風兮，噫！

從兄嫂黃太夫人墓志銘

太夫人姓黃氏，新城人，吾伯兄節庵府君之配也。以子希曾貴，封太夫人。父曰道嘉，母某氏。吾節庵兄爲凝齋府君嫡長孫，居吾世父母憂時年甚少，能敬聽諸叔之訓，而佐成爲家督之道，諸叔嘗稱之曰：『治家如處劑選藥，節庵其爲吾家之蜜甘矣。』顧體羸弱，年三十自京師歸，途中得病，卒於家。太夫人則能從節庵之訓，順事諸叔，以承祖母楊太夫人歡，而教二子以嚴明。時幼子希孟在身未生也，節庵臨終時託二子於吾舅氏山木先生，太夫人則能使二子專志聽山木教，雖更延他師助之教，而二子之得力於山木者爲多。蓋太夫人性剛而明，其才優于事，既能審進取之途，而其擇師之明，能致敬盡禮于事師，則吾陳氏婦未有能先焉者也。二子既先後成進士官京師，太夫人從之，居京師二十餘年，勤儉持家而好善喜施與。希孟既得拔貢，從兄居京師，太夫人以其爲遺腹子，愛之甚；及希孟卒，哀之甚。未幾而希曾亦謝世，太夫人痛念三十年間所履之境前后遂已遽異若此，自京師攜家歸，行至天津而肝氣上逆，病幾殆；及歸，逾數年，雖病良愈而憂鬱不自得，某月日得病，遂卒。時長子希祖乞養歸在途，而旋亦遂卒也。

子三人：長希祖，庚戌進士，官至御史，娶魯氏；次希曾，癸丑進士，以一甲第三人，由編修官至侍郎，娶江氏；幼希孟，辛酉拔貢生，援例捐同知候選，甫可得缺而先卒，娶黃氏。孫幾人。希祖出者曰延恩、三恩，希曾出者曰晉恩、孚恩、升恩，希孟出者曰榮恩、重恩。曾孫一，曰受多。延恩出女四人，壻曰潘蘭生，黃□□、郭□□、楊□□。孫女幾人，孫壻曰江承誥、李聯珂、某某。當嘉慶丙辰丁巳間，余侍先府君於陳州，太夫人以書招之來曰：『吾叔固與吾二子同事山木逾十年，且進取者宜居京師也。』余時雖不果行，及後成進士與太夫人同居，余婦來則與余婦相得，如在家事祖母楊太夫人時。今延恩兄弟擇於某月日祔於節庵府君之塋，以書來乞爲銘，余念數十年間事多可感者，乃敘次而爲之銘，曰：

昔事祖母，門風方盛。伯嫂叔娣，咸率以敬。歲時伏臘，僮僮祁祁。躋堂上壽，有聽無違。嫂之居北，菲衣約食。子婦承顔，有嚴有翼。嫂之歸南，身事堪唏。猶頌舊德，式誨庶幾。吾家之盛，嫂先其享。舊德孰嗣，庶紹無爽。壽七十八，孫亦能文。吉兆得祔，永綏後昆。

例贈孺人涂氏姑墓志銘

涂氏姑，吾大母楊太夫人仲女也。舅南池先生與大父凝齋府君以學行相友善，遂締以婚姻，姑夫諱志紑，太學生，前卒。南池先生治家嚴，姑既悲不逮事姑饒孺人，而又痛姑夫之早世，所以事其舅者，婦也而如子。南池先生稱之曰：賢。其教子也繩以禮，其御下也寬以法，其持家也力勤儉，而不以前后處境之豐約易其素守。凝齋府君不事佛之訓而申及于遺命，當彌留時，姪孫陳蘭祥來省疾，謂曰：『汝曾祖母壽八十四乎？』曰：『然。』曰：『然則吾何憾！』嘉慶二十三年十一月二十七日卒，距生於雍正乙卯五月初二日，享年八十有四。子四：長傳，前一年卒，婦魯氏，魯氏姑女也，前卒。次傑，婦楊氏，楊氏姑女也。次鳳儀，以謄録議敘爲呂堰驛巡檢，婦兩娶皆陳氏，一四叔父繹堂府君女也，前卒；一三叔父履堂府君女也。次永仕，娶某氏，女一，適孔，早卒。孫□人：自傳出者曰文輅，縣學生；曰文軒，嘉慶庚午科舉人。自傑出者曰某、曰某。自鳳儀出者曰某。自永仕出者曰某。曾孫幾人。先君女兄弟三人：長楊氏姑，享年七十餘；次即姑也；魯氏姑早卒。用光幼爲大母所鍾愛，先君官京師置用光于家，每自塾歸省大母，兩姑輒爲言吾母魯太恭人遺事；及既娶婦，則又以語其婦曰：『汝姑性勤儉而孝于大母，晨餐罷攜績筐就大母績，數十年如一日也。』大母居余家，后嘗居三叔父西水園，兩姑輒從。歲時伏臘，用光侍諸叔諸姑飯，飯罷諸嫂氏來侍大母，用光始去就塾。大母既沒，先君再出守陳州。及自陳州歸，既哭楊氏姑而銘之。今逾二十年，兩家家計皆日絀，四兄觀、從子希曾先后卒於京師，而五叔父以去年十二月棄養於南昌，距姑卒僅一月，先君之兄弟今無有存焉者已。表兄傑等以墓志屬用光，用光曷敢辭，銘曰：

婦職之恭，母儀之崇。壽既躋而罔憾，境雖約而奚恫。系之詞者姪也，永妥靈于幽宮。

席姬墓志銘

道光二年秋七月二十七日，陳子既歸席姬柩於新城，俾葬於西鄉包家莊，與第三子之婦吳氏同塋域。越十一月爲文以誌其幽曰：

嗚呼，姬去我十有四閱月矣。自姬死后，余婦魯宜人欲慰余，問衣問食，嘗先意導傳婢俾嘗視，顧嘗視愈周，余愈悲姬不置。嘗出門，聞人言疾病及醫之難得，輒怦怦動於心，悲姬之誤於醫也。悲夫，余非溺於情者。姬何以使余悲之不已！余悲不已則姬其可以死而無憾矣乎？

姬姓席氏，江西新城人也。其父母居新城西鄉中田村之席家灣，距余家里許而近也。姬生數歲，其父母推其生年月日，謂不能育于其家，乃鬻于吾從兄嫂黄氏所，嫂以其與郭氏女子德卿，德卿隨母來京師居數歲，庚申予至京師，德卿從予學詩。辛酉九月初十日姬乃來，事余時年二十也。姬性婉順而明慧，治女紅勤敏，京朝士大夫有欲得之為簉室者，託媒氏以請于德卿，德卿知姬之不欲遠其父母也，乃皆却之，而獨以歸余。余字之曰靜娟。既從余，旋里謁女君，能得余婦意。及偕來京師，余婦輒屬以分任治家事。余奉先大夫諱歸，余婦偕行，留姬京師，嘗與余子婦輩淅食之餲者以爲食，其衣服簪珥二十年未嘗易一新者，其能刻苦如此。其事余夫婦出于至誠，其待余子女皆愛之甚。至余子婦輩免乳，姬襆被居其室護視其寢食，則余婦以為逾己之自視也。初姬從余旋里時，其母來視之，既去，悲甚。及余再旋里，而其母歿矣。至京師語姬，姬益悲甚，自是姬生日輒悲，蓋痛其不及再見母也。姬生女子子三人，未嘗舉男子，然能達觀，嘗曰：『子如不賢，不如女也。』其長女適山西祁氏，壻官翰林直南齋。姬既以爲喜，及女將免乳，余語姬往壻家護視女，姬初不欲往，余強之乃行。比舉甥孫將彌月，姬得疾歸。其疾也，或謂其久咳之病源深矣，或謂其第患暑無傷焉。余屢易醫視之，自五月至八月終弗痊，及九月病遂亟，醫者投以補劑，遂患痰壅上，有謂針之可愈者，比針之而遂歿矣。嗚呼，余之不明：當八月強姬服藥時，姬泣曰：『妾病不可爲矣，無以藥爲也。』余方誚其言爲妄，使余不誚其言爲妄而勉從其言，或可不速姬死，乃以愛之者速之，而謂余悔其能忘而痛其能已耶。姬生于乾隆壬寅年正月初四日，卒于道光辛巳年九月十一日午時，得年四十。銘曰：

玉襲佩兮胡使之碎兮，蘭揚芬兮胡使之焚兮。惟委化之難究兮，引余悔以自疚兮。歸同穴于嫡子之婦兮，其靡憾於無后兮。噫！

予告刑部右侍郎秦公遂庵墓志銘

道光元年秋七月初十日，予告刑部右侍郎秦公遂庵以疾卒於家，是年四月廿三日，公嘗致書於新城陳用光曰：『余衰病增劇，恐旦暮入地，君知我，又素知古文，敢以他年墓石之文相屬。余生平治行，子弟無能盡知者，當略具梗概，屬瓊山張編修岳崧爲行狀以授子。』余得書爲憮然者累日。既得訃，益愴然以悲，謂公何相信之深而自知之審也。既見張編修，問以行狀，則自海外來，過惠山，未嘗見公。未幾，公弟永平守沆以書及公子緗武所爲行狀來，速余踐前言，余雖不能文，然辱公知如是，其曷敢辭？按狀：

公諱瀛字淩滄，一字小峴，晚又號遂庵，宋龍圖閣直學士少游先生后也。學士子湛政和中爲倅於常州，因家焉。十傳至諱惟楨者，始遷於無錫，明湖廣巡撫諱耀者公八世祖也。入本朝舉雍正己未鴻博，歷官至左春坊左諭德諱松齡者，公本生高祖也。曾祖諱實然，祖諱春田，父諱鴻鈞，三世皆以公官贈光祿大夫、兵部左侍郎。妣皆贈一品夫人。公兄弟五人，于次爲長也。幼有異稟，讀書能兼人，學爲詩古文輒千言立就。外祖徐二磯某及從曾祖文恭公皆器之。年十六補縣學生，年三十二，以貢入京師，是年遂舉京兆。丙申春，純皇帝巡幸山東，公獻賦行在，試以能知題所自出，已黜，而特爲純皇帝拔置一等，賜內閣中書，未幾入直軍機。丁母憂歸，旋丁父憂，治喪葬一以禮。既服闋，補中書，以京察一等擢內閣侍讀，復以京察一等記名以道府用。尋遷戶部郎中，癸丑出爲溫處兵備道，調杭嘉湖兵備道，擢浙江按察使，調湖南按察使，壬戌引疾歸。嘉慶九年病痊，補廣東按察使，擢浙江布政使，入覲乞内用，補光禄寺少卿，轉太常卿，順天府府尹，擢刑部侍郎，緣事左遷補光禄寺卿，擢左副都御史，充會試知貢舉，擢總督倉場戶部右侍郎，旋奉命以三品頂帶爲左副都御史，擢内閣學士兼禮部侍郎，遷兵部右侍郎，調刑部右侍郎，以目疾乞病歸，自是家居者十有一年，卒時享年七十九。

公既以文名，而六應禮部試俿得復失。當直内廷時，益訪求國家掌故爲有用之學。性耿直而仁恕，勇於任事，意所不可，雖遇權貴，持論不少假借，而不爲震厲之色； 又勤於其職，故雖不爲和珅所喜，而不能不循資例以簡缺道府薦其特畀以繁劇者，純皇帝知公也。公之勇於任事，在温處時，除永嘉數十年以生監充莊長之弊，而民既免，役賦亦無。逋擢浙江提刑，寧紹台大水，歲飢甚，有司匿不請賑，公請于撫軍，曰：『預報收成乃約計，通屬爲言，今猝有水患，正可據實上聞，何忍立視民死？』力爭得請。及調湖南，歲又飢，長沙衡陽及他縣姦民聚衆奪米者事數起，公既設法擒治其渠魁而不爲株連，徧曉諭之，民乃定。而衡陽大水漂沒人民田廬無算，先一年衡州歉收，有司匿不報聞，而是時陝西奏撥兵米，其派及湖南者衡州與焉，公言灾傷如是，柰何不議賑而議餉，力請於撫軍，得截留他縣兵米而減價平糶，民乃定。

公之急紓民患如是，及其讞獄則寬猛相劑，而務得其情。在温處時，據乾隆初年徐兵備綿永文檄，明釀金埋楷爲會之非邪教，以釋瑞安民池聖功等之罪，而訊得仙居縣道士李鶴臯以無爲教聚徒衆者，計擒治之，誅渠寇數人而寬其連染者有差。提刑浙江，促水師提督援定海普陀之盜警，撫軍難之，而制軍卒用公禦盜策以戢盜，治韓球鬮，阿三之獄皆當其罪。提刑廣東，擒治亂民梁修平而以功讓制府倭公。治吳蝦喜之結黨於順德者，撫黎民之爲亂於瓊州者，懲賭博之號爲白鴿標者，而其在浙江平反定海難民蔡長興十二人之非盜，兩上書於撫軍卒得釋。及海盜江文五誣其族與某通，實則某嘗首文五於縣，有縣牘可證。撫軍既以入告，而卒能聽公言以釋某，尤爲世所難行者。爲太常時，嘗奏陳廣東事宜，請勦捕海盜之法在討軍實、樹聲威、戒虛飾。而治內地之姦民勾連海賊者，則嚴防守必先澄吏治，澄吏治必先固民心，其要在清訟獄、抑冗濫、懲蠹滑。睿皇帝亟稱善焉。故既調府尹而遂任以司寇之職。其在司寇屢有平反，而糧船運丁盜米事發，有謂用藥置米中米立溢者，公試之不驗，以入奏，則睿皇帝已手試其藥不驗，知其枉，因益器公。故公雖以事鐫級，一歲六遷，而仍畀以司寇，蓋知公之耿直而仁恕，為能勝祥刑之任也。

公于詩古文及制舉業，皆力追古人風格而能有所自得。少時爲齊次風、杭堇浦所知；既得舉，則見重于竇東皐。官京師與王惕甫、魯山木先生以文字相質論，及見姚姬傳先生而彌有契合焉。當官太常時，用光嘗質以文，公策勵之甚至。歲壬申，訪公於無錫，公來舟中語移晷，欲留之遊惠山不果。自是，雖以書相往復，而不及見公矣。有自南來者輒問公近狀，知公推其孝友姻睦之意，設義田，置祭田，修家譜，而復以其餘修縣志，誨誘後進勤懇如不及。而每與余書較若其意有不釋然於中者，蓋公之所志者大，欲以才副其學而嘗患於不得行其意。其官中外及家居既已卓卓有所表見矣，而欿然猶以爲合於俗之難，而力學古人固未易言也。

公所著有淮海公年譜六卷，已未詞科録十卷，無錫金匱縣志四十卷，續修家譜□□卷，小峴山人詩文集三十六卷，板藏於家。公生於乾隆癸丑正月二十八日，卒於道光辛巳七月初十日。誥授榮祿大夫兵部左侍郎，配朱夫人，前卒，贈一品夫人。子四人：長緗武，監生，江西候補知縣，歷署彭澤、峽江、樂安、宜春縣；次緗文，監生，以後其仲叔某皆朱夫人出。次緗承，殤；次緗業，幼，皆側室戴出。孫七，自緗武出者昌熙、昌煦、昌烈，自緗文出者昌熾、昌煌、昌煜、昌焯，昌煜府學生，其入泮時與公補縣學同歲，公所爲賦重游泮宮詩者也。曾孫二人，若璜、若珩。某月日葬公於某原。銘曰：

錫山之麓淮海裔，曰生俊傑昌厥世。尚書論德名相次，抱仁趨義富文字。迴翔禁省歷卿寺，中粤越楚勤吏事。其學既殫才則試，摧剛煦柔播威惠。抉剔疑似無障翳，意所孤行屹不避。終達厥誠溥厥利，其文龍鸞才鳳翽。帝惜其歸溫語被，一星將終伏衡泌。遙慟鼎湖惟掩涕，公懷坦坦性樂易。我昔與游數談蓺，諸公見屬爲公志，千秋萬世名不替。

詹事鮑覺生先生墓志銘

道光六年三月十九日，詹事鮑覺生先生以疾卒於京師之寓齋。公邃於文學，質厚，性直敢任事，有明斷才，皆爲兩朝所深知，故中嘗躓而終顯使。公不乞病，卿貳旦晚可復，乃不能留其身以慰今天子之眷注。朝之士大夫莫不重公學行，爲朝廷惜。而余與公遊從至久且熟，其以文字相質證，蓋誼在師友間，一旦失所瞻侍，其爲悲尤深矣。今執筆銘公之墓，言之安得不痛也。

公諱桂星字雙五，一字覺生，歙之巖鎮人也。曾祖善基，祖倚樓，父嘉命，三世皆以公所歷官得封贈如例。公兄弟四人，次居長，少有異稟，八歲能詠詩，本生祖嘗奇其才；十五補縣學生，居貧，授徒爲養。丙午中江南鄉試副榜，壬子舉京兆試，己未成進士，由庶吉士授職編修。癸亥廷試翰詹列高第，擢中允，自是進奉文字輒拜文綺之賜。甲子典河南試，乙丑督河南學，丙寅擢洗馬旋擢侍講侍讀，戊辰典山西試，庚午擢侍講學士，督湖北學，轉侍讀學士，擢少詹事。癸酉擢詹事，旋擢內閣學士兼禮部侍郎，當受代。聞林清之變，上書陳十事，疾馳至京，仁宗亟稱之曰：『已次第見之施行矣。』顧以未經明發諭旨，遂削其稿，雖余習於公而未嘗以示余也。甲戌擢工部右侍郎，充武英殿總裁，條奏武英殿事，劾提調及副管不職狀，提調摭公平日語中公，遂落職，使居京師閉門思過，逾五年而復之編修。及今上既位，以編修召對，上語之曰：『汝所劾者今朕褫其職矣』。既由侍講擢至通政司副使。上召見復謂曰：『欲汝習練諸事也』。甲申擢詹事，召對，詢年齒甚悉。公感兩朝之湔濯，益自奮勵，思見之事以爲報，而以得暑疾患胸膈痛，醫逾數月終至不起。大漸時余省之至榻前，執手與語，咿唔不可辨。蓋公自痛未能酬國恩，以余習於公，欲爲明其志，而以墓銘相屬也。

公少從吳澹泉定學詩古文，因以溯劉海峰，中年后師事姚姬傳先生，於爲詩力守師說。及乙亥落職居京師，縱心於唐人詩，益進，嘗輯唐詩品八十五卷，以司空表聖二十四品排次之。其所爲詩，姬傳先生嘗稱之曰：『是能合唐宋之體而自成一家者也』。著有進奉文鈔二卷，詩八卷，詠史懷人詩各□卷。余爲庶常時公以姬傳先生語先來視余，自是遂質以詩賦學，及晚年過從益密，嘗申之以婚姻，會其子殤遂不果。然公所以待余者乃獨至。

公叔弟珊今爲乾州知州，以書來敦余曰：『葬有期矣，先兄所自爲年譜存君所，其無忘銘幽之請。』嗚呼，余安忍以不文辭公！娶同里柳恭人，有婦德，先公卒。生子二：長唐，嘉慶丙子舉人，少爲文有奇氣，公愛之甚，顧得狂易之疾，雖旋愈而復發，公喪時乃不能執喪，既歸逾年而遂卒矣。次承輝，以後其從兄聰聽。女一，適同年朱意園太守淥第三子。側室汪氏生子二：庱，殤；廙，聘白小山侍郎鎔女。孫幾人。公得年六十有三，某月葬於某，公叔弟珊迎其庶嫂及廙至乾州撫教之，爲之銘者新城陳用光也。銘曰：

文足以繼燕許兮，而才足以追姚宋也。文既顯而才終閼兮，何命之嗇而疾之縱也。意皎以特立兮，情落落而獨厚。余痛虎賁之無人兮，溯典型於遺書。

楊蓉裳墓志銘

君諱芳燦，字才叔，一字蓉裳。姓楊氏，常州無錫人。曾祖宗濂，祖孝元，父鴻觀，三世皆以君弟揆官甘肅四川布政司，晉贈如其官。曾祖妣馮，祖妣顧、倪，妣顧，皆晉贈夫人。

顧夫人夢五色雀集庭樹而生君，君生七月而能言，君大父特愛之。長而詩文華贍，見稱於老宿。年十九補縣學生，冠其曹，鄉試罷歸，應學使者試，彭文勤公大異之，以己主試時失君爲悔也。文勤竣學使事將受代，君方居父憂，招君問家世昆弟，遂以兄女字君之弟揆。君兄弟三人，君爲長，次揆，以召試賜舉人，歷官至四川布政使。次英燦，今爲四川安縣知縣。君旋以選拔貢生應廷試，得知縣，分發甘肅。嘗攝西河環縣，旋補授。伏羌回民田五為亂，起石峰堡，伏羌回民馬稱驥應之，未發。君先期既募鄉勇爲防守，會馬映龍、白中煒、馬宏元以稱驥之謀告，君立捕殺稱驥。四人方請兵而賊至，君率映龍、中煒、宏元偕鄉勇登陴守五日夜，兵來與賊比日戰，圍始解。映龍稱驤甥也，君能得其心與共守；又嘗脱李五於獄，而使之迎官兵言狀，李五果得銀牌還。君治縣溫溫若不任事者，坐堂皇訊事罷，即手一編就几讀，人或以爲笑，孰知其臨變敏決若是。

初，蘇四十三之亂，獄詞連伏，羌人大恐。君請于提刑曰：『馬得建等饋銀，在蘇四十三未爲亂前，與從逆者有間，請量從末減。』於是家屬悉得免緣坐。及石峰堡事平，賊首張文慶子太憾映龍之洩謀，曰：『映龍固與吾父通音問，其助守城欲於五日後獻城也』。阿文成逮映龍至靜寧，君與偕往，言於文成曰：『映龍欲獻城，曷爲以其謀告？且伏羌無兵，鄉勇皆烏合衆，亦無俟五日後力始竭也。』文成曰：『彼非馬得建子耶』？君曰：『彼固以得免緣坐，時時與某言，涕泣，思得當以報公也。』文成以爲然，立命出之獄。嗚呼，此又足以見君之仁而明，其定亂出圍城非由倖致也。君後雖以守城功擢知靈州，嘗單騎諭散奪米饑民，請借口糧設粥廠以安衆。大吏亦甚知君才矣，而自念家世本儒術，不樂爲外吏，遂入貲爲員外郎，居戶部與纂會典，辰入申出，專力於館書，歸則擁書縱讀，益務記覽爲詞章。

君詩出入於義山、昌谷，而自成其體，又工儷體文。嘗語用光曰：『色不欲其耀，氣不欲其縱，沉博奥衍，斯儷體之能事也』。君旋丁顧夫人憂，資不能治裝，鬻書以歸。爲衢州、杭州、關中書院山長者數年，最後入蜀修四川通志，主錦江書院山長。乙亥冬，省弟於安縣，十二月二十一日以疾卒於安縣署中。距其生乾隆十八年十二月十八日，享年六十三。妻徐宜人。子二：承憲、承惠。承惠以後君世父潮觀爲冢孫。承憲娶沈氏生子一，應詔。承惠娶趙氏生子一，應融。女三：長適今景州知州秦承霈，次適今臨清州州判龔瑞穀，次適候選通判張嗣敬。承憲工詩詞，能承其家學，以狀來屬爲君志幽之文，乃敘次而銘之，銘曰：

謂君爲儒兮靖豻貙，謂君當顯兮潛郎署，以暫居。與余遊處兮蛩倚駏，既別去兮余懷孤。過大梁兮重遇余，雖暫覿兮喜摻袪。黯蜀山兮雲飛徂，遠君之鄉兮孰與爲娱！招子雲兮攀相如，庶一見而慰君兮，歸委蛻於蓉湖。

尚書銜前署工部左侍郎戴公墓志銘

公諱三錫，字晉藩，號羨門。先世自宋咸淳間遷江南丹徒之黄甸村，遂世爲丹徒人。曾祖京鸞。祖士鵬，嘉魚縣典史。父紀，入籍順天，由諸生考取三禮館校録，議敘爲青浦金匱縣主簿，皆以公貴，累贈榮禄大夫。曾祖妣李氏，祖妣蔡氏，妣張氏，凌氏，皆贈一品夫人。

公少刻苦於爲學，嘗爲人傭書以自給，而以其隙讀書，過夜半不輟。及丙午舉京兆，而其授徒勤學也如故。癸丑成進士，以知縣用，初得雲南，以親老告近，改得山西署潞城，補臨縣，以治行稱。丁母夫人憂歸，服闋，謁選，發四川署營山，供張征川楚軍之過境者，能不以華美悦上官而優恤兵弁，則能使之感。又立團寨招義勇，賊來薄城拒守甚力。營山無險可恃，而賴公卒以保其境。補南充署綿州，勸農桑，築陂塘，行保甲，問疾苦，懲奸宄，事無不舉。歲除日，過境軍聚衆博，州役驟拘縶之，衆鬨欲爲亂，公薄懲其役，而剴切曉諭其衆，衆乃散。擢馬邊廳通判，改峩邊廳撫夷通判，大府旋檄公來成都助鞫獄，自是歷署資、眉、邛知州，成都府通判，保寧、順慶、夔州、成都知府。資陽書院有欲阻考者，公懲其為首者以法而貰其餘。邛州民黄子賢等嘯聚亡命約以州試日爲亂，公偵知之，屆期試士如常日，而密遣民壯潛赴聚謀處捕獲之。案既具，公請戮首惡一人，而其餘則抵辠有差。大吏以奏聞，奉特旨褒嘉焉。擢茂州知州，寧遠府知府，建昌兵備道。在寧遠時，雲南永北廳夷人爲亂，距寧遠近，公練鄉勇嚴壁壘，而於永北難民沿江就食者，公許其渡江而設法全活之，其不願回滇者又捐貲以撫恤之。蔣礪堂制府以入奏，公之受知於今上實自此始也。旋擢四川按察使，江寧布政使，以迴避原籍，奉旨調補四川布政使，旋命以二品頂帶署四川總督。吏部奏請兼兵部侍郎銜，旋兼署成都將軍。乙酉，命實授四川總督。吏部奏請兼兵部尚書銜。

公由寒畯起家，官蜀中近三十年，始皆循資遷轉，同列或軼出其上，而公不以介意。及既擢觀察，不三年，遂洊歷封圻特膺重寄，公感特達之知，所以整飭吏治者益力。又愛禮士子、釐正書院規條，增義學而敬繹《欽定六諭》，衍爲詩六十章，刊布書院、義學，俾皆誦習焉。新都民楊守一以邪教惑衆，公遣人弋獲之，置之法。越嶲生番結熟番爲導，刦商旅掠婦女，衆議以兵往，公不許，但飭鎮道捕治數十人，而安撫其被掠之男婦。其歷辦雷波瞻封果洛克夷人，惟申警斥堠，嚴察卡隘，而約束將弁不得倖事邀功以開邊釁。雲陽鹽販拒捕，守令具讞上，以夥梟論，公曰：『買由官店則非私梟，販止十人則非大夥，當以重律非法矣，惟當治拒捕傷人之罪。』讞既定，人咸稱明允。己丑內召，既入覲，命署理工部左侍郎，勤於其職。庚寅以原品休，致具摺謝。召見，奬諭其居官，並俯詢其家世鄉里焉。六月廿八日以疾卒於京第，享年七十有三。具遺摺奉旨，加尚書銜照尚書例賜卹。

配張夫人。子一，於義，甲戌進士，由庶常散館改吏部主事累擢至文選司郎中，兼驗封司掌印郎中，娶同里馮氏，繼娶吳江全氏。孫一，朗。女一，適乙酉舉人山西試用知縣呂兆熊。銘曰：

名以儒興，政以敏成。迴翔資格，晚覯殊榮。始晉終蜀，案無留牘。禁虣矜愚，既寬既肅。亂后蜀風，不願仍倥。既懲獶雜，既歸囂童。貞魂毅魄，埋胔掩骼。綽楔所植，以慰燐碧。興士於庠，莘莘講堂，口授指畫，如師之詳。政所礪只，帝所趧只。內府之珍，七十賜只。識公京師，恂恂其儀。望崇見晚，再見無期。氣沖度遠，淳風倏緬。銘厥幽宮，以勗儒顯。

貴州巡撫鶴樵程公墓志銘

道光乙酉冬十一月，鮑覺生詹事語用光曰：『余己未同歲生多高才碩學爲顯官，而與余相知深則鶴樵中丞爲之最。今鶴樵卒矣，其孤以狀乞銘於予，予適病不能食且寐，每握筆屬文則心怦痛，念無以慰亡友於地下，乞君代爲之，以塞其孤之請。』語之再，曰：『君即自爲之，以明余所託之得人也。』用光於中丞固嘗以後進禮謁見，辱相知者，而詹事於用光期待尤厚，曷敢以不文辭。

按狀：公姓程氏，諱國仁，字濟堂，號鶴樵，先世歙人也。自公之祖占籍河南商城，遂世爲商城人。曾祖焞，祖瑆、父宇瓆，皆以公貴，誥贈如其官，皆晉贈榮祿大夫刑部右侍郎。曾祖妣黄、汪，祖妣葉、黄，母曹、王，皆誥贈夫人，晉贈一品夫人。公王太夫人出也，庶弟五人，公爲嫡長。少而力學，食貧益勵，登庠食餼，試輒冠曹。甲寅，領鄉薦，己未成進士，以二甲第一名改庶吉士，散館授職，與纂實録。使於蜀秦，得人稱選。旋以福建道監察御史巡漕江淮糧艘之運，速於去來，有所陳奏，輒蒙報可。舟抵通潞，吏畏丁懷，及役竣而奉督學廣東之命，蓋不由考差得之，而御史俸滿例可出守，公屆其時。睿皇帝特命部更其例，使凡任學政者歲滿注選，其端亦發於公，皆異數也。在廣東破除舊習，士風文體羣頌丕變。歲滿還朝，越次擢補光禄寺少卿。甫三月，擢山東按察使。時捜緝亂民林清餘黨，多株連，公別白而貰釋之。令有不察其誣而杖斃數人者，公劾治之，並劾其上官之不舉劾者。及虧空案發，州縣吏多罹法，公列款件系言于撫軍，人得寬其死；又立分年追繳之限，則國帑亦無虧焉。在山左年餘，讞定積牘凡六十餘，而越訴之風因是稍沮。睿皇帝嘗褒嘉之，而予以加級也。擢甘肅布政使，意無偏倚，吏泯傾軋，公正廉明，上亟稱之。甘肅兵糧歲資採買，公于豐年預買其贏八十萬石，上請既得，軍糧不乏。擢浙江巡撫，甫三月，調山東巡撫。時恩詔豁免天下民欠，而山東所奏不實，公在浙所辦實惠及民，故特詔調治，公于是再至山東矣。處勢既便，意得展布。窒竇蹈瑕，威怵惠陶，官民戒惕，思變厥習。會考城河決，淫及曹、單、濮、范，公親往履勘，兼施撫卹，往返河次凡八閲月，以風疾乞去官，得旨俞允還朝。未至，擢刑部右侍郎，仍予假養疾，緣事左遷。今上登極補刑部山西司郎中，旋擢廣東布政使。公于是再至廣東矣。理財軌以法，用人軌以誠，市舶無擾，民夷稱便。擢陝西巡撫，既至京，改授刑部右侍郎，充武會試正考官；轉左侍郎，旋出，爲貴州巡撫。生苗、紅苗相讐殺，有欲爲復讐計者，或謂宜以兵懲之，公曰：『綏靖邊陲，但使各相安耳，無事草薙禽獮也』。既嚴示以義，不可私報復，復緝其爲亂之渠魁，罪人既得，苗衆悦服。公旋患病，又少腹病疽，綿惙日甚，陳請開缺，得旨俞允，治裝回籍。出黔二百里，公薨。時道光甲申十二月初二日也。享年六十有一。

公始娶鄧夫人，癸未覃恩贈一品夫人。繼娶洪夫人，誥封一品夫人。子五人：長家督，鄧夫人出，嘉慶乙丑進士，改翰林院編修，擢贊善，出爲廣西右江道；次家相，早卒；次家頙，嘉慶癸酉舉人，候補內閣中書；次家叡，家穎，早卒。皆洪夫人出。公自祖父好行其德，始以業贏中落其產，及公既貴，推其孝友，以惠族人。商城與歙義田、祀田捐俸以營，嫁娶有資，喪葬有助，條理秩秩而自奉特儉，嘗痛其親之不逮養。通籍后，屏酒肉者十餘年，其內行又如是。是于法宜銘。銘曰：

以儒起家究吏業，擇義而趨仁與挾。受兩朝知輿頌浹，康侯蕃錫輝寶笈。公貌恂恂夙嘗接，承公友命詞許攝。銘列懿行示來牒。

光祿大夫經筵講官戶部左侍郎致仕歎齋顧公墓志銘

歎齋顧公以戶部侍郎致仕歸，逾二年，以道光壬辰四月八日卒於家，享年七十。其同年友陳用光於癸巳春過無錫，以詩哭奠於帷堂，其孤子詒綬以銘幽之文請。嗚呼，余與公相知自未爲同年時，及同官翰林居京師益相契合，數十年如一日，今乃過里第而哭公，其安能不爲銘！

按狀：公姓顧氏，名皐，字緘石，一字歎齋。明端文公之兄性成是爲公七世祖，四傳爲翰林院侍講學士仔，公之曾祖也。祖維銻，父洵，三世皆以公貴，晉贈光祿大夫如公官。曾祖妣薛，祖妣華、王、薛，妣吳，皆晉贈一品夫人。公自幼穎異，十歲能爲擘窠字，顧年廿四始補金匱縣學生而冠其曹，乾隆乙卯中順天鄉試，嘉慶辛酉會試成進士，殿試以第一甲第一人，授修撰，充高宗純皇帝實録館纂修，國史館協修。甲子，督學貴州，激濁揚清，奬祛士懷，其奏改永從黎平開泰學額，至今人以爲便也。任滿，旋京充文淵閣校理，文穎館總校，擢國子監司業。晉翰林院侍讀，充國史館總纂日講起居注官。丁父艱歸，服闋，補侍讀教習庶吉士。乙亥，與編輯秘殿珠林石渠寶笈於懋勤殿。擢右春坊右庶子，轉左庶子，丙子典陝甘試，還，擢侍講學士。丁丑，補侍讀學士，戊寅奉命直上書房。蓋仁宗夙知公，當擢司業時兼有贊善缺，公名第九，仁宗以司業職任學校，視贊善爲重，乃越次用公，至是而眷顧逾篤矣。及七月扈蹕熱河，廿五日仁宗龍馭上賓，而是日辰刻御筆已擢公詹事。今上即位次日，召見公與同直上書房學士徐頲上，親執公手而大慟也。道光元年擢内閣學士兼禮部侍郎，是年辛巳，恩科，命充順天鄉試副考官，授工部右侍郎，兼管錢法堂事務。壬午，典浙江試。癸未，充會試，知貢舉，調户部右侍郎兼管錢法堂事務。乙酉，署兵部左侍郎，充順天鄉試副考官。丁亥，補户部左侍郎，管理國子監事務。命紫禁城騎馬。充經筵講官。戊子署禮部左侍郎。己丑，以疾乞假，請之再，始俞允，而具摺謝恩時，召見慰問有加焉。公之在户部也，不爲激亢之行，而攷覈利病慎稽出納，凛乎其不可干以私。嘗與余言：『學期見諸實用，而迴翔於文學待從之職久，及任經世理物之責，復未能壹志向、專思慮，以求稱職，爲足愧耳！』嗚呼，公之自言如此，則其中之所存者何如哉！公於詩文詩餘字畫，皆澤古得其自然之趣，見之者如見其性情之易良慎密也。自直懋勤殿得見内府珍藏，畫益進，上數以扇紙命作畫以進焉。公篤於倫理，友愛仲弟，督之學而任其婚娶，事必加厚。公少從吳雲峰某學，雲峰器公，字以孫女。公歸田後，既出資修端文祠宇，贖學士墓前田一區，栽樹編籬以垂久遠，又爲雲峰置祭田十五畝以報其教養之恩。其在官時禄食常不給，而敦恤親族常若不及也。公之爲文武殿試讀卷者二，新進士及拔貢朝考閱卷者三，庶吉士散館翰詹大考閱卷者四，蒙兩朝錫賚書籍、墨刻、人葠、貂皮等賜者歲以爲常。及既歸，以户部失察假照案降四品頂戴，辛卯上推五旬萬壽，恩復公侍郎銜。公之乞假歸也，余方視學閩中，及使還，見公於里第，公約余遊惠山，顧時已歲暮，辭不往，公猶視余于舟中，語移時別去。嗚呼，孰意今再過無錫而遽哭公於帷堂也！

公配吳夫人雲峰孫女也，誥封一品夫人，先公三年卒于京師。子三人：詒綬以增生得三品廕，爲中書科中書，娶王氏，繼娶虞氏。次恩綬，以國史館謄録，議敘候選通判，娶孫氏。次元綬，國子監生，娶楊氏，繼娶查氏，辛酉同年陝西糧道查簡庵納勤之女也。簡庵夫婦歿而查氏幼養於余家，公爲元綬擇繼室娶焉。元綬勤苦於學，戊子應順天鄉試不遇，遘疾卒。未幾，吴夫人卒。查氏所舉遺腹子復不育。余在閩中數以書慰公，及過公里第，公掩泣，命元綬之嗣子曾煦出見余也。公孫五人：曾祺，縣學生，娶毛氏。次曾昫、曾澍、曾蕃、曾獻。曾孫家康、家吉。銘曰：

端文之裔文學騫，上第既掇星使聯。匑匑寅畏心彌虔，受知入直登三天。邪蒿所饌帝曰賢，試之吏事覘所研。度支名實期無愆，樸誠自矢心悁悁。乞疾歸去薊惠泉，課孫日持手一編。少歷艱苦學則專，貴而澹泊性弗遷。儒素不替涇里傳，琢詞紀實垂新阡，燾厥後嗣德其綿。

工部左侍郎浙江學政李公墓志銘

臨川李春湖少司空，性開明而質厚重，篤倫理而勤問學。家席華膴而能澹泊以自持，官登卿貳而務謙抑以取善。其爲詩，得松甫先生家法而拓之以蘇韓，其于書，博究唐宋以來支派而於虞歐爲尤近，所蒐輯字畫石刻石蹟盈篋笥，索書者踵相接也。其鄉舉以壬子而癸丑遂成進士，其官由編修五轉而至學士，由學士四轉而至工部左侍郎。其膺使事則典福建浙江鄉試而督湖南浙江學政。居浙江兩年餘，以道光辛卯三月初四日終於衢州舟次，享年六十有三。諱宗瀚，字公博，一字北溟，又字春湖。世爲江西臨川人，與余從子希曾爲舉進士同年，遂申之以婚姻而與余交亦最密。道光戊子五月，御試二三品官論及詩，公與余同橐筆詣乾清宮上書房，而公招余同硯席於一室。六月公既奉命典浙江試，遂留視浙江學政，而余亦視學閩中，過武林謁公，既別去，至閩中數以書問相砥礪也。及庚寅，聞公以校士勞得嗽疾，至失音。公體素充碩，及是，而聞公瘠逾於常人，心竊憂之。辛卯春正月，聞公丁本生父松甫先生憂，及三月遂聞公卒矣。嗚呼，六七年間人事之不齊如此！余自閩旋朝，既悲不及再見公於武林，而今且繼公視浙中學，已竣事將旋朝也。公素喜余文字，余自聞公訃後，欲作文以報公，顧逾二三年未能成，今乃爲之誌，以寄公之仲子鳴珂。悲夫！

公先世居臨川之楊溪，自公大父丹臣府君以鹾業起家于粤東西，僑居於桂林而樂善好施，爲鄉閭交遊所推重。公之本生父松甫先生以工爲詩、善禮接文士，益擴大其家聲。五六十年間，海内稱德門者咸曰桂林臨川李氏云。曾祖燕、祖宜民，世所稱丹臣封翁也，嗣父秉仁、本生父秉禮，世所稱松甫先生也，嘗爲刑部江蘇司郎中，既以其階贈祖考爲中憲大夫。及公爲侍郎，三代皆晉贈晉封爲光禄大夫。曾祖妣袁、祖妣駱、本生嫡母曹、本生生母劉，皆以一品夫人、夫人爲晉贈晉封焉。松甫先生於丹臣翁爲次子，秉仁其兄，年二十前卒。公之嗣母駱太夫人撫孤兒宗誠，甫七歲而殤，劉太夫人娠公而駱太夫人有宗誠來歸之夢，故公既生，而松甫先生以後其伯兄公之嗣父庶出也。其生母爲誥封一品夫人，戴太夫人，公之奉劉太夫人諱也。既終喪遂乞終養，嗣大母戴太夫人居家幾年，鹾業稍替。松甫性恬静，年已逾七十，乃退鹾業而讓於庶弟，秉綬公實贊成之。凡鹾業中應得之財，一絲一粟無所取。而自治園林，日研習詩歌翰墨，父子以文雅著望於桂林。而顧有訐鹾務者謂公不能遠絕聲利，公笑不與校，蕭然事外，有終老泉石之意。而松甫謂公以文字受知於朝廷，今終養事畢矣，不可以不出，公乃出。公未乞養時，由宗丞擢副憲，余與居臺中，意殊洽，嘗惜余之不久居諫垣也。及再出補副憲，居未幾遂擢少司空。其當官明大體、務持正，而不爲矯激之行，上意方向用之，而以校士勞不究其志，凡知公者莫不爲公惜也。公配朱夫人，翰林朱章浦紱女。子四人：聯璧，前卒；聯珂，道光壬午舉人，吾從子鍾溪壻也，皆朱夫人出；聯璣，娶江南上元孫氏；聯琇，聘南豐趙氏。孫四：長翊勛，娶南昌徐氏，嗣聯璧；次翊華，聯珂出。次翊軒，翊耆，聯璣出。孫女七：長適霸州吴曾蔭，今東河總督吴邦慶孫也。銘曰：

承先澤之崛起，擅儒雅於中朝。曰趨善而恐後，申余契以久要。愴搏搏之委化，目既瞑而餘哀。抗孤志以永慕，距朝服而襲衰。過三衢而賦些，悲前塵於帶水。銘幽宫於既窆，庶壽覆其孫子。

内閣中書潘君墓志銘

君諱蘭生，字遴士，少居予里西谷，同事山木先生，與余相善也。比余官京師居黎川新館，君僦屋後街，距予居不數武，朝夕過從，往往共述少居西谷時兒戲可笑事，嘗嘆謂吾等幸得列官京朝，而山木先生棄世十餘年，其令子曩時同學肇光、嗣光今亦已沒十餘年矣。人生何常，而日月之易邁如此！因歎息久之。嗚呼，孰謂斯語，予乃今以哭君也！君祖可南翁某以治生起家，有厚德，鄉里善舉翁力任之。父某爲浙江某縣知縣，陞同知，奉翁諱歸居家遂不出。君以壬子年得鄉舉，應禮部試不遇，以川楚例捐內閣中書，尋充方略館校閱，丙寅三月病，病六日而卒，君父母猶在堂也。君娶予伯兄之長女，予伯兄嫂善擇師，山木先生館予家，伯兄嫂既使其子希祖希曾師事之，後又以屬君，君練事而性慎密，居富家刻苦無豪侈，習順於父母，愛其庶弟，嘗欲於其父母所營生曠地築舍立義田，以爲家人讀書資。丙寅吾邑飢，作書請于父，運米爲平糶計，書未至家而君父已運米千石至邑中，賴以濟，蓋慕古之力行於家鄉者。山木先生居嘗講論之所及也，鄉黨有耆儒長者，其議論風采足以鼓舞人，使趨於善，其效如此。顧君志未竟而遽沒，悲夫！君卒于某年月日，得年四十有二，子三，某、某、某。予伯兄女既奉君喪歸家，將卜葬于某山某原，以書來請銘，銘曰：

朝聞君言兮，日暉暉其在几；暮聞君欬兮，臨中庭而徙倚。倏若夢之不可追兮，歲一期而始信君爲已死。悲美志之無涯兮，銘以勖其孫與子。

潼川府知府魯君墓志銘

君諱河，後更名華祝，字劭崙，江西新城之中田里人也。曾祖希聖，贈奉直大夫；祖瑗，官通政使司右通政，皆祀鄉賢祠。父亭，贈朝議大夫，生十子，君次居七。少穎異，工爲文，乾隆癸未成進士。歸家居七年，謁選爲山西右玉縣知縣，丁母王恭人憂歸，服闋，補四川保縣。數月，署成都縣，佐成都府聽斷，各州縣讞獄罪無倖脫，罰無溢及。大吏以爲能，擢馬邊廳通判，撫馴猓夷，鋤厥頑梗，兼管龍細、銅大二銅廠，課額增裕。大吏以爲能，擢西藏糧務同知，又擢酉陽州知州。王師之征土司巴勒布，又討銅仁，苗民及楚白蓮教爲亂於蜀，前後大吏皆檄君治糧餉，事皆辦，卒擢潼川府知府。楚賊之渡嘉陵江也，君申嚴戒備，民志不擾。會參贊德楞泰破賊，賊去。君前後在蜀廿餘年，屢更軍旅之事。至是積勞疾乞休歸，居家年餘，以嘉慶八年四月初六日卒，享年七十五。配涂恭人，前卒。子四：長仕驥，太學生，涂恭人出。次仕驊，四川候補縣丞，前卒。次仕騆，仕駒。女四：長適崔熙載，次適饒徵輿，次適吳載青，其一尚幼。孫四：學輝、學載、學軾、學軒。孫女五，其長孫女適余從弟沆，余三叔母魯恭人幼子也。魯恭人君從女也。君自幼精于醫，用光幼時，叔母撫養之，其疾病處方劑皆君所定也。及長，而君官於蜀，不相見者二十餘年。君既家居，而余以乞假歸，乃謁君於里第，顧君日病矣。其卒也，用光嘗視其含斂。又數年，仕驥卜葬君及涂夫人於扶猗山之祖塋，乃以書來索用光爲銘幽之文，用光曷敢辭。銘曰：

起家以文字兮，而襄勤以師旅。已躬履於顯遇兮，而善全其退所。慨長者之再見兮，而未獲久與遊處也。

劉芝崖墓志銘

皇上即位之初，登進儒臣以激勵天下，凡以進士起家而才守著稱者，類邀不次之擢，其不試守他郡而即畀以首郡者，劉斯嵋以編修擢西安，丁兆祺以知州擢武昌，賀長齡以中允擢南昌，三人而已。而西安之從兄芝崖亦即以道光元年由霍州知州擢大同，甫二旬而特詔調守太原，太原亦首郡也。海内蒸蒸更化，謂庶幾覩儒者之效。芝崖兄弟兩與其選，世尤以爲榮。顧西安、武昌、南昌三人者，今皆擢觀察，而芝崖守太原甫四十餘日而遽卒矣。芝崖之世父誠甫司寇余叔父履堂府君選拔同年也，芝崖來京師輒與余相見甚歡，而余從孫今復爲司寇曾孫壻。司寇長子前宛平令斯璋與芝崖之子敘來請銘，曷忍以不文辭！

君諱斯譽，字芝崖，建昌南豐人也。曾祖霦，康熙乙酉科舉人，官内閣中書；祖秉彝，乾隆丙子科舉人，皆以司寇官浙江布政司時贈通奉大夫。曾祖母趙太夫人，祖母揭太夫人，皆贈夫人。父□，邑庠生，以君官霍州時贈奉政大夫，母甘氏，封恭人。君少而聰穎好學，世父青渠編修及司寇皆器之。長而益力學，甲子舉京兆，戊辰成進士，以知縣用，選山西和順縣。君時年三十耳，而明察勤敏，士民稱之。和順與滑鄰，嘉慶十八年之警，君既團練鄉勇爲衛守，而遣兵來和順者，君能戢其衆，使民不知有兵之在境也。調大同，號難治，君戢暴決獄，猛寬相濟，擒治土豪，既置之法，而於可化導者君能感以言而使之知悔焉。有商自遠歸者，妻竊所得以與其女，而先置諸鄰，以失貨紿商。商欲重其事，以被刦控，牽連三十餘人，有死者，歷二年而莫之決也。君廉得其實，驗所售貨于他所，釋其餘而治商及竊貨者之罪，訊十餘日而事白。有他邑賈攜貲至大同而以失貨控，君訊同行者，密使人得貨於去城五十里土中，人驚服以爲神。君曰：『此無他，惟審其詞色，詢其經行所歷地耳。』君之明察皆此類也。調陽曲，擢霍州，勤敏如和順、大同時。而新陽曲黌宮，修治韓侯嶺道路，立橋植柳以庇行人，君所言人莫不樂從。及其暇，則勸課諸生如其師，陽曲之子弟由是多得科第者，而靈石、趙城士爭趨霍州講舍焉。既擢太原，釐抉壅滯，雖病弗懈。涖官四十餘日而君遂卒。嗟夫，世之爲首郡者以供億大府、趨走晉謁爲勞，其於治民之事，大都委於所延請他郡守縣令而已不暇及。君居官甚暫而獨勤於讞獄如是，雖特其爲政之一端，而真足以稱朝廷特簡之意矣。功未究而年促之，非士君子之所同惜乎！君卒於□年□月□日，得年四十三。妻李氏。子幾人。孫幾人。某月日葬于某山、某原。銘曰：

縣令非卑秩也，而世不知親其民，彼繭絲以自爲者，天亦不與榮其身。猗嗟劉君，志拔乎流俗，而生既遇其時矣，才奮於撫字而官既晉其階矣。譬騏驥之履乎康莊，而終莫之馳也。是豈徒家門羣從及知好者之悲乎！

姚子方墓志銘

君諱堃，字子方，號廉山，陝西澄城縣人也。先世自山西遷於澄城，居縣東之業善里。曾祖諱瑾，祖諱性，考諱廷儀。由丁酉拔貢，中癸卯順天鄉試，爲直隸、東明、西寧、無極、宣化等縣，擢景州知州，得以其誥封貤贈其祖父爲奉直大夫，祖妣、妣爲宜人，母侯氏封宜人。子方十歲能爲文，穎悟出儕類而勤於學。既補縣學生，景州令東明時命之受業於羅碧泉學士，學士景州舉京兆時房師也。歸而以優等得選拔貢生，朝考引見，以教職用借補階州成縣訓導，修葺學署，勤督生徒，士服其教。學使周蓮塘兆基器子方，命從學於三原，是年得鄉舉，其座主碧泉學士也。學士曰：『兩世作門生，子又素學徒，其可喜逾于尋常之師生矣！』辛酉成進士，改庶吉士，散館，改兵部主事。癸酉擢職方司員外，旋擢郎中，改官江南道監察御史，轉掌貴州道，巡北城，以事詿吏，議降一級調用。子方嘗劾奏吏部，吏既退而猶挾部中事權者，得俞旨，及降級候補，例可得順天府糧馬通判，而吏故沮之，不得選。歸陝西省母，遇疾，遂以道光二年七月初二日卒於西安，年五十有七。娶蒲城郭氏，前卒。子二：敬之、義之；孫二：研郎、肖郎。子方性坦易，喜讀書而不事表暴，嘗讀書至夜分不輟。其所纂輯周官小知録、秦中風俗考及隸釋補正等書，雖余與爲同年，數過從而未之見也。當乾隆五十九年景州水災，景州君請於大吏，開倉庫以濟例賑之所不足，竣事，未及奏而大吏卒，所賑者不能上聞。景州君既卒，子方官兵部，舉其俸之半以償官帑，景州君能於例外卹民宜食報於子方矣。而子方終身匱乏，雖客游稱貸於戚友，亦所向輒窮。歸省老母，未及補官而遘疾，遽沒。嗚呼可悲也已！敬之將以某月日葬某山某原，余與陳復庵嵩慶皆同年素習君者，復庵謂余宜爲銘。銘曰：

君抱質以涉世，乃得天之未豐。雖困乏于其身，曾不以滑乎其中。貌諧衆以愉愉，志飭躬而愬愬。嗤穆叔之絕交，謂曷不其自反。緊淳性以啟後，况厚澤之承先。宜幽宫之永妥，協吉卜於斯原。

王叔和墓志銘

君諱軾，字叔和，晚自號心坡，江西新城人也。先世居于鄉，君祖始遷居城中。祖諱某，妣某氏；父諱某，妣某氏。君祖、父皆業賈起家，質實爲鄉里所信重，及君始業儒，工爲文，顧年二十九始籍縣學生，逾年舉於鄉，丁未成進士，以知縣用。歸家需銓，其祖猶及見之也。初選甘肅安定縣，丁父憂歸，服闋，選廣東從化縣，調南海，甫九閱月，巡撫百齡奏劾之，革職戍伊犂，年滿釋歸。道光五年正月初□日卒，得年七十有二。

君伉爽喜任事，其作令于秦粵，上官未嘗不交重其才也。其在南海，會總督與巡撫有隙，凡州縣待質者不能歸之獄則羈于縣廨。前胥役待事舍名之曰班館，粵東案牘繁列，班館者恒滿，巡撫未嘗不知其非兩縣之所私設也。顧既以是劾番隅，遂並劾南海，迨巡撫擢兩湖總督，兩縣愬於粵東之總督，總督遂劾巡撫奏不實，且及其遣人于黄梅奪取，粵中連銜具奏之。還摺睿皇帝，命大臣馳訊得實，罷百齡。而番禺南海，仍遣戍番禺，卒於戍所。而君得歸，歸後里居無恙者逾十年，人謂君伉直之報也。余與君爲僚壻，相過從至熟。當君爲秀才時，余婦翁忻州君有知人鑒，嘗謂其弟曰：『汝壻非長貧賤者。』君既仕宦，果養其婦翁家終其身。余爲編修時，君來就銓京師，余將乞假省親，君爲助謀其歸資甚力。及君得從化亦乞假歸，與余相見於里中，語余曰：『吾有受業師老而貧，吾延之往粵，助吾理縣事，庶幾曹參之延蓋公乎？』予曰：『蓋公世不常有，如爲房琯之董庭蘭則奈何？』君頷余言而不能從。及君官黜而仍資之歸，蓋君之厚于待人多類此。嗚呼，亦可以觀過而知其仁矣乎！

配魯孺人，余妻之從姊也。前卒，年四十耳。子三人，某，候選知縣，某，廪貢生，汝誠，國子監生，予壻也，皆嫡出。某某皆庶出。孫男女幾人。曾孫幾人。汝誠以書來乞銘，曰『葬有期矣』，乃爲之銘曰：

仕宦之趨塗，其何以見吾或非良于馭也；而可名之曰『舞交衢』，或有翼其軼也，而轅摧于過都，其適然者，適然而已矣。嗟君之才，而不獲馳于軌，唯其練乎事而鮮過夫理，以稱乎鄉里，以燾其孫子。

鹽源縣知縣襄城常君墓志銘

君諱□，字□□，其先晉人也。自明初徙居襄城之靈樹鎮而代有聞人，故至今爲襄城人。祖某，父某。君於次爲仲子。自少好爲詩，工古文詞，遊庠序有聲，旋舉於鄉，任澠池縣訓導，警惰具有教法。既成進士，選得四川璧山縣知縣，值王師征金川，過兵供張不如意則鞭笞吏民，君憤然曰：『兵以衛民乃擾民耶？縣令何事而坐視？』爲悉按以法。一將弁至，勢張甚，入館舍見君修髯長身方秉燭坐，即逡巡去。及凱旋，詔免沿途州縣地丁銀，君方午食，聞之急起，出詔宣示。適丁内艱歸，民哭而送者百餘里。服闋，復往四川，例當調繁而大府任以鹽源。鹽源故三藏地，康熙四十八年始内屬，東西綿亘三千里，設九姓土司分莅之，號稱難治。君曰：『余於例固不當往，然苟能化頑民爲善類，庸非吾事耶？』至則頒律例以禁土司之虐刑，立儒師以化土司之佞佛，嚴不葬親及以子弟爲俳優者之禁，士民習君蒸蒸向化，上官亦頗重君矣。銅梁有七世同居而以析産訟者，累官不能決，君往一訊而民服。既以改發甘肅，乞病歸。乾隆四十三年正月某日卒於家，得年六十七。

配萬孺人，先君卒。乾隆四十九年合葬于村南新塋。子一：星拱。孫二：金式、金範。曾孫二：名山、嶷山。君門人朱其燦嘉慶戊辰科領鄉薦第一，余所取士也，來告于余曰：吾師工于文而勤于官，葬逾十年而銘幽之文未具。其燦受教澤最深，而今者又幸出夫子門，敢以是爲請。余乃按其狀而銘之曰：

惠於士，士既興，惠於民，民能名。吾銘其藏永厥聲。

吏部左侍郎譚公墓志銘

嘉慶二年十一月二十八日，吏部左侍郎譚公以疾卒於位，年七十有四。諸孤既以喪歸葬於南豐某山之原，越十年以狀來請於用光曰：『先大夫銘幽之文久未備，非敢緩也，未得其人也。親故知吾家世者莫子若，又素習爲銘章，其不可以辭』。嗚呼，公吾父執也，其曷敢以不文辭！

按狀，公諱尚忠，字古愚，姓譚氏，南豐人也。明永樂中工科給事中青是爲公十五世祖，曾祖某，父某，皆以公贈榮祿大夫，妣皆贈一品夫人。贈公生子四人而公居長，乾隆十六年成進士，由户部主事歷員外郎、郎中，改監察御史，出爲福建興泉永道，緣事奪職；旋授刑部員外郎，復出爲廣東高廉道，擢河南按察使。丁贈公憂，又丁繼母符夫人憂，服除，授甘肅按察使，遷山西布政使，擢山西巡撫，調安徽巡撫，復緣事降爲福建按察使，再起爲雲南布政使，擢雲南巡撫，入爲刑部右侍郎。

公爲人質實，剛毅而明敏，居官任事，事舉而未嘗以才見，及其有所可否，斷斷不稍假借。入居郎署，出履封疆，廉介以自守而惠澤播於民。高宗嘗以他事治寶泉局積弊，因得公前爲户部員外主局，時無私狀，故公由福建罷職而命爲刑官。其在甘肅值捐監例以銀折糧，守土者因緣爲姦，公不詭隨於衆，故監糧之獄興而公名益顯。其在山西奏免富民充商派辦洋銅之弊，而令以五年採買之貲交舖户生息，而官爲買銅，由是富民得保聚其家而鼓鑄之銅益裕。又嘗欲以山西鹽課歸於地丁，而免富民充商之累，未及行。其後渭南蔣侍郎兆奎巡撫山西卒成之。其在雲南定鑄錢輕重，悉依銀一兩易錢一千舊制，令以私錢作廢銅，以廢銅七斤易私錢一千，而嚴緝其犯法者，由是私錢一空，民大便之。讞獄決囚，務得其實。命屬吏毋遲於聽斷，而有所疑者與大吏爭，必平反乃已。高宗稔知公，乙卯，既命公主湖北鄉試，旋調爲吏部左侍郎，嘉慶二年與千叟宴，御賜如意竹杖各珍物。

公配湯夫人有賢德，先公卒，得年六十八。生子男子三人。繼室朱夫人皆封一品夫人，後公卒，得年四十九，生子男子四人，其卒也皆以祔。子長光祓，監生，先卒；次光褕，成安縣知縣；次光褑，刑部主事，湯夫人出。次光祥，癸丑進士，禮部儀制司郎中；次光祐，四川夔州府通判；次六官、太官，殤，朱夫人出。女三，湯夫人出者二，朱夫人出者一，皆適名族。孫□人，朝賀，某科舉人，爲某縣知縣；朝□，某科舉人。南豐居萬山中，山川雄厚，人謂生其間者類多碩人長德。蓋自李恭毅公湖歿後，人皆以屬望公，公於詩文字無弗善，所訓戒諸子語及爲人作行楷書，人爭傳述之。用光幼時嘗見公至吾家，竊驚異其狀貌，公卒爲名臣矣，用光不足盡知公，而以所見聞審者述之爲銘。銘曰：

顯允譚公，受知高宗。本其誠樸，以奮厥庸。閩粵海疆，訟棼盜桀。孰草薙之，公以根拔。繩繩負檐，匪盜緊氓。時其寬猛，關無滯行。孤兒懷橘，送公道左。宼雪覆盆，謂公生我。再躓而升，終撫滇疆。法十六條，肅我戒行，豐頤修髯，目光如漆。款關南蠻，望公屏息。推其友愛，以爲睦姻。顧視公家，依然清貧。我皇知公，股肱方寄。一疾不瘳，羣士愴喟，鄉邦之望，兩朝之知。我銘幽宅，以示來茲。

寶慶府知府譚子受墓志銘

子受姓譚氏，名光祜，南豐古愚少宰之幼子，而吾叔父繹堂府君之壻也。少時即以才見稱公卿間，既不得志於場屋，乃入貲爲通判，而擢至郡守。其宦於蜀楚績甚著，楚蜀之大吏有絕愛重君者，而亦有不悅君者。年六十而卒於寶慶。其遇不可謂困而要不可謂得行其意也。余與君遊從久且密，嘗交勗以無墮先人志緒而期於恢大之者。聞君卒而痛君，蓋不獨親知之感傷而已也。君之往蜀也，初嘗佐經略軍于達州，繼又佐總督軍于瞻對，經略總督皆倚如左右手。其署重慶府通判，能戢亂民餘孽以安商民。其兼攝重慶江西廳同知，訟煩而能使案無留牘。既補夔州府通判，旋檄調總理美諾屯田事。美諾居萬山中，無城郭都市，能不鄙夷其民而柔戢土司，使畏威而懷德。旋署潼川郡守，以屯田保舉推陞歸州知州，而方佐瞻對軍總督，奏留於蜀中，敘功題補馬邊廳同知，能戢胥吏，斥去請開礦以侵猓夷地界者，而捐養廉補解舊礦不足之稅額。居馬邊八年，擢寶慶府知府，能戢胥役以伸士氣，而懲其黠胥役以漁鄉民之利者，嘗閱訟牘多無理可笑，嘆曰：『吾察其民風甚樸拙，柰何以健訟名甲楚南！』居寶慶六年，知君者謂君之望當得首郡。君既嘗屢辭，而寶慶人則惟恐其去，然君亦終不得首郡。

君少時偕其兄退齋光祥、師錢魯斯伯坰，及居京師與學士大夫詩酒相過從。退齋既得庶常，人期君亦旦晚入翰林也。及入貲得外吏，人既交以吏事重君，又兼知君嫻于文事，四川總督修通志延君爲總纂，而君之振興庠序汲汲如不及。蜀馬邊廳楚寶慶士子遂多有秀出、才異于昔時者。君眸子炯然，貌威重而心愷悌，議論瀾翻不竭，性戇直，遇事可否無阿隨。人忌其才而畏其口，故吏事文筆延譽滿縉紳，而仕宦終于郡守。君病亟時語吾從妹：『吾官階年壽止於此，命也。』余幼時嘗謁見少宰于吾家，及入翰林與退齋相過從至熟，君亦以其時居京師，時時與文酒之會。退齋自出守施南旋調武昌，遂不得相見。而君之自蜀楚來京師，輒主余家，君既兼工騎射篆隸，又善度曲，嘗取醉翁亭記赤壁賦及唐人詩可被管絃者傳以五音，悉中律。君八子，我之自出者三，亦皆似君多藝能。君於京師爲詩酒會，意興邁往，而酒闌夜分與余言身世事輒悄然有深思。及君守寶慶而余督閩學，書牘往還復累紙如相晤，語雜恢嘲不厭。嗚呼，余將北還而遽得君訃音矣。悲夫！

君卒後余甥以墓志相屬，余諾之，兩年而未及爲，今乃按狀而銘之。吾從妹少君□歲，以君官寶慶得中憲之誥爲恭人。子三：祖同，壬午科舉人，兩娶皆陳氏吾從弟雲冕女也；錫洪，乙酉選拔貢生，候選兵馬司副指揮，君以後其兄退齋君卒後二年卒，娶南豐邱氏。祖勳，四川候補府經歷，娶南豐趙氏。妾子五人：錫燾，貴州安平縣典史；錫鈞、祖慶、祖蔭、照墀。女八人，壻仁和縣典史王如琭，新城縣學生陳常，宿州知州朱臒，候選布政司理問吳昌期，餘待字。孫五人：柯煥、步瀛、映奎、桂潭、爲堃。銘曰：

君來就婚，見余里門。吹篪吹塤，兩姓弟昆。君之納粟，余居京師。吏才之喜，出於文史。起家治邊，作守蜀省楚，君實語語。貸米負米，止止行行。親貴家貧，子能養親。緬厥軼事，徵於文字。追昔悼今，漼如涕泗。諾君墓銘，遲遲報君。終得吉卜，燾汝後人。

魯賓之墓志銘

吾友賓之少承其尊甫厚畬先生之學，雄傑於文辭；既而慕朱梅崖、姚姬傳兩先生之爲古文學，晚更服膺姚氏之說，躡虛無測深杳，迎虛以就實，雖較之曩所取，資于梁蕭統文選及柳子厚氏所爲者，氣稍弛而其意欲壓抑以趨於成，志未竟而遽卒。嗚呼，可哀也已！

君自乾隆壬子舉於鄉，一再應禮部試不遇，遂絕意進取，養親課子而志以文自見。及丙子冬，母鄧宜人促之就試，始北行。既而成進士，未殿試，聞鄧宜人訃奔喪歸，歸而與其兄繪啟視厚畬先生塋，將以宜人祔，遽與其兄同遘疾，繪辰卒而君亦亥亡。陰陽家言儒者不之信，君兄弟同日卒，人以爲有所觸於形家之禁忌。君家世有厚德，而君復志學不懈，豈天之於君子亦聽其氣數之偶值而不能爲之主耶？ 嗚呼，天之生才不易，而不能維持之以觀其成，何也？ 君與其從子習之、嗣光及余皆以戊子生，少同學志相得。 習之山木先生子也，三人者同爲朱姚之學，山木先生導之也。 君丁丑來京師，余招之居余家，與追憶少時同學事，悼習之之前卒，而交相勵以姚先生之所期。 及奔喪歸，以鄧宜人之墓志屬余爲之詞，及至家，再以書來，未幾而君之訃又至。 今乃兩脫其稿以寄君之子，蓋潸然不知涕泗之交落也已。

君卒于嘉慶某年月日，距其生于乾隆戊子年某月日得年五十有一，曾祖瑗，仕至通政使司右通政，妣鄧氏、饒氏皆封淑人； 祖京，廣西平南縣知縣，妣梅孺人； 父鴻，癸未科進士，爲河南沈邱孟縣知縣，有循績，姬傳先生嘗表其墓。 妣涂氏、鄧氏，皆封宜人。 君娶黃孺人，前卒，生子仁。 再娶鄧孺人，生子倬、佑、侶、儀，仁、倬，皆縣學生。 孫一。 君葬未有期也，諸孤以書來速，乃爲敘次而系之銘曰：

盱山之清，君其氣些。 黎水之澄，君其志些。 磬折委蛇，負仁趨義些。 峩峩闈闥，森翼衛些。 天殂君才，莫謁於陛些。 世有昌黎，孰交臂些。 翱樵籍湜，君欲軼其次些。 不懈以成，乃遘之厲些。 以葬以學，孰終君事些。 以瞑君目，以勗君嗣些。

劉葦間墓志銘

洪洞劉比部葦間，余姻也，既乞病未歸，客游浙中，往來於紹興寓舍及其子西塘官署者二年餘。 道光□年□月□日以疾卒於紹興，享年六十有八。 諸孤來乞銘幽之文，余與君晚相知而志意殊相得，不可以不文辭。

君姓劉氏，諱大懿，字堅雅，自號葦間居士。 曾祖誌，曾祖妣氏曰□； 祖衮，工部營繕司員外郎，議敘按察使司僉事道。 祖母氏曰王。 父光晉，刑部雲南司員外郎，議敘光祿寺少卿。 母氏曰高、曰丁、曰楊、曰陳，君陳夫人出也。 祖、父皆以君貴，贈通奉大夫甘肅按察使司按察使，妣皆贈夫人。 君兄弟八人，次第七。 幼而凝重聰穎，好讀書，雖生饒家而無裘馬聲色之好，惟與同邑能詩文者日淬勵於學。 既試，冠其曹，補縣學生，旋舉丁酉科鄉試，顧五試禮闈不售。及丁未而以捐輸蜀餉，時議敘銓除刑部雲南司員外郎，例不能與試，則大戚。及晚年，復官刑曹，年近七旬矣。與試御史，作論策甚工。蓋君素欲以文學自見，既不得志於甲科，則庶幾爲御史可以發舒其蘊蓄而亦不能得，嘗與余言之而意惘惘不自適也。當君初官刑部時，年甚少而不苟於其職，日治案牘夜讀律，凡讞獄要會能盡其辭。阿文成爲霽其威嚴而與胡莊敏交，相倚以爲重，以京察由郎中擢福建督糧道，半年調鹽法道，皆舉其職。嘗攝提刑事，渡臺灣治陳周全案，多所全活。及閩中大吏以賄被辠，君獨皭然無所滓。高宗純皇帝特調補臺灣道加按察使銜，慮囚無枉縱而校士也有鼓舞，旋以他事鐫秩輸贖鍰復官，補甘肅安肅道，調甘涼道。鎮靜明察，利興弊革，履勘災賑，斥去供張。鎮番民爲阿拉善人所殺，與理藩院郎中會勘，郎中欲從輕比，君曰：『今中外一家，殺人者抵罪。』何郎中悟，如君議。擢甘肅按察使，丁陳夫人憂歸，服闋，補福建按察使，調山東按察使，緣事左遷。仁宗睿皇帝知君之守，特旨用爲員外郎，補刑部奉天司，旋充寶泉局監督，吏誦其廉，不敢售欺。及差竣而長吏留之者再，迨以病乞休，而長吏始不能留君也。

君配毛夫人，歷城人，太常寺少卿輝祖女也。子十二人：肇書，兩淮候補鹽運司經歷；肇紳，杭州府西塘海防同知；肇翰，湖北候補州同；師陸，嘉慶戊辰科舉人，庚辰科進士，由庶吉士散館改知縣，旋考國子監學正學録記名；鼎來，道光壬午科舉人；同文、震亨、履坦、蒙吉、升階、益謨、頤年。女十人。孫十人：蘧，道光壬午科舉人；邁，道光辛巳科舉人。蒸、輪、輿、輅、軺、偁、銑、韶。

初余與君未相知，胡果泉中丞為余子蘭滋議婚于君女，先鑑軒兄嘗曰：『劉君篤實人也。』余既攜蘭滋詣閩見君，言論意氣悃款當事理，恨未早識君。及君補官來京師，數數過從，益知君家世之詳，蓋崇禎末出積粟以活其鄉之飢人者，君之五世祖小溪府君應春也。其家素豐而好行其德，累世不衰，及君之身而以官毀其貲，三任提刑而稱貸以爲生矣。當君往浙時，余無以留君，而還念君家世身事與余多相類，執手惘惘，有難以爲別者。甫二年餘，而君遂解弢以瞑，余齒髮亦衰矣，乃爲文以志君之葬，能無感乎！ 君命其子謀宅兆于京師，今已得吉壤，將以某月日葬於某山某原。銘曰：

惟君之敏而慤兮，歷外臺而多惠也。余未及見君之少兮，知其才之餘於事也。晚盍簪于同朝兮，顧躬躬其如畏也。慕賢哲以攀躋兮，交相策以復其志也。感先德之多所同兮，冀遺庥於世世也。卜幽宮之安且吉兮，振儒風以燾後嗣也。

徐母曾太孺人墓志銘

太孺人贛州龍南曾氏，父光紱，母余孺人。適同邑徐氏。舅成渤，嘗爲浙江布政使司理問，歸而治鹽筴於粵東。夫洪愛，太學生，佐理問居粵。是時家殷盛，食指盈百人。孺人持家毛密有條理，同居者咸無間言，其治理問及姑王安人之喪，罔不中禮也。太學君既終喪，復往粵，旋歸而遽沒。鹽筴事就弛而家遂中落。太學君兄弟五人，所祖遺老屋數楹，祭田十畝，嘗出質於人矣。孺人愀然曰：『先人遺産，寧不當以勤儉求復得之耶！』乃力箴黹務節嗇，積數十年，終能使田宅復贖歸於徐氏。孺人與子孫言及此未嘗不淚下也。孺人性肫摯而知大體，太學君生母莊安人前卒矣，孺人每以未及事莊安人爲憾。太學君居粵，孺人勸之置側室陳氏；太學君既歿，陳氏無出而守節，孺人醵金迎之歸，且厚養其母家焉。從子名暐，歿，婦鍾氏守節，孺人迎之與其姑鍾氏偕來同居，且以孫思霨爲其後。孫曾自家塾歸，必夜課之讀，且語其子婦輩曰：『汝曹各紡績以助書聲，吾樂此不疲也。』孫思霖居京師，手拔簪一枝製綿衣二襲，寄之，曰：『吾聞北地苦寒，持以禦冬。此綿衣吾七十後所製也。今八十一歲，不能爲此矣。』嘉慶二十年四月十六日，以疾卒于家，享年八十二。子二：名昞，太學生；名曙，早卒。孫三，皆名昞出。思靄，太學生；思霖，嘉慶丁卯科舉人；思霨，邑庠生。名曙之歿，孺人痛之甚，命以思霖爲其後。曾孫三，皆思靄出，德鍵、德鈞、德銛。德鈞以嗣思霖。思霖與新城陳用光友善，爲課其諸子學，嘗乞用光爲孺人壽文，欲以博重闈之歡也。未及爲而孺人遽喪，思霖持祖母服，哀毁逾常人，今復以銘幽之文屬用光，用光安敢辭。銘曰：

織纴組紃繄婦職，日勤日儉非封殖。以守兼創失復得，終來它吉自天錫。李母歸來酬庸直，敬姜勤績勵文伯。不忮不求葆厥德，願乎其外終何益！吾爲銘詞示無極，以勵士夫視此石。

約堂府君西谷葬誌

嗚呼，先府君棄養距今已二十有二年矣。其所以遲迴未營葬事者，非敢緩也，以宅兆之未得吉壤也。初，府君嘗自營壽藏于西谷先太夫人之墓左，山木舅氏嘗爲作壽藏記，後啟視其地不吉，棄去，乃更屬袁易齋守定之子潛爲相視，得鹿源，既定營域矣。山木舅氏既爲繪圖，又爲書易齋之記文刻諸石矣。己巳冬，先府君棄養；庚午春，用光自京奔喪歸，伯兄煦語用光曰：『其地不吉，盍更諸？』顧以術家言鮮可倚任者。及道光丙戌夏，伯兄之子蘭祥乃訪得邵武張繁露進士冕，乞爲相視之。及己丑，用光得視學福建之命，繁露方爲吳荷屋方伯榮光謀葬事于粵東，歸而至中田，為視得今地。蓋在丙舍之右，與先太夫人塋域南北相距不數百步。庚寅春，蘭祥啟視穴土，封寄福州而來，言定四月十九日葬期。嗚呼，用光爲門戶計，不能遵古人未葬不釋服之義，出而補官，及今復以使事羈身不能歸家負土視葬，行負神明，疚心茹痛，何可勝言！惟其地之近先太夫人，爲合於府君初願，則府君雖知有鹿源而不知有今地，亦權於義之可行而足以慰府君之志者。不孝子用光乃忍痛而誌其始末爲葬誌，以示後世子孫。道光十年三月十九日，不孝男內閣學士兼禮部侍郎提督福建學政陳用光泣述。

王陽〔一〕明寄其父稟提頭處書『男王守仁百拜上父大人尊前』家書如是，則墓志以示後世子孫更當稱姓，故遵用之。

【校】

〔一〕陽，本作『隊』，誤。據清頌堂本改。

慈母姚太宜人墳前石表辭

嗚呼，先大夫之棄養于今十有五年矣。先恭人之即世自不孝孤用光九歲時計之，至于今蓋已四十八年矣。而今慈母姚宜人復不獲享用光一日之祿養，非用光行負神明，天曷降酷使之志不克展若是！ 雖叫號呼搶，不復自比于人，終無以釋其終天之痛。 而追念吾慈母撫字之恩，無異于己出，而足以宣著吾先恭人逮下之仁者，宜有述以垂後世，用敢以不孝之詞表于墳前之石以示我子孫。

慈母姓姚氏，吳縣人也。 自來爲簉室於先大夫而未嘗育子女，然性極慈愛，諸庶兄弟無不受其顧復之恩者。庶母胡氏歿，則慈仲兄繼光如其母； 庶母曾氏歿，則慈四弟觀音保如其母。 比四弟殤，而哭之慟。 五弟瑁光生而以夢，意爲四弟之再世，愛瑁光彌篤。 瑁光之婦歿，遺二子，而保抱攜持，雖年逾六十而無倦色。 先恭人之生用光也，幼多疾，保抱攜持在慈母所，先恭人以爲逾于在己所，故嘗語慈母曰：『吾他日命此子以若爲慈母也』。用光既失恃，彌依姚宜，人及先大夫官京師置用光于家者七八年，迨年二十省先大夫於太平而復依慈母如兒時。 先大夫奉祖母諱歸里，用光隨侍歸，則率其歸事之如其姑。 比用光居先大夫憂，服既闋，欲迎養慈母與俱北，慈母曰：『若庶弟瑁光依于吾，吾就養于汝庶弟，無異就養於汝也』。 以是不果行。 蓋慈母明大義而篤于慈，當隨侍先大夫居南昌時，有尼媼勸奉佛以祈子者，慈母峻拒之，遂絕其往來。 嗚呼，先太恭人秉鳲鳩平均之德，而太宜人以仁恕慈厚應之，却不經之言而專志于覆育之事，迄老而不衰，終受仲兄繼光宜人之貤封，而年登八十有二。

當先大夫官京師時，人頌吾家家法，謂慈母退讓而諸母各致其敬恭，雖先恭人去世久而門以内秩秩如也。及先大夫謝世，慈母依瑁光以居，仲兄及用光皆官外而庶弟瑾光、嫡孫蘭祥兄弟旦夕問起居。 當辛巳冬，慈母年八十，吾家羣從兄弟婦子咸來稱觴，慈母寄書用光以爲慰，非慈母仁恕慈厚洽於衆，而羣從兄弟婦子何以頌之如一口也！ 慈母年雖高而視聽不衰，惟足弱于步見老態而已。 去年春遘疾甚劇而旋愈，數寄書用光謂無患； 今年元旦與用光魯氏女子語，終日無倦容。 比初五得微疾，進以藥未愈，初六遂綿惙，初七巳時遂長逝矣。嗚呼，用光官翰林八年，嘗冀得使事于東南以迎養先大夫而既不及待，及壬申北行補官，迄今又十有二年。使慈母終依瑨光以卒，而生則用光不獲具甘旨于晨暮，歿則用光不獲視含斂于帷堂。先太恭人之音容既邈焉以遠，而慈母之音容自是亦不可見矣。嗚呼，用光其何以食息於斯世也！

初，庶母胡宜人既葬於包家莊，先大夫以術家言不利棄其地，而遷柩以殯于厝室，迄于今未葬，及嘉慶二十三年，用光第三子之婦吳氏卒于京師，用光婦魯聞人言包家莊固可葬地也。既歸吳氏婦柩于家，而寓書仲兄乞其地，仲兄既諾之矣，而伯兄子蘭祥延術家視之，謂地且有三穴可葬也。既葬吳氏婦于左偏，而以其中爲慈母之壽藏。辛巳秋，用光妾席卒，壬午歸其柩而將葬於是。今年用光子蘭瑞與諸叔瑨光、瑾光遂葬慈母于壽藏，而以席氏祔，蓋道光三年二月二十七日也。嗚乎，痛哉！

攷之禮，庶母慈己者服以小功之服，然亦稱之爲慈母，梁武帝所以答司馬筠也。唐制嫂之服小功，韓退之以幼孤鞠于嫂，加服以期年，蓋律定大法而禮緣人情，外從乎律以從政，而內加之服以明恩人之所當自盡也。吾慈母之于先大夫貴妾也，雖無子與女，而慈用光無異于所生，今制雖著嫡子爲服之文，而援退之加服之義，用光服慈母以期年，其于先太恭人之遺命庶其有稱。嗚呼！吳氏婦用光吳氏妹之女，庶母方氏之甥孫女也，慈母於其幼也固愛之，今祔于兆，他日麥飯之供慈母，固知爲用光之子孫來也。某年月日，齊期子、國子監司業、誥封奉直大夫、前翰林院編修、充文淵閣校理、國史館總纂用光表。

志亡兒蘭瑞殯

嗚呼！吾兒之歿今蓋已百有八日矣。生則荏苒歲序，雖遠離而有見面之可期，不復計及于月日也；死則忽乎其有月日之限，欲再見吾兒而不可得矣。吾兒去年春以送妹歸嫁于譚氏河口之官署，冬攜其婦子歸中田，謁吾慈母及諸姑伯叔。吾慈母之終，堂有吾兒夫婦父子及其同歸之魯氏姊侍側，吾痛慈母，知慈母之以吾兒女在前爲慰也。嗚呼。孰謂未逾月而吾兒遽死耶！吾兒初欲以暮春北來，以吾歸席氏妾柩俟任其葬事，及慈母歿謀同葬，吾兒復欲代吾任視葬事。其性質淳厚、治事知大體如是！嗚呼，孰知其意不及行而遽先死也！

吾兒讀書姿性不爲魯而急于求名得科第。初鋭意爲詩，思接跡于其外舅吴子山；及見予治漢宋儒説，則又欲兼治之，而以屢黜於有司之試，鬱鬱不自得，因是得上氣病者六七年。余以其病，亦不復問其讀書事。以其屢欲應南試而未果，去年乃使送妹以南行，吾兒既得遂其意則甚喜，及試而又黜。度其不自得必彌甚，而書來輒言其『舊疾雖發不爲患』以慰余。及歸中田，數月間遇四喪事，既不能無勞悴，而正月中田有疫疾，吾兒初患體熱，醫者以為體弱不任攻治，欲投以補劑，吾兒初不肯服，逾數日疾未已，勉服少許，氣大壯，遂以二月初五日卒于家。其得年三十有五歲也。嗚呼，修短有定數，醫之未當與其運之將盡適相會與！今世人遘疾多如此，此無足爲憾，獨吾兒非不可成就之材，而吾不能因其性之慤有以擴其識，使不狹于心以無遘乎疾，是則余不慈之痛無以自解者已。

吾兒既歿之後，吾玉士弟以書來，謂將厝於西谷丙舍。吾既諾之矣，既而思之，丙舍非叢殯之地也，其已殯而遂吾弟愛姪使依乎大父之殯以殯之，思與未殯而別爲厝室，以預遠乎後人口實之藉，皆聽家中人决之而皆不可以無志，乃忍痛而書之如此，以俟吾孫大煥既長，能舉葬事而補書其塋域以納諸坎中。時道光三年五月廿三日，父陳用光志。

壽暉厝志

壽暉，新城陳用光第六女子也。其父與蘇州譚琴崖舍人元友善，兩家之婦女往來如兄弟。其母席氏妊壽暉時，琴崖妾王氏來謂之曰：『吾主人未有子及女，而君家多男，若生男也則已，若生女也，以女我，我有女冀可有子也。』其母曰：『諾』。既免乳，女也。逾月，王氏抱以去乳養之。逾年而王氏及他妾皆有孕，余婦魯恭人曰：『向與若約，有孕即以女還吾家，今當如約矣。』琴崖雖愛之，無如何。余婦遂攜女以歸。琴崖注選得吾郡司馬，行逾時而其他妾生女，王氏生子，琴崖謁吾先府君于中田曰：『是不能爲吾家女也，其可以爲吾家婦。』先府君曰：『諾』。司馬以書與余舉是言，余亦遂諾之。道光二年，余命長子蘭瑞送之歸嬪於譚氏，逾年生一子，又逾年而以疾卒于撫州之府署。其生以嘉慶十年六月初九日亥時，其卒以道光四年七月二十八日卯時，年甫二十也。

嗚呼，余有七女子，其長者四人皆嫡出，壽暉與其姊祁氏女子及其妹壽蕓皆余妾席氏靜娟所生也。余第三女適鶴湖王氏者，生一女兩子而前卒，卒之時其翁姑皆哭之慟，曰：『是能宜其家，其事上能敬而其待下能仁恕者也。』今壽暉生子甫逾年而遽卒，卒之時其翁姑亦哭之慟，曰：『是能宜其家，其事上能敬而其待下能仁恕者也。』鶴湖王氏家席豐，而琴崖之官吾鄉有政聲，父母之愛其女而爲之相攸得其所難矣，得其所而翁姑又皆稱之曰賢則尤難。吾此兩女皆得所難得者而皆不得永其年，而壽暉之年爲尤促。其母既前卒，而吾長子送壽暉歸旋亦卒于家，余俯仰歲月，安能不於吾壽暉彌哭之慟乎！琴崖將舉其柩歸厝于蘇州之祖塋，吾乃忍痛而爲誌，以授吾壻。其銘曰：

吾見汝貌之豐兮，而聞汝之病以瘠也。吾忍而使汝遠行兮，而汝乃忍而遽析其營魄也。汝性敦而識明兮，胡不能享富貴以長生也！舍父母兄弟以不再見兮，而就長夜之母與兄也。其生也於燕，其殯也於吳。吾欲一撫汝柩兮，知何時而得慰吾于征塗噫！

韓理堂先生墓表

韓理堂先生，乾隆間粹然爲宋儒之學者也。蓋自湯文正、陸清獻以宋儒之學興于國初，雖其所從入於朱陸者各異途，而立身制行皆闇然爲己，無標榜以爲名者。然清獻尚兢兢守程朱家法，懼世之爲陸王者師心自用以爲學術患，集中學術辨及與湯文正書是也。自爲漢學者興而世乃樂以宋儒爲詬病矣。先生當漢學未甚盛之時，故所言不及爲漢學者之失而惟守清獻家法，其言曰：『自平湖之說出，爲陸王者未嘗不氣爲之下，豈平湖之辨異人哉？以其所樹立知尊程朱之無弊而大有功，其闢陸王爲非徒然也。』嗚呼！觀先生之言如此，豈徒以口舌爭爲衛道者哉！故吴中彭尺木先生嘗曰：『國家明德醇懿涵養百餘年，其應徵于士類者於韓閤兩公見之。』閤謂吕樂閒考功循觀，韓謂先生也。

先生名夢周，字公復，號理堂。其先滇人，自明中葉籍于東萊，遂世爲萊之濰縣人。曾祖有極、祖瑚皆諸生，父承休，候選主簿，母張氏。先生生三歲而孤，承母孺人教，幼即揭『無不敬』『思無邪』二語於座右，蓋其所趨向已定於少時矣。乾隆壬申舉於鄉，丁丑成進士，丙戌作令于滁州來安縣。來安北繞羣山，南多圩田，民凋瘵甚。先生依山種桑，募兖沂人習于蠶者教之蠶。嘗欲開浦口黑水河，使邑南之水不由瓜埠口可直達江，則圩田不受災而民利數倍。其地里丈尺工程具詳于著圩田圖三記。其時大學士高晉爲制府，嘗與先生同議開河事，欲爲請于朝，會先生以蝗災罷官，事遂寢。

先生之罷官也，戊子夏，滁州和州旱，先生具狀報災，月餘累十畝始得請，並其鄰近十餘縣皆緣來安得議賑。顧踰歲，庚寅，先生方分校鄉試闈而淮南北諸郡蝗大起，分巡道以先生偕諸捕蝗不力者同時劾奏，並落職。先生愛民煦煦如恐不及，治事暇或歷鄉村，輒與民言家庭孝友事，至爲之流涕，而其待胥吏則嚴明不少假借。嘗斥去其蠹吏之害政者，役請于大吏乞復之，不許。會有大姓犯法逃，役故與大姓善，請捕之以自効，先生終不許。役既去，民始安。先生之罷官也，民餽問以薪酒者相屬。逾四十年，來安人尚思先生不置云。

先生少讀書程符山中，既罷官歸程符，四方學者從之學，先生輒舉宋儒之學以爲教。其論制義舉業，以爲有説經之文，有自得之文。於自得之文則舉顧端文陸清獻，蓋言其所自得先生之志，而因文以明道，先生之教也。家居凡二十七年，以嘉慶三年某月日卒於家，年七十。明年葬於其縣城南祖墓之西南。用光少時從魯山木舅氏學，嘗寄質文字于先生，又嘗從舅氏所得先生所寄史記例意，始知史記有震川之學。先生于山木未嘗面而歲以書問相往來，用光于先生亦未之面也。嘗怪近日言學者輒相勵以漢儒訓詁，並無及陸王之學者，使先生於今日，其所致辨者不在陸王而在漢學矣。

用光既慕先生而恨未得見其人，今去先生沒時星逾一紀矣，乃撮先生爲學爲政之大者以應賈侍御聲槐之屬，而表于先生墓前之隧，至其族系子姓則備載于墓志銘，茲不具云。嘉慶十九年十二月翰林院編修新城陳用光表。

鄧簣山墓表

先生少家貧而勤於學問，嘗假友人書舍讀書，誦達旦不輟。既舉于鄉，遊座師蔡文恭公河南學幕及隨居澄懷園者數年，學益進。蓋四試禮部而後成進士。既以知縣用，歸家待選，則益肆力于濂洛關閩之學，植躬行已，非義不蹈，嘗曰：『才足有爲當自志有不爲始，舍是而能自立，未之有也。』

居數年，謁選得四川之綦江，善聽訟，蹈瑕抵隙，使訟者不能遁其情，及讞之成未嘗事敲撲也。調署江津，江津民宋志聰與黃君相不相能，而楊在高在位與志聰爭博進，在位毆志聰僕死，置尸君相所，前江津令遂以君相論如律。周秉魯使周景康索周應律財，景康盜伐應律樹，應律刀毆之傷未至死，居周宇先家，應律控之典史，典史遣役往，秉魯招景康偕役訴之縣，中途景康不能行，互相怨，秉魯毆景康死，棄尸崖下，誣謂應律實棄之。前江津令亦遂以爲應律當論如律也。有控宋志聰讞爲不實者，重慶守王采珍舉待質中三人，屬先生曰：『死志聰者于此求之。』先生既訊得實，拘在位至，在位亦具服，讞定上大府。前江律令聞之，屬居省會同鞫此獄者，謂君相已瘐死獄中，第當如初讞。重慶守不可劾前江津令，同鞫獄者迺當楊在高論如律。讞兩上，按察使不右先生，先生爭之力，按察使滋不說。會周應律獄上，按察使曰：『應律毆景康矣，景康之死不問秉魯可也。』先生曰：『檢尸前後傷異處，死于後傷之重，不可以爲死于前傷之輕也。且應律居距宇先家十里，景康死之夕應律父子俱居家，其鄰人皆知之，何由棄之崖下乎？』文移再上，比先生旋綦江獄始定。當未定周應律獄時，定遠縣民譚學海爲何人殺死，定遠令拘韓奇元等六人訊之，具服，且從韓某家得所埋屠刀。定遠令彌以爲不疑也。比至郡乃稱冤，檄先生往治之，得鄧理瑤、殷立立、瓚二偷挾仇殺死狀，論如律，六人者迺得釋。郡守胡承壄欲劾定遠令，先生曰：『江津之讞人以某爲操切，令周秉魯獄尚未定，某何敢居平反之功乎？』固請之乃已。先生治綦江二年，聽斷敏而訟日就簡，比再署江津，適遇三獄理枉獲實，心力交瘁，而僚寀持之以惑大府，非先生聲望素著，意不獲伸矣。先是按察使嘗語某君曰：『爲令但法鄧君足矣。』然則亦非不知先生者，而讟言弗受，遂至聽熒，以此見獲上之難也。

先生旋丁父母憂，歸數年出，補陝西之洵陽。洵陽民淳樸，楚人之流寓洵陽者教之訟。因胥役有藉事爲患于鄉者，控罷之，遂持官短長，官無如之何。先生至，訪問民間疾苦，一切以嚴明爲治，而於諸楚猾若無所問者，徐廉得其斂錢諸簿籍，置數人于法，洵陽以大治。楚饑，運米於洵陽，洵陽人患之，請于先生，既勸以平糶矣，而有力者尚蓄米居奇。次年春，楚人率衆強借米，距城二百里，勢甚張。先生從數人馳諭之，皆叩頭曰：『公活我。』先生令十二人從至縣，十二人請由徑行，果先至縣，訊之，論如法。畢中丞過洵陽，聞而亟稱之。調署岐山，旋調寶雞，治俱如洵陽。當在洵陽時，畢中丞再撫秦，語先生曰：『君尚在山中耶？』秦人以近南山，州縣調三輔者爲出山，故中丞云。然在寶雞時，回民田五爲亂于石峰堡，先生防守縣境，陟厓碥、披箐篁，民恃以無恐。及漢南援兵過境，先生爲供其車馬乏困，民皆應役如趨私事。既平，他邑訟派累者相踵，寶雞民乃製錦爲縣官壽。過客歎曰：『君豈有餘財爲供張耶！』官無所私而區畫得宜，乃使民知感如是，孰謂廉吏不可爲耶！頃之擢知商州，再擢知漢中府，時先生年逾七十矣。再護漢興道，將乞休歸，制府宜綿以漢中守方防守西鄉，乃令先生辦漢中府事，先生募鄉勇相險易爲防守，自冬徂夏，跋涉山谷，得足疾，遂引疾歸。歸十年就養於子傅安羅源縣官署。嘉慶戊辰十月十八日申時卒，享年八十有六。

先生故善爲文，所著有楙亭文集十六卷。其他主端明鹿洞書院山長所誨示士子、及在官所修志書復共若干卷。先生官洵陽時，答大府諮訪事宜、諸官行文字，皆詳究利病可資考核。子傅安輯之爲外集。先生所至，興學校，濬溝渠，旌節義，修廢墜，與時消息，所爲必果，茲皆不書，書其大者。嘉慶二十二年，陝西諸州縣民人請祀先生名宦祠，巡撫聞于朝，年冬得旨如所請。先生以乾隆甲子與先大父同舉于鄉，先生用光大父行也，顧未得謁見，今得讀先生之文及傅安所爲行狀，以爲先生真不媿西漢經生循吏之目，顧請祀名宦發于秦人而不能繼于蜀，故用光所敘先生治績詳于蜀而略于秦，以告後人之學期爲世用者。

魯習之厝志

嗚呼，習之余舅氏山木先生第三子也，今歿已十五年矣。習之與余同生于戊子，日月後于余，自年十三時與余同一室讀書，至己酉，余省父太平，君得拔貢生往京師，始別去。然在太平相聚者猶浹月。

君聰明強記，自幼時覆誦詩書三禮如流水，予則往往不能舉其詞也。長為文字有奇氣，徵引典章制度尤詳核，余彌愧弗逮，然歡如兄弟。十六七時爲陸王學，說禮喜劉原父貢父也。山木先生爲古文詞，晚與姚姬傳先生以書札相切劘，習之兩聞其說，服膺之，與余約肆力于是，以竢其成。嗚呼，習之志未究而年已促之也，使假之年，其所至安可量耶！君以壬子舉於鄉，四應禮部試不遇，己未夏病卒于京師。君後其叔某君歿時所後母猶在堂。君篤實務學，山木先生極愛之，君亦能志山木之志。自父卒于夏縣官舍，君伯兄挈其庶母幼弟以歸，君能教督之。君沒而庶弟乃無爲學者。今年其庶弟來京師，傫然旅食，余悲念舅氏明德，愧未有以羽翼之也。大興翁覃溪先生所從得拔貢師也，今年余數過蘇齋，退輒憶君，以爲君在與同講肄原父貢父，他日其庶幾矣。

庚午，余奉父諱奔喪歸，聞君尚未葬，蟲齧其前和，易柩而厝于佛寺。余方謀先人宅兆，治郭璞葬書，思他日當爲君營之。今感庶弟之來，又悲君不得同過蘇齋治經學，乃掇君生平以志余哀。他日〔一〕葬君即畀其子以爲墓銘也。君初娶宜黃應氏，無子。繼娶同縣饒氏，生二子，曰某、某，皆余從兄弟壻也。君卒時得年三十二。銘曰：

春秋母弟非偏詞，何休邪説伊川譏。鶺鴒在原急難時，不如友生詩乃唏。君志淵蓄事肩仔，天閼不覩鸞皇輝。先人明德曷所稽，殯宮苟厝窆未治。後死之責非吾誰，知吾悲者舅氏師。

【校】

〔一〕日，本作「目」，誤。據清頌堂本改。

魯習之哀辭

君姓魯氏，諱嗣光，字習之，吾外祖晚含山人淮之孫而吾舅氏山木先生仕驥之第三子也。山木先生以君後其從兄德綬。君幼聰敏，讀書目數行下，長而強記，能博通諸經傳說，爲文章操筆立就，山木先生深愛之。年十四爲學弟子員，未幾列高等食餼學使者翁閣學方綱至，得君仲兄肇光及君文，灑然異之，而尤重君。乾隆五十四年，舉君兄弟爲拔貢生。閣學視學江西，所得拔貢生多博學知名之士，而尤愛君兄弟，爲作魯貢雙玉歌以寵異之，是時君年才二十一耳。已而應朝考罷去，留京師二年，會山木先生出爲令于山西夏縣，挈仲子肇光行至井陘，子歿，君自京師抵山西，迎仲兄喪歸。壬子科得江西舉，明年會試被黜，又明年丁山木先生憂，服闋，再會試，再黜。遂以嘉慶四年五月十三日病卒于京師旅舍，年三十二耳。嗚呼，孰謂吾習之而止于如是也！

君篤于兄弟之愛，恭于待人而嗜于學，其于人世聲色貨利之好，未嘗一以攖其心。初承山木先生之訓，爲古文甚銳，及得拔貢，肆意于考據之學。癸丑，自京師歸，過江寧，見姚姬傳先生，聞義理文章考據三者不可缺一，篤信其說，思所以一之者，然以家貧不能竟其學。體素羸多疾，又益以居家鬱鬱不得志，去年余自陳州歸，與君相見握手，驚其病且憊，問其故，君曰：『余患肝氣上逆，伏枕者數月于茲矣。』余爲寬解之，勸以輔導藥餌，未幾稍愈，至八月又病，後稍愈，遂力疾北行。余雖慮君之多疾，然以山木先生之積累及君之志于學決之。固謂天之待斯人宜其厚之以見其成也。嗚呼，孰謂理有所不可必，而今君竟死矣！

君與余及其族叔績賓之皆同年生。月日皆後于余，三人者自十六七時固皆以學行相砥礪也，君爲學喜陸王之說，余嘗執程朱以難之，當其居學舍中，辨難迭出，相愛而不相阿。君既以拔貢入成均，而余亦遊江南謁姬傳先生于江寧。自是之後，君與余在家相聚之時常少，近則數百里，遠則數千里，要未嘗不以書問相勗戒。嗚呼，朱陸之見雖異，然固皆古之賢者，余固不足追希朱子，而君于陸氏之道亦豈能遂盡之爲無愧哉！其年方盛，學尚未成，乃挾其志而遂已死也。由是觀之，天之所以生君之意，固亦不可知也已。嗚呼哀哉！

君雖不遂其志，而其名固已見重于當世前輩，如彭尺木紹升、韓理堂夢周、王蘭泉昶、秦小峴瀛諸先生，固嘗交口譽之。君始娶宜黃應氏，無子早卒；繼娶同邑劉氏，生子二女二。今君之生母及所繼母猶在堂也。余悲君之不遂其志，乃爲之詞以紀其哀。曰：

何皇天之生若人兮，羌伏志而莫伸；秣騄褭而不以就道兮，刈蘭蕙而不使揚其芬。惟微言之既絶兮，垂一綫于經傳；賴後儒之纂述兮，人曠世而一見。既生才而可肩兮，乃中途而蹶之；遺稚嬰于在抱兮，痛白髮之在堂。既素志之莫展兮，又身事之堪傷。彼翕訿之夸毗兮，固濟之以其遇；阨斯人之美淑兮，憯莫知乎其故。誦莊氏之寓言兮，彭與殤其終齊。惟君之不怛化兮，吾固不能援是以塞悲。

太乙舟詩集

太乙舟詩集卷一

聖駕再詣盛京謁陵禮成恭記五言古詩百韻謹序

臣聞之荀子曰：『禮有三本：天地者生之本也，先祖者類之本也，君師者治之本也。』故禮上事天，下事地，尊先祖而隆君師，是禮之三本也。粵稽往牒，軒頊以降，訖於姬周，咸遵斯師軌以究盛化，故下土之詩曰：『永言孝思，孝思維則。』言下土之式，式其孝思也。又曰『昭茲來許，繩其祖武。』言以繩祖武者，昭來許而受天佑也。孝莫大於尊祖，位在德元，以帥天下，故曰治之本也。秦德靡稱，漢唐以還，間有令聞而厥道未究，雜議失指，感生帝老氏諸祀，與上陵之儀並著，識者哂之，從未有如我大清受命，聖聖相承，報本追遠，殫仁孝之思，則古稽經，垂正大之典，謁陵上儀，傳為世法，赫赫煌煌，軼漢唐而媲隆古者也。我皇上紹聞衣德，篤繩武之思，昔歲乙丑展初謁之儀，今茲戊寅展再謁之禮，歲逾一紀，愾慕彌切，乃命宗伯，乃命太常，俾率群僚，恪恭趨事。乘輿既駕，風日和霽，就依之忱輸士女，穎栗之象茂禾黍。禮・稽命徵曰：『天子祭天地宗廟，六宗五嶽得其宜，則五穀豐登。』唯今年夏雨澤愆期，皇上日昃不遑，禱雨立應，迨及秋成，其豐登之驗，遂著效於輦路經行之地，稽命徵之言信夫其有徵矣。 謁陵禮成，次第舉行慶賜諸典，旋蹕回鑾，人神悅喜，臣忝與史職，勉竭思慮，敬制五言轉韻古詩一章，以著明我皇上孝治天下，建極錫福之要道。其辭曰：

皇帝仁天下，九宇拊一綱。政示董勸備，教兼條目詳。仁聲既洋溢，孝思彌旁皇。俯斯海內安，仰眷祖德長。議禮守家法，謁陵垂典章。祀感生陋漢，祀老聃哂唐。天書及齋醮，宋明徒誇張。祛彼謬悠說，煥斯赫澤光。紹周敷下土，繹孔開明堂。民悅志丕應，天貺年斯康。維二十三年，宇宙大榮鏡。敘歌協戊楙，覲揚達寅敬。恢張樸厚俗，念釋風土詠。履端有賡歌，單心實彌性。秋稼迨登場，禮官前著令。翊衛必整肅，供億毋侈盛。舉典重明禋，巡方兼展慶。臣職諧厥弼，天語稟於聖。屆期玉宇澄，麗蹕鶉羽映。瀼瀼珠露鮮，櫛櫛銀雲淨。皇心軫民瘼，邇言恒用中。屬時初收潦，馳道方鳩功。子來歌竚就，畺吏請則從。壽星既次昬，翠華乃巡東。玉軑藹佳氣，雲罕翻祥風。夏諺士女樂，周原禾黍豐。惟夏仲及秋，斡運誠則通。禱雨雨既應，祈年年既逢。聿觀豫大象，式慰乾惕衷。一闢聯內外，比境呈雍容。翼翼承天庥，綿綿仰祖澤。峨峨啟運峰，繹繹興京北。省山緬四聖，肇基撫萬國。言念締造艱，罔不辛勤積。朱果溯貞符，神鵲翩靈翼。惟聖實承天，惟天實佑德。唯四世重光，乃九有正域。彼駾既昆夷，就擒先葉赫。劍崇墉言言，闢新城奕奕。萬古此遼陽，橋山護靈宅。天柱何巍巍，隆葉何嶷嶷。龍飛瀋水陽，鳳舞陪都西。惟太祖太宗，神武天人姿。慷慨十三甲，摧落百萬師。壁如山嶽峙，陳則風霆隨。伐謀每制勝，搗虛恒出奇。蕩蕩薩爾滸，前掩文戡黎。業業松與杏，遠軼湯升陑。耆事仰作述，繼序奎章垂。成皋與昆陽，前史空費辭。昔歲在癸卯，我皇言扈蹕。天祖相高宗，主鬯默禱吉。昔歲在乙丑，嗣位薦芬苾。樂府奏朱鷺，工歌練時日。陟降慰在庭，鴻儀爰祇遹。疏數時則因，僾愾誠惟一。及茲星紀周，敢緩珠邱謁。旻序撫由庚，鉤陳營太乙。鬱鬱循枌榆，潛潛帶沮漆。今懷紆昔緒，淳風臚再述。前期命宗正，玉牒方告成。際茲時邁典，彌軫綿瓞情。尊藏涓吉日，扈衛掄春卿。惇宗示奕禩，睦族風寰瀛。遼陽既轉蹕，鉅典輝盛京。大禮質文備，至孝愴慕並。元端初展謁，諦思穆若凝。禮服舉大饗，天容睟以承。備物薦嘉栗，列綴歌昇平。峨峨奉璋侶，翼翼鏘珮聲。乃御崇政殿，詄蕩天門啟。贊唱序鴻臚，糾儀肅司士。自我鵷鷺行，暨外藩同軌。戢戢耀鴻翩，亭亭森鵠峙。鞭聲羽葆外，瑞靄爐煙裏。堯階黼座高，舜牖天顏喜。錫宴盛醪羞，頒賚羅金綺。恩周左輔氓，歡騰南頓里。媯虞稿飫篇，姬周王會禮。式瞻茂典昭，載詠鳳凰蹕。聖孝殷纘緒，法考懋仔肩。回謁裕東陵，愴慕彌捐捐。撫序惕霜露，衣德敷垓埏。持茲豐歲樂，上畣景貺駢。辰斿瞻晻靄，丙御知流連。配命凜菑獲，省風廑化甄。鑾輅既旋軫，析木方次躔。告至詣太室，受釐鳴宮懸。熙熙樂黎庶，肅肅陳班聯。爰進詠仁頌，爰第上壽篇。昨歲奉詔書，颺言貴敦厚。體勿涉誇張，詞物呈繁富。今歲奉詔書，九職次園囿。劭農法純皇，申命章由舊。敷言屢提撕，振德勤造就。教養義所該，宙合歸在宥。民氣靄以舒，皇心溥為覆。極仰君師建，福迓天祖佑。歌詠錫類恩，忭舞上儀覯。勉效康衢吟，敬祝聖人壽。

述祖德詩二首

儒者愧質行，難為軒冕榮。創垂重世德，纘緒斯有成。峨峨萬石公，家法垂西京。可憐卿慚長，失笑彯華纓。顓愚守本性，浮薄謝忠貞。苟有趨世資，寸心安所誠。嗟余生世晚，每思遺澤承。趨庭得敘論，感昔紆遙情。持躬貴特操，師聖崇令名。高樓足萬卷，感歎藏書楹。家有先大父藏書樓。昔我先大父，居積從治生。敝衣不掩骭，惡食茹藜羹。涉江濟沉溺，義重千金輕。覆舟一援手，急難心始明。先大父於南昌舟次遇鄰舟淹覆，罄囊中金募人救溺，無一人被患者。大父重樸學，說經推鏗鏗。生平奉宋儒，闇淡羞浮名。遺德百年間，濟濟見簪纓。誰遺詩書澤？而無衣食營。作勞想當日，艱難心力並。抑志得遠覽，恣意多夸情。用心苟異尚，嗣業安所成。鬱鬱青松枝，願保冬日榮。灼灼桃李豔，華落忽無憑。大易戒日昃，神禹念滿盈。凡我同自出，無忽循牆銘。

恭題大父凝齋府君撫琴遺照

我不逮事祖，而得大母憐。我翁官京師，置我兄嫂前。念其失母早，大母愛愈專。往往自塾歸，召與共食眠。大母所居室，有堂名壽萱。堂中大父像，危坐撫冰弦。長髯瘦輔頰，目若望羊然。日夕爇香瓣，大母手自前。時時顧我語，汝祖當中年。時方富產業，而未營居廛。即今進士第，門前屋一椽。汝祖實居之，簿書雜簡編。晨起手一卷，盥罷衣未穿。目誦而心維，所志唯聖賢。我箴黹紡績，治米鹽豆籩。止此斗室中，氣靜心不煩。書聲自琅琅，市聲自喧喧。曾無簾垂波，曾無香篆煙。曾無樹映屋，曾無花照筵。曾無臺畔石，曾無亭外船。力豈不能營？心固有所捐。汝輩享其成，桂棟復蕙櫋。但聞營花木，不聞勤丹鉛。較汝祖所處，孰優孰絀焉？汝稚體素弱，督課乃稍寬。胡為逸且諺，骨蚩皮空妍。汝舅師汝祖，善誘孰能先？昨者怒廢醴，欲搖謁選鞭。我雖長跪謝，暫留師席尊。汝苟不善事，去意難再援。汝母善事我，逝矣墓草繁。我雖目不見，舊事常胸捫。汝母勤女紅，勝汝勤詩文。晨起來侍我，績筐倚我門。我今每櫛罷，輒疑汝母存。汝苟思汝母，豈不宜推恩？若再慢汝舅，我則心憂煎。作書寄汝文，答汝當十千。嗚呼成童事，歲月忽若奔。大母不可見，我父殯空園。熟思家庭語，捧硯惟涕潸。憶昔魯厚畚，愛我如璵璠。謂見眉宇間，知是凝齋孫。孰知韓愈子，識字誤金根。我翁摹遺照，石刻吳中刓。嘗欲立義學，奉像書樓安。石刻雖什襲，齎志未得伸。本圖歸我家，伯子藏弆虔。諸叔分摹之，贉錦匱以檀。昨者蘭祥來，奉像護朝昏。南歸我留之，此像今居燕。我亦新購宅，烝嘗營吉蠲。祀事曷敢懈，歲時祭蘋蘩，作詩述祖德，重以大母言。以示我子孫，樸學知本原。題其分摩卷，我叔復有云。即緘此詩歸，初志明未遷。琴德固世守，琴譜愧未嫻。他年請諸叔，先肄文王篇。五叔父亦善鼓琴

西水園即事呈履堂三叔父

清晨盥沐罷，讀竟一卷書。閑尋西水園，上堂問起居。叔也性恬逸，樂此萬木疏。種松得庭際，晚菊映前除。秋花淡不媚，孤根節仍舒。推茲觀物理，培養固未殊。寒雲瘦日色，曝背暄有餘。家醞時復傾，喜擷霜後蔬。景物況可欣，乍覺雜感祛。世情眩朝暮，失笑狙公狙。一知齊物我，俯仰恒足娛。性愜理自昭，慮靜心寧紓。夙昔荷恩誼，常恐報稱虛。何以立名義？未要時人譽。

送仲兄至長新店歸後卻憶

對坐或無語，論事時復爭。一日不相見，始覺君遠行。念君此日去，已非捧檄情。身累甯易遺，夙心唯自

盟。昨宵曉月色，照君鈴鐸聲。驅夢輿途遠，計日還計程。

題荷花便面五言一首應姚氏慈母命

照月似無影，著紙香欲生。色帶綠波靜，氣含曉露清。亭亭當遠渚，皎皎明風櫺。素藕一相對，遙懷難自勝。我家黎水上，十頃涼雲平。幽榭臨水閣，兒時曾誦經。把卷碧廊下，照影澄流明。當年母氏慈，追想徒淚傾。望兒學日進，望兒名大成。心同蓮薏苦，念比藕絲縈。兒時詎複知，長大還自驚。可憐春暉逝，不照寸草榮。廿年把圖畫，懸想彌悲辛。先太夫人有荷亭課子圖。慈母即我母，煦嫗逾所生。繈褓迄就傅，兒身即母身。至今就官閣，責學彌精誠。每誦我母言，涕泗還交並。兒身雖長大，兒心如稚嬰。敢忘夙昔訓，負此七尺形。出水泥不染，願兒學蓮貞。碧藕可延年，願母享遐齡。

元旦試筆用山谷贈柳展如八詩末首韻自勵勵兒孫輩

孰體造化巧，而成桃李蹊。人功等決水，東流可使西。汝輩非朽木，吾智慚越雞。莫謂日用問，後得無先迷。

張船山前輩得令弟壽門書作詩云特書思蜀否大義責萊衣君擬此問樂我愁何日歸蓋其時以乞假未能故也愛其情辭婉摯因用頷聯十字作詩十首寄家中諸昆季兼示內子及侄蘭祥

午窗淡無事，掩卷日遂曛。離懷政多感，秋聲況復聞。小園茂水竹，鄉夢生幽雲。歲晚孰華子？盟心唯此君。

孰侍老親養？粲粲有門子。我非溫太真，去家輒千里。悅親亦有道，軒冕詎足喜！北山誰解嘲？移文能自擬。

兩弟頗聰秀，四兒亦可喜。幼者習句讀，長者授經史。養蒙有聖功，俗儒寧辨此？朝來散帙罷，心逐秋風起。

登高一樽酒，坐看九日山。微雨城外來，不見雲中鬟。勝遊一攬結，夢落泉石間。塵慮無須浣，熱念天所慳。

人生無知己，雖貴亦不樂。西山昨避面，此詎亦殊惡。文章有內心，微尚知所托。豈有黃金籠，能豢青田鶴？

單棲生綺懷，乃得隨清娛。能燒心字香，不索十斛珠。朝來一攬鏡，笑問誰如吾？持此慰蘇蕙，回文寄得無？

黃金擲虛牝，束錦供纏頭。雖縱杜牧懷，而非宋玉愁。國士有貧賤，美人無蹇修。此中覓知己，政爾難為酬。

一別千里外，三年歸夢多。自君之出矣，鄉懷良若何？恩義期永久，深情無蹉跎。莫信扊扅語，聽取蔽珮歌。

仲容負奇姿，讀書愛永日。如何秋風淚，又灑生花筆。前修渺莫攀，人事難於出。斟酌言行間，自得有真實。

坐石水一灣，依檻山四圍。故園有佳處，鄉雲招我歸。秋風有成約，桐陰堪息機。來年蓮花渚，定浣緇塵衣。

勖幼兒蘭豫二十初度

稽諸古禮經，二十曰弱冠。成人始有責，幼志於以换。有衣粲列椸，有食饋盈案。行庭玩雜花，憑幾弄柔翰。此福誰所遺？此身詎可慢！而翁食舊德，挈家從薄宦。志事竟何成？往者愧莫諫。尚思收桑榆，矧汝日出旦。而翁不足法，得師人所羨。汝今復得師，規瑱乃可患。毋不憤不悱，毋乃逸乃讒。治經與治史，其功歸一貫。勉旃習所傳，日夕勤濯盥。

入江南境候吏來迎因憶幼子蘭豫卻寄

青海有于役，往返旬有餘。歸來大佛寺，寫經課何如？秋賦值鉅典，方馳使者車。汝職可候吏，曾隸懷方無。汝兄方應舉，我今使在途。汝心縈兩念，既喜復鬱紆。語汝無鬱紆，修職惟自劬。枝官能自立，奚異能經畬。守身即養志，濟物即返餔。汝師吾石交，日夕乘馹俱。倘寄汝誨言，汝紳同書諸。

責子詩

夜讀神則靜，繼晷功有常。螢雪光可借，爐扇事或忘。古人成名去，刻苦非淺嘗。奈何伏案業，惟以酬朝陽。日中誰驅汝，息版事倘徉。養心如樹畝，竭才如挽強。灌溉苟不勤，何以發芳香？功力苟不到，慚此布鵠張。理宜應端悟，學勿舍業荒。汝妹年十六，夜誦聲琅琅。使我推枕起，亦就燈燭光。喜其事嫡母，至性能自將。悲其失生母，針黹依嫂旁。男子不如女，使我暗神傷。我老已廢讀，自責恒皇皇。趨庭況無福，授經知難望。責子惟厲祝，老淚傾淋浪。

五月初四日得孫三日殤去

彭殤理本齊，哀樂感中年。既喜犀果投，忽見柳槽眠。熱風吹曇花，三日飛如煙。庸醫色不赧，賀客辭難妍。明知含飴事，轉盼當有然。奈此啼聲好，滿月好頰顴。多男慰我親，回憶壯歲前。及身思抱孫，乃遲阿翁緣。涼德有感召，反躬省厥諐。釋悲來慰我，所喜新婦賢。探環事則有，積善培心田。身教雖自愧，言教敢忘旃。明年裁文葆，仍照榴花筵。三子舉三孫，襁褓來膝邊。我當懷餅餌，飲以荷筩鮮。阿婆亦舉案，霜發未盈顛。

留別從子希祖

與汝廿年前，左塾同受書。師說有未達，退則來商余。與汝比年來，京華同寓室。汝方佐法曹，我則事占畢。占畢何所為？應舉求人知。徇俗聊爾爾，寸心方自嗤。為余例當避，橐筆不就試。遂令衡文選，於汝缺位置。此意汝良厚，此事人不能。葛藟知所庇，桃李寧足矜！汝意餘於真，汝才不及事。木訥而近仁，知非聖所棄。雖然君子儒，於學貴大通。將牢或太過，束縛且自窮。汝習晉唐書，濡毫辨波磔。倘不涉宋明，安能自成格？汝喜輿地學，班志能校讎。輒於近人言，有說不憚求。二者汝所明，百端可充拓。本心無所蝕，自處甯傷薄。生當古人後，一說難自專。與時為變化，事濟身亦全。悠悠人海中，年華各逾壯。汝如石建恭，我則阮籍放。回思兩小時，意氣浩無涯。涉世一默勘，進退寧自欺？束裝戒徒御，及茲事遠別。作詩當贈言，相期各曩哲。

錡斯侄以二十歲感懷詩見示索贈

玄鶴無卑棲，所憩珠樹林。朱弦緪古瑟，悅耳非近音。我生結老蒼，違俗諧遠尋。壯游不自惜，時人頗見侵。詎知阿咸意，猶複相契深。釋慚不止謗，慕古終違今。下士戀邱樊，目笑崑崙岑。赤水無象罔，共訝玄珠沉。逍遙廣成子，霞舉抱遠心。盧遨拜若士，知者固能諶。此日足可惜，盛年不再臨。贏糧豈虛願，執爨宜自箴。覽君勵志篇，感我抱膝吟。

哭五叔父詩

春望軫幽憂，噩耗忽墮紙。章門臘雪中，衣衾正料理。蹉跎七年別，歸棹阻江水。頗聞眠食健，出門勤行李。孰意數日疾，旅殯呼不起。連年期功喪，家運方歎否。吾父尚未葬，遠宦悲遊子。猶幸吾叔存，咨度有所依。吾叔委化去，吾懷今已矣。憶別鐘山麓，憶別淮水涘。淚下如綆縻，霜鬢颯垂耳。何況卅年前，舊事泣彈指。家塾課詩書，重闈視甘旨。每於起居時，戒以失學恥。別食賜銅盤，贈行具文綺。年華冉冉催，夢影層層委。吾家家法衰，魯縞不透矢。叔才紆於事，叔意救其靡。宛轉少年場，徘徊桑梓里。所施逾虛牝，所報不稊米。抱此鬱鬱懷，孰與話無始。小子亦就衰，養生悟尺箠。如何慰叔懷？澒洞難可擬。有淚空自彈，有文不成誄。黯黯望鄉雲，悲風拂筵几。

典屋百二韻

曾祖來中田，始有屋一楹。鄰家處其北，屋瓦鱗層層。單門廁舊姓，地氣有廢興。後乃歸吾祖，建四堂一廳。廊序及庖湢，旁舍列縱橫。四堂初未有，其廳乃為堂。始制我莫覩，前事吾猶詳。我祖昔未達，讀書兼治生。居於此廳中，萬卷圍短檠。夜誦斗側柄，朝披先雞鳴。祖母佐之讀，刻苦為經營。女紅兼中饋，斗室潔以清。安知數十載，棟宇今連甍。廳作今門舍，氣象恢而閎。我不逮事祖，祖母憐其嬰。逮於既授室，說此令余聽。屋昔居從嫂，去住中屢更。內戶開一門，我宇接其衡。吾家宗子賢，述祖有令望。臨財毋苟得，在醜夷不爭。內外無閑言，此屋中樹屏。諸弟化其公，諸叔重其誠。壯歲忽化去，長者咸悲傷。時方居此屋，我母臨其喪。攜我同臨之，由內戶達房。門階經行處，光景今未忘。逾歲我母喪，我時方九齡。我年既十三，我父官於京。世父宅在南，諸兄安其恒。諸叔所居宅，迤而西北升。祖母時高年，養志子侄承。歲時伏臘日，羅治酒與漿。開房迭相過，老少婦孺並。融融春和氣，濟濟簪與纓。祖母既棄養，父歸自太平。時乃謀異宮，居此孫與曾。四堂析為二，畀我與伯兄。兄屋如搢笏，我屋如建瓴。前後一屋中，拾級累以登。此屋我祖遺，我父居之仍。受產又三世，祖武期能繩。堂堂歲月馳，濟濟食指增。家食難厥常，世累紛相乘。我父復出守，淮揚我趨庭。再歸複再出，我跡如飄萍。脂轄途指北，得舉歲在庚。南宮旋釋褐，上林俄聽鶯。人生忠孝懷，不在利達情。不聞太邱長，愧彼東都卿。醇澆誰所判，刻厲已所能。孰可忘舊德，而乃誇浮榮。以此心惕惕，彌覺步兢兢。屬當歲華易，乍使鄉思盈。循陔興遠想，襆被爰南征。千山途荏苒，萬壑冰崢嶸。雲有招我色，水有迎我聲。上堂問起居，我父眠食甯。入室顧稚子，典謁亦能勝。兄妹暨弟侄，問答迭相應。堂上插架書，羅列縹與緗。階前數本花，凍蕊流暗香。剪燭話寒具，煮茶聽瓶笙。正論雜諧謔，縱談無不傾。同坐此屋中，說舊相勸懲。憶昔初就傅，我母猶奇擎。此屋為書塾，我母送其行。門階母所歷，欄檻母所憑。日誦數十字，餉以餅餌餳。今我居數載，兒女紛成行。母不見娶婦，安知兒成名。回思廿餘載，日月如驅霆。世間無母人，誰不摧衷腸？顧惟養志道，宜審行與藏。饑來驅我去，去復向何方？幸廁常參官，階資誇條冰。食力於吾君，其義猶足稱。爰始治行李，爰始謀春糧。貨田具裘給，典屋營車航。有甥幼而讀，有姊少而孀。姊方謀爽塏，我適辭家鄉。化居實而虛，如以許易祊。於姊得所安，於吾資其成。庇根有葛藟，在原有鶺鴒。群從固一本，率祖無分形。況叔髮已白，愛我眼常青。事姊即事叔，則友甯沽名。以有易所無，壟斷殊要盟。草草既成說，匆匆旋束裝。豈不戀故土？求祿聊代耕。豈不懷故居？負米從招旌。擊汰波漾月，登車帷照星。晨雲曳幾縷，化作峰嶙嶒。乃似從姑山，其色斑而赬。迢迢故山遠，忽忽鄉夢憑。夢歸此屋中，視膳歷階升。又夢散帙餘，抱膝倚疏欞。兀兀常似醉，脈脈難為醒。他年乞養歸，萊衣獻於庭。此屋處婦孺，我願不求贏。本無問舍心，敢忽循牆銘。知足頗自勵，得以為之徵。庶紹宗子德，仰慰我祖靈。

題得一十兄晚香圖用東坡和子由記園中草木十首韻

老圃倚秋懷，高風溯昔彥。餐英味自佳，遑問鯤鱗變。吾兒善衛生，目向風雲倦。養疴逾卅載，作畫成巨卷。題詩遠寄將，句法殊清婉。人生天地間，身累誰能遣？浪蕊與浮花，君獨不滋蔓。盡乏橘千頭，聊伴蘭九畹。冬心感歲闌，香澹不辭晚。

花事盛西水，吾叔有園林。樓閣所映帶，春妍秋亦矜。風景聞未改，肯構力能任。我不如歸燕，梁間棲紅襟。別來已廿載，霜發難勝簪。每憶銅盤賜，別食恩遇深。冀望諸群從，如花恒代興。上林寬十畝，植根庶其能。

我齒肩隨兄，六十兄未老。遙聞眠食佳，喜極屣為倒。南陽有菊泉，路遠釀誰造？對花心天遊，延齡得天巧。諸子學如何？毋使日力耗。試看蓺菊法，培根還刈草。

吾家席豐盛，晏安誰自拔？天時不可恃，旱潦秧難插。要須勤灌溉，方可護萌蘖。憶居家塾時，偕兄守條約。一藝苟未安，塗乙墨痕潑。此事遂卅年，吾家已中落。

青箱守世業，不必傷菰蒲。誰家掇科第，咸若摘頷須。但較學優絀，勿問時菀枯。治事與經義，教法取蘇湖。頗聞城闕刺，稍廢淬掌劬。知兄勤教督，左圖而右書。

讀書不刻苦，致身恒願早。作事不忠恕，營利謀輒老。人才苟似此，門風難振槁。老驥志千里，肯戀廄中草。不見杜陵翁，廣廈常在抱。障籠者何人，身名薄如縞。

庶叔所居宅，旋馬容於廳。窗文如拭鑒，拱繡不露釘。規模頗閎壯，我昔趨其庭。近聞居異姓，羯末瘦伶俜。典賣到衣飾，釵黃衫曳青。我為中夜喟，哀弦撫泠泠。謂四叔父繹堂府君宅。

孰為我任事，我北弟居南。謂勺軒弟。聞其作家督，昆弟資分甘。伉直得秋爽，味藹仍春涵。懷人詠風詩，卷耳難盈籃。此兄同母弟，克家才信堪。無以輔翼之，我其能忘慚。

京師菊最盛，蔗園我常遊。白日為之靜，明月為之幽。每當屏間坐，如坐冰雪溝。今此尺幅中，露葉枝枝抽。對此媚幽姿，兄其如潛虯。晚香盟志節，其語固不偷。

志潔行乃芳，兄意弟能知。作詩雜他語，我意兼喜悲。吾家全盛日，照耀黎水湄。家法一以振，晚香終可期。一家能藝菊，五宅同扈蘺。底詡充餱糧，臣朔忘其饑。

勺軒十五弟王婿心尹送至郡城舟中留別三首

朝日照江水，黯然離思生。治行意惝怳，到此心始明。吾家秉詩禮，群從師前型。婿才亦清俊，積學期有成。遠送終一別，倚楫空餘情。持家貴諧睦，修業宜專精。鄉夢從此始，贈言知見聽。

弟生同我年，弟才較我駿。雖未業詩書，持家任主進。我非叔母慈，質不保髫齔。生兒各並肩，廿年纔轉瞬。如何失恃悲，風木同餘恨。廷燮勝阿買，汲古能自振。插架百體書，縱觀無使吝。請看習禮舞，從律八風順。

心尹產鄉曲，見書苦不多。向我借書讀，終卷能不訛。惜別思負笈，此意無委蛇。聚散復何常，力學分則那。但使學日進，接席奚翅過。粼粼盱江水，流遠有清波。鑒水有真性，從此勤編摩。他時寄奇作，擊節吾當歌。

送魯三習之應禮部試即用其贈白墨庵詩韻

與君總角交，翰墨共遊戲。蹉跎廿年來，舊夢空能識。君學宗康成，披袷顏不膩。一笑世儒妄，曲說苟縱恣。果然青雲身，不負藏經笥。昨者舉鄉薦，學古效已試。我才本空疏，居後則常輊。習藝輒辭勞，臨幾罔決事。世情一以中，晏安忘昔嗜。微尚詎足誇，散材終就棄。汲井汩其源，修綆亦告匱。鑒茲君毋怠，家學望君嗣。行矣捷南宮，寄我相思字。

贈喻東白妹婿

白璧不掩瑕，肯受青蠅汙？君看古志士，俯仰懷遠圖。寸心羅宇宙，伏幾惟誦書。聞貞則增默，詎要外人譽。君才自秀發，燦若隋侯珠。偶被魚目笑，曷足妨真吾。我昔事占畢，意氣雄千夫。昨者遠遊歸，下士爭揶揄。他山有攻石，磨礱出精麤。岐路良可悲，自處焉可誣。憐君故暱我，聊與明區區。

寄懷譚子受妹婿三首

女床有靈鳥，裔裔翔雲中。一聞鐘律調，和鳴舞天風。黄鵠負青天，遊戲蓬萊側。一舉能千里，所恃但六翮。二鳥不相識，各稟靈異姿。青冥偶然值，接翅恒相隨。蟭螟蚊睫巢，鷽鳩枋榆翔。俯首看人世，大笑三千場。朝集龍門桐，暮飲瑤池水。一旦忽乖離，相思安能已。

汝南許子將，能為月旦評。清濁有激揚，豪俠難橫行。遂令袁本初，歸家輿從輕。如何懷愎鷙，文行擯馬磨。至今汗青垂，莫掩賢者過。南豐曾子固，偕兄居京師，自非陳仲子，異舍將何為？騰謗有段生，釋慚賴荊國。要知君子心，皓魄寧終蝕。許子不足法，曾子良可矜。居世且讓夷，況此骨肉情。淒涼西山薇，惻愴田氏荆，丁鴻與劉愷。千古分重輕。

吾家坦腹郎，志氣凌青霞。不解索檳榔，而能應大科。摛藻既復擅，束修彌自謹。養親吹塤篪，抱玉甘自韞。綺窗一枝筆，豔然江淹花。用心苟從厚，不羈何妨耶。吹籧據胡床，走馬馳長楸。公子作俠少，傍人笑不休。近聞鸜鴿舞，狂態猶如昔。我亦鵝籠生，酣歌拓金戟。明年游長安，共醉黄公壚。欲向甕間捉，但問酒家胡。

贈黄襲勳送之越

天地有奇藴，山川發其蒙。乘間出偉人，追憶成往蹤。浙水有大賢，卓卓宇宙中。學聖卑勳業，豈僅詞賦雄？吾鄉多儒者，金溪為正宗。辨字析義利，説書感晦翁。後人仰遺烈，恍如瞻華嵩。皎皎黄氏子，志欲窺洪蒙。尊甫宦浙水，暫歸遂往從。薄暮抵我别，來朝駕飛篷。念我邱嫂賢，擇婿得荀龍。我嘗偕子學，夏秋涉春冬。言談無忌諱，開豁達其胸。百朋錫既多，千里情更重。祖路一杯酒，何以益君聰。女蘿施松柏，期共淩蒼穹。燕雀隨黄鵠，相與乘長風。望古君勉旃，吾言或可庸。

寄懷吳子山

瓶卉弄寒色，窗日明朝暾。散帙絶世慮，兀坐無一言。閑聽茶鼎沸，静撥爐灰溫。淡淡真意在，微微夜氣存。良友寄遠書，發緘愉心神。索居良足感，贈言知所欣。洛中多早雪，屋瓦留冰痕。遥想蘇山月，冷照談詩樽。何當驅夢歸，一訪梅花村。

人事多乖迕，名在謗亦集。俗情有夸尚，良士厲高執。寸心得所安，毁譽何汲汲。平生曠蕩懷，不羨相煦濕。結交得吾子，論文才傑立。察之聲華地，沖襟士鮮及。以兹投契深，譬彼白駒縶。别來各千里，厲學良自急。梁月隔窗照，朔風緣隙入。遥情托鴻雁，遠意軫原隰。誓言畏友朋，心志知自戢。

昔者藏園老，哦詩登天墀，高梧棲彩鳳，百鳥爭光輝。此公一委化，士習日就衰。紛紛飾鞶帨，各各持旌麾。回望西山色，黯淡藏林霏。夫君富詞翰，駿驔天駟馳。百年有大業，繼起非君誰？賤子習歐曾，不嫺嘲諷詞。偶讀書於家，□[一]將管蠡窺。學問本一貫，深造可類推。軟語自昔接，苦吟蒙厚期。南豐不可作，后山吾家雞。願獻同功繭，永訂一字師。

【校】

〔一〕脱一字。

哭魯復齋

遽此天人隔，判襟只四年。路追前發驛，燈剪乍寒天。道光八年君自濟南繞至平原與余話別。舊事渾如夢，新書昨已傳。驚看病中字，腕弱語纏綿。

少日依僧寺，辛勤事讀書。官身躋豸繡，堅志老糧儲。間歲來朝覲，延君共菽蔬。匏安圖一卷，回首重嗟吁。君索余題匏安圖述其志事。

妻族今衰退，惟君特出群。文章追老輩，意氣薄春雲。婦孺交相托，關河悵遠分。如何撫棺慟，驛路此臨君。

哭魯賓之貢士

風前墮尺書，傾淚忽如水。才見君手筆，俄聞君已死。君衣麻衣還，別纔數月耳。生年與我同，豈意遽至此！山靈是何魅，乃敢攫人子！阿兄與共命，一夕兩料理。負土尚銜悲，君難瞑目矣。君學究本根，君志無涯涘。欲闖韓歐門，與鬥元明壘。十年盱江濱，閉戶探經史。老親促之出，勉強就祿仕。方君捷春官，我意為君喜。持服遲廷對，天意尚有俟。他年蓬萊巔，會見聲名起。如何子羔哀，竟成子野毀。君翁固宿儒，治民才亦偉。曩嘗辱愛余，謂我何無忌。與君廿年前，彈宮則應徵。就塾晚同燈，出門朝共几。昨居太乙舟，昔夢重相倚。頗嫌別太速，草草共行李。猶謂墜歡尋，計年可屈指。竟此掩黃壚，自顧寧足恃。昔者過君家，登堂拜母氏。昨者君書來，墓銘方見委。君子復屬君，包裹同一紙。謂余木石腸，展此痛能弭。君貧我莫恤，君化我不視。茫茫千古心，徒成一幅誄。

古意

八歲能作書，喜仿簪花格。十歲解鳴機，理絲就姆側。堂萱不著花，陔蘭猶弄色。盛鬋學古妝，躭吟翻秘冊。二十事君子，中饋勤婦職。君子金閨彥，門旁題通德。調柱共安琴，研朱同點易。聲名五千卷，家世二千石。持操慕梁鴻，工詩嗤李益。足知一丈車，不是採桑陌。

古意

暖律破輕寒，妍景屬春莫。日影花外遲，鳥聲林表度。樹擁新翠來，波浮淨綠去。宴坐足永晝，悠然淡眾慮。側想魏夫人，散帙愜幽愫。瑤階多欣賞，即事生遐慕。昨枉閨中作，高論薄章句。一酬佳詠篇，深愧邯鄲步。

閨懷代作

猗蘭性本幽，因風香始傳。桂花常皎潔，映月影彌妍。人生得所托，金石同貞堅。十一誦文史，十二整花鈿。十三入朱門，箴室治豆籩。浮萍依寒塘，所遭良已便。回思養育恩，淚如綆縻懸。三歲失我父，九齡母棄捐。煢煢得哺鷇，幸倚舅氏憐。即事詎多感，顧影悲流年。泠泠石上泉，流向金徽弦。綺窗一遙撫，幽思散遙天。

題傳經圖

學道苦無成，治經苦不精。群儒相望起，絕學終當明。舉舉兩魯子，受知覃溪翁。偕貢成均學，都有國士風。一載長安北，執經在師側。寫圖贈君離，題詩意何極。十月桑乾河，冰凍水不波。別師隨爺去，中條雲氣多。阿翁本名儒，胸藏經世書。投老忽作吏，欲救儒術疏。迢迢安邑城，去去井陘道。石輾車轍深，猿掛岩藤老。馬行忽徘徊，車行忽躑躅。仲子病在輿，阿翁愁滿腹。夜半怪鴟啼，皐復空叫屋。詎知瑚璉器，不作堅牢玉。前峰萬疊青，茅店一燈綠。阿翁慿屍慟，阿弟把經哭。死別在羈旅，爭怨彼蒼酷。轉意西江月，曾照幾年別。當時二人影，使院爭突兀。無著與天親，共侍蓮臺佛。快論喜朝明，群疑驚夕豁。森森寫經筆，化作辛夷花。鶴唳問書聲，蹁蹮舞態斜。回頭三載外，但有畫圖在。同是畫中身，忽別人天界。乃弱一個焉，哀雁不成隊。遙知噩耗聞，傷懷本師最。春風吹江煙，哀怨感流年。辭爺送兄柩，遂買還鄉船。里門握余手，謂我相知久！垂訓不忘師，贈言不忘友。畫中故人面，問君能識否？語罷涕垂頤，我諾詎敢後。憶我兩小時，十載肩相隨。同侍阿翁側，同下治經帷。後日文章名，他年車笠誓。各有相期心，各負才人氣。驚沙不可搏，健翮忽然墮。眷舊我懷悲，執經我心愧。君才似韋述，我學慚賈山。頗忘溷公醜，而欲相追攀。前年江南去，曾謁文章伯。謂見姬傳先生於鐘山書院。飲河腹乍滿，繞樹飛猶劇。兩番廿日住，忽散風中禽。里門事占畢，遠思徒盈襟。強懷自欲張，弱念忽不任。可憐邴根矩，空有還書心。以我懷江南，知君憶東魯。覃溪先生督學山東。士困俗學中，住腳終何處？我翁與若翁，各各霜點鬢。我學與若學，各各車按軔。慮切愁愈深，學富才方進。願為蠅附驥，竊比駿倚靳。共矢傳經心，共勉趨庭訓。我家碧雲房，若家萃雲峰。名花爭照眼，層雲忽蕩胸。冥心觀起滅，物情有感通。修業良得所，藏書亦頗充。雖不如谷園，亦足資息偃。雖不若鐘山，寓目心已遠。乍覺雜感平，彌知己分淺。室中燈一檠，堂上書百卷。期君高鳳勤，策我李程嬾。專精各有途，不異同功繭。殊派自合源，歧穗亦同本。他年汗青垂，名宦知不免。讓君登儒林，我但入文苑。

雜詩二首

齋心翫草木，放手出風雨。古來賢達人，天光發泰宇。驚愚愚不驚，飾智智不與。欲論默識功，安得忘言侶。

昌谷髫齡時，聲名自韓公。一賦高軒過，老宿趨下風。平生錦囊句，豈不奇且工？用心花蝶間，空思蛇作龍。

雜興二首

比長治五家，保甲亦遺意。孰行周官法？乃用商鞅議。奕秋稱善奕，不過工位置。漢人良可師，經述飾吏治。

舉燭乃誤書，郢書有燕說。古人畏朋友，在遠心猶折。明鏡豈能言，山雞顧之説。惟其愛文彩，影孤防不潔。

和昌黎秋懷詩

組葉未收碧，騎危光尚薿。廓廓此空庭，枝頭風不已。急景詎久駐？暫榮自佳耳。顧此素髮垂，終夜一再起。平生慕古懷，人笑嗜歠似。壁壘底能立？桑榆已難恃。謬荷校文命，同驅鎖院軌。幽趣愜所適，孤坐聊自喜。

盈庭多春草，及秋猶未悴。藥苗莽不收，菜根亦委地。庭多益母草及薺菜。雞雛飛且逐，喌喌鳴自恣。回首甲戌春，歲改時亦異。服艾與滋蘭，未辨曷足貴。

昔我舉京兆，猶謂歲月曼。百年猶半耳，譬行方蓐飯。洎持中州節，差慰老親願。中州有夙緣，洛學頗自勸。緇發忽改素，學十志則萬。校文任非親，所學寧足獻。持此語王融，謂柳溪。毋使少年怨。

秋懷二首

疎星露林罅，濕雲似不行。共此夏夜景，秋氣忽然生。端居感物變，候蟲幾日鳴。孤燈媚獨坐，羈緒澹無營。兩懷生百慮，終愧靡所成。

農夫把鋤犁，所棄石田耳。猶有望歲心，自顧豈如此。治經兼耕讀，明經拾青紫。楊雄昔所師，桓榮昔所恥。倖免於耜勞，系懷豈膴仕。息版愧修業，進退兩無恃。傷哉干祿書，浪逐時流喜。

偶述二首

六鑿出機心，萬端競兒戲。天懷失恬澹，穴見爭同異。匪拙安呈巧，無愚曷矜智？貉邱後人悲，兔窟生時計。我生惟寡諧，夙昔薄小慧。迂尚詎足矜，樸誠終自致。每戒羝羊觸，信此虛舟值。要當孚豚魚，寧敢譏掄祭。剛柔一因物，六虛無滯義。庶幾履錯然，悔吝吾知避。鄙夫中夸情，君子行素位。一笑等賢愚，高歌適吾意。

曉聞簷雀噪，白日已臨辰。仲冬晝苦短，一燈破黃昏。萬感乘日夕，起滅固無因。散帙忽歎息，吾生任乾坤。名實豈易辨，聲華共見珍。用心厚薄間，入世有淄磷。吾聞聖人教，天道貴無言。胡為狗名子，鞶帨飾彌繁。文采頗驚眾，制行非儒醇。規矩一蕩越，樸陋愧齊民。刻意厲六行，放懷遊八垠。千載據梧心，惠子真吾鄰。

冬日借樹軒述懷

蕭條朔風來，萬木向人傲。梢梢枝撐空，塞塞葉擁道。蹙波水無光，露日雲欲笑。閑居發遠想，節緒生戀嫪。幽懷誰能理？流年哪及料。憶昨春風時，亭嶼恣登眺。嫩綠媚韶陽，翠色滴晴照。天光落深池，澄碧生遠耀。行吟水邊石，坐看巖下釣。默然此心會，乍覺生機妙。回首歎蹉跎，萬感爭縈繞。風聲人感多，寒色驚忽到。著肌初慘栗，撫躬實怛悼。所志浩無涯，如何事年少？論人不能平，寧免怨已誚。勉旃董子帷，莫倚蘇門嘯。

冬夜不寐感懷作

照壁燈無焰，撼窗風有聲。寒雨滴永夜，倦枕生遠情。日出逐群動，擾擾失其真。及此夜氣靜，乃覺初心明。夙昔秉微尚，慕古殊專精。鈎玄期獨得，探微無他營。俗士驚避席，憎怪出譏評。老輩喜刮目，寵愛逾圭瓊。於人豈曰賢，對己或自矜。如何十年來，浮沉與俗並。坐使邯鄲步，蹣跚歸壽陵。孤芳難為秀，霜幹難為榮。常恐歲華逝，志節終無成。大易善補過，詩人念所生，三復斯二者，吾其知所懲。

齋中讀倉公郭璞諸書偶用山谷山林與心違詩韻

中年多感激，所志豈肯換？幸此衣儒衣，孰謂世可玩？五運與六氣，文史有素難。悟生越人術，毋使自心惋。牙籤告手疲，鬃几滑膚汗。風窗得淨機，頗受涼雲盼。濟勝乏足力，人笑探奇懦。方將事登陟，山勢窮斂散。上池自清澄，天玉亦璀璨。以儒貫串之，或異致期慢。

四月初一日夜坐

落落星垂天，耿耿燈向壁。窗虛納清靄，兀坐終永夕。冥心一為照，雜感紛以釋。競辰夫如何？春去已如客。

冬暖

暖風吹微雨，黮黮雲陰重。潤礎驚律變，揮汗謝裘擁。陽氣煦不收，霜力薄無用。已訝蠶蛹飛，倏疑土膏動。人事多錯迕，天意孰能控？哀此蚩蚩氓，血氣恣驕縱。一干陰陽和，竊意疵癘中。燠寒有反復，旋轉若寤夢。會看白雲霏，佇待澤冰凍。翕藏歸本職，顓頊得其統。寒威一以厲，豐年預早送。殷勤負喧心，側耳康衢頌。

雜詠

雪花飄凍萼，薄素鱗瓦鋪。急晷馳暮節，感此歲方徂。是身如露電，何者為真吾？躍冶匪祥金，輒欲求有餘。天公豈薄相？育物如哺雛。毛羽各自成，小大安所居？乘化若大夢，蕉鹿迷須臾。人情有顯晦，世事分菀枯。委懷觀天運，達者多歡娛。

碧藕出污泥，中有纏綿絲。藕斷絲不斷，物性固莫移。芳根滋沃土，揚華耀清池。未辭菱芡品，空齊蘭桂芳。摘鮮奉玉盤，持以進華堂。世人矜湖目，比擬誇紅妝。安知玉井上，結實殊尋常。

韓歐不可作，斯文無正色。才人思矯枉，輒競虛車飾。一昧六經旨，本末互攻擊。忠質孰為救？世運通其極。道園循正軌，望古不敢陟。弇洲負殊姿，用才未識職。頹波失砥柱，航海終安適？聖朝崇經術，群儒工考核。孰兼班馬才，而登鄭孔域。瑣委詎足珍，貫串貴真得。冥心摘道要，異境乃獨闢。吾觀時人文，未任起衰責。繼古豈無士？聲華苦聞寂。世俗喜榮名，豪傑恥烜赫。侯芭誦太玄，侯之世千百。

饋歲

人海投宧跡，所營輒有佐。欲鳴盍簪歡，或取山澤貨。鹿尾世尤珍，得之不必大。想當養茸時，帖帖就草臥。味澀性輔陽，裹蒸聊飣座。年糕貴穀氣，初制出細磨。申好儀豈虛，論文友待過。年年考新知，我唱彼則和。

別歲

斗盼斜簷緩，燭盼見跋遲。今年惟此刻，去年那可追。插架列萬卷，略窺端與涯。目力恐不給，已過龍鍾時。文謝輪斲巧，貌慚戰勝肥。亢冥難摻袪，寸心安不悲。憶當弱冠初，曾和東坡辭。明朝遂四十，年其毋我衰。

守歲

不惜科名晚，後成如畫蛇。但求祿養遂，板輿便道遮。四年違色笑，眠食今如何？團圞坐深夜，妻孥同一嘩。咸祝使者節，春煙橫馬檛。江南迎我親，旌旆臨風斜。朝夕得視膳，及今未蹉跎。言鄙義則正，守歲聊自誇。

白小山前輩鐘仰山閣學陳範川舍人彭春農學士暨家復莽朱虹舫朱椒堂師海門姚伯昂徐星伯錢東生諸同年因余六十生日分日治具招游尺五莊虹舫複約顧晴芬偕辛酉同年共十人就求聞過齋中款洽竟日余自顧庸騃何以得此於諸君堅辭之而未許也用白樂天不準擬身年六十登山猶未要人扶為韻作詩十四章書懷誌愧報謝諸君

東坡壽潁濱，詩寄旃檀佛。四海一子由，同懷恩自結。何期文字交，誼等弟昆密。雋賞就郊園，荷風扇初日。香園有佈施，食許阿難乞。爰居享鐘鼓，誌慚吾豈不？

蓬山翰墨緣，幸接前後軫。因文思見道，自顧愧才窘。心雖遊汗漫，氣未達孚尹。借用鄭康成說。冰銜徒竊禒，霜發早變鬢。空誦山谷詩，身與天地準。

雲氣變日夕，看雲憶鄉里。去年弟與侄，為余具肴醴。流光感逝駒，作報慰烹鯉。五十九年非，李程孏莫擬。

蕙纕幸托契，石火難駐身。感念鮑詹事，永絕郢匠斤。宋君亦霸才，豪氣淩八垠。遺書寄何處？悵望楚江濱芷畹前輩許以詩文集見寄。元和劉賓客，白傅皆交親。持語少宗伯，行樂及令辰小山前輩時攝少宗伯。

方伯昔同舉，回首遂卅年。介弟亦厚我，復此賁華筵。慈雲托鄉蔭，金筌盟墨緣。游君伯仲間，飲醇相後先。仰山兄蓮龕方伯時自江西有書寄來。鳳池多俊侶，淳風懋宮聯。君才既超俊，眾譽咸嫣蟬。盛世有師濟，幽贊聞韋弦。

紅衣何舉舉，倚蓋耀六六。淨友有嘉招，言就水邊屋。晨芬迎鼻選，午韻諧目屬。中宴互飲箒，徹俎更對局。百年誰客主，良會忍別速。感歎奉誠園，鴻爪誰省錄。斜陽散緌林，回首引遙綠。

誰作遮須王？主者殿有十。陰陽通橐鑰，晝夜分講習。易理之所貫，梵書乃瀋拾。述異與洞冥，群言紛龕集。東生笑曰然，說夢勉自立。精理通談笑，杜句。修可聞思入。徐幹與陳琳，清言亦互緝。

吾師彭南昌，燕許與代興。有孫能述祖，校士名鬱騰。吾師姚桐城，韓歐家法承。族子負才筆，三絕推蓬瀛。世好辱引重，傳法愧未能。君看神秀師，空複上座登。

經世豈無志，所學愧未嫻。倘為壽陵步，騰笑盈邯鄲。莊生亦有言，材與不材間。老去文字習，聊課日月閑。經旨核漢宋，史格窺馬班。癡蠅自鑽紙，愚公且移山。

昔賦典屋詩，報叔意未酬。昨賦舊園圖，有夢歸南州。幸緣先人澤，僦居得自謀。竟買故相宅，名以太乙舟。雖乏池臺勝，頗具花竹幽。良辰集賓友，來往皆羊求。一事不釋念，瀧岡猶未修。頗惑郭氏書，市語傳謬悠。搏頰每自責，吾其性如猶。

吾友顧南雅，冰雪作肝肺。昨來頗參禪，語言皆欲棄。養癰仍染翰，作規以頌致。吾姻吳澈翁，才名壓儕輩。論詩妙針砭，為我去疵纇。是日以事牽，亦未與斯會。贈詩為奬勖，吾其內照未。

少農善清譚，片言輒舉要。少樸素樸訥，昨語亦殊妙。謂我同歲生，落落晨星照。十年一開樽，荏苒及耋耄。遂為合樂謀，聊索少年笑。吾宗有儁才，工作孫登嘯。謂宜陽春選，庶免下里誚。不辭再集勤，來敦退值好。即事有別裁，雅尚固同調。

干霄一枝筆，陳遵有替人。與我敦夙好，談笑皆天真。寓齋頗幽敞，可以羅眾賓。於焉招李杜，於焉迎子雲。吏部兩畢卓，觥船棹十分。張敞馬得得，太僕車轔轔。奚啻邀古人，來作鄉飲僎。賤子獨何能，敬業思樂羣。會當投報轄，秋花選芳辰。

城東龍氏園，水木雲交扶。傳聞最宏麗，游者帥與朱。惜我闞登眺，聞亦多芙蕖。人事強分別，過眼誰有無？若能諸相空，隨處皆可娛。豈獨尺五莊，昨游景可摹。即此池館勝，何必非蓬壺？巨細無兩形，外境齊菀枯。喧寂無兩趣，內心歸恬愉。賦詩示同志，各保頑健軀。

讀隨園先生惡老詩八首不自意頻年情事已復及之追念先生與用光書有紅日在東之語不覺黯然行館無事次韻詩三首

吾生秉氣薄，幸得全其天。爾來百念惰，歸夢惟耕煙。常誦山谷語，膏以明故煎。如何不自克，夜起多於眠。老至固必爾，氣候隨行年。覽鏡忽大悞，吾已霜盈顛。（吾家西谷丙舍顏曰『耕煙草堂』，先府君曾厝於此。）

高春有曜采，不與摶桑謀。欲揮魯陽戈，力弱豈自由？身未雲母餐，人誰孺子呼。往往少年場，不解避席故。因憶我少時，幸未嗤紈綺。所志老未酬，去日已可怖。六十七歲翁，顧影還自惡。

昨遊南明山，藤杖幸辭手。欲讀磨崖碑，目力不助口。石髓秘嵇康，臨風惆悵久。孰知抱樸子，巧借仙緣有。得遇許玉斧，響搨歸贈某。（許印林手拓『靈崇』二字見贈。）晉隸下穹巖，古風頌石友。昨聞赤松山，石井遺葛叟。明當游鹿田，氈椎仍袖否？（謝印林並約同遊。）

重九至皖口知姚姬傳先生已歸桐城不得謁作此寄懷

掛帆出彭蠡，言望皖公山。水花飛白雪，倒影搖孱顏。坐覺文字境，冥悟山水間。尺書昨所寄，松門行敏關。擁楫意徒弭，執經緣尚慳。秋風何處來？日暮空庭寒。叢菊紛無色，急雨連江干。龍眠亦在望，百里迷峰巒。倘念北來客，載酒誰與歡。佳節一以過，客行殊未閑。遠夢碧嶂外，離思青雲端。唯應南飛雁，銜書時往還。

寄懷惜抱師敬步贈別四十韻

秋聲落高閣，白日澹疎柳。淮陽望江南，千里一回首。我師寓金陵，眠食今健否？去年訪經帷，龍眠好林藪。時師旋家初，賤子罷舉後。絳帳兩日留，新知增八九。離闊忽經年，掃愁誰借帚？憶當辭別時，有約記踐取。云於獻歲春，定載南行糗。重向鐘陵趾，再拓讀書牖。為仁在乎熟，譬物老於酉。當其未熟時，萌芽貴護丑。此理誰獨明？憐才唯魯叟。感知雖有懷，諸責應罪口。不成續遊夢，枯坐南衙霤。顧影惜流光，默坐數衣扣。每當夕悲秋，輒如朝中酒。豈無強懷張，萬卷破一手。復苦弱念乘，戰勝我何有？生世就湮沒，沒齒知誰某。既忝鄭公門，復愧牢之舅。濁泥投止水，源泉失清瀏。虛願蛇作龍，安能石化玖？因惜曩昔遊，負笈隨師右。三生泥就鈞，半年魚入笱。無何孤根蘭，忽化中堂莠。世緣攘六鑿，理欲未能剖。摩登攝阿難，失記卬須友。苟非入天師，誰脫蒸砂醜！談言初微中，匪怒更善誘。授衣得寶珠，如命返樞斗。想師望我心，如親冀兒壽。惟我戴師恩，將身隨骨朽。至今侍官閣，猶凜跬步守。煌煌贈我篇，新詞比虀臼。久別更贈言，旁人詫公厚。掛壁日相對，如師隨腋肘。入室勤讀書，上堂謁父母。但祝陔茂蘭，肯令芷漸滫？事師以事親，此意敢終負！

喜得惜抱先生手書卻作寄懷

春來盼尺書，徂暑感炎節。昨朝披雨翰，快若手握雪。世味祛微茫，古懷就昭晰。書中亦何有？年來事細說。如何數行字，坐誦起疲薾？從來道所存，千里慕風烈。經席況曾依，緒言寧教褻！何時執經往，重就弟子列？

鐘山開講堂，西序我舊居。日月忽易邁，遂已十年餘。前遊不可說，說之心鬱紆。寸勇輒尺懦，自守誠知疎。皎月照我讀，幽蘭襲我裾。夫子所陳說，清風與之俱。自心不回照，水濁無明珠。所志詎有涯，所成今焉如。年來頻塞耳，畏受負笈譽。

生世無俗累，科名焉足求。一官幸既得，俯仰尤難籌。海氣浩無際，饑鶴橫九州。塵沙就羈靮，芻豆安驊騮。親年顧已衰，子職曠不修。荷衣蘭作珮，夙尚孰為酬？夫子方買宅，卜鄰吾所謀。陽羨與潁尾，義非薄故丘。但能營甘旨，兼可事校讐。去去策吾蹇，行行駕吾舟。此日足可惜，從仕須學優。平生志在此，吾懷良悠悠。

讀李杜詩步惜抱先生與張荷塘論詩韻

幽窗一散帙，結歡愴古處。既會昔賢心，還諷辭人語。乍驚海水飛，忽訝孤鸞翥。又如萬靈集，散落九天雨。金玉受追琢，蘭茞相媚嫵。紛紛三唐詩，各各立門戶。焉知宗派傳，李杜有成矩。賤子本弱才，飲河腹滿鼠。辨玉失眾璞，選才昧群莽。力怯吳佽飛，心知越處女。奈此學古慚，頗受時人侮。生平一瓣香，唯師今韓愈。每誦惜抱集，如聽雷門鼓。即此論詩法，所得無不吐。謂奪趙軍壁，須立漢幟羽。至味醞釀成，凡情脫離甫。霸才世豈元？偏安立土宇。績學鮮百一，噉名有十五。李杜倘重生，聞言首定俯。小子勤步趨，課程日自數。

於同年姚伯昂處得吾師姚姬傳先生居京師時寄劉海峰劄屬錢梅溪為鉤摹上石而以原稿裝潢於吾師丁卯戊辰兩年寄用光劄手卷內作五古一章謝伯昂梅溪兩君並乞梧門前輩煦齋夫子同作為之券

吾師繼方劉，東南今歐韓。師年四十四，解組辭長安。當居京師時，有書寄江干。平生一父執，往復惟古歡。上言身寡累，下言人才難。及此寡累身，歸家求所安。聊借掣鯨筆，學海回狂瀾。十年南北書，芸篋空蠹殘。何處六丁手，遺此青琅玕？族子吾舊雨，晴窗得借觀。珍重尺幅紙，逾於千璵璠。亮無仇池石，敢覬僧樓懸？東坡詩欲就，蕭翼心已彈。北來得錢子，巧筆為居間。銀鉤迴蠆尾，蟬翼飛麋丸。初體結飛白，繼事成書丹。真跡吾世守，搨本人爭看。孰知祊許易，乃在翰墨緣。拜嘉得所請，兩人心共傳。錢子江南去，路過蔣帝山。倘謁鄭康成，定念邊孝先。及身見傳播，著錄分所肩。獨忙多累身，難刺白下船。誰詡問字芭，殊愧在寢淵。秋風入夜樹，明月流素天。空持皎潔心，難逐南飛翰。祖席一樽酒，諸君相勸乾。要知傳世事，不笑儒生酸。梧門詩龕内，適園函丈前。明日寫詩去，請各賦一篇。可知金石契，惟在文字間。

示魯賓之繽

六峜創皇頡，混沌忽然死。苞符既秘泄，斯世重文史。自從唐宋來，作者各殊軌。傳世有遺留，萬卷糟粕耳。要知古人心，甯遂盡於此。我慕桐城翁，目無震川子。並世復誰雄？望溪安足比！磊落百篇文，星芒森在紙。傷鼻豈巧匠，承蜩有專技。漫驚貫虱工，莫測屠龍理。想其穴經義，實能握聖紀。藴理外無餘，服氣中有恃。群兒何偃蹇，無益妄生訾。棄鼎寶康匏，翕翕而仳仳。駭此歸昌嗚，安能辨宮徵。古來不朽業，終當百世竢。鴻瀚昭雲漢，天運相終始。詎聞哲人心，浪逐時流喜。我昨侍經席，略能究原委。強懷張弱念，感激中夜起。誓追夸父日，滿飲上池水。高空摘星辰，幽陰感神思。沉思六籍間，黽勉為耘耔。惟君我同調，庶作蛩蟨依。

贈戴金溪主事

經非一世書，綿綿百代竢。萬卷有貫串，導源而達委。仁知見雖殊，凡以為經耳。先生眼獨明，冥覽究終始。委蛇法曹中，修業不遑已。過目十行下，矜持一寸紙。何以發其覆，著書示賤子。

走昔實蒙昧，少躭宋儒書。科斗未能辨，而笑箋蟲魚。涉世輒見詘，始知所學粗。制行既疎闊，立說復淺迂。邇來務刻苦，散帙忘朝晡。天文測象緯，禮器辨爵觚。廣輪考章亥，風角占孤虛。實事求其是，以次行當圖。融洽兼微顯，自哂愚公愚。欲前就講席，許我辨難無。春風一何清，春月一何明。春葩既豔豔，春波亦盈盈。惟此詩人詩，生機乘時鳴。於道雖小技，於學期專精。柔翰弱好弄，十載無所成。長安見張子，夙昔心為傾。介紹誰所將？次仲聯其盟。先生詩素妙，藹若和鸞聲。即此愛士意，庶幾杜少陵。

吾友魯嗣光，志大軀則小。得年才及壯，所學已云老。疇昔談笑餘，論學先生好。所以賤子心，未見已傾倒。朅來長安城，遂得申紵縞。庭花發孤秀，秋雲簿晴昊。目擊道雖存，絃絕聲則悄。一吟伐木詩，彌感山陽道。

留別張桐岡即用其續阮公詩中有才疇不竭中輟為干祿十字為韻作十首寄之

珠光初結雲，春色已辭柳。以茲行役懷，眷彼抱獨守。學海浩無涯，小大恣攜取。動靜趣則殊，微尚亦固有。

夫子抱偉略，而非百里才。晚達作縣尹，骯髒經世懷。別駕昔行部，其職非貳陪。名實異今古，把卷空徘徊。

武億強項吏，才與古人侔。摧奸抑豪暴，民病賴以瘳。政成投劾去，身絀道乃優。河南有二士，蘭蕙故同疇。

賢不易其操，佛不轉於物。儒風蕩頹波，君子恥干謁。鑿坏土固矯，銜玉道斯屈。嘩世而取寵，夙懷庶其不。

世無韓歐陽，斯文從汩沒。本末一以慎，有才不能竭。我讀夫子文，孤羆當道兀。誰躪唐宋疆，斯人可馳突。

王李務彪外，不能弸其中。誰知浣花叟，乃愧長帽翁。剛柔得調劑，曜冶歸陶鎔。如君效七子，故是詩人雄。

三年通一經，躬耕學不輟。古人淺浮名，巖棲抗其節。俗儒競決科，志士師前哲。抱此欲語誰，悵然心内熱。

入門常苦饑，不幸乃識字。昌黎三上書，讀之令人喟。彼非不賢者，立志豈無為？詞直意無欺，固與俗儒異。

側聞黄金臺，矗立淩雲端。駿骨幸不死，千里非所難。行行去燕薊，驅車臨何干。倘逢辛與毅，沽酒能為歡。

生平未識面，手書兩拜辱。裹糧豈無心，驅之事干禄。於役固多感，薄誠倘見録。千里幸相思，周行佇我告。

贈王省齋

詩於六藝中，數旦居其一。苟襲鞶帨辭，羊皮冒虎質。古來作者垂，各秉一枝筆。枕葄經史間，能入亦能出。鴻文捄天章，古思緬朱瑟。宅心無險詖，修辭自安吉。持躬既純粹，摛藻乃超逸。源潔流自清，本得末寧失。奇才偶跌宕，大節要無屈。漫云小詩工，遂可稱著述。豔豔霜中梅，寒威立勁骨。唐花豈不佳？轉眼亡也忽。夫君本清才，年華朝出日。溫溫君子心，相對知誠壹。正宜藥石投，救我膏肓疾。如何示寵詞，譽我等狎暱。平生文字場，所愧言無物。博觀時人病，自反彌凜慄。常羞庶子華，欲採家丞實。如君我畏友，願得膠投漆。萍梗未足嗟，霞舉要有術。勿為聞人聞，所期達者達。作詩聊答贈，狂言為君發。名持吉士身，他年向金闕。

追懷韓理堂彭尺木錢溉亭三先生

我生不識面，而以精神通。江南與山左，曰有三巨公。韓公法紫陽，彭公喜釋氏。内行極純篤，文章亦媲美。派異學則同，皆與舅氏交。朋友自古誼，不墮儒林嘲。賤子學舅氏，亦有醯雞識。千里寸書中，名達兩公側。後來遊江南，爰叩苜蓿齋。錢公時抱病，贈書一束來。榴火照行幐，菊華點歸屐。本師乃報云，斯人返真宅。姚師與余書云：江南樸學惟溉亭一人而今已云亡。十年夢寐中，懷抱誰能同。隨會不可作，九原恨焉窮。禪律導名理，箋書窮經傳。集虛一齋心，三公時相見。

贈許印林瀚

印林治漢學，不披膩顔帢。胸次有爐鞴，經訓與融洽。其文雖未見，所論理自愜。定知下筆時，如矢必穿札。此士世所希，此才吾幸接。同舟來括蒼，揮麈月逾匝。吾衰愧廢學，有問不能答。退之見殷侑，能不汗流頰！願君勤誨我，古意盡陳篋。庶幾炳燭光，或希袁伯業。

宿署中作呈同志諸君並示諸生

我皇重儒術，上儀舉臨雍。百司虔所事，多士知景從。峨峨切雲構，丹雘朝旭中。池光浮瑤甃，鑪靄交緒風。平居橋門遊，規模仰崇隆。矧茲瞻黼座，聽講勵植躬。堂名署敬思，朝夕相磨礱。

昔者胡先生，教法垂湖州。經義與治事，齋名課所修。分職勵官聯，我朝體制優。廳有治事責，堂則專校讐。治事戒市道，治經鄙溝猶。毋以朱呰白，毋以葛笑裘。肆三曰官始，諸生有交謀。何況當官者，而不師濟由。我迂不解事，具言儻無郵。

保氏教國子，六藝與六儀。升降揖遜間，性道斯為基。朔望有釋菜，禮容幸無虧。胡為等具文，不與究其微。治經疎章句，剿說多浮辭。定命習器數，内外實交資。游談與寄應，從宋儒風衰。我朝治邁古，諸生共勉之。毋為仇覽笑，毋為王洙嗤。

賤子治經疏，詎免賈山誚。幸生聖明代，擢官列清要。自顧百無能，遑知所以教。回思廿載前，橐筆同席帽。一旦傍宮牆，竟許彯纓到。猶賴諸君賢，塤篪應同調。得明有提挈，素餐免責譙。緬昔李南屏，周望，作文勤戒告。序其禮樂錄，詢比識途導。斯人去未遙，其風信高蹈。許吳難與幾，南屏庶可紹。

留別福甯諸生

閩郡此居北，勝地鄰天臺。士民頗淳樸，文與他郡儕。吾欲化其僿，如鏡施磨揩。庶幾近海士，氣象輝蓬萊。席暖甫匝月，星軺行復催。今人吾不薄，古人誰與偕。

石堂勉學詩，昨來始三復。以詢長溪士，乃亦未嘗讀。世遠澤雖湮，賢近慕應篤。如何易田疇，不解珍穜稑。僻壤少見聞，傑士拔鄉曲。豈無列架書，可以縱心目。頃閱郡志，錄宋陳石堂先生普勉學詩示諸生，並訪購其全書。

古有南榮趎，能使列子愧。吾衰慚淺學，亦復其人遲。區區文字場，尚是初桄地。去軫造之深，辛苦抽琴意。他郡行再往，此邦詎重至？依依三宿戀，勉勉千古事。

送季生孝本肄業鼇峰書院

柏生兩石間，難遂干霄志。昌黎以喻人，欲徙就平地。季生性靈敏，才為今蒲梢。我亦學昌黎，攜之隨使軺。口誦古人書，如柏飲沆瀣。身勵君子行，如石絕蕭艾。枝葉一以茂，棲鳳來青雲。光彩一以發，蘭茝相依因。喜君說我語，聞一輒問二。慎勿取我語，山谷戒書肆。「乘流去本遠，遂有作書肆。」「慎勿取我語，親行乃不迷。」山谷贈柳閎如詩語。奮君邁往志，慰我期望心。雖不借吾行，亦可嗣吾音。作書致林逋，介君謁陳易。余屬林笑山學博先於家恭甫前輩處述將使君肄業意。已得復書來，已營讀書室。文海波瀾壯，君今一葦航。蓬萊三神山，期君來翱翔。

詁經精舍謁朱子祠示諸生

我朝尊朱子，始自仁皇帝。道統得所歸，配登十哲位。彝訓守後賢，淳風泯異議。李魏湯陸孫，如星列五緯。事功由學出，藎節昭乾契。嘗繹朱子言，折衷森義例。說禮溯高密，絲繁有繩繫。祭酒述篆籀，厥功導識字。後人崇許鄭，固推朱子意。庶幾合漢宋，上以窺洙泗。堂堂明聖湖，精舍有祀事。詁經溯前徽，士習端所肄。善教仰協撰，諸生其繼志。

寄懷王夢樓先生

大雅日淪替，群才紛撰述。槬窕一以感，矜文彌喪質。孰調朱絲絃？坐奏清廟瑟。巍巍王夫子，起衰功鮮匹。正聲諧神聽，古義續亡逸。累黍測黃鐘，八風悉從律。編詩成卅卷，學士家散帙。龍門信在望，著錄誰專壹？博依得所歸，操縵宜無失。

昔歲居秣陵，十日從公遊。去年過京口，懷刺欣所投。侍坐幾何時，歲月忽已遒。賤子晚聞道，行腳隨淹留。復此客白門，發篋為冥搜。橫經有餘隙，梵夾頗校讎。亦欲證三摩，聞思如何修。夫子得止觀，轉物量自周。緬懷北固山，淨業倘見收。寄書傾積愫，夢繞掃葉樓。刮膜待金鎞，庶其遂所求。

上蓮士先生

鸞鶩翔九霄，聲自阿閣遠。春雲滋萬物，功以為霖顯。夫子蓄茂德，早歲登上苑。植躬保松柏，盈懷握珪琬。舒采無華端，繕性有內楗。鶚立自殊群，石介寧受轉。所以聖人知，特重溫室選。位高氣益平，事至機立辨。明如水鏡懸，和則鄒律暖。於學苞萬有，於士懷一善。凡厥侍几席，輒爾忘軒冕。賤子素寡能，所習愧儒緩。嗜古鳥養羞，拒俗水立堰。敢云期三秀，空知藝九晼。強懷雖自張，弱念詎能免？自古百家言，源流紛在眼。擇玉必貴瑤，擇金必貴銑。趨塵詫超足，究途但冥踐。譬之蹇人步，而願登絕巘。何期爨下材，乃得回英眄。抽軫造之深，鞭後懲其晚。遂令感知心，汲綆不辭短。當今郅隆治，胥慶由庚坦。耕鑿既優遊，翰墨亦組纂。兩階干乍舞，絕域關自欵。願公勤贊化，垂名著青簡。峨峨匡廬山，是即吾鄉峴。松蘿既以附，經席亦以展，衆望信云同，私懷彌用緬。品或附松苓，器漫殊甖甗。仰攀房杜勳，公奏同功繭。學步韓柳文，賤子有斑管。

五言一章贈筠圃二兄

君殊似原父，記書能舉辭。復似唐劉駕，工作曉行詩。廿年同歲生，意氣無瑕疵。復此眈原共，朝夕相追隨。君能甘蔬食，我亦菜肚宜。我不喜供張，君亦靜呵麾。愛古不今薄，重文不行遺。孟堅表九品，頗能窺其微。宋儒遭世斥，獨能泳其涯。承宮侶田鳳，我愧頗似之。兩家食舊德，永念先人徽。相倚如驂靳，相勵如弦韋。

用王文公寄蔡天啟詩韻柬宋芷灣前輩

詩人空中眼，無挾而有挾。瓦甓與螻蟻，靜觀皆秘笈。落筆驟得之，如鳧攜就筴。孰知丹田中，頗費坎離燮。吉金鏗粲谷，瘦玉撫藍脇。元音在人間，發響不能輒。逮聆伶倫奏，始訝兜元接。世人誰媚學，渤澥欲徒涉。花辭天女散，夢受奇鬼魘。空有百年身，誰樹千秋業？請觀宋夫子，萬象寸毫攝。白墮儘能傾，蒼華不受鑷。晨起課澆花，足向斜街躐。忽覺麻雀聲，乃與歸昌協。信知翰墨場，亦有劇孟俠。從來孫武學，克敵貴用諜。好謀謀既成，使氣氣寧懾。元明朔唐宋，為徑山萬疊。縱馬遂投鞭，先登倚足捷。我初謁公時，但用後進帖。久交形乃忘，得詩心每愜。平生事老輩，舍也未嘗怯。矧聞霓裳序，肯惰李謨擪。種苗先薙草，練軍先縱獵。餽轉千里饟，粟飽一簞饁。緩俟秋實登，勤防外誘劫。去年談藝餘，與話家鄉牒。花田萬頃花，撲鼻且盈睫。包裹贈花種，秋種盼春葉。相彼灌溉勞，例以學不厭。詼諧至理存，兩人笑口嚕。今晨謁蘇齋，問字語囁囁。檠弓貴受膠，廩粟戒受浥。兩黽錯耳聰，一伏生口喋。引筆手交揮，移坐足競跕。欲攬林泉勝，寧畏峯岌嶪。忘言魚謝筌，適志身化蝶。他日溯淵源，善誘自咸頰。揖階辭賓位，上車擁笑靨。歸心各滿願，如見免冑葉。今晨握談麈，來朝閱賀帖。願公仍星軺，且免補吏牒。八騶替五馬，原隰竚騰躡。教士借文字，按部歷城堞。與世作歐冶，純鉤耀鐔鋏。僕雖駑駘姿，十駕敢辭蹀。倘借祿仕間，一釋廢學惵。詩境拂浮塵，覃溪夫子以詩中泛常語為浮塵。冬篝夏則箑。庶幾盆中蒲，功等松五鬣。仙心自浩蕩，世緣隨轉摺。果能諧所期，各擁木蘭檝。得詩自郵筒，貯以古錦篋。

用山谷次子瞻送顧子敦韻答顧劍峯見贈長句

吾師桐城翁，窮經功堪偉。賤子悉手錄，編列經史子。頗欲付剞劂，囊空心不已。篋中南華經，章句極可喜。懸流三千仭，摶風九萬里。聊悟性識空，不獨文字美。緜解惠後學，定貴洛陽紙。何人助吾事，勝納圯橋履。夫子騰聲名，襟期似秋水。倘能贊觀譽，此其嚆矢耳。吳趨黃谷原，神清驅不偉。六月盤礴贏，畫筆壓眾史。時時説顧軍，懷思安能已。吾師亦語我，吳士多可喜。考證與詞章，績學推州里。徐頲與顧蒓，史才良擅美。吾所不知者，令各疏於紙。中有劍峯名，五年知所履。何期黃鶴樓，同攬岷江水。偶和山谷詩，斷章取義耳。

贈鄧鹿耕明府文傳安

我昔思治經，曾負鐘山笈。語之承目脩，所傳竟不習。蹉跎遂廿年，鬢影霜痕入。凜乎志靡涯，老矣嗟何及！先生抱異才，兢兢守漢法。著書如趙商，作令如衛颯。十年一再見，喜得賦維縶。月來苦酷暑，胸無清氣納。每聽語紛綸，輒如雨霅霅。坐使心苗蘇，快此甘澍浥。連朝詣蘇齋，導與同請業。以斯研席親，證彼苔岑合。學詩詩遂工，達夫年五十。我歲乃如之，經同兒輩執。敢辭十駕勞，覬成一藝立。回首龍眠山，講席曠夢接。惜子未見之，把卷共於邑。

次蘇齋夫子答儷笙閣老韻並呈儷笙閣老及巽泉前輩楚翹同年並諸同館

科名非功名，而階登進路。養賢以及民，百獲由一樹。考證非道德，新知往往遇。果盡多識功，迺酬畜德慕。國家重文儒，英才芸館駐。前賢多漢學，説經導先步。服鄭兼杜韓，其才遇旦暮。毋為西河毛，但法亭林顧。我掃蘇齋門，屢納戶外屨。弱念戒惰承，強懷蘄遠赴。詞垣幸再入，秘笈得溫故。倚此蓮座依，敢任衣缽付？先輩名刺投，擊轂交衢騖。儲才盡杞梓，勵品感雨露。靈光一仰企，帶草喜和煦。閣老與閣學，夙昔苔岑附。侍郎與同心，教習豈章句。采谷有先勤，滋畹得深護。即看舊規復，同入前型鑄。言志勉繼聲，逵儀惭振鷺。

贈陳春麓別駕

小春氣候變，嚴寒入暖律。凍色結同雲，雪花飛六出。夜風撼天衢，晨光晃虛室。皚皚壓鱗瓦，淡淡眩朝日。擘箋手頻呵，褰簾氣轉慄。踏階玉欲碎，瀉溜冰無質。聖朝恩澤普，治化登隆郅。即此驗歲豐，來年定可必。獨憂無衣苦，轉念荷戈卒。短褐不禦寒，煬竈燒榾柮。眠鞍骨欲僵，掠面風如割。唯此白賊徒，弄兵速天伐。詎足優鯨鯢，徒自就誅殛。平民轉徙愁，流離老弱失。行間瘡痍深，生死任倉猝。吾儕類冬烘，咿唔事佔嗶。當茲苦寒時，瑟縮聊自述。甯知憂樂殊，相較難為一。吾兄詩酒豪，發軔自吳越。取途一過我，握手慰饑渴。令兄槃槃才，謂梅岑先生，豪吟士鮮匹。其於隨園門，苦卓才既竭。我昔游江南，亦曾拜詩佛。夢樓先生謂隨園先生為詩佛。苕岑心雖感，雲龍分終闊。難弟一朝見，懷思難遽遏。為作一篇詩，聊用紀始末。如見梅岑兄，為予道誠壹。

次韻答子遠同年

耳厭車磷磷，目眯塵漠漠。歸讀古人詩，雜連亦善謔。堂前新蒔花，纓蔓綴牆角。清風月下來，疑有仙雲落。靜觀得所遺，九原如可作。易辭世網拘，難脫禪律縛。似聞丹霞意，不戒屠門嚼。諸相倘全空，衣珠底用索。隔年鐘陵夢，謂惜抱先生。連日蘇齋約。成佛與生天，寸心有槖籥。

擬韋蘇州贈潘芝軒尚書

調律氣初溫，禁寒花未吐。鄉思折風沙，春心寄芳樹。昨拓讀書牖，皎月照巾屨。賓雁從南來，嘹嚦雲間度。回步入中閨，散帙淡百慮。歐陽法昌黎，嗣響有南豐。派衍歸太僕，與公鄉里同。公秉江西節，瓣香導顓蒙。歸朝接談笑，論文思折衷。試請龍眠語，彌知異薾工。頃以姬傳先生古文辭類纂目質之。

寄玉賜山廉訪同年三首

丹山九苞鳳，協律聲雝雝。乘雲阿閣畔，振羽蓮花峯。西行未戢翼，天風吹而東。灌莽有反舌，啁哳招饑鴻。拙鳩誤逐之，搶地棲惡叢。誰禜哲蔟巢，一灣庭氏弓。人知鳳德仁，人歌鳳聽聰。何幸黎川民，天遣來于公。

儒者飾吏治，經術妙猛寬。仁風所涵煦，決獄持一端。公才行大用，所至爭仰觀。我為鄉邦喜，私願良有然。願公屢超擢，但作洪州官。我家有祖澤，先人心力殫。頗倣范氏法，呈言杜欺謾。公已立符契，晝諾字回鸞。倘更惠以文，立石垂不刊。幸作同舉生，所請知無難。

同舉歲在庚，回首十七年。跳丸一何速，雪鬢行盈顛。昔夢落何處？梁月來娟娟。豈無彈棋局，豈無金徽絃？賓朋偶命酒，憶遠心悵然。堂堂學使者，班荊滕閣前。故人作部民，尺素藉以傳。倘因驛梅使，和此停雲篇。

寄懷孔東崖前輩昭銘

廿載水曹郎，一麾拜衡嶽。引領祝融峯，俯首昌黎作。幾年阻譚笑，十卷富囊槖。刻詩文集已成中有見懷詩。投老得歸田，公有休官樂。

寄酬屠琴塢明府見懷之作

涼雲照籬菊，秋懷當此時。自顧無所成，爰誦伐木詩。屠君富文學，作吏循聲馳。除賊如除草，撫民如撫兒。所擊必椎埋，所教惟蠶絲。我行江淮間，軼事傳口碑。緣慳不一晤，離緒如調饑。昨來一詩札，慰我京國思。欲抒繾綣懷，乃使作報遲。人生學有用，所貴見施為。通籍既從政，如何多嗟咨。我昔登瀛洲，舍之衣繡衣。雖切補袞願，終慚仗馬譏。何如儀真令，惠績人人推。詩中見到語，一字一珠璣。所云治疾法，攻瀉期得宜。一邑固因爾，天下同所治。安得如君者，落落布郊圻。今年北方民，得豐年扶羸。惟聞東南旱，所在多瘡痍。君今治何邑？曾否繁劇移？救災而恤患，荒政周官遺。如投參與耆，以答軒與羲。我空讀本草，處劑無所知。望君如倉公，導我飲上池。闡發靈素蘊，寄我瓊琚詞。

寄懷顧晴芬孫平叔

侍郎與宮保，於吾同岑苔。有如兩騏驥，籋雲偕鶱駘。侍郎侍三天，歸臥水竹隈。晴芬有柴門水竹圖。宮保督閩浙，敷政何恢恢。論文三年來，意氣無嫌猜。讀其寄友詞，使我首屢回。詞為少時作，落解辭天街。詎知卅載後，幢節三山開。歷歷來去程，我亦星軺催。

鄧嶰筠同年移居詩

節屆小陽春，花開傅延年。嶰筠賦移居，喜茲風日妍。慈母抱孫女，主婦治豆籩。安輿迤邐來，春靄澄秋煙。堂列玉柱書，室張金徽絃。意中萬個竹，空翠來窗前。泛宅隨宦踪，題榜思象賢。君顏齋曰『青嶰山房』，君高祖林屋山人萬竹園舊榜也。君家富煙景，別業西城偏。往往琅玕影，下拂池中蓮。君祖所分宅，青嶰剛題榜。厚德累數世，食德君高騫。果協伶倫管，諧聲大羅天。賤子忝同舉，交期金石堅。重以子女託，教養分所肩。聽呼乾阿奶，誼如親串然。前此裘家街，與予居相連。步屧每相從，脫手詩分箋。我昔居南宅，漁洋居在焉。門閭不可識，往事猶複傳。常過保安寺，對月參詩禪。徙居就今宅，析木三移廛。此宅我翁購，薙地價二千。他年助鄉人，適館心斯安。此日一枝託，我免就屋錢。齋名太乙舟，舊額借中田。亦以堂構意，誌此鴻泥緣。昔居與君近，君時未來遷。今居與君遠，君屋行集鱣。遠近不數里，同居韋杜間。相思輒命駕，那要山陰船。君祖林屋集，唐音調朱絃。壯懷覽五嶽，筆刀窮雕鐫。我昔遊江南，負笈鐘山邊。惜時不識君，未游萬竹園。讀詩生嚮往，友君彌勤拳。軼事聽君說，風義令人敦。西江石臺子，嘗登君祖門。何以報舉主？琅函逾萬編。標題用隸法，貯架皆柟梗。載之章江滸，登於謝公墩。分散過百載，今惟一二存。試觀插架本，蠹魚墮手翻。從來忠孝澤，要以詩書綿。君心期述祖，君才可立言。時事有盛衰，志業無後先。聯跡館閣中，古義勉究宣。我夢落鄉國，石竹臨清漣。雲根立嶷嶷，鸞尾搖娟娟。較君青嶰閣，伯仲吹箎壎。祝君安新居，樂事來駢闐。入室徵蘭夢，出使乘軺傳。我子從君學，地氣亦陶甄。或化厲人子，能珮君子紱。我能擕樽酒，頻過相擊鮮。拜母慶壽考，散帙施丹鉛。更以含飴樂，譜之南陔篇。

杜石樵孔荃溪王靄人吳倩生葉耘潭朱虹舫鄒理堂諸同年為余治具餞行於崔少山同年寓齋翌日賦詩誌謝並以留別

別思引南雲，嘉宴浹寒夕。題襟曾幾時？銜杯忽行色。吾儕三五子，先後整歸屐。眷懷蘭茝中，永念關河隔。聚散惜年華，回首歎陳跡。愛茲燈燭光，各勉麗澤益。贈言絀卮辭，抒情借歡伯。拜手獻主人，努力崇明德。

早春集洪桐生梧前輩寓中以春江淥漲蒲萄醅分韻得蒲字

京國早春酒，鄉里下澤車。斜街幾間屋，寒江十幅蒲。忽忽成今跡，悠悠憶昨吾。遠信盼鴻歸，離懷感歲徂。賴有文字飲，聊可慰羈孤。佳客況海外，高麗趙秀三在坐，清談紛座隅。屬當瓜報瓊，敢詡懷握珠。蘭影月與照，鶴情雲為扶。幽尚趣自渺，遠興神多疏。投分愜簪盍，作詩紀歲初。

歐陽公生日詩用居士外集中題滁州醉翁亭詩韻

豐山無西澗，公疑西澗篇。見公書韋應物西澗詩後。書後無歲月，不知當何年？及公既守滁，築亭醉其間。州南百步近，所疑已釋前。古樂不可作，新聲感師涓。何人能復古，眾音答琴弦。聽琴適醉意，笑卻箏琶繁。幽谷賦晚飲，偕友弄潺湲。公幽谷覽詩有『安得白玉琴，寫以朱絲繩』之句。別滁作潁守，有夢感醉眠。惟公樂山水，谷叟知盟言。公在潁有思二亭送光祿寺丞歸滁陽詩。壽公考公詩，公其笑曰然。『別滁』句改作『守潁尚思滁』。

我昨過滁陽，欲賦醉翁篇。州牧辭我云：亭圮已有年。字體半剝落，如蠹蝕行間。雖知其語謾，客屨難自前。平生企慕公，如仙有偓涓。愧同曾鞏郡，未習沈遵絃。頗知師魯簡，顧傷士衡繁。請業倘侍坐，移情聽潺湲。並世能繼公，吾師家龍眠。亦已騎箕去，垂世惟微言。江左此游蹤，幽谷空翛然。

謝熒煦齋夫子手書文莊公訓語數則並賜貢箋四幅

立朝有重望，由於所學醇。孰守儒先訓，能使人心敦。峨峨文莊公，儒雅冠朝紳。禔躬法秋肅，接物垂春溫。至今九列間，風格思先民。用光鄉曲士，幸出夫子門。緒言有私淑，自顧矜淵源。昨侍宴室坐，目擊知道存。服膺思著錄，奉紙趨適園。逾旬途拜賜，筆垂秋露痕。既知道藝合，誠懸有替人。彌仰韋平業，佐治有本根。因思我祖學，宋儒守籬藩。光不逮事祖，遺訓猶知遵。文字幸通籍，師門依陶鈞。每行必顧影，每事恐辱親。人生無特操，出處多因循。古來三不朽，何以榮我身？當今堯舜主，萬物仁如春。贊襄出所學，夫子姚宋倫。澹泊膺渥眷，鎮定御衆紛。寬厚而公明，淵涵鏡無塵。樹立已嶽嶽，愛我殊殷殷。雖知才不稱，駑駕氣自振。舊學一紬繹，新知彌引伸。敬奉文莊言，勉此清慎勤。庶無忝我祖，以答知己恩。

太乙舟詩集卷二

題空山讀易圖

田間錢先生，君之鄉先輩。易學二十卷，著録四庫內。言理兼言數，程朱兩不背。惜吾未見之，積想逾卅載。君鄉龍眠山，吾昔遊其麓。山色罨空煙，溪聲戛寒玉。本師今何在，舊夢安能續。淒絶舞雩遊，未結場居屋。僕雖好治經，惝疎如賈山。逐祿離鄉井，廿年塵海間。一卷敦素尚，羨君心意閑。何時舍人事，相從登孱顏。

次翁覃溪師韻題吳蘭雪游武夷詩後

得髓自蓮洋，前身早換骨。行過鬬眉峰，佳人同拜月。仙心入吟卷，山翠映雲髪。我欲攜清娛，續遊認鴻雪。鬬眉峰換骨岩皆在武夷，蘭雪詩中未及。

題葉芸潭同年小玲瓏山館集用王文公游土山詩韻

捉麈幾日睽，英論阻眉睫。諷詠白蘋句，夢泛苕溪艓。苕溪君故鄉，大武遠難涉。君念玲瓏山，有笏空拄頰。君才過柳惲，書史終歲挾。山川蘊靈異，落紙書瓊笈。媿我百輸君，未足齊肩脅。情好托親串，交期在學業。昨來文字飲，有作亦云輒。陣犄但交綏，棋危思置刼。誰云五侯鯖，酬以匹婦饁。欲報遲居諸，辱贈愧稠疊。感君意殷殷，忘我辭喋喋。文字比羹臘，心思寄烹燮。月鷺服可仙，食醯化自蝶。靈臺異巧拙，人意分欣厭。旨蓄儲果蓏，咄嗟辦乃捷。養羞念秋鳥，博取力肯怯。孰知食古心，三味存往牒。得醬出新筵，享賓自賞愜。我下鐘阜帷，曾鼓金陵檝。曉蓴玩繁枝，宵魄眺危堞。冬來理故裘，夏往棄新箑。半年混藝林，盼茁三秀葉。從來善書者，不獨撫古帖。口授得心傳，我幸鐘張接。所愧學未成，著錄徒滿篋。強懷鵬乍騫，弱念鳶仍跕。仰望桐城翁，瞠視絶塵蹀。終然懷宮商，未肯謝擊擪。得官傍蓬島，九霄文露浥。同志複遇君，分曹列馬生筴。君詩似君貌，豐頤開秀靨。好整復示暇，靺韋屨獻獵。想君攜使節，閩嶠窮登躐。楓人解聽吟，木客不能魘。教士費提撕，覓句就妥貼。其中秀出者，鵷膏已瑩鋏。內心顧抑沖，自視不岌業。少作已舉舉，新吟乃慄慄。非予見塗竄，孰信勤轉摺。往者仲文錢，謂莘楣先生，極譽石林葉。滄浪亭畔客，我亦前遊協。同此泛滄波，讓君奮鯤鬣。把卷念齊年，對鏡白羞鑷。比來謁蘇齋，詩境衣屢攝。百問慚一對，質疑口囁囁。策勵賴有君，鼓勇氣不慴。欲摩東坡壘，試遣漁洋諜。置身翰墨場，乃見朱家俠。交轡幸依攀，飛空勉追躡。題詩代致師，雜連笑呿嚕。

題虹舫同年甲戌分校圖

奉命職分校，聯轂趨禮闈。人比登瀛數，事同儤直時。外廬列巡徼，內廨分曹司。儒官集羣彥，連舍吟豪持。峩峩觀星臺，標望東南陲。誰爲占雲物，共仰奎垣輝。分校所居屋，堂序分西東。蜂房既分據，庖湢存其中。趂此春晝暇，文蔭相磨礱。紀事倩繪事，得句交詩筒。名花在香谷，間以蕭艾叢。無負畫中意，披襟當春風。經生治經術，能究鄭孔旨。使爲應舉文，或愁劍補履。才人習詞章，能磨屈宋壘。使爲應舉文，或愁壺哨矢。工者固心欽，拙者難色喜。傍徨分校心，安肯負舉子。因文以見道，道尊技亦尊。因言以察行，行醇言始醇。上山云伐檀，毋使挈榼殫。剖璞云得玉，毋使卞和哭。青泥點硯時，朱衣在爾屋。諸子有同心，我效虞人箴。

題芙初編脩此中有我圖消寒第一集

聖人貴毋我，作詩獨不然。風雅有正變，美刺操微權。苟無作者意，奚取三百篇。後人繡鞶帨，名心矜所專。羊質冒虎皮，徒取觀者妍。七子法盛唐，前賢或舍旃。阮亭名特盛，譚龍譏亦傳。是惟無我故，才俊遭棄捐。我志樂圖史，我懷喜林泉。我退無所懟，我進無所援。真語不外餙，僞好空大言。有我乃無我，聲利不能遷。無我迺有我，身事多所牽。匡張與孔馬，說經豈不賢。取容持祿位，孟堅無取焉。有身而無心，浮名徒爛然。作詩雖小技，心氣由茲宣。試以有我義，證之無邪詮。芙初工詞翰，風骨殊高騫。讀史不媚世，靜氣寡俗緣。昨得汪君畫，張之屏榻前。畫不為我作，着我居畫間。因以作詩法，索揮朋舊箋。高山流水中，鼓琴誰無弦。君其移我情，我或如成連。

韓芸昉前輩屬題偕其令弟竹陰茶話行看子余為名曰蘭修竹義圖而系以詩

中丞篤友于，介弟從宦遊。霓旌與簜節，徧歷東南陬。每當行館憩，共攬煙霞幽。雋賞接神馭，淵諧與目謀。矧茲節轅靜，文史閒校讐。宰物既肅肅，敷政殊優優。蓺花判厥區，習射張之侯。竹陰茶話時，塤箎相唱酧。天倫此樂事，四海一子由。鯫生托末契，深言許咨諏。每聞朂古義，竊喜附雅遊。韋弦作幽贊，蘭蕙盟前修。獨悵鄉國異，奈此風雨秋。一弟昨握手，去我歲忽遒。作書與弟言，對床吟不休。家園檀欒影，自昔池館收。飼鳳實可採，攻玉言無郵。

題蒹葭閣圖應雙五前輩屬用東坡分韻賦參寥上人初得智果院心字韻

高樹欲藏寺，遠煙初翳岑。選幽證了義，智果明自心。覺翁今東坡，宿根一何深。少立範滂節，晚契祇樹林。賦詩發妙悟，如聞迦陵音。月亭即參寥，初地城西尋。雲崖出傑閣，秋水諧夙襟。昨侍龍華讌，坐豁塵慮侵。緬想王與朱，未覺古勝今。謂崇效寺紅杏青松圖。由來尚幽贊，詎肯羞萃簪。

題法梧門學士詩龕圖

晴光納虛牖，石氣生寒綠。想像詩人心，禪味一龕足。當前境易忘，後世仰高躅。幸此接朝衫，邂逅寧非福。夙懷亦有尚，把卷澹無欲。世累苦相攖，雅趣忽在目。披圖發鄉思，夢繞千竿玉。余家石竹山房植竹頗多，彷佛與圖中相似，故云。

題戴可亭相公庾嶺歸雲圖用王荊公謁曾魯公詩中歸榮今作地行仙句賦五言七章

戀闕意良切，懸車義肯違。陳情既得請，天語榮公歸。公得請時，上謂爲國家盛事。盛門唐則蕭，再世漢則韋。遭逢復聖代，公福疇能幾。

公爲平子思，行河以經明。公爲于曼倩，讞獄疑從輕。三朝星軺貴，十載綸扉榮。卿雲麗層霄，引領環蒼生。

庾嶺闢自唐，軼事傳至今。曲江有訏謨，風節固能任。歸雲明晚照，鄉夢飛遙岑。迎門計到日，梅花香滿林。

文端公從子，相業亦卓犖。朝士有同思，隨會不可作。弱息未有孫，委花倏悲昨。愴懷知公深，謁公公淚落。

世緣遇各殊，國恩感獨摯。詔祿及家居，鄉閭頌君賜。孫有孝廉迎，子復郎官侍。清望滿枌榆，簪纓稱才地。

手卻靈壽杖，心契黄庭經。內養恒宴坐，濟勝猶步行。讀史意多感，見公眼倍明。惜我隔京國，莫勸香山觥。

誰爲揚尹畫，以絜疏傳賢。今我勝昌黎，得賦歸雲篇。盛事況昨歲，寫貌藏淩煙。上畫十五老公與其列。此幅世寶守，人乃知真仙。

題曾靜齋寰海靖平圖

定海三面海，浙東此門戶。浹口出蛟門，巡邊泛海所。皇威讋四裔，獻琛歲事舉。海氣靖鯨波，蛟龍不敢怒。誰作紀游圖，都督今召虎。

業業侯壽山，峩峩威遠臺。登臺望雲物，萬象森然來。山勢環若擁，海色澄如揩。舟船紛鱗沓，島嶼莽縈迴。都督工八法，可爲書磨崖。

山石誌奇幻，擲豆得棋子。不知上界仙，何爲亦躭此。毋乃寓言歟，以喻攻守理。時清無伏莽，法久或就馳。

海外阿芙蓉，本草鴉片名阿芙蓉，流毒不可已。禁約倘稍疎，連艘潛進矣。肅肅弓刀隊，堅若岳家壘。防患於未然，惟公能辨爾。一笑書生言，聊以效封菲。

爲蘭卿題其尊先甫南武奉祠圖

震川令長興，清獻宰靈壽。惠政皆及民，謗聲乃盈口。從來作令難，教養職兼有。倘非心誠求，何以歌父母。所患簿書間，莫運屈伸肘。我迂不解事，妄覬三不朽。自謂百里才，庶幾可小受。逮乎貳成均，迺愧職多負。我意所馳張，人意異去取。口教尚難之，有唱而無喁。幸未歷外臺，遑敢傲墨綬。因思震川子，願假典胄手。惜未使之居，無以征厥守。槃槃硯雲翁，南武著績久。尸祝有去思，名與桐鄉耦。遂生兩驥子，論古能尚友。蜚聲館閣中，遺澤信龐厚。頌德示官箴，知者不余咎。

題玉延山館卷子

玉延生深山，唱名不能取。稟茲狷者性，近於君子守。及其既得之，療飢且益壽。此材非瓠落，韞璞庶須剖。梧門與匏葊，同嗜作尚友。架藤傍詩龕，入畫倩好手。秋煙被野畦，山翠落虛牖。我賦田家詩，夢到中溪口。中溪，吾里名也。

山尊前輩屬題其友人息隱園

幾年別鍾山，夢迹我亦熟。清晨展粉素，空翠紛在目。我師復書來，講席開夏屋。多士喜重到，雀躍吾尤獨。徑思執經往，趨就門左塾。席書師文成，此義今不復。塵海困紛囂，依違狥微祿。慕古惜居諸，樂閑喜林谷。況余十笏齊，萬卷可縱讀。雨涼幾葉蕉，風韻一庭竹。我懷謝公墩，詩成姤君福。何時買一椽，亦傍鍾山麓。

錢南園先生遺照

爲學與服官，初非有二事。仕豈有優時，即事業可肄。蘭曷以云滋，稷曷以云蓺。默守坐觀化，臨辰卒聞志。卓卓南園子，少小抱奇氣。登朝著風節，遂邀九重器。賤子附韓門，幸托苔岑契。年齒不相及，未謁瀛洲刺。視學誦傳語，書紳發遐思。先生視學以嚴爲主，余從韓芸昉中丞處聞其語屬爲書一幅攜以來浙。今得拜遺像，恨不參坐次。英英眉宇間，寂寞乃盟意。夫子少壯時，所見固人異。吾老炳燭光，十駕敢忘勵。

題吳石亭先生遺照應梅梁編修屬

英英玉堂彥，祖德述以畫。平生范喬心，硯可鏡湖代。邊城豈無柳，春色苦易退。寶此彝訓垂，知止故不殆。吾家有從子，昨受國士知。我昔愛其才，祖訓嘗提撕。鄉園足石竹，讀書頗相宜。礪行植文本，衣鉢良在茲。

題陳氏雙節傳後

周官重陰禮，鄉樂歌二南。教化起微眇，此意誰能諳？婉婉吳孺人，事嫡無違禮。抱衾經數年，緩帶心相倚。既納符孺人，爰舉丈夫子。兩子方幼孩，文學旋喪矣。當其茹苦時，荼甘信如薺，天廼芘其家，祝融不敢燬。平生節義懷，女也乃如士。周急有遺施，力薄志不弛。彼哉紈袴兒，服飾誇閭里。不見陳氏郎，繭葛僅充體。約己而豐人，母教有如此。兩事試合觀，淺夫顇有泚。清風百年來，會見家益起。我特表其微，用以砭凡鄙。

題畫

雙鶴孤松根，清唳碧雲過。抱此出塵心，孤立子能和。我因授兒書，自憶趨庭課。

楓葉未酣霜，一碧亭前路。亭外秋山多，山徑莽回互。幅巾何許人，曳杖過橋去。

峭石作奇峯，雲氣一何古。誰爲澹蕩人，山根結茅宇。我字偶然同，我客石是主。

春氣入花氣，胸中生意盈。枝頭兩好鳥，爭向春風鳴。花陰試靜聽，定有吟詩聲。

畏吾先生病後以紙索書觀山臺放歌改句雨中更作五言一章

危疾忽就愈，夫子能天游。止觀得了義，一臺萬象收。我每喜與語，山色兼目謀。晴雲約屏翳，忘言為唱酬。

曾霽峯同年爲陳碧山天普乞題其師邱浩川熇引痘題詠冊

昔者朱閣學，方增，刻意思濟人。延工鍼灸者，自浙來都門。病暍無暴死，其效洵如神。又喜引丹術，能佐幼幼仁。欲抄書萬紙，徧使傳城闉。此書吾未見，此冊覯之閩。閣學與方伯，委化俱返真。方伯詩必工，與賓谷作詩課索其兩粵詩尚未見，惜未究其文。遂增傷逝感，彌重警世言。三復製府詩，坐歎起而呻。孰使阿芙蓉，流毒遍八埏。厲禁奉嚴旨，莫喻蚩蚩民。吾鄉素淳樸，比閭爭效矉。士子及輿儓，貴賤同一熏。安能徇遒鐸，詰以錞於申。吾言警頑鄙，吾意傷榆枌。芸臺制府題此冊詩云：阿芙蓉毒流中國，力禁猶愁禁未全。若把此丹傳各省，稍將兒壽補人年。

送梁鶴莊出守吾郡建昌之行

使君氣撝抑，使君才振奇。家傳禁省筆，志矢卷阿詩。樞廷初罷直，姑山言擁麾。秉節自旦晚，守郡迺始基。顧拓延蓋意，而勤詢蕘辭。安民必本俗，樂職誰舉師。漢吏渺前跡，周官空良規。載聆仁言仁，鹹仰慈雲慈。吾郡佳山水，其人知禮儀。荒土不俟闢，靈雨盼及時。負販或遠涉，赬肩皆窮黎。所患見聞寡，土人真意衰。大義一偶失，遊辭紛所馳。但能有激勸，固可反澆漓。導竅刃有餘，修塋風與持。興利不循轍，脱痼如忘醫。豈復患惡草，會見產神芝。使君富文彩，臥閣欣無爲。對琴宵覓句，看山朝拄頤。部民倚世好，朝班聯履綦。雖誌梓桑喜，亦軫離別思。情甯祖席展，夢逐鄉雲飛。

送錢裴山中丞楷還朝三首

鳳凰巢阿閣，乘雲來南州。歸昌協嶰竹，還宮鳴所周。曖曖扇春煦，肅肅揚清秋。感物理自運，絢采名垂收。丹山有夙駕，鄂渚難爲留。黃鶴亦不來，江山空高樓。

士子聞公來，弦誦盛黌序。屬吏聞公來，威儀靜簪組。遊民聞公來，轉事戒惰窳。揚善煦澤蘭，擿伏禽穴鼠。如何奉朝命，盛夏肅從旅。路旁一瓣香，暌暌遍全楚。

接翅蓬萊島，夙昔翰墨緣。遊蹤復偶合，揮麈春風前。鮮民亦何事，所耕惟石田。陰陽有流峙，山川幽且元。歸去營宅兆，感激承言詮。離緒入露坐，翹首臺階邊。

聶蓉峯太守將之官同人醵飲寄嶽雲齋作春園雅集圖賦五言一章即以贈別

京師每歲春，旗亭盛公讌。敬老與尊師，綺席列豐簋。同舉及同僚，苔岑表深眷。禮昉重枌榆，誼逮篤親串。觴政經程分，食單水陸薦。傾耳豈陽阿，眩目或漫延。促坐就所親，廣場豫爲選。昇平樂事多，百載此風善。朋好情既申，切磋事可勸。獨惜文字飲，例不及史館。吾友蓉峯子，一麾方就餞。江湖懷魏闕，講幄有餘戀。謂此例可補，醵飲集羣彥。征數逾瀛洲，數典增詞院。初擬就江亭，一覽春光絢。遲回避風沙，家園足宴衎。庭花雖未放，嶽雲疑拂幔。良會咸所欣，離懷安可遣。聊爲紀事詩，以佐仁風扇。

送劉葦間親家解官就養浙江三首

歸心遡楊縣，歸裝指東越。令子賦南陔，迎養昨書發。楫倚潞河舟，雲漾鏡湖月。冬桂及寒叢，南中芳未歇。息鞅理初服，懷恩戀魏闕。兩情並一念，觚稜忍遽別。伍舉善聲子，子產知鬷蔑。用謝康樂鄰里相送方山韻。

昔年負笈地，鍾山恒夢遊。歎息鄭公去，江水徒東流，君舟行過此，我意同夷猶。塵事未能謝，遺書空複求。安得偕君行，兼以寫離憂。用謝元暉新亭渚別范零陵韻。

我齒少於君，既見同心期。十年聯宦跡，遽此祖帳時。就衰念筋力，衛生知自持。君如勤寄劄，勗我明相思。用沈休文別范安成韻。

喜晤蕭謙谷同年元吉即送其旋許州

鄉薦昔同登，地顧分南北。暨乎試禮闈，握手意相得。雙丸輾飈輪，九霄散雲翼。宦轍既殊鑣，鬓絲都改色。喜君擢官來，班荊話疇昔。

中州官赤緊，君才能自升。當其困吏事，一意惟孤行。接人則用椎，度己惟以繩。此意君既解，舉足無棘荆。遂使感君者，西南誇得朋。由來自守貴，世緣空愛憎。

吾鄉朱文端，相業恢真儒。兩朝眷遇厚，一德堂廉乎。撤瑟有賜奠，盛事臨乘輿。帝師元輔句，敷坐頒御書。公薨時，高宗純皇帝就坐地御書『帝師元輔』四字為挽額，戴可亭相公頃為用光言如此。世宗先賜額，今猶存舊廬。孰知平泉第，賃作過客居。君其同縣士，贖宅方議醵。此事可必成，今多賢士夫。

與君連日語，胸次殊瀾達。修身自有才，鄙念豈能奪。譬弓不受檠，張俟難省括。譬滄浪水濁，濯纓終見黜。君言有如此，君望孰能遏。優優繁劇中，百事藉回斡。疲馬丐以芻，良材護其枿。他日倘封圻，毋忘此惆怛。

仲弓君部民，篤行稱太邱。此日西豪里，猶有慈明不。東漢多節義，今人難復求。作官於其地，毋使慚前修。漢世舉孝廉，仕進多公侯。得第何足羨，勉旃君自謀。

喜晤江介臣即送其旋扶溝

北宋程伯子，為政動合宜。綱條及法度，人可效而爲。扶溝境内水，渦洧流分支。鉅者小黄河，通漕顯德時。瀕河有惡子，脅取舟行資。倉黄及昏黑，弭檝人危疑。伯子作縣令，懲惡妙措施。縛賊使引類，貸罪受指揮。分地業挽縴，詰奸且寄之。春禽不竊脂，夜犬迺生氂。此其緒余耳，張弛從可思。方今行保甲，吏事戒惰疲。誠恐尚武健，吹毛治棼絲。如何本經術，明察歸仁慈。吾友富才力，辦事如列眉。頗聞興學校，青衿無刺譏。卓薦迺北來，遷擢行可期。握手話疇昔，臭味無差池。君治伯子邑，前賢餘風規。偶為述軼事，以作贈行詩。他日倘乘傳，來聽興頌詞。

題張芥航同年詩稿即以贈別

君家膠東相，治劇垂聲名。入守京兆尹，枹鼓遂稀鳴。韓趙乏經術，武健爲氣矜。孟堅與同傳，別裁意頗精。吏才非苦窳，即以喜事稱。今人與古人，相去何徑庭。君豈子高裔，獢若秋空鷹。洛中白賊徒，共懾赤棒聲。用心仍慈厚，哀矜有餘情。作詩紀所見，惻惻爲獨醒。他日累階進，佇汝名宦成。同舉十餘年，題句當班荊。試援子産語，今始知然明。

送張芥航同年擢開歸觀察之行

治河與治民，其道一而已。誠求墕流法，不異保赤理。先機有洞矚，定識無波靡。約束吏及民，渾如臂使指。繕性兼肅溫，審權妙張弛。從來任事人，實事求其是。芥航俊傑才，銛鋒瑩秋水。掉頭紅葉省，出而宰百里。汝南大梁間，聲譽日以起。其威懾飲羊，其氣狎奔兕。本以叱馭心，運以揮斤技。晉階既屢膺，特擢又中旨。淵懷顧匑匑，受寵益禗禗。每言斯未信，詎敢意稍侈。敬事誠宜然，竭才固可矣。不見湛溪翁，樹績一何偉。當其令吾鄉，孰以河帥儗。聖朝重儒術，終能稱褒美。君誠勉自抒，其位行可俟。贈言古有之，諛辭吾則豈。

海颿中丞內召爲盛京司空以蘇子卿惟念當乖離恩情日以新十字爲韻賦五言十章贈別

晴雲照行色，公行不肯遲。冬日良可愛，公望復似之。我聞士與民，載頌亦載惟。路旁一樽酒，明日公毋辭。

公顔如渥丹，吾衰面巳者。如何畫中身，趨程公怱趚。驚坐愧未成，祖席我獨欠。勉旃圖麟閣，贈別此爲念。頃屬友人爲岦光步竹圖寫生，皆各肖其人，香谷小農書農諸君餞席，余以未能往爲愧也。

天吳殷其雷，石堤乃敢當。籌國貴訏謨，夙夜公其蘉。事會有遲速，藎忱惟獨將。深言杯酒間，余懷安能忘。

論文有深識，能辨雅與俳。過目輒舉詞，記誦復絕佳。課士重詁經，導以登堂階。望公繼阮公，士論無睽乖。

昨謁文瀾閣，萬卷思探披。言登四照亭，賈勇陟崔巍。所懷在副墨，暇日爲管窺。此願何日遂，我行公又離。

湖波與山浄，湖雲與樓尊。春杯花欲笑，秋席柳未髡。士秀有何武，海靜無孫恩。儒雅成坐鎮，得共言笑溫。

不重畫肰智，進退觀我生。孰為庚桑楚，惟公無俗情。達心愧餘儒，築室難爲爭。用心厚薄間，胡爲多所營。

灼灼庭中梅，朱華耀初日。留公話冬心，投轄乃無術。長途凜永霜，裘馬慎所發。山深谷多風，江空月如雪。

我有石濤畫，臨行持送似。菊茂頌延齡，芝秀祝生子。公有留別詩，知公屬稿矣。船窗覓暇書，豈日不我以。

結交十年來，過從日巳頻。今此兩浙遊，山水窮清新。何日始訪戴，無計爲借恂。西湖如有夢，偕公話紫宸。

宿棲靈山

曲徑梯浮嵐，肩輿到山頂。俯檻眺晴暉，列罫見鄉井。山腰雲乍吐，腳底絮鋪嶺。俄聞風雨聲，挾浪走萬頃。夜來簷溜斷，喧寂忽異境。心共星斗明，思接江湖永。

十五夜對月

繁葉覆几上，老枝臥堂中，問誰移置此，皓月爲畫工。此夕輪正滿，清光反未通。豈桐能蔽月，是月自隱桐。拂地影搖亂，嵌空玉玲瓏。滅燭一以坐，天機轉融融。千金買名畫，孰與此境同。

壬寅夏月詠梧桐有不風亦自秋句未成篇傍晚梧陰下觀書續成之

祝融令初行，苦熱萬里周。尚爾疑清和，炎威遂巳遒。幸哉丁其威，有梧枝葉稠。不惜親炎蒸，與人以清幽。緬思古賢達，日昃不敢休。吐哺下白屋，登車邁九州。何爲自勞苦，凡爲兆民謀。賤子獨何人，華屋自優游。對梧良有慚，論世甯不羞。憶昔把筆時，寒蚓鳴啾啾。中有自得句，不風亦自秋。寒暑更其四，習態尚淹留。革故既未能，鼎新曷以由。願言警於梧，遜志步前修。庶幾吴下子，非復昔日儔。

遊東林寺望廬山

隔江望晴嵐，浮空出螺髻。泛舟及近郭，層巒生遠勢。車馬陟委遲，坡陀越迢遞。左盼青可溉，前行碧無際。山腰幾茅屋，風颺炊煙細。何幸此居民，日日飲山翠。

繡塍別高下，雲徑相縈紆。山行三十里，乃造遠公廬。寺古榱桷敝，僧老顔色枯。高風散岩壑，遺址空榛無。道存跡自顯，時異心甯殊。請看三笑堂，猶刻文成書。堂刻王陽明自書七古一首。

幽賞雖多愜，趨程不辭遠。日色下西峯，蕭蕭過前阪。循徑火初明，懸崖松乍偃。時於杳靄間，引領辨雲巘。風尚慕棲逸，登臨惜晼晚。何年攜銚具，來就匡君飯。

游三華庵

逆風三山夾，維舟一日住。薄晴始披襟，餘滑猶澁步。委迤村路賖，淡淹春光暮。塍危樹更欹，徑轉山忽露。蕭然禪扉寂，果協幽居趣。喬柯出樓瓦，叢竹拂窗霧。花態欲依人，濤聲時撼樹。遺老跡尚留，靈石光如故。境閑意偶清，事往神猶慕。日色隱崦嵫，徘徊未能去。

晚投田家宿

暮色忽而至，驅車信所投。解裝茅屋下，日落柴門幽。寒月照四野，空煙淡不收。當門立老樹，披拂風颼颼。鄉園去千里，親舍亦阻修。甯知淹中途，夜景延冥搜。清夢落茅屋，吾懷良悠悠。

潁上縣

王跡一以熄，霸功猶可作。所以諸葛公，抗懷師管樂。我行潁上道，寒日映城郭。時無夷吾才，想望空寥廓。行當詣宛邱，接壤近伊洛。南望隆中道，閒氣黯林壑。生當三代後，自處良不薄。微尚屬經綸，寸心甘淡泊。遥思伐楚功，更想定蜀略。一爲梁父吟，乘時思所托。

登岱

選勝結遥情，望嶽諧夙願。及茲風日佳，肯謝攀躋倦。肩輿作横擔，拾級引高踐。聞根納清響，目力辭危眩。紺宫憩半途，繡壤睇下畈。霞鶱鳥欲齊，瓊想仙可薦。揮手世間人，此身已天半。

我行循岱麓，厥山名敖來。滃雲出其頂，仰矚高難階。入城瞻北峯，心口相疑咍。旁支有峻拔，正體無奇恢。逮夫天門狃，始覺萬象開。岡巒皆峛崺，俯仰爲輿儓。喻以君子器，證之達者懷。渾噩備衆妙，不該斯能該。

丹崖乞東倚，翠壁儼西向。岡體本想連，峰勢忽分抗。誰爲嵐梯鑿，亙以石梁創。中斷複中通，迤下乃迤上。盤盤十八盤，峰峰相揖讓。層巔既已登，縱横列萬狀。聖言小天下，至理非豪放。

宫牆仰萬仞，及門敬摳謁。當日翠華臨，從官森就列。丹雘遺舊觀，瞻依及使節。形勝矚所際，冥搜到碑碣。陽魯而陰齊，了了分軌轍。王程詎敢稽，縱目已足悦。默禱日觀峰，他年賓出日。海市與衡雲，韓蘇倘許挈。

肩輿上渡船至雄縣

十年住京國，未泛沙棠舟。詩懷著吳越，水雲惟夢遊。使軺昨阻雨，霑脛徒御秋。取徑必喚渡，改計因順流。夜色有星彩，波聲無棹謳。稍稍人語静，森森蘆葦秋。晃朗日華出，泱漭霧氣浮。空靄影欲合，薄寒晨未收。繫楲既傍岸，登輿仍循疇。蒼茫六十里，一快雲水眸。杜陵憶吳詠，幽懷欣斯酬。

將至宿遷途中書所見

昨日見一婦，僵死委路旁。其夫不能斂，逢人訴饑腸。今日見一孩，聲嘶委路側。詎非索乳兒，不得登衽席。所見已如此，所聞更可傷。骨肉相屠宰，殘骴犬來嘗。誰家數頃田，賣之無與值。窮巷婦與孺，敗筐掘草食。天心豈不仁，厄運窮黎當。喜見佈施人，仁粟而義漿。清河吳朝觀散麵豆給五萬人食。望望江南山，嵐翠浮遠色。對之不能吟，拈韻輒心惻。

出都

輿衛飭晨駕，煙靄明秋岑。卻顧童稚送，增予陟岵心。游宦歲序積，家書遲至今。壯來多遠騎，南飛有歸禽。晴郊麗晚照，園樹生夕陰。孰知行役夢，遙依松桂林。

謁方宮保祠

置産贍孤獨，惠政特一端。後賢尸祝之，立祠祇樹園。古柏翠蓋結，虯枝空階蟠。精爽來深夜，紺宇聞驂鸞。我來啜僧茗，撫事循庭欄。卅年聽傳述，爲政兼猛寬。大者在水利，疏濬才檠檠。溝渠百所浚，稻麥千里蓄。始雖鄭相詛，終竟鄴令安。石火一何迅，歌聲今已殘。宰官有寂相，翟陂無舊觀。夏秋或盛漲，曠野生怒湍。坐令蔀屋民，羡此常住餐。孰能先事籌，利濟思所難。我詩當紀事，持以告長官。荼罷肩輿去，日照相風竿。

宿欒城夜雨曉行泥濘中四十里宿趙州

夢蝶回秋衾，簷溜聲如瀑。雨勢紛在眼，濕雲曉猶逐。輿夫避潦行，路覓單條熟。崖樹相拄撐，畦草共起伏。十里見晴光，巖端映午旭。水雲作舟行，天半猶堆玉。翫奇忘遠塗，覓句快新矚。習習晚風生，落落吟懷足。

行館石假山翳於草中爲理而出之次胡牧堂韻

山骨一朝露，雲氣疑欲揚。夜深明月來，玉筍如人長。服艾理自絀，獻璞神暗傷。幸握珊瑚網，肯負雲錦章。蘭言良可佩，持爲砥礪方。

試院喜晤子升刺史用東坡監試韻索和並質諸同人

使節入瑣闈，羣公餉官廩。題襟快良覿，得友悉英稟。論文意各抒，諮事例皆稔。連日尚閒居，欵舊或招飲。昨朝題紙下，淋灕騰墨瀋。所望風簷中，握管稱三品。感事意蕭疎，懷人歲苒荏。吾友魯習之，績學最該審。文章憎命達，斯人厄尤甚。可憐松楸林，久瘞光明錦。遺墨幸收藏，良金未拋磣。我學本觕疎，同行但踔踸。顧茲玉尺攜，彌切條冰凜。頻年喜中州，學海收狂淰。我網珊瑚枝，不詡扶桑椹。孰起蒼頭軍，先攝弟子袵。蓺蘭夢亦清，栽桂詩欲諗。繪能後素功，味自超常飪。君問西華任，子升與雲舫同年皆問魯習之後人何如。我念東陽沈。習之素羸弱。枚馬若聯轡，淵騫真在寢。竟此真宅返，不受世緣鋟。晝日暄可迎，夜風寒未噤。故人倘入夢，明月一欹枕。

過北嶺

昨登白鶴嶺，乘霧偕之升。左右拾級外，莽蒼身無憑。及巔喜開霽，朝旭騰光晶。遂得見雲海，快事誇友朋。今茲登北嶺，顥氣連青冥。以瞶而得瞵，意行疑陰晴。初謂上界目，能收指掌明。詎知氣候殊，近睫無遠形。雲海如異人，屏跡方成名。安能城市間，邂逅來合併。即事悟顯晦，達觀祛競情。

和溪

水西數間屋，水東數間屋。朝日照鱗瓦，蒼蒼接雲木。板橋兩三處，沿流與溪曲。我行横過之，迴望各在目。居民無事時，鄉里有征逐。春雨勸耕耘，秋晴話樵牧。果稱村名否，庶挽下南俗。閩中呼漳泉爲下南。

桐廬

陰霞媚春曉，沙嶼揚煙舲。始知清曠境，可以瑩心靈。鳥語韻幽管，魚沫漂寒星。空蒙飛雨來，演漾流雲停。碧侵薜荔衣，翠濕莓苔屏。桐君恍招手，揖我鼇背庭。塵慮苦未忘，安得淩青冥。

曉發嚴州

曉霧蕩空水，雙厓碧岑岑，鉤輈蔌篠間，幽鳥皆越吟。明漪清見底，倒影孤雲深。眺聽抒古懷，盥濯除煩襟。汐社跡久荒，釣臺尚嶔嶔。高風渺空翠，可愛不可尋。

龍游

疎篁引遙翠，碧色侵人衣。春陰雜花明，漁舍朝煙稀。密翳鳥聲樂，淺瀨鷗情饑。盤渦旋瑤井，懸流濺瓊霏。蓬窗澹無慮，仰看閑雲飛。高下聽溪春，笑渠未忘機。

自龍游趨衢州作

拔地千芙蓉，奇秀森動目。急峽束盤渦，雲根削寒綠。溯流行自遲，延緣葦間宿。陰雷中夜鬬，凌雨下奔瀑。春枕聞驚湍，江風冷吹燭。侵晨推篷望，稍喜見晴旭。浪急鼉橫飛，峯危鶴俯啄。篙師突地吼，水怒不可觸。進寸退輒尺，中流困漩洑。爾曹疲險艱，吾徒忍欣矚。旅宿苦淹留，仰首羨飛鵠。

舟行雜興

雁宕有餘夢，舟發永嘉境。俯仰一延佇，山翠納溪影。壁峭林不依，崕奔石欲騁。頗疑連雲障，散入括蒼嶺。

壽曾賓谷前輩

公昨過我時，縱談及身事。歲序有雪霜，如何答天地。不是後凋姿，松柏獨也貴。數來聖莫辭，理立福可冀。惕以宴安毒，戒以堅冰至。會見交讓枝，乘春發葱翠。公凜日中豐，僕獻貞下義。惟公似子美，懷切廣廈庇。壽後理則然，壽身兼壽世。介壽闌公辭，賓筵請揚觶。

何硯農五十九壽詩

今人稱觴辭，嘉名曰慶九。義不取盈數，福乃徵單厚。協彼大衍虛，引此大年受。本之愛日心，出以馨膳口。靈石何使君，平生志尚友。瀛洲筆既簪，樞廷制旋草。十年得課最，一麾遂出守。粵西稱奧區，不獨峯獨秀。莪莪金匱山，中空若懸瓿。油油通利江，浄綠濃於酒。日良二千石，臥治得延取。惟悃愊無華，惟廉靜不苟。其民被春風，愛之若慈母。無何拂衣歸，不羨印懸肘。此其恬退懷，謂非古人否。有子宦越中，南雲當戶牖。爰觀八月潮，爰倚六橋柳。茶可焙作璧，竹可縛爲帚。尋幽所攬結，有句琢瓊玖。回首粵西山，清夢落岩藪。遊蹤與宦跡。幽興兩不負。賤子登金門，出公七科後。仲子晚相知，謂蘭士。亦復勤誨誘。比年託親串，諸季頻握手。岑苔與淵源，投分緣非偶。我師傳先德，謂姚師作尊甫傳。文足垂不朽。固知儒素庥，襲蔭殷且阜。請看諸郎賢，各各垂組綬。階樹榮既敷，孫枝擢自茂。來年試晬盤，書左戈提右。昨者文字緣，璞玉藉手剖。敢誇衣鉢傳，竭喜芝蘭糗。屬當綵舞筵，敬介笙陔壽。輒爲陳鶩坐，載詠詩酌斗。

張友堂司馬屬爲其婦翁謝覃菴廷書八十餘壽詩

萍鄉有老儒，姓謝字覃菴。詩書好所敦，山水性所耽。三徑闢烟蘿，萬卷施丹墨。目倦青雲騫，心許白鷗識。自言五十外，寫經課年年。今年八旬餘，赫蹏堆過肩。子能讀父書，儒巾肄陔雅。每將馨膳心，冀以稱觴寫。先生顧掉頭，謂此吾所羞。治具既有資，急病可無謀。乃召農夫來，謂汝耕吾壤。納稼減厥租，我壽汝其饗。三十年之仂，計畝量釜鍾。主人散所積，鄉里歉亦豐。沅芷與湘蘭，揚芳而播潔。遷地能爲良，官陂頌徽烈。君自湖南遷居萍鄉之官陂。置倉爲母壽，言念我先君。未能董厥事，我其慙析薪。麟經寫分傳，作詩期述祖。荏苒八年間，慚未究遺緒。介壽門婿請，紀事史職宜。百歲表綽楔，厚德斯期頤。

哭邵楚帆自昌總憲

春風吹耆龎，謝夢竟識酉。惻愴感舊心，有淚揮一斗。丈人昔爲郎，實惟先子友。青楊同巷樹，白墮佳時酒。敝車與羸馬，到門不待叩。賤子時里居，未向京華走。每於尺書中，父執知誰某。軼事傳童僕，淳風散林藪。遲遲得謁見，循循感善誘。示我文字塗，徹我知見蔀。丈人語何真，丈人意誠厚。交誼非老輩，納約誰自牖。憶昔受弔時，眥淚侵唁口。憶昨旋朝時，嗚咽重握手。謂見故人子，故人去已久。孰知撤瑟辰，轉瞬當歲首。門前一寸地，先廬居其右。雲車定往還，縮地術何有。只憐三徑三，不作九原九。先子愛公書，尺幅比瓊玖。故園千里外，挂壁盈蝌蚪。先子長於公，丈少於先子二歲而得年皆七十八，委化乃同壽。豈其白雲鄉，鶴駕不違後。公子能養志，遺命不敢負。佳城有葬期，百日戒翣柳。其慎痛先子，殯宮事堊黝。青鳥來違言，黄泉辭昔阜。饑軀尚服官，赧顔封組綬。表阡雖矢願，緩葬敢辭咎。公位登卿貳，公年登耆耇。了然去來間，辭世乃離垢。我下床下拜，頗雪梁松醜。所愧先友誌，辭非柳州偶。招魂情則哀，大人知我否。

輓李松甫年伯

江右一峯頹，廬阜黯無色。遺編絕清響，夢愴太華碧。太華夜碧人間清鐘，家石桐先生稱爲江右一峯，皆李少鶴題韋廬集語。韋廬隔灘江，未得拜韋石。三復去年書，詩懷感今昔。丈名其廬前之石曰『韋石』，蓋標其慕左司之志也。惜余未得見丈而書問數往來，客睫所寄書，撤瑟前一月書也。親交誼固敦，性情契無射。立命非腐語，如公安可得，南宗無慧能，誰與誇杖錫。此是敬之安身立命處。近日詩中人推松甫爲南宗之慧能，李少鶴題詞所論甚精當。

送楊蓉裳奉太夫人諱南旋

歸夢作兒啼，臺郎憂見色。兩月望書來，一慟緘題白。貧官治急裝。傴仄復傴仄。求官非求薪，欲歸歸詎得。可憐葵傾心，先機動悲惻。

詩人懶讀書，惟君富文史。提要復鈎玄，手録三萬紙。詩人喜狂達，惟君獨守禮。但墊林宗巾，不折幼輿齒。素行既委蛇，居喪乃欲毀。庶見素冠人，七日一溢米。冰霜慘長途。愁君戴星起。

一枝五色筆，不登承明廬。早歲去作吏，爲政乃儒迂。天欲見其才，花門生豺貙。孤城能墨守，縛賊如縛奴。報最忽不樂，入駕郎官車。孰知讀書身，輾轉就債逋。忍寒未贖衣，灑淚且賣書。

聞名不相識，一見乃如故。五年文酒間，披豁竭誠愫。涉世戒其疎，下筆救其誤。平生翰墨場，所重非名譽。賴君勤學心，策我却行步。忽聞分襟言，神傷碧雲暮。江南故人多，麥舟當有助。無力救君貧，余愧曷能恕。臨歧惟茫然，夢逐遠行路。

哭晴芬同年

前年別君時，除夕前三日。遊山興未闌，祀先禮未畢。辛卯臘月二十七日過君里，君方祀先，約遊惠山，余未能去。見君最幼孫，立嗣爲我出。感歎及身世，督課勤蛾術。君才本鳳騫，十年侍溫室。乞休得遂請，水竹殊靜謐。謂當杖朝年，看孫簪彩筆。何圖疾未深，遽已聞撤瑟。我昨遊閩嶠，嘗欲報君詩。謂結山水緣，不負煙霞姿。君曾督黔學，聞見多幽奇。天地有融結，性情與娛嬉。地殊輿則一，境闢象自歧。欲摹靈秀態，以證分合支。思謚雖未就，盟在意不移。君今長已矣，詩成當質誰？

我携一尺書，購自湖中賈。與君識面初，意許論千古。慈恩既同宴，履道亦比宇。離合與升沉，廿載彈指許。吉夢每諧君，苦吟輒就汝。復隔鳳城鍾，仍作楸枰侶。既判閩嶠衿，未與東門祖。猶幸過龍山，見君就黃浦。今來憶笑言，門巷空延佇。春色渺天涯，雲陰暗平楚。舟次一思君，揮毫淚如雨。

輓吴母許宜人

莫慰倚門望，享年逾古稀。慘絕遊子心，急裝衣麻衣。古有爲貧仕，祿養難及時。扁舟歸養圖，忍誦前遊詩。

中田與新田，相距三百里。我雖托親串，未泛石溪水。拜母昔登堂，都門居密邇。同作京朝官，慈訓猶能紀。

儉則却紈綺，勤猶親祖紃。卅年一竹簪，持以戒後人。鶴駕迎三秋，鳳誥榮千春。守身廼大孝，是用唁鮮民。

晚宿邢臺見壁上朱君壽清呂仙祠題詞頗具禪理因亦戲題一詩

八識掃除盡，證六波羅蜜。其境本屬空，於空乃得實。苟悟此義者，夢境総安吉。即夢即是覺，無得亦無失。我下此轉語，呂翁詞亦屈。若可參黃龍，定不縛禪律。我來邯鄲道，月夜驅車疾。空煙羃古祠，老樹影突兀。想像虛無中，金仙尚可謁。晚駕卸邢臺，斜陽散林樾。即事亦夢境，曩念安可詰。偶讀壁間辭，其人才逈出。安能一抗手，論古窮顛末。仙佛兩無諛，和之聊自述。

讀十六國春秋

父主蒙珠離，子王遮須夷。強魄有所託，徵此荒怪辭。昔我中原亂，時當典午衰。骨肉相屠戮，宮闕有伏尸。離石一都尉，起而拉摧之。奈何覆轍尋，前事忘其危。乂粲不兩立，沈準爲禍梯。覆驗東平語，一一如前知。永明雖復在，昏昏醉夢兒。黷武而殃民，天命固不隨。授柄五梁主，殺之不憖遺。可憐牛奮軥，持觴慚孫機。

過汪巽泉前輩守和**寓齋談後有會而作**

俳優登場時，妍醜非一狀。參軍與蒼鶻，摹寫極變相。鄙則騆僧詞，褻則滛哇唱。或鬬修羅兵，必借天龍仗。目眩而耳聾，羣喜謂奇刱。此風近彌熾，大雅詎所尚。就中別差等，亦復分下上。其技苟不工，觀者神不王。巽泉昨觀劇，入席生惆悵。所見與所聞，素心無一當。遂令咫尺間，手足隘而妨。忽然發深省，劃若水消漲。謂此戲劇耳，孰真而孰妄。人炫都盧橦，吾實光明藏。一除起滅心，乃知天地曠。歸來爲我語，可悟仙人障。吾意與之空，撫琴風入帳。

貝多葉

釋迦已示寂，阿難淚如雨。寺前畢鉢羅，蒼翠誰爲主。寫經借樹葉，樹亦名思惟。震旦讀經者，何人證聞思。葉大才盈掌，葉明可照空。持六波羅密，寶相來夢中。

萱花

憶當丱角時，見戲中庭劇。慈親倚門前，金萱正弄色。可憐堂北花，省向畫圖識，回首悲春暉，廿載淚空積。

顧晴芬同年以小圃八詠見示索和余圃中惟無紫薇刺蘼乃易以無花果梧桐更以葡萄易山桃亦成八首奉政

掃徑延春華，編籬佇秋實。預想西風時，纍纍耀秋日。仙島有奇種，結實大如瓜。安得安期生，招吾餐紫霞。棗樹

君家高籐花，可傲竹垞叟。我家馬乳實，不博涼州守。籐花不入詠，君意何其謙。我愛綠陰垂，炎夏忘朝遲。葡萄

紅杏有尚書，君擅子京才。我兩校禮闈，亦復事鄒枚。種遲春尚寒，花過葉猶密。吉讖祝他年，孫枝重結實。紅杏

丹葩照窗日，碧桃初賜緋。蓬萊誰仙子，絳紗中單衣。髹几掩映間，研朱滴朝露。書室羅萬卷，應題點易處。碧桃

丁香爲誰結，其爲海棠悲。不能成命婦，乃復遇封姨。繁紅一委地，素心如有怨。庋待外孫貽，使我悲如願。丁香 感慟席姬也

群花交旖旎，間一優曇鉢。其葉可備荒，隨地輒能

活。畿南哀鴻多，待賑今如何。皇仁優且渥，吾儕宜浩歌。無花果

築臺植牡丹，環以四梧桐。成陰雖有待，抽葉迎春風。誦芬念肯構，昨有草堂夢。余家園有桐陰草堂。寓齋誠寄廬，庶可栖鸞鳳。梧桐

我有一畝園，檀欒映漣漪。顔之日石竹，鄉夢隨雲飛。君昨記柴門，思歸歸未得。寫真對此君，爲我添春色。竹　君爲余寫竹一幅。

詠瓢兒菜

江村一雨過，幽思得自騁。行菜步前溪，風露浩千頃。滋生良多族，擷秀貴獨秉。愛茲佳種殊，聊寄秋心永。綠雲初破畦，素英欲抽穎。盈盈擢波光，離離抱月影。金薤外吐華，碧玉中舒梗。既殊綸組藻，亦異參差荇。登盤乍浮香，點豉不須請。滑欲比羹蓴，清可奪春茗。肉食味如無，酒客氣亦靜。如友善清談，風神必高逈。如士有内心，氣節必孤耿。乍宜文字飲，韻拈首頻肯。若置紈綺筵，歌闌夢亦醒。斯材訂食譜，功與晚菘等。芳名誰所錫，雅趣世莫領。置之顔巷中，未許庾鮭并。士能甘飯虀，隨緣皆樂境。一爲煙霞思，夢泛江南艇。

謝陳荔峯同年惠上黨參用東坡紫團參寄王定國韻

氣浥露濡根，光騰雲護頂。神草産太行，論功可駐景。平生昧養生，髭髮擢霜穎。石芝雖有夢，姑射未陟嶺。既鮮服氣功，徒作天地癭。有子昨病喘，氣逆不得騁。處劑賴儒醫，扶羸置安境。惟參重紫團，如莽貴龍井。饋葯一拜嘉，當暑氣亦靜。君住明聖湖，使軺節屢秉。懸知藥籠中，儲材可調鼎。欲報瓊琚投，愧乏匡廬茗。

桃笙

汗雨蒸夜衾，火雲燒午箔。煩懷何處銷，冬心徒自握。寳此黄瑠璃，厥切高莞蒻。方言溯吳都，緬與寄雲

壑。伐材細搜來，人織妙工作。緻緻風生漪，艷艷花承萼。涼波月似流，空蕋露疑著。製巧色轉瑩，用久光逾灼。放簾戶陰陰，掩燈煙漠漠。薙葉影陸離，文犀光燦爍。貴遠誠足誇，適體斯爲卓。五離枝吐華，九折節藏錯。偶然資偃仰，此地可盤礴。孰珍蘄州笛，欲夢緱山鶴。百體得所安，衆妙於焉託。鳳笙諧逸唱，冰桃快饞嚼。仙味迴塵心，閒身辭世縛。長物表嘉名，郢說附成約。納涼先正心，觀空即大藥。力作彼何人，暑暍勤行脚。夏畦耘未休，赬肩擔肯却。共此食息軀，不辭筋力薄。吾儕字識丁，漫詡誦成洛。念此勞逸殊，深愧閒居樂。

紙鳶用昌黎會合聯句韻

騁望天宇清，快意風力重。鴻冥孰纂弋，鵬運或賈勇。躡虛倒景軼，撐空吟肩聳。孤行辭枝棲，上出巽泉涌。擎絲得新觀，挂壁忘舊壅。羽化昇於天，禽戲息以踵。鷽鳩槍枋榆，陵鵲戀邱壟。下走有愕怡，上方無怖恐。仙訣難一覩。巧製易百種。形似費剪裁，捶作憶煩冗。章句徒汗牛，詩書且發塚。舍彼翰墨勳，就此兒童寵。謀野喜晴郊，仰屋謝華栱。機信排雲高，意怵投村胸。却疾理或然，嬉春事爭奉。伏火貴發越，宣氣免踵腫。紀俗時則殊，摩天翼仍擁。茱萸乍偏插，綯繩亦羣捧。縱影越賓鴻，戛響答吟蛩。地屬吳與越，人非微且尰。怪彼麻縷牽，絕勝牛革鞏。自他乃有耀，離羣孰誚嵱。氣得雲霞親，患辭贈繳悚。邗溝我昨來，紅橋草已茸。老輩盛文讌，新詞煥璧珙。拈題鳳諧律，步韻鸚鳴隴。洛紙競手鈔，江雲燦波溶。嶽峯初絢彩，臂鞲知脫拳。故事感令節，清明過上塚。鄉心鳥依林，世緣蠶化蛹。幸逢東野逐，敢忘魏犨踴。相彼雲間翮，不假巢邊氄。鶴駕風御善，鸎鳴花意甬。詩懷良澮澮，市聲故洶洶。

從人乞筆墨二首

著録日不暇，退筆如束筍。曹倉與杜庫，鉛槧亦待賑。猪肝累使君，厲公疑性閔。

隃麋給一斛，舊夢迴清都。卅載墨磨人，江上還胥疏。何處來龍賓，飲水伴蟾蜍。

伯兄書來云近足力頗軟作詩寄之

足弱稍宜杖，已過周甲年。何時撰杖去，侍坐話歸田。予亦初霜鬢，今猶理舊編。平生慎跬步，有夢必林泉。共此鮮民痛，兄依丙舍邊。扶鳩能陟巘，卜兆得新阡。祝汝登高壽，諸昆得並肩。妥靈襄大事，相與認牛眠。

西水園即事呈三五叔父并留別羣從兄弟

金釭玉炬明華屋，勝賞還兼絲竹肉。侍坐難爲出岫心，銜杯忍聽歌驪曲。碧波蓮葉尚田田，園林暮景含秋煙。溪山如此作遠別，簪紱肯受時人憐。力耕漫倚耡犂手，婦不停機縑素有。寒女曾驚午夜畚，惰農亦介春堂酒。平生知已得家庭，封胡羯末殊恩榮。銅盤分食嘗叨賜，女樂垂簾每獨聽。大人昨歲還鄉日，綵衣開宴隆初秩。雲影三更艷絳霞，深情百歲緪朱瑟。故鄉盛舉慶同歡，書到長安喜共觀。何當犀角豐盈日，祖帳重教接夜闌。紞如銜鼓聲初動，紅氍毹影搖銀汞。酒半論文意更真，媿邀季叔期曾鞏。家庭真樂樂有餘，去住兩心何所如？書紳自誌當筵訓，從宦甯教鄉夢踈！人生心跡難渝素，鷗盟不遺荷衣誤。他日歸來介壽時，願補南陔采蘭句。

寄郎亭二兄寧州

弟兄相隔三千里，別期屈指逾四年。雲山滿眼阻携手，往往夢落珊瑚川。昨拜綵勝忽得報，狂喜欲共春風顛。書來立春前一日。急呼來使詢瑣細，額手知兄安食眠。山城斗大百事靜，行綏所苦囊無錢。吾曹簪紱隨前緣，爲貧而仕無殊焉。家落不及中人產，曩時尚有二頃田。人事乖迕百計左，舊夢廿載隨雲煙。區區養志心力在，自省安得免尤愆？邠俗自昔多喬僿，荒荒睥睨滉山懸。山童水淺見前詠，粱穀不識民食艱。側聞官厨有脫粟，食不兼味無肥鮮。門子視膳仗家督，知兄舉箸心遙牽。以儉養廉兄所便，我乃聞之心悵然。私情公義兩相逼，安得吹我墮兄前。一杯屬君作鯨吸，知君肥瘦離懷捐。雖然公義最當重，願兄苦節終能堅。范史塵甑有古諺，努力循蹟師前賢。我翁聞此意亦適，菽水之奉心無悁。我懷萬端詩不妍，握筆彌覺情難宣。知兄讀詩勞北望，有夢總到觚稜邊。

憶昔篇寄集正

慼慼復慼慼，搦管吟憶昔。羲馭不返魯陽戈，人生那得好顔色。木以秋而凋，草以春而生。草木於世無欣慼，乘時各自爲枯榮。人非金與石，那能對此長忘情！憶昔讀書時，共倚短檠燈。偶然把筆作嘲諷，時復遇事爲勸懲。一家惟汝共肝膈，箎易不占西南朋。憶昔行樂處，雅懷守儒素。豪情不睹紫香囊，清賞惟吟芳草句。堂前梧桐百尺長，離離月影延疎光。風晨暑夕一徙倚，快意似欲乘雲翔。一笑世士苦局促，避寂就喧反復多周防。豈如吾輩樂山水，萬事不理作達爲清狂。憶昔復憶昔，忽生老大悲。連年鄉舉不得意，苦被世人相嘲譏。誓欲舍此去，東窮滄海西峨眉。讀宛委書與若士期，咀嚼霞光餐肉芝。翩然鶴駕相娱嬉。天上仙人雖復足，官府定不厭我爲書痴。君如雲外長相思，但訪赤城欵玉扉。吾將與子躡足追希夷。

往歲寄希曾詩有云老儒不作食字仙才人忽化踰淮橘士非苦窳即覂駕誰約規矩就繩律云云因未成篇故未及録寄頃得希曾書招往都門共學感今憶昔因續成長句一首却寄

十年夢退生花筆，萬卷兀坐虛白室。回頭往事驚湍波，三百六十跳丸疾。憶當弱冠事呫畢，我生戊子君丙戌。年齒肩差鴈翅斜，學齋戶接蜂房密。夕諷同敲午夜霜，朝吟共擁南榮日。飛霞珮好乞君看，雌霓詞成邀我讀。叶。兩心相倚蟨負蛩，旁人錯看鴻比乙。嗟我失恃君失怙，蒼凉舊夢難再述。可憐都當兩小時，痴索梨棗寧知恤。長大誦詩至蓼莪，各灑血淚掩緗帙。風樹空悲啣索魚，青衫難作名經佛。無何君着祖生鞭，先向天衢騰翽鄴。一朵宮花艷彩霞，七品冰銜領仙秩。海底珊瑚鐵網收，更復連年携玉節。比聞猷寓得迎養，五十萱堂初白髮。集正兄敦翼同官京師。焚黄已慰九原心，稱觴更舉堆床笏。一家似汝奏塤篪，前賢何必譏早達。昨者作書勸我行，似憐塵坱困癡叔。叶教將水沃三年面，鍊就鶴飛十洲骨。開械乍讀色先喜，感舊興懷心轉欝。平生自恃雲夢胸，速化嘗嗤科舉術。心兵忽忽困文史，遊踪泛泛適吳越。邴原書得孫崧授，習之滕爲昌黎屈。暇中求友賦伐木，細勘人情驗得失。老儒枉作食字仙，才人或化踰淮橘，士非苦窳卽覂駕，誰約規矩就繩律。借鑑彌知自處難，學道豈期俗情悅。去年罷舉洪都試，買車徑踏陳州雪。官閣趨庭子舍安，南衙讀書齋寢吉。苦因人事日紛紜，未免蹉跎感歲月。得君伏案相砥礪，強懷可張弱念奪。新知共訂夜連床，舊學同商手折堲。清談時許阿咸誇，解圍或向邱嫂乞。東華寓舍我未到，清景時時聽人說。窗間虛藹納晴光，檐外濃陰落林樾。此中延佇得佳賞，坐忘正可名言絕，來年定當成約踐，束裝不待取羝軷，新詩題罷夢尋君，梅花正對南窗發。

行至保定先寄從姪希祖京師

吾家宗子頗勤學，往往能作深沉思。法曹偶入署紙尾，退直一卷常獨持。十年同學五年別，兩地相思情並切。來朝剪燭一論文，定有新知向我說。

和集正教習庶吉士紀恩之作即送其典試江南

曾祖晚歲始通籍，得第歲亦紀戊辰。甲子一周拜新命，汝今乃作江南行。教士芸館譽藹欝，乘軺江國名輪囷。君恩三接馬錫晝，舊德四衍花開春。崇墉報已收刈穫，封殖計毋忘本根。吾家家法近稍替，規矩往往踰先民。汝才汝望衆所報，宜以一手援千鈞。汝顏齋額曰『樸谷』，此意去俗已兩塵。以樸捄巧謝雕餙，以谷納善芟荊榛。取人取文理一貫，爲家爲國咸斯遵。汝位已高責頗重，我言無文情則真。汝往江南謁老輩，持此可質姚公門。歸朝爲我匡不逮，我當爲汝開清樽。

松如姪歸詩以送之

習不可有紈袴氣，才不必羨縱横家。以汝聰明泛學海，不自崖返誰要遮。廿載胡爲困鄉里，鬑鬑鬚已緣坡斜。四輕四重審所擇，謣言謣好安可誇。汝兄學力似翁子，登第今看長安花。汝能堅忍似百一，吐氣詎不淩青霞。汝來從我似有意，愧我未與窮巔涯。得糈救貧聊爾爾，不去貧賤何人耶。汝今歸矣取吾說，閉戶萬卷勤搜爬。他日相見別具食，庶使銅盤爲汝加。

家竹香觀督奉旨省親予與之同行途中呈長句一首

手奉省親詔，身披戲綵衣。聖天子恩乃如此，三千里許河臣歸。河臣者誰吾元方，識力所到河伯降。築堤如山入御覽，漢功不復誇宣房，朔風十日長安道，輕騎飄飄出城堡，人詡私情得請難，我知獨對承恩早。憶當昨歲嚴寒初，君來訪我承明廬。爲言宣室從容問，特念臣工定省疎。起家何必誇門地，似此恩榮真曠世。一載酬功賜漢貂，千山啣命紆征轡。江鄉我亦賦陔蘭，爲約歸途共整鞍。堠邊風雨聯床聽，馬首雲山並騎看。談深懷抱知同惜，吏事因君獲少益。漫矜五馬得超遷，誰知三異多殊績。吾儕挾冊歌唐虞，軼事常思珥筆書。褰帷喜識張京兆，腰笏先歌何易于。從來濟世需英彥，崛起吾宗能自見。廿載寗嫌見面遲，萬家早已歌功遍。我翁若翁俱高年，我翁視君如子然。請書車騎還鄉事，當譜笙歌戒養篇。

題月竹橫幅送家竹香兄南河之行

一輪明月搖空綠，家園各有千竿竹。鄉夢時時見此君，如此弟兄差不俗。屋頭雲繞棲靈山，樓前水漾司空灘。寒玉弄影入蕙帳，何意得之圖畫間。弟直承明今幾載，乞郡初階思服豸。乞郡何爲爲迎養，庶幾蘭膳葅佐笞。兄官畿輔今江南，茭楗法與璫流參。努力宣防報天子，我翁知兄才則堪。我翁與兄相聚久，弟到京華方握手。五六年間幾合離，無夢不曾共杯酒。字石字竹同一清，官達肯負初心盟。偶然得畫聊誌別，晚節交期保令名。

自題南昌舊園圖

蘇齋夫子初持節，乾隆己卯來西江。鹿鳴宴罷宴試院，選勝且命迴旌幢。西山嵐翠入仙抱，肩輿未暇從幽討。吾家有園在城東，照水芙蓉萬枝好。主人遊宦遊京師，家中羣從纔勝衣。花前問字無弟子，但覺草木生光輝。經籍著録蘇齋盛，后山晚出就詩境。『蘇齋』齋額名。談藝因吟典屋詩。先生因閲用光典屋詩話及此園，鴻泥與話尋秋輿。軟紅塵土隔前緣，朋試盱江夢亦還。弟子只記槖筆事，先生却賦看花篇。石筍森森立寒玉，花陰晷彴沿溪曲。倚亭隸牓憶鈎銀，照容斜陽如挂木。烟蘿卅載閣心頭，使節重來訪舊遊。折枝莫記花堪拗，瀉月空知瓦欲流。使院論文歲又改，香瓣重拈過廿載。從欣題畫借丹邱，自愧能書非阿買。談經說史肯懷居，轉徙只憶先人廬。誰知履道坊中客，昔尚未生今白鬚。此園離家四百里，遺趾雖存園巳毁。我翁有園黎水旁，亦恐亭臺就傾圮。當時同學勤經畬，二魯才調皆璠璵。谷園岑苔感昔夢，昨來淚灑傳經圖。余中表魯純之習之兩君與余同學，皆蘇齋弟子，谷園傳經圖夫子所作也。家庭今昔關心處，重以師門受章句。肯負韓公植石詩，不作謝家庭下樹。瞻園伯子書來遲，昨與仲容同寄詩。賤子不逮事世父，述德惟深葛藟思。

補藤篇

余寓舍前軒曩存朱藤二株，家大人所手植也。今并架亦非舊時物，其藤固不知自何年萎去矣，余將買種補植之，非獨謀夏日之蔭，且以見事必由舊之意云爾。與諸君子作消寒會，拈此題得七古一首，索同志之和焉。

我翁買宅官春明，擴而大之殊經營。萬間廣廈夙所志，作記曾與鄉人盟。前軒兩藤是手植，翠蔓清陰留坐客。絡月篩雲舊夢存，有人指點陳遵宅。我到東華跡巳蕪，不獨藤荒架亦無。閲人空作攀條感，玩世誰翻種樹書。雪影沉沉動虚白，炙酒邀賓話疇昔。預作來年過夏謀，買種春前計應得。朱花映日清且香，拏空虬幹隨架長。拔地能高根必固，譬之傴僂銘循墻。人生一念成今古，束皙南陔詩可補。土食舊德不如工，肯偭高曾廢規矩，守不假器鶴在陰，我歌且謠情自深。諸君記取樽前語，葛藟苔岑共此心。

窗外潔盈尺之地依砌種玉簪兩小本前列盆花數種坐對其間意陶然也得長句一首

人多屋少如鷄栖，室無空虚時勃谿。朝來一悟攘六鑿，隙地糞掃驅小奚。綴紅搖碧忽滿眼，如蒲風葉低著畦。喬柯蔽日暑不到，亞枝却許冰蟾窺。花前我與兒童嬉，我懷亦復如嬰兒。乃知夢幻泡影偶然耳，住世入世隨所宜。余皇艅艎兩莫辨，太乙舟顔仍舊題。不爲境累能自適，此樂急報吾親知。大人官京師寓齋顔曰太乙舟，即用光今居室也。

自題桐陰草堂圖

夢招石竹山房月，來照桐陰草堂圖。此圖寫景非故宅，乃得燕臺新買之敝廬。敝廬買自癸酉冬，時方僦屋愁西東。主人謂子曷買此，一畝且築儒生宫。先人八吉祥可供，蓮臺佛幢旛，花冠與魚腸。八吉祥中各器名，嵌玉鑲珠眩丹碧。嫡兄庶弟以付我，云此何啻千金值。汝往燕臺粥諸市，以謀祭産計良得。我肩此任來燕臺，守不假器心徘徊。挈瓶之智急則變，以有易無生悲哀。祭産雖未具，僦屋可無愁。他年賣屋買歸舟，無田不祭知免羞。圖中寫石虚景耳，山房佳石今餘幾？彈蕉未罄此君心，倚竹空能歌有斐。庭前新植桐，半歲纔登墻。山房美蔭蔭過屋，我憶兒時居草堂。兒時樂事每易忘，誦經讀史聲琅琅。金門索米忽舍此，風樹之痛纏中腸。當年積負如何償，先君曾議售山房。失計未遂良可傷，今聞頽瓦支欹廊，我空有夢迴故鄉。今年索我題所藏，仲容携來漁洋之山莊，去年舊園題南昌。世父舊業悲荒凉，名位豈必齊漁洋，但守舊德足以臧。董太史言尤可喜，勸余尺宅勤料理。董小槎題南昌舊園圖詩極佳。季冬之望月舒空，回心内照心如水，作歌聊此記所履。圖者華吉厓，題者陳石士。草堂此日仍舊名，書圖他年成故紙。四十七歲心如此，知吾心者佳弟子。

自題瘦石圖有引

余行十四，故叶音字曰石士，其曰碩士者，先舅氏所以相勗也。祇類珉賤敢云玉韞渾璞，爲期素心斯在，昨以此意索人寫照，嫌其未合，旋棄去之。午窗無事，偶玩船山太史所贈畫扇，石一拳，梅數枝而已，忽悟曰：此其我相也。即石即我，是何啻無人我相焉，亟裝爲一軸，而題之曰瘦石圖，觀石士者觀此石焉可爾。因自題長句一首，並乞太史題之。

我非燕頷非鳶肩，畫史紛紛神莫傳，眼底忽墮石一拳，疑璞疑玉形塊然，玩之浹月廢食眠。一旦悟罷喜欲顛，此乃吾與吾周旋。其質雖頑性則堅，與我字協義益全。倘使恒幹可棄捐，貼身入紙爲延緣。漠漠者古悠悠天，氣核一結千千年。隨風隨露隨雲煙，星辰日月相新鮮。其樂何啻逾彭籛，胡爲六識相糾纏，如馬首絡牛鼻穿。匠石日日施雕鐫，造次不得迴星躔，支機誰復詢張騫。偶然靜坐呼恕先，把扇熟視涕欲漣。有梅數枝芳且妍，霜葩雪骨相鉤連。石但癡立花笑嫣，花氣石氣清無邊。急裝古錦標蠻箋，拜君嘉惠梅花前，君餘事亦筆如椽，詩法書法交相宜，遺興數語吾拳拳，倘能更惠詩一篇，譬生公法感幽元。豈獨頑石知參禪，定有花雨飄經筵。他時繪事吾能研，趙昌顧愷思兼焉。定當爲圖華頂蓮，坐君玉井十丈船。

橘林秋棹圖

篷背青山向人綠，柁樓晚飯炊初熟。自倚吳兒鐵作腸，漫誇越女顏如玉。金丸簇簇映江波，兩岸人家橘樹多。王孫解作秋懷句，旅客空吟勞者歌。當年兄從西泠棹，弟居家塾年猶少。牢之無忌兩無猜，季連康樂原同調。鄉園有句紀相思，夢草池塘恰下帷。打包不解行脚苦，正是吾家全盛時。廿載年華如轉轂，西州復有羊曇哭。弟亦嚴灘續雋遊，書紳自戒踰淮木。書生養志非科名，一官偶得慚躬耕。荷衣蕙帶不家食，盟鷗狎鷺餘深情。勞勞行役今未已，兄識弟懷同負米。馨膳能舒憶子心，鼎養由來慚菽水。一江秋水辭鄉闕，六橋有約緣終慳。懷橘漫爲吳客詠，買舟却看皖公山。予初將由浙北行，今改而買舟適皖。

蓼莪讀課圖

萬卷圍身足書史，況對明窗與淨几。兒今玉立昔稚齒。八年課讀苦復辛，大父阿母心如此。我與若翁生齊年，若翁呼我爲阿連。若翁賫志忽化去，九原望汝兄弟賢。幼孤自昔多人傑，兒以成名報母節。況汝重堂訓迪勤，紙墨熒熒皆淚血。名汝效曾與述曾，意在舊德能肩承。吾家祖武不易繼，宋儒力行宜服膺。蓼生莪生爲汝字，美質能成斯足貴。莫忘春暉寸草心，菜根咬得何人事。吾家家法有古風，頗似西京萬石公。舉策數馬稍簡易，放達尚無阮仲容。勤以守己和睦族，葛藟庇根莪斯蓼。他日承家責匪輕，此時勵學功須熟。我今披圖神暗傷，廿年舊夢誰能忘。況今季叔髮垂素，望汝庭前玉樹行，早晚儲材作棟梁。

竹醉前三日紀事爲蓮舫作即贈徐葯生庶常

琵琶者誰雙瞽目，召取筵前奏新曲。一聲曼唱啼嬌鶯，繁絃促拍酣春情。聽從隔坐合心死，轉喉誰信非車子。主人妙旨託詼諧，柔情不倚左風懷。三摩悟以聞思入，如此驪歌真雅集。正聲正色天下無，人世難作枯禪枯。譎諫逢場且遊戲，徵歌不用吞針試。子野當年喚奈何，我懷棖觸何其多。

裂紅拂像示大兒蘭瑞

昌黎讀書辨正僞，非聖之書不敢覯。譸言敗俗慎所擇，述邪蹈正事則難。唐朝文士喜無行，鑿空綺語來無端。勳臣世閥積讐怨，往往閨閣遭抵讕。君子內言不出梱，得從何處工欺謾。楊素竊位恣聲色，尸居餘氣昏而頑。妻妾棄之嫚罵耳，聊借此筆誅權奸。此較他傳意差勝，諷一勸百辭終儇。豈有衛公經國手，迺肯詐結兒女歡。後生輕薄妄祖述，遂誇韻事生波瀾。作俑罪墮泥犁獄，若論佛法難從寬。汝曹小年動必正，要知大德無踰閑。好行小慧言不義，身名他日安能完。無邪之旨蔽三百，聖言萬古垂不刊。若欲作詩法後世，但師李杜無餘患。元白溫李等自檜，其人可鄙文空嫻。裂像作詩豈苛責，爲汝立脚愁未堅。先入之言倘爲主，沿流他日寧知還。汝能別裁守吾語，插架萬卷從汝看。

寄懷魯補愚舅兄

寒燈墮蕊硯欲冰，淡月照階風不停。此時作書寄遠客，字讀易盡心難平。白門殘雪落枯柳，江流定減寒濤聲。昔遊握手是何處，夢中再往吾猶能。兩世情好託親串，十年氣誼如弟兄。人生聚散那可必，要當各愛千秋名。君昔豪宕有奇氣，結一好友千金輕。以此蹉跎成末吏，即今數口饑腸鳴。但能守此勿復悔，不妨邂逅雲霄登。

送魯延之表弟南歸

昔吾舅氏崇樸學，趨庭有誨無異聞。鉅德委化忽十載，季子葛帔還練裠。出而謀食苦質訥，便給不足諧同群。我仕頗受知見熏，媿不能張舅氏軍。見子困遊亦歎詫，援手底救空囊貧。人生家法要無替，富貴貧賤安足論。天人戰勝師以律，性地自拔誰策勳。子但守己勿循俗，遊無所得吾道存。果能刻勵造完好，如璞就琢泥在鈞。豈獨夸毗去子遠，我亦硯學君苗焚。秋風吹葉葉墮紛，黄沙戔地車塵昏。留子無益別在即，憶舅氏誨徒沾巾。惜哉君兄不可作，若聞吾語同酸辛。

寄懷東渤妹壻

讀書齋舍中，君童我初冠。美如冠玉好兒郎，臣叔快壻眼中見。昨者朋試趨瑣闈，君年已長我遠歸。握手朱顔發春粲，開卷妙墨搖晴暉。此才難得得之喜，況君暱我情無睽。秋林葉脱秋風高，旗亭把酒持雙螯。連年鄉舉被擯斥，失意恥作寒蟲號。拚將痛飲歌離騷。君家嚴君古循吏，十載羊城勤撫字。平生隱德似耳鳴，老去讀書多筆記。我翁一麾來陳州，賤子辭君今洛游。採蘭敢補束皙句，散帙喜得南街幽。天衢猙風吹雪落，亂灑瓊英濕簾幕。鄉夢初回午夜衾，冬心久負梅花約。苦言避俗工鐫劖，筆囚硯獄何能堪。堂上衰親各白髮，鏡中年少俱青衫。從來學力道可致，居前萬物令人輕。他年騎馬同京華，期汝同探鴻寶秘。

喜晤子受妹壻即以贈別

欝此華國才，公子傷哉貧。俛爲門戶計，成以枝官身。枝官聲名動蜀中，邊屯報績旋從戎。人言才氣如終賈，自喜官階似放翁。十七年別重握手，何堪往事一迴首，封胡羯末幾黄壚，爲余淚墮杯中酒。我幸再入承明廬，君已擢亞銅虎符。鄒枚豈得勝韓范，重内輕外胡爲乎。蜀山氣候雜寒暑，老蟾飛雹日亭午。不獨身爲瞻對行，猶有虎兒能縛虜。碉梁烽火掩復明，將軍凱還彯花翎。頗聞期門佽飛輩，早於孺子心爲傾。有勞不伐真男子，知汝襟期似止水。弱鳥投羅非縱鱗，忍更援弓爲色喜。話來踪跡雜悲歡，莫歎鮎魚上竹竿。君家故物原牙棨，努力雲霄作凰鸞。

爲履祥壻題尊甫駿耕親家掃葉題詩遺照

白雲照紅葉，秋色明遙岑。傷哉題詩客，鴻爪何處尋。人生石火光難駐，邗上園林那得住。變旌五馬向中州，我憶春明別君處。儒雅襟期課子懷，悠悠此志赴泉臺。父書能讀家斯大，葛帔無妨肯構材。

喜蘭雪親家病愈作長句一首奉慰題其五疊永訣詩後

天公愛蘭雪，乃使有此病。化其偏宕情，鍊以危苦性。人生何處無險途，履險如夷夢覺初。兜率宮與羅刹國，尻輪神馬爭所趨。碧翁待人固平等，即心即境分俄頃。大任隨人各自肩，雖不能詩天亦肯。何況君有瓊琚詞，讀君新句吾軒眉。此與昔時傷鼻作，皆有陽明証往思。君自言喜讀陽明書。在莒君毋忘，躓垤吾亦警。夜起撥燈花，虛室兀孤影。玉鞍珠勒誰揚鞭，風利不泊誰刺船。尋常寢饋發深悟，引伸觸類心有權。噫吁嘻，引伸觸類心有權，無邪一語可蔽三百篇。

蓮花博士歌

放翁昔入鑑湖夢，蘭雪新注博士官。平生嗜茶不嗜酒，快意一吸千甌乾。哦詩去就故人約，梧門學士招致齋中，尋花夜踏澄湖寬。

贈譚琴岩元用隨園先生病中謝一瓢韻

長安城中綬若若，琴岩瘦骨如仙鶴。洗眼應曾飲上池，得官聊且吟紅藥。風神翛翛復舉舉，揮麈而譚墮花雨。彩筆聲華過使星，大華峰高迎玉女。君曾典試秦中。閑將舊事問韓康，知汝曾遊掃葉莊。都講十年有心得，用藥一洗時人荒。昨秋驥子嬰沉災，兒子蘭瑞病劇服君藥而愈，飯顆有句懷難開。紅塵十丈踏椶鞋，捉君一日一度來。衆醫掉頭病忽起，從此刀圭服君矣。禁方小試說傳衣，憐君夢繞横塘水。剪燭連霄作才語，人世因緣悟來去。詩成回首憶倉山，去年鴻爪重尋處。

喜晤譚琴岩親家聞其卹劉氏女事喜而有作

菊花開滿籬，喜聞故人到。兩年離緒一杯中，軼事聽君細相告。劉家兩女年及笄，可憐都是官人兒。父死兄貧人六口，食惟炊餅衣破衣。何來燒城騰赤舌，兩朵蘭花萬重雪。鴛牒雖辭駔儈金，鸞釵仍按箜篌節。使君聞之心鬱紆，攘臂急起相持扶。官人女作官人妾，我輩面目人揶揄。上告中丞下太守，難得三賢並時有。擇壻爭輸贈嫁貲，養花一洗旁嘲口。重君高義爲君歌，聞善則喜情則那。更期決獄平寃手，推與吾鄉種德多。

冬夜讀書感懷用蘇詩韻

讀書誰餉熊丸苦，幼居門塾長齋廡。終歲常依舅作師，十年失記兒無母。庭空月挂枯桐枝，村寒霜隔嚴城鼓。詩書高詠感神鬼，虀鹽定力禁風雨。先生故守胡瑗法，時人或致邊韶侮。敢將野鶩厭家雞，記取傳衣自我祖。舅氏山木先生乃吾祖凝齋公門人。

除夕祭詩

昌黎作詩乃餘事，盧殷萬卷資爲詩。平生頗守退之法，登封縣尉非吾師。祭以除夕始賈島，我亦沿例相娱嬉。飣盤脯果雜粔籹，一編陳處春風吹。沈沈夜氣明華燭，散帙深宵幽事足。窗間樹影高出簷，雲外星光低映屋。寸田尺宅藏吾身，形神相倚爲主賓。一點俗塵不染處，虛臺自覺高嶙峋。前年陳州歌雪車，團圞觥爵歡南衙。今年雖勝去年客，高堂馨膳還思家。我不能飲劉伶酒，亦不能飲盧仝茶。昔賢結習我都欠，豪況絕少時人詩。但願善本之書列滿架，座後復擁萬朵千枝花。翛然居處絕塵鞅，高吟李杜思無邪。今日詩魂樂復樂，以我祭我神歆若。萬卷之中一卷着，如入唐宋諸賢幕。春生一枝青鏤管，香參百葉緗桃萼。此心但與證初地，人世由來信行脚。明年此日慶南陔，采蘭更有還山作。

立春日作

平生慕學心頗篤，散帙惟思攻節目。只知師訓誦終身，詎要浮名夸世俗。悠悠婚宦負初心，多好無成遂至今。弱臂挽強寧透札，礦沙入冶未成金。蔬果中庭侑杯酒，迎春故事由來久。爆竹聲中感歲華，來歲龍鍾三十九。恒言稱老古所訶，吾親白髮向來多。遊子養志先謹疾，予時抱疴初愈，書生勵學毋蹉跎。朝誦昌黎暮太白，經史盈窗還布席。共此寥寥一片心，感春倘到騎鯨客。清晨沐浴命具湯，白芷桃皮青木香。齋心從此作利市，日日偕兒上學堂。

記夢

憶昔十五成童初，豪氣直欲凌千夫。讀書但喜老莊易，把筆輒擬韓歐蘇。拍肩唐宋世何有，紛紛一笑時人愚。是時舅氏山木子，祖述經訓爲菑畬。語直或遭俗儒詆，論高彌覺同心孤。家雞野鶩不能辨，我亦聽瑩心疑紆。夜中一夢朝感喟，如醉初醒病始甦。伯兄含笑招我前，曰予有言汝聽諸。人心不同如其面，下士笑道爭盧胡。人生始學誤所法，他日欲悔徒嗟吁。我祖以來重敦素，巧文趨世吾家無。汝舅樸學法汝祖，其說頗正言非迂。縱使氣象益恢廓，詎可出入分主奴。鈎黨釁起南北部，甘陵禍吉四海痛。東林覆轍尤可痛，善士掊擊無完膚。汝能他日宰天下，持此足戒如前車。覺來涕淚沾衽席，搏頰呼負顔不舒。十年一夢舅忽死，追思往事空欷歔。

甲寅之冬月既望，陳子讀書夜正中。寒燈垂燼爐火暗，戶外急雪飄嚴風。解衣就寢忽有覯，恍惚張華初入嫏嬛宮。隨園說詩夢樓笑，旁有頎而長者陽湖翁。三老雅集殊得得，賤子侍坐彌躬躬。一庭深綠幽草積，墻角似掛斜陽紅。不知所遊竟何處，耳邊疑打清凉鐘。前年蠟屐遊江東，此三老中謁兩公。袁子我師朝夕見，隨園坐看倉山松。歸裝乍整未及發，夢樓來倚鍾山笻。十日再留文字飲，萬事不掛雲夢胸。政喜結交得老輩，漫欲歸去誇兒童。獨恨未拜雲松子，忽教一夢相彌縫。不識其貌想其容，陽湖之水波溶溶。閒鷗戲拍江天空，以此想像子趙子，夢中所見將毋同。他年定鼓毘陵棹，一申末契追前蹤。握筆忽愁詩未工，公其笑我如冬烘。

平生壯遊數白下，夙昔夢之心懷寫。弟子重爲負笈行，先生剛擁皋比坐。登堂未揖心已傾，舊事再讀眼倍明。庭際草木似相識，坐中賓客皆知名。清言不侈談天口，大雅政有扶輪手。鄙夫或效莛叩鐘，智珠彌覺光照斗。坐久識者皆歎嗟，得未曾有誰能加。宿疑乍剖日破霧，妙蘊忽啟天雨花。先生之意未云已，招予更與論經史。道傳衣鉢竟無人，一編相屬君勉矣。用光再拜辭喃喃，誼重力薄愁不堪。荒鷄乍啼夢忽醒，舊遊追省心彌慚。昨者初逢列禦寇，千里羸糧不遑後。鄭元未得馬融喜，阿難忽被摩登咒。十里秦淮水上樓，家家月色漾簾鈎。玉笛歌殘金縷曲，蘭橈忙殺水嬉舟。王孫競走狹斜路，淵明也作閒情賦。爭訝流鶯處處飛，誰知白日堂堂去。邴原空讀孫崧書，陳平未絕長者車。我愁遠志成小草，人笑抵雀傷明珠。歸來百事不復理，日持萬卷封妻子。孟明期策再舉勳，曹沫欲復三北恥。駑駘十駕追驊騮，成功或借桑榆收。邱遲殘錦果容乞，列子執爨吾將求。

孟亭先生與先大父凝齋府君同舉乾隆戊辰進士己酉冬從子希曾拜謁先生於里第時希曾初舉於鄉也用光晚與先生仲孫績熙訂交而希曾於去年冬與從兄觀先後謝世矣循念兩家門第恨用光未得謁見先生績熙以奉硯圖屬題敬賦轉韻一首硯於先生在時失而復得圖以失去爲績熙所復得皆詳先生跋及績熙自記中時嘉慶丁丑秋八月二十七日

端溪硯材作世守，甲第人人誇所有。重是傳家忠孝心，趙璧齊田得非偶。營田三載居霸州，汜勝書應細講求。繡塍行地夢迴處，倘亦如對小環洲。見硯圖。兩家舊德皆堪述，撫今悲昔神蕭瑟。我未登堂但展圖，惆悵才非大手筆。

陸宣公從祀成均得請爲吳梅梁傑給諫作

仁義百篇唐孟子，私淑宮墻學似此。政事才原列四科，惜公未逮洙泗耳。方書集當謫蜀時，點也氣象倘庶幾。發揮王道明天德，奏疏何啻講學爲。講學何人工摭拾，近乃宗派無所執。臺諫難酬補衮心，崇儒競喜連章人。從祀得請誰最賢，吳公一疏人爭傳。議成隋士王通次，心發忠州視學年。

雙忠祠

蘄黃血已錢塘流，宋諺云『惟有蘄黃兩州血，至今流不到錢塘』，襄陽殘局不可收。門戶已爲伯顏奪，腹背坐致江淮憂。勤王孰先諸道急，力戰不許降幡投。守城誓死感幕客，劫帝乘夜凌瓜州。析骸食子軍不叛，焚詔斬使心何求。霍弋羅憲非烈士，張巡許遠真英儔。樞密生前鑄一錯，夏貴竟召淮西羞。要期惠力乃濟事，豈意斷臂成潰疣。姜公臨命一笑唾，李公隱恨羞爲酬。史筆何人拙文字，述言紀事相盾矛。豈有忍痛竟待勸，遣兵護第如遮留。感恩尚持孟帥服，反顔肯事阿術讐。兩公精誠同一體，後人公論垂千秋。梅花古香發邗溝，忠魂先後來同遊。勝朝亦有文丞相，閣部衣冠葬上頭。

追輓建威將軍壯烈伯李忠毅公詩

戚南唐才我朝有，岑彭來歙身可悲。岑來握兵遇刺客，公乃致命攻賊時。賊盛公能使賊衰，賊衰天顧使公危。海水怒立礟外飛，粵洋不見來援師。復仇部將遇亦奇，雙燈中見公鬚眉。公之報國心不死，不然尾追賊艦何以來靈旗！大府生平兩知己，阮公元清公安泰譚一華。禦夷已著南塘績，辦賊忽來蜚語加。遙知公者富陽相，造卻能排篋書謗。得清安泰疏中言，始見劾公固無狀。賜碑賜謚國恩深，酬汝傾家報國心。子母連環誰倣造，丹鳳空栖碧海潯。公傾家造軍船軍械，丹鳳，公船名。

贈張鐵槍名永祥，河南陳州府淮寧人。

脫身軍旅間，掉頭營伍外。愛才幸遇阮中丞，事過無由舉君最。教槍遊浙中，練卒居淮南。知己晚得屠大令，衙齋日日論韜鈐。國家盛德遍函夏，樊並蘇令何足詫。滑臺白賊唾掌擒，彭城列戎登時罷。張侯其時居真州，散遣新卒歸林邱。四百餘人飲髑髏，盧氏縣南歌同仇。廿年舊夢猶迴不？先君昔綰陳州綬。亦募健兒作防守，其時君已辭家久。先君每舉盧氏功，不知乃出此人手。京師邂逅意氣同，喜君恂恂儒者風。功名何必登麟閣，踪跡大抵如雪鴻，我欲從君拓金戟，媿不能彎一石弓。

鄧簣山入名宦詩

文翁召父奉祠祀，元始四年應詔書。西京循吏最近古，激勸有道焉可誣。我朝治化軼兩漢，祠官歲歲題名宦。浮梁鄧公實鮮儔，去思卅年留隴棧。戴盆有民得見天，公善發伏兼擿奸。奪米有民不揭竿，公善勸糶兼化頑。堰水隄雲長禾黍，夏絃春誦習樽俎。過境軍辭閭里譁，獻醪民忘輸將苦。凡公所至年無災，不獨步禱迴風雷。從知撫字誠求意，都自詩書醞釀來。秦雲蜀嶺題襟偏，宦游處處桐鄉戀，神絃曲若奏成都，分爇關中香一瓣。

蕭俞孝節詩

滄州一婦人，不食三十年。日飲數杯水，充饑當饕饘。自言幼養母，母病夜禱天。果救歉歲貧，辟穀資寒泉。常州一村婦，農炊往田所。姑爲畢其炊，目盲無所覩。捫飯置穢器，婦歸誰溉釜。潔奉姑與夫，穢者以自取。天晴晝忽昏，有人導婦行。前舍得小布，囊米三四升。不獨一餐飽，日日囊可傾。二事出宋稗，天固感至誠。吁嗟蕭孝子，刲肝救母身竟死。吁嗟俞節婦，詭語慰姑夫出耳。天佑不佑數所當，救母不顧肢體傷。婦肩子事孝子慰，貧人如此擔綱常。我昨扁舟去遊楚，楚人有孫能救祖。名紀高澄彭大典，一請代死一割股。善善從長邑乘稽，養生送死至性所維持。積粟七年者爲誰，世無劉殷鬼餒而。

作蕭俞孝節詩未得實事因閱宋稗有所感遂拉雜成篇後晤秦敦夫前輩爲詳述孝子事復賦一首

孝子救親須刲肝，術苟知矣心求安。親愈奚恤身摧殘。割股但傷外形耳，五藏難教一藏毀，忍痛者誰竟辦此！刲肝投碗碗忽空，神試孝子迷離中。屋角神衣吹鬼風，手血淋灕再開褁。兩片肝投一爐火，何物貍奴能困我！蹣跚歸寢妻始驚，困臥廿日目遂瞑。神知孝子死勝生，入奉甘旨出衰絰。養姑卅載妻守節，婦心子心兩無別。嗚呼親病委庸醫，泣言親疾不可爲，彼何人斯盍誦碑。

旌表節烈蘭孫氏詩

蘭孫氏，居妻村，其節似漢陰女荀。夫亡子幼姑復貧，咄哉季父庸非親，欲強之使適人。同穴心孤酬一死，從容引決無難耳。辭墓歸來作飯時，忍痛食姑兼食子。嗚呼，人生至性闕天倫，季父與父恩則均。胡爲奪志行不仁，忍使嫠也戕其身。涞水孫氏一白屋，不若潁川八龍稱望族。慈明況復譽無雙，詎不顧女爲共姜。傅婢奪刃態何鄙，傳訛吾欲疑范史。孫子原一猥薄兒，縣吏護之乃如此。當時訟之不爲理，後七十年綽楔起。筠潭都轉洵能賢，請旌即得徵詩篇。我更爲語作令者：不獨過門當下馬，能褒節義斯風雅。

放歌行示湯體芳明經

汴梁城中無一有，拉君日日街頭走。夾轂飛塵車似風，策馬從者顏若桃花紅。路旁趨避與君笑，是何意氣矜年少！若非隸籍期門軍，官高策賞殺賊勳。即亦通侯貴子弟，貲郎出補諸侯吏。男兒生世須彎五石弓，不則低眉折腰事子公。胡為咿唔北窗底，出遭人怒入遭鄙。不見賤子與君俱少年，酸寒坐守儒生氊。君謀蓿盤腹未飽，我坐元亭貌亦槁。侯嬴朱亥墓已荒，難覓屠狗與賣漿徒爾。朝謁遊梁祠，暮尋相國寺，冷淚空彈沒字碑，狂歌且逐綠橦戲。君言公且休，君為起舞我為謳。世間萬事浮漚耳，喻馬非馬指非指。但當洗耳清泠淵，仰首蒼浪天，榮啟期樂我輩俱能全，何妨挾書日日從高眠。我憚君言心亦動，更剪燭花開雪甕。舉白浮君我亦共，起視庭前月色如流汞，各掩霜扉去入夢。

贈汪劍潭助教端先

朝吟梁甫暮白石，秋雨春風幾兩屐。詎有王孫七寶刀，陌頭爭認青袍色。十年蹴躪江關路，此日帝京初作賦。鳶肩火色彼何人，作此寂寂事章句。案上古人呼不起，席地幕天一稊米。車聲門外腸共迴，俠氣柔情都已死。忽然大笑顛如雷，空虛之室雲日開。如先生才凌鄒枚，掃跡不上黃金臺。青冥縱翮何為哉？一尺之書一枝筆，此中自有鄒陽律。青寧程馬從萬年，且可高歌消永日。

贈張船山太史問陶

古人今人才一耳，恒幹代謝神不死。房太尉即永禪師，蔡中郎是張平子。東風年年吹開花，春色歲歲來無涯。銅梁奇氣落公手，遂令洮筆流雲霞。儋州老翁常州住，公友孫洪生長處。分得眉山八斗才，鼎立三家俱跋扈。洪都成都同一江，岷山廬山雄兩邦。拾遺不作山谷死，藏園健筆公能扛。異時曾作隨園客，清容淵如我俱識。題襟焚硯平生心，繡像鑄像情尤極。昨者車過趙州橋，石甃如輪扶衝飈。眼前有句不敢作，公詩壁上森瓊瑤。西江宗派誰人續？我意居仁殊碌碌。求友四海幾班荆，覓句十年徒仰屋。忽憶去秋梁苑行，傳來好句人皆驚。謂見君詠古數詩。我見決知是公作，世無袁蔣誰縱橫？十載聞名不識面，紗籠露盥抄吟遍。一日長安挾刺投，無異洪君眼中見。結交願結清松枝，著録願録黃絹辭。后山一下文潛拜，主客雲龍千載期。

贈胡書農宮贊兼呈同館諸君乞和

書農宮贊老劬學，圃身萬卷勤爬羅。對人沖抑有退讓，論事質直無婞娿。比來史局數抗手，彌覺書味三餘多。君言使筆如琢玉，我言陳義如獻禾。瑟若奐若采固爾，宜稻宜麥理則那。但使榛芀就芟削，不嫌角根成縷覼。古來成跡別利病，粲如指上觀旋螺。坐言起行得考鏡，庶幾旨蓄儲條科。小言詹詹敢自意，君與諸子乃見阿。觚稜日影絢光彩，舉杯相屬同婆娑。祇媿承宮佀田鳳，霜痕點鬢如余何！

贈曾霽峯大令暉春

九僊山上九苞鳳，胄曹遲向天門玒。戴仁抱義翔虛無，卻駕慈雲到章貢。章貢屬縣名會昌，俗媮民悍迂農桑。佩牛欲施渤海教，捧檄初登宓子堂。行未到縣先入鄉，鄉民鴂傲貪如羊。標竿作劇開會場，博進招集千人狂。垂緌五寸民無懲，煦嫗好語應且憎。使君再來剽奪興，伍伯臥血輿折肱。使君叱咤真健者，裹創小憩茅店下。立呼營卒縛之來，乳虎入檻猱拉髂。從此民畏民稱仁，共知國僑斯惠人。能遣封狼化鼷鼠，不教束緼驚燎原。循績褒嘉終報最，軼事謳深因坐對。春明門內同歲生，作歌聊記部民媿。

詣鍾山書院投洪稚存前輩

十年誦公所著書，詞章攷據才而儒。十年慕公所立行，砥節植躬根至性。山川萬里遍行蹤，昨來乍聽清涼鐘。蓬山名刺得脩謁，何幸蓉湖未買楫。皖江舟為本師開，下帷舊地今重來。本師不見見公在，天補此行一大悔。大孤小孤吾鄉山，氣雖不大體則堅。西江士習亦如此，擴以聞見斯可矣。我生懼蹈溝猶議，行脚所到尋師資。日問月學山谷語，此意知公定相許。納納乾坤入遠眸，浩歌氣欲凌高秋。太白樓前一江水，襆被為公具行李。六朝人去幾千年，白門風景仍寒烟。講堂闢處借三宿，公有奇書縱我讀。

雨中次蘭雪題雙藤老屋詩韻柬屠孟昭

坳堂吹沫非檻泉，高藤濕翠交枝纏。出門苦潦入苦漏，長安伏雨愁年年。連日殘暑尚蒸欝，破雲喜見滄浪天。蘭雪說詩昨過我，詩骨瘦硬天所憐。念君與我何間闊，藤陰人影相周旋。我植雙藤才五載，屋老藤新陰未圓。花時已過苦無葉，咒花何術求神仙。竹垞前遊久難繼，風林幾日聞嘒蟬。後此垂蔭倘過屋，看花肯羨春風顛。朝來殘雨葉又墮，積水墻陰浮芥船。知君抱膝對嘉樹，掩戶但覓詩畫禪。南街北街難跋馬，白楊青楊思招延。蘭雪豪宕能冒雨，澄觀水榭詩爭傳。君詩語妙惜未讀，美人入夢徒娟娟。衝泥未能但仰屋，藤梢對我搖蒼煙。買屋我有補藤作，僦居君亦藤有緣。索詩及君末注選，要看秋筆凌春鮮。作畫倘寫種樹意，破慳當以吾詩先。天晴待踐蘭雪約，訪君並訪街西錢。錢衎石與君比隣。

十三日廠市購書戲作索蓉裳和

異人苦難見，異書苦難讀。能見能讀不遠求，耳目之前求已足。異人在山不在山，異書在世出世間。邴原自可辭北海，張華詎足窺娜嬛。求人求書貴求我，棄書與人計復左。能將懸解得人間，枕書許秘糧許裹，平生夙抱購書癖，插架未覩復求益。龍斷徒嗤買菜傭，燕說愁為舉燭客。誰知結習難自除，路逢良友仍招呼。踏青已過近燈市，每到書肆行踟躕。眼前一集縮手快，聞是貴人手不疥。失笑奇書世已無，異人何處同君拜。

齋中讀書懷秦曉峯觀察維嶽

散帙終日靜，揮汗煩暑蒸。涼風轉空曲，清氣時一生。江頭何人多遠情，停雲一角齋中明。美人娟娟隔江水，宴寢清香圖畫裏。揮麈雄譚有顧子，與課佳兒誦經史。顧子吾未見，其詩新且多。副本錄以麻沙木，去年曾與汪子同高歌。於均之昆季處見顧君集。李杜韓蘇誰復在？泚筆銀河發光彩。風吹秋懷入空去，但覺流年不

可待。暑氣不到鈴閣中，主人退食多從容。陳寔偶然就徐庶，秦宓何當客顧雍。黃鶴樓，晴川閣，花雨空中飄，鴻爪天邊落。想得山房聽雨讀書時，舊夢倏然何處託？雷門布鼓慚竟持，先輩許我論新詩。

贈葉筠潭同年

筠潭論詩得正宗，筠潭作詩有古意。黃鐘大呂韻鏗訇，霞珮雲裾光絢麗。建溪持節初歸來，新詩脫手皆瓊瑰。蓉裳蘭雪俱遠去，題襟懷抱為君開。

次韻答葉筠潭同年

鳳簫欲奏伶倫竹，盤螭舞棟雲垂屋。五明扇影高復高，緻緻階光滑文玉。按宮調徵諧歸昌，麥風蘭風交蕙光。髟纓槖筆生眼纈，烏踆西轡龍賓忙。問夜何曾有封事，蝶夢不酣春破睡。嚴家餓隸亦卓錐，野騖家雞紛覓字。芳草未歇行相隨，石林虀臼真色絲。黃鐘調高木鐸應，星街蟾影東升時。

葉筠潭廉訪以詩寄懷述及法源崇效之遊次韻答之

雨花香界城南路，君向粵雲憶燕樹。獨秀峯前夢故交，題襟恨不春明住。文讌春明歲有常，海棠幾處嬌春陽。雲衣卸碧嵌林罅，酣紅搖日光茫茫。聯吟君是岑苔侶，十年已作黃鵠舉。賑饑折獄平生心，正自無慚對禪祖。棗花寺前雖未逢，願力早證盤山松。盤山林上人青松紅杏卷今在棗花寺。即今桂管詩頻寄，何異津門信屢通。津門桂管違金闕，懷人佳句動心骨。職在宣仁學素優，路因訪友夢能越。折柳班荊感舊多，宦局分襟可若何。鹿苑尋春話梁月，堯山望遠賦灘波。交期重在親知外，相勖咸應話其大。離緒能思舉燭書，清遊勝詠圍金帶。暑夕星河入望深，湘茝還思採遠潯。因緣如作羅浮合，是處堪題祇樹林。

寄懷鮑覺生前輩

愛己乃愛人，惟公見之確。避面遠小嫌，故交非淡漠。風義從來師友間，何時捉麈更追攀。昨宵夢醒蒹葭閣，他日雲停白紵山。

柬覺生前輩用其昳字韻

君不見，黃山奇秀擅東南，羣峰不敢誇同列。雲靜時呈鋪海姿，松孤自具凌霜節。平生惜我未攀躋，歙產有公我能說。從宦公堅學道心，任情公異才人轍。起家再致瀛洲登，擢官屢詔明光謁。感激殊知意肯慵，較量古義心如結。忠悃由來勵此生，辭章何但驚三絕。劍寒自惜寸心孤，琴古遑求羣耳悅。昨遊太華氣愈奇，雪磴嵐梯眼飽閱。山靈抗手笑相迎，謂昌黎生心亦折。如此才華豈桃李，如此胸襟定冰雪。惟我知公分最深，辱公厚我情尤熱。遷階為喜班生行，話舊同悲伏生耋。謂惜抱先生。蘿松雖悵昔緣慳，岑苔豈詡剪綵纈。人言何足關重輕，公望羣知有施設。杜老論詩晚更精，魏公愛國老逾切。君不見，天都峯頭愛晚晴，義馭從容輝尚昳。

雪後行江南途中有懷介航河帥

餘雪糝地如碎玉，間以青疇分罫局。映日能教暮靄收，淡月清輝與相續。故人念我山行遲，定亦對雪吟清輝。何當三日後相見，與語鍾離雪境奇。

贈石月亭時渠**前輩**

冰輪影入寒屏近，門掩虚堂車按軔。倚枰落子悄無聲，銅照熒熒燼一寸。猙飈駕空攬轡下，九衢穰穰盛車馬。遙夜冬心獨抱時，法曹冷宦如君寡。平生舍者與爭席，六鑿不攘室生白。溫伯雪予我所師，敢詡寒山友拾得。勝負從來皆可喜，十訣鴻書行料理。他時臨局有龍牙，笑君莫炫琅玕紙。

贈馮銕漁營田績熙

覇州營田專設員，始自憲皇雍正年。築堤一十有二里，里内趍澤勤治田。雨暘應時納秷秸，得免徭役民安眠。但恐滛潦一肆虐，平陸彌望俄成川。彼時臥穗隴訨間，官代納粟輸金錢。三年報最得復職，榮功宥過兼所權。富民侯特封丞相，搜粟都尉名爛然。古人重農豈左計，趙過名豈西京專。五十八頃清河邊，稼下地法今無傳。新聞舊洞等溝洫，能修舊制馮公賢。三世交誼晚相見，快展佳詠哦新篇。民有蓄積穀價賤，我讀漢志心悁悁。

酬李松溪見贈詩意

李生西自陽城來，風塵蹴躤雙芒屩。索觀晉書百卅卷，旅舍臥誦如高齋。爾來名士懶及古，羨君讀書功更苦。我幸坐擁萬卷書，卷未能終色為沮。兩吳君皆知君賢，蘭雪與玉松侍御，一作薦文一贈錢。賣文傭書向何處，千里負米心可憐。玉松侍御言尤直，勸讀班書計更得。松溪云玉松謂不如讀漢書。與作南朝放誕兒，何如能對天人策。相州五馬行倭遲，玉松去矣松溪悲。市儈侮士良可唾。時松溪為店主人所逐，僦居近我還贈詩。我與蘭雪謀君事，歸裝草草春糧計。他年射策登天閶，知已毋忘銕如意。銕如意玉松齋名。

喜聞李潤堂勲伯治吉安饑民事賦詩贈別

吉安昨苦旱，赤地全無收。誰與八分報歲稔，饑鴻無人與噢咻。有猾者胥兩黠虎，催租入鄉鄉民苦。縣令倚胥胥激民，民患閉糴官召侮。堂皇一鬨民何知，縣令張皇乃請師。勳伯奉檄三日馳，兩走卒一奚奴隨。曰此安用遣師為，入境萬竿耰耡持。勳伯顧之笑曰嘻，我來生汝汝無疑。入城示以平糶期，械兩胥示官無私。民迺搏頰自責爭涕洟，市廛復開村農歸。縛十六人翌日出，讞定笞杖戍其一。若教鐵騎用三千，安見川原不流血。部民聞之喜不勝，勳伯適復來班荆。萬家生佛名家子，急為紀事書溪籐。

贈劉仲矩明府祖憲**即送其試令黔中**

書生幽抱切康濟，經術舊業難發揮。不患苦窳即覂駕，誰約繩墨就靮韁。君家公是世莫覯，吾鄉子固今亦希。夙昔謬習古人法，名流頗欵窮居扉。漢儒遺說盛著録，閩學絕詣誰探微。昨者少穆說仲矩，慕漢中壘唐知幾。上溯六經求意旨，下綜百家分是非。惜君懷綬行作宰，媿我挾冊未絕韋。處劑心傾長桑術，問字神訝杜德機。試以醫學測經學，知為尺璧非寸璣。扶羸扶痼妙進退，急攻緩治相因依。從來儒術出循吏，佇聽輿誦來皇畿。臨別不敢贈才語，紀德滿望書常旂。

新春過吴雲海大翼**寓齋聞其卧疾作詩訊之**

洪公桐生太守教作黄山記，示我一幅黄山圖。屬稿未就筆屢擱，蠟屐幽夢迴天都。雲海先生好儒雅，鄉雲萬頃煩人寫。消受京華讀畫緣，東去同君思乞假。昨於王子卿同年處見所索題畫千幅。宦遊十載未能歸，知君夢亦著林霏。新春懷抱應何似，小極知猶喜賦詩。

乙未花朝後二日芝楣方伯魯山廉訪招同少穆中丞又山衢長於春祭東坡後觴余於嘯軒是日觀顧君湘舟攜來明人書畫冊翌日黄君縠原均畫蘇公祠雅集圖見贈余去蘇州阻風於無錫舟次作紀事長句轉韻一首寄諸君子政和

東坡手書歸來辭，文裹撫吴求得之。刻石與置定慧寺，星月夜貫虹光垂。二百餘年雙塔側，荒祠誰問空王宅。李侯蘇齋老弟子，墨寶逢君乃復得。釀金特建蘇公祠，祠中樹石生幽姿。滄浪亭古傲不得，獅子林巧無等差。方伯諸君皆好我，書畫樽前梅竹左。春祭開筵等餕餘，招邀過客非驚坐。祠中並祀況鐘與周忱，吾鄉賢者名尚留。中丞連年辦災賑，憂民之憂同周侯。前賢刻詩後舉祭，詩酒何曾妨政事。東坡當日治杭州，好古勤民如一例。畫冊殷勤屬穀原，李侯惜未同金樽。明朝邗上得相見，更與重吟石墨軒。蘇齋軒名。

約遊螺墩不果以詩謝周載軒太史及蔣藕船兼呈陳靜涵季馴兩公子

昨朝擁書向日望，忽報故人來叩門。寒窗促膝一相對，軟語暖我胸膈溫。縶駒且欲永今夕，招客更與開芳樽。野蔌充盤得霜味，溪魚入饌無水痕。草草一飽聊可得，紛紛共醉誰當嗔。座中有約吾必踐，勝地曾過心彌存。憶昔打槳逐吟侶，薄袂乍映秋風寒。輕橈蕩碧暮烟散，斜陽墮水林花昏。時方結搆盛塗塈，近聞金碧逾崇繁。正喜續游得佳賞，豈意雅集孤成言。商邱公子劇好士，詞翰落筆傾豪賢。推襟一見意相許，深談詎信緣終慳。作詩一笑記吾過，重惜良晤當乖分。明朝策馬洛中去。客夢定自留螺墩。

陸古山州牧去歲屬譚子受攜清獻年譜松陽鈔存贈頃來京以扇索畫為轉乞得山水荷花而系以詩

清獻遺言孰蒐輯，心太平室重開雕。文翁治蜀倚教化，如此視民斯不恌。岷峨春色攜襟帶，歸及紅衣照香界。安得尋詩到草堂，剪燭與君重讀畫。

贈高麗四進士

昨日春風吹客到，晴暉艷艷瓶花笑。重譯來為舜陛朝，長身人認箕封貌。我朝盛德四海覃，儒林掌故詞臣諳。緣趨瑣殿欣簪盍，待續方言借筆談。九衢車馬人如織，寓舍愔愔留此客。千山不與隔題襟，四水居然能講德。出門一步即天涯。投契寧論道路賒。同我心情有小阮，似汝頭銜稱大加。眼前陳跡栩栩古，草草杯柈傾肺腑。來日應過馬首山，離情已遶桃花浦。廠市中門小駐留，題詩贈別心寧酬。遠夢倘能尋帝里，題箋莫忘寄神州。

太乙舟詩集卷四

雨中劉明東布衣招集綠天書屋對酌

蕉影沿階苔影接，瀟瀟雨響生秋葉。千秋牙曠百年心，對酌遠為主客吟。吾師經學今誰嗣？望汝樅陽重立幟。題襟草草足相思，愁絕明朝解纜時。

東坡生日法梧門侍講過訪因邀仝楊蓉裳農部張船山吳山尊兩前輩暨從子希祖希曾小集太乙舟為東坡壽山尊未來船山以所摹宋本東坡像見示用光欲船山為更摹一幅並摹山谷像見惠遂作長句一首乞之

梧門丈人昨書至，雲於翌日來相訪。索居正苦意少悰，積雪揭喜晴始放。寒威稍歛薑芽舒，朝旭初升藻井漾。宿昔豪翰枉過從，此日招邀足吟唱。儋州老翁誕降辰，七百年來遙相望。懸弧慶尚沿人間，騎箕位自留天上。後人孰任傳衣責，我輩未肯當仁讓。禮神脯果設虛堂，留客薤盤供法釀。乍惜吳鈞軒未過，卻許楊憑手許抗。張融入門興更豪，素幀一幅持相向。云從北宋流傳本，摹得東坡真實相。長帽應傳椰子製，豐髭不襲畫史妄。憂國心勞面略癯，著書才大神猶王。百年文史盛風流，千載岷峨自欝壯。珊網敢誇小阮收，時希曾自蜀中學使初旋，蜀材早接詩壇將。即從繪事見襟懷，想得風神共蕭曠。暉暉凍日漸移階，艷艷寒花欲搖帳。深杯泛波乍卷白，宿爐升燄如濯絳。今年三雅快題襟，酒龍詩虎互跌宕。昔從叔庠拜山谷，猶記坳堂留淺漲。山尊以山谷生日作詩會，時夏雨未霽，水上留堂坳。海立初歌河伯驚，玉戲又賦天公觥。若教坡谷今猶生，定許宋人師郢匠。從來絕業貴專精，平生古處敦夙尚。各有鄉思記瓣香，肯辭粉墨為依傍。絹素如從兩幅酬，濁酒猶能百壺餉。作詩聊記今日歡，緩頰更煩丈人行。

覃溪師招作東坡生日出所藏宋刊施顧注本詩集天際烏雲帖及吳荷屋前輩所得茶録舊拓本傳觀賦長古一篇

東坡詠茶屢見詩，墨妙獨數嵩陽帖。黄州生日答王郎，伴詩亦寄建溪葉。人間韻事有因緣，天上星芒照蓂莢。七百餘年設弧辰，千萬卷中古香篋。茶録來從侍御家，蘇齋喜動吾師頰。名香爇瓣氣絪緼，棐几陳書位妥貼。照幔仍餘紅日暹，掃空已謝烏雲躡。宋槧書披嘉泰編，畫像笛看李委壓。置身恍在元豐年，從遊勝曳岐亭屧。吾師遊跡徧東南，獨恨未泛西湖楫。侍御星軺代補之，鬬茶倘許風流接。岑苔勝集到鯫生，貞石珍藏詩目涉。髯翁雲際如報嘉，筆花入夢光搖睫。

楊成甫招飲歸後腹瀉一日時連日有招飲者皆辭之獨就荔峯咋葉書屋餞椒石之局得詩一首

蹴蔬不待藏神訴，當筵已走清齋路。一笑何曾謝主人，玉膾金虀難下箸。歸來伏枕不出門，明日清齋仍作賓。為唱驪駒餞安石，笙歌隊裏自抽身。時晴峰招觀劇。

丙寅十二月十九日小峴先生邀作東坡生日因得觀其八世祖舜峰先生會試硃卷及凱還圖畫像丁卯元旦夜作七古一首

江陵取士三百卷，舜峯先生卷尚存。紙潢匣貯謹護視，二百餘年八世孫。我讀其文論其世，作者守者質不文。論策侃侃無忌諱，古今鑿鑿窮流源。豈獨制藝守清樸，不似天啟多厖言。後來撫贑並撫楚，不負所學名終騫。乃因文忠集羣謗，裔孫能白當時寃。我與裔孫論文字，如水合味花同根。驗之於政知一二，心符厥貌清且溫。昨冬招我祭玉局，酒闌覼縷陳見聞。因覩此卷及畫像，豐頤秀目頎而敦。是時奏凱掃妖孽，浰頭績續陽明勳。皂袍謁帥審明制，往姬傳先生論明人皂袍之制引明儒學案一條為據，今觀此圖益信，赤日照旗浮墨痕。尚有一圖惜未見，譚兵虎帳靜不喧。京兆云先生尚有譚兵圖。功名如此文若彼，誰能襲取心聲真。固知盛德被累世，門第奕奕蓉湖濱。裔孫文行益恢肆，雖不得第官同尊。彼得第者苟速朽，較公何啻隔兩塵。才人千古共精魄，小大雖殊才則均。卮言壽蘇詩韻事，髯翁肯駐雲中輪。質公質蘇可一貫，我作此詩香兩焚。隔年書索裔孫笑，元旦之夜丁卯春。脱稿豈徒誌私淑，兼示後此衡文臣。不見張周兩評跋，較量銖黍殊精勤。我輩異代同簪紳，如公才者誰能掄。

霽青編修招同朱蘭友陶雲汀胡墨莊劉芙初周小蓮城西訪菊作七古一首

入夢秋英留不得，朅喜主人話主客。小隔紅塵有佛緣，縛架安盆僧舊識。火雲六月初燒空，伊蒲饌飽僧房中。尋秋乍封黃叔度，逭暑記約王安豐。王楷堂前輩夏時邀同遊三官廟。官局蕭閒鬚鬢白，剩有吟懷數晨夕。展重陽節當登高，鴻爪留題衆香國。

重九日楊蓉裳農部招仝法梧門李墨莊兩前輩蔡浣霞儀部彭田橋吳蘭雪兩同年家玉方集陶然亭登高分韻得田字

城郭一碧含秋煙，楓葉點入霜林妍。買秋欲豁登高眼，驅車逕出城南田。一車葦間為延緣，數車銜尾行蜿蜒。涼風十頃孤亭前，蘆花蕩蕩平如川。千搖萬兀出浦漵，恰似泛我九月江南船。孤亭突兀撐秋天，須臾拾級登其巔。樓閣金碧相新鮮，造次直欲凌星躔。卻思逭向車中坐，正似萬頃波茫然。仰視此亭岌孤踞，又如金山焦山江中懸。平生遊跡天所便，每到佳處心流連。長安閉門過一載，覓句但可看屋椽。佳招忽喜得野趣，老輩促坐交忘年。空中語笑風吹去，下界得不疑神仙？封不必就酒泉，書不必著太玄。持螯把菊作才語，觀空自得詩中禪。卻愁此樂天所吝，請看急雨來無邊。已覺衣袂濕稍稍，旋驚簷溜鳴濺濺。上車一揖政可袖詩去，明日交馳十萬蠻江箋。

浴佛日大雪小山前輩招作消寒會荔峯兄云明晨當約許吉庵携壺遊蒹葭閣望西山雪後銀裝世界此殊似東坡記承天夜游語欲偕遊而未果成長句一首呈荔峰兄訊果遊否並呈望之小山兩前輩芝齡少農芙堂同年正和

崑崙玄圃神仙區，瓊林瑤樹風景殊。黄庭存想神游無？鳳城雪霽西南隅。凸碧凹白羣玉鋪，此景何必非清都。有閣屹立如浮屠，登之萬象來須臾。何人挈榼復携壺，一窮幽興償詩逋。元方未語心已趨，座客諧笑時當餔。空中雪花紛交挐，頗以香雨飄文殊。預計來日語非誣，我亦距躍思與俱。閣中鮑照仙藐姑，顧雍亦是煙霞徒。謂雙五前輩晴芬同年。遺墨在壁人則徂，悵然如對黄公壚。人生何者非蘧廬，秋水雖渴蒹葭枯，清景一失難追摹。我未能往胡為乎，君其踐約徑車驅。遠煙高樹詩作圖，消寒示我文字娛。

王子卿澤**同年招為第三集予不果往**

胥疏江上夢京國，題袂深憐朋好隔。還朝佳日得招携，惆悵何為見顔色。秋氣入戶秋人悲，中年骨肉傷乖離。時有喪女之感。未能作達竟遣此，啣杯乍覺杯難持。諸君才氣横無敵，尖叉强韻逞筆力。我緣才拙且堅辭，挑戰從君誚巾幗。强顔一語聊枝梧，諸君能不皆軒渠。君不見，君家漁洋有成例，精華有録和韻無。

東坡先生生日設祀於蝶寄小舫邀朱學博存仁楊孝廉殿春同賦為壽

神仙中人下大荒，玉衡魁柄垂光芒。精神到處不磨滅，知公千載遥相望。畫史紛紛圖公貌，皆圖其老非圖少。想見當年應舉時，長身玉立特孤照。平生四海一子由，題詩贈別來潁州。至性流露光日月，不獨志節垂千秋。我向淮陽三載住，恰是先生別弟處。文章知己得家庭，幾同把卷生遥慕。我有弱弟纔十齡，設弧乃亦當斯辰。要期他日能論世，敢以下士儕天人。明年我作長安客，仲兄偕行弟贈策。塤箎不作羈旅愁，此樂知公羨難得。身宮磨蝎誰主持？賦命偶值難自知。名隨謗集古仝患，平生我亦少年時。制科無人能領袖，公更早年三接書。荒詞敢付帳下兒。聊作蔬果薦籩豆。天門詄蕩耀九州，平生進退幾熟籌。歐陽永叔今誰是？可放門生出一頭。

六月二十一日邀同人集太乙舟為歐陽文忠公作生日梧門先生以集中寄許微人絕句分韻用光得聲字

慶歷嘉祐生先生，史才不數宋子京。孰使唐書竟分纂，坐令後世叢譏評。從來任官必稱職，夷禮夔樂專則精。公副樞密位亦顯，史職盍不董厥成。晚述五代沒乃上，猶藏秘閣邀殊榮。若使兩書并一手，繼遷軼范應蜚聲。吳縝糾謬吾不取，覼縷瑣碎遺菁英。遷固謬誤政不免，曷當遽替千秋名。原父博聞若秉筆，吾恐難與公絜能。文章筆極有詣力，甯可詳核驕縱橫。生公同鄉讀公集，手胝口沫心膽膺。生日設祭邀同志，瓣香聊以抒精誠。頌揚詩文并勳業，於公無當情不傾。繹公本傳一論世，狂論忽作饑腸鳴。魏公生平公知己，此事委任猶未平。責備賢者吾則敢，不與宋主恢其稱。夜闌更讀史館狀，爽然自失兩目瞑。諫垣存稿不可見，公與韓范誰代興。

喜筠潭四兄親家擢粵西廉訪邀覺生前輩晴芬蘭雪兩同年蘭卿侍讀小集奉餞翌日集荔峰齋中月午始散庚申同年復屬余假館再餞作長句一首贈別

先期約君來，剪燭喜君到。筠潭將至時余約蘭卿先訂為此集。觥船拍浮雨聲中，玉蟲漾碧銅荷笑。雨夕銜泥客不辭，明宵秋月揚清輝。高籐倒影作荇藻，如繪水墨交霜枝。一集再集情未足，盍簪假館來朝續。同抱班荊話別心，矧君於我誼尤篤。潞河剖魚魚撇波，丁沽繫雁雲如羅。浹旬一書走急遞，積歲俄成束笋多。一朝鼓櫂灘江去，大武遠涉愁無路。傳來青鳥信原通，寄到梅花春恐暮。人生鴻爪話中年，宦局欣君已鳳騫。消除折柳分衿感，賴有甘棠聽訟篇。褰帷問俗平生志，經術由來飾吏事。闡幽曾雪戴盆冤，捄災能布監河惠。昨宵一雨君意酬，麥可播種民無憂。畿輔庶幾元氣復，君可決意為遠遊。粤嶠輿歌行滿耳，封圻重任斯其始。不忘先公種德心，望君努力求政理。我能泚筆垂諸史，再世交情為君喜。

小松復以詩來再效其體調之

小松淡蕩人，夏則靜於裸。見道德指歸編。飢驅筆耕校文字，乃笑車中閉置作使新婦我。火雲燒空氣欝蒸，儲茶儲酒皆如冰。邊韶晝寢寢斯興，飲茶七碗酒一升。白鳥來噉揮以肱，哦詩且頌離支之贈。何其來相仍！吁嗟乎，離支豈是吾家紫，郵致已馳六百里。明年下南之遊恐復須秋中。離支還時詩徒工，先生奈何錦綉胸。

戲呈幕中諸友并索門人放卿硯雲同作

蔣濟不可射，陳遵時中之。拍浮心事認亭牓，誤以灑溪為酒谿。自建州至邵武途中有灑溪塘。小松曾作伊涼客，可向酒泉恣遊歷。十餘年夢轉風輪，復向閩南覓歡伯。璞亭風航皆大戶，通介異趣同酒趣。汪倫戒殺多深情，漢書下酒兼佛經。就中薛華擅攷據，許祭酒書能作注。得毋美醞借官銜，因之尚友發遐慕。我與尤杜同東坡，三蕉以往不能多。倪羅二子亦我輩，作詩勸飲當如何。

查楂客招遊虎阜題其所藏倪雲林湯玉茗詩詞稿本

我似倪迂有迂癖，江鄉宅近臨川宅。詩社誰尋主客圖，詞壇夢謁文章伯。客中遊屐到金閶，藁本傳觀倪與湯。礦金璞玉入珍賞，非真好古誰收藏。獅子林中好泉石，雲影天光動虛壁。煙霞結構見詩懷，展卷猶疑對顏色。十年清夢著林霏，過客重來舊侶稀。一事媿君不能答，玉茗未訪庭前枝。雨餘月出波定影，天為吾曹闢詩境。玉簫金管倘重遊，招兩詩魂來共領。

題趙忠毅公自書詩卷為李心菴農部作

疏陳四害時相怒，選郎身且病歸去。再起再黜行孤忠，飭書遺戍天夢夢。名重東林能講學，謫降身原天上鶴。學為有用詩多悲，作此詩是初歸時。身不求官髮從白，所志何事肯好色。林鶯求友渺愁余，見泉無子心煩紆。悲來痛飲合懽下，眼中泄泄何為者。丞相祠堂何處尋，世無管樂憂思深。味蘖齋荒换人世，讀詩誰舞鋏如意。孤忠刼運不能消，流傳尚有千餘字。

蔣秋吟為消寒第二集其第一集在黄左田宫庶齋中余未及往也秋吟囑題其所藏杭厲諸公詩札各幀

東橋先生盛儒雅，往與杭厲相唱酬。片紙隻字皆藏弆，想見風義追羊求。哲嗣潢治日相對，不獨遺書能校讐。我如索靖臥碑下，張眼對壁吟不休。其餘鉅冊復三四，我又欲如賈胡留。焚膏繼晷數晝夜，快瞳盡讀飽饞喉。我藏本師舊手札，重之不數琳與球。或論經術或選學，如接賈馬依匡劉。震川尺牘十一耳，豈無弟子為旁蒐。文人緒論有衣被，如遇寠子施珍裘。專門家法先友緒，我意君意皆千秋。酒闌静對墨瀋浮，上車歸臥太乙舟，各有虹彩明斗牛。

題安甸同年易學象數易知冊

平生不著膩顔帢，但師晦翁稱康成。圖書豈不勝讖緯，胡為叢擊來後生。河東夫子學純粹，敬齋整菴明並稱。學似三子亦足矣，趙商張逸安足衡。三子皆闡圖書秘，以學以誨明且清。近儒江氏稱博綜，攷核象數言殊精。黨同伐異泯厥見，義理攷證斯兼能。吾友安甸舉進士，不就注選歸窮經。獨以心力闚奧窔，非漢非宋辭鏗鏗。吾患閩學近蔑古，得君真得西南朋。欲窮其說媿未逮，寫為副本思服膺。多聞闕疑有聖訓，慎言其餘斯可憑。願附諍友獻芹曝，俾閩樸學稱蔚興。

題史孝子事冊

復於社陽湖俗，孝子不能升屋，號慘慘歸途殉以哭。孝子身不欲與親離，孝子心不欲使親知。不見侍疾衣不解帶時，一誠自致乃爾爲，忍以滅性迂詞深責之。兒名印曾母謝氏，元時年才二十二。溧陽望族有此子，可使紈袴兒曹顏有泚。兒讀儒書父司馬，甌香館畔僑居者。

從今指點白雲溪，有至性人主風雅。

題李忠毅公詩翰冊

我昔嘗見忠武札，提兵論救淮陰軍。所與書乃李忠定，與公一心成厥勳。忠毅生世勝忠武，時值昇平主聖主。所惜同心無大府，其身既摧方滅虜。零篇斷楮幾章詩，想見樓船誓志時。雙燈導後鐃歌奏，毅魄終酬國士知。事見許庶子邦光跋。

題煦齋師瀛洲容臺二集

明光宮中一枝筆，彩絢雲霞光捧日。生本金精應運人，才從玉笈探奇出。瀛洲初入聲望清，容臺繼領階資榮。殊知曾奉呈詩詔，題集還標御覽名。如此聲華追雅頌，便合衙官呼屈宋。誰知一片愛才心，每逢佳士能矜重。前年賤子趨棘闈，公領儀曹作主司。姓名纔向從頭認，集中題榜詩云「好為從頭認姓名」。見面偏邀逾分期。去年賤子捷南宮，花磚趨步柯亭東。已喜門生列後輩，重教絳帳披春風。師時奉教習吉士之命。璧錦燒蘭暮復朝，筆花墨雨空中飄。詩無佳格嘗羞獻，賦有妍詞必共標。磨盤山影接天翠，昔遊曾策看山轡。讀到皇華奉使詩，回頭彌覺煙雲麗。石頭城畔謝公墩，訪古曾攜酒一樽。新詞昨歲題黃絹，舊夢他年憶白門。山水因緣師弟接，抄來佳句吟懷愜。一從行卷認鴻泥，悔不去年重負笈。兩載詞垣侍履綦，敢誇殘錦得傳衣。何當賤子還鄉日，復值先生扈蹕時。離心不隔風帆影，遙寄相思江路永。小詩題罷語從遊，留作來年請益請。譚子受妹倩將從往熱河。

天冠山詩畫合卷

足未踏煉丹井，心已到學堂嚴。天上豈有癡仙人，妙諦今向蘇齋拈。濛濛嵐翠著衣重，故鄉山色入我夢。開卷何必遊嫏嬛，侈說乘鸞與驂鳳。四先生字森然開，吾師腕力追之來。蘇齋詩境鷗波館，是一是二何煩猜。何處仙人吹玉笛，高密新安見顏色。此即經義非書禪，尉律學僮弟子職。紛紛陝刻訛丹陽，補圖乃得萬輞岡。笑比川原釋禹貢，舊說攷正程大昌。廣州遺憾沛南補，靈境誰知得所主。如此快事贉躞閒，使節何人堪共語。

弟子題詩當叩庭，谷園著録話春明。蕭齋百卷研摩日時，方寫名經附記百卷，何啻默坐存黃庭。

題頌詩堂稿即送周肖濂觀察川南

尋樂草堂今在否，先世曾師清獻公。堂名為清獻公所題。誦芬述德歷五葉，書生投筆言從戎。使君從戎經衛藏，磨盾晚就鄖陽東。孰云書記僅文采，上相所倚惟樸忠。鑾花犵鳥參吟筇，黔山楚水鞍馬中。授簡不作上林賦，彯纓終謁明光宮。我遲抗手快披意，詩社遊跡如蹷蛩。步屧不辭衝泥飲，露坐共剪檐花紅。新詩數卷讀數過，擊節豈必誇雕蟲。紀人紀事有特見，輶軒如采知民風。固知家學有遺緒，胸次不與常人同。人生仕宦孰稱意，能行已意天無功。機楮藏江名舊夢落何處？寓宅還憶樓名榕。幾日遲發錦江櫂，五年雪印春明鴻。於蜀有緣識果中，為民造福報必豐。旅懷次且有骩髒，要尋真樂為消融。我學陸學多愧色，友朋可畏耳則聰。補外亦思習吏事，君其導我勤郵筒。

題瓣香居士集即酬其見贈之作用心餘先生答分宜嚴秀才韻

千里束裝一車致，驢腰長物惟書史。下榻南衙半載留，識君庚戌今丁巳。舊雨剪燭西窗宜，聯裾異地喜可知。公堂朋試士如鯽，握管伸紙人爭窺。憶君姑孰濡毫時，艷艷朝霞卷中見。當年已識然明面，敢誇何武過王褒，鳩江佳士惟君善。學海淵源誰探得，笑我十年仍守墨。強懷弱念入復出，望見古人兩塵隔。昨把君詩吟復吟，自顧翻類寒蛩鳴。如何寵語屢矜借，令我汗背令人驚。相契苦遲相識早，把臂吟壇歃盟好。祝君彩筆去干霄，他年同向長安道。

題碧香居詩卷

藏園初握手，意氣兩年少。京國再班荆，霜顛倚夕照。寓公未訪碧香居，次君話舊明聖湖。回頭四十年中事，傳家治譜應成書。一卷遺詩重手澤，集外詩猶少年格。因詩讀畫意收藏，我有龍眠好山色。廉山曾為余作龍眠傳經圖。

題紱庭小集潘芝軒前輩第三子名

素絲耐寂寞，海桐寄高情。皆集中句意。三復塤篪唱和句，使人友于之心悠然生。省中取次開紅藥，退直趁庭有至樂。為語春明諸少年，莫負暇日開陳編。

鮑覺翁以丙戌三月十九日撤瑟至戊子是日為再期矣玉田舍人招同白小山少空章蘭臺觀察蔣月川駕部鮑善之郎中圖南太守設齋於龍爪槐之蒹葭閣出所藏覺翁詩卷屬題

蒹葭閣高涵空青，自公去後不忍登。為公設齋撤瑟日，曹君此義吾服膺。海棠已謝丁香老，梵唄聲中香篆裊。黄海遙憐宰樹春，詩魂何處吟龍爪。舊稿收藏數十番，再期展讀淚同彈。惆悵身如露薤句，公見和詩中句。雲車鶴駕渺難攀。

和吳淵穎題舜舉張麗華侍女汲井圖

照梁日炙香塵細，結綺晨粧起猶未。珠簾隔斷轆轤聲，井梧誰灑傷春淚。卷衣小隊詎知名，髻學凌雲綰未成。當時照影徘徊處，不信瓊漿此內傾。三尺嬰兒橋下語，渡江無檝誰迎汝。入井難乘海上桴，漫疑地肺通牛渚。家屬長安絡繹催，侍女何人卻並來。若溪故宅泉空湧，獨足還居都水臺。

徐芷軒濤以其尊人閬齋所藏王蓬心太守畫屬題

杜陵賣書籍，廬陵録金石。過眼雲煙一例看，百年同此浮休宅。閬齋先生得此畫，乃自舊友瞿花農。得者畫者化去俱已久，哲嗣什襲藏之巾笥中。物得其所斯可貴，當其得時誇韻事。不獨瀟湘洞庭在，眼前博取良友詩歌亦復三千字。我攜舊畫遊漢江，文沈仇董盈一箱。貨船東下或恃此，杜陵老翁神暗傷。及身聚散悠悠者，先澤所存器不假。楹書能讀畫能守，對君清淚如鉛瀉。

有以子昂畫索題者不知其畫所本其人方就州吏目牒乃為題轉韻長句一首

牛車推挽向何處，函關西出無家具。前迎尊者演三車，雲髻何人來散花。曰僊曰佛姑舍是，子昂墨妙存欵識。留犢如傳廉吏心，試向時苗傳裏尋。

題戴筤圃太僕納履遺照

人生何處無圯橋，老人不遇誰鋤驕。少年讀史慕折節，詎肯辟穀希松喬。跬步循循登禁闥，再世勳名耀九列。從知曳履上星辰，折屐不能能結韤。

題張芥航同年願遊第一圖

我昔姑孰趨庭年，曾泊錢塘江上船。凍雲未索梅花笑，湖山入夢空娟娟。蹉跎十載違初願，相如更值遊梁倦。一棹初從白下迴，南屏北屏眼中見。韜光竹影青濛濛，潮痕一線空明中。便欲結茆伴老衲，飽餐湖淥披天風。仕宦悠悠就京國，軟紅塵裏鬢鬚白。喜居懷抱與我同，願借雲煙養心魄。匡廬晴瀑天都虹，君當何日支吟筇。羅浮風雨峨眉雪，我亦夢遊持絳節。臥遊一圖先落手，緣結名山次第有。為霖才調泰山雲，開花井里蓮峰藕。我亦思為五岳遊，西湖惜未窮其幽。何當驂鸞駕翠虬，逋仙坡仙為羊求，與子先盟湖上鷗。

題芥航同年願遊第二圖

我昔南泛彭蠡湖，仰與五老相招呼。開先歸宗未能一登眺，但覺飛瀑雲際吹落千明珠。我昔肩輿廬山北，夜火明山度山脊。東林寺內讀殘碑，三笑溪邊踏危石。勝情未結鄉山緣，臥遊妙蹟緣亦慳。雲樹蒼茫忽落紙，羡君有願同林泉。禹功萬世歌明德，治江次第無遺跡。南登廬山望九江，龍門此意人鮮識。傳疑何處敷淺原，三條四列言或刪。君今且治北條水，駐節東近金鄉山。昨者河漫陳登堰，今歲糧艘困吳艑。任艱責重在南河，他日功名知未免。男兒自愛讀書身，先機何以答楓宸。願君收卻遊山句，勉作東南保障人。

題匡廬識面圖應胡雒君屬

匡山奇秀甲西吳，峰峰倒浸宮亭湖。雲蒸嵐透一澒洞，青天橫涌千珊瑚。我生江右真迂儒，慳緣不放豪氣舒。茫鞵布襪走吳越，雖亦放浪山水區。紅泉碧澗阻登眺，況攀五老尋香爐。舍近求遠一笑詫，譬採荊璞遺櫝珠。前年入洛初首塗，路循山背行驅車。達摩面壁有應相，不辨頦頰連髭鬚。石梁飛瀑落夢想，翹首張望空嗟吁。今年放棹春雨餘，澄波澹澹帆徐徐。柁樓引領縱遐矚，客喚不應忘朝餔。雲氣乍出山忽壓，山勢一斷雲全鋪。不知翕匒度巖岫，但覺嵐翠浮空虛。平居三識匡君面，快意似此奇觀無。目窮神思忽惝怳，徑欲絕頂誅榛蕪。開先歸宗足宴坐，筆床茶竈招其徒。惟夫子道足唱於，昨者見我顏敷腴。夙昔師門共家法，三日浙水聯裳裾。自從捧君匡廬圖，經年不報心煩紆。作詩急謝述所願，君可來讀匡君書，他時此約毋忘諸。

題馮晉魚夢遊弇山圖

弇山故非吳會山，曇陽弟子名其園。蘭若隙地闢勝境，遂有樓閣輝孱顏。羅浮風雨聯坤軸，朱明洞本通勾曲。異地生材不並時，雋賞傾心夢亦足。蝶耶周耶無是非，前身後身理亦齊。人記平生略成誦，蠟屐且與窮烟霏。園以山名奇在水，東弇西弇金波裏。不知曾聽棹歌無，千古月輪常似此。我昔三為閶門遊，弇山遺趾不可求。昨讀集中自懺語，恨不把卷同校讐。平生心折歸熙甫，緣慳未泛虞山艫。笑我難尋畏壘亭，羨君曾到芙蓉渚。

題朱野雲祭硯圖

區區一硯爾，古今百家恒賴之。或草露布或寫勅，雕板刻石或以傳來茲。枚皋相如賈董韓歐有著作，次及李杜顏柳道子王維皆倚筆一枝。以石磨墨墨磨人，錢刀縱缺石則常相隨。自從門左之塾攜以去，升朝入山畢世各各自護持。酬功報本創以祭，亦沿賈島祭詩例。吾友野雲磊落人，硯田肯負筆耕意。今執韓歐執李杜，枚皋相如不足數。治經媿比賈山疎，經世恐成荆國誤。平生所志雖無涯，無成敢向端溪誇。龍種已到三十九，日惟石友供騰拏。此時著録忙兩手，團團但見陽烏走。身後誰知百歲名，生前且飲千杯酒。野雲寫生得神似，物態人情工位置。半年一別及端午，贈我一圖鍾進士。進士有硯夫如何，定應寶貴藏山阿。魋顔蹙頞不卿相，鬼則知已隨撝呵。我與進士神交久，懸之中堂成二醜。不負我硯但願如鍾馗，入後世畫猶得知誰某。報嘉聊借題圖詩，寄語觀者休笑嗤。平生本無感遇意，與子各勵傳世思。

題五客話舊圖

慎齋圖寫城南園，蛟門記作壬戌年。廿年五客重語舊，相公感此情拳拳。香鱗蟠空落翠雨，鳳葉離離接簷宇。平泉風月復何如，相業他年知並數。我讀午亭記事詩，觴詠曾為王黄麋。感舊乃有早衰語，禹生此幅猶前時。如何翰墨流傳處，卷尾獨軼自題句。不識拈毫據案時，說史論文底深悟。我輩亦復居城南，雋遊愧說聯騑驂。百年耆舊思攀接，不獨漁洋與健庵。

題護碑圖為錢梅溪泳作

阿翁不逐中原鹿，令子正朔奉天福。家法難於漢竇融，後嗣纔膺趙家禄。尉佗帝制空爾為，魋結猶煩陸賈辭。漢高應羨宋蓺祖，史稱錢俶朝京師。玉皇山下一抔土，天福八年立碑處。想見當時守境心，完聚生靈待真主。二千餘年風雨深，居民猶禁樵蘇侵。廿九代孫重護惜，擬搆一亭高十尋。此碑先於表忠觀，我未見圖已三歎。作記倘覓髯翁才，我爇東坡香一瓣。

為楊米人瑛昶司馬題觀津祈雨舊圖

高臺接雲雲忽生，赤日方午聞雷霆。緑章焚罷雨立沛，使君誠感農夫誠。睽睽萬目爭相向，為民請命民能忘？使君五馬今朝天，十年令尹從超遷。一語願君思在莒，誠求心事記當年。

題徐晴圃學士從軍圖

馬頭突兀青何處，胡桃瓢裏揚鞭去。秦俗呼終南山為胡桃瓢。旗外天光低接山，雲中松影橫遮路。鳳階西去更陰平，澗雪崖冰躍馬行。青歸林薄鳥聲樂，紅照髑髏花氣腥。半載身經幾千里，賊是驚麏兵附蟻。僕射人言似父兄，參軍自信就書史。參軍家世重津門，通籍頭銜寫勅尊。心切同仇思敵愾，身緣讀禮更從軍。樞廷職本同樞密，勘河讞獄皆持節。從官選儁今專征，不是尋常銜命出。國家凡有使事，軍機大臣例帶軍機章京為從官。我朝聲教馳寰瀛，稽誅白賊翻弄兵。不聞仇甫逢王式，漫思甯季遇升卿。參軍意氣雲霄上，文武孫況垂威望。匆匆賓主惜先歸，鐃歌不與他年唱。辛苦戎行寫舊吾，林深箐密路盤紆。只今薇省彯纓坐，太華終南入夢無。

邊城種柳圖

駝背高高行且止，使君騎入黃沙裏。沙氣昏昏黃入天，邊城不識春光妍。紅柳萬行渠數百，斷績頳霞映水色。認取頻年撫字心，春風能舞鸎能吟。南雁飛飛度馬首，悟來鴻爪悲何有。一樣攀條慰別懷，送君不賦離亭柳。

黃秋圃潼關三入圖

秋圃江南來，別我西安去。日射潼關四扇開，仙鳧飛入前遊路。宦海關心紀見聞，戰場草木盡迴春。田疇預乞豐年雨，只有蓮花峰上雲。一年一度民俗異，廿年閱歷難為吏。銷得黃山抱膝心，使君肯負重來意。我兄捧檄到邊州，頗聞勤職興民謳。拊循有術能相勉，莫忘題書寄驛郵。家仲兄官靈州。

題孫平叔岩疆錫羡圖為吳荷屋中丞寫寄

閩南環海為岩疆，重山複嶺中包藏。因民習俗施柔剛，誰揔百務持其綱。錫山宮保才莫當，上承天眷恩逾常。謂汝馭民善弛張，壽字錫羡湛露瀼。宸翰親揮遙寄將，古佛色相何嚴莊，如意申訓追琢章，副以文綺光輝煌。錫侯蕃庶侯其康，乞假省覲有仲郎。親捧珍賜來南方，南陔笙奏聲煌煌。國恩家慶庸尋常，我時賓坐神飛揚。卅年託契蘭蕙纕，勳名今見石友償。鴻爪況復相頡頏，閩南宋士賢於唐。海濱會稱鄒魯鄉，奈何昔美今銷亡。吏多苦窳民披猖，公每念此神慨慷。謂如何乃思斯臧，去吏害馬民飲羊，庶幾復見常歐陽。我愧目迷古戰場，三年軺傳徒輝光。珊枝難得蘭難香，七年空盼生豫章。今當遠別行治裝，與公促膝傾衷腸。公雖偶疾神不傷，行占不藥身康強，此恩能稱荅我皇。他年聯步趍丹閶，皋夔盛世傳賡颺。

題顧渚茶天山策騎圖

蒲類海，必濟山。伊吾廬境認昨夢，畫中鴻爪人生還。鳳池重入君恩厚，鈴索西清一回首。雪花豈必鬢痕無，藥階且喜詩懷有。前年風雪憶關河，南屏山色故鄉多。何當收拾題山興，更與朝雲畫翠娥。

臺灣運糧圖為曹嵐樵侍御大父雲耕兵備芝田作

督餉者誰環慶守，吳淞江入大洋口。行至蕺山與岸山，海中二山名，山界水中如兩岸因名之，讀畫如逢黃子久。航海入望無津涯，煙景得此殊堪誇。昨過舟山尚恥目，詎知霽色來迎槎。定海縣界有門戶，南宋張公世傑開府處。題詩岩尚說文山，可許摩崖讀題句。關帝礁與普陀巖，白粲連艘鷁首銜。佛力神力壓風力，能護使者無驚帆。葡萄岸畔聽琴筑，鳳凰山外聞歸牧。南盤澳裏定驚魂，迴首前遊多眼福。使者自記藏晏楹，補畫因知述祖情。西陲陸運新甄敘，喜見天山已息兵。

江南桃李圖應煦齋座主屬

我朝文教盛儒術，江南才士尤挺出。說經家述鄭公箋，裁詩人艷江郎筆。菰蘆寒夢秋風高，擷秀誰拔連茹茅。得逢知己脫泥滓，乃如跗萼生春條。我師懷抱卿月明，我師談笑春風生。散材賤子愧蘇軾，永叔卻許千秋名。昨歲星軺持玉節，拭目同門聚英哲。江南況是舊經過，前輩風流我能說。五經紛綸并大春，不害曾稱意聖人。錢廬袁趙各著作，桐城夫子尤絕倫。鍾山雲影落窗翠，當年負笈從遊地。柏石曾傳韓子詩，贏糧肯負南趚意。擊節高歌草木芼，其人若存誰援鶉。用才不發文章境，學道寧孤志業身。半載棲遲倦行役，還家重作遊梁容。望中雲接石頭青，夢裏草猶書帶碧。半生學業巾箱中，北來果遇歐陽公。已欣珀芥精神合，更喜苔岑氣誼同。秋實春華兩俱有，都入我師扶植手。參苓自許意原真，桃李盈門遇寧偶。人材磊落無時無，況當盛世歌唐虞。懸知推溯淵源者，當作真靈位業圖。

小農以錢松壺同年杜南池雅集圖屬題

于湖太白樓，屹立臨牛渚。下祀虞雍公，先君所葺宇。趨庭有雅集，觴詠洽賓主。一識汾陽一退敵，每對江山輒懷古。昔我官京師，友人示我詩。中有浣花草堂作，令我夢想蜀中山水奇。平生探幽攬勝不知倦，獨恨未得蠟屐遊峨眉。任城高樓耀東魯，云是李杜二子聯吟所。名氏寥寥寄水雲，冠蓋時時聚樽俎，而我未嘗遊，詩興空飛動。披圖忽見之，與蜀同入夢。蕭生粉壁圖滄洲，蕪湖太白樓下有蕭尺木所畫山水在粉壁。松壺乃是蕭生儔。使君他日重觴詠，妙蹟應煩顧虎頭。

鍾溪約遊萬柳堂即拈花寺朱野雲為圖將以寄芸臺前輩也

睥睨橫閣春煙碧，天壇東去銅街直。野馬軋輪低復高，綠姹紅嫣渾未識。蒲牢懸空黯欒乳，架木倚垣納寺宇。瞿曇招客與拈花，白穗垂垂蔭交戶。柳星隔歲醉未醒，青眼不盼詩人請。芙初野雲擇柳星日種柳。夢中碧波斷空影，戰雨新荷誰記省。益都相公呼不起，何處人間廉孟子。魁三星象綴孤亭，篆香氣接星街紫。春遊展作羽觴客，豪翰寫寄文章伯。我與仲容愴遺跡，香泉有記搨蟬翼。先君為大通橋監督時碑曾搨陳香泉所書橋記碑刻。

題曾霽峰否刺史公餘課讀圖

去年見君課讀圖，喜君作吏才有餘。訟庭花落文譏罷，兒能角藝孫讀書。君坐聽之神愉愉。今年得君書一紙，言將拂衣歸故里。高堂聞之色雖喜，吾念吾民如赤子，一旦失乳將何恃。君昔宰會昌，能施春煦兼秋霜。猾民骩法為鴟張，聚羣不逞博且酗，標立名目民如狂。

抗君條約箠吏卒，白棓迎君君幾傷。君怒謂此安可常，盡收縛之置諸理，民乃夜市無飲羊。從此賢聲日相屬，旋調赤緊擢州牧。君顧循循服儒服，左圖右史奏琴筑。民夏得清冬得燠，迺知慈惠非武健，政自因時判溫肅。人生讀書將何為，儒術豈果今難施。如君落落布天下，治效自可徵封圻。揚清激濁大吏責，曷不熟籌指臂揮。一邑一州一賢者，大吏坐嘯良所宜。我昔與君偕得第，一別廿年再把臂。鄉心方喜蔭慈雲，詩懷忽訝招叢桂。蘭陔自是戀春暉，枌榆何術留棠憩。且可題詩付少坡，君次郎元海字，方便緘書付僊吏。遙想歸舟逐釣綸，圖書萬卷壓籤勻。箸筆有兒方待漏，幔亭還傲武夷君。

紉箴課讀圖為蔣香杜同年作

明月一丸燈一檠，屋角熒熒出斗柄。碧梧陰裏讀書聲，母未中年兒髫齔。絲枲辛勤具束脩，歸來課讀餘功收。兒能筆耕母無憂，兒到中年母白頭。尺木齋中都講席，賢王邸內能詩客。故鄉帝里擅聲華，持慰高堂無愧色。我家亦有雙梧桐，虛堂蕭爽來涼風。十年依舅學經訓，師友淵源志畧同。舅氏魯山木先生嘗以用光文字就正於彭尺木先生。宅相敢詩魏舒貴，羊曇已灑西州淚。一從弱冠溯童時，那堪重憶丸熊味。同是慈闈受業人，九齡失恃空悲辛。束芻不遂登堂願，我更披圖一愴神。

陶雲汀同年取熊相國聚奎堂楹聯語為杏林日暖行卷子屬題

瀔川相公學宋學，朝右聲名動寥廓。百廿年前舊典型，猶有淵源溯伊洛。枌鄉後進到春闈，種杏心情感舊題。請與宋儒論宗派，闢閩而外有濂溪。濂溪名在湘南重，墓田却受西江供。題襟同與仰前徽。莫負宦游臺館共。

題臨江小閣圖

臨江小築幽樓閣，寓公暇日圖自作。我未登閣先披圖，江草江花好林壑。寓公作吏才不羈，煙雲吐納成瑰奇。請書破浪乘風志，衍作牽羅補屋辭。寓公昔日宰吾縣，愛士養民知所先。不肯驚魚使水渾，但期集泮和鶂變。寓公此日江干居，禺筴牢盆手校除。陶朱才氣傳三策，度尚聲名滿八廚。早歲狂歌拓金戟，中年噩夢迴沙磧。誰識浮家泛宅身，捄災恤患心如昔。嘉慶庚午四月中，漢臯三日吹融風。火鴉銜屋屋光紅，拉枯摧朽飛火龍。三日人聲沸不止，男啼女哭尸填委。大吏觀之色盡死，政所不及誰料理。餺飥萬個糜萬盆，蘆蓆千片竹千根，先事待招未死魂。徐福曜旗卓小旛，飢者凍者咸來奔。翌日霖雨免露處，乃使鳩形鵠面蘆中人，不啻萬間廣廈藏其身。理繁治劇小試耳，辦賑辦災皆似此。俠腸到處護蒼黎，古歡夙昔探書史。桃花夫人土一抔，梅子山下令人愁。荒煙蔓草蔽洞口，空餘好事來搜求。石榴花塔表婦孝，瀟湘湖祠報神庥。寓公卜創山下寺，面勢待作湖邊樓。一一表章苦未暇，酒闌晤語猶悲咤。昔年左計負深心，此日豪情足聲價。人生知己苦難逢，了緣祖師誠則通。灰盤昨書文一幅，所欲語者與我同。黃鶴樓頭一枝笛，蓼花洲畔臨江宅。銷受雲煙供養緣，拈毫自可迴春色。善刀而藏公所諳，閣中彌勒況同龕。部民亦有青山約，來往東湖我尚堪。

棗花書屋課讀圖為王卜崖侍御題

卜崖丈人古質行，悲其世父求題詩。我未見畫且讀記，握筆屢輟心嗟咨。平生最倚叔父愛，前年撤瑟今再朞。槐陰書屋別三載，鄉雲入夢風淒淒。知公合眼到鄉國，有淚亦墮棗花時。人生家庭得知己，何羨掇科如摘髭。仕進聊慰撫孤意，伯氏此志黃壚知。賤子九齡亦失恃，我翁復出官京師。弱冠趨庭歷吳洛，每歸惟叔勤訓辭。我翁投紱歸幾載，白髮一慟緣塤篪。銅槃賜食我所痛，遺經藏笥公所悲。槐花墜黃棗花白，枝葉覆庭陰十圍。同滯薄宦憶嘉樹，憐公至老情不衰。公當晚歲尚追憶，叔父送我臨河湄。十日得報意驚愕，詎意此別長乖離。古人期服輒去官，自顧出處顏忸怩。作詩遲報非懶惰，因緣深痛纏心脾。比類感物忽成夢，空館一槐花尚垂。

題梁芷鄰種瑤草畫扇

童粱不能望穎栗，石田詎可蘄豐年。琪花瓊蕊何處覓？與祝三秀呼耕煙。羣玉山頭墮香雨，灌溉心苗開藝圃。四子同為講德來，揮豪共訂苔岑譜。我愧年如高達夫，余今年五十，學詩功未收桑榆。草堂名忽悟前兆，余少時讀書別業名耕煙草堂。主客圖憑話寶蘇。

楊介坪同年懌曾屬題其從弟淠西別墅圖

介坪與我同登第，情好不殊弟與昆。散帙有得輒相報，幅巾無事常到門。淠西別墅羣從築，碧雲千里鄉思存。薜衣掛月煙忽歛，茶塢留客花初繁。曉影入簾山潑翠，夜聲戞艇波生紋。池塘幾載足詩夢，京國何處尋巢痕。我昔驅車向宛洛，惜未欵戶窺邱園。披啚徑思去看竹，覓句且與當傾樽。君家先世盛文獻，萬卷百年傳子孫。竹垞秋泉共酬唱，秦碑漢瓦今討論。生晚每恨前輩遠，誼合惟期古處敦。即今我輩數晨夕，要歸樸學窮淵源。安知此卷流傳去，後起猶能證所聞。

題項漪南同年紳秋江歸棹啚

江光倒影生紅樹，秋色離離峭帆去。隔岸人家半罟師，煙中隱約收漁具。畫情何處認江鄉，客思渾憐倚夕陽。鷗沙雁溆來時路，我夢因君別後長。

飛瀑如龍下雲巘，廬山盡處孤帆轉。歸雁一行低復高，茅屋臨江相近遠。秋懷落落且孤征，我意知君澹不爭。作圖特改尋常例，自寫歸思贈友生。

題夏原芳之勳江干折柳圖

我到漢南春已暮，晴川重覓題襟處。天留春色寫江光，閏花閏柳春無數。我居客中恒掩扉，枝頭三請煩黃鸝。習靜過夏有日課，不箋草木慚陸機。人生是處踏鴻雪，秋柳成行愁欲折。題畫還君過十年，雖非掌故亦因緣。

題富海颿舉杯邀月圖

與君相見帝城裏，高閣吟秋暮雲紫。隔城明月分清光，不能投轄留公矣。與公引滿節署東。銅荷照影搖玉蟲。雪意沈沈凝夜色，纖阿整轡控在空。人生聚散何飄忽，西子湖頭仍話別。後夜相思夢見公，寒香定放孤山月。

題趙菊言少寇石城送別圖

欲去不得去，江介飢鴻挽公住。畺臣入告帝曰『俞』，忍使嬰孩啼失哺！ 壺漿樽俎石頭城，此是還朝話別處。 望來遂卻來，龕山頳山旌旆開。 湖頭迴合飛上忽直下，公乃擁濕危坐身不回。 萬目睽睽仰使節，盼公訏謨遠猶一奠東南災。 與公話別邗江上，春雪初消江上漲。得公馳札來秣陵，武林春晚初聞鶯。 三年離緒重握手，弢光竹徑拉公走。 話到祥刑意惻然，為言山左頻迴首。 春明比屋聯壺觴，巷是青楊與白楊。 鴻泥忽向杭州印，奇字偏難載酒問。 日來眠食更何如，小極清齋只看書。余亦扃門餘十日，文殊難訊維摩疾，欲留此圖為別質。

煦齋夫子屬題消寒雅集圖卷子即依卷中用東坡聚星堂雪韻

瓊花飛空玉雕葉，夢禪補寫年前雪。 畫意詩情得重看，觴詠風流歎清絕。 六子題襟韻續拈，一夕開筵堲教折。 文字緣隨教思深，無盡燈知光不滅。 梅影初廻檀暈生，鐘聲乍轉鋼條掣。自鳴鐘以銅為繩綴輪以轉者為鋼條。 留賓那問斗橫空，映月初疑窗綴纈。 平生幽贊佩韋弦，況幸清談聆玉屑。 商量千載得從容，撥置萬事任飄瞥。 歐蘇見地倘能參，人世浮榮安足說。 門生何處說傳衣，請學立身如立銕。

題春波洗硯圖寄星谿都督

周君寄一札，為言徐總戎。 彙寫題圖詩，屬我與之同。 圖中豪翰多吾友，說忠說孝不離口。 說禮敦詩儒將風，我未見圖思握手。 君昔封股事重闈，不使人知人自知。 范喬泣硯有至性，乃由文學諳兵機。 君作臺陽領符節，清談坐鎮鯨鯢穴。 海氣橫侵絕島雲，墨痕滄灑當船月。 娥江轉櫂又之江，隨身一硯自攜將。 想見臨流閒駐馬，靜看山色寫湖光。 我從閩嶠來，小隊杭州住。 火急題詩走訪君，待與林逋同覓句。

朱野雲以去冬攜兩兒與姚亮甫太常小飲花下作展重陽圖冊索題

人言主勝蘇明允，我聞客慕楊無為。陳小雲題此圖用歐陽公集老泉齋中故事，謂野雲勝明允云云，慕楊無為之登太華，亮甫為太常時自題句，今果擢提刑秦中。吉讖隔年果外擢，幽興入畫閒索詩。畫意詩情原一貫，詩廊妙語發童丱。野雲齋壁多粘投贈之作，其子大樹曰是可名之曰詩廊。相公園亦有詩蹊，命名鑿空吟懷見。冬心澹宕話秋心，展重陽畫一沈吟。他日留傳為守器，此樂正須兒童尋。

題蔣丹林光祿釣遊圖

紅點碧痕破，水面唼花魚。幾個碧搖紅影無，釣竿擲水波跳珠。餌懸絲，魚上手。獨立看兒嬉，橋外風吹柳。紫禁滄洲此日情，江鄉白髮夢初醒。明光祿署多竹，有「紫禁滄洲」之額。能作嬰兒蘧伯玉，人間世合悟莊生。

題李海帆海上釣鼇圖

磻谿之釣不敢託，嚴陵之釣非所師。平生意氣直釣在，得鼇如得鯢鯤鰤。海天漠漠無住着，高處知君能立腳。異苔自笑亦同岑，鐵網珊瑚日夕心。

題吳素傳培洙杏花春雨小照

江漢合流處，寓公久成家，峭帆迴首渡揚子，春雨聲中別杏花。萬頃黃山雲，二分揚州月。并入九真山下心，畫所不到興超忽。平生好義能疎財，與人煦煦登春臺。庭前滿種宜男草，玉樹行看次第開。

姚春木遊蘇門山作圖紀事寄書屬題

蘇門名以徵君著，講學遺風壓廚顧。雲間有客適中州，特向百泉跋遊屨。噴空雪練鳴煙霏，惜我未得登翠微。泉甘山峻入夢想，拂嶝踐約知何時。

題張梅坪刺史春源靜樂圖

鷄蟲得失蠻觸鬬，靜者觀之一笑休。為人解紛吾乃樂，此君胸次能天遊。我未識君且題照，翁鮑二老言無尤。湘南使者亦吾黨，采風曾與勤諮諏。翁鳳西太常題小序言靜樂之理甚精，鮑雙五前輩詩言其活千百人事，祁春浦學使詩言其論湘南風俗，所言皆驗。

題瞻園敬業圖為卷山同年廣滋祖方伯蘭作

官身歸去重橫經，睢州風誼師漢京。夏峰不作文正死，蘇門山色千載青。戟門行馬中山第，身教猶能先子弟。蒼顏白髮坐春風，寫圖記取當年事。瞻園園址傍鍾山，帶草門庭我昔攀。余受業於姚師，居鍾山書院半年。未能重續擔簦夢，空對花磚一汗顏。

題張仙槎泛槎圖

平生五岳未遊一，名山入夢空雲煙。青鞋布襪適其適，羨君徧結區中緣。雪磴嵐梯幾兩屐，是處洪厓肩許拍。遊罷揮毫寫洞天，山水影形互主客。昨來贈我天臺圖，空翠如欲侵衣裾。張之素壁日相對，前遊因憶西子湖。君家近攝山，我家近麻源，紅泉碧澗緣何慳。最高峰前我曾到，恨無妙墨摹荊關。君畫既工福尤厚，目謀心謀無不有。蒼顏綠髮天涯走，行復扁舟落君手。我但坐臥太乙蓮，為君一賦泛槎篇。

題歸艎穩渡圖

昆舍耶國轉餉行，蟒甲渡以十二更。歸來島嶼入昨夢，水光天色搖空青。小琉球志昔年讀，朱筠園先生作。婆娑洋詩頃寓目。平叔制府近詩。持節因酬觀海心，採風待著星軺録。

題松陰補讀圖

松風謖謖天籟鳴，緑陰如水詩懷清。平生萬卷常擁坐，遙夜讀書猶短檠。湖月湖雲迎望眼，白蘇遊處話班管。老我空餘補讀心，鄉雲夢接香鱗館。香鱗館余家塾扁之一。

題江亭煙雨圖餞別子白同年以過江名士如花瘦分韻得過字

春色入離心，荒亭留晚坐。畫中何處認祁連，驅車煙外愁君過。聖朝課最重邊材，才子從官有詩課。懸蒲循績奏鳴琴，誦詩達政理則那。不負皇家賜服恩，舊例凡膺卓薦入覲者賜蟒袍一襲，見會典。從教朋好持杯賀。寒雨依稀到午停，暮霞隱約攙雲和。話舊憑消酒百壺，題袂恰聯人七個。我惜春明抗手遲，寧甘祖帳拈毫懊。詩成我夢忽邠州，家朗亭兄官寧州。仁民有術誰為佐。憑君爲語季方兄，但守平生毋自惰。

菜根軒讀書圖

面窗菜甲一畦綠，把卷時聞風露香。平生勵志借圖畫，故園幽夢安能忘。法護僧彌兩不俗，別思殷勤留尺幅。軟紅塵裏宰官身，蕭蕭憑寄天涯目。知君家法接前修，愧我不及胡康侯。望衡寓舍同杜曲，比鄰風義追羊求。世緣偶爾落鴻爪，詩懷摠覺江鄉好。我有家傳一畝宮，竹蒼石瘦餘芳草。吾家書舍額曰「石竹山房」。

應顧南雅屬題竹趣圖

弟祝兄高年，築室顏以蒲石居。兄念弟久別，徵詩代徵竹趣圖。鸞尾脩脩接天碧，坐對此君成莫逆。阿兄泛宅今移居，作書為報好顏色。南雅近將移居橫街。九節菖蒲開滿池，釀酒待兄杖鄉時。

題甘大令拜梅圖

暗香冷浸溪水碧，月影横斜好標格。誰與梅花作主人，神君夢繞溪邊宅。中州東閣開南衙，眼明喜見故鄉花。不緣同好與持贈，翠禽只戀師雄家。

拜石但聞具袍笏，拜梅忽喜成畫圖。前身後身雍邱長，平生幽典知不孤。為政風流今似此，修到梅花人有幾。他年鼎鼐司和羹，作記更煩蕭穎士。

題聽松圖

萬濤寺中雙白龍，僵立空際招長風。遊人聯臂佛無語，濕影攙雲飛翠雨。平生山水勞夢魂，蠟屐京國偕誰論。匡廬瀑布金山月，忽向招提話吳越。湘南佳處未嘗遊，不知可有宏景樓。楊生攜紙來索句，種樹何人得松趣。記我所遊因作詩，寒濤颯颯風中吹，閏月正值伏雨時。

題許萊山湘月泛槎圖

月情宜山亦宜水，何況湘江清似此。使節登山有定程，安能坐月如山僧。不若扁舟弄清快，牙籤排處魚龍拜。江波海鏡磨空青，靜中天樂來湘靈。浩歌坐擁書生影，此福偎福境偎境。珊網平生亦有緣，玉尺獨尚慳三年。余未嘗得視學使之事。詩成寫寄南齋客，謂祁春浦。定知對月能相憶。

為人題圖

苧蘿仙子鸞軿下，吳門從此春無價。滿月成規扇影迴，篆雲入座鑪煙借。十斛明珠不浪投，稱意終須第一流。平分此意搴帷去，會有人材備訪求。

寄題譚子受美人送別圖

欲行不行一杯酒，陌頭捧出纖纖手。征馬初嘶塞北風，王孫欲折江南柳。柳色青青覆大堤，煙綿碧草春雲低。如此風光作遠別，空閨忍聽流鶯啼。郎行千里復萬里，郎身雖遠心仍邇。妾夢花朝復雪朝，妾身不化心難消。翠娥日日鏡中生，樓頭愁絕粧初成。壯遊事大風情小，題橋心重畫眉輕。如斯好色真男子，不愧周南召南旨。一縷柔情寄碧雲，千番別恨題紅紙。祇今侍養南陔側，讀書不作倦遊色。朝詠白華上北堂，夕倚翠鬟吹鐵笛。故人天外心為傾，題詩如見舊時情。雪泥鴻影一朝聚，染衣吉夢行可徵。熏香料理早朝客，試聽明年珂馬聲。

童萼君同年槐屬題其尊甫甬川君竹石居圖圖為君所補作

讀書不治生，餘力猶讓財。睦姻任卹困弗顧，彼障篚者何人哉。竹虛心，石守璞，苟非其人風義敦，圖取煙巒亦虛託。君不見，甬川先生圖並無，令子述志迺補圖。

題白秋齋都督遺像

高冠長劍偉丈夫，豐頤方頟清雙矑。獨立微笑手捋鬚，恂恂儒將風神殊。平生所寶一紙書，榕門手筆逾璠璵。我昔題之歎且吁，謂此師弟今人無。家傳遺像誰所摹，展觀起敬立座隅。天清日朗風疎疎，仙官何處驅雲車。公祀金山亦有圖，揚州去思兵民俱。公功不獨誅萑苻，捄火鑿水買薪芻。民所便安公與趍，民所愁苦公與驅。作令作守誰訏謨，能不愧此軍門乎。惜哉畫手窮工夫，但能山水為縈紆。於公意念所剔梳，無從染筆為發攄。我生後公卅載餘，未能抗手談兵符。褒鄂韓范天人徒，並世豪俊先我徂。墨緣幸借文史娛，陶浤色喜龍賓呼，此筆勝書何易于。

謝芷灣為題舊園圖

曠懷發高唱，觸手生雲霞。春明門內論詩格，難見亦似菖蒲花。碧雞金馬請公去，十丈紅塵攔不住。辭家泛宅索米人，忍向花前誦新句。猶能作草非忽忽，塵事難屏詩卻工，懷抱真有古人風。

王鶴丹與余相見於秣陵未弱冠也今同居京師乃以其所買子卿畫一幅還余因題一詩謝鶴丹並柬子鄉

鳩江弭櫂題襟處，道院秋花開幾樹。十年夢醒江南路，畫中山色清如此。作畫者誰子卿子，詩人有夢惟桑梓。顧廚神物飛復還，還畫王筠亦惘然。道別鍾陵已十年。

放歌行應客索書

三秀誰獨採，石體誰能知。盧敖與若士，自有雲中期。我生性癖異俗尚，瓊想霞思寄孤賞。塵寰謫墮幾千年，夢中空識黃金牓。清晨有客金臺來，手持一卷雲錦開。玉堂僊人作仙字，落筆鸞鳳爭徘徊。左挹浮邱袖，右拍洪厓肩。倘非君身有仙骨，安能身到三十六洞天，日與鶴駕諸君相周旋。持此亦足傲塵世，壓倒論衡枕中秘。胡為驅車來洛陽，索我更綴紙尾字。應君我既慚，辭君我不能。展卷忽生宿昔感，竟磨踰糜書谿籐。憶昨洪都去射策，劉君許君我相識。藏園置酒秋風高，酒龍詩虎人中豪。劉侯一飲三百杯，玉山不顧風前頹，厥後許君復握手，一曲高歌折楊柳。玉簫金管照燈筵，此樂千年應不朽。目今二君俱已登蓬瀛，鈞天日聽箾韶鳴。老我低顏困塵土，短檠燈照寒窗清。題罷更祝管城子，他日還君禁直裏，一向虞廷賡喜起。

題方雪齋稿並謝贈畫

舒空浩月澄清輝，銀雲櫛櫛元雲肥。林稍有風吹我衣，亭亭樹影森周圍。清氣入座善者機，此境與我心相依。誰其下筆能庶幾，繪空落紙成煙霏。江州太守紹前徽，樸學有文明秋暉。慕而不見我願違，吾鄉五馬驂騑騑。賤子適已來京畿，矯首徒望鄉雲飛。行轅不獲窺旌旗，京師船山名所歸。揚州鋏甫人交譏，二君時文近世稀，各倚狂態遊塵鞿。君懷納善識探微，與之交好無是非。我陋但守經生幃，袖詩屢詣船山扉。邗江檥舟傍苔磯，就王君談勤求祈。雖矜寸璧護一璣，究鮮所得腹自腓，不若君才十手揮。餐風吸露香霏霏，一編落手療我饑。三月坐誦為咀嘰，空藹沈沈動華屋，幽泉戛戛鳴寒玉，佳處平生夢遊熟。得君詩卷豁我目，恍如置我康王谷。晶簾百道掛飛瀑，筆能造境開尺幅。意所蓄境遇諸矚，作者快作讀快讀。君精繪事善林麓，麓臺石谷交轡逐。尺絹貽我拜君辱，我意縹緲神淵穆。即詩即畫日三復，陡覺洗却塵千斛。君畫裝以錦一軸，君詩剡籐為著録。還而無鴟復不速，跋以七言誌心腹。君如不責懶且俗，呈詩日日就君塾。讀詩讀畫我願足，坐聽松風來謖謖。

以所藏萬輞岡上遴梅花乞王定九前輩鼎易韓城師所書宋名臣言行橫幅

韓城夫子峻風節，立朝乃似宋廣平。應人求書不造次，偶然落筆皆典型。以字作花身作幹，比公於梅同一清。沙堤築馬氣突兀，蕙尾迴礫神晶瑩。晚出門下惜未請，欲寶遺墨無溪籐。翰林羣從藏一幅，我昨見之眼增明。巧偷豪奪夫何敢，以石易馬東坡曾。從來書畫同一理，皆於胸次窺崢嶸。魏公沂公公代興，觀所著録知性情。憶從朝士誦帙事，稜稜銕骨真孤撐。得書得畫皆有悟，嗜好彼此非渭涇。後夜我家虹貫屋，今夕君夢逋仙憑。以有易無各卷送，百年佳話傳蓬瀛。敬援成例詩代柬，知君不作王晉卿。

題王子卿同年古香精舍看花懷人卷子即索其為鍾山傳經圖

圓照寺前老梅樹，當年寫照懷人處。此是從遊憶本師，不比尋常梁月句。燕臺有雪無梅花，隔年鄉夢空煙霞。補圖卻得本師作，玉堂韻事人爭誇。我向于湖初艤櫂，尚未識君好風調。但記靈山會上來，拈花曾向牟尼笑。予庚戌往金陵謁姬傳夫子，辛亥年歸舟過蕪湖時尚未知子卿也。十載京朝慶盍簪，廿年離緒懷江南。驛使雖能託芳訊，爭如彌勒嘗同龕。子卿往與黃左田同寓宅。異書曾讀人曾見，不分流年如激箭。立雪能酬負笈心，瓣香肯負傳經願。昨歲重為白下行，于湖弭檝聽春鶯。歸朝文讌幾聯席，南遊與話鄭康成。新春花事剛燕九，我亦懷人君信否。為寫鍾山一片雲，拜嘉敬請同年友。

題畫留別芝庭將軍

巍樓傑閣參差起，何處園林乃似此。山影遙連柳外青，波痕平蘸苔邊紫。將軍愛客有儒風，曲讌時時與我同。公榮入座人皆喜，北海開樽酒不空。荔支一樹臨荷沼，鹿砦花畦亭畔繞。每上坡陀縱遠眸，北嶺千山青未了。三年纕蕙與紉蘭，無那離懷造次間。相思欲覓夢中路，拂幀如看畫裏山。

題玉湖仙棹圖送葉芸潭同年由浙入閩學使之任

一枝玉尺人爭持，得之意外君尤奇。七品頭銜擁僊棹，君更詩筆窮清妙。白蘋洲畔使節過，舊遊到處吟懷多。書生結念豈衣錦，報國每在歌菁莪。閩士從來盛儒術，李蔡遺風存百一。海疆禮樂遍宗風，聽取弦歌到出日。與君同舉同登朝，詩酒過從頻招要。作人敦厚不纖娟，詩格乃稱君豐標。兩家交誼卅年久，重以親串情尤厚。我與君兄話我兄，知君同話東華酒。澄澄寒玉瀉菱湖，驛使梅花寄得無。駱駝橋下新詩就，索稿儂知向大蘇。

題左杏江輔蜀江歸棹圖即送之皖

左侯遊蜀時，前於我家阿咸逾十年。杏江與家希曾同舉進士榜。阿咸持節向邛僰，侯亦飛舄灊霍間。霍邱居民走相告，吾邑有侯邑無盜。幾載思君未識君，致書卻自金陵道。金陵江口駐征橈，隔江仙雲如可招。還朝卻共阿咸語，江上離懷夢未消。昨聞徒御到京國，走往訪君喜倒極，苦恨題襟會太疎，酒畔驪歌留不得。君詩奇於濯錦江，君政可繼乖崖張。宦績在皖遊在蜀，險阻艱難都飽嘗。巫峽參天水湍怒，啼猿聲裏客來去。一棹歸舟百丈牽，喜到江山平遠處。此時君尚困春官，十載旋成捧檄歡。誰知滿腹經綸願，宦海仍歌蜀道難。海內詩人十識九，政事如君却罕有。即論蜀士溯淵雲，我道文名君更久。士才要為知已伸，況今復職承恩綸。彈琴好趁生花手，為霖借勵簪毫人。一第聯名偶然耳，翰墨因緣不在此。題詩寄與阿咸看，望渠河東一繼尾。

又題蜀江歸棹啚

我欲乘軺隨吳子，謂王松，巫峽著影肩輿雙。吳留西川作杜甫，我舟卻出新安江。一江上下分源委，寄書便煩江上鯉。與君吟遍黃山雲，西川亦夢我與君。我輩俗情皆韻事，記此一言為券致。

題畫送鄧嶰筠同年

小艇劃波出浦溆，長松倚石臨坡陀。不知我夢與君夢，此影彷彿江鄉多。遠山一角春雲在，雙旌行處蓮峯對。讀畫如生憶遠心，觚稜更在秦雲外。

題江城視膳圖送墨卿太守之南河任

走昔訪師時，半載金陵住。大好溪山願卜居，掆輿有約盟鷗鷺。余昔與姫傳先生有買宅金陵之約。十年來往謝公墩，清夢時時到白門，一旦扁舟落君手，陔蘭先我奉晨昏。我翁七十好顏色，濟勝猶能事登陟。君家丈人古處敦，若見我翁定莫逆。一官空索金門米，祿養如君媿遊子。偶然鴻爪認煙蘿，化作慈烏渡江水。君居法曹有仁聲，君官粵東以廉稱。養志要在各稱職，宣防奏績君其行。君愛吾鄉好巖壑，結鄰亦有姑山約。鄉閭儇薄異前時，年來我道江南樂。何當買屋板橋東，釃酒肥羜甘而豐。我師我翁偕若翁，三老遊屐時過從，君歌伐木吾能同。便須高詠隨園句，六代江山兩寓公。

題鵲華攬勝圖送何仙槎典試山東

鵲華迎我南來日，植髻如螺相對出。瑪琈之玉四照花，想見漁洋與超忽。君攜玉尺下星軺，倘有仙靈降節朝。瑣院解裝醉明月，院外月光連七橋。伏勝田何渺何許，傳經自昔誇齊魯。異士從看珊網收，詩懷與作名山主。孫生才筆君所傾，巧將離思傳丹青。惜我不為杜子美，偕汝飛觴歷下亭。

太乙舟詩集卷五

留別朱學博存仁

楊花撲地春雲飛，鳴鳩乳燕嬌春暉。芳菲坐惜物候晚，況更酌酒歌將離。天涯綠遍王孫路，及此春歸我北去。別春兼復別故人，目斷魂搖不知處。故人能書復能詩，才雖絕雋官苦卑。三載聞名劇傾倒，一日見面同心期。憶昨南衙開夜宴，雪滿瓊林看不見。銀蠟堆花裊玉蟲，銅壺滴漏沉虯箭。酒態吟懷奈汝何，當杯快意從高歌。不嫌此日論心晚，預恐他時別恨多。平生殘錦夢中拾，欲贈君詩意轉澀。瑤草何意忽先施，恍訝明珠百琲集。題詩悵望一沾巾，小別何須更黯神。明年記取東風約，遲汝同遊上苑春。

買舟將東歸留別徐蓮峯江子繩二生各以長句一首係之

臨江小閣章江邊，天都主人南昌仙。平生經濟試百一，鬱所未吐成雲煙。雲煙巧結臨江閣，一棹鴟夷漢江泊。寓公救災必食報，經畬努力鳴陰鶴。一卷冰雪文，十卷冰雪詩，玉山主人亦數奇，謂徐朗齋，藏壑空掩惠泉秀，產祥與結黃山芝。兩家舊德吉重襲，玉樹喜君能自立。述德曾徵修禊圖，曩於小峴侍郎處見建庵先生修禊詩。溯源更舉亭林集。我駐臨江閣畔舟，主人作客客難留。書聲入夢一西望，夏口從知在上游。

惟古於辭必己出，我師之言韓子言。若翁與我同一師，講席受業分後先，子繩尊人修原先生先余事姬傳子於紫陽書院，故及之。二十年前不相識，黃鶴樓頭同作客。深愧拏舟為我來，此意已殊石間栢。我守師說無所成，安能瓦釜為雷鳴。無已請君作私淑，更舉所聞相發明。胸中有得陳言去，一經一緯宵顧杼。君不見，四十五日一月中，隣里相從夜績女。

留別吳生春帆 泰初

欲去不得去，鴻爪偶然住。藏園留越卻齊心，幻入吳生別我處。吳生負笈心殊專，我亦喜君同登大願船。龍眠山色忽招我，同舟忍判文字緣。憶我負笈龍眠北，半載光陰成坐擲。爭墩終讓謝東山，譽我媿稱都講席。從來求道困多蹊，夕陽誰信在吾西。山谷老人詩記取，所貴親行迺不迷。

留別杜君 汝檮

我昔嘗為許氏學，性不喜書師昌黎。偶求金石資考訂，非窮波磔分毫釐。意過其通恒自哂，結習所蔽無分馳。遂令腕力坐疲薾，嚴家餓隸遭點嗤。邇來入世欲改轍，刻苦空復從臨池。鈍根往往思中輟，詎有解悟徒委蛇。杜君善書箴我疾，如乞神藥施刀圭。學書雖未得大進，結體稍稍無偏陂。乃知涉世貴特操，筆正心正功甯歧。又如冥覽得元解，補偏救弊從時宜。刻舟膠柱有成見，秋蚓春蛇無令姿。書雖一技通乎道，就君所語吾能推。政可時時就几案，而乃兀兀隨鞍韉。別君遠去重惆悵，雲山千里空相思。要當書紳誌君語，道旁細讀前朝碑。

贈別環陰十二丈

綠陰滿地桐花老，千里塵飛洛陽道。乍可書史消永晝，苦無佳士豁懷抱。昨者庭趨日剛午，忽聞賓至屣欲倒。平生結交丈人行，一笑自許傭中佼。得君臭味無差池，投分論交恨不早。我翁亟下孺子榻，賤子似得連城寶。連朝促膝共深談，雄詞快辨驚絕少。吾輩埋頭向書冊，入世頗遭俗客嬲。倘無諧諷鬥機鋒，詎免色莊譏偽矯。廋詞偶博押友歡，不恭或被旁人惱。豈知明月比靈臺，雲不能遮星覺小。惟君與我有同病，眼中世事不足了。如何偶聚即復散，挽袖留之頭屢掉。來年聯襼倘踐約，進隱願比鶼生突。

送別沈湘南之大梁

風輕未坼冰，春寒不釀雪。今年明月初團圞，忍更酌酒送君別。看君讀書十行下，看君草箋十手脫。君年方壯才清絕。若教簪筆侍明光，擘毫豈要省吏喝。不然鍵戶居深山，談經席許戴憑奪。胡為參幕作書記，南北東西走蹩躠。疎狂不顧世眼驚，時時遺誤被人說。送君行，聽我歌。欲留不能奈君何！舉頭看浮雲，浮雲變態多，白衣蒼狗理則那。吾儕苦吟鐫肝腎，筆如利刃天可摩。人情抉摘世久忌，能不側目相譏訶？況君旅遊不自惜，黃金盡向虛牝擲。子都奪弧詛三物，蘧富獵馬尾鬣赤。禿襟小袖伴秦宮，似君溺愛真成癖。世人大似狙公狙，聞君如是爭揶揄。及今自悔未晚計，當時苦諫笑我迂。相聚短，相契深，如君應亦知我心。區區離別何足悵，但須各守湖海襟。他時結習都捐道緣足，長嘯聽汝蘇門音。

送魯琴村反鳩江

彊圉大荒落如月，魯生辭我歸江南。春風習習扇原野，淥波靄靄生江潭。宛邱風氣略近北，衣冠了鳥民人憨。曠野彌望足塵埃，絕少翠巘浮晴嵐。遙想南州山水窟，清景不必窮幽探。隔墻千嶂接雲影，略彴一徑通茅庵。偶然涉足恣登眺，選勝所到甯須貪。君今襆被正東去，快洗兩耳聽鄉談。山程水驛遞遊覽，如啖蔗味知漸甘。到家正值春衣換，拈句恰喜詩情耽。巾箱庭訓慰肯搆，蘭閨燕夢徵宜男。回頭旅困一擺脫，君懷良得佘增慚。昨歲伏暑張火傘，君來初御奚囊擔。南衙賓客互酬答，文讌日夕窮清酣。有時博簺逐兒戲，狂叫不復辭嘲唅。君初翩翩慎邊幅，如錐處囊鋒藏函。厥後嘲諷亦頗有，雕龍炙轂辭俱堪。我性疎脫鮮城府，結交但貴真意合。古今人物列九品，其中差等吾能諳。拒人敢效伯夷隘，責善期得益友三。君似亦頗知我意，贈言遠師周史聃。如君清才豈易見，天衢駿足趨驂驔。求飽蓿盤非早計，青衫久困心如惔。蹉跎憐我亦同病，誦詩淚落疑逢戡。雖然抑鬱甯足貴，丈夫胸次江海涵。正學匡時我輩事，要當小器殊甖甔。江都相有繁露學，儒林傳笑孫宏參。願君伐毛並洗髓，心有天遊安以倓。他時簪筆侍禁直，偉望如木稱楩柟。春明結隣約必踐，要同陽禹非喜僇。

乙酉五月望前一日予招丁介庭同年遊崇效寺蒹葭閣歸遇朱野雲遂同返太乙舟小飲野雲作桐陰話舊圖余作長句紀之即送介庭乞假歸里

缽池山畔好雲樹，卅年夢隔江鄉路。松菊歸尋舊徑時，觚稜謁後抽簪去。去日遲迴戀闕情，潞河買棹緩歸程。香火緣深同選佛，苔岑誼重更班荊。盤山一卷青松約，遠煙三面蒹葭閣。曉色全教暑氣清，桐陰恰許詩懷著。桐陰徑闢小園初，轉轡譚深啜茗餘。頗羨少陵能返蜀，敢詡昌黎已有廬。途中邂逅車笠友，便與蕭齋共杯酒。為寫陳遵投轄心，朱繇本是荊關手。春明鴻爪話前時，忍聽山陽笛更吹。坐中主人年最少，飄蕭髩影亦霜絲。仕宦何須登令僕，外臺況已聲名足。住世從知隙過駒，盟心肯使居無竹。一幅圖成未唱驪，詩廊野雲寓中廊名後約重相期。人言數面成親故，況本親知念別離。

送朱虹舫同年督學江南

殿前作賦聲摩空，頌君肯舉昌谷語。以人報國功難踰強詞部至句，送君今取詞部句。人材要自隨時生，儲之藥籠名參苓。江南況復多老輩，遺緒所究觀厥成。江花江草連洲渚，遊遍山川明麗處。按部終年入畫圖，牙檣錦纜舟容與。岑苔離緒得深譚，院落鐘山夢所諳。山谷有詩忽棖觸，早年學問多江南。山谷句。

放歌行送蔡佇蘭孝廉復午**歸吳門**

玉松侍御為我說吳士，曰李曰蔡尤蜚聲。向未覿面今握手，惜無風力吹使登青冥。子仙一語遂別去，馬撾在手車難停。佇蘭先生數相見，論文目欲空蓬瀛。吾家從子希祖復傾倒，為言地理之學尤專精。時無王伯厚與劉原父，考據家儒瑣碎空為名。卓哉二顧南雅耕石出吳下，蔡子宗派因之知所承。與吾晤語惜尚未及此，今復搖鞭已欲辭春明。人生百事難憑準，所可據者博聞強識風格能自成。科舉之文緒餘耳，通才出語要自殊。荒傖譬如土，養禾出嘉穀。詎有童梁非種生芳塍，今之程材無定評。康瓠周鼎紛交并，意中五雀六燕豈不矜持衡。眼底九畹百畝乃竟芰芝英。江南蘭沼清夏氣，月亭月榭隨處交芳馨。軟紅塵中發歸夢，能不券驢祭軷先自趨山程。君計得矣吾奈何，談經說史誰切磋。新知婉孌足別緒，舊交間闊相思多。為語狎鷗與愓甫，問近狀者徵斯歌。

送嚴匡山廉訪**湖北**

一朶仙雲渡江水，仙人乘鶴不乘鯉。羽葆霓旌綺檻前，白波青嶂澄江裏。迴首觚稜巽命申，高情自昔搴蘭芷。秋風江上初懷人，使君胸含太古春。吟詩讀律想顔色，夢中落月依梁塵。十年臺館追隨早，昨朝聯襼看花好。齋廚特與供伊蒲，憐余淚墮池塘草。池塘覓句悲思多，霜痕點鬢當奈何。撥置岑寂發嘯詠，感公索我花前歌。青松紅杏前遊路，百年詩老留題處。問誰替得阮亭詩，離懷併入晴川樹。祥刑宣化受恩長，盼公開府到江鄉。滕王閣畔携樽日，與話蓬萊紅茗香。

再送芷灣太守

五羊城畔三，臺客三臺山在嘉應州紅杏家聲好標格。碧雞金馬招之行，員嶠方壺留不得。花田香風秋夢生，寓齋海棠眼倍明。驪歌欲唱尚未唱，題詩別花無限情。公詩豪宕有奇氣，沆瀣承盤味外味。蘇齋老人太將牢，苦欲蒲梢施鞚轡。十年聯襼趨上林，團蒲花雨時拂琴。言鯖笑牒縱諧謔，公亦許我能知心。庖丁解牛有妙旨，為詩為郡皆如此。連朝肯就蘇齋談，知公我相全空矣。潁川治績壓鄰枚，修史何須夢却迴。祇憐燭剪南衙夕，半臂何人舉送來。

送方茶山體**出守江西**

使君讀書雙眼明，搜羅古本讐校精。使君制行古人似，度己以繩接人枻。法曹循循以能升，一麾五馬洪州迎。悃愊無華二千石，漢家經術成政績。厚德所洽民則舒，知君愛民如愛書。以書為治目為迂，得毋訛謬相沿與。數載京華稱莫逆，把臂雖疎心則密。私懷況復為吾鄉，但聽父老歌龔黃。此別無嫌道路長。

送黄貢生前輩改官任彭水令

風力吹折河畔柳，金樽不暖離堂酒。棧道連雲高復高，嗟君叱馭此中走。人生出處何所憑，雪泥鴻爪隨緣成。所學於世期有濟，底須外内分重輕。世人侈口詡文字，握筆漫欲誇蓬瀛。妃青儷白一技耳，百家諸子賅而精。網羅貫串貴適用，詎止挾冊為吚嚶。倘使一鬨之市無能平，坐守章句徒虛聲。吁嗟乎！衣食教養關民生，如何撫字安孤惸！水懦火烈有至理，武健姑息皆非誠。作百里侯一孤注，睽睽萬目紛相乘。此中張弛變化不一例，要令愛民之意吾能行，庶幾慈惠忠信之名無能名。嗟君淹雅槃槃才，筆力牛弩摩天開。江南醉把琉璃杯，題襟佳句人爭推。玉堂位置政得所，忽然天風吹墮辭蓬萊。雙鳧去作彭水宰，君但掉頭俗子咍。六月火雲墮地裂，化作洪濤濤亦熱。閉門一月車臥轍，其時良友問何濶。迴思文譙窮三商，傾襟一見形俱忘。無何歲月忽已晚，昔時鳴蟬今雨霜。留君既不能，別君心彷徨。襟袂一以判，交誼終自長。贈言千萬語，無以逾循良。君家山谷作令日，與君改官之歲年相當。七百年來道則光，君行所學人相望。試聽七十二溪之民頌政績，共說君家萬卷今日重開堂。山谷於彭水之東建萬卷堂聚書。

送車漁村同年磻試令中州之行

漁村工文復工棋，好謀而成時出奇。春官失意掉頭去，用世且可論襟期。嵩少奇峰三十六，河洛平原曠川陸。孰為沃壤孰瘠區，左圖右史紛在目。注選恰作中州行，攬轡不啻身據枰。封域防川有勝算，課農教織無疲氓。清晝沉沉樹陰綠，夜雨飄燈仍對局。橘中之樂兩人知，却恨離亭絃管促。趨庭一去三秋春，乘軺曾訪侯夷門。舊夢如雲墮何處，送君願作隨車塵。

克齋同年以擢刺史例覲蒙特旨召對敬紀恩遇作詩贈行

國家重守令，謂是親民官。但有聲名動京邑，墨綬往往乘朱軒。劉侯恩遇更莫比，刺史召對蒙特旨。廿載神君是素交，部民能得其詳矣。當君宰上高，能撫疲瘠羅英豪。就中高足鄭雲壑，秉恬，廷對居然奪錦標。當公宰浮梁，鄧君賢者傳安稱君長。判訟煦嫗為泣語，豪民感義無鴟張。火耕水耨東南利，溝洫無須煩長吏。化惰懲貪辨苦良，陶民心苦如陶器。君刊邑人藍浦所著陶録。更番報最來甯都，就擢亦奉中旨俞。文翁能作中和頌，黃霸行褒一丈車。十年再別再相見，促坐時時共歡讌。人言無飲不公榮，我喜詼諧逢曼倩。金精山是石鼓山，易堂諸子誰能攀。笑我徒能摹獵碣，多君更與招荊關。同年項子別來久，君許煙雲分我有。闡幽想見化民心，作序我能傳不朽。項湇南同年館於君署，君以其所畫金精山便面贈余而索余為作所刻易堂十二子文鈔序。

送趙小淵起官重往甘肅

蕭蕭曉騎崤關接，離離寒影晨星壓。秦雲捲地作秦聲，朔風吹過彈箏峽。使君舊治領平涼，乞病年餘又治裝。兒童塞下能驂竹，父老關中盼樹棠。何處葡萄徵十斛，西江直氣能雌伏。宦海驚波岸上看，先機自占人間福。置家京國暫淹留，超擢聲名早晚收。他日遂初同賦後，康王谷畔作羊求。

送林敏齋培厚出守重慶

蓬萊仙人分符去，管領七十二洞天。平都山為七十二福地。海棠花開春爛熳，香國定放遨頭顛。雲江江色濃於酒，此日扁舟落君手。綠山紅葉好題詩，洲名錦繡誇誰有。錦繡洲在涪江口。政成惠績報年豐，石魚銜花涪江中。好作一圖紀祥瑞，待我泛櫂來川東。石魚見則年豐，術者謂余當督學蜀中，故戲及之。

送顧晴芬同年乞假南歸

手抱尺許書，購自湖州賈。我初識君書肆中，意氣已許論千古。朋試就南宮，相思不相見。慈恩寺裏認同年，一笑舊識然明面。五雲宮闕高復高，羨君詞筆傾同曹。文章誰更矜斑管，意氣真看掣巨鼇。一聲臚唱傳天上，此事除君孰我讓。誰信榮名得者難，偏自淵襟知所尚。娟娟新月城西頭，舉杯酹月為君浮。彈琴無過戴安道，愛竹可如王子猷。雋才逸韻從傾倒，衆中輸我相知早。派衍東林世澤垂，音追正始清談好。朝來取別云思家，買舟歸泛蓉湖槎。宮花壓帽進春酒，慈闈此樂人爭誇。巾車就駕驪歌作，小別何須悵離索。我亦萊衣乞養人，歸途定踐登堂約。

送方茶山觀察入覲旋江南

經術重白嶽，治績傳西江。偶作奇傑句，百斛鼎獨扛。鍾山佳氣莽迴互，六代詩人聯襼處。擢官得傍謝公墩，天遣詩名發豪遇。十年夢繞石頭城，卜築煙蘿悵未成。經師遺禮待蒐討，徑欲脂轄從君行。（約共蒐刻吾師全集。）當日部民訪太守，江州庾樓兩握手。舊夢誰尋鴻爪痕，離懷又折春明柳。一官匏繫興蕭疏，各撚霜髭問著書。文章畢竟歸經濟，勳業無忘慕古初。

送墨莊給諫擢延建邵觀察之任

我初得君自服齋，（謂魯侍御，）壁前有句嘗三復。聯襼論文近十年，玉共銜杯青剪燭。我少失學老始知，不奪戴席叩邊腹。自笑寫經紙數番，操豚蹄作盈篝祝。昨秋校士趨瑣闈，箕斗插簷月明屋。觀星惜未就銅儀，談天恰喜遇炙轂。春風底事催束裝，詩夢隨君山九曲。仕優則學君所耽，身事困余塵十斛。乞郡若許近江鄉，他日成書應共讀。不嫌手版謁南衙，且可毛鄭闘賈服。（君治毛詩，余亦方為春秋學也。）

送李夢韶典試粵東

我朝文德敷四隩，星使掄才到南服。掄才亦如品荔枝，珍以藍紅江淥熟。李侯史館敘勞纔，（君京察一等記名，）筆花復向殿前開。好將雅樂三雍學，傳與瓊儋海外才。

皖城旅舍阻雨遣悶

劃碎琉璃七百里，手把一編柁樓底。朝來縛纜江樓邊，結束登岸辭長年。堦頭泥滑深沒髁，主人門右客子左。三日一雨連朝昏，旅舍臥看屋漏痕。春雲出岫何時歸，客心隨雨空中飛。朝聞一鳥啁簷角，旋驚瓦上蠨蛸落。翔陽忽裹兜羅綿，誰為掃淨滄浪天。西江水暖深閨夢，淮陽北去雲陰重。遊子空歌行路難，寄書何處雙飛鸞。

黃天蕩懷古

海艘萬艑乘順風，薄擊兀朮江當中。迴波逆浪一失勢，太子卸却袍花紅。舵樓鼓聲如落雨，夫人挽髻來搥鼓。將軍忘家兵忘身，進不破賊退死所。我舟兩渡江波平，韡紋萬頃蒲帆輕。時清烟樹足詩料，江潤風濤銷戰聲。天塹由來堪固國，拒江況倚將軍力。問道謀成吭可扼，誰為伯顏畫此策。襄陽軍下蘄黃北，采石危磯攔不得。

荆山橋道中

荆山橋南二十里，由青達徐道由此。故堤亘若長虹犇，羣峰疊似屏風倚。峰峰面勢分東西，中開曠野間以畦。馬足自隨車轍去，塔影忽與前山齊。行行認塔倏西折，折而北行廬舍列。瀕河居民茅屋低，織屣編茅生計拙。小徑曲曲迤而東，臨岸俯瞰馮夷宮。呼筏載車一南望，塔影明滅中流中。徐州河堤女牆接，堤低女牆二三堞。緣堤行就塔前住，塔影疑補空林葉。吁嗟乎，男兒信目勿信耳，欲速不達堪悟矣。獄市不擾齊俗安，獵較從人魯國喜。君不見，隔河望塔如目前，紆途何取行還延。從知安石書能誤，不及陳平智自全。

魚山路中

魚山山色何蒼然，百里之外浮晴煙。連峰不斷波起伏，列案相屬雲鈎連。我行南出官橋口，橋廢而碑存。波中嵐翠拂馬首。詎知山勢莽迴合，我竟橫穿山腹走。一峰迤邐北更西，中藏村落如雞栖。一峰外踞倚東坐，赤日坡陀聞馬嘶。此中幽構在何處，何幸民居得山趣。神女祠聞在翠微，緣慳未得攀蘿去。

觀山臺放歌次李畏吾韻

般也揮斤羿激矢，作事神解誰似此。先生才力世盡靡，五岳胸中任驅使。眼底浮名笑已已，粵東一官如敝屣。不能歸棹建溪水，却與西山作平視。室東北隅崒然起，一臺氣接太行尾。觀空萬象互生死，不生不滅廼如是。誰與聞道笑下士，塵中識趣固應爾。炙輠譚天非正軌，内熱安能正所止。豈如先生靜隱几，六波羅密真得髓，盧行者或庶可擬。我筮兼山占久矣，觀象敢詡其言侈。

宿安肅書院院後亭外立石三蒼秀可愛吾鄉戊辰進士甯都謝昌言題亭曰可以攻玉憶舍姪希申屬題品石圖因作長句寄之

蓮舫昨攜品石圖，請我為作品石詩。我詩屬草久未就，主文意欲兼諷規。使軺南來至安肅，行館喜見三瓊枝。高堂大廈得位置，蒼松翠柏相扶持。罥苔偶爾弄秋色，納雲定可生奇姿。對之夜飲不能去，品石似此詩亦宜。甯都進士信老輩，署額妙意存師資。端木說詩發深悟，元章袍笏空爾為。我祖盛德逾百載，子孫食報理不疑。封胡羯末盡瑤珥，中尤雋者珣玗琪。汝才通敏性穎脫，浮筠照坐光陸離。就我往復索懸解，似欲剖璞勤磨治。古人成名在廣益，我祖題堂名集思。永矢此意苟不失，索瘢誰復相瑕疵。詩成忽夢寫在卷，一輪明月來照帷。

渡新樂河次胡牧堂編修韻

初日照水風迴波，雲衣疊共韡紋拖。蘭橈桂楫渺何處，枯查橫岸牽而過。河畔居民素習水，裸身蹴躪蛟龍窩。此輩輕生難倚賴，行人覓渡愁則那。吾儕乘船有符檄，縣吏隔岸相誰何。鞭絲人影光凌亂，淺沙急溜聲切磋。日色向午乍烜燠，雲氣隔山遙盪磨。尚須枵腹馳卅里，供頓詎肯輕撝呵。夢神幸免訴羊蹴，藜莧腸肥拜惠多。

渡滹沱河

源發泰戲山，北流成交河。常山城外一停泊，夏漲怒挾千層波。我來孟秋時，水勢已前落。城下濁泥三尺深，五里肩輿難放腳。官人雇夫來擎輿，負而涉者先輿夫。盤渦激浪里許耳，隔岸先與愁泥塗。騾綱憶昨敲冰處，十月橋成鋪草路。題橋敢詡馬卿才，游梁且學枚生賦。

梁家莊觀内邱蔣令蠲免雜項差役碑

屋兩間，槐一株。梁家莊前官買屋，内邱過使官人居。官人居，誰所置？乾隆四十有三年，蔣令供張發舊例。舊例遵循餘百年，前明弊政皇朝蠲。東村牛馬西村役，淚灑嘉靖崇禎間。槐蔭臨街瓦屋接，朝日明鴉樹脱葉。過客閒搜軼事碑，長吏能賢心亦愜。可惜拙手題鄉氓，碑文不書蔣令名。

寶蓮寺

黄楊深翠低結圍，高花檀暈明蜀葵。盆荷似有寶蓮相，法雨空飄栢子枝。豆棚雙縛僧房路，枷板横牆飯牛處。老僧食力不參禪，種棉種稷自年年。

試院夜坐用東坡次黄魯直畫馬韻

銀雲櫛櫛涼蟾行，仙佩夢拂珊瑚聲，斜河老桂枝縱横。夜風不放紗帷透，攬鏡空嘲飯顆瘦，剪燭銅盤灺紅豆。鎖闈門外嘶花驄，板輿何日迎我翁，驛路飽看紅葉紅。

富春江夜泊

纖纖月出春江曲，湓湓明波瀉寒玉。夜山堆碧不留雲，蒲葉裁帆入煙宿，繫纜津亭客思孤，且擕短燭照殘書。罟客吹火隔江語，網得隨潮紅鯉魚。

途中即目得長句一首

昨日前山雲飛重，紆白騰青勢欲縱。須臾飛下大閎來，雨脚淋浪平野送。今晨天氣尚陰沉，雲痕斷處明遥岑。涼風掠空日華出，郊原霽色開煩襟。詩懷曠蕩悟微旨，積微積著理如此。雲厚曾無不雨徵，山明自有占晴喜。

望雨

行旅畏泥淖，田家望霑足。乍可使行人愁，不可使居民哭。沂州以北春不雨，麥苗強半未入土。官人祈雨但得風，霧合雲連去何所。幕吾馬兮蒙吾車，綢繆未雨須勤劬。但使一雨農事起，綠疇芃芃波瀰瀰，若濡有慍亦可喜。

月夜車中漫作

曩時聞說京師中，列肆之寬餘十弓。對面相望不得語，尋常一雨愁西東。今年六月雨最大，跣足沒髁堂階下。出門便愁馬浸腹，掩闕但可書銷夏。秋霜刻畫開晴暉，晏溫拜客日晡歸。屋瓦排比連雞栖，坐車局促頭常低。忽向街東踏夜月，一白能令天地濶。平時連夅眼不豁，乍覺蕩蕩難超越。靜中觀動眼界殊，易境輒進前時吾。文心千變書百讀，我得懸解從擊轂。

昨日

昨日沿溪行幾曲，不雨不晴陰肅肅。分畦麥隴界空青，隔溪樹影攙煙綠。雨中今日緣山行，列騎逶迤如負繩。陰崖卓午含暝色，山田放水成溪聲。從來嶺峻山必峭，探幽詎得誇平眺。連日詩懷別樣清，田家風味樵歌調。

珊瑚汎

盤盤雲岫迴空曲，窅窱深林列松竹。交柯何處覓珊瑚，記里名猶照岩谷。銕網年來愧主張，贋名失笑沙難量。閩方言珊近沙，亦呼之為沙珊。懷材倘中棟梁選，盻取十年生豫章。

弔鐘岩

無射夷則瘖不語，山骨何年煩鬼斧。仙訣思尋服食篇，憑岩空欲採鍾乳。石笏森列排高峰，隔溪遙望殊穹窿。過嶺俯泉不敢啜，地肺恐近馮夷宮。

從延平舟行即事

木末如刀柄縛石，以刀劃水水生力。晴雷殷空篙鋒直，水勢折旋舟順逆。篙師之巧天下無，不知贛灘當何如。平生夢想八陣圖，人力應與天工殊，徑思遊蜀參兵書。灌莽蒼蒼絢晴晝，舟行觀山山更秀。前年秉炬導山行，夜影迷離失岩岫。夫頭喚夫夫脫逃，山行信比舟行勞，衝途作令難□□。我憐共億徒驛騷，水程況助詩情豪。

嚴瀨虎阜波瀠洄，吳航越舫參差開。詩人例乘雪月興，豪士宴舉笙歌杯。舟中之樂樂如此，閩傲舟行獨不爾。青山矗矗水瀰瀰，晚來荒岸石堪艤，乃如身在池舘裏。細雨濛濛濕雲外，山翠沈沈失眉黛。車中閉置新婦如，板扉晝掩一燈對。灘聲已靜江平流，冥心兀坐為神遊，身非黃鵠覽九州。高山絕頂軼雷雨，安得將身置上頭。

白鶴嶺雲海歌

夙慕黃山有海雲，詩緣未訂天都峰。老來筋力詎濟勝，此生愁我難支笻。昨持使節歷閩境，霞駁雲奇絢諸嶺。奇觀更補雲中君，毋乃胎仙為余請。鋪瓊疊素初英英，俄周山際無圭稜。木棉花豈借弓拍，余鄉人以竹弓拍棉花乃茸茸如雪，白地錦非由織成。囊以齊紈量玉尺，只愁無處施人力。雲下居民作麼生，可能虛室悟生白。俄頃觀海非外洋，心目未足窮蒼茫。却從雲海辨島嶼，峰凹峰凸捉迷藏。

校射日雲影甚奇聊述

射堂坐對朝斗巖，夕靄朝嵐納几席。晴雲亭午與鋪綿，日影連山晃金碧。山椒濕雲俄上升，旁招遠岫紛相乘。布空瀰漫色暗淡，飛雨來挾風雷聲。雨收雲采忽斑駁，白外嵌空紅不落。夕照猶銜屋角明，暮煙重向林邊著。天光雲影兩陰晴，何當落筆如釋冰。苦無陶謝驚人句，笑比由基不可能。

雪後富春舟望

連山迤邐江之東，船窗坐對羣玉峰。日光晃蕩相映發，潔白不著纖塵蒙。此時峩眉插天碧，蜀江可有看山客。萬壑千巖發遐思，選勝探奇吟雪色。天臺雁蕩來年期，瀑布與助晴雪飛。可能倚松登絕頂，尚及晴雪未消時。閩嶺昔遊登岧嶤，心懾獅蹲與龍攫。韻勝由來遜浙山，奇觀漫欲矜鯷壑。晴波貼妥蒲帆開，前宵風雨首重回。飛瓊乍別瑤臺去，弄玉紛騎白鳳來。勝境憑誰分甲乙，化工乃壓詩人筆。雪餘飽看富春山，冬心澹定愛冬日。

永康途中

東疇麥穗森成行，西疇水滿排稻秧。前疇矖土土裂塊，後疇叱犢犂雲外。四圍山色環綠陰，前門一徑如危岑。上岑下岑路不陡，環山仍裂橫縱畝。

入青田境舟望

巨石嵯峨踞山麓，高處蒼蒼如削玉。刺船轉側傍溪行，百里溪光搖淨綠。

連雲障夢繞龍湫，芒鞵惜未探其幽。分枝散入括蒼境，擁黛如屏送去舟。

劉明東布衣開徵其令祖浣溪先生七十壽詩

吾師曩說劉布衣，走七千里投其文。貧而勵學年甚少，落筆已挾江河奔。平生相望不一見，岑苔託契空懷殷。皖江昨歲乍艤楫，客堂千里初叩門。蕭蕭疎雨對暮色，愔愔文几開秋軒。本師不見見之子，覼縷道妙窮本根。乃知克家能述祖，謝公文采斑斑存。人生科第本外物，錦繡不敵大布溫。但令有筆能到古，壓帽豈詡宮花尊。不見君家海峰一寒素，詩文卅卷誰得窺其樊。龍眠奇秀無與倫，浣溪先生為替人。梅花百首發新咏，易義千載傳微言。仲弓隱德鄉黨敬，盋山品藻名流親。再世未覩驥子達，名駒鍾此孤露孫。近世古文少師法，苟非要駕即局轅。君從吾師得懸解，海峯況復同其源。努力所學勿少懈，立幟定起蒼頭軍。吾辱親厚言不媚，重堂定許傾清樽。

寄壽伯生五十初度時郎君領京兆薦歸齊河署稱觴

海東朝旭昇紅雲，西連岱麓光瑞璘。仙樂奏空笙鶴羣，翩然來壽平原君。平原君乃忠烈裔，吳中十世誇門第。詩人政復勤吏事，遂有郎君成國器。我初握手倉山傍，詩龍酒虎紛翺翔。樓頭秋影何茫茫，喝月倒行空引觴。念年宦海間何闊，夢到倉山猶拄笏。湖浸鵲華泉趵突，班荆揭喜參千佛。當年綠鬢何處尋，鞭鸞笞鳳聊追吟。文章華國成底事，鳩民喜汝能用心。君寶秦碑幾片石，我寶東坡幾行墨。前以姬傳師書箋贈君屬為刻石傳布。冷淡生涯文字緣，一笑兩人迂有癖。懸弧吉日梅初花，令子採服趨南衙。明年喜報泥金貼，阿翁有句合籠紗。

萬廉山夫婦五十雙壽詩

廉山疎眉雙眸清，雕龍炙轂堅白鳴。談鋒所摧人莫攖，藏園荷記秋露擎。臨池吹笛杯交傾，矮屋促坐聽瓶笙。席帽布簾圍短檠，江鄉鴻爪停雲停。廿年前夢離懷縈，別來白髮生幾莖。年始及艾身孤撐，一枝不律揮公卿。卅口家累資經營，作吏兼有愛士聲。東南才俊爭班荆，大魚小鮮同一烹。理繁治劇無不能，一舟宦海隨澴瀯。萬卷擁坐猶咿嚶，讀律讀書何所憑。平生肯作郅都鷹，名賊誰辨圓淨僧。瓜蔓偶爾聯溝塍，摘果五伯呼空膺。我亦讞獄如荒傖，不知雙成有目成。日測磚影議李程，說經欲學楊子行。君恨身未登蓬瀛，有子能為劍閣銘。我居史館空囊螢，生兒乃似劉景升。世緣所屬誰虧贏，塵累莫啟靈臺扃。況君江南多友朋，吟詩讀畫聽搊箏。衮師驥子看飛騰，豈徒紅葯馳聲名。秋雨初晴秋月明，劍池坐石更灣舲。遊屐到處煙雲迎，相莊鴻案傾綠醽。燕臺此詩緘溪藤，君其讀罷舉一觥。

陳曉峰鄧嶰筠兩同年皆以今冬五十初度用東坡作子由生日詩韻各賦一章以介其壽

吾宗吏治揚清芬，士民施以勤沐薰。決獄能判梟鸞羣，胸涵明鏡心慈雲。從來遏惡如救焚，觀民術如觀波紋。塞彼導此功豈分，游氛掃乃祥光氳。請看史冊稱神君，知君史圖與書墳。探討不獨資為文，書生願力負山蚊。經術飾事非漫云，外臺諸公多策勳。庶幾旂鼓張吾軍，謂遷擢諸同年，君今超擢行復勤。但願不為世所醺，用蘇詩，本句寓頌不忘規之意，譬富歲亦勤耕耘。我頌豈獨私榆枌，歸奏笙樂歌繽紛。壽筵梅花香正焄，此詩堂上應喜聞。堂上就養君署曉峯生日十一月二十九日。

琅玕儗節君誦芬，君家萬竹園先世遺宅也，登朝班馬香濃熏。慈恩與宴欣同羣，為韓為孟盟龍雲。為君苗硯交相焚，十年觀河無皺紋。一朝宦轍中外分，詩懷朝靄連夕氤。君憶我如我憶君，昨來感述董相墳。鏤版貺示栟櫚文，君以朱正言公栟櫚先集見示。過我剪燭宵捫蚊。我亦述祖詩有云，窮經如策汗馬勲。再世名將期成軍，余時校刻先大父易義劄記。喜君政績夙昔勤。飲醇能使民知醺，西秦重莅耕繼耘。作壽何啻君居枌，躋堂稱觥行紛紛。迎郭細侯香瓣君，君其作詩使我聞。

壽吴蘭雪親家六十

去年一病歌更生，今年六十應稱觥。益年助汝詩聲名，天公於子良有情。子亦能知天玉成，易字澈翁心自盟。內思屏色外屏聲，天籟人籟惟反聽。讀曲不復歌蓉城，皎皎素月騰空明。湛湛止水淵且澄，詩境一變趨上乘。白玉蟾庶前身憑，詩人邇日誰典型。鮑詹事建大將旌，詩外有事學亦精。其行壁立其言誠，奏之明堂諧咸英。實於江海逾瑆瓊，羨汝聯袂欣得朋。雍容禮射交耦升，我但旁睨如邾滕，交綏詎敢當齊荆，今當周甲頌岡陵。有酒如淮復如澠，君其齋心存黄庭。壽身壽世皆有徵，絜吴鮑以李杜稱，我當載筆書汗青。

壽平叔制府六十有一

去年宮保慶六旬，謝客不肯延親賓。倚聲先期作致語，為我使軺將出門。今年我歸居會垣，榴花荷花交鮮新。浹旬握手輒三四，避面乃當攬揆辰。宮保之才邁等倫，其於為政如論文。斲堊能運成風斤，與我肝膈交披陳，宮商互答真篪塤。回首春明過廿載，忽忽俱作白頭人。三山聯襟其夙因，五美何以尊所聞。木蘭之陂利因民，軼宋復唐追絕塵，萬家生佛民頌恩。知公刻意師古賢，德澤推衍為陽春。六旬晉一歲在寅，杖朝積筭成壽身。我作此詩侑一尊，笙奏合聽南陔循。

寄壽鄧嶰筠中丞

嶰翁鄉舉年廿六，與我同歲為庚申。慈恩與宴復辛酉，卅年情好如弟昆。嶰翁撫皖今八載，長郎槖筆登朝宷。謝客新詩攬揆章，抱孫綉葆瀛洲綵。頻年水患連于湖，嗷鴻安集心勤劬。頗聞聚落必親歷，駭輿不避波濤粗。潁亳南聯壽北境，思與拊循威坐鎮。較量循吏使安民，猶自書來言未信。來劄以政在得人每難稱意為歉。我昨校士遊明州，訪君初政殊優優。月湖有亭名眾樂，君寔之句君能酬。我昨題畫寄四幅，周甲致語為遙祝。未及作札索君笑，笑此孟公懶修牘。西湖留我未北歸，皖公山色夢中題。明朝天竺謁大士，聞思亦和東坡詩。余昔嘗用東坡寄子由生日詩韻寄蠏翁，明日余適與星使諸君有天竺之遊。

孔葒谷夫人七十壽詩

聖裔篤學有二子，辭章攷訂能兼之。槑軒先生叔葒谷，餘事復工南宋詞。大小夏侯壓二戴，質行固足為人師。乾隆辛卯舉進士，與吾舅氏名同垂。葒谷有書嘗往復，未之面也神相知。走昔弱歲依舅氏，聞二子名心竊思。窮經纂述冀一得，執卷他日相然疑。後生前輩不相及，讀其遺集徒生悲。神徂聖伏傑士少，閔馬父言尤堪悕。槑軒有子守家學，花磚我得同追隨。家集每示年家子，手抄口沫神奮飛。句梳字櫛伏一几，不啻侍坐親履綦。荃溪昨者已乞假，云叔祖母年古稀。德門自昔多賢哲，索我侑以觴稱詩。名德所仰得交誼，質以述之辭不支。同朝他日多孔氏，願母福履登期頤。

代人壽淮甯吳雪堂大令姜宜人

碧堂元室開瑤池，靈香鬱烈祥雲垂。飈車羽輪紛來馳，斑龍綵鳳交參差。仙官簇擁真元妃，侍女娟妙絳節持。彈八琅璈瓊笙吹，淮陽古郡蔡水湄。仙樂殷空翳華芝，睽睽萬目驚光輝。詎知惠迪有感施，北堂正獻稱觴巵。豈弟福祿神所貽，飛鳧仙令宜膺茲。惟母作配垂令儀，惟公從宦多恩慈。軼事昔當南詔時，佐太守治隨彤帷。通關召丙居土司，叭先捧蚱軍偏裨。蠭目豺聲力豹螭，異志潛蓄思乘危。接竟他郎當九逵，有白賊思乘間窺。同惡共濟人不知，機伏於隱傳者誰。又川中丞心然疑，草薙禽獮無難為。先發特恐驚我師，急召大吏相延咨。欲得辨才偵察之，大吏各各舉所知。中丞掉頭棄如遺，出片紙曰某在斯。眾視公名官苦卑，厥心掉磬目愕眙。無何策馬出路歧，公氣已却千熊羆。一襆被一奚奴隨，酣臥賊帳聲如雷。諭以禍福無異詞，尺兵寸矢豈交綏。叭先捧懾隨公歸，羣吏聞之爭相嘻。中丞大笑屢頷頤，謂君等盍明兵機。孫子伐謀道可推，況此公福方無涯。李虛中術微乎微，吾以是決如卜蓍。吁嗟公才載路碑，欲更僕數茲尤奇。折衝樽俎安羣黎，他年建節持旌麾。士民各各甘棠期，兕酒公堂登堦墀。即今頌祝應無違，膝前森列瓊樹枝。此時彩服爭娛嬉，他日鼎笏光陸離。

賀王楷堂前輩得子

烏衣老宿秋曹英，才氣凜凜霜鋒明。撐腸拄腹五千卷，作詩不作秋蟲鳴。尋常隔座發長嘯，俗耳驚若洪鐘鏗。詎知胸中分渭涇，此老辨事殊持平。狂花客慧那足唾，繭絲牛毛無遁情。走也十年數相見，昨與論詩意無間。固知生才天所褒，商瞿晚樂公能擅。空中石麟何處來，果徵吉夢同朝彥。餅筵初看錦裁衣，饘庭與祝蓮歸院。君不見，君昨買硯三尺長，肌理如玉生奇光。護以長几覆以廊，位置其上千縹緗。君知硯田無晚歲，試題此室名吉祥。待成他年大手筆，留與此兒揮玉堂。

芝齡少農招集觀劇以報客歲湯餅會諸賓補成長句一首

昨冬既望吉日吉，湯餅筵開妙香室。我來驚座傾清樽，頌以君家夢花筆。從來四海一子由，君之友愛東坡儔。弱弟得子如己子，新歲徵歌重獻酬。我不能畫能索畫，闕仝後裔有宗派。何當煩寫五樂圖，君有題闕午亭四樂圖詩見集中。捧向高堂為再拜。頌君一語君宜勤，答吹篪合更吹壎。添丁課讀年年事，繞膝爭開散帙雲。葉二多於嶺上雲君自題四樂中弟能讀圖句也。

哭友人

騎鯨噩耗騰春雨，淚墮心驚還口拒。如何張敏夢都迷，屣履不聞元伯語。九天雨露迴春色，子贛威猶懾河伯。當年請代煩巫策，此日巫陽留不得。翡帷翠幬飾高堂，司空灘前迷故鄉。牟尼百八珠留別，去意來車歸北邙。素車白馬迎何處，顏甲徒能賦薤露。榴綃照罣馬踏冰，鴻泥怕認前遊路。新豐客子初碎琴，雲衣續向松間尋。恍恍從目亦破膽，青天白日黃壚心。化鶴歸來聽黃鵠，星語責郎會轉轂。

以神仙起居法奉贈覺叟前輩系以詩並述焦午橋同年景新所教日課緩行千步法以當芹獻

戶樞不蠹有至理，緩行千步氣脉舒。侵晨飯後三日課，昨苦小極旋就蘇。我有神仙起居法，乃楊少師凝式書。其功頗煩未能習，嬾性惟喜此自娛。焦子豈即天上裔，示此簡法援吾愚。先生志業時所須，如仙度世功必殊。昨亦減食今何如，身世百感姑舍諸。公其善保千金軀，敬為芹獻明區區。

介坪同年自言有夢必應今年以令兄試禮闈恐格試不欲復成分校之夢初五之晨既覺而復夢有以桃一盤餉者及入闈拈得十八房信事之皆前定也伯昂為作圖用光亦繫一詩

春寒尚壓衾，晨光漏窗罅。生怕夢中緣，又引莊生化。綏山桃熟何人摘？瑪瑙堆盤來獻客。避夢偏教夢境招，吉兆知君辭不得。實既采，花自種，十八公，重入夢。

四月八日發陳州

是身如露電，誰因復誰果。剎那轉輪中，有佛即有我。善男子知識，其力能轉物。面目認本來，是我即是佛。護世城中初託生，千秋震旦傳遺經。西域法距尊孤矢，乃於東土崇其名。我生頗具四方志，願得人人證初地。佛生日乃我行時，千八百里初攬轡。車前風吹一尺塵，去之浄土經由旬。金繩覺路眼前是，道旁水牯愁難馴。人相我相兩拋得，底事十年須面壁。解裝逆旅寄團瓢，一樣燈花照行客。打包入定兩悠悠，出世入世無多求。只餘一事堪留戀，白雲親舍天南頭。

題畫和合

開胸出卍字，跣足踏蓮花。世間萬事不挂眼，拍掌一笑見童譁。游戲萬人海，託足浮屠宮。執爨洗器何雍容，頭陀苦行人天通。真佛出世豈偶爾，豐干驚倒閭邱公。吁嗟乎，佛在眼前人不識，漫話寒山與拾得。誰知闤闠兩狂兒，胸有寶珠能轉物。我昔蠟屐黃山東，裹糧惜未攀雲峰。靈蹤秘跡詎易覯，至今夢落寒巖鐘。勞勞塵妄何時已，苦海難乾愛河水。偌大團飄作麽生，我自孤行我法耳。不二門中大歡喜，證法須得善男子。一笑問君君可起，念波羅蜜從今始。

戲題醉八仙圖

安期羨門不可見，海中吹斷神仙風。金臺紫館杳何處，鸞驂鶴駕紛虛空。八仙遊戲徧寰宇，異事傳說誇兒童。不知相傳此說始何代，但見丹青刻畫處處摹真容。茲圖作意更雋絕，轟飲一醉直欲掀鴻濛。想當朝罷東王公，羽衣絳節不復從。橘弈輸飲等戲劇，碧奈花側盤礴星斗胸。豈獨仙酒壓倒山中醞，政使盧敖若士此樂無由同。我聞交梨火棗生胸中，金波九轉天無功。五千言外參同契，伯陽李耳並立如華嵩。王重陽教既流播，自元迄今道爭隆。正陽純陽立名號，亦如慧能璨可分。禪宗以前洪崖浮邱俱荒遠，遑溯黃石與赤松。我家亦有希夷子，華山雲臥窮無窮。髽髻道人時在坐，關西逸人頻相逢。倘容乞取真仙訣，要當裹糧擔簦一訪玉女峰。冰桃碧藕饑可充，黃庭一卷心能通。上界仙人雖復足，官府庶幾列名青簡許我騎茅龍。

贈釋達宗

一瓶一鉢湖湘至，隻影人寰縱游戲。杖錫初指匡廬山，開堂晚得鷲峰寺。多羅樹倚蓮花臺，金碧照耀琳宮開。締構净域闢榛莽，噓呵死樹迴風雷。寺久傾圮，達宗募緝一新，殿旁槐樹已枯，至其卓錫之年忽更重活。炙轂談天喙三尺，成就空門大功德。昨向齋廚飽僧供，悔我遲來接巾舄。鍾山草堂我宴居，左翻貝葉右圖書。向君問取西來意，許作儒家龍象無？

吳將孫武銅印歌

漢官私印潑蠟鑄，周秦以前難具詳。會稽新守鶩邸吏，未聞班史誇銅章。南朝琳之議更印，自茲承襲循為常。從知笵銅本古法，意示久遠宜堅剛。後人好尚喜奇異，車璖璹瑁象犀金玉一一羅縹囊。蟲文鳥篆作疑識，點畫斑駁生輝光。調遣官符本官鑄，用以私記亦復垂縑緗。孫子齊人將才良，佐吳破楚吳復彊。當時玉帳臨漢江，黑雲壓營天雨霜。羽檄飛處印花赤，血色旗幟爭輝煌。不知所署將軍之字落何處，但餘私記小印一具形微方。土埋苔漬銅色蝕，千年掩翳隨滄桑。一朝磨洗出光采，乃令淵如先生得之喜欲狂。先生嗜學終歲常不遑，百家文史萬卷儲巾箱。十三篇經鮮善本，獨從道藏校刻搜微茫。訂訛補缺正亥豕，十家之注完好垂琳瑯。此才俊傑作後裔，坐使兵謀儒術體用彰。胡為從宦不得意，眾手交撥令人傷。即今西蜀小醜尚陸梁，王師四載勞荊襄。潢池弄兵本易戢，勦撫失計成披猖。先生他年倘建伐謀策，盡洗甲兵誅攙槍。黔首復業士歌頌，凱歌到處皇仁揚。賤子願得從戎行，盾鼻磨墨歌慨慷。庶幾一為此印鳴得所，千秋萬歲先生勳業書旂常。

仿作漢建初銅尺歌應翁覃溪師命

建初銅尺存曲阜，仿作特笵西洋銅。東卿葉子性好古，持以壽我覃溪翁。翁昔視學至闕里，車服禮器瞻遺宮。餘事訪古到漢尺，仿以檀木藏篋中。後二十年遇葉子，精誠復遇阮仲容。物聚所好美必合，慮虒舊式歸新鎔。事見覃溪夫子建初銅尺考。八月十六月煥彩，金波穆穆垂圓穹。嶽降之夕祥氣集，來執爵者咸雍雍。侑觴作歌借詠古，量才深意知所從。雕漢遺制入著録，經史考訂須磨礱。古人治國具條目，國有六職一曰工。同度量與角斗甬，二分月令守則恭。豈獨巡守飾鉅典，五禮五器期從同。信道信度有本末，仁心仁政維始終。書生佔畢思致用，實事恒責求是功。憶昨本師寄木尺，戊辰春姚姬傳師以木尺見寄，四面刻周漢宋及本朝尺。護以錦匣包裹重。四面環刻別四代，書案藉發稽古胸。千里遠意拜佳貺，三年舊夢迴春風。兩夫子本文字友，經帷幸得攀高蹤。作詩兩質一為壽，莛叩和喜鳴洪鐘。

鄭中丞小忽雷歌匙頭刻『臣混恭製獻建中辛酉春』十字孔東塘題五絕二首

入手雙弦乍披拂，欲聽繁聲誰按節。遺器難尋大忽雷，賸有中丞手內物。中丞生當文宗朝，薄命不如沈阿翹。當年傳觀玉方響，襲錦香薰檀架高。承恩一種君王側，涼風偏自歸鉤弋。不聞珠斛賜江妃，至竟伶元伴通德。玉手提携撥攏工，想像徵歌自建中。流傳曾落坊南宅，欵識猶題韓晉公。建中元年庚申則辛酉固二年也，中丞以善彈小忽雷擅名，固無礙韓晉公獻之內而傳及文宗時耳。南方貢朱來鳥亦二年，事見杜陽雜編。建中初政尚矯矯，辛酉二年年有表。登樓解訪綠衣人，寫經忽識朱來鳥。聽到無聲孰擅場，太和遺事儘堪傷。進謀雖識姜公輔，題句還猜仇士良。從此強藩漸猾夏，伶工星散宮官寡。可憐彈與健兒聽，闕別駕同石司馬。霓裳法曲散如煙，幸與東塘句並傳。龍首鳳臆規模在，已閱滄桑九百年。

太和二年雁塔題名拓本歌

唐人題名登雁塔，局席成例恒相沿。登登響搨不脛走，人間散落如雲烟。太和舊刻蘇齋得，摹本不數宣和年。柳家自有元和腳，二子族屬同誠懸。門風墨妙兩足美，蟬翼影取薑芽妍。如何歐宋不立傳，我繹史事心悁悁。文宗初政頗修飭，取士欲以敦行先。試題內出變文格，不廢進士知所權。從來法久弊或積，以人馭法弊可捐。懲湯吹齏徒為爾，苟非甚者休更絃。遴才一端得懸解，施措萬事從斡旋。

錢武肅王洞庭銀簡拓本歌

寶正三年歲戊子，三月吉日惟壬申。舊籌偏投此其一，居民得之湖水濱。太湖邇時屬吳越，元祝祈恩亦人傑。先事為民捍水灾，何人述此祈禳切。投文選三月壬申日而告文有壬申行年句，意取機祥其為武肅無疑，辛楣先生定為文穆似誤也。我朝行省分杭蘇，七十二峯俱在吳。海塘有工謀自浙，伐石須借震澤湖。南坍北漲自天意，湖神受職資人事。籌國無分畛域心，鄭重東南財賦地。三千強弩話當年，霸才銷歇人爭傳。摩挲拓本珍蟬翼，懷古欣成金石緣。

吳越王買燈歌

宣德樓前陳百戲，放燈三夕金吾例。火樹星橋再買春，山棚照處銀蟾細。鬧蛾兒隊各分曹，使喚蜂蝶春聲高。不化蟲沙化燈燭，越人有命無脂膏。進錢巧助朝正禮，納土歸朝心似水。可憐節度早開門，却共魚龍來入市。秋雲照夜換春雲，他日燈山亦紀恩。從知歸宅如歸國，贏得中元答上元。

題宋謝文節公號鍾琴詩鮑覺生前輩屬

東山之桐西山梓，斵而髹之勝綠綺。六百餘年墮燕市，想見閒關槖負隨。泠玉森森彈宮徵，霜鐘聲激西江寒。金音廼入絲音間，號鍾命名尋古歡。不知當日歌正氣，倘譜遺操傳塵寰。

聽彈塞上鴻

舉世但詩箏笛耳，何人解聽山水音。論文深處正似此，誰與操縵論鳴琴。丁君妙解琴中趣，玉軫金徽對朝暮。戴侯樂府得琴理，主客深情結遙慕。我未聽琴但作詩，媿無佳句酬穎師。楸枰一局剪寒燭，玉蟲墮地螢點衣。霜天漫漫月華白，何處塞鴻聲入拍。十指能迴索米心，滿眼江湖歸未得。

永樂大典餘紙歌

永樂大典嘉靖録，藏二百年今發覆。大興學士奏允行，四庫館開修纂局。翰林職本在文字，聖主恩深榮簡牘。詔裁餘紙賚諸臣，俾接古香伴休沐。太興秘校與此賜，歸作歌詩聯卷軸。羽化銀杯戊戌春，劒合延津癸酉得。瀫皮魚網有遭逢，漆簡竹書無朽蝕。星虹夜貫蘇齋中，玉堂夢接鑾坡直。澄心紙出南唐造，蜜香亦來大秦國。杜寫傳解王寫史，人為楮公矜拂拭。盛業羞傳博物名，不數茂先詩理側。詞垣嘉話邁千載，後進爭傳饜心目。不見傳抄釋例編，武英殿本人爭讀。（春秋釋例自大典內抄出。）鯫生初窺石室藏，曾約石林事副墨。昨校唐文繙秘冊，石林持節旋南服。（余初約葉芸潭於清秘堂同閱大典未果，而芸潭督學閩中，昨在文穎館校唐文乃得見之。）孰知詩境斯冊在，玉版銀光快新矚。聖俞子美今蘇齋，下筆無須悵永叔。更為虞預哂南朝，請紙空聞四百幅。

花西寓齋消寒第一集題明宣宗醮壇銅琖歌

世人不見重黎琖，范金合土誰知之。宣德賜號劉張沈，不是嵩山唐鍊師。醮壇法器前朝遺，長圍徑寸耳抱螭。腹鐫一字字曰『宣』，『宣武』『宣德』難考稽。花西居士作詩課，云此可發瓊琚詞。洪武黃籙奉真武，與玄元廟應同譏。厥後世宗盛齋醮，長生有道勤禱祈。撰玄或賜一品服，青詞作者登臺司。時君好尚乃如此，大臣持祿誰進規。五百男女海風吹，文成五利印佩馳。甘水仙源飲者迷，全真教衍嘉靖時。宣宗好道史不著，椒殿胡為稱靜慈。嘉靖銅盞留吳西，此盞似之良足悲。我聞此言忽大笑，君似史遷真好奇。前朝遺器稱宣瓷，以例笵金理亦宜。古鐫鐘鼎鐫尊彝，繫以年號垂成規。宣武第一地名耳，懷中盞已淩雲飛。吾臆為唐良足嗤，君斷為明應不疑。吾曹文字相娛嬉，遊仙往往多瓊思。君持此盞伴墨池，龍賓果腹蟾蜍窺。菊殘久謝萸囊解，春盤況復歲琖持。七子言志聊賦詩，撥置史斷拈吟髭。明日門生持稿去，七襄訝出天孫機。

謝煦齋師分惠內府賜箋

斗室朝陽眩銀海，開椷忽訝琅玕在。上方珍賜到人間，星星金護雲龍彩。平生弱腕愧溪藤，肯負凝光制樣精。唯應轉乞誠懸筆，座右重書子玉銘。

乞春湖學士自製丹砂印泥

晴霞墮地吹不起，龍宮倒影半山紫。文章忽訝光淩紙，割取此砂印紙尾。澄以清泉出五紅，亦似丹成九轉功。撥棄浮豔傳乃久，我輩淡交懷抱同。

銅硯嘆 閩人製銅硯空其中為懷挾計彼自以為巧吾嘆其愚矣

磨鋏不學桑維翰，叉手且遜溫庭筠。誤會玉溪獺祭法，舞文乃作鈔胥勤。勦說雷同古所恥，安肯兔園求冊子。邊韶腹笥彼何人，何不學之習經史。吁嗟乎，銅臭安能發墨香，骫法詎可誇智囊。倘能折節悔過如周處，銅硯等之蛟與虎，毀銅棄硯吾與汝。

詠遂昌石碁子寄懷董六泉張竺軒

遂昌九雲峯，嘗產石碁子。聞昔葉法善，與仙曾弈此。局終拋石散崕谷，後人取之輒盈掬。若使收奩待對枰，不假琢磨取恰足。遂昌距郡百里餘，吾不能往心煩紓。夜闌忽作積薪夢，遇仙不必婦與姑。寄語董張二仙友，此石一旦落吾手，更許吾來坐隱否。

用東坡試院煎茶韻謝子升監試同年惠龍井茶

南屏山下春水生，龍井深處春鳥鳴。露芽雲液焙百片，包裹遠致輕飈輕。香參鼻觀品無二，使君雅識盧仝意。紗帽龍頭不肯煎，此地難得六一泉。吾鄉產茶異閩蜀，雙井春枝如碧玉。客久鄉味難療饑，麻姑夢翠浮修眉。我家近在姑山外，紅泉何日缾笙隨。君不見，大梁使者過眼八千卷，煮茶心到東坡監試杭州時。

臘鼓

鼉皮代以勾驪絃，雜以金聲搖不止。衆中擊節闐闐忙，街頭拍手兒童喜。導儺法本前人為，沿於荊楚來京師。假面金剛亦難得，但憑此鼓相娛嬉。顛倒人前八風舞，公然壓倒芭蕉鼓。誰從伏臘一審音，驗取來年庶草廡。噫吁嘻，都曇荅臘手競捫，鐸通鐲節應難論。我夢蕢桴與葦籥，何人持此過雷門。

謝言皋雲太守惠不灰木爐及紅梅迎春二花

象口吹香雲拂鳳，獸炭初迴龍腦凍。搖窗雪色冷銅鋪，湘瑟秦簫閒一弄。高堂宴客紅氍毹，酒間行炙趨豪奴。燈清火冷獨何客，灰撥陰何吟至夕。冬心抱入梅花夢，迎春嬌影煩君送。煨芋嬾覓嬾殘師，清泉香餅聊吟詩。（歸田録人遺歐公清泉香餅一篋用以焚手，一餅之火可終日不滅。）膠州鋌子空耐火（見寰宇記），易州新製京師夥。花前雲笈發遙思，重是黃婆土所為。銅質銕材俱遜木，悟取調鉛配汞時。

迎春土牛歌

東郊綵仗迎東皇，農官擊牛農壇傍。民間買牛祝歲穰，迎春亦各鼓吹將。繡幡綵燕相輝煌，綺門朱户歌樂康。左菜右酒牛中央，土德合牛牛德良。牛兮來歲煙隴忙，行看穲稏青且黃。牛功告成打稻場，牧童吹笛騎上岡。岡前春草緣岡長，牛兮飽草人飽糧。年年歲歲歌其常，土牛語牛牛莫忘。

李蘭卿侍讀招作山谷先生生日齋中供畫像及所仿作先生坐石牛像

寶石寺前石，體作蒼牛卧。伯時為之圖，山谷於焉坐。七百餘載龍眠孫，三山巧製携自閩。虛堂設供作生日，虔拈香瓣招朋賓。惟公文行皆深醇，性情乃見詩人真。舍人傳衣心所親，導源亦自蘇齋門。讀公詩能學公學，豈不足勵西江人。憶昔詩題三祖山，公時年纔三十六。我生之月幸同公，年逾五十鬢凋綠。高真衆靈如我招，我亦頗解遊逍遥。獨恨句法去公遠，坐受歐陽季默嘲。

題伯昂瑣院放雞圖

翠剡剡草不剪，聲喌喌雞不逐。雞來自外間，放之滿院中。楝花吹老三月花，雞飛且走西復東。官厨充膳日一隻，十八房雞月五百。可憐生死雞未知，且向空庭適其適。吾聞市儈初買時，七千餘隻盈雞栖。盜米黠胥有飼法，瓦屑和麵使不饑。不饑但可數日耳，瘦雞入闈旋亦死。為想災黎待賑人，鳩形鵠面皆如此。

煦齋師母夫人賜畫太常仙蝶敬賦長句一首紀事

入關柱石青牛行，叔孫綿蕝宏漢京。問禮欲作漆園夢，蝴蝶忽化魯兩生。解繁除苛清淨旨，西晉清言糟粕耳。休養生息致太平，文景當年效若此。我皇盛德邁漢文，老道表瑞騰化身。祭則受福戰則克，太常俎豆欽莘莘。吾師應運扶天子，賈生劉向與議禮。退直曾見仙蝶來，夫人寫圖紀盛事。我是彭宣拜後堂，得畫裝帙藏巾箱。容臺禮樂瀛洲筆，敬奉傳衣一瓣香。吾師有瀛洲容臺二集。

秋蝶

銀床一葉飄，秋氣入羅幕。紅芳拚得雨中愁，蝶抱花魂無處著。漾漾簾波映曉扉，微微烟篆淡晴暉。羅浮衣化仙雲遠，夜合泥融春夢歸。開元宮嬪誰人見，青陵臺上涼風遍。浥露啼烟幾萬枝，可堪人立斜陽院。明年春事復何如，待抛鹿韭飼春駒。施郎儘有探花句，寫向滕王蛺蝶圖。

芝亭以阿蘭菜見惠作此奉謝

昨者題君菜根圖，雞豚之味入口無。鐫肝鉥腎得清趣，清齋徑欲供伊蒲。侵晨束菜忽拜賜，法自冬醃宜遠致。讀罷真珠字數行，君示以入饌之法，紙端已露烟霞氣。梗柔葉細就包裹，疑是頭綱曾焙火。酢漿濃浸糝以蝦，酸寒領自儒生可。雨花臺畔風露清，一頃之外不蔓生。問之居民無種法，產奇出秀如芝苓。吾鄉冬菘殊可貴，清雋不數吳蓴味。君家瓢兒菜亦奇，我未果腹但作詩。余舊有詠瓢兒菜詩。辱君惠好補此憾，得一已誇當屬厭。辟兩佳士一先逢，雖不偕來且慰暫。國香服媚懷灃沅，美人不來湘雲遠。芳名假借入嘉蔬，毋乃餐英比蓺畹。不然賀蘭之名沿訛稱，亦如諸葛傳蕪菁。西師淩山備軍食，挈種種入江南塍。登登臘鼓迎年扣，雪後晴光落虛牖。午夜憑消橘弈心，月來屢與君為棋會，辛盤恰佐屠蘇酒。我往江南未識君，十年題袂接芳鄰。何當蠟屐期他日，同攜鍾山一片雲。

徐熙夏葵圖

綠雲叢叢吐葉稜，金粉的的迴檀暈。熙也折枝勝趙昌，生色著紙如堪拉。羣芳得氣爭嬌妍，孤根向日仍逢年。開花偶似牡丹耳，奇姿肯受春風憐。炎天雨過鴨浮掌，不辨行三與畦兩。菜把中標承露名，天地生成信無黨。我朝治化追成周，賢相絕勝公儀休。冬烘何事耕且讀，飯罷藿羹思獻曝。

朱野雲於九月三十日生椒堂副憲於首夏為寫菊花作壽為題其冊

菊潭重釀延齡酒，天為山人閏重九。夏時先寫閏時花，大寒盟得同宗友。吾聞琉璃佛生同此日，月魄沉沉動星斗。不知既得道後度南瞻，每與如來望日同來否。

又聞包孝肅包南澗，咸淳九月生日紀乙丑。幼號神童壯治經，宋金華文傳不朽。山人心亦似琉璃，放大光明絕塵垢。分來慧業頗通神，筆底雲煙出雙手。晚年得子殊聰俊，長者昨已愧銜走。似聞蘭夢復有徵，老蚌生珠事恒有。山人今年七十三，置閏期合數非偶。見復菴詩註。相公功名勒鼎鐘，盧德州相國誕辰與山人同，山人筆墨絜瓊玖。膝前兩郎奏笙雅，彬彬坐客多耆耇。作圖惜我未同時，飽飯盤中添節藕。

寄謝芳谷太守馳送荔芰之惠

平生耳熟荔芰名，初食之年逾六十。亦如賢侯初抗手，傾心無異盟車笠。建陽山水殊清佳，惜難高處登芒鞋。濃粧淡抹見西子，不輸一錢心更諧。見孟子疏。傾城尤物忽兼致，一騎遠携兩囊至。夢迴瑣院柝聲三，珠挹冰盤座香四建州已三拜嘉及此而四矣。白紗中單語絕工，佳句難追長帽翁。眼福口福語賓友，山行直御泠然風。

和宋芷灣前輩盆池菖蒲歌

長安旅寓少花木，隙地種之聊自娛。去年詩老乞花種，芷灣曾餽花種數色，今年教種池中蒲。錢蒲品次石蒲貴，溪蓀白菖皆可奴。石蒲仙種生番禺，王敬美亦誇洪都。羅浮山與匡君廬，兩人各占仙人區。宦游不得乞身去，合眼空復歸江湖。掘地作池固善策，汲水貯盎非良圖。不能成仙且適意，清供雅稱山澤癯。況我平生喜讀書，照室苦無記事珠。囊聞韓終服此草，萬言不足當清臚。物類雖殊誠感一，仙人或憫愚公愚。浣腸濯胃發奇夢，曉來邊腹成五車。作詩質公當息壤，知公讀罷為軒渠。君不見，東坡夢折青珊瑚，石芝滋味如雞蘇。

梧門前輩約觀花次韻

澄湖十頃舒空波，紅雲漸多白雲少。西風作意送新涼，入座荷香拂衣早。邇來正苦詩思澀，詩境招攜得詩老。琳宮翻怨難久留，坐對真成被花惱。黃句。橋影橫排雁齒椿，崖光細舞龍鬚草。朱樓碧樹倚晴霞，十丈紅塵跡如掃。瓜皮艇子劃波來，藕戶蕩舟髮蓬葆。橋上車聲斷續行，車外行人亦了了。渾忘來徑跨垂虹，卻向西山數歸鳥。禪心正喜鐘聲韽，綺懷肯要歌喉嫋。曲江詩擬韓退之，宣城郡賭羊元保。時梧門以予好奕見嘲。兩事難兼得一佳，雋遊況此曲江好。何當文字盡屏除，但向烟雲事幽討。風菱雪藕餉尊前，年年來共僧厨飽。

花窖

繡壤連畦事板築，支栱封泥低架屋，年年生計護花勤，笑比豪家餘積穀。豐年境象消暑時，對花坐受香風吹。身披壞衲叱犢去，山屋憶詠田家詩。

七夕苦雨用禁體

商飈颯颯來何遽，倒捲黃河上天去。頹雲忽掩顧兔光，碧浪遙衝白榆樹。投壺不遣玉女催，騎鯨誰訴閶闔開。此時竟疑天帝醉，鸞驂鶴駕都徘徊。七襄遙愁雲錦濕，盈懷定有鮫珠泣。桃根桃葉彼何人，怪底渡江不用楫。年年風浪為誰多，騃女癡兒恨若何。可知天上神仙侶，翻羨人間祝牧歌。

灑淚雨

離離月落西巖早，整駕雲軿待秋曉。猛雨初從午夜停，離情怕看晨星小。遙見東方一縷白，此時欲別別不得。拚把銀河萬頃波，灑作人間朝雨色。湘妃淚染湘江竹，鮫珠血凝鮫人哭。卻愁此淚今朝墮，漸有霜威槁羣木。

七夕

銀床葉墜涼風入，雲影絲絲露珠濕。姮娥不放冰輪光，恐照鮫人海底泣。鸞驂鶴馭杳何許，中庭瓜菓空延佇。當時貸取十萬錢，盼殺人間小兒女。一簾花影漾初秋，此夕何人不倚樓。阿誰譜就囘文句，一慰蘇娘湘水頭。

少年行

年少誰氏郎，云是潁川子。家聲舊接萬石君，居處曾題通德里。秀靨承權瞳點漆，氣似朝霞耀春日。夢中吸盡西江水，石上篆文看一一。覺來把筆吟鳳凰，老儒咋筆同輩藏。豈知一幅剡藤紙，中有豐城雙劍光。宮漏丁丁花影徐，天門詄蕩人爭趨。朝聞一士入虎觀，暮聞一士登石渠。旁人聞之笑且呼，謂汝苦吟胡為呼。干霄彩筆言非誣，玉堂豈要山澤癯。少年吃吃笑不止，頭沒酒杯歌且起。胸中涇渭不同流，萬事東風射馬耳。去年買舟游吳越，一江花影照明月。唱月倒行酒腸熱，醉泥吳娘索羅襪。擊碎唾壺石俱裂，世上董龍竟何物。今年驅車遊洛陽，信陵君去天蒼茫，侯嬴已死夷門荒。呼盧聊就博徒飲，百萬一擲人驚狂。一日掉頭心了悟，鼠肝蟲臂從指喻。案前換卻離騷經，一卷黃庭手自註。寸田尺宅勤護持，金童奼女相朝暮。採芝行訪不死庭，騎鯨撇波東海去。

西湟曲

西湟水，清見底，烈女之心清似此。捐軀明志捧絲綸，夫子讀之淚下不能止。夫子本是多情人，綺歲青雲早致身。一輪卿月連臺曜，萬里天山榮隰駟。昔日采蘭賦馨膳，南陔樂事人爭羨。侍兒婉麗稱親心，名以靈芸字如願。白髮高堂愛子情，承歡大婦解卿卿。錦瑟彈春諧側調，高樓貯月話三生。玫瑰淺笑西窗下，從此朝朝復夜夜。聽曲閒情枕畔題，簪花艷影釵邊亞。一朝夫子按伊涼，小隊影纓出未央。離愁雖付陽關曲，遠路仍聯甌脫裝。遠路重逢情更重，離愁便可消春夢。誰信星居磨蝎宮，拚將身作辭巢鳳。生前石闕自含悲，死後杯弓合解疑。感郎恩重為郎死，挂羅衣處傍羅幃。初三下七嬉遊地，魂歸忍見拋家髻。禪心縱使解觀空，泡影誰能忘雪涕。渾脫稱體壓豐貂，遺畫終年伴綺寮。可憐夫子情深處，盼取真真倘可招。

賜緋曲

唐宮晝永春如海，採戲三郎竟得采。玲瓏骰子應呼成，玉奴此妒誰能解。君不見，詩才妙絕棄樓東，詠罷珍珠句特工。賜緋不作還宮例，三郎此樂荒傖同。又不見，家無擔石呼百萬，一擲誰人笑君誕。淺緋何日上衣來，且憑五木相喧豗。全舟秦越猶相倚，我更因之有悟矣。入局誰無孤注投，欲握休誇用梟理。悠悠塵世莫居奇，刻骨相思知不知。用唐句。分曹若使交情舊，詎有當場袖手時。

緩歌行

洛陽公子長安賢，性喜榮利多攀援。覓州爭獻葡萄酒，求官輒詣鴻都門。子雲筆札君卿舌，輔以經術依名節。貴戚豪門盡折腰，通侯上相爭相結。東方一士如饑傖，掉頭但覺軒冕輕。報讐殺客忽感悔，苦心折節師儒生。陰謀恥述鬼谷子，韜鈐要為匡時起。一朝烽火照甘泉，天子鶴書下九天。弄兵既戢潢池盜，放馬不憂歐脫邊。殊功異賚從恩賜，女樂二八鐘列肆。洞房曲宴相追隨，清歌妙舞人稱宜。詎謂富貴足奢樂，要知志節無委蛇。朱雲曾折五鹿角，日磾不赦擁項兒。始知真材為世出，傾身權要焉足師。

東飛伯勞歌

翩翩鳳子尋花行，游絲百尺啼嬌鶯。誰家女兒住京國，對門題署臨江宅。暗砌勻脂簸錢罷，奇擎小妹晴窗下。勝常道卻纖腰廻，車聲門外郎頻來。淡沲春光春晝長，目成眉語空斷腸。

傳書青鳥尋常見，杏梁坐語紅衿燕。兒家本住若耶溪，浣紗舊夢孃都迷。花鈿寶鏡俄成粧，評跋何人不斷腸！倚闌不肯閒春晝，唾絨還壓絲絲繡。蘭缸撥燼下羅幃，憑郎憐取可憐時。

效昌谷

截藕不斷絲，剉櫱難調飴。口銜石闕空復爾，冤禽填海人笑癡。峩峩雲鬟春閨女，彩鳳投梭碧鸞舞。當機札札弄巧思，零縑斷錦天無主。顰低黛暗夢中泣，玫瑰抱露紅珠濕。明知相見不相親，欲訴幽懷聲已澁。地老天荒無處所，感君義重身相許。忽痛分明一片心，神鋒割去從交與。姮娥墮淚瑤妃笑，小瞻空煩秦鏡照。會栽黃竹徧滄海，打箱看結同心綵。

擬李長吉北中寒

龍門桐陰荒歸昌，蟾蜍淚滴書帶僵。不龜手失千金方，南雲黯淡長夜長。夏蟲澁步冰蠶喜，郢歌誰喚春魂起。老松蒼蒼臥澗底，茯苓根孕土花紫。

擬溫飛卿塞寒行寄鄧嶰雲時守榆林

黑山西接紅山北，延袤邊墻千七百。朔風捲地作邊聲，人犯龜茲聽不得。慘慘雲陰蔽大河，冰結玻璃酒不波。蘆芽不斂苦吟夜，夢入銀屏點黛螺。機中錦段相思字，赫連城畔更番寄。凌寒誰識使君心，禱雪還能吟玉戲。

集李昌谷句題李蘭卿中翰薇垣歸娶圖

東方風來滿眼春，方領蕙帶折角巾。寶枕垂雲選春夢，薇帳逗煙生綠塵。綵線結茸背腹疊，煙底驀波乘一葉。酒觥綰帶新承懽，白藤交穿織書笈。新冶垂金曳紫光，花枝入簾白日長。鸞裙鳳帶行煙重，紅璧闌珊懸佩瑲。臨歧擘劍生銅吼，願君處處宜春酒。石筍溪雲肯寄書，漏長送佩承明廬。

壬辰冬阮芸臺寄惠大理石鐙屏題曰秋山霜葉癸巳冬四明試院集東坡句寄謝滇南

天公水墨自奇絕，醉石可助平泉醒。妙想實與詩同出，要使珠璧棲窗櫺。醉翁詩話誰續說，到處遺踪尋六一。且與楊雄說奇字，笑指西湖作衣鉢。

題黃石齋畫松集山谷

老松閱世臥雲壑，潑墨寫出無聲詩。平生端有活國計，去就死生心自知。天生大才竟何用，一聲望帝花片飛。骨氣乃有老松格，鑪熏一炷試觀之。

城上烏

城上烏，尾畢逋，十年辛苦將其雛。雛能飛，烏長飢，飢飛啞啞無所棲，霜風冽冽枝稍稀。寄語城東挾彈兒，勿傷此雛返哺時。

烏生八九子

烏生八九子，將雛高樹間。雛不能返哺，烏力亦已殫。碌碡場，寬竟畝，農夫打稻畢，餘粒此中有。雛語老烏行可往取。太歲不在酉，問漿亦得酒。飢飛啞啞尾畢逋。烏生八九子，可憐辛苦猶將雛。

擬來日大難悼從兄嘉甫吉冠

來日大難，地老天慳。青山頭白，海水飛塵。顏回為壽，籛鏗為夭。瞬息千年，如日昏曉。焚枯酌醴，親故相存。鼓瑟吹笙，樂此朝暾。不見之子，顏如舜華。委化倏去，尚寐無吪。朔風吹面，愁雲色變。寂寂黃壚，與世無戀。千金之子，坐不垂堂。愚公移山，其志難量。見丹邱子，稽首拜手。雲霞朝餐，庚申夜守。趁淩紫烟，金骨不朽。

燕九日偕王子卿楊介坪李鹿苹常子千倪竹泉查見菴孔荃溪集鄧嶰筠此君軒聯句

丁卯正月月燕九，子卿，題襟約飲同年酒。到門三客已登堂，子卿石士荃溪先至　介坪，倚戶一編先落手。搆思示暇忽談嘲，鹿苹，問事更端迭可否。文心何處覓仙才，石士，佳節猶聞述耆耈。城西此日盛遊觀，子千，觀前萬象雜老醜。殘丐跛倚虱緣眉，竹泉，枯僧兀坐髮垂首。或携芒屨面削瓜，見菴，或擔鋏杖力拔柳。飄飄或亞風前巾，荃溪，荷荷或擁花邊帚。每當車馬堵墻集，嶰筠，競說神仙此中有。我思真訣豈易傳，子卿，聊借化身為善誘。橘叟橘許巴人開，介坪，壺公壺引長房走。異聞著録世乃驚，鹿苹，奇踪混迹人多狃。腐儒孰詡字換縑，石士，達官且樂印懸肘。兩情涉世蠶自縛，子千，五漸入門鐘莫扣。此輩悠悠空見聞，竹泉，仙乎渺渺知誰某。即遇茅君拜木公，見菴，甯贈冰桃分雪藕。吾儕嬾去逐兒嬉，荃溪，春盤聊此樂親友。藤梢出屋氣達寅，嶰筠，日影上墻時過酉。漠漠雲陰風拂簾，子卿，沉沉夜酌月窺牖。詩成手競撚頷髭，介坪，人去城應下門牡。時子千巳去。白浮座客酒卷波，鹿苹，紅拈榴子花藏卣。長春真人倘入筵，石士，子墨客卿能酌斗。閬風鶴馭容我攀，竹泉，行厨麟脯許吾剖。從來文字有還丹，見菴，何啻庚申須夜守。問道頻煩會友生，荃溪，鍊骨要當脫塵垢。拍肩沈沉比洪厓，嶰筠，尸祝卿雲是金母。當年授籙十八人，子卿，配享白雲千萬壽。半其數各拈霜毫，介坪，垂厥文甯覆醬瓿。辨雄辭巧闘心兵，鹿苹，一中百罰揎戰拇。深清沖漠自參玄，石士，豪氣淋灕非尚口。酒闌角勝據楸枰，竹泉，敵強逐北獲逢丑。竹泉負於石士荃溪又負於竹泉兩調之。眼前蠻觸置勿論，見菴，胸中梨棗裁原久。王積薪耶鄧仲華，荃溪，準備遇仙答鄰叟。嶰筠。

和東坡詩三首

紀夢

索塗幸不擿埴如，服膺師說治古書。列架何啻萬卷餘，神遊入夢惟太初。精進未能性緩舒，成仙且愧食字魚。仕宦何樂聊隨緣，劬學宜矯性所偏，暮景已過無聞年。十駕軼絆宜急纏，東坡與我果孰賢。紀夢自勵彼猶然，我其日課書百篇。

遷居之夕聞鄰舍兒誦書欣然而作

時習有聖訓，視彼數飛禽。將雛結書巢，鳴鶴思和音。鄭風戒佻達，城闕譏子衿。詎可釋業嬉，不事伏案吟。東坡鄰舍兒，誦書居嶺南。姓字雖不著，得詩傳至今。汲古有所樂，在輿見前參。東坡憂患餘，愛書情猶深。爾曹各少壯，書味宜酌斟。安居得靜室，黃卷當素琹。

聞子由瘦

宦遊非慕飛食肉，循墻而走營饘粥。婦孺豈知索米心，吉讖看圖笑指蝠。俗有畫蝙蝠以為得福者。抱關擊柝嫌卑列，擊鐘鼎食正厭俗。我今憶家如憶雲，君倘守身如守玉。先德當年旌義門，鄉鄰遺愛頌仁粟。肯堂肯構彼何人，誠可格魚孝馴鹿。仲兄需次行補官，伯兄望子登令僕。家雖中落法仍存，遺訓無忘比刻鵠。

冬夜讀東坡半山詩用半山巫山高韻東坡元修菜韻作三詩贈陳曉峯同年並送其旋江右

巫山高，十二峯。子雲相如不可作我生，分無含景蒼龍精，安能誅茅結舍依神宮。曉峯司馬冰雪容，何幸童丱游其中，慈恩同宴欣相逢。鳧飛符剖判宦轍，吾鄉山水乃與西川通。奉檄北來來復重，今者督運舟穩如房櫳。判事朱墨外填委，暇輒萬卷携以從。想當匡廬以北倚掉處，鄉山一髮遙辨青芙蓉。憶昨剪燈共我語，腰折底能鸜鵒舞。十年心倦聽官鼓，我勸使君置此勿復校，君不見，出山雲可為霖雨。

巫山高，下覆萬古流滔滔。吾鄉大孤小孤作砥柱，形家謂東江水日下之狂濤。吏道亦如學劍術，猿公詎可儕以猱。君家少還小伯有芳躅，陳立臨邛人，陳湛成都人，見華陽國志，君盍繼之慶所遭。彼廟食者一神女，祈禱猶能應靈雨。鄭僑初謗衣冠褚，終致謳頌不自阻。循良績可誠求取，古人滿眼皆吾侶。君昔擿伏活民數惠政，他年會有史臣珥筆語。君讞臨江新城兩案輕重皆得當。

初冬氣尚暖，菜不誇冰茸。差差鋪翡翠，足傲鼎食豐。其種異安肅，產自臺城中。未知欲花時，吳蟲同巢蟲。座客有元修，行色何匆匆。聊與慰鄉思，豈足歌有饛。今法屏縷橙，亦不芼薑葱。殆如治民術，須使成見空。憶昔居詞館，偕詠綠玉叢。笑我韓孟體，乃與皮陸融。辛酉冬煦齋師以詠瓢兒菜仿韓孟體為館課，楊蓉裳謂余詩乃似皮陸派。隙駒一何駛，樽酒今暫同。君顏喜尚少，我愧頭巳童。望君龔黃才，運以雲夢胸。擢守留棠蔭，勿遽移鄰封。我學不忘食，但知韭與菘。羊蹴偶入夢，一笑心其蓬。留君飯三白，詎有琉璃鍾。酒闌話江南，我憶龍眠翁。余受業姬傳師門時居金陵過半載。

江亭宴集

駕車延緣出蘆葦，我意竟似舟横江。烟波接天夢千頃，沙鳥銜人時一雙。誰歟捫葛到孤嶼，乍可浮蟻傾銀缸。秋山迴碧獻林杪，遂有螺髻排軒窗。

君山山色連洞庭，蠡湖湖水涵宮亭。登高恰喜勝流接，銜杯各話家山青。張君湖南人。精藍寂寂罷僧課，白榆歷歷搖秋星。誰能夜飲留城鑰，漁歌還夢空江舲。

太乙舟詩集卷六

發陳州

再別趨庭地，言登計吏車。旅懷迎臘鼓，詩夢約梅花。身入塵中境，心懸客裏家。如何慰親老，分手又天涯。

祿養期他日，離情感遠途。人猶念劉寵，我自愧堯夫。去住心遲戀，飛騰事有無。歸林多暮鳥，俯仰愧慈烏。

喜得江南家信

雁醒昨宵夢，燈明今日書。遙知開札候，已是束裝餘。錦水淮南楫，香塵薊北車。春雲隨望眼，重與計程初。

人來纔廿日，書到尚嫌遲。誰誤同行策，分襟費夢思。踈櫺雲幔護，寶炷鵲爐支。細意安排處，由房待賦詩。

寄贈勺軒十五弟五十初度四首

同歲意相親，無如我兩人。行年俱五十，分夢此星辰。門戶支持計，關河仕宦身。笑予惟任運，願爾勿勞神。

友愛諸昆弟，治生事獨肩。部分終歲計，申勸讓夷篇。家督非門子，型仁自象賢。吾宗風義古，肯忘一經傳。

別墅營幽勝，當年叔宴居。夢迴絃管外，人話水雲初。肯構心斯慰，承家慶有餘。紫荊花下集，引滿興何如。

離居將六載，尺素話情悰。知爾望兒切，慚余課子慵。家門感多故，桑梓念維恭。吉語占方穀，心田畝十鍾。

答室如見寄詩意

遠行非定計，不意誤歸期。客路求人苦，鄉心去鴈知。表阡猶有待，遊宦且無資。身事難言處，憐渠念我時。

文章似禪悅，解悟豈無端。欲見本師易，能空諸相難。知非隨處好，忍辱此心安。訪道行千里，成功在止觀。

懷鍾溪江南

南北此江河，分携使節過。南人宗鄭許，古訓本漸磨。北學開玉鮑，（謂伯申雙五兩前輩）諸生賴切磋。起衰功有自，拔雋責宜苛。心切同功繭，功恢一目羅。家聲傳莫似，師說衍如何。空相開冰鏡，方流辨玉波。參苓收藥籠，應共阿咸多。

攜次兒蘭滋往閩途宿荷坪夜中偶憶杜工部令節成吾老他時見汝心之句悽然有作示蘭滋

恒言不稱老，今我已鮮民。鬚白從人訝，山行只汝親。嶺盤雲影峻，語入鳥音新。辛苦將雛意，淒涼陟岵身。榮名寧可貌，天性貴能真。回首趨庭事，慚余等厲人。

寄三兒蘭第

辭我還鄉去，中田居一年。春光長薄外，書味短檠邊。牀與伯兄對，身知世母憐。我心無倚着，喜汝說隨緣。

婦子兩堪痛，寄書愁汝聞。如何離別感，重以死生哀。涉事須安命，偏情是散材。勉為寬慰語，下筆屢遲迴。

送蘭豫以州吏目分發甘肅

嗇夫與游徼，漢代有經師。惜汝儒家子，抛書但喜詩。篇章原繕性，魚鳥莫遊思。況問專何職，無忘慎所司。仁心徵事處，獄吏護囚時。學道官邊塞，門庭庶可支。

自清湖至江山途中甚寒憶幼子蘭豫未知能乞假省視否

平岡何蒼莽，風力振餘威。入塞念予季，東歸何日歸。馬經砂磧遠，裘點雪花肥。景物關心處，三衢正策騑。

蘭滋送至涿州勗之以詩

幸以先人澤，不知行路難。以余今奉使，勗汝去當官。義粟施無倦，貪泉戒莫寬。春明能接武，不必薄儒冠。

寄慰從子蘭祥落解

博聞兼練事，汝是出羣才。何意三年別，猶遲省解來。竹花終飼鳳，石骨莫侵苔。余家有石竹山房諸弟子讀書處。且勵平生志，溪堂萬卷開。

寄懷譚子受妹婿

之子富詞翰，謀生耐寂寥。經參千品佛，鐵鑄一枝簫。學以求官誤，才憐用世饒。從知恒產在，甯遺壯心銷。

查女壽徽于歸顧氏賦詩贈嫁並質次嘉賢倩

視汝原如女，今酬選婿心。贈無珠飾富，愛荷德門深。朝潔蘭陔膳，宵和風軫琴。尋常勤問字，佐讀好成吟。

季子才如綺，揮毫可萬言。劬書兼習隸，次嘉喜作漢隸。習靜肯窺園。題鳳情初締，光楣誼重敦。御輪成禮後，臚唱佇承恩。

送育仁表姪歸秋試

之子今歸矣，無忘學范喬。功能勤掌焠，材不患桐焦。苦志心斯歛，安貧識乃超。贈君山谷語，鞭後與鋤驕。「禾黍鋤其驕，牛羊鞭其後」，山谷詩。

汝翁吾畏友，學行最深醇。每聽山陽笛，頻傷墓草春。遺編行受梓，家學盼傳薪。歸與阿兄語，無憂原憲貧。

夢三叔父

五載如斯速，江干痛未忘。頻年來入夢，此夕竟他鄉。色笑仍如昨，鬚眉未益蒼。教兒護眠食，王事慎星霜。

蹉跎門戶計，為我幾沉吟。使節今朝事，泉臺永夜心。月斜闕樹黑，天濶野雲深。且復同兒去，休教風露侵。

哭三叔母四首

不料還鄉日，翻無見母期。音容三載別，恩誼百年思。痼疾初聞愈，私懷冀可醫。如何剛數月，噩耗遽如斯。

自我初生後，扶持劇苦辛。惟因依叔母，藉以慰吾親。永憶垂髫日，恩斯失恃人。廿年纔轉瞬，一慟又蕭晨。叔母屬纊之辰與先太恭人同於十一月初一日。

鶴馭慈雲遠，鸞封德蔭長。孫曾都穎秀，昆季盡文章。永訣惟餘憾，遺型自播芳。如何慰吾叔，彤管有輝光。叔母帷堂後三叔父始自省同。

迴憶登堂別，見今職史官。成名空自愧，戲綵不同看。勵學言猶在，掆輿夢已闌。無由知所報，慟哭一憑棺。

哭魯山木舅氏

忽下巫陽問，天真奪我公。名垂百世遠，身就一官窮。化鶴歸餘恨，傳經道竟空。吾鄉前輩盡，誰與溯遺風。

欲試神君蹟，從徵處士賢。道存能化俗，官好不名錢。鄉肄劉昆禮，風清宓子絃。由來甘澤播，何異在山泉。

憶昔春風坐，論經夕復昕。十年心迹異，小別死生分。未識同功繭，空驚特起軍。文章存派別，此語只公聞。

素旐臨歸路，華纓賦北征。去來彈指事，歌哭兩時情。弟子誰都講，時人喜釣名。追思臨別語，惟有涕縱橫。

悼居厚二姪

不知汝何病，竟此殯他鄉。宦局父誰倚，門風人所傷。桂林春斷夢，盱水路迴腸。追憶成童日，依依就我旁。

送靜娟柩附糧艘歸

不信糧艘發，真成送汝歸。此生嗟我老，所願痛卿違。待漏言猶在，熏香事已非。誰知官擢後，灑淚理朝衣。

分手緣何促，憑棺淚竟枯。歸魂徵昨夢，遺奠送長途。宦久鄉難返，情深影易孤。可憐鴻案畔，銜痛為清娛。

哭涂婿景宋

力疾來相見，其為永訣來。蒼茫心欲寫，造次語難猜。鄉路雲千疊，離懷酒一杯。留於邵武試院一飯。那堪晉安郡，昭武首重回。

視譚女壽暉厝所在上方山下

征塗真視汝，一慟與招魂。灑酒澆哀淚，捫碑痛昔言。余銘壽暉厝志有「視汝於征途」之句。佛緣上方刹，詩夢石湖村。尚可重來否，心傷白髮痕。

舟夜不寢悼慶孫四首

汝今何處去，拋我九旬餘。欲哭已無淚，牽愁偏有書。心常矜史斷，志亦慕經畬。三篋何人讀，來時載滿車。

春舟携汝共，聽講不煩詞。今此冬行矣，舟中更語誰。驚飈吹大地，噩夢昧前知。我疚偏傷汝，心摧內省時。

汝心殊豁達，不解世間愁。得子旋殤去，有言寬我憂。敬師能問字，思母欲拏舟。嶺表知能去，魂兮路阻修。

汝爺頗勤政，民喜上官誇。今歲書才到，瀨江路信賖。汝娘猶病卧，得報恐愁加。庶弟如能舉，吾悲或有涯。

過羊流店感懷憶亡孫大慶

偶憶探環事，癡心念我孫。不知粤西夢，可見故鄉魂。勳業前賢遠，家聲舊德存。但能守儒素，亦可大吾門。

哭魯復齋

遽此天人隔，判襟只四年。路追前發驛，燈剪乍寒天。道光八年君自濟南繞至平原與余話別。舊事渾如夢，新書昨已傳。驚看病中字，腕弱語纏綿。

妻族今衰替，唯君特出群。文章追老輩，意氣薄春雲。婦孺交相託，關河悵遠分。如何撫棺慟，驛路此臨君。

過德州追憶魯復齋觀察

少日依僧寺，辛勤事讀書。官身躋豸繡，堅志老糧儲。間歲來朝覲，延君共菽蔬。匏安圖一卷，回首重嗟吁。君索余題匏安圖述其志事。

蝶寄舫雜感

夢落謝公墩，扁舟到白門。岫雲離本宅，燕壘認新痕。故里空懷土，他鄉自感恩，主人風義重，小住借名園。

脩逕竹陰護，入門蒼翠生。名慚徐孺子，園擬庾蘭成。深院書堪曝，空庭月最清。塵勞暫消遣，瀟灑此時情。

以此客中趣，故園首重迴。池分蓮渚曲，山對竹樓開。世累違初志，塵纓愧散材。鄉心千里夢，猿鶴漫相猜。

為作携家計，因成典屋詩。故居成轉易，客路忽支離。門庭誰題字，巢鷰有借枝。庇根嘉葛藟，援類幾尋思。

買宅虛前約，曩與惜抱師有買宅金陵之約。浮家得暫居。詩懷懸講席，客況愛吾廬。勝地堪携酒，名山易借書。倘能酬夙願，訪古一擱輿。

艤篠舫夜歸同蘭雪作

斜陽初散步，池館愜幽尋。坐久月照席，歸來風滿襟。燈前人影定，門外市聲沈。誰信寂寥夜，清言生道心。

寄王心坡大令軾

男兒重意氣，詎肯顧錢刀。況值別離遠，所期風誼高。讓夷吾自媿，急病爾能豪。回首長安陌，彌懷左伯桃。

小聚忽為別，悠悠此遠行，離懷難自遣，真意昔曾傾。飛舄期他日，懸蒲聽頌聲。吾儕相望事，落落古人情。

元旦試筆

傳衣徵一硯，弟子亦蓬萊。舊雨工豪素，煙雲尺幅開。紅泉鄉思寄，碧巘使軺來。可許成佳讖，龍眠夢乍迴。

元旦口占

除夕連元旦，陰晴定若何。山情成雨易，海氣結雲多。大吏皆賢哲，論文賴切磋。相於逢令節，是日立春，懷抱接春和。

秋興

秋雲故故陰，秋色一何深。羃徑翠猶重，映階紅可尋。暄情晝花表，凉意夜燈禁。撫序嗟向晚，慚余失學心。

夜坐漫興寄友人

閒吟意少悰，倦聽隔墻鐘。塵念片時釋，泠雲三徑封。衾稜初展鋏，詩夢不離松。一笑前朝寺，湯休未許逢。

生世拙身謀，蕭蕭髩欲秋。南船初放棹，北客又停驧。頻作關河夢，翻成去住愁。班超真解事，投筆海西頭。

寓意

如豆結燈花，昨宵夢到家，簾高初挂月，鬢重不勝鴉。自寫靈芸字，旁嘲阮曲車。今朝一迴憶，不信有天涯。

病中遣興

日歸歸未得，忽與病相緣。獨坐常疑夢，沈思妄欲仙。月痕過幔小，日影度窗偏。對景無聊賴，唯餘倚枕眠。

吾豈熱中者，無端體似蒸。菓思梨飣座，風惜扇驅蠅。炙手原無勢，疑年欲語冰。笑他譏渴疾，戒内已如僧。

對客倦仍語，攤書拋復開。稱心無穩坐，撥悶有深杯。以靜罷徵逐，因閒思草萊。自知踈懶慣，經世望奇才。

默坐籌身世，因知所累多。蛛絲悟塵網，香篆識天和。軒冕從廊廟，簞瓢自澗阿。隨緣能自濟，掩卷幾摩挲。

送秋

瘦蝶蟄芳徑，清商辭素琴。遥天來雁語，幽砌罷蟲吟。已隔深閨夢，兼傷烈士心。縱教遊秉燭，歲事總銷沈。

整駕何方去，離情付濁醪。孤花空有夢，冷月不能高。山色收晴黛，風威捲怒濤。劍門猶列戍，一為寄霜袍。

雨後寫懷

雲釀連朝雨，天開半日晴。客懷隨處好，詩夢昨宵成。高樹風爭籟，孤花夜轉明。隔墻絃索鬧，偏送惱公聲。

秋影三十六韻

有美生南國，香名豔六朝。前身應謫降，逸韻祇孤標。露蕋團清夜，雲衣展絳霄。幽姿誰比豔，冶葉不同

條。薄袂垂垂舉，纖袿冉冉飄。淡痕微掃黛，翠影慢舒
翹。簞卷流波夕，粧成墮馬朝。歌輕張靜婉，名壓董嬌
嬈。倦倚飛瓊髻，愁聽碧玉簫。未能抛小劫，空自賦無
聊。心苦蓮含薏，江清雨卷蕉。秋懷多感月，春恨欲生
潮。漫擬求良匹，誰堪託久要。湘皋雖解佩，靈鵲未填
橋。白下初投跡，王孫共振鑣。尋芳輸蛺蝶，選樹羨鷦
鷯。五里常迷霧，三山忽引飈。慳緣疑薄命，幽夢惜殘
宵。何憶迴青睞，相將坐綺寮。此生心若失，隔世恨全
消。蟹擘剛宜酒，樓虛署障綃。坐中情欵欵，別後夢迢
迢。七載尋鴻爪，三春理畫橈。復成今日見，宛似隔江
招。身尚憐纖瘦，心仍愛寂寥。清詞連謔語，雅韻發桐
焦。待作良朋聚，同為勝地邀。見遲嫌別速，會少惜途
遙。關路行逾遠，離魂黯獨銷。閨深簾影亂，山澗馬蹄
驕。分阻偏餘恨，情多只自撩。卿甯輪萼綠，我自愧弦
超。洛下誰徵賈，江東漫訪喬。題詩誌相識，幽興一
飄蕭。

感憶

春老花繁後，燈明雨急時。尋常占氣候，政復有箴
規。婉婉人如在，誾誾語可思。可憐周絡秀，不必解
書詩。

齋中讀書用蔣藏園天鏡樓銷夏韻十四首

散帙足幽賞，古人如結鄰。事隨陳跡遠，心覺道緣
新。日氣侵階薄，庭陰倚樹勻。杜門容孏性，逭暑課
閒身。

雲氣朝來晦，天光雨後晴。沒階餘止水，浮芥忽空
庭。欲試塲流法，先求逆防形。漫誇能讀史，只愧未
通經。

述祖搜遺緒，春秋治幾家。先大夫凝齋府君晚年欲為春秋集注而未及成，用光頃欲續成之。微言無與接，曲說不勝譁。援
手情空摯，冥山眼自遮。是非憑點勘，晝誦逮昏鴉。姚先生贈句『夜誦或鳴雞，晝披逮昏鴉』。

銀蟾欣乍見，皎皎屋東偏。夜色沈陰失，林光接葉

連。睡蛇辭老境，指月悟禪緣。名巷真吾稱，頻年儘嬾眠。三四年來每多於寅刻即起讀書。

伏雨年年過，功名詎汗青。官高自行馬，儒老亦元亭。議事文無害，揮毫筆有靈。閒中參宦味，幽夢落魚汀。

擢階仍侍從，聖主曲慈中，才拙應劬學，官清合固窮。髮知臨鏡白，燈為課孫紅。身事難全美，謀生念久空。

所思歸隴畝，力不任鋤耘。祿養悲難逮，浮榮志肯分。偏親猶在殯，負土未成墳。誓墓詞淒咽，情原殊右軍。

鄉心驚噩耗，宰樹哭春烟。頻有期功服，難歸黎水船。自去年十月先嫂去世，繼之兄妾葛氏、庶母方氏，而慈母姚太宜人及亡兄則皆今春歿。宦遊消壯志，身世感衰年。所學成何事，曾無勇退權。

平生無我相，繕性葆沖和。但有攻吾短，頻欣益友過。涼風甦溽暑，苦口起沈疴。昨聽琴岩語，謂譚君清長，資予智慧多。鮑子今人傑，謂雙五先生，文章擅色絲。品歸周士貴，心賴聖人知。蓬島遷階日，瑤墀引對時。承宮侶田鳳，諧語幾尋思。用光擢官，近每與先生相先後，既自愧其才之不逮而又以附先生後為幸也。

殘暑雖仍溽，晴雲不厭多。楚吳接畿輔，水潦近如何。山曲輈安轍，江平艇劃波。南行念予季，知已渡黃河。幼子蘭豫由汴歸江西，未知其自汴而南由皖由楚。

慷慨經時策，勤勞報國身。如何求水利，于以保民醇。晴定粱猶穫，災餘語自真。頃詢之野人云：能有十日晴，高粱可收成，歲不至歉也。水雲消雨色，天恤老農貧。

鮮民不諱老，筋力未成翁。除酒論三好，人言少壯同。燈飄棋外雨，花韻笛邊風。萬卷消長夏，無心更送窮。

墮梧剛一葉，七月初三日立秋，日邁月斯征。所志歎孤立，有聞漸未行。文成窺目巧，道勝却心兵。鞭後鋤驕意，思乘炳燭明。

偶成

昨過符離境，沮洳不可行。因歌瓠子決，回憶故鄉氓。何策籌偏潦，荒村有廢耕。經綸無可信，持此媿平生。

聞雷

聞雷當夜起，慎戒必脩容。物理誠難測，心齋敢忘恭。翦燈鳴雨息，破曉濕雲重。詰旦深泥路，憐渠没髁衝。

迎夏

春老楝花風，香生芍藥叢。袷衣猶御體，紈扇欲論功。柱礎滋苔潤，雲陰抱日融。閒看書帶草，新緑上梧桐。

秋曉

餘暑到霞色，晨光疑未秋。市聲猶寂寂，雲影亦悠悠。昨夢五更醒，故園三徑幽。緇塵與泉石，夙誓莫忘酬。

池上

檐端新翠接，簾外緑陰沈。石氣春常潤，苔痕雨不侵。乍抛雙蠟屐，聊撫七絃琴。池上一延佇，閒雲共此心。

移寓國祥寺寺中花木甚盛

身入衆香國，心依祇樹林。佛光延月到，秋色與苔深。几榻安幽夢，鐘魚答梵音。淩雲應一笑，卅載悟而今。

應謄錄試題號舍壁

編貝東方朔，褒衣雋不疑。讀書期有用，為吏且無時。小試毛錐健，終慚國士知。倘邀恩澤處，月給幾隃糜。

牛馬真稱走，鵷鸞敢列行。卑棲傷轉計，本志覬終償。故舊多腰笏，蓬瀛可葦杭。如呈分校本，他日慎趨蹌。

局促南州試，風簷七度來。踰淮賓戲虐，運海壯心灰。勞許先期習，名從好友猜。宿緣與詩債，一夕有安排。

實録館晚歸作

校勘初承命，編摩三月餘。内廷恭繕本，史館告成書。才自推班馬，功惟課魯魚。歸來還自課，立說學潛虚。

正月初五日奉命視學浙江十六日趨詣西苑請訓恭紀

御園春色早，請訓有晨行。月潔澄林影，風和韻市聲。皇心釐肅乂，御製初至御園有『肅乂諮謀籲昊穹』句。臣職勵寅清。何以酬恩命，勤思保令名。

過桐城謁惜抱師敬呈二律

四載經帷別，三千客路長。言尋萊子養，重過鄭公鄉。山色醒塵夢，詩懷入草堂。昔年陪賞處，列岫倚清蒼戊。午歲曾隨師遊龍眠山。

傳習窮經業，名家媿未成。所期過十載，此志自三生。才以知難竭，心從望古傾。來年重請益，會訂皖公城。

喜得惜抱先生書却寄

遂有八年別，年年勞寄書。每堅學道志，當自得書餘。月照經帷靜，雲隨杖影徐。冬來侍眠食，孰就草元廬。

雨中柬芸潭

夢醒聽簷溜，窗光欲潤紗。故人同宦局，今雨感秋花。賈董才誰似，陰何句漫誇。聊當携小草，着屐訪君家。

燕臺秋苦雨，今歲未成霖。竭喜催詩興，堪酬種麥心。儒官頌索米，霜鬢欲抽簪。三復河干什，慚為擊壤吟。

夜坐懷船山太史

浹月不相見，襟期誰與論。秋聲新意緒，書味舊精魂。天凋雲常靜，庭空樹亦尊。遥知散帙者，深夜月侵門。

早過船山歸後寫意

一見消煩慮，如何不命車。鶴情空處得，仙夢別來疎。催客天邊雨，論心枕後書。張南與周北，會買近君廬。

贈盧南石侍郎

樞省崇階峻，鑾坡宿望高。露瀼溫室樹，雲染瑣窗毫。造厀猶皆遠，持衡節屢操。参知行倚寧，端揆待垂褒。學本歸經術，心還矢敬勞。夙知邀拂拭，新化聽鈞陶。按部瞻星使，趨庭尚布袍。紀羣詞假借，淮潁地遊遨。幸乞邱遲錦，難題夢得餻。回頭過綺歲，通籍濫詞曹。後進投門刺，前期託驥旄。十年京國夢，三載楚江濤。銜恤悲風樹，新霜點鬢毛。眷深承賻唁，葬緩祇心忉。微尚虚薖軸，塵懷就隰皋。金門仍索米，銀管漫垂韜。薰奏初迎夏，雲恩竚沛膏。祈農酬玉陛，熙績履金鼇。問字疎通謁，登賢慶遇遭。短章聊展愫，祇愧近風騷。

寄懷晴芬同年

不寐起中夜，思君轉寂寥。月清人兩照，路遠夢雙邀。懷抱知難遣，容華莫使凋。春明存後約，待漏賦聯鑣。

寄懷譚蘭湄學使滇中

雁訊經年斷，星軺按部勞。永懷宋曾鞏，想見漢王褒。世澤存句町，詩名稱律高。趨庭尋舊夢，題壁一揮毫。

寄懷方茶山太守用鄭都官送人之九江謁郡侯苗員外紳韻

官閣論文處，曾為過客遊。停雲通楚望，詩夢醒皇州。令子真瓊樹，詞源倒峽流。相思元夜月，定滿庾公棲。

衛輝懷王儕嶠前輩

我懷賢太守，管領百泉山。行館一相問，省朝猶未還。川原秋色靜，村落樹陰閒。想見放衙日，吟詩琴鶴間。

柬小峴京兆

老輩而今少，見公思謝公。謂吾舅氏山木先生。夢迴鄉樹碧，淚墮酒波紅。似舅才原忝，論交地卻同。燕雲千萬疊，十載尚低空。

懷鄧嶰筠同年廷楨

詩字皆遒峭，其人亦似之。塵無纖翳到，語可十年思。行館奇礓石，禪關龍樹枝。每當吟眺處，憶爾共襟期。

寄懷譚蘭楣學使

尺書經歲少，秋色又寒汀。水接西江白，山圍南詔青。星軺初按部，詩夢尚趨庭。題徧甘棠樹，應過幾處亭。

停雲懷素侶，合樂憶皇都。為問掄才暇，還能顧曲無。貧官惟畫粥，少婦好將雛。盼取還朝日，嬌兒解拜趨。

答家復莽

才已江淹盡，年知伯玉非。逃名心久定，遏欲貌思肥。詎有希榮念，而忘冒進譏。蠹情甘食字，驥德借銜轙。伏案思多澁，臨池汗更揮。溫綸宣朶殿，給札就彤闈。事本春官簡，恩從巽命依。祇慚迂陋學，無以答宸暉。

癸酉秋初柬顧晴芬查簡庵兩同年

仙夢消方罫，吟情付雜連。橘藏聊隱几，獺祭每分箋。篩月花凝汞，梳風葉舞鈿。林亭雲轂轂，主客胝肩肩。互引壺盧項，同參玉版禪。剪燈微雨外，啜茗晚霞邊。巷許青楊認，衣從白袷便。雲龍韓孟契，蕭灑自年年。

吴棣華聞余將至蘇州迎訪胥江舟次不值紆路相見於楓橋左近遂偕遊五松園晚飯池上草堂别後以詩數章見寄作二律答之

胥江遲弭檝，為愛泊寒山。客夢鶯花外，鐘聲雲水間。勞君紆造訪，伴我更躋攀。池上草堂酒，一樽堪駐顏。

三年兩相見，天遣聚岑苔。别後詩頻寄，池邊首重回。江光嚴瀨楫，海色孟樓杯。午日游溫州江心寺孟樓。日暮碧雲合，美人殊未來。

贈方茶山觀察體

當官傳直氣，瘠郡有循聲。遂荷文章薦，旋為轉漕行。津門秋聽雨，魏闕客影纓。早晚朝天罷，牙幢佇宦成。

庚樓臨斷岸，舊構有新營。記與憑欄語，同看秋水清。詩猶吟騙浪，君守九江作騙浪篇甚工。人尚阻班荊。君來未得晤也。擬作平原飲，看君舉十觥。

臨城驛喜晤張芥航同年

纔出江南境，心情正寂寥。眼明故人刺，路就驛亭招。廬阜圖曾寄，鐘山夢未遙。詩懷話鴻爪，剪燭得連宵。

宣防資策力，真拜昨承恩。報國心無隱，籌河語有原。古來溉田利，兼與漕河論。此意無人會，惟君許盡言。

晤霞城刺史即事有作並以贈行

書生勤撫字，十載頌當聞。階擢官仍借，民淳望自殷。饑鴻無瘁羽，長社有慈雲。早晚就真拜，如何留使君。

淯倉城在否，繞郭有塘無。漢建安中棗祇屯田許下，積穀於北倉城。宋史志：「長社繞郭有堤塘百八十里，唐節度使高瑀立以溉田」。

農事古知重，前賢才豈迂。官能籌委積，效自戢萑苻。寄語封疆吏，休將繩尺拘。

里閈踈攜手，題襟每客中。袂從大梁判，樽喜帝城同。宦局憐囊米，遊踪感雪鴻。秣陵兩年少，霜鬢對秋風。霞城與予初相見於金陵。

煦濕魚吹沫，貧交屢贈金。自慚傷直節，何以報同心。生事勞婚嫁，詩懷託向禽。姑山營小築，期子共抽簪。

姚江舟次喜晤王六竹嶼卻寄速其返櫂山陰

十載不相見，言來遂卻來。姚江一維檝，霜鬢與徘徊。宦海傳深識，清時老雋才。如何展離緒，早晚四明回。

聞鄧菽原司馬海外守城事賦詩寄懷並詢其顛末

海氣鯨鯢擁，民心虎豹迴。使君安可犯，出境可無猜。誰信懸軍守，重看躍馬來。論功考平日，輿頌滿澎臺。

贈張生時託其寫照 生宜春人

聞道宜春縣，登臨大有情。山餘葛仙井，邑本灌嬰城。泉石他年夢，丹青後日名。寸心託毫素，瘦影是書生。

贈奕僧

爾年才十八，僧臘十年過。棋已第三品，貫如存若何。水田衣入坐，嬰母杯生波。殊藝孝昌有，楚材良足多。

贈朝鮮二徐君二李君別

柳作黃金色，春風昨已還。柔條如惜別，歧路忍同攀。花發遼陽驛，蟬鳴智異山。相思逐時序，應識夢中顏。

贈李蒼皋

未見頻思見，憐君意過勤。銜杯一相對，上馬手重分。邱錦揮新句，韓陵理舊文。時以李幾亭論學書見示。會遲還別速，惆悵此離羣。

贈李晚休

干呂騐青雲，朝正見使臣。判曹官職貴，副墨笑譚親。相對以筆談。春色浮槎遠，詩懷折柳新。匆匆一樽酒，相對鬢如銀。

贈高麗任纘之秀才

擷蔬聊具饌，點筆與論詩。日影緣階上，桐陰隔座移。龍賓能譯語，鹿韭已辭枝。難得天中節，來朝客到時。

南公數番紙，真與裹相思。愧乏香山句，空傳播掿詞。移居煩問訊，題袂悵分離。歸語平生事，窮經恐後時。近為經學深以暮景不能精進為恐也。

水仙花

冷艷霜留影，前身玉作胎。根宜文石護，蕊稱曉窗開。雪屋香初細，銀屏夢乍回。微波通洛浦，誰遣謫仙來。

蘭祥書來云賔之先生每以余不能竟古文學為念感懷今昔寄魯賔之先生

硯席相依處，都成舊夢餘。可憐塵鞅逐，不得故園居。學海誰如子？援鶉每憶余。韓歐遺業在，交策似蛩驉。

太乙舟古今體詩集卷七

蔣秋吟編修招為第四集

秋響落虛牖，漸聞黃葉聲。欲消徂歲感，來締覓詩盟。論古思前輩，為儒畏友生。紘章是幽贄，底肯噉浮名。

黃霽青使君招集淨業湖酒樓因補題周襄陽芸皋所作觀荷舊圖和使君作兼寄芸皋

何人修淨業，夫子足詩名。選勝聯吟袂，消閒念友生。湖光浮岸遠，柳色帶樓清。蓮界紅衣盡，田田蓋尚擎。

昔夢尋鴻爪，前遊有畫圖。却因今雨集，重與索詩逋。遠憶銅鞮唱，遙憐耆舊無。信州如再蒞，借寇願全輪。

為朱野雲題其所藏熊介茲前輩詩冊

詩豈能償債，用冊中句，休官且賦詩。可憐歸未得，一別見無期。遺冊何人寶，貧交誼若斯。皖江吟舫夢，我亦感年時。癸亥秋事。

題蘭士太守所寄途中詩草後却寄

家法吾家似，君才十倍吾。新詩唐大歷，循吏漢東都。飛雁昨傳札，停雲應有圖。君工畫。故人無一事，把卷對庭梧。

題吳仲倫夢餘涉江二草時自四明往山陰

老矣嬋娟影，璇閨不許登。行經浣紗處，誰更苧蘿矜？贈鏡羞同照，援琴敢獨承？真靈圖位業，捧袂喜吾曾。

題任階平寒夜寫經圖

家法傳經學，荊溪重釣臺。裔孫能述祖，萬卷手重開。老屋全遮樹，寒燈憶蒴煤。都門為客意，鄉夢此低徊。

吳門訪耆宿，錢竹汀叚懋堂有交期。霜鬢相看處，鴻泥憶舊時。以余荒素業，重汝作經師。一卷春秋學，同深范硯悲。

題意茗山舘圖為陸希孫嵩作

茗上曾營葬，吳門尚寄居。鄉心縈宰樹，畫意寫蘧廬。我有耕煙夢，耕煙草堂，吾家西谷丙舍堂名，難乘下澤車。羨君歸路近，蹤跡狎樵漁。

題汪艾塘同年滄浪寄跡卷子

寓公開講處，門對滄浪亭。自別江南路，煙蘿夢未醒。人隨拳石古，眼向畫圖青。此日蓬山客，風泉何處聽。

題一樹園

名園曾屢過，勝賞得全論。偶作獨遊客，主人方出門。誰為輞川畫？此亦謝公墩。洞壑經營處，兼知兵法存。

題環山小隱圖寄懷胡徵君雯

蕭然遠塵事，素志樂閒居。老樹生清聽，青山向讀書。身隨經席遠，時雒君在浙中，夢落故園疎。尚有頭銜在，休思下澤車。

環山吾不識，昨向龍眠游。飛翠落千丈，客心消百憂。忽憶去年夢，相逢浙水頭。西歸重過汝，會待秣陵秋。

題畫

鏡畔亭亭影，風前脈脈心。窗櫺燈蕊顫，簾箔雨浪侵。眉語妨人覺，春情託夢尋。平生知己感，為爾一沈吟。

題人匹馬從軍圖

當年雲鳥陣，誰熟握奇經。上將曾分閫，書生亦勒銘。春田耕白鏃，秋夢嘯青萍。戰地重迴首，農歌緩轡聽。

召募原良策，屯營住幾年。艱難記圖畫，慘澹認山川。保甲功曾録，由庚頌早傳。憑君語鄉里，耕鑿戴堯天。

題張詩舲除日編詩校射圖

吾家大樽友，聞有李舒章。雯。遺集猶傳否，蘇齋語未忘。曩時覃溪先生論臥子先生詩曾及舒章。君才真健者，立幟鬱相望。倘與鄉先輩，編詩一表揚。

新年有詩課，之子挽強興。愧我負墻立，看君破的能。壯懷兼酒寫，君大戶，昔夢借圖憑。從此可乘暇，時時來釋永。昨招君與同人作詩課，君先至，就余後圃射，屢中的。

為陶意雲員外渙悅題深柳讀書堂圖

讀書吾輩事，甘作宦遊人。鄉夢每孤到，柳花無數新。林泉中歲興，簪紱暫時身。我亦園居久，年來負好春。

樽酒登堂日，涼煙澹客衣。雋遊前輩共，幽興十年違。一老今猶健，經帷心所依，謂姬傳先生。龍眠分夢處，種柳亦成園。

題襟到京國，比屋得鄰居。雖乏青楊樹，猶存錦帶書。棋枰彈月後，酒味入燈初。傳語青溪柳，爭墩意未疎。

題白庵畫蘭送希中南歸

蘭性宜於靜，孤芳只自成。月華空處潔，露氣曉來清。高格原知訪，同心未易盟。庭前培植意，豈獨在春榮。

題張容甫讀父書圖

江鄉存別業，手澤感書楹。竹石猶清影，庭除空誦聲。少年知繼志，脩士不趨榮。所見皆如子，能無老眼明。

題許生賡皞雪林笛唱圖

一笛風前去，春山雪正飛。瓊思與瑤想，孤迥出林霏。夢接幔亭宴，人懷杜德機。循陔況年少，應賦詠而歸。

題汪味根乘槎圖

風波談笑過，回首戒偏深。平地庸無險，高年尚此心。漫誇舟太乙，肯倚腹三壬。內景憑忠信，吾當佩作箴。君自記多臨深履薄之語。

題趙厚子仁基岱巔看雲圖

昨歲客遊好，秋高上泰山。及茲春駘蕩，重與夢孱顏。雲氣欲成雨，松聲疑叩關。閩南與江右，覽勝畫圖間。

冬日舟泊胥江潘功甫舍人折柬招為詩社之集以事未赴攜所屬宣南詩會圖至嘉興舟中賦五律一章却寄

養志敦任卹，存心壓顧廚。克家良不易，保世豈嫌迂。重有題襟約，深慚良會孤。停雲迴望處，詩夢又鴛湖。

題瞿子皋同年春秋扈蹕圖

上陵兼肄武，茂典與春秋。講幄承恩日，清班紀壯遊。淮陽煩汲黯，臥閣夢瀛洲。省識中和頌，還須彩筆脩。

題太乙舟雅集圖寄筠潭方伯

西山分秀色，詩夢太行邊。喜得班荊話，圖成雅集緣。閩南初攬轡，薊北又離筵。我去尋鴻爪，遲君已廿年。

停琴佇月圖

不作市中碎，誰從海上聽。世緣成澹性，芸館佇空庭。梧影月初上，苔痕石共青。知君躭古樂，努力注遺經。

江聲帆影閣圖

高閣俯空明，人天一望平。江聲流不住，帆影去還生。自性原孤照，塵緣信遠征。道心入鄉夢，所重豈詩名。

蔣秋吟屬題尊甫照

樸學與辭章，先生兩擅長。名登文苑傳，書積授經堂。薄宦依京國，幽懷慕老蒼。未申攀接契，把卷幾傍徨。

楹書頻借讀，令子喜同朝。題袂開三經，揮毫寫六橋。風流杭厲接，吟興畫圖招。待得全書惠，為君序致堯。

題伯昂少蘭為潘紅茶同年合作花蝶便面

陌上花開處，晴煙一望中。遙憐草痕碧，低映蝶衣紅。三月江南夢，詩懷幾客同。瑣闈一相對，春色靜簾櫳。

攜詩詣定九前輩索易齋中壁間韓城書至乃知非韓城手蹟也復作二詩乞檢韓城別幅見惠並乞壁間宋君書

誤記壁間字，空情相國賢。傳衣存夢想，立雪愧因緣。象罔珠還得，樓高帖漫懸。用越僧藏蘭亭事。家門多副本，願賦拜嘉篇。宋君吾亦識，詩畫早流傳。其字見今日，所書皆古賢。懸箴原座右，尚論可風前。此作連城換，梅花價或然。

長椿寺訪浙僧索畫

經聲出深院，林影為之清。遂使塵勞客，思為世外行。堂虛聊憩息，墨妙況縱橫。試畫南屏趣，孤山有鶴迎。

送嚴香圃之進賢學博任

敲棋頻剪燭，離緒話南平。惜我鬢顔老，喜君胸次清。論文才判歲，贈策又歸程。目送鏞州路，君歸途取徑將樂。春雲隔幾城。

送鄧鹿耕明府之任武平

閩南異秦蜀，耕種少荒田。健訟俗能化，懸蒲頌早傳。新陰延荔子，舊夢接羅川。治譜重開處，公庭手一編。先生向治羅源賓山。先生就養署中，以治秦蜀時政條作官戒為庭訓。

詔書昨新下，棒檄正斯時。頃，上諭以周官九職任民勗州縣。吏孰傳經術，官非責繭絲。農桑無近效，筐篚有常期。斟酌為張弛，非公更望誰？

送煦齋師出關鞫獄

清問傳天語，乘軺左輔東。春雲隨繡暖，古塞抱河雄。望本中朝峻，才兼五聽聰。諸藩奉恩詔，歸奏未央宮。

知己師門舊，頻叨禮數寬。素心知慕古，懶性笑為官。別緒邊城柳，歸期禊飲蘭。未能執鞭鐙，驅夢護霜鞍。

送董觀橋前輩予告歸金陵

八座清名著，三朝宿望垂。鼎湖餘戀在，日下辨裝遲。雲斂為霖色，花明向晚枝。玉堂風度雋，蹇語話敲棋。

誰為疏傳畫，家近謝公墩。散帙與論史，趨庭問課孫。鍾山鴻爪在，漢學玉杯尊。因憶傳經席，惟餘帶草存。余昔侍姚先生居鍾山半年。

送越僧之峩眉

南屏夢中路，忽與水雲西。積雪有層嶂，踏冰無舊蹊。世緣隨毳飯，禪性過猿啼。京國一揮手，意行知不迷。

月夜早行

碧雲橫匼匝，藏月欲成規。乍帶平岡出，旋兼遠樹移。露痕低見草，燈影曲連陂。曉色依微處，秋原得句時。

閔子集

過客徵遺碣，前賢有祭田。烝嘗榮異代，衣絮冷當年。末俗惟爭利，淳風肯慕羶。試尋新序語，取作魯論箋。

謁游梁祠

道接聞知統，祠留駕稅鄉。躬耕無夢卜，傳食始遊梁。鐘鼓靈臺渺，山川晉國強。如何空幣聘，不見坐明堂？

垣拆三層廡，庭荒一院苔。十年脩廟議，卅載大臣才。危塔琳宮啟，名花蕙館開。頻聞梁苑客，作記盡鄒枚。

當日儀秦學，而今奭衍名。競聞誇呂覽，猶擬笑彭更。疑似誰能辨，擔持未可輕。平生私淑處，不敢習縱橫。

淇縣

曉驛蒼山外，淇川清且深。人家面朝日，溪路轉平林。崖豁初開逕，灘流不盡音。蘇門憶長嘯，何日愜幽尋。

曉過高唐

吳歌重今日，往事說齊音。一過高唐境，彌生易俗心。寒雲依古堞，夜火起鳴禽。侵曉前村去，還聽擊壤吟。

夜過鄒縣

旅發信宵征，蒼茫慎所行。因思夫子道，不外客中情。輪轍宜循軌，端倪自倚衡。一燈懸照處，義路是平生。

滕縣

風煙今聚落，疆理舊提封。欲問井田法，空思三代農。宜民寧泥古，訪俗漫支筇。斟酌經時策，殘編擇所從。

宿州道中

鮮鞍浮馬去，喚渡載人過。淺瀨初杭葦，平林又踏波。家誰餘夏種，田已沒秋禾。廿載行經日，空成勞者歌。

新馬渡

已過新馬渡，始見小坡陀。橋斷猶存洞，風微署有波。湖光浮浦遠，雨色入雲多。前去經行處，田家未刈禾。

過閔子墓廟在墓西

日色帶長薄，遥看遺廟存。從來徵內行，端不廢人言。悵望高風遠，猶令薄俗敦。誰無昆弟愛，莫忘所生恩。

隄上晚步

煙水空濛處，長堤步月明。風前檣影直，星外浪痕平。坐石看人語，投林聽鳥聲。客中此蕭散，鄉思幾回生。

清流關巔憇僧菴步煦齋師韻

松影嵌巖罅，雲邊翠踞巔。雄關參古佛，翻檻俯耕煙。州境沿前例，亭名憶昔賢。昨來鴻爪夢，小憇話詩禪。

過總鋪望浦口諸山

嵐梯浮一桁，雲徑記千盤。當日攜家去，羣峰勒馬看。前遊隨夢遠，羈緒及冬殘。回首元亭路，臨風一憇鞍。

夢登萃雲峯

來徑雲遮斷，前登翠靄重。路廻三笑澗，身傍七星松。僧苦佛同瘦，露寒花不濃。迥然舊徒侶，閒話暮山鐘。

常思嶺

嵐梯多右折，此獨左旋通。一嶺界南北，群山森碧空。岡巒餘勢接，村落淡煙籠。麥隴明溪外，青青列罫中。

蘭溪

溪流明似鏡，空影盪晴暉。一鷺忍飢立，千帆趁飽飛。浮嵐罨巖竇，濕翠侵林扉。最羨持竿者，長年守釣磯。

暮舟即事

離岸仍登岸，歸船更喚船。市聲春店外，客思晚風

前。取硯沿流洗，攜書當枕眠。棲霞好山色，明早踏松煙。

弭棹西風外，春衣尚御裘。寒聲廻浪擁，晴意晚霞留。遠火初明岸，繁星欲瞰舟。山程兼水驛，取次當詩籌。

新中驛

雙塔標林外，知無舍利埋。佛緣瘞僧臘，林影畫詩懷。收稼耕原淨，編茅土屋排。石門前去近，訪古興偏佳。

乙未春初重遊孤山

聞道梅花發，重游憶去年。暗香浮竹外，空翠落樽前。鐵骨橫窗瘦，冰姿映水妍。何須覓歸路，醉臥白雲邊。

叢桂菴天啟九年范繼昌題

樹色標蒼翠，而非叢桂陰。秋花何處放？春夢此

間尋。嶺下溪聲急，山前霧影沉。一菴成候館，苦茗暫勞斟。

由儀真渡江至金陵寄懷屠大令琴塢時大令未歸也

故人別幾載，交口播循聲。江國春如許，桑麻課已成。儲材收技擊，擿伏比神明。一洗儒迂誚，書生竟解兵。

翰墨多餘暇，趨公亦錦囊。花封煩候吏，詩夢隔歸航。舊帙堪重把，新聲發古香。倘題東絹畫，寄我蔣山旁。

謁露筋祠登三十六湖樓題畫卷應蘭卿觀察屬

高樓傍祠建，面面納湖光。絲柳帶春色，風帆催夕陽。神功兼利漕，天語早題坊。聖祖南巡賜御書「節媛芳躅」四大字。登眺知君意，傳之翰墨場。

二疏故里

勇退風斯古，懸車里尚傳。遺碑存往跡，祖帳憶當年。代有名賢繼，今推相國先。韓城生長地，記取史臣編。王偉人夫子於今歲致仕。

曉行

月光參曉色，雲捧一星高。村喜投林近，人憐擇路勞。燃薪明暖水，吠蛤翳涼蒿。秋意兼春色，□□□□□。

望徂徠山懷孫明復

士勵固窮節，先生道在斯。明經志青紫，漢學亦奚為？諱世矜章句，藏身任滑稽。欲回衰敝俗，仰止有餘思。

楚翹同年兩郎連舉秋捷

菊觴浮喜色，客歲見題名。接葉莉花茂，連枝桂樹榮。老懷吟秋圃，勝事話春明。約舉櫻廚宴，來年韻定賡。

題王霞九編修令叔畫堂先生重遊泮水圖冊二首

鳩杖倚襴衫，郎官昨署銜。詩懷清似洗，書味老猶饞。泮水重游處，春雲倒影嵌。歸來話經笥，帶草碧摻摻。

帳下孫枝貴，鑾坡早振鑣。經帷懷舊德，壽相話熙朝。鄉憶簪裾集，名傳黨序遙。崆峒多勝侶，雪野有松喬。

次程春海賀春浦得學士韻並賀拜命攝大司成二首

華資才所稱，自下輒思難。持論依先正，盟心結古歡。直廬圖史富，繞屋水雲寬。剪燭談深處，同吟四善冠。四善見唐人進賢冠賦。

典胄承新命，承歡慰母心。不離親舍遠，共仰主恩深。退直萊衣舞，圜橋鼓篋吟。合河文定學，事業好推尋。

哭法梧門侍講前輩四首

御風何處去？噩耗聽來驚。不信題襟約，翻為絮酒行。先王約於初十日集詩龕而初八日已撤瑟矣。香龕花雨寂，詩夢夜臺成。昨過亭邊路，愁聞掃葉聲。

平生重縞紵，詩畫等身藏。自有停雲句，人歸選佛場。壯懷切經濟，報國借文章。腹痛喬公語，天涯幾斷腸。

學士歸春夢，郎君得鳳池。蓬山有弓冶，雲路轉階資。筆許槐廳續，心憐鶴駕知。故人揩老眼，他日此為期。

昨者攜新作，商量意尚勤。公謙逾敬禮，僕陋媿休文。刹海春波咽，虞歌繐帳聞。十年千載事，五日死生分。

哭謝薌泉禮部

世緣官乍了，老境病先侵。屬纊忽趺坐，知無怛化心。文工隨手寫，酒喜對花斟。夙昔過從事，黃壚感不禁。

刻意追耆舊，遺文滿篋藏。餘將古人意，選到少年場。抗手初金殿，彈琴易夕陽。如何報知己，除是草銘章。

哭李晴雪同年

一病支離久，三年枕未安。人皆憐玉樹，天竟下金棺。寂寂灘江暮，蕭蕭潞水寒。歸途如此去，為汝淚闌干。

應舉佳公子，閒官五載留。金多虛牝擲，畫好夜臺收。儒雅身偏累，聰明志詎酬。年來多悟語，一慟此生休。

歸計徒張角，遊踪付雪鴻。憐君為情死，綺歲等途窮。紅藥清銜在，青箱舊業空。雙親檢遺籍，惡見亂書叢。

選客矜嚴甚，招邀不厭吾。敲棋談橘叟，品硯得雲腴。露夕金樽歇，風軒玉笛孤。招魂歌薤露，顧曲尚能無。

哭商仲言同年

不知何疾去，只益故人悲。得郡官如寄，齊年髮早衰。君至寧武才數月，與余同戊子生而鬚髮先白。酒壚愁我過，鄰笛怕人吹。檀板金尊會，思君跌宕時。

秋海棠

依然稱絕色，不肯占春風。鏡檻人雙袂，墻陰月半弓。三更涼露壓，一逕淡煙籠。倚罷翛翛竹，天寒翠袖空。

擁髻憐通德，明粧笑浣紗。應同智瓊姊，來過彩鸞家。銀漢橋方駕，蟾宮桂又斜。人間與天上，一樣惜年華。

和李春湖宗瀚秋海棠詩

秋放千枝艷，春留一段愁。絲垂煙已澹，梗貼露還流。背日初含笑，迎風未障羞。繡幡勤護取，莫負畫堂幽。

已分來還去，何因見即休。魂銷疑被酒，影瘦最宜秋。箏語初廻雁，簾波不下樓。幾番尋斷夢，桃葉渡旁舟。

園中海棠四株其三株闌珊後此一株乃更爛漫感賦示兒曹

碧已垂枝暗，紅猶照眼明。莫驚春漸老，却喜木交榮。氣候知誰定，祥和要自迎。持身兼勵學，努力樹脩名。

夾竹桃

不信亭亭影，偏含脉脉情。風枝搖露朵，春夢過秋聲。食肉何人飽？成蹊底事爭。一枝湘管在，漁父問平生。

謝茅松坪潤之**同年許贈合歡花**

掃徑延嘉樹，東廊簷幾巡。未看秋露影，已夢晚煙春。好友情如許，高花意所親。雨餘墻蘚綠，應照月痕新。

碧桃花

斗室送春來，紅雲爛漫開。綴枝仍細葉，酬影自深懷。別有亭亭艷，誰為脉脉廻。人間工速化，休擬認天臺。

從縉雲令張子田維孝**借觀文山遺琴**

流傳尊信國，啟匣見瑤琴。風雨空堂夜，能存天地心。高山留古調，琴上刻公手書召對紀事詩云已譜入琴曲。曠世感遥吟。更攬參軍蹟，如聆歌嘯音。

賦水磑

驛路經行處，茅茨傍水開。激波成轉轂，出地殷輕雷。數富名曾紀，忘機論漫裁。當無有車用，持證斷輪才。

蟬

斷續風林外，人知飲露清。可能無意緒，只自訴平生。弱柳垂垂暗，驕陽故故晴。候蟲聊唱和，可惜此秋聲。

鮑覺生為兒子蘭瑞書緱山夜起裕州題壁二詩並次緱山夜起韻跋語因次韻質之

次緱山夜起韻

確守唐人法，詩家得正聲。誰誇仙子夢，此是漢時笙。細響辭佻巧，頹波有廓清。卅年前伏案，此意早分明。

次裕州題壁韻

窺豹前時見一斑，新詩把翫更廻環。亦思前輩飛騰入，難得中年身事閒。服鄭搜餘庭草碧，陰何撥處茗鑪殷。何時可了平生願，蠟屐從公卅六山。先生家近黃山。

喜晤倪竹泉同年即題鷺江留別圖贈行五排

鷺江來報政，留別有新圖。前輩詩能得，調荷屋前輩，諸生頌與俱。吏才籌士訓，君子所屬捐廉俸辦義倉義學諸事，吟興傲天吳。昨聽鐃歌奏，欣將上將呼。國門同候館，折屐欲趨塗。君于長新店謁楊時齋宮保行營時聞紅旗祝捷之信。勝事逢人說，豪情似此無。春風西苑樹，直室博山爐。賭酒終輸汝，敲棋尚服吾。八年張敏夢，十日仲由觚。縱寫班荊意，當書于蔿于。

今年夏秋之間夢訪南雅同年作竟日談南雅屬題滇南紀遊冊乃賦夢中景物應之以索一粲

我未遊南詔，模山語可刪。與君情好密，取證夢魂間。遙夜莊生夢，青春顧愷閒。同居善和里，徑欵黑甜關。硯北書千帙，花南水一灣。窗虛光乍納，日照影全殷。鶴避茶煙去，魚侵石髮還。坐移松逕遠，行逐蕙畦彎。靜趣參仙佛，高談辨馬班。斯懷嵇阮共，此景畫圖慳。持節當年事，抽簪昔歲顏。離情雖屢軫，良會未愁艱。不信聯裾數，猶能命駕嫻。路勤張敏訪，人比戴逵攀。軼事聊拈韻，巵言一破憪。可知生白室，無異點蒼山。

送江介臣同年心筠南歸介臣自郢中來應禮部試

握手鄉園後，春明又舉杯。詩吟江月去，身帶嶽雲來。不遇心仍澹，清言道自該。幾人歌伐木，為爾首重迴。

餘事詩人作，其才未易誇。能歌誰郢曲，此筆自君家。山靜雲能幻，江空月散華。清新須刻苦，努力事天涯。

芸潭同年之觀察任枉過賦贈二十韻

聖主求賢切，儒臣恩遇優。擢官由侍從，領職比諸侯。通潞居畿輔，東方最上頭。平遼歸控制，北面近皇州。轉漕無踈畧，宣防有預籌。稽經平日熟，借箸昨春留。真拜初承命，超遷佇播猷。儒冠身孰誤，古道子能求。比歲年多歉，斯民俗漸偷。謀生因局促，嬰網積愆尤。草薙庭無色，魚驚水亦愁。如何施轡策，可以妙春抭。察吏精于蔫，宣風擁蒯緱。法如身使臂，效等器分蕕。先世同朝誼，儀曹比牒儔。訂交申密契，譚埶互冥搜。詩夢更番作，離懷取次酬。班荊勞枉駕，懷綬正乘郵。昨者榮三接，他年擁八騶。小詩聊志喜，努力繼甫修。

送田季高典試粵東

田侯三晉彥，珥筆直南齋。句比玉溪麗，書成金薤佳？疏泉發幽興，直廬有泉君疏出復舊跡紀以詩，詠菜愜新懷，余餉君薤菜，君與春浦皆有詩。我與過從熟，違云著錄儕。吟風聽竹管，撥月話松釵。每有三山訪，欣將二妙偕。謂春浦。此行膺特簡，俊侶得新諧。謂夢韶大史。佇掇珊枝秀，收將玉筍排。得人助康濟，所學有津涯。豈獨文無害，從知聖可階。雲奇峯迭倚，波淨鏡如揩。驛路奚囊富，郵書索寄皆。

寄哭惜抱夫子五十韻

孔夢徵高密，韓雲下大荒。儒林爭雪涕，碩果竟凋霜。分切高山仰，慚深弟子行。枉憑都講席，未得獨居場。燕樹迴春色，吳雲黯翣墻。空聞歸素旐，莫與撫黃腸。憶昔依函丈，擠簦卸遠裝。誠原通夢謁，用光未見先生時有夢謁先生詩，學欲問津梁。善誘初承誨，更端不厭詳。南榮書萬卷，西序日三商。絢采分霞佩，幽懷證蕙纕。檠弓期奠體，舉策戒忘羊。暑夕颸生樹，涼宵月轉廊。名言誰共契？寄跡兩相忘。所愧前塵慕，仍令仄徑妨。語之雖不惰，簡也未裁狂。咒有摩登攝，針辭初祖吭。烝砂難作飯，易畝祇名稂。敷坐纔生法，離亭旋送航。幾年為遠別，本志覬終償。珂里重攜笈，鐘山再裹糧。鵷膏教淬劍，嶰竹許偕凰。鴻爪更番認，魚箋遠道將。易因傳孟喜，詩為溯毛萇。世士矜奇服，先生守舊章。程朱資禦侮，許鄭賴箴肓。文自追楊馬，詩應合宋唐。緒言珠貫串，約步鸞飛搶。妄欲窮蠡測，因之發篋藏。瞻前雖恍惚，鞭後肯傍徨。詎意書紳願，偏乘撤瑟傷。騎箕神渺渺，哭寢影倀倀。述行心餘痛，維公道本昌。冥鴻非避弋，翽鳳早鳴岡。天付名山業，官辭執戟郎。朝猶尊段木，鄉自祝庚桑。年逮安車迓，恩光賜秩揚。東南誰一老？館閣此三長。自論歸無異，門生痛未央。身餘懷祿愧，舟阻隔江杭。天柱峯迴薄，龍眠氣鬱蒼。佳城遲吉卜，幽壙閟元堂。念我先君殯，猶依丙舍傍。幾時營下窆，歸里得封防。老友如相遇，乘雲亦共翔。可能憐稚子，一為鮮青囊。會葬期猶遠，鮮民痛可量。唁孤辭惻愴，感舊淚淋浪。著錄孫張責，傳衣籍湜當。生芻遙致奠，引義執心喪。

詠唐小鏡銘曰乍別情難忍久離悲悵深故留明鏡子特照守貞心

貞心何處託，鏡卜已辭聽。別久難成夢，情深故有銘。調鉛憐昔案，寫月愴今櫺。廻照帷應掩，偏持手肯停。詩傳天寶代，人複子雲亭。以彼芙蓉檻，悲余翡翠屏。鄉雲千里碧，墓草幾番青。新詠多棖觸，香臺只合扃。

上涂南池先生三十二韻

傳易梁邱賀，遺榮鄭子真。吾鄉存碩果，百載見斯人。鶴髮扶籐杖，心齋養穀神。三壬疑隱背，萬卷總圍身。著録卮言廢，持躬特操循。遠尋洙泗脉，獨許陸王親。大體求先立，良知貴養醇。六經皆註腳，千古接芳塵。黎水淵源在，蟠山草木春。先生所居地名蟠山。閒居非隱逸，孝思故彌綸。廬墓還修業，羣才悉問津。論文談娓娓，鼓篋士莘莘。餘子蚍蜉撼，讕詞訕笑頻。我知重耆耇，公本不緇磷。待攝登堂履，憐非貢席珍。捆輿因侍舅，時隨舅氏進謁，謁坐忝為賓。乍聽蘇門嘯，彌欽大雅輪。贈言知自勉，祖訓敢忘遵。先生與大父至好，時以纘承祖武見勗。憶昔雲龍友，相期道德鄰。交親託姻好，予之次姑為先生子婦，軼事記鄉民。避雨同危坐，臨風恥墊巾。生遲空想望，跡往未沉湮。蛾術心雖切，衣傳學詎新。文名慚阿士，後進愧王筠。何意蒙深眷，孤懷每致詢。本非千里駿，翻遇九方歅。根矩書初授，時以文稿一帙見贈，當時氣益振。瓣香焚一縷，盥手誦千巡。小住情猶戀，將辭足屢逡。會應謀繼見，常得數良辰。鑄硯思磨鐵，鎔泥欲就鈞。祝公年德劭，歲歲荷陶甄。

太乙舟詩集卷八

自揚州渡江省五叔父於江寧次八里江度歲韻誌別

旅愁無際且拋除，買掉鐘陵問起居。見面喜從隔年後，浮家人是遠行初。北門橋宅迎楹雁，北門橋叔父假館地名，時方遣嫁楊氏妹。金帶圍花映佩魚。歸妹禮成遊子去，春明盼取北來書。

還行心急却遲行，長者情深身累輕。奕賭謝囊言自佩，夢迴姜被淚還傾。用光兄弟以先大夫服用諸物留奉叔父，家書未至金陵時，叔父夢與先大夫立語移時，或舁籐搨過先大夫，忽語云：「二多譽、五多功」。夢中不知作何語，翌日而書至。鴒原老輩存晨宿，鴻爪天邊認石城。相對霜髭依雪鬢，離亭風笛漫催程。

壬申五月五叔父寓袁浦待用光北行過與話別以所畫林泉寄興圖命題乙亥正月賦四章寄呈時用光居嬾眠巷新買宅

學舍惟藏善本多，幾曾卜築詡煙蘿。叔父未曾作園，茲圖乃寄興也。所築別業曰『春暉學舍』，在居室之旁，藏書甚富。年來飽領登臨趣，畫卷新題安樂窩。筆可生花應有夢，文如翻水自成波。阿翁寄興心如此，努力諸孫事切磋。

窗臨荷鏡沼通船，松長龍鱗竹走鞭。西水當年盛裙屐，鄉雲卅載護林泉。銅盤思自懷遵彦，用光最為三叔父所憐愛，春草悲翻屬惠連。展取仲容思舊句，知翁欲廢棣華篇。

袁浦停舟待阿宜，畫圖脫手喜先披。百年肯構心斯寄，十笏開堂事尚遲。谷里章無士龍作，宋薛季宣谷里章寫其寓居樊曲之勝，奇崛頗似盧仝馬異，用光欲擬其題，題其所居新宅之太乙舟。北山文有德璋移。宦游未遂抽簪願，夢入清江放棹時。

寫就桐陰憶故鄉，舊園昨復感南昌。用光有桐陰草堂圖卷子，南昌舊園圖則畫大伯父舊園也。吾家池館多幽勝，萬卷圖書尚蓄藏。面勢幾時成別墅，耳孫學拜亦扶牀。題詩我次圖中韻，鳩杖隨翁話草堂。

送仲兄朗亭往濟寧

占爻十載利於磐，忽漫春風振羽翰。深喜身從今日貴，時有投効河工修理縴路、工竣後議敘之信，恰憐別向此時難。倚桐簫管隨雲遠，兄有倚桐聽簫圖，分夢關河感夜闌。一樹荊花開爛熳，如何此際促征鞍。

桓東抛卻少年場，翹首青雲奮翮翔。從此莫忘守庭訓，計程恰喜近淮陽。防秋好試堰流法，報最從開晝錦堂。可奈春光牽別恨，桃花紅帶柳絲香。

題荊華棣萼便面歸呈朗亭二兄

仲兄偕我北行時，我着青袍入瑣闈。今我瑣闈事分校，兄先一月到京畿。人間鴻爪重尋易，花畔春暉久駐希。一樣饑驅歸未得，鄉雲夢遶墓田飛。

喜聞玉士弟所論事詩以勗之且堅其意

一語聽來喜不支，善根從此好扶持。能知老輩存心處，合是先君牖子時。鏡欲磨教纖翳盡，矩須絜取四方宜。雞蟲得失原無著，況是前規例外規。

吾衰未了心頭事，大武難於遠涉時。望汝引伸能觸類，如江會合有分支。求仁每濬文心慧，從欲頻教福分移。莫謂吾迂不解事，閱人多矣驗成虧。

身世興衰決以機，不言因果貴知幾。護家事溯楊懷簡，行德心忘魯絜非。廉賈利難三倍售，短垣踰有反脣譏。君能反掌行其意，後日培風自奮飛。

送玉士弟南歸

先公厚德未全湮，放汝賢書得解身。下第莫忘仍力學，還家自可慰偏親。簫雲天驥唯稱德，鼓鞴祥金貴就鈞。我有耕煙堂畔夢，送行腸與轉車輪。先公厝於西谷丙舍堂名。

玉士弟來省余於三山賦詩二章送其計偕北上時連日風雨誦韋蘇州風雨對床句盼其得第來閩也

連朝雨滴對床心，別緒蒼茫動遠吟。行路莫忘難處想，讀書須向倦時禁。料量年齒猶初日，珍重家聲抵萬金。叔向曾言貧可賀，吾衰望汝獻虞箴。

水驛山程去路遙，喜逢吟侶與連鑣。時與饒嘯餘同行。峯廻嵐影飛青外，棹發春痕蕩碧朝。計至浙時已及新年。覓句功應收焠掌，成名佩莫解紉蘭。行芳志潔游京洛，盼汝書來破寂寥。

柬廿三弟詢足疾

聞因重腿不良行，曾否朝來疾已平？息踵真人能衛足，梯空雲路解登瀛。步趨高躅論文字，敬慎亨衢涉世情。功在出門占視履，吹塤聊索和篪聲。

喜伯芝姪捷南宮

一第艱難十載餘，題橋今果慰相如。伯芝勸修里中石橋督工甫竣而得第。好文倘得瀛洲選，苦志應酬院體書。伯芝日課廷試卷數千字。永憶門風誰振拔，待看儒術與爬梳。釀成祠產矜持甚，時方募增祭田，亦見敦宗願已攄。

試士以玉堂栽花命題讀東坡原詩有感次其韻寄伯芝

夢迴宰樹乍披榛，祿養空悲未逮身。鎖院清齋成我老，墓田種稻為誰春？門風述祖傳經舊，花影循磚接履新。能作劉殷予所慰，玉堂原重讀書人。

送希祖主試河南

屐齒折於聞信日，簪花榮比唱臚時。主試官進院日必簪花。天教此事從君補，人頌三年為我遲。庚申歲多予賞引邀特不就試。學到深醇尤自達，心能恬澹遇偏奇。平生相許還相勗，消息盈虛子早知。

遊梁我昔訪鄒枚，輸汝今持使節來。中土倘傳程氏學，洛陽應有賈生才。鴻泥蹤跡他年認，河岳英靈此日迴。若見高岑訊消息，為言詩夢在繁臺。

題鐘溪贊書圖

藏書樓上校書時，爾我相看未有髭。仕宦生涯潘鬢改，先人心事晏楹知。十弓地約重開塾，萬卷瓜分感借瓻。且喜門生來執贄，家風儒素此支持。壬子年，先君命希曾與用光同校凝齋府君遺書於藏書樓下，編書目藏於各房，先君嘗欲樓下作家塾未成。用光庚午歸，問書目及書已分析無存者矣。每讀姬傳先生藏書樓記不勝憮然。

寄希曾四十初度

太行山畔使星明，按部傳來有頌聲。每憶笑談追老輩，依然風味一書生。陰垂慈竹觴還舉，懷貯冰壺夢亦清。記取而翁遺德在，百年努力稱科名。

年來讀易有新知，憶共蕭齋把卷時。歲月易教豪氣斂，才華莫遣素心移。我思補過能觀象，爾鮮尊生合玩辭。校罷遺書一惆悵，鄉園夢到講經帷時。方校刊山木先生所註周易。

設弧辰在唱臚前，回首宮花壓鬢年。使院滿斟初度酒，上林剛宴大羅仙。憑誇俊侶聯三島，豈少奇才老一編。寄語孤寒須月旦，好持此意到華顛。

服籽姪孫得官湖南

吾家工侍最聲名，鄉貳廻翔遽九京。叔子當官猶勵志，長郎急養且專城。昨來乍應輸邊例，詰旦當為南楚行。莫悵神山風易却，親民官可振家聲。

一縣周知不易為，榕門相國語堪思。任延誰與輕年少，尹鐸從來賤繭絲。南嶽雲開秋色好，洞庭波靜月光宜。畦蘭畝蕙饒消興，廻雁峰前合寄詩。

讀范石湖留別女弟詩有感用其韻寄懷楊氏吳氏兩女弟

憶昨邗江乍縱船，鄉雲廻首夢中天。迢遙存問三千里，容易消磨十二年。啜汁俗原疎骨肉，乾餱禮莫廢婣連。安能挽共春明住，耐得窮愁在眼前。

留別從女雪蘭

秋風吹夢到歸輪，北阮三年寄寓身。別汝情原如父女，曰余心早憶鱸蓴。去無可戀寧懷土，住不能謀莫療貧。明月梅花村徑好，作詩問訊嶺頭春。

關河此去路迢遙，舊夢回頭尚未消。暇日詩篇常共把，病中羹藥總親調。打包鎖院營乾糒，主進牢盆立紫標。若向夜窗談往事，相思各剪燭千條。

吟成佳句問如何，削稿曾消墨幾螺。到眼文書都手勘，過人解悟得天多。詩無怨語情深厚，才可持家境坎軻。記取本師臨別語，養身原自要心和。

買春知我覓嬋娟，贈與藍橋種玉緣。一載雙棲人旖旎，五湖同去意纏綿。護花信汝情非薄，別主憐渠夢尚牽。為道後期有成約，來年早趁運租船。

柬雪蘭姪女

六張五角平生事，肺疾連宵苦未平。撥置莫思他日累，擔持休視此身輕。克家事業惟教子，卻病工夫好慰兄。我愧無從為料理，夜來倚枕亦三更。

永春途次示大煥并寄幼兒蘭豫

山程水驛聽傳餐，客況渾忘行路難。憶汝昔年事戎馬，曾經絕徼耐飢寒。緣溪閩嶺紆三折，叱馭秦雲走六盤。秦山名。彼此相望各萬里，每欣書到說平安。

寄長孫大煥

絕非冷炙與殘羹，行館傳餐造次成。從我乘軺無客況，依人旅食有書生。汝今遠別經鄉曲，猶勝飢驅事筆耕。咬得菜根知味否，動心忍性者番行。

聞隣家讀書聲詩寄大煥大慶兩孫

西齋東舍讀書聲，鎖院閑行每喜聽。莫向兎園尋舊冊，可能歐冶發新硎。三年激勸吾何事，五夜辛勤汝孰令。寄語諸孫知此意，吾衰猶自盼傳經。

書懷寄内十首

黄鸝聲裏柳如絲，曾是行人遠别時。千里客懷從澹宕，萬山歸夢總支離。邴原負笈纔移棹，杜甫趨庭又賦詩。催併遊蹤成宦跡，樽前情緒有春知。

吟屐年時别建康，江山憑眺足文章。遊梁我為從枚叔，斷織卿曾勸樂羊。三尺槳摇歸客舫，六年人過讀書堂。誰知舊夢重尋處，千里同行有孟光。余自癸丑游學金陵後，戊午春暮挈眷屬自陳州歸，紓路過江訪姚姬傳師於鍾山，時内子寔勸余成行云。

還鄉半載重揚舲，春到江南草已青。乍喜雲山如舊友，忽驚風笛又離亭。雋遊誰遣摶沙散，歸夢偏從倦夜醒。最是客懷孤迥處，騾綱還向五更聽。

小住淮陽又半年，更攜短策去幽燕。夢迴官閣雲俱遠，書寄鄉心月又圓。入世科名憐我晚，還山甘旨仗卿賢。得攀桂籍尋常事，博取高堂一輾然。

計偕不許共歸舟，重别高堂事北遊。射策蘭成雖負望，持家徐淑恰多愁。燈前喜事占金粟，簾外春陰護玉鉤。盼得淮陽征雁到，知卿分夢又皇州。

十載詞塲落拓身，千山迢遞未歸人。艱難飽歷心無礙，依傍全空筆有神。敢詡新銜登禁近，劇憐舊友祝星辰。可知此舉同孤注，盧彩關心問夙因。

一紙泥金笑口開，老親投紱恰歸來。遥知介壽筵初舉，正值看花宴乍迴。戲彩自憐為少子，簪毫深媿是凡才。從今黻佩偕隨唱，願得年年學老萊。

鵲爐香暖可憐宵，好麗情懷感寂寥。具饌偶然憐絡秀，題詩還欲傲弦超。人間銀鹿從添價，天上星河枉借橋。遂得狂奴狂態處，總緣錦字不曾挑。

魚箋重疊説相思，想得緘書下筆遲。事少同謀心易苦，家緣中落力難支。鏡奩料理館甥日，葯裹叢殘哭壻時。為問朱顔如昔否，塵勞愁緒況如斯。

頻年歸計悔蹉跎，昨歲尊鱸感更多。膝下兒嬌師屢易，堂前親老鬢雙皤。浮榮早薄陽鱎味，初志空傳扣角歌。偕隱之年三十八，蔣句，與卿有約在煙蘿。

內子四十初度

荷芰香中醉玉巵，成行兒女奉觴時。無心佞佛知余達，刻意持家笑子癡。太乙舟移詩客舫，海棠巢託上林枝。貧官贏得團圝樂，祝與平登黃髮期。

支持弱體歷間關，隨分虀鹽亦駐顏。深喜別來身漸健，更期自此意都閒。爐香茗椀成清逸，繡幰雕輪謝往還。不是孟光真解事，肯辭絲竹守寒慳。

寄懷內子四首

欲為西上更東游，草草辭家不自由。遠路衣糧書丐貸，故園松桂夢勾留。餞春邗上還題袂，泛宅盱江合放舟。未得偕行獨先往，妬他圓月上簾鉤。

身事於人愧可知，年華已似日將西。消磨淮海花千片，孤負春山雨一犁。趨闕空煩誇彩筆，題書還自夢香閨。北行底事偏南望，家信更番費赫蹏。

松楸誰向故山栽，抔土猶遲馬鬣堆。大事能肩悲有待，浮言難辯愧無才。客邊鄉夢模糊醒，江上春帆次第開。更恐兒曹習紈袴，教攜筆硯就鄒枚。

逋仙湖畔及春遊，短簿祠前駐檝不。路繞鍾陵遲負笈，人覊邗上感登樓。何當卻鼓金山櫂，便與同開袁浦舟。不為桃根仍打槳，渡江迎取聽鳴騶。

壽內子五十生日

新婦為婆已十年，雛孫入抱亦差肩。晬盤戈印看攜日，後三日為長孫試週，彩戲笙歌正舉筵。索米漫深從宦感，授簪猶記阿姑憐。先太恭人初見內子時拔簪授之，時內子年十四，在山木舅氏家謁見。話來課讀含飴樂，著代心情未易傳。

族第邀賓為治具，阿兄襆被恰南來。服齋舅為先期治具。而雲亭舅於昨日適到。荊花笑舉春闈句，予於闈中曾畫荊花便面各係以詩，出闈為仲兄郎亭從子式如話團圝之樂，今仲兄從子皆在京師，亦兩家韻事，綺席同添內集杯。兩姓團圝話鴻爪，百年巀佩頌蘭陔。樽前致語稱何語，勵學惟期子姓才。

五十初度門人柳溪兩垞諸君製文見贈既不能卻賦詩誌謝

鮮民詎忍說稱觴，況灑鴒原淚幾行。愧辱諸君投寵貺，競抒才語飾門牆。散材那有干霄意，老蠹唯尋辟穀方。四十九年迴首處，圍身萬卷重商量。

與竹香兄夜坐有懷

負郭都餘屋數椽，塵勞心力說隨緣。官身致計中人產，親養須謀下潠田。燈影照堦清不寐，月光墮水澹生煙。對床細論人間世，各有深情在簡編。

題十三兄靜軒行篋遺稿卷尾

當年撤瑟事酸辛，曾把遺詩哭九旻。抔土未謀埋骨地，一編重寄落花辰。簪毫有志空餘恨，夢錦無靈不致身。爭怪爾翁腸欲斷，天涯兄弟也傷神。

章門初買孝簾船，行役隨親彩服鮮。收取秋光歸眼界，持將高詠對江天。年華爭說同朝日，壯志無端委逝川。檢點篷窗遺稿在，一回披誦一悽然。

平生風誼劇能敦，好士頻開宴客樽。竟使年華悲李賀，兄卒時年二十七，何曾骨相類虞翻。十年鄉舉留春夢，一領朝衫拜國恩。憑仗諸君哀誄句，九天九地喚歸魂。兄卒後友朋之誄詞劇多，叔父彙之成帙。

生平同歲長同師，余與兄同年生，長同受業於山木舅氏，說史談經兩不疑。喜我同聽黌序講，讓兄先折桂花枝。尚餘名世無窮願，並作他生未了期。擘斷綵箋焚却硯，如鉛清淚落書帷。

寄輓玉方大姪

早歲身幾成瘵疾，壯年宦更享書名。攝生竟不登中壽，乞養彌傷就去程。及爾少時同筆硯，嗟余暮齒夢江城。門風衰歇家聲在，庶見諸孤學自成。

久不得上思札不知蘭滋夫婦得慶孫耗後悲傷是何景狀蘭滋婦病痊否夜中不寐成長句一首却寄

舐犢情懷望眼穿，憐渠夫婦亦中年。何堪桂折芝摧信，忽到調糜煑藥邊。歲厄龍蛇逃詎得，官師召杜守須堅。莫教悲痛纏心骨，祖德終承後福延。

雨後過靜娟殯室

苦雨愁看屋漏痕，殯宫誰與護朝昏？附舟況辨南歸策，孤櫬彌傷遠別魂。昨夜治裝真入夢，故山買穴待成言。嗟余腸共車輪轉，忍不驅車一叩門。

十月十四日悼七女

二十六年彈指過，輕塵短夢太悠悠。可憐生日今朝是，聽説靈床前月收。千里別添生死恨，三年聚益別離愁。阿娘一掬相思淚，爭禁淋浪兩頰流。

家將中落身先去，子必高騫齒尚孩。劬學他年誰為導，傷心此日我徒哀。小姑汝約挐舟送，兩弟今都挈婦來。盼到外孫終就我，只傾老淚向泉臺。

寄酬魯念之表兄即用示吳氏姊次首原韻

一燈青對短長吟，簾外寒威故故侵。茗椀浮香烹雀舌，瓶花挹露暈檀心。許為宅相余何敢，話到經師世共欽。腸斷中條山色好，蒼生屬望未成霖。謂舅氏山木先生宰安邑數年，不究其用而殁於官。

留別魯延之二首

桐陰如幄一堂分，昆季聯裾記共君。鴻爪十年賓榻夢，秋風三載故人墳。令兄習之墓草已宿。高才涉世須通蔽，令子承家總善文。酬取難兄心力處，詞壇立幟在能軍。

舅氏清名愴逝川，兩家兄弟各中年。情深談笑餘莊語，心澹身家得善緣。似爾杜門真自好，笑余攬轡欲誰先？秋山壁立秋雲薄，別緒因君幾度牽。

贈曹壻祓及其弟祜

文字如何始立身，要從靜悟發天真。鏡磨夙翳光才顯，花剪蕪枝氣自新。檢點語言祛躁妄，修持容貌合清醇。而翁望汝成名意，奮跡衡門不厭貧。

寄哭次嘉顧壻二首

一病無端損年少，九原猶恨未成名。才華似汝空勤學，家世何人始慰情。堂上衰親聞乞假，閨中弱婦莫輕生。閩南老淚遙揮處，盼取遺孤乳哺成。時婦有孕。

汝翁祖席設離羣，汝更驅車為出闉。送別依依猶戀我，決科得得竟輸人。龍山命酒馳書日，尊甫屬余遊惠山，君更為附書令叔屬為地主，玉樹凋春未病身。半載分襟成永訣，遊踪回首愴前因。

哭魯三習之

驚傳噩耗別淮陽，欲信還疑淚萬行。交爾廿年無畛域，慳予一面有滄桑。去時病已支離甚，此日愁隨觸撥長。幾度哭君心轉痛，拈毫凄絕不成章。

十載京華負盛名，可憐無命到遐齡。其人于世難諧俗，此筆他年可註經。夢裏魂歸關塞黑，愁邊山向故鄉青。盧溝橋下桑乾水，一夕流哀到海溟。

追悼習之不已復賦三詩誌慟

舅家名德有遺型，天遣斯人不晚成。自古沈憂損年命，從來造物忌聲名。脩文地下隨顏子，君今年才三十二，標譽人間笑禰衡。我作孔融差不愧，憐無薦表到瑤京。

薄櫕凄涼寄義園，京師厝柩之處。憑誰剪紙為招魂。遺書草草歸同輩，孤志冥冥向九原。銜署孝廉名不忝，歛仍縗服恨猶含。舅母今尚在堂。金門似海難通籍，忍說生前未受恩。

兩小同居長更親，黃壚一去手長分。聯床夢冷燈無焰，闢徑心孤日易曛。誌墓求人寧過僕，銘旌題我更無君。他年腹痛思前語，腸斷燕臺日暮雲。

有懷魯賓之舍人

薇省舍人無恙否？宦情經學兩何如？未能啖餅紅綾宴，尚許簪毫白玉除。北里溪山秋曉外，西清鈴索夢迴初。退之子厚平生志，莫學文園賦子虛。

君家從子才無敵，謂習之，計吏三偕竟殉身。千里關山吾欲痛，當時含歛爾曾親。人間剖玉難求價，海上騎鯨好縱鱗。祇是可憐同調少，黄公壚下況蕭晨。

除夕祭詩作

一枝彩筆十年藏，乍覺霜毫忽吐鋩。縱使工之究何補，果能窮我亦無妨。年華漸謝梢頭蔗，才技深慚肘後楊。待把春潮添永漏，更從詞海著舟航。

三載淮陽感慨多，客懷漫倚醉顔酡。若成歸夢妻應笑，鮮聽狂吟僕亦歌。春信已從寒意轉，名心更遣世情磨。儘教剗却豪華氣，料理新詩詠太和。

除夕

兩行銀燭一爐香，歲事關心夜正長。自覺檢書疎點勘，每慚顧影拙趨蹌。鏡中鬢髮垂垂改，天上星辰脉脉望。尚有平生心力在，蓬門歸掩草玄堂。

南船北馬負居諸，爆竹聲中感歲除。儘有瓶花相慰藉，曾憑經訓作菑畬。千秋只覺文章誤，十載偏於骨肉疎。想得故鄉兄弟輩，萊衣舞處會相如。

新正四日脫右車

鮮民華髮不勝簪，老可恒稱感曷禁。毁齒更誰論弱歲，趨庭祇自警童心。時供先府君先太恭人畫像。輔車痛入鴒原淚，骨肉悲生薤露吟。五弟去年病歿。莫說刺肥猶可恃，不能禄養已慚深。

元旦試筆

帝里春光慶履端，故園花竹共平安。吟詩正切陔蘭慕，作賦寧誇彩筆干。遊子事親須養志，書生學道要勤官。遥知堂上關心處，莫遣詞垣笑伐檀。

余家有園在南昌先世父恕堂府君所經營也今已廢為居民宅矣覃溪先生述其已卯典江西試時曾過園中亭外木芙蓉盛開亭柱有聯曰他山之石在水一方乃分書極清古可愛及督學江西問之人乃無知者余請為補書以藏於家塾先生頷之復屬朱野雲為繪圖因先賦呈二律誌感俟圖成索同志者賦之

舊牓新題許八分，百年老輩重斯文。園荒莫問奇礓石，心感勝書白練裙。孺子亭霾三徑草，蘇公圃老半湖雲。南昌勝蹟多悲概，況是家庭少見聞。

卜築江鄉屋數椽，本非金谷與平泉。科名盛日亭偏廢，水石畱成夢亦妍。歸思漫多牽屋感，詩懷不羨買山錢。誰知襞屐經過地，翰墨因緣在日邊。

得家書知先府君舊宅典與十二姪希良彥士弟移居石竹山房玉士弟則典十六從弟沆宅居此舊宅乃朗亭兄及玉士彥士受分業也朗亭兄攜家赴河池州任所用光居京師則前所買嵇氏屋也

善和里內書千卷，履道坊前地十弓。蔣徑乍消殘臘雪，晏楹誰護試燈風。浮家燕薊初書葋，典屋江鄉竟轉蓬。世業口分悲昔夢，中年人事變遷中。

榮落漫分田氏樹，收藏幸比楚人弓。擲金虛牝應醒夢，避債高臺得障風。何日范莊成義產，昨來蘇季難飄蓬。中田兩姓都非昔，中田陳魯二姓最多，世為婚姻，舍舅魯雲亭昨來就用光覓館，展卷慚生賃廡中。

移居懶眠巷二首

巢痕重認五雲邊，豈少先人屋一椽。京國攜家難卜築，鄉園有夢負林泉。將雛燕乍營新壘，選樹鴉初定晚煙。笑說萬間庇寒士，自身且趁僦居緣。

西頭有屋計安便，壓擔書多策蹇先。吉宅從人詩故相，浮家笑我逼中年。詩吟車貝孟東野，畫寫蘿雲葛稚川。菜圃花畦料理處，解嘲與客說芝田。

上劉青垣侍郎

蓬萊頂上望清華，綺歲曾探禁苑花。他日臺司終繼武，兩朝舊德本名家。案前尚守橫經業，門外惟留問字車。十載瓣香慚下士，今朝纔拜絳帷紗。

當年貳守向遼陽，雲護陪京氣象昌。偶為股肱煩汲黯，終緣掌故召張蒼。中書名定金甌卜，左輔才經玉尺量。廻憶魚緘遙寄處，心隨桃李列鱣堂。

黃童敢詡出羣才，當日恩知首重回。檀為逆風偏繞座，桐因入爨忽呈材。用光應童子試時，閱卷者已乙其文置廢簏中，試卷已毀裂矣，師為補葺之，拔冠弟子員，評其文曰：『苦思奥筆』，復亟賞其詩，用光生平知己惟師為最先云。一經伯樂曾稱駿，七賦賓筵枉踏槐。慚愧使星重照日，空勞珊網暗中猜。歲甲寅師主江右試舉用光名向副主考錢公云：此子當必在前五名中。已而用光竟不售，嘗以是為負吾師之望云。

卅載孤蘆舉未成，北轅此日拜觚稜。車聲馳道鳴雙轂，月影疎窗澹一燈。脩業敢云齊顧協，傳衣猶擬嗣和凝。鬱輪袍曲平生笑，幾向初桃戒履冰。

奉題青垣先生拙齋集後

律諧璈管音逾靜，露挹琳腴味轉清。西漢書原推〈說苑〉，中唐詩更重長城。晨趨紫閣從書笏，宵借青藜尚照檠。一品集成誰作序，他年倘許玉溪生。

西江宗派問何如？永叔涪翁世已無。焠掌功嚴寧守拙，移山心在敢忘愚。沉思任筆誰兼妙？秋實春華合並驅。此日編摩欣有得，后山一瓣屬東吳。

上翁覃溪學士

碧澗紅泉舊夢存，當年使者試前軒。成均貢格雖辭薦，經術心期未負恩。思以參苓充藥籠，敢將桃李傲師門。蘇齋講席無由接，悵望庭陰日易昏。

寄懷惜抱先生

經年講席罷追隨，風雨瀟瀟夢董帷。可奈燕臺廻首日，恰逢鍾阜判襟時。雞鳴孤館思君子，帆截長江倚導師。去年五月望後自江寧北行至浦口，阻雨數日，後渡江謁師於書院，兩宿乃別。庭畔柳條如憶別，臨風偏裊向南枝。

十載襟期愧所親，青衫初點帝京塵。年年雲樹勞鄉夢，處處鴻泥證夙因。閉戶經綸空抱膝，參前忠信尚書紳。蕭齋認取鐙前影，莫負鐘山問字身。

買舟為桐城之遊將隨惜抱先生往鐘陵肄業賦呈四律

片帆江口及春開，千里師門去興催。彭蠡浪花平槳過，皖公山翠入船來。淵源漫許他年溯，狂簡終蘄此日裁。回首昔遊成底事？祇應深愧出羣才。

春風高座蔣山旁，行役隨師又束裝。襆被暫過通德里，橫經還就草玄堂。花開雜樹庭陰合，月轉蕭齋客夢涼。此日重遊知努力，濟時事業好商量。

復旦光華照八紘，吾皇仁聖洽蒼生。已聞關吏傳寬稅，佇看潢池報戢兵。多士罷興城闕刺，羣公會奏泰階平。下帷擬作天人策，肯學終軍浪請纓。

書生勳業謝金貂，誰為儒林續解嘲？要學姚崇陳十事，早師荀爽夢三爻。琢磨定力圭辭璞，展拓才華箭離弰。驗取容懷清淡處，天花不向戒衣拋。

隨惜抱夫子由廬江買舟往金陵至泥汊守風

邱畔落花隨客遠，天邊青草入春深。扁舟小泊得佳趣，終日清談生道心。風度牆坳煙縷斷，浪交沙觜漲痕侵。山泉一夜瀉寒玉，夢到故園松桂林。

奉懷惜抱夫子七律二首

不侍經帷遂十年，年年書札隔江傳。昨宵夢載元亭酒，幾日春生白下煙。流寓欲題招隱句，卜隣未就買山錢。龍江一棹何時放，心在鍾山帶草邊。

卅年前寄海峯書，老輩淵源著録餘。事業儘饒脩史外，襟期想見挂冠初。鶯花滿眼春無價，猿鶴膺門夢未疎。欲步後塵公若許，菜根風味勝鱸魚。

題畫扇寄懷惜抱先生

春風吹夢到江南，帶草門庭舊所諳。瑣院乍承新詔入，巢痕如向故居參。月臨西序窗仍照，樹倚東廊影欲探。不識昔年分校日，跏趺何處結香龕。

三千里外祝期頤，借取生花筆一枝。待了邴原携笈願，恰當伏勝授書時。謝墩買宅思終遂，周尺量才愧重持。分校不忘師訓處，蕭然如在董生帷。

喜得惜抱先生書

鍾陵回首碧雲邊，小別春風又一年。尺鯉久遲江上寄，寸心難向夢中傳。杜詩韓筆平生事，北馬南船住世緣。第一得知眠食健，喜開笑眼讀花前。

西清東觀夢如何？長者空煩記憶多。未葬服除慚古誼，勞生心苦寄行窩。銘幽已表林宗墓，授法還傳穆護歌。何日瀧阡真慰願，牛眠指贈未應過。先生教以堪輿法。

喜晤葉塔傳聞其述姬傳師重九連日遊龍眠甚樂即事有贈並寄呈姬傳師二首

康成門下談經士，題袂天涯得暫親。鴻爪合教他日認，岑苔原是夙生因。名存鄭志誰傳業，吏隱鹽官自愛身。却羨登臨真有福，從遊曾作舞雩人。

龍眠山壓一城青，杖履追隨昔亦經。雲壑招公辭皖口，煙江遲我到元亭。路分百里遊難合，別已三年夢亦醒。聞得健身能濟勝，相思天末喜為聽。

己卯禮闈追憶惜抱先生

龍眠山色碧相參，負笈前遊憶共探。校士命宣空冀北，傳經人去夢江南。士龍仍占西頭屋，彌勒誰同上界龕。不信年華彈指過，霜痕已點鬢𩯭鬖。

姬傳先生遺言以趙承旨書待漏院記墨蹟寄用光感誌一詩

錦賻遠從江上寄，開椷只有淚如絲。臨池已愧揮毫劣，從宦猶深待漏期。帖重文家初拓本，尺歸孔氏乍分時。停雲館帖孔東塘周尺皆先生屢次所贈。更番恩誼皆堪誌，豈是田生枕㪺辭。

惜抱先生諱日詣鍾山書院愴述

都講堂非問字來，入門一步一徘徊。香焚諱日心尤痛，座隔春風夢亦哀。永憶遺言期待漏，前時贈尺許量才。先生遺命以所蓄趙文敏書王黃州待漏院記墨蹟寄贈用光，又嘗以周尺見贈。酒將帶草邊傍淚，翻羨明東侍夜臺。

喜見康中丞刻成古文辭類篹初印本中丞亦姚師弟子

曹憲但深蕭氏學，孫洙枉得佛龕文。從誇世上流傳本，難信詞塲派別分。開府昔忝都講席，奇書今見瓣香焚。侯芭老矣心猶熱，喜說岑苔已策勳。

祝人齋先生與先大父凝齋府君同為宋儒之學府君以先生艱嗣息而終年就館於外廼具束脩請先生注禮記俾得居家免客遊也所注禮記稿本七十餘卷存余家先君嘗訪問後人未得用光讀厚石齋集有呈人齋舅氏詩因賦此呈汪碧山如淵訊先生後裔

憶資孫復窮經事，兼為商瞿得子謀。千里遺孤何處訪？卅年副本至今留。碑陰先友前型溯，宅相彌甥盛德酬。料得江鄉迴首處，羊曇淚亦灑西州。

東查春園有序

先大父疑齋府君與海寧祝人齋先生為講學友，先君及諸叔嘗訪求人齋先生後人，無知者；用光讀春園集有與祝錦川祝東涯題詠詩，不知其為人齋何屬，作詩訊之。

每讀柳州先友記，輒深任昉後人思。淹中學尚藏遺稿，人齋先生禮記注藏用光家，稷下遊憐不並時。新雨題襟因舊雨，春園於又山同年為從兄弟，洪支傳族有分支。祝氏為海昌望族。盥薇讀罷還相訊，南阮東裴倘可知。

論文三首

昌黎家法若為傳，滄海横流事可肩。下筆要當論典則，用情方與致纏綿。繡裳赤舄居東日，伐樹援琴歷聘年。莫笑書生工大語，從來弟子寢淵騫。

宋學何人重徽國？周官爭説誤荊公。徇時未許心全誤，泥古由來術鮮工。業本通經先責志，道緣集益要虛衷。滿家文字恢奇甚，誰識情深用世中。

散帙經年耐寂寥，文章深處性情超。椎輪自合尊三代，斑管何須詡六朝。天外御風難命侶，人間服艾自盈要。揚雲儘作覃思學，底及王褒賦洞簫。

夜中不寐感懷

枯魚銜索生悲思，矯褐趨時只愴神。漫向行年疑戊子，且從鍊魄守庚申。課兒自愧難鞭惰，從宦空知貴守貧。月色入簾方倚枕，風聲到樹未成春。

端午雨後作

菖蒲色已謝青袍，角黍香猶借濁醪。不信絲能將命續，恰憐戶竟比人高。蘭橈簫鼓迴鄉夢，京國風雲入彩毫。卻憶秦關征戍苦，洗兵一為借洪濤。

任邱遣人視施姬墓

骨瘦香桃一夕休，經年春恨閣心頭。病來自信醫難救，死去誰憐性善愁。旅瘞半途悲趙地，調糜中夜憶吳舟。孤墳遙灑臨岐淚，魂倘能來從我不。

追憶壬戌冬偕靜娟過趙北口

雙心雙影過連橋，夜色茫茫憶此宵。水涸幸無湍響急，路迴生怕馬蹄驕。曉星入店粧初倚，驛吏傳餐策又遙。今日偕行惟汝女，駰原斷夢故鄉遙。

漫興

剪燈猶自課三餘，老去心情只愛書。作鏡無如溫史好，著鞭早愧治經疏。雲能幻影何闗我，花不禁寒自痛渠。多事衰妻頻問慰，笑儂不寐似鰥魚。

夢靜娟

三月久難尋斷夢，新春心共雪花飛。不知促膝語何處，但喜圍爐迎遠歸。紅燭不留醒後影，綀裹猶著舊時衣。故園復土成阡未，千里寒雲接帝畿。

重有感

每歎芸窗句乍裁，剪燈無復個人來。月臨複壁香全炧，風約虛簾影欲猜。誌墓文經前度寄，營齋夢自故鄉回。老懷百事皆疎懶，剩有離心著夜臺。

和蘭雪小除後一日作原韻二首

江闊十載豔才華，學道心知未有涯。肯借世緣為苦手，早將慧業擅名家。風迴臘鼓還飄雪，春到深山亦放花。杯酒消融塵味盡，看君高詠五雲車。

年時共剪讀書燈，寒夜吟聲凍雀應。即歎流光無緩晷，同知跬步有堅冰。雲霞契合君誰敵？車笠盟寒我未能。紅杏才名蓉鏡望，相期原在最高層。

有贈

玉璫緘札報何遲，叩叩香囊繫所思。鄰嫗彊環憑繫縷，侍兒釵鳳許分枝。樓頭鶴影知迢遞，月下簫聲仗主持。打槳不辭迂路訪，紅橋正是洛春時。

有贈

浮生同此百年身，夢幻消磨未了因。梨棗不栽顏肯駐，汞鉛可配術終神。丹臺孰受安心法？紫府終登證性人。莫道塵寰無解悟，與君晤語已情親。

儀徵阻風舟中遣悶四首

昨日書來慰旅愁，計程早晚到杭州。卻因風阻鑾江畔，喜得帆開越嶠頭。榜妾調羹魚味美，春波送岸艑聲柔，□□陌上遲行色，莫為花開緩放舟。

嬌女樽前教捉蝶，癡童岸上問提壺。愁余客路淹風水，憶子舟行入書畐。兩岸春山鶯語滑，一江晴舫浪花粗。紅橋憶我題衿在，誰信征衫又半途。

暮雨偏隨襆被來，晴雲喜被曉鐘催。洲前喚渡難橫剪，山外停橈且緩開。向午春寒衣欲換，登舟客倦句空裁。啼鶯也在西風裏，只向西湖勸舉杯。

多情底事費安排？特要青琴傍鏡臺。越女難求珠十斛，吳娃索借錦千堆。拋除昨夢沾泥藕，商畧齊肩照月梅。難得詩吟三婦豔，更煩大婦買春來。

酴醾香夢泣春殘

難將心事訴梨雲，更比梅花瘦幾分。香逐春陰歸弱絮，夢隨幡影泣斜曛。池邊雨墮鮫人淚，堂上風飄鳳子裙。瓊漏丁丁簾漠漠，鴛鴦六六護波紋。

枝上黃鸝已送春，池邊青草故愁人。歌塵吹落三更月，燭淚飄殘一寸茵。勾夢遊絲低拂架，啣花輕燕遠藏身。香魂去路憑誰問？如幄濃陰又作新。

一聲批鴂楝花風，壓架虬枝怨未窮。素影總飄流水外，香魂猶戀繡屏中。蝶酣漫笑鶯將老，簾暖生憎日乍烘。贏得園林誇本色，不須惆悵可憐紅。

隔斷瓊枝有暮霞，連天幽思本無涯。夢驚鶯舌頻呼醒，春買榆錢未許賒。香閣拚辭金屈戍，畫堂猶憶玉鴉叉。愁腸若化相思淚，應為牛酥悵落花。

題蓮花博士第三圖為蘭雪悼綠姬作

紫玉成煙恨不禁，蓮花舊夢句空吟。橫塘水暖初聞笛，山館雲歸又碎琴。博士頭銜原落寞，月娥消息費搜尋。隔生雖有西湖約，只恐難銷讀畫心。事見蘭雪聽香館雜記。

歡悰愁緒兩迢遙，我亦更番哭玉簫。香斷靈芸難辟蠹，珊收銕網竟辭條。芸如、珊倚兩侍女名。態憨空許吟詩憶，魂弱知難倩畫招。誰信待年年不待，輪君曾度可憐宵。

一種深情到眼前，兩番秋雨夢嬋娟。緣慳不遇良醫毬，命薄難禁大婦憐。病裏啼痕因送別，花時嬌語欲參禪。若教徵畫兼徵詠，索費詞人百幅箋。

平生豔福讓君多，卻扇新詞又翠娥。仙女三生留影在，美人一拜奈情何？樓因貯月還移樹，俱見蘭雪本事詩，畫可通靈憶補蘿。笑索丹陽豪士謝，買春可否當酬歌。與蘭雪有代我買春之約。

題畫

淺青衫子淡紅裙，紈扇攜來坐夕曛。到眼春光濃似酒，昨宵好夢遠於雲。人誇夫壻同徐悱，自有才華敵左芬。一樹桃花千个竹，就中艷煞卓文君。

無題

十二瑤臺貯玉真，上清淪謫記前身。內家裝束都宜稱，謝傳門庭恰等倫。賦茗才高詞似錦，簪花格妙筆生春。金鑾腕力容華句，應許斯人接後塵。

萬方儀態畫圖中，體格雖殊氣象同。不用解圍施步障，居然講德坐深宮。玉梅弄蕊璇閨暖，緗帙排籤慧業通。中表才名相伯仲，劉家三妹漫稱雄。

碧鸞排尾度深宵，一院濃陰拂綺寮。亞字欄邊月將午，博山爐畔篆初飄。釵頭鳳子名真稱，雲際湘妃恨轉饒。比似主人都少遜，祇憐無命嫁文簫。

石火光中刼運持，逸才終荷上天慈。珠離碧海從稱寶，草出丹山自號芝。閬苑書來人善病，玉樓春好月垂帷。返魂香續三生約，看取真妃納誥時。

最憐

千里卸裝聞小極，半年幽夢苦無憑。雲窗青鳥難傳札，霧閣珠簾暗轉燈。賒我誰將錢十萬，賺他肯借豆三升。最憐軟語沈嬌喘，病起階前步不勝。

他日

風前斜照放新晴，積水堂坳遠意生。淺擁芥舟浮淡碧，倒涵雲幕得空明。閑階兀坐一迴首，他日故園無限情。花影半簾屏六曲，木香池畔聽春聲。

春閨

料峭春寒罷繡時，縷金猶壓鏡邊絲。商量花樣收新格，指點雲容有澹姿。女伴都邀蘭作佩，夢痕渾憶月披帷。打窗風大關心處，莫遣繁紅損嫩枝。

往日

歸思空歌溉釜鬵，卅年人事感而今。犢褌肯作臨邛態，盎飯誰存瀨水心。往日馮驩曾毀券，他時疏廣戒遺金。傾身障簏尋常事，祇惜前賢少嗣音。

花朝偶作

飛塵十丈繡幡邊，盡日封姨儘放顛。憑仗東皇能管領，更無花事鬥新妍。三生杜牧尋春恨，他日裴航種玉緣。安得道人殷七七，竟從閬苑致嬋娟。

看他百卉各爭春，擬爇青詞奏上真。香閣不宜梅格韻，深山空長蕙精神。路旁苦李花偏豔，擔尾酴醿色轉新。一笑薔薇紅爛漫，枝頭芒刺解傷人。

杜鵑啼血滿山紅，誰信牽牛恨亦同。色靜偏明秋夜月，香清遠送畫樓風。妍華未肯勤春事，生命何當問化工。愁煞玉繩低轉候，啼煙泣露一叢叢。

一枝木筆白皚皚，竟向東風爛漫開。詎有貞操傲冰雪，也曾分種占亭臺。香留粉蝶能藏影，色亂寒梅欲換胎。翻笑平生江夢杳，只緣錯料趙堯來。

傷春情緒惜花心，檢點韶光付短吟。十道夢迷紅藥省，卅年身老白雲岑。抝枝伴少王孫倦，拾翠人遙芳草深。張翊羅虬俱寂寞，遺編誰與豁塵襟？

七夕

略有疎星幾點懸，一庭風露浩無邊。天街雨歇蟾微吐，銀浦雲深鵲可填。寒到湘簾難久立，夢成鴛被肯遲眠。故鄉兒女陳瓜果，却憶燕臺路幾千。

和蘭雪得家書寄答蕙風閣主人之作

緩帶心懸望遠途，才郎春夢轉蕭疎。儒家妾少量珠聘，名士妻無織錦書。自惜蘭情同蕙性，幾時翠幰迓香車。為憐兒女婚期近，亦要雲窗早潔除。

初試成均

身自虞庠夏序來，辟雍遥望鬱崔巍。五經漫許論家法，三物真慚説滯才。雲借午陰澄麗日，風迎蟬響韻疎槐。鳳城彙筆趨承處，千里江鄉首重回。

舉京兆作

少小輕肥願本無，漫因負笈狎江湖。為鐘敢詡疑神虡，投懷初成變彩虛。人以文章期作者，天教姓字到皇都。淮陽正切高堂望，急草長箋報遠途。

不能早達才原鈍，何以娱親事正賒。千里燕臺初作客，半年潁左尚浮家。時家大人尚客陳州。豪華往日矜犀麈，生計而今信晝叉。祿養若謀通籍後，倘容勾漏乞丹砂。

荷亭課讀事全非，先慈有荷亭課讀啚，卅載韶華只自悲。失母身今千里外，丸熊味憶九齡時。畫中池館原如昨，夢裏音容愴莫追。慚愧旁人誇宅相，重因經幔哭牢之。用光弱冠後受業於山木舅氏。

羣仙抗手瑣闈開，盡道珊瑚入網來。予初未識狄次公太史，揭曉次晨，太史自闈中出，即以名箋持賀，且云闈中聞船山太史賀多饒峯師之得用光，皆為刮目，余則感而滋媿云。能令項斯感知己，揭慚孔顗本粗才。江南夢醒泥金帖，帝里雲澄市駿臺。莫忘短檠攻苦意，好將詞賦學鄒枚。

散館紀恩

重趨丹陛覲天顔，奉敕身隨退仗閒。入館經年充史局，此生今日定仙班。恩波暖共龍池水，麗日祥生鳳苑山。慚愧素餐稱彩筆，猶叨乳酪御厨頒。

領祿米

先疇累世拜君恩，天庾重叨賜祿存。來自田間知重穡，須隨車服媿乘軒。漫誇詔糈依丹地，曾記嬴糧到白門。猶有康成家法在，玉堂散帙一重論。

鬻騾

經年負載豈無情，忍聽悲嘶別主聲？策蹇於鄉千夢穩，籌貲及汝百愁生。塵中盡力誰先騁？世外求芻不易營。祇惜此材非駿骨，黃金臺畔莫横行。

早朝過市見趁市者歇擔泥塗中

籠燈幾許照泥痕，辛苦謀生薄利存。侵曉車聲初過市，耐寒人影半遮門。熱腸尚自慚軒蓋，冷宦安能志飽溫。三寸毛錐一丁字，敢誇身貴業原尊。

皇上親耕籍田敬紀二首

農祥見後協風初，翠幕青壇潔掃除。令肅先庚嚴法駕，日占吉亥迓鑾輿。鴻儀歲舉原師古，令節風和恰進書。省識齋宮精享意，侍臣誠敬總能攄。

鳳管聲中玉輅臨，晴郊春氣洽宸襟。有年自報勤民意，無逸彌昭纘緒心。已見河流循故道，會看井絡獲前禽。寰區事事關宵旰，願聽農歌和凱吟。

七月望日引對記名御史答葉芸潭

左掖初桃晉上林，商量身世幾沉吟。敢誇臺閣生風手，仍是歐蘇乞郡心。祿養他年悲莫逮，詞臣此日俸初深。故人厚我還相勖，對鏡先愁鬢雪侵。

擢庶子呈鮑宮端覺生前輩

感遇平生未有詩，神遊萬卷惜年衰。菲材敢望華資踐，踰格頻叨聖主慈。老輩芝階聯步日，新篇弓體受檠時。宮端時為細潤麗體文。廿年莫謂詞臣老，今日詞臣始得師。

答謝筠潭同年見賀學士次韻二首

通籍遑誇廿載前，蓬山慚說臥能堅。更無旁助膺殊眷，何以酬知副美遷。門戶幸支中落後，師承每憶少遊先。伏生八十銜方賜，惜抱師庚午重宴鹿鳴，始蒙恩加四品銜。早得恩榮感自天。

石林聲望本盧前，都轉冰操晚更堅。籌國能令商力裕，展才勝得柏臺遷。九衢縱馬須鞭後，一局敲棋貴占先。自昔熬波同播穀，不分因地與因天。

答謝覺生前輩賀擢學士之作不次韻

作賦曾傳枚叔法，余爲庶常時君為指授作賦法，治經愧似賈山疎。廿年從宦叨閒福，三島承恩得美除。黄卷蹉跎衰鬢外，素心策勵晚風餘。辱詩寵贈知難稱，自視惟如就傳初。

丁亥十月十六日拜擢授詹事之命紀恩二首

晉階逾次荷殊榮，寵命傳來受益驚。坊局趨堂守端範，予昔擢中允庶子皆登端範堂，聖謨箴坐凜存誠。署中文廟泐石恭刻聖祖仁皇帝御書存誠二碑。三冬學豈平生足，百世名難暮景成。自愧禁中非頗牧，西陲不敢請終纓。

自分蟫魚老此生，敢云證果得圓成。誰知佛賜瞿曇地，竟許仙登脉望名。榮占詵枝懷往哲，署中一枝軒明賢所題也，香分韓瓣守初盟。翰詹署皆祠祀昌黎公。御溝一帶清如許，記取冰銜對影清。

己卯秋闈閱卷後有作次明王衷白庚戌聚奎堂原韻

風簷隔斷棘闈深，古戰場真按轡臨。坐擁皋比從占席，手裁松子可成林。迎郊負弩緣原淺，席帽青袍夢未沈。不負冰蟾相對處，庚申守此廿年心。余以庚申舉京兆試。

太和門外步月時充武殿試收掌官

金波穆穆擁輪行，丹地能教悟境生。士品由來須潔白，文心於此得光明。雲階鋪汞紋俱細，宮樹籠煙影亦清。何幸雕欄文碱畔，低吟許著讀書聲。

尚書郎給青綾被，更直西京建禮門。幸倚儒臣辭宿衛，揭因策士傍宫垣。冰池勢繞橋痕曲，璧月光含殿影尊。連日飽看天上景，人間何處詫林園。

壬辰九月奉命主武會試紀恩並呈朱茮堂副憲姚伯昂少馬兩同年少馬時為知武舉

秋選干城請御裁，恩綸屆日下容臺。鎖闈命試孫吳法，趨禁慚非頗牧才。馬列長楸垂佩肅，唱名入闈時聞威儀殊整肅，弓彎滿月先期開。墨痕飛處龍韜熟，一種書生得得來。

擎來判事彩毫新，回首當年應舉身。鴻爪因緣話京兆，岑苔氣誼守庚申。伯昂與余同舉庚申，京兆椒堂舉浙中庚申，而歷任少京兆大京兆。文推北地才兼武，秋試南宮例代春。文闈南宮試在春，武闈南宮試在秋。禮樂兵農思報稱，冰銜同勵拜恩人。

奉命副劉筠圃同年典試江南紀恩述懷

十八年前乾蔭在，星軺為我一開眉。君恩重許人持節，客夢兼成第憶師。余癸丑受業姬傳先生，居鍾山書院者半年。帶草悲曾依遠志，蓼莪痛欲廢笙詩。守身敢忘終身慕，得士方酬國士知。

柬筠圃少宗伯同年

中壘光曾分太乙，后山派敢詡西江。乘駰乍喜成葭倚，搦管深慚許鼎扛。日暖秋原聯玉勒，月涼候館話銀釭。無端隔面因分院，左計真嫌僕隸惷。

闈中書懷

指點鍾山秉節行，卅年前是魯諸生。舊游地憶傳經事，校藝場深勸學情。猶有故人披席帽，頗聞多士盼霓旌。如何不負持衡處，一片冰心早自盟。

心聲家法兩堪稽，生恐金沙到眼迷。早信馬揚難遽得，猶思崔蔡尚能齊。商量驥德收騕褭，約略檀材聚挈榼。幸有同心劉子政，光明藏許借星藜。

太乙舟詩集卷九

喜於彦耿十弟親家處見手録惜抱軒題跋及論詩文各種筆記寫録副本之餘賦此為贈

珍重薪傳一束書，白頭肄業肯忘諸。成名此日慙都講，請益當年媿起予。幸以通家聯戚誼，喜將副本付鈔胥。迴思函丈提撕意，不習猶廑日省餘。

寄懷趙竹溪

寫將離思託賓鴻，千里寒雲一望中。泥爪漫隨塵夢散，心期猶有故人同。金樽醉罷燈初灺，斑管吟殘漏未終。一樣南衙聽官鼓，幾時聯轡蔣山東。

憶昨青溪打槳遊，衣香鬢影共勾留。紅芽抽罷銀燈暗，白紵歌殘玉樹秋。客散酒痕沾薄袂，月明箏語隱高樓。誰知杜牧三生恨，付與秦淮逝水流。

乍拋歡讌唱驪歌，楓葉酣霜客裏過。歸路不辭繞西越，塵心空復戀南柯。筆花夢錦蹉跎劇，席帽青袍感慨多。讀罷南陔愧遊子，衰親已自鬢絲皤。

褭褭鞭絲別故鄉，來依官閣卸奚囊。讀書氣助詩懷健，感舊心隨客夢長。嵩嶽晴雲千里目，南朝遺蹟少年場。只今回首情何限，打疊吟箋一寄將。

贈湯薇垣

同是西江社裏人，題襟翻借客中身。厲公已占淮陽籍，處士爭傳郭泰巾。譚藝趣深知意洽，聯裾日晚倍情親。東堂樽酒西窗燭，天為吾曹證夙因。

入世儒冠百不宜，如君風度信吾師。接人自有圓通性，作札還揮絕妙辭。他日應題司馬柱，連朝同下董生帷。應劉才調鄒枚契，難遣羣兒取次知。

蕭齋緗帙冷雲籤，香閣春陰護鏡奩。幽夢恰憐羈緒苦，良宵相憶海籌添。幾曾作客人千里，無那窺窗月一簾。恰喜還家休沐近，不須城鑰放深嚴。

寄友人

絲雨如烟黯不開，一庭寒色墮莓苔。夢為昨夜雲將去，書倩遙天雁帶來。千佛有名空禮塔，時頻遊相國寺，重陽無酒罷登臺。遙知官閣裁詩者，覓盡陰何撥盡灰。

西園東第總聯裾，搦管飛觴興未疎。小別乍憐魂夢繞，尋歡渾憶笑談餘。玉簫夜按伊涼曲，芸館朝吟宛委書。回首便成三載事，人間何事不蘧廬。

名場一樣困青衫，雜感旋生不任芟。作賦十年難乞序，著書一卷例名讒。世情豈戀蕉隍鹿，生事終歸木柄鑱。似爾才華終遇合，底須料理署新銜。時君以納粟得參軍。

昨者士龍頻握手，為言仲子最相思。定知籬菊成幽賞，可惜霜螯不共持。炙轂喜逢齊贅口，尋秋愛讀鄭公詩。可能來結閒遊伴，共向風前倒接籬。

喜晤徐尚之明府時寓居汴梁

九衢車馬日喧闐，小住梁園眼倦開。秋氣暗隨微雨至，燈花喜報故人來。宣房好展窮經學，宦海空憐作賦才。一笑相如非病免，也從此地接鄒枚。

漫憑旅館認巢痕，十載聯床記宿因。君向鴻泥悲舊雨，我慚彩筆接芳塵。予寓舍乃君向日與故人某等題襟舊地。客中袂把題糕節，天上風寒落帽辰。誰向長房乞仙術，萸囊一繫宰官身。

寄懷楊海柟孝廉

朝聯吟案夜彈棊，鎮日南衙接履綦。每讀詩篇君首肯，若論年齒我肩隨。紅泉碧澗麻姑宅，柳浪荷風貞子祠。不信故鄉疎握手，翻從淮潁訂交期。

比來肺渴更何如？涼入庭楸體自舒。文士從來艱遇合，秋懷於此要拋除。筆花漫倚江淹夢，腹笥徒誇邊韶書。為報兒童賤家法，故鄉待爾導經畬。

郭小陶作烏夜啼詩甚工筠潭屬與同作適感舊事和以寫意而不次韻

雨易瀟瀟霧易昏，畢逋舊句怕重論。將雛力倦風千樹，返哺心孤月一邨。織錦有人尋斷夢，爇檀何處賦招魂。啼鵑一種傷春意，燭剪寒閨夜掩門。

和姚鏡塘先生用蘭雪除夕看梅花韻

怕說屠蘇待舉杯，老懷漠漠向誰開？人間儘有雲屏在，仙夢難招縞袂來。彈指秋魂三月過，傷心瓊樹廿年栽。詩人漫有春盤約，不為西湖首亦囘。蘭雪昨有看梅小集之約，鏡塘有夢到西湖春又來之句。

得葉芸潭觀察同年贈詩有感和韻

中年百事易蹉跎，對酒尋花遣興過。心與寒泉流比潔，書如敵壘只空摩。侵門雪影盈階在，覽鏡霜痕止鬢多。得句感君勤寄似，撥灰媿我覓陰何。

同日得筠潭嶰雲介航晴峯書喜成一律

故人各任封圻事，望遠頻將離緒牽。何意束書登几畔，便如促膝話燈前。皖公山色分袁浦，夢得吟懷策祖鞭。雕本能傳型俗意，盼將師說鋟遺編。筠潭寄其訓士化民諸喻，余昨寄嶰筠札，屬其重訂姚師所選經義。

寄懷梁山舟先生

占斷西湖六十年，風流端不讓逋仙。書能名世甯論爵，心可觀空署近禪。數到別期餘十一，自癸丑至今九歲矣，夢尋遠道恰三千。鷄鳴幾度思君子，風雨燕臺思悄然。

贈康茂園方伯

石城千里拜旌旗，江國東南要主持。霖雨為懷諸部化，嚴霜立節兩朝知。春迴黍谷官仍達，神護鯨波夢不危。公曾立黄河中三日。驗取平生徵所歷，中流砥柱是襟期。

我翁領郡江南日，身受恩知記獨殊。東閣留餐無雜坐，南邦乘傳有專符。公署皖撫旋金陵時特檄取家大人送篆交皖江中丞。洽惟清淨心相契，境過雲煙感更紆。每憶趨庭頌明德，淮陽迴首夢于湖。

杪春旌節過西江，童孺歡迎竹馬將。建業承恩遷化雨，洪都懷澤護甘棠。未能扶杖登官閣，衹自瞻雲爇瓣香。省識高堂傳命意，祝公開府到吾鄉。

結交漫詡老蒼多，未識荊州感若何？姑孰傳抄文字稿，邢邱飽聽士民歌。用光曾手抄公製舉業，在陳州聞公守懷慶時政跡甚詳。誼存兩世焚香拜，緣在鐘山打槳過。小草自來稱遠志，經綸緒論願編摩。

贈蔡生甫先生

手注丹黃點六經，化身擬是戴匡星。能從元晦參名理，直與中郎接典型。香雨有時飄佛座，先生喜談佛法而能得無上諦，與儒家養心寡欲之旨相發明，非徒以淨名經尚口耳也，奇書連歲授玄亭。先生連年典鄉試分校今年復派教習庶吉士。百家貫串爭傾耳，宋學惟應賤子聽。

喜晤張船山前輩

春江一掉放船來，仙吏三山撒手迴。磁枕已抛聊說夢，糟邱可築且銜杯。畫為寫意高人筆，詩是登壇大將才。天遺遊踪補吴越，湖雲海月為公開。

苔岑十載傍瀛洲，師友之間刺許投。樽酒燕雲成昨夢，芒鞵吴苑此扁舟。羨君已作抽帆計，愧我方添索米愁。談笑兩心相印處，吟懷早晚證盟鷗。

投阿雨窗林保**中丞**

玉節牙旗據上遊，提封坐嘯皖山秋。才多餘地詩嚴律，化助熙朝事借籌。永憶甘棠留故里，公提刑西江時至今今人誦去思，欲題佳樹悵前遊。青蓮願見荊州興，此日甯嫌路阻修。

當年啟戟駐西湖，爭說風流繼白蘇。節鉞榮還膺帝命，江山重鎮暢皇圖。亭懷逋客仍迴棹，山過龍眠乍倚艫。曾讀隨園傳唱句，題襟合座許儂無。

贈吴山尊前輩

曾讀傳抄幼婦辭，青山謝朓鎮相思。用光於姑孰見先生雜文以未握手為悵。論文待訂千秋業，見面翻遲十載期。雲暖上林鶯接羽，琴彈清角月侵帷。篋中贈扇今猶在，投報甯忘雜佩貽。

同爇涪翁一瓣香，題襟吟就日三商。火雲生處峰巒幻，水牯馴來道味長。詩有禪心非佞佛，時過庚伏又嚴霜。同人昨拜東坡壽，待與先生索和章。昨約先生同拜東坡生日而先生未來。

贈李潤堂勳伯

四年離緒喜班荊，儒將風流老更成。為撫澤鴻曾請檄，不煩介馬去團營。雪前歸楫差差送，江上寒濤故故平。談笑先機能弭患，可知勳伯是書生。

寄懷平叔制府

四月君行我後行，川途前後有同經。傾襟奚啻僑兼札，避面翻如尹與邢。蒼玉洞猶遲坐石，時試事未畢未及往遊，中秋節漫話斟醽。文翁教澤堪徵處，已見諸生筆有靈。汀郡詩甲於他郡，殆平叔作守時餘韻也。

閏中元後一日作用義山中元作韻寄蠏雲同年時懈筠有錦瑟之悼

少翁仙術可能來，鍾阜麻源首共迴。馬氏清娛惟夢影，周家絡秀亦泉臺。儘教再舉盂蘭供，怕說重逢笑節開。我欲慰君難自慰，秋山紅葉憶良媒。余納席姬，席姬之殂皆九月。

寄懷李星白太守

太守家風溯謫仙，才華不必在詩篇。收將簪筆乘驄手，來結行春問俗緣。山郡訟稀雲亦靜，江鄉夢好月增妍。安能碧澗紅泉畔，聽取循聲滿耳傳。

虛心延訪到鯫生，想見慈雲覆物情。剪燭不忘連舍語，唱驪應補踏歌聲。使君寓居與余比鄰，出都時未及作送行詩，今始補寄。牧無害馬羣知壯，泮有懷音木自榮。挽取卅年前舊習，麻姑山色為公清。

贈張翰山觀察

憶共離筵把酒巵，三年彈指北歸時。聞君熊軾初巡郡，奉命淮壖又賑飢。康濟斯民原素抱，商量闔學辱深期。樹人樹木閒評量，文品殊慚遜荔支。

贈唐陶山

麥秀雙歧奏豫州，高牙大纛此才猷。江南誰占詩人宅，嘉樹陰連寓館樓。紀事一圖留北薊，使君五馬又東甌。二千石有真祥瑞，佇聽循聲播海陬。

東家荔峯閣學

傳稱胥命美春秋，廚顧高風世鮮儔。乞米書成人臥病，指囷心在客鳴騶。雪鋪冷玉迴晴靄，菊綴殘金醒倦眸。一笑雅宜書借券，尚傳題詠話蘇州。

寄懷項漪南同年

好友天涯久別離，十年足不到京師。豈徒畫手誇前輩，便與逢人說項斯。小戊子慚余老醜，守庚申祝汝期頤。金精山與篔簹谷，鎮日吟君便面詩。

吳仲倫生日為五月初十日在蘭溪舟次計至睦州時當為舉觴比至試院始知其誤以後期十日為誕辰也余與先生同歲月日後於先生乃為延年之祝以博同人一笑

敢云同歲便齊名，風雨聯床事以兄。同行三郡率多雨日。奇夢偶然逢謝客，前身或恐是元英。元英故居在桐廬。關河閱歷心全澹，文字因緣意早傾。一笑懸弧誤書日，添籌卻可頌長生。

贈琴岩

幾載交情逐漸深，籌來身世感難禁。課兒代畫尋師策，教女平分擇壻心。後日成名思辟穀，眼前佐郡當抽簪。飲河自笑同鼷鼠，尚有貧交欲贈金。

歲華紀麗又天中，艾虎蒲人照日紅。望雨欲分當寧念，珥毫慚詡侍臣功。蘭閨徵夢宜男喜，桂嶺乘軺攬轡雄。說到消磨身世事，六壬占驗畧應同。

贈吳仲倫二首

韓歐宗派在龍舒，卅載門牆感歲徂。媿我只堪儕籍湜，慕君應可並曾蘇。襟期霽月欣初見，氣誼同岑喜不孤。江左以南閩嶺北，論文天遺到名都。

神交曾溯好林泉，初月樓高影接天。失學每思同勵學，齊年都惜過中年。剪燈軟語春風外，對酒豪情越舫前。從此雲龍願相逐，加餐各護兩霜顛。

甲午仲夏喜林仲騫來訪即送其歸吳

尺素曾通廿載前，援鶉心事話前賢。卻因浙水拏舟便，得遂吳山剪燭緣。葯賣韓康春在手，家如原憲室存氈。白駒無以成維縶，愧誦周詩小雅篇。

龍眠夫子有遺編，南雅燕臺去幾年。師友平生多涕淚，宋元文派共仔肩。石湖春水舟堪艤，鄧尉梅花夢亦仙。何日皋橋成小築，與君三徑兩周旋。

贈袁鶴潭廷璜用其贈鄭樵仲韻樵仲為邵子之學

一棹龍江轉曲阿，西湖來共盼庭柯。夢迴白下吟紅藥，路入蒼巖濕翠蛾。久客生涯勤學少，舊家風格勝人多。得朋刻意論經世，喜子能尋安樂窩。

船山玉松兩前輩同過太乙舟船山為畫蘭菊於便面次蘭雪韻題詩並柬

只畫溪籐不畫紗，春枝秋葉帶風斜。能來細酌消閒酒，誰分狂吟得氣花？詩謝鉛華同入格，人隨天性各成家。孤芳信有岑苔契，願化雲根託水涯。

到門一樣岸巾紗，洗硯看成醉墨斜。妙悟拈來誰佛偈，塵緣消處幾唐花。畦荒籬老空千古，石瘦雲寒自一家。恰喜過從無熱客，各將冷淡作生涯。

送樂元淑鈞南歸倒用前韻

瑤思瓊想覓生涯，此筆年來自立家。五月客愁醒鶴夢，十年詩興笑蒲花。鄉園樽酒雲同遠，車馬關河日易斜。較勝當年王相處，題襟佳詠早籠紗。

寄梧門學士疊前韻

詩草經年護壁紗，論文每共角巾斜。尋親約載橋邊酒，病暑心憐雨後花。人到有情能作佛，身無多累肯浮家。名山業許中年就，歸去吾生信有涯。

寄懷王鋏夫疊前韻

冷官何處認烏紗，巾墊揚州雨後斜。塵世才名輸帶草，故人詩夢約瓊花。風沙欲斷天邊雁，圖史仍攜客裏家。更喜何郎今作郡，昨傳佳句到天涯。時得何蘭士詩札。

詣鍾山見洪稚存前輩即至乃知傳者誤也復綴二詩代柬託鋏夫代寄

一江秋水一林燈，烟外吟聲入秣陵。三雅圖書成後約，六朝樓閣忽孤凭。詩吟擬體空為介，集借他年久服膺。一笑傳聞渾易誤，千秋著録更何憑。

王趙於公為老輩，龍門未御更添公。王蘭泉侍郎趙臨北前輩予皆未之見。商量所學孤前夢，吹斷南雲又朔風。遊客情生千里外，古人心在一編中。得知近著箋盲左，抄録猶思託便鴻。

柬謝向亭

同抱霜葵一片心，秋聲忽向井梧沉。摧玕乍作階前舞，傾日猶堪亭畔尋。未許譚禪參上乘，從來讀史愛虞箴。笑余禿盡文通筆，盧後王前愧不禁。

喜得袁峴岡同年書卻寄

緘書來自三千里，判袂何堪十五年！驥子欣聞文選熟，豚兒難得厲人憐。支持門戶惟霜鬢，料量心情只墓田。先君尚未卜得吉兆。歎我擢官離鄉國，羨君養疾傍林泉。

進學解無韓子筆，廬山高乏歐公詩。晉階自慰故人意，稱職難酬清夜思。六十行年健眠食，一編終日盟心期。陳無已慚江右派，袁伯業真吾輩師。

喜晤嚴樂園觀察如煜

天星鬼界路幽深，結伴書生掉臂尋。熏鼠細陳團練法，墮鳶不作武溪吟。湖湘水暖波如鏡，秦蜀山高樹似簪。米賊犵苗籌辦了，幾篇圖誌當虞箴。君作苗防備覽、三省山内土俗雜誌，皆佳。

離思迢迢驛路賒，卻從京國話天涯。秦雲夢墮梁間月，燕樹秋開苑外花。用世心憐霜點鬢，進階官盼雨隨車。勳名努力追前哲，史筆平生不浪誇。

寄姚七根重

裙屐翩翩一少年，衆中才氣正孤騫。酒傾豪客千金座，詩寫雛姬五色箋。舊夢忽驚鴻爪過，離懷難倚柘枝顛。何當共握燕臺臂，看汝題名雁塔邊。

荏苒韶光歲幾除，年年心事付蟫魚。難膺簪組傷才薄，未報恩知愧學疎。雜感乍消春酒後，高情猶屬晚風初。知君念我年來劇，為報楊雄嬾著書。

夜起偶憶蔣藕船來太平署中勗余詩有就枕為憐奴子倦掩書纔覺燭花停之句感成一律

就枕為憐奴子倦，故人此語每尋思。何當老去渾無寐，忽向秋來漫與詩。焠掌少年葱肆少，聞雞心事檠燈知。楚咻齊傅難商畧，舊族如何庶起衰。

喜得沈狎鷗詩札卻寄

短簿祠前話京國，離懷又過四年餘。傳經席遠書初到，用世心長學愧疎。大戶自宜京口酒，成言未寄旋贏車。狎鷗仿西術作贏旋車以溉田，勝於水車，余嘗乞其製以見寄。平生不解弧三角，責子詩空厲祝如。

寄鄭灌甫司馬次介坪太常同年韻

到眼停雲密復疎，別君又是兩年餘。太常齋罷初酬句，澎島春深昨寄書。海接津門人宛在，灌甫與介坪廿年前同客津門，月明鍾阜夢何如？平生風誼敦師友，有客今悲下澤車。謂姚根仲。

唐官到處羅要盟，番人呼漢高唐人，生熟番人意早傾。依郡初臨東吉嶼，分符同領赤嵌城。風恬氣母無迴鬻，波靜天吳不舞鯨。早晚褰帷邀內擢，待持班管紀循聲。

秋夜讀尚絅堂集柬芙初

晚雲似墨一層層，雲罅冰輪露幾稜。暑氣入秋還釀雨，風聲隔院欲飄燈。涼宵散帙空多感，步屧衝泥卻未能。借箸無緣惟覓句，對人媿說一條冰。

寄懷楊蓉裳農部芳燦

琴歌酒賦悵離羣，客路迢迢客思紛。士有才多誰敵爾，詩因吟苦總思君。暝煙晚渡西峯月，晨靄朝橫北嶺雲。不道連宵酬軟語，夢中吳詠袂重分。

次韻和費星橋方伯北覲途次保陽旋奉即往楚北之命寄懷都中知好之作

粵西新命拜旬宣，旌旆俄看薊北旋。千里褰帷從問俗，五雲迴夢自朝天。隆中高士聞留宅，漢上耆儒孰比肩。余嘗屬公訪求朱漢上易傳。較量刊行鄉里意，公觀察粵東時校刻明黃佐泰泉鄉禮，有才儘得受公憐。

經世何當結古歡，世無徐樂與嚴安。書生借箸譚原易，大吏宣風效每難。何術烹鮮兼製錦，漫思奇服更高冠。外臺閱歷公應熟，願飫蘭言當授餐。

晴後和賓谷前輩連宵大雨曉起之作原韻

到眼坳堂有芥舟，詎堪擊檝赴中流。地卑易濕愁無已，瀾倒難回慮豈休！斜日穿簾光乍映，暗雲結樹景偏幽。人間晴晦安能定？努力隨緣與賞秋。

聞李鳳岡太守抱痾旋愈訊之

一官脫屣意何輕，萬卷圍身老有情。坐對青山忘世事，心從白業得長生。君家有見山臺可望西山，君深佛理。昨來偶示維摩疾，覓句頻邀季重評。君作詩數就蘭雪商訂。聽說編成聞見録，頗能不取世間名。君著日録極有懸解。

贈家小雲別駕

當年未面誦君詩，韓范襟期有遠期。涉世果看才歷練，揮毫更覺語幽奇。漢官別駕膺清選，唐代騷壇首拾遺。宦績門風兩輝映，聽騰驥足慰霜髭。

次韻答家小雲別駕招遊法源寺看海棠

隔歲巢痕夢未忘，小雲初寓法源寺與同人有今春看花之約，破禪花氣認雲堂。遊粱刻意尋耆舊，戴金溪鮑覺生顧晴芬諸君小雲向皆未晤，補禊新吟索和章。護世城知多願力，衆香國歎少周防。封姨肯受瞿曇約，是日無風，錦障全拋也不妨。

贈陳貞白大令醇

宦海挽舟仍浦漵，名場建壘早旌旗。未知文果工何體，滿聽民爭助所資。劉會稽終膺內擢，君河南合溯傳支。后山一例門風託，香瓣慚孤子固師。

初披襟不啻班荆，十載前頭早締盟。太乙舟小齋名難從挽袂，歸來堂君將構而名之合待題名。不妨鴻爪尋他日，只恐霜顛負短檠。憑語東昌賢太守，寄書何以勗平生。謂介茲前輩。

次平叔填榜日有作見示韻

詩壇宦海感華顛，澹定心游自在天。落帽風初高會日，延年花恰晚秋妍。劬書士盼名流出，任事才誰主敬先。三載傾襟難判袂，離懷惆悵治裝前。

和蓉裳早春遣興詩五首

鳳城宮闕鬱中天，元日春光百事妍。雪曉影含鴛瓦潔，雲晴光護玉樓鮮。簪來綵勝憑占喜，飲到屠蘇已讓先。鳷鵲觀前湖海夢，媿無佳句答流年。

記向家園倒玉枝巵，一年春事重花時。語聽鸚母攜佳客，幡約封姨訂小詩。颭勝翠遙知蝶散，浮波紅近借雲移。何當裙屐聯吟處，瀛館簪毫有夢思。

趨庭昨歲客淮揚，脩禊蘇亭事未忘。春到中原遲柳色，舟穿叢葦破湖光。三生鴻爪從留印，此日龍華記舉觴。併入新年成遠想，煙波十頃夢他鄉。

江南曾是題襟地，玉管金樽記昔遊。詩夢客聯三雅袂，水嬉人泛六朝秋。誰緣芍藥生春思，我替芙蓉起暮愁。讀罷新詞倍惆悵，他年雋賞會須酬。

江關詞賦草萊身，戴筆深慚侍從臣。君為尊彝憶邱壑，我因春酒念昏晨。鷗盟跡與浮家遠，雲臥心緣愛日真。已約東風護花竹，採蘭堂畔佇歸輪。

次鄭竹磵樞判見贈韻即以送行

異言到眼總凝眸，老去吟添失學愁。佳客偶然來海國，虛聲何意訪瀛洲。鏡中鬚髮人蕭爽，夢裏雲山路阻脩。惜別不辭重疊語，歸鞍臨發尚遲留。

又贈高麗四進士

春風有約駐征鞍，廠市西頭覓古歡。遲爾不來緣病臂，把箋相憶幾憑欄。圖成主客題襟易，夢隔雲山判袂難。贈取成連琴一曲，相思憑向海東彈。李晚菴

交緣傾蓋便相親，敢謂文章意氣真。話到百年同過客，情知一面有前因。持杯莫負春如許，折柳深憐綠未勻。夢向孝廉船上座，蓬窗萬卷總圍身。李無適翁

生年同歲尋常事，抗手欣逢海外人。萬里來隨賓雁使，一杯相屬帝城春。交無異地惟師古，學可經時各愛身。隨分山林與簪組，莫教孤負此星辰。徐鍾園進士

謝家兄弟好風標，隸事爭看百六鐃。積學君如袁豹富，清談我愧阿龍超。九能奉使才無忝，三雅題襟跡屢邀。誰道流傳朱陸辨，狂瀾能障海東潮。南園進士

雨中魯琴村孝廉經文**招飲湖邊道院**

虛堂領取一庭秋，今雨還為舊雨留。遙夜樽前詩興好，澹烟燈外畫情幽。樓臺掩映人遲到，島嶼縈迴地咋修。惆悵江天空濶眼，不曾佳處快新遊。湖為新修，布置畧仿西湖，院在湖之一偏，惜余來已日暮不及遍遊。

白香山先生生日莊芝階汪小米兩舍人復招與蔣伯生大令松如安伯雨茂才同集

平生知足悟浮休，頗與先生意氣投。一瓣香緣生日爇，七分花約聖湖遊。梅花開過半矣。勝公自喜身無

疾，邀客深憐屋似舟。六十八年觀宿命，頗因詩債有勾留。祠傍臨水，有屋如舟，榖人祭酒題匾曰『一半勾留』，兩舍人招客餞餘於此，煙景幽曠而屋已傾欹矣。樂天六十八歲有病中詩十五首『我亦定中觀宿命，多生債負是歌詩』病中自解句。

葉芸潭紹本**同年招為第二集**

親串交緣文字密，京朝官得酒樽閒。貌豐恰稱詩環麗，主雅能勤客往還。秋色滿庭烟欲醉，花痕映燭影同殷。夜深菊夢誰尋去，覓句知君句屢刪。

汪浣雲儀曹招為第五集

瘦玉泠泠指乍停，虛堂琹韻裊爐熏。新聲想見綺窗好，古調惟應前輩聞。按譜君能歌白雪，看山我亦憶春雲。酒闌喚醒揚州夢，秋月紅橋有幾分。浣雲於座中鼓琴，並出其填詞看山彈琹三圖索題，浣雲有句云：『綺窗人與琹俱瘦』，蓋為其侍人傳姬作也，故戲調之。余春杪在揚州聽琴，有朝中措詞一闋。

法梧門前輩招集掃葉亭

折柬何殊特授餐，洗塵鴉集此盤桓。詩工和韻搜新句，畫許題名結古歡。時命題名於詩龕中陶孟韋柳諸畫像幀。中歲勞生投宦局，故園幽夢憶江干。消除雜感惟劬學，校誤還同掃葉觀。

辛卯除夕前一日梁茝隣方伯朱蘭友宮贊吳棣華同年蘇鰲石觀詧同集平政堂為余作餞方伯先成二詩次韻留別

扁舟小泊水雲鄉，詩夢初迴宣武坊。從宦幾人儒術展，救災一路頌聲長。桂林前輩心堪溯，湘帙名言録肯忘。茝林刻古格言一書，體用皆備。激濁揚清平政事，平政堂林桂相國題匾，商量春旭與秋霜。

昨聞列校有嚴追，攻鳥焚巢訊所之。穎守誰尋次公傳，柏臺且頌白圭詩。事殊熏穴休誇武，計仿媒囮合趁時。幸與諸公同臭味，卮言自笑叟支離。

十月三十日海谷前輩招遊西禪寺仲冬二日芝庭將軍麗泉中丞偕詩塘方伯平華廉訪綺園觀察海谷前輩暨各僚友請同集小西湖為小軒夫子洗塵為用光祖餞賦長句一首留別諸君

補向西禪訪荔支，冬心來訂歲寒期。三年交誼分衿日，雙樹唐花入夢時。寺中後圃兩荔支相傳唐時樹。讀書無如燕寺好，寺中有畫普門中大士現身設法諸像，蹊徑殊陋，不如京師法源寺有傳雯指畫之雅，作亭得傍嶺松宜。海谷前輩謂從唐荔畔闢徑向後嶺傍松作亭更成幽趣，余極以為然。南屏行艤蘇堤檝，一種湖山待贈詩。

鹿耕先生招同石月亭前輩龔西園太守王梅亭劉蘭圃大令過法源寺素食余後至

佳客招邀古寺西，堂開歡喜堂名話移時。禪心可證誰持偈，機事能拋自掩棋。倚樹馬嘶金勒滿，時有貴客先至，催花風禁海棠遲。笑余未享伊蒲饌，飯後闍黎且索詩。

徐芷軒招集湖樓看桂歸而黃心庵索去年如來閣看紅葉詩稿已失去重作二律以答心庵兼柬芷軒

彈指年華逝水流，莫秋景物換新秋。霜楓照客吟何處，叢桂招人又此樓。佛法世緣尋昨夢，湖光山色信虛舟。殷勤詩老開橫幅，分韻還將舊句搜。

小艇橫江泝急流，隨風步屧去尋秋。他年天末誰題句，昨歲湖邊未有樓。入夢青山留佛界，照人紅葉送歸舟。小詩詎當籠紗意，舊詠無煩蓋篋搜。

朱蘭實約遊金氏園姚蘭宸姚伯昂徐星伯約遊海澱俱不果用前韻各寄一首

古壁凝塵黯舊紗，春遊吟到日西斜。詩緣勝地空尋夢，塵事連朝竟負花。碧樹涼生名士酒，白雲清到野人家。未能坐石看垂釣，輸與閒鷗占水涯。

招涼不敢卷窗紗，病眼觀書枕易斜。西苑水雲生午夢，上林風日護新花。躭吟頗苦詩千派，述古還搜易九家。時校周易注。終約元亭同問字，師門經訓有津涯。

耆介春宗伯屬題所書睿親王答史閣部書卷子

義旗所指若摧枯，轉惜孤臣志願孤。一紙書如諭南粵，千尋鎖漫學東吳。萇宏心事襟花識，羊祜功名木柹輸。國史編餘傳副墨，願將萬本藝林摹。

錢南園侍御與萬荔村方伯尺牘方伯嗣君本齡裝潢成卷屬題

此是昆明第一人，先皇知遇故超倫。即看扶石鋒藏穎，想見彈蕉筆有神。立雪幾回思老輩，侍御亦出姬傳夫子門，避驄死後愧前塵。題詩併灑元亭淚，藏墨渾憐守器身。

題船山集

棧雲峽雨破空來，一卷蒼茫黯不開。奇氣欲掣碧鯨浪，深情且付紅螺杯。解齊物我何妨醉，能聽箴規轉是才。集中如『交緣筆墨情猶淺，聽到箴規意始真』及『低頭謏我作名士，不如巽言策我為君子』等句尤為用光所嘆服不置。誰信清狂嵇阮似，更饒名理句中該。

題戴子貞所得蘇齋雲龍山詩畫幀子

妙墨重看錦軸開，寶蘇室換寶蘇齋。白公鶴喜歸裴令，徐郡雲疑蔭謝階。一幅新箋摹石銚，余嘗摹蘇齋石銚作詩箋，平生清夢落江淮。師門懷古纏綿意，綠野堂前眼重揩。

潘芝軒前輩禮闈唱和詩卷

疇人占彩煥文昌，壽宇臚歡頌帝鄉。唐述同年誇李摯，宋稱主試得歐陽。傳衣位業詩能紀，名宦襟期語亦詳。分校諸君多録宋名臣言行。莫謂鴻泥容易認，他年寶此等琳琅。

題劉筠圃同年詩集用雙五前輩韻

好友無多此數家，各拈筠管寫煙霞。夢中前輩分來錦，謂雙五先生，壁上同年籠就紗，余與晴芬筠圃介坪互以所贈詩粘壁間。乳水自宜樊口酒，筍茸誰乞雪堂茶？新詩清絕同風味，妙得江山助筆花。

隨州詩律本名家，一卷晴生豔豔霞。海氣暈金浮拱繡。筠圃奉命祭告南嶽南海於祝融祠，有「暘谷金暈浮」句。藤陰篩玉映窗紗。客懷評泊東坡荔，筠圃食荔支詩云：「坡仙食荔支，四月十一日；我食此顆珠，較公後五日」，歸興商量陸羽茶。筠圃題晴芬水竹柴門圖詩以惠山第二泉為羡。一事輸君名集好，題齋只合借鄰花。君以三藤名齋，余以借藤名齋。

題家芝楣方伯東坡生日圖詩卷

鶴南飛曲奏西湖，玉局仙人許濫竽。乍喜名區尋舊夢，卻慚文戰作詩逋。棠瞻蔽芾猶思召，亭詠滄浪亦姓蘇。吳越山川歸管領，吾宗才調應時須。

比歲嗷鴻澤國仍，拊循心力瘁能勝。武林路近難聯袂，茂苑書來每服膺。議助侯臨築慈浦，見東坡乞開石門河狀，浙西近築海塘議取石於洞處，情參元結賦春陵。浙西秋稼今年好，為問江南稔可稱。

辛卯嘉平月佛誕日余自閩過杭州，芝楣留余作東坡生日，余以趨朝期迫未能從也。壬辰春芝楣以和坡翁孤山韻數詩見寄索和，癸巳春仲余奉命視浙學過蘇，芝楣面徵余作，及甲午秋七月乃成此二律。卷中七古多佳作，余不敢與鬥力，姑為閒道兵藉以解嘲。老而學退，遲遲始報命，殊可哂也。

題芷鄰遊西山卷

松隱寒濤水蹙波，重陽行脚此嚴阿。鳳城秋色連山淨，蓮界詩情餉客多。佳句定邀龔勝和，歸心爭奈顧榮何？笑予不作陳驚坐，惆悵山靈掩薜蘿。

為翁星源題其高麗人申某詩冊

樂天聲價雞林重，詩到髯翁似樂天。洌上圖吟秋史句，蘇齋名亦海東傳。瓣香宗派知尊宿，返息神遊自大千。此日題襟佳話在，他年成集有斜川。

李春湖家園娛稚圖

家園身向長安住，春到蕭齋靜綠苔。夢裏煙蘿憑畫識，花前兒女問詩來。退朝自切循陔慕，修史難誇作宦才。我亦三年疏定省，每因娛稚首重迴。

青燈課兒圖為王霞九觀察作

詞臣諫職望愔愔，督學風裁誦至今。從宦未常忘母訓，晉階恒此勵官箴。青燈有味兒時夢，白髮盈顛老去心。五十八年前課讀，因君我亦淚沾襟。用光九歲失恃，七八歲時先太夫人課讀極嚴，失恃後先資政府君為繪荷亭課讀圖，錢辛楣先生題圖有『我見陳三猶少年』，時癸丑歲也，今四十年而用光亦六十六矣。

題韓樹屏前輩三百三十有三士亭圖

友清軒後一弓池，佳士森森立在斯。玉德無忘磨錯意，亭階想見拜登時。南閩使者自懷古，西蜀中丞今索詩。省識課符家法在，膝前把卷有瓊枝。亭為朱竹君督閩學時所建，詳見樹屏自記中。圖為自閩中學使旋所作，寫公子讀書於膝前。

閩中文學向稱盛顧三十餘年以來不迨竹君先生時風格矣予忝接後塵雖諄諄以績學勵品誨士而每歎以言感人未能得一奇才異能與商舊學頃潢治三百三十有三士亭圖為題長句一首以志余媿云

一亭環石署西偏，選地看山溯昔賢。竹影捎雲穿際合，地光定月夜深圓。論文易愜登臨興，得士難成麗澤緣。歎息異人留往躅，異書空貯好林泉。

題沈飴原少詹郊居圖

中田余里名我亦夢江村，十頃荷花欲護門。通德里辭先世宅，善和坊賦寓公園。豈無嘉樹迎風影，難得清流帶月痕。余買宅都下，頗具竹木之勝，但少池耳。石瘦水清入圖畫，卅年心跡就君論。

題秋堂聽雨圖

詩人例有尋秋興，簪盍東華軼事傳。一老漫陳移竈議，歸山仍結聖湖緣。畫圖持贈來今雨，封事爭觀起後賢。謂青士黃門。經濟襟期文酒會,試從廊廟溯林泉。

題水木清華之館圖為潘白薌作

城南難得幽棲地,圖取家園好臥遊。茶半携琴宜結夏,酒邊喝月稱吟秋。從來久客多鄉思,何處閒身快目謀。碧樹成帷波似鏡,年時三徑過羊求。

君家別館未曾到,憶子山齋共讀時。雨浥花痕紅閃閃,月涼波影碧差差。本師家法更相授,同輩狂歌靡不為。賭向塍邊腰腳健,二分垂足詡兒嬉。皆紀西谷石竹山房舊遊事。

十年老大到春明,前後街為比舍生。薇省共誇門壻好,詩懷同話故園清。因緣隨世多家累,親串關心得宦成。我為譚郎憐喻子,一天風雪客東平。子受東白皆才俊,子受得官西蜀而東白方作記室於東平,眷懷親故連類及之。

題李墨莊前輩歸槎圖用希祖韻

壯懷誰與尋詩夢?認取天王使節來。事見先生使琉球記。姑米總傳名宿到,神魚穩護客槎回。日光紅擁亭邊騎,雲影青分海外臺。平壓鯨波衹孤坐,空無倚傍見公才。

題退齋前輩焚香圖即以留別

居然輿衛有煙霏,山谷詩『煙霏作輿衛』,意境恬於獨立時。文思自隨香縹緲,世緣還借佛支持。能空萬念應無我,欲證三生更覓誰?儂作文殊來問疾,要看花雨下書帷。時退齋抱疾未愈。

比鄰晨夕數過從,脂轄憐余別遽匆。交密原知同臭味,累多誰竟破虛空!雲生遠嶂疑飄篆,香散虛堂歎轉蓬。省試相期精進法,聞思悟在寶熏中。

題伊墨卿太守晚梅圖遺照應少沂世兄屬

東華摻袂各中年,覓句圖成未識前。紅雪照簷增晼晚,白頭讀畫幸蹁躚。虎林驥子舟同倚,珂理星軺夢已還。昨向平山堂下過,只餘雲水尚澄鮮。

題梅窗觀弈圖

剪燭論文願已償，上公餘事此平章。玉梅消息湘簾畔，碧落心思棐几旁。成算要當分去取，先機聊可悟行藏。局中局外乘幽興，賓主都能巧拙忘。

紅雪周遭點綴成，愔愔靜趣坐中生。琴閒撫處客忘倦，局異彈時心自平。公是日撫琴一操，與客言劇棋非彈棋局，李義山詩非詠奕也。回首湖山話鴻爪，對公圖畫憶侯鯖。碧鸞尾影梅花外，夢聽丁丁落子聲。

題魏母治績課兒圖

盼兒能作亢宗人，課讀當年意苦辛。抔土乍歸南海月，畫圖重泣北堂春。生無望族丸熊味，夢有慈帷辟苧身。想得短檠燈照處，淚痕絲影記猶真。

題荔峯同年瓊海揚帆圖

牙璋小隧出瓊臺，認取畿南使節來。君由直隸學使移督粵東。帝倚禁中得頗牧，天教海外識鄒枚。名流入網人倫鑒，君典試粵東時得張海珊岳崧，侃論籌邊經濟才。若任封圻宣教化，詞臣豈獨詡蓬萊。

意氣平於閱歷深，柴薇紅藥助清吟。拋除磨蝎身宮感，參取成連海上心。一幅圖開瓊島月，十年夢落晉陽岑。此圖先失去，君督山右學時王太守志灝得以還君。晉陽亦有星軺詠，何不荊關覓嗣音。

題王竹嶼白雲迴望圖

宅兆營成旋去鄉，因君感我痛尤長。青烏有術言多恡，生壙雖存徑就荒。先君嘗營生壙於鹿源，棄養後，伯兄以術者言棄之，至今尚痛未能成阡也。入夢故山仍繞碧，何年上塚與焚黃？雨中題罷增悽惻，天助陰雲翳日光。

題朱芝圃桓自求多福圖

心要常存腔子裏，書生隱語借瞿曇。色身偶向蒲團認，真性能從宦海參。調象何人誇定力，帶牛今日笑迂談。慈雲一朵留閩嶠，我欲移之燕趙南。

送黃初甫太史副試浙中

一枝彩筆下丹霄，星使羣看絳節遙。驛路蟬聲鍾阜月，海門秋色廣陵潮。西泠支派風猶古，東觀神仙氣不驕。想得矜持珊網處，掄才也費燭三條。

初日年華冠玉姿，螭坳簪筆稱風儀。常傾雅度波千頃，得共論文酒一巵。蕭寺雨花秋結社，蘭堂冠蓋夜彈棋。故鄉鴻爪天街轡，併作燕臺別後思。

驪歌聲唱暮雲天，遠望因君意一傳。薊北新驪憐客少，江東諸老自情牽。經神苦憶鄭高密，謂惜抱師。腹笥常懷邊孝先。謂莘楣淵如諸君。路出金閶過白下，歸舟一為問諸賢。

入世情懷詎有涯，窮經衹愧未名家。鄉心環拓三更月，旅思槐黃一樹花。此日可能逢伯樂，他年曾悔讀南華。專門業是平生志，肯向招提笑壁紗。

送魯南畹給諫南歸

營葬身隨退鷁飛，皇恩深處諫臣歸。舟移潞水輕如葉，雲入鄉山翠作圍。講席幾人尊老宿，壯懷此日遂初衣。春明尚有觚棱夢，肯為鱸魚戀釣磯。

廿載京華盛德傳，八廚風義接前賢。授餐每共槐淘飯，贖女還分鶴俸錢。葛藟有根皆受庇，義漿獲玉會成緣。底須更作商瞿感，竚看佳兒繞膝前。

歸去鄉園感昔遊，孰從前輩見風流。眼中事事空千古，舌底人人到十洲。欲返澆灕成渾樸，好携少雋勵清修。我翁正少同心侶，剪燭西窗得唱酬。

鯫生五載得追隨，入世深慚遠到期。急病囊傾千里贐，論文酒引十分巵。外家恩誼疎猶戚，老輩襟期別更思。水驛迢遙年荏苒，如何甯耐此分離。

送鮑覺生前輩偕從子希祖典試河南

籍甚聲華冠石渠，交期早訂閉門初。千秋意氣才人筆，七月星河使者車。仙館圖書開魯直，梁園冠蓋重相如。自天賜與同師誼，附傳韓非比詎疎。

玉節同持下九閶，吾宗宗子有輝光。敢云交誼如陳紀，政喜名家倚鮑防。歸路關河秋九月，瑣闈丹墨日三商。中州文獻猶堪採，珊綱憑君一取將。

送蔡生甫先生乞假將南歸

夢入西湖把釣船，朝衫乍脱興超然。平生自證三摩地，故里曾無二頃田。脂轄尚遲因戀闕，壓裝偏重載陳編。拈花迦葉容參悟，文字猶堪話夙緣。

重過隨園

林泉無恙護蒼山，竹徑筠廊步步看。高閣幾層雲過熟，晚煙一樹鶴歸寒。人天有客悲花雨，圖畫憑誰説宰官。真來於齋中設先生四十歲像。插架丹黃多手澤，憐他仙蠹已飛殘。真來護視遺書甚勤云巧偷者已不少矣。

萬卷殷勤護視中，郎君雅尚故能崇。陔蘭旨蓄猶尊嫡，巖電清矑畧似翁。自有雲煙藏宰樹，何曾林壑換秋風。人間讕語知何限，累我更番問未終。

送袁大蘭村通出都兼索其續刻倉山遺集及隨園隨筆紅豆山人集

春到離亭柳未絲，鄉心拚與惜交期。何當北馬南船句，吟過鶯飛草長時。久客情深題袂遍，空囊詩重壓裝遲。就中我更難為別，纔作比鄰已唱驪。

君家亭館澹秋煙，曾與題詩別阿連。鴻爪留痕憐歲換，草堂紀夢較春先。索書原重文章業，題袂重添翰墨緣。此去主人交誼古，淮南佳詠聽流傳。謂賓谷前輩。

送銕船同年歸浙

卅年宦況倦飛騰，詩律矜嚴祖少陵。眼底一官如脱屣，意中千古有傳燈。船憑泛銕歸原好，柳未成絲折可能。笑我坐舟名太乙，漢書一卷熟何曾。

題襟兄弟隔城居，詩酒尋常迹易踈。離緒忽生千里外，交情況是十年餘。幸緣脂轄期猶早，得遺班荆意暫舒。鄰寺海棠紅照眼，且來謀醉一聯裾。

送謝香泉前輩典試秦中

鶉野龍山擁傳行，謝公人仰舊聲名。籠街驄馬秦關識，入網珊瑚陸海生。學可經時風骨峻，才能論古別裁精。韓蘇文筆誰提唱，此日期公作主盟。

春明幾載共銜杯，放意論文愧不才。所喜題襟得耆舊，敢云彩筆接鄒枚。詩吟華岳看新草，酒貰天街撥舊醅。不分江亭辭餞別，遲公歸詠早冬梅。

送沈俠侯學博南歸

四元玉鑑元人作，昭代梅定九錢莘楣未見之。能以心思窮奧窔，別成義疏樹旌麾。扁舟一棹歸陽羨，學舍諸生受渾儀。著録自憐吾老矣，漢儒空解重經師。

送王鶴汀歸渭南

雲倦為霖鳥倦飛，秋風思掩故園扉。戀恩還遣行期緩，求友應徵贈句歸。元象山尋家處士，苻秦時隴西王處士隱於此山，世稱其有異術。明光原對縣斜暉。年來諫草都焚卻，去覓莊生杜德機。

幾處青陽認寄廬，慈恩兄弟話連裾。可堪落落晨星後，又折蕭蕭驛柳初。再起會欣重握手，此心原不比懸車。昨朝淚墮山陽笛，時王鄰川給諫、周鑑堂鴻少先後委化，君昨語及為泫然。知子情非戀索居。

監屯唐導白渠流，金氏陂徵漢秺侯。歸里為言明詔切，盛朝合見土功修。從知天許人勤力，安得官如民自謀。笑我書生習陳語，煩君指掌慰諮諏。

送顧南雅同年蒓乞病南歸

秋風客思傍江湖，移疾書投便首塗。潭柘畫情隨棹遠，君昨遊西山。滄浪詩夢倚亭孤。三摩位業生天易，君精內典。一轡功名得味無？猶為岑苔增別緒，還朝待賦鳳將雛。

送宋芷灣前輩出守滇南

羅浮雲化點蒼霖，迴首花磚戀舊陰。自古文章稱小技，看君經術展初心。馴鳩渡虎從徵頌，鳳泊鸞飄底費吟。一丈車褒黄霸日，春明鴻爪好重尋。

褰帷詩換早朝章，萬里滇南有急裝。淑女辭家成命婦，真仙度世有奇方。綠蒲貯盎應留夢，紅杏編詩自裹香。可為難消梁月感，判襟先與却離觴。時約芸潭作餞而芷灣却之。

題秋江歸櫂圖送韓樹屏前輩乞假歸覲次蘭雪韻

一江秋影碧連天，淰淰鄉雲緩緩船。綵服去為慈母壽，豸冠來望諫官賢。簪毫誰有名山志？閉戶難謀下潠田。我別家園今數載，紅泉碧澗夢年年。

送潘芸閣

十年秘閣共襟期，韓孟雲龍信有之。西苑連鑣趨北闕，周廬餐蕊憶將離。勝情話舊誰重續？畏友如君我所思。未得更浮花下酒，欲約君過寓齋小酌話別，君以治裝未暇就，秣陵芳訊盼花時。

送潘芸閣之南河

琴高溪畔有仙才，天語新承獎拔來。騎省名初傳兩賦，芸閣兩次大考皆擢一等，季馴望自列三臺。起家官職江東好，用世心情海內推。更喜板輿迎養處，里門近接雨花臺。

送屠木齋同年還肇慶二首

端州文學近何如？國子先生領郡初。千里使船猶遠借，君以護送暹羅貢使來都，四門教法豈全疎。黃金臺乍來今雨，石空山應有異書。惜我後君遲典冑，不曾細雨論經畬。

十年三別再相見，訪我知君有素心。暮景飛騰餘雪鬢，師門寥落重苔岑，余與君同出東蘭夫子門。硯材寶月臺邊問，詩夢羚羊峽畔尋。省識故人相望意，牡騑容易賦騤騤。

送查九峯觀察鳳邠

當年滄海拔鯨牙，降賊無煩一矢加。大吏高居原幕府，書生僑服且枯查。紀勞辭署官仍顯，任事才奇氣不譁。彈指雙旌臨古汴，昨來三載又京華。

京華聯襼過從頻，除目欣看今入秦。水利結銜知導堰，農功化俗聽吹豳。樓船夢醒恬波外，華嶽雲開駐馬春。同歲愧余徒覓句，公與余同以戊子生，喜公樹立已嶙峋。

送姚亮甫太常擢提刑秦中

金天氣肅萬峰朝，影壓黃河浪不驕。雪後蓮花仍照日，雲中玉女可吹簫。提封形勝尊西嶽，持節威稜重漢朝。誰識祥刑于定國，平生早薄蓋寬饒。

傾心愛畫復工詩，不向風前感鬢絲。三載交情擬陶屋，一尊離緒聽蟬時。天教宦局為公補，公初任即為方伯，人盼清名與世宜。開府會當膺特擢，黃花晚節自襟期。

送鄧嶰筠同年之官秦中

領郡仙官鄧仲華，前旌西指嶽蓮花。詩懷同有天漿酌，地利先徵陸海誇。試手邊防徵上考，稱心經術自儒家。外臺何日從君去？看取新吟護絳紗。

東南鴻雁不能家，岐麥猶聞汴洛誇。邇日封疆誰遠畧？西秦形勝甲中華。金穰木毀占甯驗，國準山權術亦嘉。唱罷渭城為致誦，盼君一丈賜高車。

送倪竹泉同年旋閩次介坪韻

閩嶠頻年夢轂馳，平原留飲慰相思。拍浮肯負金樽勸，坐隱渾忘玉漏遲。橋市憶曾題卜硯，謝祠許為補曹碑。闡幽勵俗吾曹事，合為班荊更賦詩。余拓謝文節祠，欲刻魯山木先生所摹曹娥碑於祠中，覓之未得，今索竹泉書之。

送董琴南作郡昭通

登高能賦舊風流，莫謂滇南少勝遊。山水向來通蜀道，鶯花何處認唐樓。聞有唐時所建樓，不知其在何郡也。豈即李衛公籌邊樓耶？況君刻意談經濟，論古因時有訪求。他日甘棠隨處種，先教鴻爪話蠻陬。

送周希甫太守之大定

希甫聲名廿載前，藏園心折筆如椽。花開紅藥留官久，江接青蛉領郡偏。為政風流傳遠道，能詩標格過中年。墊巾拓戟酣歌態，惜我遲攀翰墨緣。

見遲猶喜願終償，覓句傳觥興欲狂。山入帝城亭倚翠，花留詩夢酒生香。交緣文字傾心久，道以經綸託契長。記取題襟當贈別，望君政績壓詞章。

送黎理堂刺史燮

撫字才兼擊斷才，兩年報最遲君來。仙鳧趨闕朝聯袂，余補御史與理堂同日引見。棋局留賓夜舉杯。已喜白丸清鷺堠，要扶赤子上春臺。一隅制勝全圖好，先向江鄉笑口開。

送吳東麓前輩之任

唱到驪歌始盍簪，鸞飄鳳泊入新吟。詞人上苑春多感，循吏西京蹟可尋。揮麈誰看花雨墮？放衙獨對隴雲深。神仙百事都平等，歷刧仍存度世心。

送林少穆之杭嘉湖道任

朝來靈液播垂雲，似報蒼生望使君。草疏已能籌積蠹，褰帷合解策奇勳。腕中妙墨追千古，君精書法。帳下奇才冠一軍。陳秋舫殿撰出君門下。曾共瑣闈酬軟語，知公判事即論文。己卯春闈同分校，見君甲乙三百餘卷，無一卷無商榷文家利病語。

送王霞九侍御典試楚北兼呈許滇生侍講

黃鶴樓頭使節來，仙雲應照月華開。王喬許遜聯同調，金柱銀山拔異才。籌國封章留紫禁，傳家孝友重丹臺。君尊甫贈公兩世俱以孝友旌門。江鄉前輩飛騰入，豈獨星軺衆望推。

霜臺芸館接苔岑，瑣院連床契重深。己卯分校禮闈同居一室。燼燭同揮寒士淚，傾葵交策濟時心。南樓翫月分遙夢，西塞乘駟展素襟。此日需才誠急務，得人報國幾沉吟。

送焦午橋同年領郡饒州

同宴慈恩已廿年，題襟忽漫此離筵。政聲能似前賢好，疏草應隨治績傳。君以侍御擢郡守。鎖院剪燈春雨外，余與君同己卯分校禮闈。部民負弩蠡湖邊。憐余未覽芝山勝，梁月鄉雲夢自牽。

九賢名字孰能齊，王梅溪州宅十二詠有九賢堂詩，領郡風流試考稽。才以愛民資擘畫，心緣下士示端倪。錦亭花發詩應作，茶竈雲封字更題。范文正蜀錦亭陸羽茶竈饒郡勝跡也。軼事倘教傳日下，底須惆悵為分攜。

送家栢亭前輩出守饒州二首

手把芙蓉下玉京，洪厓馬祖倚雲迎。峰高廬阜留殘雪，波暖鄱湖照晚晴。題袂夢成千里別，下車恩共一陽生。江鄉佳處踈遊屐，芝瑞聽傳輿誦聲。

二千石與共斯民，職重分符自昔聞。詩派吾家推正字，鄉賢公里有希文。袖中諫草傳抄徧，部下名流訪問勤。喜是門風兼後進，甘棠拭目頌榆枌。

喜晤李春潭太守聞其述屠木齋同年英諭解弔井洞夷民爭訟事賦長句送春潭旋太平並寄木齋

粵西巖洞莽勾連，誰使獞猺罷戟鋋。單騎入山雲亦靜，驚飈散井水都妍。時有議欲携兵往者，春潭止之，謂宜聽木齋探虛實再議，因飛札與木齋，木齋果解散其眾。此才豈合珠江老，其事應同渤海傳。從識萬家生佛頌，隨人自結好因緣。

送梅野橋大令之任靈川靈川有赤壁岩香爐山諸勝跡乃與匡廬黃州之山名巧合野橋楚北人余西江人也故詩中云爾野橋與余皆好奕聞李葦盧丈奕品殊勝兼以問訊

赤壁岩吟蘇子賦，香爐山憶遠公禪。君投宦跡迴鄉夢，我按圖經企靜緣。驪唱欲催鳧舃遠，楸枰閒拂燭花偏。韋廬丈倘勤相見，清箽疎簾話日邊。

送黃霽青出守高州

五馬重來謁建章，送君又東嶺南裝。蓬山舊侶懷黃憲，合浦新聲接孟嘗。驛路過家紅葉外，吟懷倚棹白堤傍。信州如訪留題處，定有籠紗字幾行。

客裏題襟興轉豪，酒樓選勝約吾曹。湖名浄業還參佛，筆夢生花欲命騷。詩律從商教士法，農工想見治民勞。政成特擢尋常事，同社聲名合和陶。陶雲汀中丞亦余與霽青同詩社中人也。

劉味頗企琛明府將詣盱江言別二首

慈雲一朵化雙鳧，宦海同舟誼不孤。未許攀轅留杜母，唯應擲米祝麻姑。青山隔夢人同遠，紅葉酣霜影亦癯。翻悔客中過從嬾，論文容易到驪駒。

襴衫初拜使星前，壁後招呼亦囅然。感舊空吟古知己，拜嘉為算小行年。張文昌句「憑君為算小行年」。新交夏日尋三徑，故事山陰選一錢。羞澀空囊無底贈，讓夷愧誦八廚賢。

送汪鶴亭

昆季論交共一堂，携來小集字生香。丹如詩思此成汞，鷹比官身誰得霜。鴻爪春明人偶爾，鳧飛赤縣事難量。讀書辜負花磚影，慚愧人誇古錦囊。

玉門關外舊聲名，甘雨隨車過一城。昔退君憐蓴菜美，此行人仰岫雲生。縣中花放琴同潤，桑下童來雉不驚。我有阿兄尋治譜，定應剪燭話三更。

忍聽驪歌一曲終，題襟匝月惜匆匆。慈雲西去定成雨，瑤札北來應有鴻。行過秦山懷叔度，吟成吳詠訊張融。閉門為道陳無己，興在彈棋覓句中。

送汪芝亭

籌來身世應何策，比似熊魚味莫兼。夙昔我懷連夢懶，平生公望豈郎潛。棋因爭刼能持局，卦解觀爻自信占。記取歈歌入輿誦，故人天末韻能拈。

送龔海峯先生令嗣小峯之保康

傳家循吏出儒林，壯歲之官守此心。掃葉功多會校字，懸蒲意切試彈琴。提封地接西川險，樂府人傳上堵吟。弭盜安良先教養，九重慰取鶴鳴陰。

將歸南昌留別湯體芳明經朝棻

不成西笑又南歸，水驛雲程信所之。柳色青依檣燕尾，桃花紅映酒家旗。難辭親舍行千里，強對驪歌盡一巵。且喜春光來眼底，泛將春艇賦春詞。

兩載聯裾氣誼親，不分雪夜與花辰。我辭江右無吟侶，君住淮陽是可人。曲按宮商心共細，骰爭盧彩氣尤醇。等閒游戲渾難忘，說到文章意倍真。

住世能消墨幾螺，名場一例說蹉跎。李程作賦風流盡，鄧禹笑人感慨多。塵夢忽驚駒隙過，吟懷暫倚醉顏酡。賒錢十萬成雲錦，好盼秋期鵲渡河。

柳河亭畔幾淹留，燕剪輕橈屢共游。冷淡生涯人共笑，招攜雲物景同幽。閒中弔古憑青眼，別後尋歡羨白鷗。記取冬來認鴻爪，題詩好趁酒新篘。君家醞有名，予有得舉後攜酒同遊柳河之約。

乞假南歸留別京師同人

半載懷歸未得歸，秋來心共雁南飛。乍因五馬還鄉井，言附雙旌出帝畿。荆樹忽成連理木，家園各戀老萊衣。此行百事郎當甚，埸喜鴒原願不違。時族兄竹香觀察歸省靜山伯氏，予因附之同行。

三載京華意氣真，何當小別亦沾巾。論文每得良明益，投分當於老輩親。述禮董劉諳掌故，談玄衛樂擅風神。洛生此去為吳詠，合向闕河夢故人。

朔風獵獵犯征裘，誰為王孫歎滯留。鄉思不知官味好，詩情肯助旅懷愁。以非為是臧三耳，等智於愚貉一邱。自笑平生最蕭散，者番涉世悟浮休。

脫身竟許覓歸巢，占得同人乃在郊。時竹香兄約予富莊相待。忍俊不禁干茂宰，自他有耀累貧交。為予辦行裝皆心坡大令藥莊農部暢亭比部之力。情深冥報陶公句，悟徹浮生季主爻。歸去停雲詩賦就，魚簑先為故人鈔。

竹香兄待余於富莊驛余初將往保陽及聞其已行乃紆路從北河會及之於是驛戲成一首

欲為東下更西遊，左計原知路阻修。五馬忽聞過上谷，一鞭從與指任邱。囊餘古錦空投句，坐有眉峯足遣愁。一笑世人誇捷足，如君風義故難求。

留別江南知友

清涼山畔唱驪歌，奈此青溪柳色何。文字因緣同骨肉，紀羣交誼夢煙蘿。梅抱材與令子伯言皆受業姚師而與余契，伯言餞余於半千樓，又與馬湘帆陶子晉同餞於崇正書院。搜岩敢謂珍材少，鍛翮終憐舊侶多。領取平原留飲意，啣杯能不醉顏酡。

太乙舟詩集卷十

望棲靈山

曈曨曉日照氤氲，翠巘蒼崖望不分。鳥道盤盤餘磴級，松濤謖謖散聲聞。佛花上界飄香雨，樵徑何人掃白雲。便欲攀蘿尋舊夢，昔年曾此訪匡君。

大孤山

鼋伏獅蹲幾剎那，年年長此俯江波。荒荒蘭若安龍象，兀兀雲根浸薜蘿。孤踞漫嫌靈跡隱，登臨應厭俗人過。連峯列岫空相向，倚傍全空奈爾何！

抵金陵

真成涉世比虛舟，又作金陵汗漫遊。從宦豈誇元相宅，辭家不賦仲宣樓。囊中書劍成千古，海外乾坤到十洲。慚愧昔年鴻爪在，邴原心事若為酬。

十載長持一瓣香，行縢重束石城裝。移山儘負愚公誚，洗眼還求扁鵲方。二乘因緣心湛定，六朝花月夢荒唐。鐘陵好載元亭酒，那要鴻都列上庠。

途中過浦口諸山作

又作關河觸熱行，重尋舊夢踏嶙峋。隔年水欲沒前路，迎面山如逢故人。僧侶已辭邀結夏，予與達宗有習靜之約，旅懷空自惜殘春。平生不負遊蹤處，回首江南一愴神。

郎當晨鐸破殘宵，帽影鞭絲度板橋。省惜馬饑兼僕倦，敢云鳳泊與鸞飄。空山有夢尋叢桂，碧月何心賦洞簫。此日慈恩攜酒客，帝城是處總聯鑣。

舟中生日過潁上縣作

幽懷何處託青雲，潦倒真慚卅載身。北馬南船淹歲月，詩壇酒社夢星辰。仲宣才只中郎許，管子交惟鮑叔真。算到人生知己感，不因貧賤也傷神。

汴梁懷古

放眼中原第一程，驅車初到大梁城。雉樓近壓寒蕪碧，嵩岳遙連返照明。萬里山河歸控制，百年人物慶昇平。秀才誰稱吳公薦，入洛空誇陸士衡。

獵騎西來且奕棋，信陵沈算合兵機。如何玉帳無専寄，坐使長平困急圍。事到艱難朱亥去，國當危蹙郭開歸。婦人醇酒傷心處，幾向夷門弔落暉。

瓊樓鴛瓦泣秋風，誰是梁王舊日宮。介弟已從車服僭，詞人漫逞賦才雄。不逢田叔來關右，空遺鄒陽出獄中。千古自稱經術貴，與人家國事何窮。

錦纜牙檣舊夢迷，垂楊何處認鴉棲。汴流今日還通漕，螢火當年總映堤。不信荒遊成利澤，翻從鑿空得端倪。民間疾苦官家法，寄語書生慎考稽。

吹臺遺跡尚崔巍，歌舞當年樂未迴。泉韻不隨清瑟杳，花魂應化美人來。雲沉舊夢天無色，風掠寒蕪劫有灰。想得聯吟高適輩，一番憑弔一番哀。

艮嶽山前黯暮烟，牟駝岡外草連天。離宮甲帳真延醮，遺跡今作道觀。羽客金門枉號仙。尚有鬼神居寂寞，更無花石鬬清妍。如何換作藩王宅，滄海飛塵又百年。

十三層塔聳孤寒，石磴縈迴上百盤。側足乍疑來洞底，振衣俄已到雲端。靖康帝子骨俱朽，洪武藩王銘尚刊。卻與客懷增曠處，黃河今向掌中看。宋明帝之殂瘞於塔下。

隔墻便是梵王家，粥鼓經魚禮釋迦。寺老已無唐代碣，樹高疑放宋朝花。閒階競集魚龍戲，公廨常參早晚衙。相國寺旁有公廨數處。我亦僧房過從慣，每隨步屧問三車。

渡河

五年西向長安笑，今日驅車方渡河。天意遲遲如有待，我懷落落本無多。芻茭能束潰隄性，伊洛終歸赴海波。眼底黃流平放好，未須惆悵為蹉跎。

風景

風景暄妍屬小春，征裘初減渡河身。晴雲映日紅猶重，隄柳含煙綠尚勻。農已收場停打稻，羹如點豉漫思蓴。天涯行止隨緣好，那必商量去住因。

腰站途中

崖谷參差為掩覆，雲林遠近與迷離。忽從曠野斜陽外，如到深山落照時。險處漫思兵可伏，閒來肯信客無詩。平生最有江南興，為憶沙棠繫水湄。

趙北口

荒荒古戍暮雲開，獵獵寒風客騎來。世有平原空好客，時無樂毅敢言才。浮沙水涸緣堤立，遠樹天空挾路迴。百載承平閒斥堠，簡書日夕漫相催。

七月初五日午門宣旨紀恩

上界慈雲下日邊，捧來紅本聽傳宣。省親地憶趨庭郡，述祖詩成周甲年。四世漫誇垂蔭遠，先祖凝齋府君舉乾隆戊辰科進士，而從姪希曾亦於今年典江南試。一門真媿受恩偏。緘書急報高堂喜，釀酒行當寄菊泉。

筍將

筍將擎月破晨煙，入眼風光記昔年。攤貨列行人趁集，解鞍倚樹客呼船。憐渠塵事艱生計，媿我頭銜比列仙。聖代儒臣恩遇渥，辦裝猶領水衡錢。

栢鄉道中

名城雉堞與雲齊，百里官程信馬蹄。石獸嵌墻新宅小，灘沙填壅故橋低。溝渠漫欲詢前事，綽楔猶堪認舊題。水利名賢留意處，一鞭殘照又沉西。

詠雲

秋雲無意豁吟懷，雨後晴初景特開。白玉十枝浮艇去，碧城一座倚空來。人情幻逐封姨轉，詩境新疑織女裁。但可膏苗休破塊，為雲斟酌出山才。

丙邱行卽事

行館蕭閒夕照中，庭虛消受晚涼風。出墻老樹玲瓏碧，閣雨殘霞迤邐紅。芰草全教通石氣，敲棋渾欲助詩功。曲房似艇疑宵泊，夢泛江南月一篷。

邯鄲

雙亭隻堠計官程，北趙南燕此日情。挂壁鴉鋤銷戰器，吟風人柳换歌聲。銀鐙宛轉三生夢，寶劍淒涼蓋代名。飽飯卻眠醒便去，可憐過客盡盧生。

磁州道中

冀北行來曠野多，連岡南上此坡陀。稍分燕趙風雲色，試採邢洺士女歌。築壘基荒墻缺角，住家人少隴收禾。澹煙斜日官程外，幾縷秋雲正似羅。

連夜夢鍾溪得長句一首俟他日郤寄

少時筆硯相依處，與汝離居各十年。西蜀使歸重話舊，上林春好共朝天。書生風味盟疇昔，王事星霜接後先。怪底江南秋月夜，夢中偏識路三千。

安陽懷韓魏公

一集安陽重至今，文章勳業感人深。幾先鄭國安宗社，論定舒王稱翰林。玉帳自饒經畧手，黄花如見相公心。我來故里閒凝佇，五色雲疑挂晚岑。

途中口占

橦花糁雪打包中，晚穫殘枝尚隴東。平野石鋪千壘浪，連岡車碾一帆風。地名熟似聽鄉語，方俗傳應紀說叢。迴首八年前守此，奚囊依舊貯詩筒。

湯陰謁岳鄂王祠行五里許謁嵇侍中祠扁鵲墓碑在侍中祠南數里

侍中祠近岳王宫，孤憤心原死事同。古柏陰森猶蓋瓦，靈旗飄轉自揚風。方從仙授難醫妬，功與謀違肯録忠。歎息厓山卽蕩水，何人活國問倉公。

試院月夜初十日

散帙初收夜未央，靜中滋味覺偏長。秋心渺渺人眠榻，夏屋渠渠月到廊。營掩千門猶鼓角，筆搖五嶽自風霜。中州從古多才傑，敢以登壇詡老蒼。

新城雨中早發見輿夫行泥淖中感作

晴雲入夜忽模糊，急點俄喧候吏呼。白雨曉光帶林薄，頳肩人影跋泥塗。帡幪事借忘行野，輿衛身安可入圖。為問書生消受處，生平不愧八騶無。

途次寫望

抹馬膏車事夙興，翔陽空外已東升。壞橋臥石仍倚澗，荒塚棲田半近塍。村畔好花初漠漠，沙邊軟路共兢兢。郡侯邑宰勞迎送，自媿才非擅八能。

舟中無事戲擬玉溪生體二首

天半朱霞映夕陰，意中擇木有良禽。渡江迢遞三春路，幕廟棲遲一夢心。橫竹解吹秦女曲，步搖猶戴漢時簪。西窗倘索玫瑰笑，説與湘絃按古琴。

籍甚猩唇與豹胎，瓊筵造次闕追陪。香燒鵲鼎垂垂燼，豆灑牛車得得來。薄怒亦知非本意，躭吟畢竟是清才。智瓊姊妹多幽怨，方便何因訪鴆媒。

長橋隘

置隘多因嶺峻成，長橋關下獨迤平。深林傍巘參差轉，仄徑沿畦曲折生。前去嵐梯仍仰陟，此間鳥道卻低行。肩輿卅里長汀路，較可泉漳別稱情。

春日祀事後偕平叔制府遊華林寺

勝遊成約踐招提，恰趁翔陽未上時。花雨欲迴京國夢，春陰低護海棠枝。京師法源崇效諸寺海棠最盛，高花可陰地丈餘，閩南獨少此花，寺中才見一盆，上人云無植於地者。買山未必能參佛，觀俗由來可賦詩。拈取桃花參悟處，季常莘老共襟期。楹聯有『靜坐勝買山』句。寺中碧桃盛開，余折數枝攜歸。

白隔嶺

曉趁輕陰趣午程，平疇過盡又山行。遙嵐隔霧獻晴色，深澗奔泉成瀑聲。野老認官爭擁路，方言說嶺誤呼名。白隔嶺俗誤呼為鵓鴿嶺。笑他怖鴿非仙驥，詎許山靈借主盟。福甯有白鶴嶺。

林田嶺

林田嶺勢極崇隆，嶺下山田稜百重。倚岫曲盤頻轉路，對山平揖最高峯。石情娱客痕留蘚，林影分行葉認蹤。卻怪閩溪多雪瀑，漳南水靜不聞舂。

下邱墩嶺喚渡迴望石勢甚奇

澄澄江色映巉巖，虎踞獅蹲毛髮鬖。豈意肩輿登絕壁，居然聯騎下空嵌。中流一棹秋煙外，迴首千峯夕照銜。慚媿勝遊難刻畫，始知陶謝境超凡。

季樂亭招游掃葉寺觀瀑布

山徑沿溪入小村，寒雲深處叩僧門。泉聲可醒塵勞夢，石色如留太古痕。幽興能諧緣地主，晶簾未見悵蘭言。浙東瀑布多奇勝，何日偕君共討論。

過泰山贈楊蓉峯同年

聖主勤民祈雨澤，去年專使禱雲亭。泰安太守虔將事，策馬登山助薦馨。平日政聲齊杜母，年來舊侶似晨星。書生報國籌康濟，剪燭談深僕倦聽。

日觀峯前夢乍迴，五年三度振鑣來。未能重訪登封跡，秪自深慚課士才。我欲導人採秋實，君思與世上春臺。較量事業應輸汝，莫更風前賦摽梅。蓉峯時有退志。

趙北口

十二紅欄映碧波，秋光平展水痕拖。果然風景江南似，只少沙棠客棹過。憶昔懷人思樂毅，頻年剖僕重荆和。由來得士非豪舉，曾笑平原未足多。余趙北口舊題有「世有平原空好士，時無樂毅莫言才』之句。

途次有感

心術宜存根本地，才能莫誤指揮餘。范喬泣硯古何士，晏子納楹今有書。不信劉殷誠自致，可憐和嶠病難除。金原不得追前韻，卷展秋風疏證初。

自趙北口至鄚州

闌干十二了無存，疎柳空波自早春。風景正堪娛過客，市廛何處覓詩人？公孫遺跡京名易，北冀交場賈走閩。戰壘銷沉遺廟在，漢妃底事薦溪蘋。土人訛以鄚州為王嬙故里，有王嬙廟，閩中紙客每歲四月至此貿易。

宿州

魏公功過相衡處，一眚安能掩大忠。亂定苗劉安社稷，誠輸韓岳服英雄。縱憐鐵像悲無主，豈比金牌巧事戎。不與武鄉侯并論，紫陽遺語本來公。

謁禹廟

一維十道照天星，形家語，形勝猶傳窆石亭。山鎮會稽標奧宅，職方奠幣溯明廷。頻年水患連江浙，洪範微言測杳冥。安得羽陵窺玉簡，隨刊或有未傳經。

陸簃田太守招同汪勵軒總戎小集萬象山崇福寺旋出城登南明山觀李陽冰篆靈崇寺剝蝕不可辨惟米南宮南明山三字尚存崖石上而題欵亦有不可辨者

栝州形勝重探處，萬象山頭一覽亭。峯影臨溪環雉堞，浪痕搖麥散煙汀。樽前舊雨諧今雨，身外傳經愧授經。時校士初竣。卻喜總戎多逸興，更能喚渡越郊坰。

隔岸初過一葦杭，肩輿拾級步相將。傍畦旋轉入山徑，迎面嵯峩橫石梁。老樹參天根不露，危亭踞嶺洞能藏。摩崖誰刻儒先語，可有人真溯紫陽。石梁刻敬義二字。

十三日李家莊行館漫興

一月前當此日中，海昌東去閱堤工。茭楗初壓濤頭險，鱗石剛催水際功。誰使大塘成漏澤，頗聞北漲禱龍宮。嵐梯斗絕慵登眺，回首尖山愧竇公。

游獅子林

蟻附螺旋地數弓，探幽疑到化人宮。坡陀上下渾難測，崖廠縱橫綴以空。具體金焦來眼底，分支泰華得環中。文家派別誰相似，試擬姚牧菴王遵岩可許同。

碧沼瀠洄水一灣，隔橋相望儼神仙。便疑仙棗生斯地，可有謨觴駐世間？貝氏園今殊世代，倪迂畫本壓荊關。只憐入耳松濤寂，化去龍鱗更不還。園有五松，今餘其一，而亦頹落無生意。

舟中即目

鴛湖一棹更湖東，稻隴黃雲入望中。飽穗愁經寒氣重，占晴喜見晚霞紅。昨聞楚北連淮左，屢報堤開與水通。兩浙幸無淫潦患，秋成早晚盼年豐。

蘄莊途中

兩岸高崕十里賒，中通一徑走谽谺。此於兵法堪藏伏，若遇陰霖恐沒車。望遠略能辨林木，趨塗端可避風沙。從知氣象分寬狹，處世全身悟等差。

沂州諸葛武侯故里

三代而還望孰如，殘編世尚寶心書。論才自貴成周士，故里猶傳近聖居。抱膝吟懷猶異撰，浴沂佳日恰停車。隆中氣象今何似？倘有奇才起草廬。

紀黃梅修堤事寄懷竇松溪觀察

五祖村前水橫流，嗷鴻誰切楚人憂。擇官大府檄重下，任事賢侯工果鳩。鹿萍相公撫楚時，初使君襄辦隄工，後以久不竣檄君專辦。父老來前持幣去，傭夫受直使民修。石隄十數年無恙，當日干旄幾月留。君以所領隄工費三萬六千金交民自修而自居村廟督工。

賀蓮士先生得子用石君先生韻二首

雲鳳剛徵璇闥夢，玉璋欣傍繡绷安。名家自有承家子，盛德真宜進德冠。唐以冬至賜羣臣進德冠，先生昨亦拜端綺之賜。九殿珮聲趨月曉，一簾花影護宵寒。彤庭荆策箕裘在，記取他年彩筆干。

門閭喜氣慶欄杆，照座瓊枝氣不寒。玉果犀錢從宴客，貂蟬奕葉穩加冠。文名他日稱蘇頲，清望中朝屬謝安。我作彭宣呼後輩，願分衣鉢彩毫端。

賀蘭雪得子之喜二首

黄氣朝來已上眉，魚箋千里報羣知。掌擎藍玉從稱寶，帖有泥金莫歎遲。鶴禁臚傳簪帽日，繡绷香護早梅時。即看盛事還雙擅，雛鳳先徵賀客詩。

自倚平生取友端，預期佳話接長安。他年若置當時驛，小友應彈貢禹冠。鳴鶴從來徵子和，種蘭須與護春寒。沈詩任筆傳弓冶，共看彤庭彩筆干。

喜蘭雪病愈既贈七言長句復次其輕字韻律詩一章

生死隨人自重輕，喜君已解性其情。返魂丹豈神仙得，洗髓功原内景生。交誼從今增密契，詞源在昔導深評。回思初白庵中客，放一頭須藏盛名。余與蘭雪初交時贈以敬業堂集為縞紵。

和英煦齋師勗兩郎君一授庶常一授檢討元韻

飛渡蓬萊阿那邊，先登並濟擢初聯。得知勵學言堪佩，早信生才祐自天。玉署追隨迴舊夢，金吾清切接新緣。巡城於漢亦金吾之職。阿難領受如來偈，眼見光明握一拳。

報國承家無限情，初桄先與認蓬瀛。人間訓子同斯意，門内多才視所生。誰仰慈雲知蔭遠，自慚老鳳未聲清。和詩小試傳衣處，呈艸孫枝亦取盈。時命四子皆和韻。

和英相國師紀恩詩韻

韋平家世受恩宜，看取瀛洲四葉楣。翽鳳從誇周士吉，雕龍合擅鄴中奇。杜詩「多謝鄴中奇」謂建安體也。條冰署刺登三幅，翰林故事：七科前輩例受吉士三刺，辛酉至今逾七科。主宴簪花領一枝。宴新進士例命禮部堂官主宴，賚以金花一枝。每過容臺誦楹帖，同歌盛事豈嫌遲。師繼文莊公長春官，今署中楹帖師所撰句也。

暮史朝經手一編，「暮史朝經無外求」師書賜用光聯語，書生風味自年年。慙無事業酬函丈，願以觀摩勗後賢。淨業湖連新第柳，定香亭憶舊池蓮。他年可續題名記，軺傳仍攜鑾揭氈。余有浙江使院題名記。

賀秦小峴侍郎偕令孫重遊泮宮詩

投紱身依第二泉，襴衫重曳泮宮邊。豈無韻事徵前事，重游泮宮者前有王光祿錢詹事王侍郎，難得孫年似祖年。宵雅肄三居派合，彤庭舉首策名先。傳家文筆兼名位，努力王融說象賢。

賀覺生前輩擢詹事

端君名位惟公稱，清望由來重九宸。省寺迴翔遲此席，股肱倚畀竚新綸。學非阿世遑持祿，才可匡時合愛身。川濟但占爻利涉，松孤莫倚節嶙峋。

賀王小鵬儀曹擢荆州守次荔峯韻時同人公餞演劇太守獨有取於況龍岡判獄及湯玉茗勸農法曲有合於東坡荆州詩意輒為頌揚仁風

龍岡當日亦儀曹，作守名垂撫字勞。賦免荒田除册籍，水疏隣郡靜波濤。抗言折獄心原苦，祖席徵歌意更豪。一種賦詩言志例，使君胸次故清高。

望裏雲煙四境收，城中臺閣足遨遊。渚宮寂寞空遺構，絳帳荒涼漫勝流。都尉誰勤搜粟事，堯咨不賦望沙樓。東坡如見王夫子，九扈從欣職肯修。

壽楊暢亭入郎中騰達六十初度

論文意氣十年餘，老眼猶能夜讀書。笑我朱顏須借酒，羡君元髮未辭梳。祥刑自慕于曼倩，敦行人呼徐仲車。料理賓朋周甲宴，憑煩德曜與清娛。

葉芸潭觀察五旬初度

芸潭與我生同歲，宦局京朝昨始分。百里潞河兼郡轄，更番驛使寄詩勤。漫堂官職初聯袂，夢得文章早策勳。可惜一樽初度酒，未能命駕去論文。

正聲何處問微茫，歎息前賢枉擅場。異代只應追甫白，同時誰可繼朱王！樽前意氣仍疇昔，鐙下鬚眉各老蒼。隻手扶輪吾輩事，未嫌晚歲共擔當。

杏花纔放海棠時，曾共劉生芙初賦古詞。飛札訝君挑戰急，交綏笑我報師遲。余以遊法原寺及看紅杏青松卷詩寄君，君時扈蹕遊盤山，用鬢字作七古四五疊韻索和，而余未能答。分無山谷羊腸句，敢作松陵漁具詩。更舉霍言紓諸責，阮亭成例自君知。阮亭不作和韻詩。

交親兩世誼岑苔，引領青雲滿外臺。天語屢承恩最渥，君扈蹕途次屢蒙召見，鴈行竚見府同開。食單已喜門生議，李蘭卿舍人時往稱祝，蘭夢應徵驥子來。介雅有詞多寫意，為余展卷一浮杯。

龔梅岩封翁暨陸夫人七十雙壽嗣君聲甫侍御索詩

通守殊恩拜賜衣，公才公望鳳揚輝。如何驥子登朝後，已自梁溪買棹歸。幕府應官容借箸，皖江迴夢憶披幃。平生我記趨庭語，心折中丞杜德機。先君守太平時亦最為朱文正所知。

烏臺瀛館兩傾心，令子同朝話盍簪。笙奏陔蘭徵致語，宴開庭桂接新陰。聲甫侍御丁丑分校禮闈，今年秋試復與分校。名臣風誼尊前許，廉吏家聲傳上尋。仙侶劉綱雙舉觶，南雲彩結五雲深。

壽李小松先生太夫人二首

瓊管瑤笙慶紫都，萊衣開宴晝堂初。十州經席歌恩澤，八座祥雲護起居。光滿銀蟾秋影潔，花飄香粟桂枝舒。彩鸞獻爵麻姑醉，教孝羣看奉板輿。

五雲宮闕鬱中天，昨歲恩知愧獨先。絳帳身原居鄭後，玉堂名許在盧前。用光入館後謁見，蒙稱許過量。乍趨江國金貂座，又買灤河畫鷁船。上壽華筵稱介福，春明執轡記他年。

為戴崑禾觀察太夫人七秩晉八壽

先公清望絜甘盤，壽母南陔聽採蘭。繡豸新頒兼職牒，含飴剛博弄孫歡。觀察接篆日謁太夫人剛報舉重孫之喜。三天渥眷行真拜，四代同堂共艷看。喜我重來歌盛事，侑觴詩與賦斯干。

寄哭楊伯溪太親翁

蘇山一夕起天風，鶴駕來迎八十翁。鄉望卿銜重晉外，國恩畺吏具題中。公乙酉秋重赴鹿鳴宴，濡恩晉四品卿銜，今年五月捐館江西巡撫，題本具奏在籍，病故。當官清節時爭仰，論事先機識更融。每憶笑談徵掌故，虎賁引座悵無窮。

身世當年為我籌，因憐霜髩亦驚秋。謂能性戒嵇康嬾，何礙心從若士遊。兩世交情勞遠念，前賢述作愧冥搜。公以胡文良任翼聖相期，殊愧難副公望也。還家幾載天人隔，卷掩西清淚肯收。余在閣中於題本內得公耗。

輓王心坡

門戶能支崛起身，卅年僚婿重婚姻。平生才惜官為累，環堵家憐老尚貧。猶有故人懷氣誼，更無遠札話精神。春明寓舍章江棹，往事捫胸淚浥巾。

聽傳健飯與飛觥，老友頻為鷗鷺盟。惜我未聯霜髩影，悲君空賦薤歌聲。佳兒能了公家事，浮世難銷遠宦情。揮涕為拈詩老句，此身雖在亦堪驚。用遺山句。

哭譚琴岩親家

報書未接已歸真，余復琴岩札已寄而琴翁先兩日捐館，踰嶺能來豈夙因。卅載交情留夢想，一生宦況耐艱辛。高談每散花中雨，大府頻延坐上賓。百菊溪金蘭畦皆不以屬吏待之。誰分同年才欵洽，平叔制府芸舫前輩皆翁同年也，翩然鶴駕遽離塵。

醫派曾傳掃葉莊，翁幼嘗私淑薛一瓢，如何身病中膏肓。扶危屢見人啣惠，翁謀歸江西，某令槻並擇婿遺嫁其女，又嘗雪誣扳盜案之獄，此類事甚多，至其醫人危疾見效甚速。出險偏難自立方。

不信班荆慳伍舉，空憐賣藥失韓康。翁欲以醫遊江淮，聞余招之來，竟未得一面。白雲望斷悲門婿，蹩躠風塵尚異鄉。翁子蘭祐余婿也，翁遺之往京師待，銓批驗所大使。

寄哭劉葦間親家

典卻朝衫乞鑑湖，誰知一別竟黃壚。浮家身就循陔近，戀闕心憐退鷁輸。玉立諸孫方射策，鶯遷仲子已分符。平生福壽原無憾，只惜還鄉杖未扶。

早年聲望白雲亭，豸繡身還渡海經。陰德知公門可大，親情向我眼偏青。越王山畔花侵席，履道坊前雪點庭。樽酒笑言迴首處，憐余霜鬢亦星星。

哭覺生前輩

東風幾日卷沙黃，一夕文星墮渺茫。詩已成家傳必久，才堪報國願難償。養疴身未離冠帶，公六閱月養病見客皆冠帶。止酒時兼廢稻粱。公病中日啗粥數口。一慟半年前噩夢，龍蛇有識不荒唐。余在江南夢公在京師為盜取持，余呼救不護。

見我頻當謝客時，昨宵握手語尤悲。聽將侵曉身猶倚，強欲拈毫力不支。十九日早猶欲作札與余。百載交期生與死，卅年風義友兼師。幼孫稚子皆聰俊，持勗浮家下董帷。

哭戴文端師

三臺星拆紫微天，一慟人驚帝眷偏。造膝辨留溫室樹，為霖心斷晉祠泉。身宮磨蝎生多感，賜被陀羅死有緣。聽誦詔書爭雪涕，紀勳不藉史臣傳。

小別春明信尚通，經帷驚挂故園東。十年青眼交親外，兩載紅塵涕淚中。聖世遭逢勝陸相，師門紀述愧韓公。酬知敢詡銘幽筆，哀誄先愁語未工。

哭陳春淑夫子

蓬山一夕朔風哀，星闕蒼涼位竟迴。斷稿千行留史局，賜銜四品到泉臺。彈蕉夢逐騎鯨去，補袞心隨化鶴來。老輩襟期終莫似，請看灑淚盡鄒枚。

輓李雲門先生三首

十二層城鶴駕分，關河迴首易斜曛。曠懷斯世推前輩，高論何人紀舊聞！七始源流譚制氏，九章推步接徵君。謝公絲竹中年事，誰信覃思是子雲。

履曳星辰事偶然，上清淪謫自隨緣。盡臣職豈論階級，受主知原在簡編。子厚才高終傑士，仲弓道廣亦前賢。金門索米籌長策，除是家餘負郭田。

苔岑未契感前遊，青眼如公量最優。授簡特看詩屬艸，啣杯不計酒添籌。書遲京國人初返，笛感山陽夢已秋。演就天元誰校字，劇慚膚學未能酬。

題蔣霽園師遺照

蓬山却掃十年餘，人相全空我相除。性以澹成官自達，名因眷重志能攄。豸冠擊斷清畿輔，卿月光明奉帝居。認取儀型展圖畫，生天慧業拜如如。

去之五百若人存，文字原徵性行醇。才士漫能夸繡帨，遺經誰與證援鶉？雨留佛室飄花地，夢斷程門立雪身。忍把贈書論派別，西州路過總迴輪。辛酉，夫子嘗以所選經授予用光，曾許散館後與用光劇論經義源流，及癸亥來京而夫子已歸兜率矣。

商仲言同年之長郎培榮植軒參軍將為楚遊以三月初六日來謁余談次知其日為仲言之生日仲言與余同歲而長余三月今已營宰樹矣為悵然者久之

昨歲春愁驚化鶴，廿年吟袂歡摶沙。金樽檀板無今日，楚北齊東有去車。我亦遺兒初捧檄，君何遺世不思家？緣坡竹憶霜痕早，仲言多鬚而早白。齊齒憐余鬢雪加。

輓周鑑堂鴻臚同年三首

幾人得遂還鄉願，又向天街策轡來。勝地不緣前分在，遠遊爭遣曠懷開。南屏北固雲侵袂，虎阜龍江月照杯。底事尚嫌區宇隘，驟攜杖履去泉臺。

廿年踪跡最相親，弟子重聯翰墨因。棋局勤君為地主，宦情知我任天真。論詩才却風林約，君昨以疾辭余及諸同年小集之約。撤瑟俄驚繐帳新。此日椒漿能醉否？喬公戲語總傷神。

題襟京國共勾留，同輩輸君福分優。家有田疇推舊族，園多泉石快新遊。君寓齋花木泉石極幽勝，皆君所營搆。如何韋曲城南夢，并入山陽笛裏秋。一語諸郎憑記取，六曹三館接清修。

輓楊在輿表兄

八旬已近人驚去，一宅遙分位愴臨。次孫炳今隨母就舅鐘溪寓居京師。似舅得年原壽骨，先君得年七十有八，今君亦以七十八終。望孫偕計有秋心。憶余弱冠因朋試，倚閣環山約共尋。君宅傍環勝山，余縣試時居君宅，嘗登樓望山，姑母嘗命兄偕作山遊。塵夢回頭過卅載，哭君自歎雪盈簪。

哭蔡生甫先生

噩耗風前痛乍聆，蓬山空復憶傳經。生天自證菩提境，遺楷堪登墨妙亭。萸節尚思親杖履，苕溪誰與溯儀型。長箋短幅勞持贈，珍重都成座右銘。

寄輓葉雨垞州牧

十年淮北與西江，聽到循聲意輒降。文字因緣成宦跡，別離清緒話吳腔。嘉興方語與吳語相近，吾與雨垞話舊輒為吳語。昨來得爾病中札，悵不迎吾江上艭。豈意朔風吹病骨，竟教鶴駕引仙幢。能莫飢鳩登薦牘，除書昨已換頭銜。雨垞辨寶應賑備歷勞瘁，大府奏秦州牧，部駁取引見矣。謂當北轍成行日，定有閩南寄我函。噩耗忽來驚老眼，暨州何日放歸帆。銘幽貞石徵遺愛，他日知應待我鑱。

哭平叔制府

天語更番稱解事，飾終予祀備恩榮。用光召見兩次，皆詢公病狀，以公任封疆為曉事，旋俞畺臣祀名宦之請，復更竣部議。禁中頗牧材原大，海外恩循難得平。餘力猶能籌水利，多才不獨擅詩名。卅年舊侶難為別，病後傳聞況易驚。

迴首三山旅夢牽，傷心噩耗竟風前。越人不出醫難信，西讖俄占病不痊。助我儒迂思昔語，公每謂余儒迂常遇事助我，約君歸老悵名泉。公與余約他年結鄰當傍西湖六一泉畔。兩郎努力成先志，莫負恩綸自日邊。特旨與兩子優蔭。

輓楊蓉裳

仙風吹斷蜀山青，徑向珠宮躡鳳翎。夢裏前身真有讖，蓉裳嘗作紀夢詞，有『三十六年塵刼盡，問可能再赴珠宮召』之句，自疑不能逾四十，今乃知為六十三考終之讖也。人間彩筆問誰靈。范韓局小能平賊，心餘先生送蓉裳官甘肅，有『韓范功名在此行』句，蓉裳守伏羌戎城果以平賊著名云。溫李才高不對廷。含歛得依荊樹底，知君至性戀原鴒。

憶昨春明共嘯歌，題襟已是十年過。龐公兄事山民久，敬禮文呈子建多。此日佛堂奠蘋藻，當年詩夢繞烟蘿。芙初為設位哭於龍泉寺，蓉裳昔所嘗遊也。大梁亦是聯吟地，戊辰年蓉裳往秦訪余於大梁，回首關河痛若何。

輓倪竹泉觀察同年

海雲嶺樹黯離懷，不分風前噩耗來。得病經時春落莫，裁書別我語悲哀。絲無續命空成縷，棋欲敲枰約舉杯。誰信春明分袂後，未謀一面已泉臺。

歸夢滇南萬里遙，宦情閩徼十年消。避驄威有臺中凜，化鶴魂難海上招。生計誰為舟助麥，世緣莫悵鹿辭蕉。王僑幸倚絲蘿託，古誼應聞踐久要。謂王玉峯軍門。

悼胡雪蕉工部永煥

莫愁湖畔題襟日，記共樽前帽影斜。莊蝶忽尋天上夢，晏楹兼賣畫中花。客來爭唱難忘曲，書去還歸易借家。標識尚存人已換，憐君心事正無涯。工部身後以書畫出售，予欲購其全謝山集，力不能得，乃託春湖學士以七金購之。

輓王鄰川同年

帝城人頌小金吾，得我侯來民氣蘇。散賑米無沙作飯，栖流屋比芋分區。臺員自準昌黎狀，畿輔全銷鄭俠圖。聽說黔敖設私祭，哀鴻爭與哭黃壚。流民聞君沒，相率攜楮鏹哭於門，羅拜而去。

容臺薇省擢平銓，同宴慈恩過廿年。才得似君真立鶚，齒猶少我竟先鞭。平原留飲明湖夢，矍相分曹射圃弦。余過濟南君嘗招飲於家，昨訪余小圃約為射會。撒手懸崖何太驟，爭禁老淚灑風前。

哭姜石芙編修

蓬島新霜影乍飄，勅書人赴玉樓招。不知造物生才意，竟遣瓊枝一夜凋。彩筆幾年干氣象，黔山萬里賦星軺。如何歸謁明光後，無復雲階詠早朝。

校文豈有傳衣分，問字偏叨載酒尋。君館選後投刺執弟子禮甚恭，余亟愧其意。炳燭餘明慚我老，推琴一慟為君深。挂冠空有還鄉夢，君已乞假將歸，伏枕終傷返哺心。愁絕江關歸路遠，麥舟舉殯賴朋簪。

送薛子韻柩歸揚州

譚藝交情已漸深，如何如此作分襟。字無叔重文誰說，座少公榮酒漫斟。前定行踪神偈語，子韻病亟余禱於栢神，取籤有『杭州太守蘭陵老，萬古名傳玉局翁』，東坡卒於常州，殆以汀比常而薛子韻之名傳矣。精藍遺奠石交心。遺書待付孤兒守，錄本流傳事必任。

放言一首

造化爐中幻我骸，孰為色相孰根荄。隨緣事業安排去，墮地精靈認取來。已作浮雲須化雨，本如明鏡莫生埃。閒時自把心頭勘，日日尋思有幾同。

和席子遠同年仙佛詩二首

鸞鶴紛紛下九天，蓬萊枯坐看雲煙。飡霞自得延年術，煮石難酬住世緣。米可成珠從化影，塵堪夾轂待行田。金繩玉板無消息，瓊想瑤思署散仙。

一蒲團地著跏趺，香國因緣乞食無。面壁九年歸昨夢，化身十種有真吾。懶殘行脚從塵市，臨濟宗風入畫圖。說法思傳豪薜荔，神通只向指頭輸。

過錢金粟乞方

求仙何處且扶衰，萬卷圍身若懶開。參術有靈參局劑，棗梨無術覓根荄。睡蛇難遣承鈎去，擒虎從知占夢來。此余與金粟隱語。羨汝神完終有恃，笑余老態暗相催。

韓芸舫前輩屬題龍湫宴坐圖

尊者重瞻諾距那，波旬昨已靜鯨波。從知宴坐觀空意，不比閑身蠟屐過。料理軍符資九伐，參詳物理證三摩。繽紛花雨飄何處？認取飛泉灑澗阿。

平生山水足清緣，玉節牙旗望若仙。每論人才要陶鑄，亦如勝境有雕鎸。名言近歲欣陪坐，雋賞前遊阻執鞭。我愧徐凝難覓句，廬山瀑布夢中懸。

過家玉生編修寓宿於其遙香艸堂因循詩蹊登借山樓過桐陰高臥處蓋英竹井相公獨往園舊址今歸張菊溪相公改曰嚮往園

石筍槎牙樓俯踞，詩蹊其下徑旋開。試為拾級蘚痕踏，認取橫窗山色來。襆被偶留詞客寓，構堂想見相公才。桐陰十笏許高臥，我更因之鄉夢迴。余家園亦有桐陰草堂。

題向亭為謝九兄作

一亭深處樹陰交，覓句攤書興自饒。石作雲垂光霴靆，風如簫過韻調刁。六宜山色懷先哲，三昧詩情話早朝。翰林志學士下直出門相謔謂之小三昧，出銀臺乘馬謂之三大昧。相約秋來頻載酒，剪燈訪汝草元宵。

和顧晴芬移居西城根東偏詩

鳳城西畔得幽栖，退食花前散馬蹄。舊徑君猶懷石友，謂介坪，新居我盼接沙堤。憫農念切春畿外，籌餉心馳屬國西。他日功名佇辰告，由來公望有端倪。

早梅思向故鄉探，李相臺邊露彩涵。棋局近邀花下醉，詩懷遠向畫中參。君有水竹柴門圖。急流勇退風原好，造膝陳辭事要擔。不負平生吾輩學，與君投分許深談。

和葉雲素移居詩

營巢心逐嬾雲飛，選樹平生自識幾。但使藏書容萬卷，不妨近市掩雙扉。鐘飄禁苑攜鐙宿，香篆雲窗退直歸。畫棟雕甍消受處，笑他輿衛借煙霏。『煙霏作輿衛』山谷句。

相公舊第亦前緣，宅為王文端舊居，有子午泉。廉讓風高願執鞭。朝典夙諳原望重，君修會典多識掌故，楹書能讀況兇賢。長齋自守庚申夜，修綆誰爭子午泉。一笑元龍樓百尺，也辭故宅賦新篇。余移居爛麵胡同嵇文恭公故宅有詩。

謝葉東卿手摩篆隸拓本

石蘭軒畔論交久，同爇蘇齋一瓣香。笑我學慚都講席，憐君才困少年場。手摹奚啻工飛白，墨妙重煩搨硬黃。此筆來春遊上苑，梨花消息話宮牆。虞伯生有太學後圃賞梨花詩序。

謝徐尚之送蟹

吟秋日日潑官醅，忽漫持螯笑口開。洛下風塵心乍豁，江南烟景首重回。三更郭索收漁火，千里騾綱碾轂雷。露裏霜包憑致似，端知渠為索詩來。

點橙搓菊一觴秋，徑取吳酸共拍浮。湯沐新除步兵尉，頭銜舊署內黃侯。稻芒乍飽潮新退，蟾魄剛盈暈欲流。認取芙蓉脂肉在，綠雲鬟已付霜漚。

法源寺看海棠偕鮑覺生前輩商仲言同年用壁間南華先生韻

鳳城名友在禪林，佳約還偕勝侶尋。十頃煙光凝碧重，千枝春影照紅深。鐘魚誰醒他生夢，茶話能留異日心。三復壁間詩老句，續貂祇是媿唐音。

荔峰同年招遊城南古寺看海棠

今歲園花殊爛漫，三株名友對清談。正愁落蕊拋春去，竭喜精廬許我探。佛力果徵生意久，晨光都著露華涵。如來說法維摩笑，迦葉阿難許放參。是日為戊辰，諸弟子公燕荔峯，荔峯乃拉余同往。

海棠花下作

向我繁紅獨有情，侵晨百徧繞花行。韻高不礙春痕豔。態遠能令日影清。招客新巢誇幾樹，聘梅舊夢愴三生。鬢絲禪榻中年感，坐對茶煙故故横。

秋海棠

淺笑西窗事已非，秋魂何處認斜暉。緣消殘夢鷄三唱，寒到荒園土一圍。嬌影乍扶風不定，碎心無主雨同飛。平生此錯真吾鑄，愁見新紅照地衣。

和李春湖秋海棠韻

冷露叢叢壓嫩枝，玉欄杆外簟初移。何當月曉新涼夜，記取鬟低半醉時。羅幕如煙迴瘦影，秋陰似夢惜芳期。生來薄命還矜重，肯倚風流怨别離。

春盡日訪牡丹

江水江花入旅愁，杜鵑聲裏住扁舟。天涯倦客初投跡，南國餘春可縱遊。小院日高人語静，曲欄煙淡午風柔。底須更作禪關夢，趁取韶光滿眼酬。遊三華庵時牡丹盛開。

荔峯同年招賞牡丹以所作二律索和紅藥開後始次韻報之

朱蘭翠幄報春回，辛苦經時護凍荄。花意不曾緣雪瀨，酒懷端合為詩開。已登芝砌從誇豔，更有瓊泥莫忘培。一笑風姨矜氣力，金鈴搖影費疑猜。

小園我亦徑餘三，芍藥臨風萼尚含。余寓芍藥四月半尚開。館閣何人占讖吉，樓臺百寶憶春酣。幸緣勝侶聯仙袂，猛記清遊訪佛龕。弭節三山山外泊，廿年回首夢江南。己未春從姚師舟過三山夾訪佛寺牡丹。

用前韻謝荔峯招同年六人集聽雨軒賞牡丹

郊寺尋春迹豈忘，上巳後六日荔峯拉同郊寺看海棠，又招舊侶宴華堂。晨星易感慈恩夢，絕調難追學士章。羨汝瑞雲誇爛漫，笑余翠幔費遮防。鞓紅與祝來年盛，此日遲開政未妨。

和毛俟園學博詠牡丹次韻

叢篁疎石護晴霞，供養全勝富貴家。豪宴罷張千尺錦，詩情恰對十分花。香生露砌春無價，豔著雲堦月有華。笑我題襟來稍晚，尋芳空羡美人車。

鮑覺生招遊崇效寺看牡丹用胡稚威韻

色相能融靜對神，等閒院宇覺沉沉。曲江早歲登朝度，安石東山用世心。侵曉喜無蜂蝶鬧，談禪底借雨花深。道人不解朱欄護，枉說祇園地布金。

穀人前輩招同人再集詠庭前桃樹

庭前一樹深紅影，枝葉扶疏照客觴。天與微陰助顏色，公原化雨在門牆。勝遊昨夢留禪榻，舊句春山畫夕陽。（劍潭先生以咏桃花為酒令，前輩舉『夕陽顏色在春山』舊句。）連日招尋文字飲，中年身事渾教忘。

楊介坪理少同年（懌曾）招集雪中賞菊分韻得籬字

雪中認取九秋枝，砑紙窗楞勝竹籬。送酒無煩衣白使，圍爐競鬥賜緋詩。（座中拈骨牌為觴政，得紅者舉詩一句流觴。）人間耐冷多幽事，晚節留芳儘過時。商略花前同一醉，豐年消息稱心期。

殘菊

寥落東籬已朔風，雪痕昨夜抱枝融。列屏秋影誰家好？對酒冬心我輩同。莫道花無殘歲感，似聞人有駐齡功。如何伯始誇曾飲，千載寒潭尚傍嵩。

題葉雲谷補菊圖

五羊城畔盛花田，聽說繁枝可縟川。春事夢迴郎署直，秋心閒寫晚香緣。小園我亦多餘地，謝菊詩方綴雜連。補種未能從孄性，披圖一與企前賢。

晚香玉

擔頭風露劇堪憐，署夕涼宵影乍妍。為惜清香簾押外，待移幽夢枕函邊。一枝較可簪如玉，三島應隨鶴化仙。莫向膽瓶輕折取，更邀明月護嬋娟。

題翁星原並蒂蓮圖

盆花吉兆說當年，盈卷編成翰墨緣。沃土培根才已茂，循陔馨膳意同傳。石文代重名儒選，左輔祥徵得氣先。聽取賓興奏鄉樂，近與星原論關雎合樂之說，堂前六桂及秋妍。

謝小滕寄惠冬青花

老來銀海漸生花，炳燭難將目力誇。不信神方傳秘笈，能翻讕語罩紅紗。衡文心自憐纕蕙，感惠情應賦木瓜。一笑鬢霜消未得，愧他瑤樹著瓊葩。

山重嶺複一緘來，此意何殊寄驛梅。冬乳即看垂穗結，夏雲想見映山開。演綸曾槖中書筆，草制慚非內翰才。紅葉階前吟賞處，萬年枝上夢初迴。

詠紫藤用元美韻

乍疑香氣到空林，華屋愔愔靜晝陰。蝶化葛仙迷曉夢，鶯調簧舌競春心。花飄紅雨應羞艷，蕊墮青莎轉覺深。忽向畫圖思往事，故園清賞幾沉吟。

朱椒堂同年屬作閨中詠物詩

菜把

影入行厨眼便明，露莖風葉此奇擎。心安知免夢神訴，秋早倍思鄉味清。求益有傭矜創獲，議單無士詡傳名。用元修菜事。文章一例須烹鍊，下筯先容客絜羹。

菽乳

色欺霜雪味勝酥，靈趙前身問孰呼。儘適貧餐謀爨婦，也充珍饌擬淳母。行廚品次羹兼有，矮屋提攜夢豈無。護世城中傳法乳，不知誰稱穆醍醐。

煦齋師以今年秋分後薝蔔放花至冬猶盛屬伯昂作圖而自題七律一首屬和敬步原韻

剪瓊綴雪綺窗深，勝賞因成即事吟。暑夕參禪宜月夕，秋心觀化證冬心。餘榮句合元暉詠，謝朓梔子詩『餘榮未能已，晚寔猶見奇。』，望氣圖應地鏡尋。地鏡圖曰：望氣占人家黃氣多吉者，梔子花也。珍重清芬綿世澤，共傳瑞應慰沖襟。

賀家竹香觀察恩賜花翎之喜二首

宣績河防報最新，帝心從此屬純臣。殿前獨對恩原重，日下榮光擢已頻。麗彩一行飄孔翠，高冠九陛切星辰。可知漢代貂蟬貴，珍重雲霄致主身。

露冕行春喜若何？部民爭看使君過。鹿隨兩轂仁心洽，日照雙旌霽景和。低黝映塵縈岸柳，遙分霞彩靜鯨波。獨憐燕寢清香夜，絮語雙鬟問最多。

乞野雲畫石銚箋次蘇韻

水郵石銚收藏久，寫寄蘇齋尺幅寬。未見蘚痕蒸暗浪，重煩墨瀋潑嚴寒。從來徑數香頻爇，蘇齋歲作東坡生日詩會，『徑數香』坡公題識中語，蘇齋在粵東所得也。昨夜程門雪乍乾。玉局仙人應一笑，萩林韻事又長安。

靈隱寺僧鷲宇收梧門集字紙覃溪師命題

梧門詩欲參禪悅，本以龕名結靜緣。越水招提千里外，香山心事十年前。躭吟誰證生天果？記莂今添軼事傳。在日情深師友處，藏書為報此林泉。

以雙硯贈沈湘南賦長句作價并索和章

平生自笑墨磨人，十載蹉跎硯北身。銘器恒師金匱戒，石交惟覺滓妃真。吟來斗室添詩夢，探向空巖傲席珍。投贈愧非青玉案，知君要結衛公鄰。

半載聯吟意氣投，筆花開處掃驊騮。訂交都籍陶泓叟，閱世還師即墨侯。縞紵漫嫌山骨瘦，豚蹄早祝石田秋。他年倘結羊求伴，多覓紅絲共唱酬。

魯籀亭和贈湘南雙硯韻見示因疊韻奉答

知己無多此數人，吟懷同惜客中身。偶移鸜眼投秋士，待擘雲箋寫性真。山骨幾年遺舊璞，芸窗何事詡奇珍。笑余也有章侯癖，擬結端溪十載鄰。

卮言聊作木瓜投，傳稿無煩控紫騮。才士吟詩如遇敵，書生得硯勝封侯。蹉跎忽感才華減，拓落還悲旅鬢秋。羨煞歐陽門下士，制科遺器志能酬。蘇文忠有試賢良硯為子過所藏，籀亭將應今年恩旨，故及之。

雨夜書懷三疊前韻

偶作巡簷叉手人，催詩急雨打吟身。一年歲事忽過半，萬種閒愁誰最真。悟罷因緣參佛解，迴看心地得奇珍。從今精進關頭去，多謝題箋索句鄰。

杖策何當玉帳投，從軍漫擬躍驊騮。洗兵已借天河水，時楚北有捷音，草檄誰從龍額侯？街柝暗沉官漏永，燈花寒拂劍鋩秋。書生結習懷康濟，知否他年願果酬。

籀亭以鐫石見贈四疊前韻賦謝

八體書誰嗣漢人？九千難試學童身。派歸魏晉源初異，字習籀斯世鮮真。繆篆君能師古法，玉章我自惜奇珍。燈明花乳良朋贈，雙璧從今詡四鄰。

瓊琚玉佩一相投，壓倒名姬換駿騮。但有圖書揮翰墨，儘堪符節傲公侯。緘來尺素芝泥暈，印罷芸編紙帳秋。待覓琳瑯報佳惠，只愁漢隸更難酬。

以松江箋贈湘南五疊前韻代柬

誰向華亭作解人？網來三十六鱗身。搗成寒雪光如照，砑取名花色更真。銀管漫吟才子句，魚肥敢比上方珍。越中自有溪藤好，持贈應慚玉版鄰。

好友天涯幾幅投，連朝詩思騁驊騮。持將楮國中郎將，分贈東陽沈隱侯。此箋本籀亭所贈。角勝詞壇先按壘，罷題桐葉更驚秋。投桃報李尋常事，只要先生麗句酬。

籀亭雨中邀同沈湘南黄右丞吕吉亭小酌六疊前韻走筆賦謝並呈諸君子

折柬來邀褦襶人，虛堂小聚客中身。一天涼影雲衣卸，百疊苔痕繆篆真。雨氣入簾書亦潤，年華及壯璧同珍。花磚倘遂題橋想，願結春明比屋鄰。

妙句更番遣僕投，駑駘焉敢逐驊騮。酒懷偶中慚豪士，詩國無功愧徹侯。養志從來須守璞，清才如子莫悲秋。堂前各有衰親在，麗澤交期令德酬。

七疊前韻戲呈湘南兼示籀亭

等是批風抹月人，冷吟應惜客游身。天花墮處心全悟，幻泡生時境豈真。綺語漫思他日懺，菩提應識百年珍。芭蕉堅固根塵滅，不二門中好結鄰。

龍梭齒折問誰投？白下看他果下騮。進隱但能師伍舉，羽人虛説負齊侯。歌場酒醒魚龍戲，蝶夢寒生翠被秋。我亦年來狂漸減，情懷只向古人酬。

寄懷環蔭十二丈八疊前韻

黄金臺畔罷歸人，握手欣逢小住春。兩世交緣前輩密，令兄楚帆先生於家大人為至好。十分醉倚客懷真。夢中月墮梁邊影，別後書留篋内珍。按曲飛觴行處有，雅游誰續蔣生鄰。

話到明珠惜暗投，寶刀空擬躍驊騮。書生氣短三錢筆，學士詩輕萬户侯。漫借風情消雜感，何當元解話深秋。十二丈約於秋末重來。宫亭湖水儂家近，如願還期洛浦酬。前與丈有買婢之戲。

以横幅乞湘南為書袁蔣古今體詩九疊前韻代柬

要將詩律學前人，持誦應宜坐對身。心悟敢誇糟粕棄，眼明如見性情真。好師索靖碑旁臥，厭説中郎枕後珍。憑仗揮毫張雪壁，從看虹彩耀比鄰。

二老當年意氣投，雙馳赤驥與驊騮。授名髫日曾推顧，問字元亭敢繼侯。予幼時心餘先生曾為書扇，取名符生，而癸丑歲游江南曾受詩法於簡齋先生。柳谷晴波三歲別，鷺湖宰樹十年秋。少陵已死青蓮老，知己無忘志業酬。

囑人寫照詩以述意十疊前韻

無端住世作陳人，謫降誰憐上界身。守拙頗無紈袴習，隨緣惟喜性情真。袖中詩是安心法，架上書為濟世珍。著個雲鬟傍年少，墻東莫認宋家鄰。

翩翩玉燕向懷投，甘讓桓東縱紫騮。案有龍唇堪命酒，相無燕頷不封侯。退朝衣帶爐煙潤，僕直香棼午夜秋。同輩幾人今已貴，他年此願會須酬。

籀亭為題游仙圖四律詩殊清麗十一疊前韻賦謝

誰居官府號仙人，袞袞都憐守廁身。吞篆莫窺丹訣秘，佩符難覓虎囊真。雲邊鶴駕三生夢，海上琪花萬古珍。我自行空龍杖好，壺中聊結費公鄰。

閬苑蓬萊信所投，翩然仙驥勝驊騮。解飛玉舄尋王尹，能賦新宮傲蔡侯。絳節夢招鸞鳳舞，碧雲詞唱海山秋。他年橘奕君能否，龍脯園絲儘意酬。籀亭能奕。

十二疊前韻柬湘南

住世思為出世人，雲中鶴駕夢中身。偶煩畫手傳霞想，待著青裙拜玉真。仙樂音流千嶂彩，行廚酒進十洲珍。知君要我為同調，定結嵩高採藥鄰。

十首詩同百琲投，居然遠意騁驊騮。敢雲餌術師彭祖，定不成神學蔣侯。東海飛塵初化水，南山枯骨又驚秋。煩君急向圖中寫，他日當求石髓酬。

壽王懷祖前輩七十生日 七排

漢學聲名領石渠，高年陔養就安輿。銀臺春舉延齡酒，紅藥花縈獻爵裾。是有通才皆進履，得分著録勝緘璵。千家訓故分千派，六籍權衡在六書。一說未安心尚警，羣言能擇意才舒。汗青本已人沾溉，鑷白年猶自獵漁。曩借鄭門通尺素，願依馬帳作鈔胥。幸緣熊軾親談笑，數向鱣庭問起居。識字空知韓子戒，治經愧似賈山疎。測蠡窺管聞終謏，提要鉤元慕恐虛。請業鍾陵通遠札，侑觴綺席質經畬。召公九十卷阿頌，竚頌韋平盛業擄。

金陵張月姑旌表貞孝詩

白門張氏有瓊枝，貞孝名標綽楔宜。芳字原從仙籍認，苦心只許素娥知。夫為皖口官人子，父是江南老畫師。徐淑秦嘉緣落莫，粤雲吴樹信差池。十年苔徑辭行跡，五夜琴聲撫斷絲。燕壘原非孤鶴例，鳩媒漫益孝烏悲。有以乾隆五年例婚期過三年不娶者可另擇配官為給執照為説者，女有死自誓。女貞木分無連理，化石峰惟有誓辭。從此事親手營膳，更能助嫂夜擎兒。調虀量水分勞日，顧杼挑燈課讀時。膝下鳳雛如戀母，堂前霜髮慰含飴。人非元結心同瘁，境異陶嬰節並垂。我慕杜劉成傳記，杜預女記劉向列女傳體例相似，今惟見太平御覽所採取數則，特拈彤管賦新詩。

太乙舟詩集卷十一

歡好曲 為譚退齋姬人劉珊珊作

窈窕上谷女，容艷生光輝。問年指明月，纔及三五時。儂歡有故人，斛珠為料理。故人識歡心，畬蓮贈儂字。媞步東廂下，姍姍態自妍。留仙誰所畫，裙縐得歡憐。高鬟臨鏡就，纔得並歡肩。歡情長於影，願歡享高年。問夜早朝時，衣篝香細度。侍歡讀道書，研朱知曉露。歡情藕有絲，歡意蓮有實。儂與歡同心，底將花比色。

擬司馬溫公今古路行

古路循康莊，今路歌夷庚。今路即古路，萬世遵蕩平。

讀山谷詩偶題

愛讀山谷詩，為其情最厚。四始六義中，宗派重江右。

題李蘭卿湖淮紀遊圖

高堰堤行

陳登不可作，仁矣循堤心。所事難於古，勤勞殫自今。

老山晚眺

平世不忘武，謀國等謀身。龍虎歸調拊，還丹駐好春。

淮瀆尋源

淮流今入江，孟子乃不誤。生璧虔祈報，尋源得其故。

龜山訪古

穿肋亦廝渠，通漕有成法。殷勤訪古心，山登而川涉。

盱眙看山

翠微連傑閣，松徑與梯嵐。俛臨波萬頃，莫辨來時帆。

碧泉品茗

欲攜龍井茗，去試玻璃泉。因君夢武夷，擬賦幔亭篇。余使閩以未遊武夷為憾。

洪湖泛月

廣利開仙宴，『頗聞羣仙宴廣利』雲汀制府紀事詩句。高秋月色中。君隨八州督，來瞰水夷宮。

周橋聽雨

聽雨成詩夢，懷人每此時。多君為民事，諮訪有驅馳。

題畫菊 陶子俊屬

頹齡不可制，思得養生訣。昨夢就菊潭，飲泉芒且洌。

題畫石榴便面 黃小舟屬

聞說重思稻，米如石榴子。誰與獻仙官，試問柱下史。

題臨頓新居圖有序

潘功甫舍人於道光癸未夏屬友人作臨頓新居圖以寓其思親之意。甲申春，將乞假歸為大父雲浦封翁八十壽，以是圖索同人詠歌而持歸為侑觴之獻。夫人子有壽考之親而事之至樂也，其親之壽考而為乞養之身，其重堂年登耄耋視聽不衰，樂其孫之能養志以娛親，則尤為世之所難得，而其兩世皆賢者又皆有兄弟友於之樂，則其為世不多覯之族，不尤為難得之盛事而可見諸詠歌者乎！　今芝軒尚書年初及艾，乞養家居，撰杖進食優游林泉，上有雲浦封翁康強壽考以為之親，而下有克紹家學功甫舍人以為之子，其既備家庭之盛事矣。尚書與吾家鐘溪同登乾隆癸丑上第，而用光於尚書為後進，嘗得過謁邸居與聞誨言。嘉慶壬申春，用光過吳門，未及謁雲浦封翁，而得見尚書之世父榕皋先生，及尚書從弟理齋前輩，因得攜榕皋先生之詩集以歸。今與功甫同居京師，時時以詩文相切劘，蓋兩家之交誼若此。頃得大父凝齋府君肄業成均時所為易義劄記數帙，喜其為家中未有之本。而用光得之於六十年之後，乃如與大父音容相接而以紆其范喬捧硯之思也。則於功甫之養志而其家庭間備人世難覯之盛事而可為歌詠者，安能已於言乎！爰綴之以詩而為之序如此云。

悅親以文學，輔仁求友聲。簪纓與林泉，因之增其榮。

盛事世難覯，至樂吾尤羨。遲汝紹家風，瀛洲與相見。

乾隆丙午先君以兵部郎中監督大通橋顏其廳事曰朋簪清燕之居嘉慶丙子用光省仁山四兄於通州過此見題額猶存而先君棄養已八年矣四詩志感

白粲盈桴就橋泊，一橋跨水影如弓。阿咸記否同清讌，指點清波落照中。

三十年如彈指過，牓題想像舊朋簪。諸孫葛帔行風雪，老輩吾悲蔣翰林。先君與藏園交最厚，今其孫貧游京師為餬口計。

少時未踏春明路，索米金門已壯年。祿養心孤頭漸白，瀧岡何日表成阡。

先澤留傳愧治裘，一官豈為稻粱謀。不才只合歸蔥肆，更為吾家子弟愁。

題伯兄校書圖

中秘書多許校窺，槧鉛勞亦拜恩私。儒生畢竟邀知遇，記取登名借計時。

我到春明後廿年，追尋舊夢亦愴然。牢之化去遺編在，家塾桐陰尚帶煙。

文穎唐文兩館開，清班我亦附鄒枚。編摩未勒私書就，愧說雲山證果來。

補藤詩與借藤詩，舊宅新居到處宜。忽向畫圖醒昨夢，綠陰如幄校書時。

題仲兄朗亭桐陰按曲圖

洞簫聲里素琴張，滿院桐陰生晚涼。消遣中年憑底事，髩絲容易惱潘郎。

商略樽前醉綠蛾，閒情暫許放懷多。金徽罷奏房中曲，素口蠻腰可奈何。

欄杆曲曲樹離離，羅幕如煙映碧漪。明月莫驚池畔影，鴛鴦有夢正相思。

如此園林久住難，軟紅塵土去彈冠。他年聽鼓迴鄉夢，侍女熏衣夜向闌。

重題棗花書屋課讀圖

故園夢隔卅年餘，嘉樹清陰道勝初。教與兒孫知往事，棗花香裏讀遺書。

送從兄鑑軒觀察旋閩至蘆溝言別

姜被猶欣一夕同，明朝歧路各西東。儘憑海水添更漏，政恐離堂話未終。

秣駕無由挽却迴，蘆溝行色夕陽催。相思後夜團圞月，曾照今宵客夢來。

束裝吾亦賦歸與，有約重陽定買車。官閣若吟春草句，阿連早已到鄉閭。

蘭滋送至梅嶺歸途遇雨，念之不能成寐，次日至羅源作詩寄之

遇雨剛逢喜雨時，憫農心事汝應知。却因山徑須防滑，望汝平時此意持。

題蘭花竹石便面寄歸示蘭祥

蘭性惟於竹石宜，家園題牓夢歸時。余家園顏曰竹石山房。朝衫未着終須着，望汝門風共主持。

題漁洋山莊圖為伯芝作

興到詩成否則無，人生天地一蘧廬。家園何必非鴻爪，三宿心情合破除。

抛却棲靈一珩青，懶眠巷裏券初成。不知一卷梧桐影，後代誰題白石生。

偶閱漁洋集集其句寄懷伯芝

帽影鞭絲何處歸，清談應是勝張機。吾家子弟誰矜咳，可使文人有愧辭。

憫輿夫舟子示大煥大慶四首

樵夫汲婦穿雲外，下嶺登山苦聽傳。我坐肩輿無個事，如何浪使水衡錢。

此亦昂藏七尺軀，刺船裸體費工夫。夜來一覺懵騰睡，雨外風前醒也無？

晡後長年欲歇舟，為言灘急在前頭。畏難避事當官恥，莫向舟人怒竊鉤。

讀書五穀能分否？紈袴何曾不悞身！治事如何勤四體，分途同勵克家人。

以從叔畫竹留別曾霽峯

白沙鄉路憶名邨，從叔居之畫偶存。一種老懷難忘處，盼收竹實護龍孫。

題畫寄吳氏妹

風枝露葉影橫斜，占斷鄉園水一涯。省識同根相憶處，早將歸夢約梅花。

題畫寄內

抱取瑤琴立淺莎，美人珍重意如何？關山不隔相思夢，未聽絃聲感已多。

去歲自陳州挈家屬舟行至八里垛乘騾轎抵浦口今歲自浦口往陳州其舟車之路皆與去年同途中述懷寄內二絕句

眉痕一抹望中山，分載年時記共看。羈緒忽懸殘月影，騾綱重聽五更寒。

淮流北接蔡河暈，新漲憑誰記纜痕。重上小舟一迴首，雲山千里夢江邨。

為雪蘭題靜華館

十年離緒短長吟，春月能明兩地心。今日唱隨天付與，雙聲聽取綠窗琴。

泛宅詩成句自工，塤箎和處意雍容。筆牀書格西頭屋，認取吾家女士龍。

青棠掩映碧窗紗，甥館春深盛物華。慈母忘憂埍蠲忿，宜男花是吉祥花。

題曹墨琴夫人臨麻姑仙壇記為雪蘭從女題

鷗波館內簪花格，響搨摹來筆尚新。若使麻姑到塵海，評書也重衛夫人。

艷說西江寫韻樓，文簫夫婦足風流。可知上界清虛府，亦有神仙賦好逑。

蠆尾銀鉤氣自華，東吴才女筆爭誇。吾家道蘊能吟絮，肯讓金鑾出白家。

欲往視譚氏女子壽暉厝塋阻雨不果遣兒子蘭第往焚此而作書禹門婿使之寄貲修理

楞伽山畔縱絞涎，水過聞衡墓外磚。老我有緣如再到，會須拄杖看新阡。

哭靜娟十六首

惡風吹夢醒秋窗，凄雨同飄淚萬行。是日風雨。不信塵緣拋斷日，選期也近展重陽。靜娟以辛酉展重陽日歸余今但多半日而適二十年矣。

世無和緩莫延醫，聽說延醫淚總垂。不聽鄉言終自悔，悔心愧遣九泉知。

無處尋君話離別，且求入夢訴酸辛。如何夢境安閒甚，了不知卿是病身。

病情翻覆已經時，伏枕才逾十日期。若使關心人有識，求醫安肯付庸醫。

平生心事付蕭條，此去知君恨未消。千里見娘才一面，十年待我不乘軺。

閨中望子尋常事，胸次如卿却灑然。生怕膝前無俊物，阿奴碌碌受人憐。

今知福慧信難兼，纔舉甥孫病旋添。幾度厭禳終莫救，離魂不就影襜襜。

病中料理嫁兒衣，午倦深憐氣力微。三婿上林如接翅，他年慰汝有光輝。

十年悔我太將牢，性好單棲似百勞。早識抱衾緣分淺，專房合做富家豪。

熏衣量米更何人，百事憐君任一身。手把絞衾送君去，爭教大婦不沾巾。

當年不肯身離嫡，隔一中唐尚覺遥。今日拋儂向何處，由房無術可魂招。

牙籤玉軸安排好，夢裏能來見也無。悔不前時慰卿意，惜財使汝病難蘇。昨潔治靜娟室，兒輩有夢其來觀此室者。

廿年童僕亦知恩，剩得賢聲處處存。宰相無名空有傳，笑他調侃是名言。朱野雲謂位至宰相無人稱頌之，不如女子有賢名者，以是語慰余。

舊主相依厝室寬，教儂一去一心酸。出門便是天涯路，有屋留卿見面難。

素影亭亭夢曉寒，綏山桃熟不能餐。春愁春恨歸何處？祝汝他生作牡丹。春浦婿曾為乞得黃季知畫素梅牡丹桃實幀子，以致其頌祝之意，今仍張於靜娟室中。

無端愁緒上心來，抹月批風興盡灰。底事平生能作達，者番懷抱竟難開。

席姬百日寫經後賦此

轉經厭覓僧徒鬧，若行沙門那得來。手寫多心經一卷，聊當營奠與營齋。

月夜寫意

老樹空庭寫月明，折枝影裏有人行。歸來響屧憑誰聽？空憶階前喚女聲。

長眠人豈不知寒？冷月荒郊自夜蘭。莫更思量添半臂，儂猶容易耐衣單。

七夕追憶靜娟

金風玉露可憐宵，除是他生賦鵲橋。此去故鄉應較近，芳魂能否認星軺。

九月初二夜追悼

不分三生一夕休，傷心重見月如鈎。黃泉若信今宵冷，有夢還來替我愁。

逋髮如雲未上笄，硯南花北總相隨。早知繡閣終無分，落溷飄茵合聽伊。

一顆明珠掌上擎，鸞篦笑靨問三生。誰知此福維消受，我亦如人不少嬴。

斜倚紅窗太瘦生，簟紋如水夢初成。可憐連瑣聲俱斷，從此春來不聽鶯。

返魂無計拜蓮龕，旬日誰將噩耗探。從此嬉遊腸斷處，只提下七莫初三。

晦朔何人更數蓂？魂消浹月此三更。細思此誤非醫罪，只合儂居薄倖名。

贈花詞四首

六曲屏風護翠幃，銅荷一尺聽談詩。簾波不隔雲鬟影，記得去年初見時。

却聘曾抛八寶釵，等閑青眼肯輕廻。憐他一諾千金意，不是明珠買得來。

飄茵落溷夢悠悠，那得如卿意總酬。多少人間隨例嫁，就中容易著春愁。

願向粧臺侍女君，遙情迢遞託鄉雲。此心已得夫人許，憐惜知應到十分。

定情詩

曾拈紅豆拜雙星，鵲駕無聲夜獨聽。若數夢中相訪路，迢迢已過百長亭。

一枝如意上釵頭，記取而今願總酬。眼底花叢儘抛得，問卿可否識儂愁？

髫年小字問誰如，半臂攜來感更紓。慚愧兩行修史燭，不教卿喚宋尚書。

夏夜有憶

霧鬢風鬟夢杳然，倚窗遮莫有嬋娟。廻燈不照驚鴻影，秋近明河已七年。

曹氏女子順兒詩

聰明性格好身材，隨母浮家泛宅來。絮果蘭因何處問，朱門蓬戶與分排。

繡來鞶帨巧隨時，一卷猶能趁暇時。教與詩書都上口，吾家道藴最憐伊。嘗從吾壽鈞女問字。

母病持齋夜禱天，調糜煑藥伴娘眠。三山官閣鷄栖處，禮佛無聲矮屋邊。

母痊兒病可勝愁，閩舫無船有去留。誰信胥江成死別，斷紅不送主人舟。

榴花照眼換三春，續命絲難繫此旬。玉箸雙垂身示寂，佛因緣現女童真。女歿於五月初十，歿時鼻垂玉箸。

字分遺器付慈親，線帖書囊著淚痕，一具文奩云贈我，自言未報主人恩。

汝親痛汝索題句，棖觸衰年愛女心。曾向上方山外過，近聞宿草墓門深。女墓在木瀆皋峯，余譚氏女壽暉墓近上方山。

綠春詞為蘭雪姬人作

買春奉約已經年，不遇名花信不傳。今日椷書報蘇蕙，晉人風味隔生緣。事見蘭雪自序。

一笑花叢眼倦開，謝他蝶使與蜂媒。鹿車能共夫人挽，那要珠量十斛來。

夾竹桃開花幾盆，蕉陰比較月黄昏。夫人恰送高堂至，茗話從欣竹有孫。

識字曾聞上口多，料量薪米更如何？儒家中饋書生妾，服飾居然謝綺羅。

藏花門草費工夫，掩卷誰翻主客圖。昨見詩龕居士問，錦裙紀罷有詩無。時帆學士頻索蘭雪詩債，故調之。

新城蓮花樂詞 當里中竹枝詞

約指彄環壓鬢蟬，感郎叩叩復拳拳。蓮花深處儂家近，知有郎來特見蓮。

門前流水碧澄澄，照得鴉鬟鏡一層。拋與紅巾緘與意，傳書青鳥是魚鷹。

龍湖祠前報賽忙，好將十索慰丁娘。六幅羅裠花萬朶，請看花外繡鴛鴦。

播間此調唱來多，難得官人也踏歌。若使乞兒無乞相，衣冠隊裏共婆娑。

楊枝竹枝本事詩，此是虚無假託辭。借得蓮花來點染，吹簫擊筑當壚篦。

夢歸保踈堂由先君寢室歷夾室至寶閑堂

省墓初心賦遂初，趨庭原自愛吾廬。兒時院宇經行處，夢裏堂名記保踈。

故鄉習尚全殊昔，來日真應賦大難。說與寶閑命名意，吾家禮法未曾寬。踈如何保，閑如何寶，綺如松如暨桐孫竹孫柏孫，叔姪宜審思之。

庚寅嘉平五日夢晤十五弟於中田問三叔母在何處十五弟云避生日徃一鄉村約四十餘里余遂至其村見叔母起居畢有童子男女各二三人似是姪甥輩女獻雜佩男質詩文熙熙然卅年前淳樸氣象也愍鄉閭之近習思一挽其猥薄醒而賦一絕句

不見慈顔卅載餘，望中水竹好村居。女嫻鍼黹男詩禮，兒亦思乘下澤車。

自題寒閨訪夢圖

靜娟席姬事余二十年，其勤儉刻苦余既為葉兒樂府備述之矣。生前未為寫照，以靜娟之為人非可以絳樹青琴等類題品之；及其病甚，又不料其遽至不救，既歿之後，又拘於『圖寫不類便是他人』之說，不為之畫遺容，而情不能已。屬陳受笙朱野雲周韻皋為四圖，但寫意留為記念而已。既以三圖予其三女而自留一圖，復系以二絕句。

夢裏人遥四載餘，年來頗怪夢俱無。葉兒樂府難重續，潘鬢星星一展圖。

花徑新開人已去，後園築室數間，種花甚夥，乃癸未冬所創。莫從粉素認園林。海棠不與同評泊，凄絕春來讀畫心。

行館盆梅盛開感憶席姬重題訪夢圖二絕句

凄涼斷夢十年餘，忍見繁英照綠疏。若使玉簫真再世，花魂緣分不孤虛。

浪蕊浮花儘自開，瓊枝何處玉為胎？巡簷只合添惆悵，難得香魂入夢來。

七夕苦雨

支幾石上問前生，風雨無端暗浪驚。天上人間同悵惘，一年好事不分明。

七夕苦雨和沈湘南韻

銀浦流雲挾雨飛，一庭秋色上簾衣。七襄錦比廻文錦，知否天涯淚掩機。湘南時得家信，故調之。

鄂君被冷失同心，覊緒無端更苦吟。抛得閒愁消得恨，雙棲還覓舊園林。

一樽聊與慰飄零，僕倦無嫌睡觸屏。何事雨中孤坐冷，苔泥怕印屐痕青。是夜約湘南小飲，湘南不果來。

筠圃同年補示見祁春浦堉詩見贈之作次韻答之

侍郎夙望領西風，老眼偏於後輩明。我愧昌黎與六一，不妨蘇東坡李漢自聲名。

喻東白妹夫梧陰書屋圖即送其之東平

園林未築且成圖，清興平生愛讀書。老屋三間梧百尺，何時別構子雲居。

負米身憐欲住難，三間屋亦夢中看。只今孤棹齊河外，楓葉蕭蕭驛路寒。

來日題詩慰令暉，未能割宅意全違。沙哥雀嫂焚香處，簪筆攜家住帝畿。

話到浮生累苦多，桐陰有夢亦煙蘿。事親甯以官身判，養志偕君學守和。

題號舍壁

當頭明月已團圞，皎潔全憑上界看。領署風前花信好，吹將春色上毫端。

矮屋忽成歸夢遠，鄉心未許宦情酬。檣烏便是慈烏樣，解送春江此日舟。時大人自陳州旋江西。

口占示蓉裳

一卷遺詩尚典型，不教埋沒此科名。人間何處韓陵石，努力金鰲頂上行。

無題

君房言語妙西京，束帶峩冠派自成。除却皋夔數僑札，風流不似漢公卿。

偶題

若教嵇阮漢初生，禮法寧慚月旦平。天遺南朝稱放達，却緣師友累才名。

樂府曾聞君子行，古人心跡兩分明。瓜田李下無荊棘，造次偏多鄭重情。

小游仙

上清名字落人間，瓊想瑤思未解顔。不信神丹難乞與，逢萊無地破天慳。

詠史三絕句

莫將縹帛盜虚聲，讜論須全處士名。唐代漫聞徵李渤，漢家早已笑樊英。

陽城真是諫官才，臣直知從主聖來。鑄像鑄他張萬福，天威都向一言回。

墕流法始漢王景，為壑謀生周白圭。僱却興公遂初賦，大農使者領金堤。

無題

沼盆島石環游處，底事鰷魚特費才。不管人間多涸轍，琴高回首只悲哀。

秋生雁溆與鷗沙，黄鶴樓空只暮霞。但有將雛無反哺，荒村啼殺後栖鴉。

與冷華雲司馬紘玉**話舊即事贈二絕**

聽說勞山景最奇，桃花不墮懸崖枝。尋仙有約偕君去，同話海潮應地時。

樓外天光夕照開，樓前江影鶴飛迴。自緣吹笛非今事，我不登樓鶴不來。

和芸潭遺與絶句二首

昨宵一雨送秋來，陡覺新涼枕簟迴。底事多情花外蝶，尚縈舊蕊點蒼苔。

兒曹文筆未蒼堅，秋駕猶思控玉鞭。笑我吟髭拈欲斷，涼蟾影裏聽寒蟬。

雨夜不寐

一夕淋浪雨不休，明朝山色獻情不？寒窗聽雨更番夢，身事牽連感白頭。

秋暮懷人詩十五首

少詹博學該今古，老去心情更愛才。我到寶山空手返，寸莛慚說叩鐘來。錢少詹大昕

解組歸來靜閉關，風期高峻許人攀。公憐少日蕭淵藻，我識當年元次山。梁侍講同書

蓬萊才子領河防，班志桑經考核詳。奪却更生都水監，天教太乙借藜光。孫觀察星衍

石友平生推魯四，紫薇花下過三冬。斜街賃屋定何處，獨把殘編哭仲容。魯舍人續

十年姑孰首重回，刻意吟詩榻對開。莫笑隨人難作計，平生句法似君來。蔣孝廉知讓

樂三吳二風流甚，唐宋詩名各擅場。若把阮亭比定甫，合將蘭雪配蓮洋。吳上舍喬梁、吳學博照、樂明經宮譜

徵君家法有師承，貫串真能通六經。已領龍眠都講席，更開浙水草元亭。胡徵君虔惜抱先生弟子

姚君恃才頗偏宕，綠韝紅袖倚風情。倘能折節承家學，一解旁嘲晏子楹。姚孝廉衡

方生年少苦吟詩，萬卷圍身月照幃。我欲獻芹君許否，莫隨七子學妃豨。方秀才東樹

譚郎奇氣不可壓，盤馬彎弓事事能。乞食一枝鐵簫冷，麻衣影裏讀書燈。譚公子光祜時持服里中

結交莫結輕薄兒，學詩須學古人詩。我愛喻生好才調，贈茲二語明相思。喻明經宗崙

經義而今等芻狗，競將僞學闢宗風。山左斯文留一脉，閻韓死後有盧公。盧儀部陰博

尋師兩度江南夢，總飫君家苜蓿盤。常笑彩毫傲霜鬢，詩名不稱廣文寒。毛學博藻

少時心跡兩相親，十載浮沈判夙因。蜀道好成蠶尾集，宫花莫負上林春。從子希曾時視學四川

狂論時時就癡叔，阿咸才調劇縱横。著書亦有臧三耳，莫把心香悞此生。從子蘭祥

乞萬廉山畫龍眠授經圖

吾師贈硯十年前，每讀銘辭便黯然。寫取高山流水意，一生詩夢遶龍眠。姚師丁卯年贈硯一方，其面鐫高山流水四字，背鐫銘云：翠巘倚雲，紅泉瀉玉，管城是居，超然遠俗。欵署蓬萊山樵。不知何人所作，余重其姚師所贈，往年以之為詩課題，今晤廉山，屬其以銘辭語寫龍眠景，志授受之意云。

有感

江公枉詡魯詩宗，歌奏驪駒宴未終。可識翁思高蹈意，不妨倚醉聽東風。

天際冥鴻自在飛，龍眠山草翠周圍。遥知倚杖臨風立，特為門生一啟扉。

懷梁山舟先生

我憶西湖老居士，高風不借善書傳。雋遊倘續南屏夢，我亦題襟非少年。

懷丁小疋杰

服鄭平生共一燈，丁君漢學重吳興。何當商略傳經事，話我思君十載曾。

追憶祝人齋先生

祝子於吾大父行，禮經新注在巾箱。先生禮記註稿藏吾家。學緣私淑書能讀，漢宋平分一瓣香。

晤春園言人齋先生之孫固其中表丈人行也而後嗣不振復綴一首

當日商瞿遲得子，而今再世有孫曾。如何三秀難成瑞，不許嘉禾記歲登。人齋先生得子時名之曰陳禾。

芥航晤後以勘工高實與余先後發棹舟中無事復成數絶句呈芥航索和

吳中同趁一帆輕，小別仍留握手盟。共此一條衣帶水，君來我去再班荊。

兩圖付我壓行裝，觀瀑龍湫願得償。感舊石樵題句在，何堪楚笛又山陽。石樵以所易晴芥藏徐幼文雁蕩卷屬題，余未題而出都，頃携芥航天臺雁蕩兩圖俟至浙東後補寄，芥航語以傳聞有介坪噩耗不勝感愴及之。

春服昨朝剛欲換，夜來風雨忽寒生。輕裝君倘衣裘減，擁被輸吾夢易成。

雪響驚從雨後增，陰陽愆伏理難憑。東南事事關宸慮，佇迓天和驗庶徵。

次韻東荔峯同年

花意亦如禾待雨，葉凝乾碧向空排。澆花心到齋壇畔，先約風姨靜午街。

半年酒戒未曾開，逭暑偏工覓句來。獻罷螭坳甘澍頌，定能招我一啣杯。

過黃初甫前輩寓齋

碧瓦鋪鱗樹放煙，幾家茅屋雨絲邊。全收野趣歸窗底，題榜應書小洞天。

瀟瀟雨響猶懸溜，漠漠雲陰欲叩關。見說西山當檻在，不教容易認煙鬟。

飽看經句屋漏痕，借他篆法好書裙。北窗撤却烏皮几，又與移床賦攓雲。

贈柴比部虛舟孚中

月臨幽戶不知寒，一局楸枰子細看。領取性情高寄處，渾忘主客在長安。

良宵暑夕共追隨，投轄都從下直時。容易歲華彈指過，梅花又發向南枝。

論詩品畫態愔愔，氣味如君恰似琴。國手一言堪悟處，平矜釋躁有同心。

寄懷徐石溪大令

城北清標廿載前，戲鴻筆妙走華箋。天教換作為霖手，先向西江結善緣。

春明話舊一班荊，霜鬢都看兩鬢成。三晉雲山詩夢在，清風暑為故人清。

先公一疏受恩知，副墨思傳讜直詞。尊先甫畫堂侍御以言事受仁宗知，旋出守登州，余頃索君以遺稿録寄。莫謂南臺無正論，桑林音合奏刀時。

離懷三月詎能消？燕晉相違路豈遥。一種鄉心分宦轍，匡廬瀑布廣陵潮。

江南闈中聞監臨有疾以詩代柬

堂皇危坐過三更，相見猶煩秉燭行。奉職惟恭忘小疾，誰將此意曉諸生。江南應試諸生唱名時多越次者，故欲以此義曉之。

得陸方山書却寄

聽說梅花有替人，寒閨訪夢憶真真。儒家卅載清閑況，當日渾忘一字貧。

失題

春明花事訪更番，每共郎君載酒看。只有梅花消息少，江南詩夢破春寒。

東閣他年話誦芬，行當五馬賦離羣。褰帷不忘趨庭訓，長與人間作好春。

戲柬小松

夜中頻起渾常事，老去情懷喜不孤。聽取階前敲石響，知君亦飲淡巴菰。

耿窗燈火撥重明，墻角今方重短檠。我倦欲眠君亦睡，掩門軋軋下簾聲。

荳溪樞判屬題中小霞倪黄合法便面小霞年十五紫霞學士公子

青山紅葉望中深，古法能於合處尋。畫有倪黄詩李杜，試憑悟鏡證文心。

一篇序贈張童子，媿我才非韓退之。記取海東名下士，鄭謙齋後此佳兒。覃溪先生有題鄭謙齋孤山亭圖詩。

口占示高麗趙秀三

暖律初迴萬象蘇，帝城登眺足歡娱。朝正詩客如能畫，煩寫青雲干呂圖。

太乙舟詩集卷十二

題星池紀畧應宋生至照屬二首次首志感不必與宋

五雲吟草句爭誇，唐相家聲溯舊家。我未讀詩欣拜像，清癯風格是梅花。

鯉湖祈夢得佳城，有子能賢志克成。負祖痛宗孤本意，阿咸書到淚縱横。先君壽藏在鹿源而葬地則在西谷，以先兄不樂鹿源，從子蘭祥延張繁露為定宅兆，今年四月大葬，余以未能假歸為憾。

題元祐黨籍碑

三百九人齊勒石，頒行天下玉融碑。愛名翻笑羊公淺，此亦能同峴首悲。

銜結臣京奉詔書，虞戈重見永興虞。可憐此筆傳千古，得與蘇黃并駕無。

門生周菊人以所得山谷殘碑見贈拓而裝池之題一絶句

玉門客有贈殘碑，欲讀難於屬句時。笑此杜公家短褐，天吴紫鳳付裝池。

題宋元名人墨蹟十六幅為黄琴山農部作卷中有陸筠書一通郭蘭石跋云筠金溪人著孟子旨解九十餘條余於賓谷前輩齋中見陳用之論語全解而未見筠此書行當訪得讀之也

始於雍國終徽國，七百年前書赫蹏。我欲博蒐論孟解，因之重憶陸金谿。

張柳泉太守購得沈學子先生手評十七史中多録歸震川汪鈍翁惠紅豆語柳泉尊甫為學子先生弟子因作讀史圖屬題

徙倚孤松百尺餘，翛然手把購成書。讀書聲與松濤答，門外無人來叩廬。

遺緒能求學福齋，沈學子齋名，丹黄萬卷手初開。鈍翁紅豆行間語，便欲從君寫録來。

震川得力在龍門，例意曾鈔副本存。震川有史記例意，余手録之。尚有一書言水利，知君能與訪江村。震川有三吳水利書，頃屬君訪購。

每逢文字勤蒐輯，君與姚君意共深。姚春木以蒐輯近賢著録為己任，君守陳州時知西華張桐岡遠覽工詩文，訪得其說經文字數種，而為請祀鄉賢。太守劬書兼化俗，從看循吏出儒林。

斗津遺著喜新收，我亦年來有校讎。先大父嘗欲建章斗津先生此洗堂於東湖，先生圖書編余頃購得之。同進楹書珍重意，鄉雲各自夢松楸。

為蔣子瀟題鳳巢山樵遺墨冊

傳衣恩重不能忘，尺幅殷勤為護藏。我有龍眠書十卷，他年遺跡等蘇黄。

題湘煙小録為家小雲別駕作

阮公題籤馬公序，湘煙一録重縑緗。九原大慰紫君意，夫子結交多老蒼。

國香營室有前緣，難得重闈大婦憐。墨會靈簫今寂寞，秣陵春色自年年。

題貴篔西前輩詩冊

清辭麗句韻瓏玲，腹笥工於運性靈。宗派兩家兼擅處，帶經堂與曝書亭。

出關行色一鞭秋，指點河山豁遠眸。主客圖中如摘句，丹青遂此筆雕鎪。

莘農同年以詩稾質蘭雪有朝鮮使人索之蘭雪不許未幾而失去往索東客而東客已行莘農繪海天覓句圖屬題

錦囊佳句到雞林，誰識工吟自苦吟。任國事如詩律細，虛懷求友一般心。

閩嶺重重俯巨洋，使軺過處瞰蒼茫。海天詩思輸君健，安得聯吟一共商。

題白將軍雲上所藏榕門相國尺牘後應白君守清守廉兩大令屬

兩紙遺書寶至今，弟兄都有象賢心。替將儒將為循吏，努力甘棠接舊陰。

成就人才不市恩，名臣風義相公存。高牙大纛談經濟，合向榕門一埽門。

為門人范修元題劉松嵐書冊冊書子賤為單父宰事

刈麥不教因避寇，惰民從此頌鳴琴。而今山左風何似？寫入覃懷作客心。

題無雙譜冊應林芝谷同年代人屬

讀畫心兼讀史心，置身端要上危岑。昨從石鼓山頂望，入海支流了可尋。

黄个園得馬氏玲瓏山館而仍署其藤花齋之牓名其達觀有足多者余作隸因系以詩

新宅還題舊牓宜，達觀不為盛衰移。春明寓舍江鄉屋，棖觸詩懷入夢時。余京師寓舍及中田舊宅皆有藤花。

題勺園明府曝書亭圖

梅里憑誰訪石樓，茭池甌舫此新修。幾叢寒玉遮墻末，北垞也竹南垞也竹。『護吾廬幾叢寒玉』竹垞題壁詞，舊畫難從檇李求。

魏顧論文訂一編，傾心想見事前賢。亭林冰叔塗乙先生文稿底本今藏平叔制府處。蒐尋外稿重雕木，曾否商量短檠邊。

題明宜興李氏三忠像

艱難國步好年華，臣節由來不顧家。遺像衹今歸後裔，當年春夢各天涯。

為六舟上人題沈石田自畫像

禪客心情重畫師，裝成遺像索題詩。蘇臺住與西湖住，一種雲山作護持。

住世安能八百年，石田自題有『紙八百天八百』之句，石田翁壽有雲煙。拋除我相兼人相，一紙流傳亦偶然。

題戴文端師遺像

國士曾邀十載期，師語用光云：『庶常留館後能耐貧績學，十年之後可馴至卿相也』，何堪遺像展斜暉。西州一掬羊曇淚，灑向松濤作雨飛。圖作松下獨坐。

朱野雲屬題張憶娘簪花圖為題於惠紅豆詩後

紅豆深情亦喫虛，簪花影艷絳帷初。請看粵鳥歸飛後，苔憶崔徽伴讀書。

過濟南題畫贈劉莘田廉訪親家

一肩行李投何處，橋外鞭絲樹外峯。我愧乞兒般漆碗，壓囊書擔一重重。

松蘿情重客心閒，渾忘炎天跋涉艱。我欲仿他圖一幅，尋詩特寫鵲華山。

大明湖水比心清，郡國都傳繡斧名。題畫不嫌投贈薄，親家風味是書生。

題人行脚圖

聽說圍身萬卷書，靜中白業悟如如。世緣難了從行脚，衣裏明珠自實渠。

題張鱸江秋林讀書圖應其幼子涵屬

尺素曾通笠澤濵，卅年舊夢轉颷輪。畫中想像揚雄宅，臥柳當門草沒人。鱸江自題圖句。

嘉樹堂前萬卷書，晏楹心事此勤劬。致身他日青雲上，家法無忘勵志初。

題陳雪園讀書吾廬遺照並勗其孫臯蘭改官農部

初階聲望白雲亭，老去滇南坐嘯成。如此才華如此學，當年竟未賦登瀛。

讀書但要能經世，官職隨緣可竭才。不用商量平等法，龔黃本自壓鄒枚。

一椽老屋憶吾廬，述祖詩成聽鼓初。我亦久騰猿鶴笑，鄉雲入夢樹扶疎。

題畫留別麗泉中丞

古木懸崖石氣陰，盤陀小憇話同心。閩南鴻爪他年認，夢境還從畫境尋。

題蔣伯生縣丞因培**重到汶陽圖**

蘿莊風景此重開，添寫官民夾路排。畫此不嫌官氣象，郎君今作使君來。

于湖風月柳湖煙，我亦趨庭憶昔年。持節重遊何日事，傷心都在白雲邊。

題程梓庭比部秋花幀子

草痕侵石螺紋，石畔秋花影乍分。題約東籬延月色，金波漾處有紅雲。

為黃右爰題蔗生圖

禮遵厭降情難已，永慕因成課讀圖。此日書聲誰聽取，梅花窗畔淚痕枯。

為黃右爰題憶潮圖

瑣闥璇閨禮教傳，從游三女節差肩。竟能成就貞兼烈，羅綺叢中有此賢。

卅年來往西泠路，未學枚皋賦廣陵。秋色秋聲發鄉夢，少年有此筆飛騰。

珠湖漁隱圖為阮梅叔亨**題**

才名籍籍滿江關，底事投綸慕退閒。讀罷等身書萬卷，珠光終竟入人間。

題霜帷課讀圖

綽楔旌門願已酬，孤兒簪筆侍螭頭。春暉寫戀憑縑素，夢入鄉雲畫裏秋。

未能迎養意寧舒，脂轄行乘乞假車。歸去好從燈檠畔，為孃誦取石渠書。

我亦兒時多病身，萱闈娣姒共酸辛。先太恭人與三叔母魯太恭人最相得，用光幼時疾病皆叔母為護視之。調糜秤藥思量處，輸汝南陔色養人。

題喬鷺洲宜園讀書圖

讀書大是人生福，況有家園足下帷。我著朝衫同作客，短檠燈憶少年時。

師友難忘講貫功，漁洋淵穎較誰工。讀君雜擬詩剛罷，夢謁蘇齋一畝宮。往覃溪先生嘗以漁洋和淵穎張麗華侍女汲井圖作詩課，君集亦有此題。

頃為人題畫冊步船山韻誌感船山曾為余畫梅帳額

老我低回讀畫身，憐他紅雪已成塵。卅年帳額今猶在，難覓詩人賦莫春。

戴崑禾太守出其尊人石士編脩畫竹幀編修自題云虛心友石寄蓮士五弟以致交相勗勵之意

星詔畫筆禁庭詩，世澤巾箱謹護持。壓倒池塘春草句，名家家法是箴規。

平生詩夢在於湖，悵未星詔接大蘇。天遣墨緣締賢守，霞漳幸得讀斯圖。

補題潞河祖帳圖寄懷左杏莊中丞

左府身從謁帝還，乞休歲月儘寬閒。平生詩格三唐近，歸去從容寫惠山。

潞河一櫂放歸舟，戀闕心兼憶舊遊。投轄未能參祖席，倚雲詩合寄常州。

石經嵌壁記淳熙，訪古情殷布化時。曾乞西湖蟬翼本，每開錦贉輒相思。

早聞治譜勒成書，循績功深澤古餘。我補作詩君補寄，一械迢遞盼雙魚。

題王竹嶼松楸丙舍圖

入望松楸感慕同，羨君馬鬣手親封。離鄉如我真無著，丙舍今猶作殯宮。先太恭人西谷丙舍，今以先君吉兆未得尚厝於其中。

題王竹嶼夕陽春影圖

朝雲不共坡仙老，一幅生綃寫夕陽。知否玉簫緣分在，韋皋持節又他鄉。

小農河上防秋圖

不知王景墕流法，可與隨刊績異同。木岸竹篙收效處，曾於河濟奠哀鴻。

恩綸捧出自中朝，珂里歸來亦節旄。省識同功非一繭，肯因異議畧辭勞。

題吳小坡秋江歸櫂圖

歸去讀書無限好，南陔馨膳未嫌貧。扁舟欲買圖先就，羨爾長安自在身。

能紓臣叔娛親念，來去都非自為心。此是詩人根本事，華年不必感升沉。

題畫

珍重湘絃古錦包，半生幽恨自應饒。淺莎踏處秋陰重，莫向雲堦墮翠翹。

已從仙館得知音，爭遣鸞驂夢裏尋。知否碧雲天際合，有人愁絕據梧心。

題潘功甫西湖秋柳詩畫卷

二十八年前柳色，中間幾度別西湖。自慚不及潘公子，佳句流傳更有圖。戊午夏余始遊西湖靈隱韜光等處，前此癸丑己酉雖再過未得遊也。

鴻爪無端惹舊愁，百年住世感浮休。昨來遙灑蘇祠淚，葛帔西華有遠遊。庚辰秋玉方委化於蘇公祠，其子延恩今攜家寓京師。

題畫

山椒雲氣欲成雨，林外溪光疑著煙。茅屋幾間人幾個，知誰讀易孰譚禪。

題李芸甫員外觀源圖即送其歸

出山泉有在山心，肯向靈源着意尋。畢竟歸心見圖畫，題襟人又悵分襟。

題李芸甫員外南歸畫卷八絶

燕臺新柳未垂絲，路入江南放鷁遲。雲外青山花畔酒，羨君歸及好春時。

彯纓孔翠漾春風，戲綵威儀自不同。說與高堂應色喜，花前教試竹枝弓。

緑肥紅瘦畫前遊，信有溪山無限幽。君前以夢中景作村居圖索題。客子夢歸歸惜別，可能無夢到盧溝。

君家仲子今摩詰，謂松甫。問字偏遲見面緣。可許灘江真捧袂，采風來飲菊花前。

君家從子數宗丞，十載頭銜共飲冰。聽說循陔將乞養，憑拈紅豆貯行幐。

蘇山卜築計何如？碧澗紅泉路豈紆。我亦欲歸尋二仲，惠書莫忘寄麻姑。

交似周郎信飲醇，金尊檀板忽傷神。儘饒家具都留別，只是難留顧曲人。

鞭絲帽影入林巒，只有離心欲畫難。盼取歸朝話鴻爪，詩懷重展此圖看。

為王鶴舟題伊銘谷畫時銘谷將出都門

倚裝為畫米家山，使我三山夢復還。他日同朝話前事，不知幽興幾人間。

為黄君題松下課讀圖黄君時尚未舉子而姬人初有身

松濤聲和讀書聲，佳兆蘭閨吉夢成。老福從來如啖蔗，請看甘蔗是旁生。

蔣伯生岱頂搜碑圖

我亦曾為岱頂遊，氈錐未得快冥搜。讀碑夜發披雲夢，重向齊煙數九州。

題梅花林下美人

萬樹梅花一布衣，滇南有客性情奇。等閒寫作寒閨影，為問賢賢世有誰。

題畫送雲亭將軍

孤山天竺屢同遊，內召旋聞買去舟。認取相思無限意，西湖雲樹畫中收。

題畫

訪梅昨日到孤山，三四分花未破慳。放鶴亭空鶴已去，今從畫裏看飛還。

題陳琴齋鑑湖釣遊圖其首冊曰竹樓問字

鏡湖陳跡畫中尋，肯負兒時問字心。我昨新刊先友集，范喬泣硯感同深。海昌祝人齋先生先大父執友也，余不逮事大父，昨刊人齋先生集初成。

朱野雲屬題其畫

長松吟風石作鏡，趺坐者誰張素琴。大絃小絃初著手，移情聽取海潮音。

以畫贈潘梧亭觀察

有人贈我一幅畫，雲氣欲雨松亞風。舉似梧亭應一笑，就中山色是江東。

小詩贈蔡海城即以話別

劻書幾載別瀛洲，經濟期君第一流。湘茝澧蘭幽契在，吟情剛稱岳陽樓。

集野雲擬陶詩屋題野雲畫扇送姚亮甫大常廉訪秦中次鮑覺翁前輩韻

題詩贈畫話同心，着紙晴煙欲滿林。天意恰如人意處，雨無破塊是甘霖。時雨後。

故人西望嶽蓮花，旋恐移旌拂鴈斜。我與諸君同所願，畿南節署作公家。

吹簫乞食圖

負米當年乞食時，我知有畫未題辭。而今祿養心傷處，同廢南陔束晳詩。

補寫舊作譚子受英雄兒女圖

少日飛揚興亦無，剪燈對我白髭鬚。補題換却前詩意，待賦中和樂職圖。

自題伯昂少蘭合作藤花便面

鄉夢空知借樹軒，芳鄰許結亦前緣。有廬試續補籐句，不數昌黎責子篇。余家石竹山房有軒曰借樹軒，先君官京師時買宅椿樹胡同，庭中值籐花甚盛，及余來居而籐無存，因買籐種之而作補籐篇以記其事。壬申移居懶眠胡同，嵇文恭公故宅也，其北鄰籐花甚盛，蓋地本在此宅中今已售為濟南會館矣。然籐花蔭過墻頭不啻余自有之，與余家椿樹之名若巧相傅合，因伯昂畫此便面乃題一絕句，并詳識之如此。若昌黎詩所云『辛勤三十年，乃始有此廬』，非余意之所存也。甲戌三月識於禮闈之西廊齋中。

題梅花便面贈李東雲同年之粵東廉訪任

我向孤山獨訪時，君過庾嶺定相思。班荊未酌西湖酒，却盼羅浮入夢詩。

題王雲浦遺照為甥壻王如琭屬

宦跡當年溯蜀中，書生素志學文翁。郎君守此看雲意，他日為霖莫諱窮。

送潘麗查同年之博羅令

兩輪四杵經營處，詩老田功屬念專。誰與博羅添故事，陳生同志有同年。

送伯印少農星使典試江右

手把芙蓉下玉京，廬山五老笑相迎。西江宗派參詳處，聽取開先瀑布聲。

過家上冢拜君恩，使節榮於經里門。一桁龍眠山色好，夢中釣石坐猶溫。戊午年曾隨抱師遊龍眠。

君家耆宿吾函丈，文貴雲間合五家。此筆難兼奇士少，且從雅正辨根芽。

棘句鉤章多贗鼎，黄芽白葦苦披沙。還朝細領論文語，端正吾鄉雙井茶。

文節祠新有創基，景賢同繫後人思。煩君轉語南昌守，張子畏，同助鳩工合寄貲。

留別周素夫邗上

一樣邗江認雪鴻，故人握手話從容。肯教抹月批風手，孤負花前酒百鍾。

綠陰如幕照江波，頻向樽前喚奈何。莫謂遊蹤容易聚，等閒便是十年過。

留別

湘皋佩向懷中失，洛浦情從夢裏尋。尚有相逢緣分否，尊前軟語記沈吟。

良夜清樽惜易徂，留髡恰未解羅襦。單情偏受離愁惱，如此風懷韻也無。

過采石

見魚何必察於淵，人與蛟鼉各一天。我縱有犀寧肯照，讓他靈怪得安眠。

宿州途中雜詠

太行別後少青山，徐沛群峰翠始環。行到符離空曠處，却疑身在趙燕間。

去年輿誦滿江淮，陶侃仁聲可化災。今歲移旌知有祝，練朋鸛自皖中來。

過西住佛東住佛戲作

綠疇平展抱溪灣，未種高粱身事閒。一笑諧聲呼住佛，何人拄笏與看山。

了義誰參無所住，更無像設著招提。從知非相非身相，別有衣珠照濁泥。

過東住佛西住佛不見桃花

難逢白足訪三車，空向郵名認佛家。一笑無緣參悟處，我來不許見桃花。

過高唐州

古樂新聲費別裁，里名標楔首重廻。周郎不作鯀駒死，我自江東顧曲來。

聲音通政事非輕，韶舞為邦未易明。且願中和歌樂職，王褒何武引諸生。

遊大明湖

一層蘆葦一層荷，遊舫彎環泛碧波。試比秦淮與虎阜，收來野趣此偏多。

界畫全憑蘆葦叢，荷花高臥水當中。荷花厭俗孏出水，蘆葦搖煙都舞風。

亭荒北渚蔓蒼苔，李杜曾亀去不回。一笑百年前軼事，詩翁猶記澾泉來。

葛衫葵扇兩三人，避暑閒遊特向晨。回首斜街兼厰肆，京朝官揔任天真。

銕公祠內好招攜，疥壁全無幼婦辭。忠義精神誰寫出？涼蟾照到白蓮時。

良鄉晚發

餼牽沿例兼迎送，勘合遙頒戒驛騷。過使客多難稱意，幾番僮約學王褒。

由豆店夜行四十里至涿州

纖雲四捲玉輪高，林鶻無聲見羽毛。此際家人知我否，三更月影在征袍。

過呂仙祠小憩

門前活水碧於染，墻畔小邱環作城。行過石橋踏松影，便無仙夢也心清。

文章經濟兩難傳，肯為塵勞誤宿緣。我有老親須禄養，借公磁枕待他年。

行館中戲題所見花木

陰葉陽枝費剪裁，深紅淺碧倚晴開。天公無意安排處，各自還他稱意來。

自汀州至龍巖途中雜詠六首

欲登東崦先西崦，試向南岡望北岡。來去憑誰安畧彴，山田幾稜界中央。

灘響淙淙奔巨壑，樹陰密密護行輿。曉程忽作園居想，隔岸人家可讀書。

一色秧針青作界，幾叢麥穗白搖星。少年句可行程續，只惜難迴髩髮青。青首句少時句也

砑光好紙有前身，巧製全歸力作勤。山下漚池池內石，一層雲影漾波紋。

高處盤雲低拂蹊，蒼官青士列行齊。重峯疊嶂相回抱，卅里行程信馬蹄。

蹲鴟有葉亦田田，檗雨誰吟翠益鮮。一笑愛蓮翻別調，秋聲秋色綉塍邊。

龍巖往漳州途中雜詠

四山廻合莽相圍，處處梯嵐上翠微。遙見一峯有茅屋，如從此處下朝暉。

鳥道難通方軌轍，奚囊却在惠施書。溪名喚醒春明夢，戀闕心懸叱馭餘。有汎地名九車溪，不知命名何意。

山行不許辟行人，軼事當年記憶真。今日鮮民悲陟岵，敢誇身是宰官身。先君由太平往徽州讞獄時山行遇樵夫擔夫不

令胥役驅逐。

田父安能知拜石，奇礓往往綴山田。煙簑雨笠勝袍笏，我羨閩農盡米顛。

即事

絲雨蕭蕭竟日陰，故園氣候此時心。雨鳩不喚晴鳩出，夢聽春山磔磔禽。

途中雜詠

繡隴分疇整復斜，黄流盈路走泥沙。沿畦小澗忽搖翠，映水低飛蝴蝶花。

雲氣朝來散未勻，輕霞淡捧日輪尊。鵓鴣喚曉晴應定，綠樹陰中過一邨。

烏衣巷外野塘清，蒲葦邊傍艷影生。幾穗紫茸斜帶日，慈菇花態最宜晴。

水口舟次

隔幔摩登遞糝羹，蕢將白粲話長生。蒸砂作飯非禪定，說法聊當舍衛城。

閩舫生涯數百年，惰民無計可辭船。如何此習能蠲却，女織男耕不索錢。

野望

望裏人煙似畫屏，車前斜照映郵亭。女墻遥在疎林外，襯出浮嵐一桁青。

題竇甸旅舍壁用春松韻

鸞驂鶴駕滿瑤京，官府仙人足此生。琪樹一枝容我倚，蓬山雪影亦多情。

壬戌冬余乞假歸里約家竹香兄同行追及之于富莊驛今過宿侯館即其地誌感二首

當年攜我返江鄉，跋涉關河有雁行。候館重來人跡杳，夜臺何處夢凄涼。

推誠負氣是生平，巧詆還成宰相名。媿我不能教孺子，幾年浪跡客春明。竹香幼子頻年居京師，余愧未能督課之也。

雨中至蘇州值糧艘北行楓橋以南江狹難以並舟遂泊寒山寺作絶句三首呈林少穆中丞

石尤風裏縱船開，水驛山程首重迴。領取江南春色好，杏花時節訪君來。

細雨春帆得轉風，寒山寺外又疎鐘。禪宗頓漸分門處，一笑平生是漸宗。

昨日一雨為公愁，今日一晴知消憂，淮東西與江南北，祝取豐穰歲有秋。

溪聲

溪聲隨我作山行，證性工夫當誦經。試與坡詩添註腳，廣長舌要世人聽。

瑞太守容堂招遊煙雨樓金陀別館賦此留別金陀館今歸陳氏主人業雕刻屏幅甚工

山水因緣洽主賓，深秋幽興及佳辰。雕鎸物態無奇句，我愧金陀館主人。

過釣臺作

風風雨雨到衢州，雪後晴光喜放舟。不信看山同讀畫，嚴灘殘雪在山頭。

自石門洞行十五里有山舟人呼為雨鶯山有瀑布而氣不能飄逸不及石門遠矣戲成一絶

懸崖是處可飛泉，山不宏深美不傳。比似文家無氣體，弇州四部亦戔戔。

甌江雜詩

不深不淺甌江水，一横一縱轉舵行。若許終身領江色，買山徑欲事躬耕。

甌江舟行雜詠四首

山如潑黛水如油，水轉山迴步步幽。除却釣臺瀧七里，處州山水勝嚴州。

平生未睹懸崖瀑，今見晴雷挾雨飛。一畝庭寬容宴坐，徑思此處掩柴扉。

如獅如象踞山門，一徑中開繡壤存。佃種佛田書院廢，文成枯坐默無言。

扁題噴玉溯當年，是我平生私淑賢。雷翠庭先生。今日後公持使節，如何不愧此林泉。

觀奕

春陰一院靜魚扉，簾外丁丁落響微。莫笑主賓機事足，能求退步即忘機。

戒貪戒躁屈能伸，堅壁方為守黑人。澹定中存清淨理，借他兵法去修身。

先機遠慮此中存，底事登場識易昏。省識局終柯已爛，只須袖手莫輕言。

從來技到通神處，刻苦工夫即道心。渠自不為千載計，旁觀何事獻虞箴。

京師立郡邑館館必供奉文武二帝蓋鄉社遺意也家大人以椿樹二條衚衕宅作黎川新館所供像及記文自家大人出守後皆佚去予既補作後記又於廠肆中購得聖像供奉前堂敬題絕句八首紀事

聖朝崇祀壽亭侯，封號文昌典並優。郡邑館沿香火例，黎川殂豆亦千秋。

我翁割宅為鄉人，適館期安應舉身。一記一圖何處覓，感他數曲到椎輪。

青雲接翅望同鄉，往事趨庭指示詳。蓉鏡要分衣鉢樣，點睛親乞戴平章。家大人所畫聖像，邀大庾師為點睛，蓋戊戌年師作狀元時也。

喻侯化去寶忠魯公歸蘭枝，佳話當年記者稀。賴有諸公師老輩，憑將宅券守龍威。

弓治箕裘事亦平，補圖補記盡吾誠。從他月旦憑胸臆，贏得人間好事名。

畫手評來是國初，上頭竹垞作分書。真經曾乞蘇齋寫，庭訓心傳覺世餘。大人曾乞覃溪先生楷書關帝真經，將搨石贈人；此畫竹垞隸書雖真贋莫辨，而訓詞固可覺世也。

神燈擎處照人間，風馬雲車境暫閑，圖中境像如此。十七世身同指點，祇憑孝友到鴛班。

一駕藤花滿院陰，同人曾和補藤吟。此藤若比科名草，神聽能知種樹心。

題老子觀井圖摹本

以繩度己凜乾乾，觀井圖從太學傳。欹器金人同示戒，守身何地可忘旃？

呂翁祠題壁

未許將身出世塵，海山何處問迷津！黃粱飯好從君乞，我是初來入夢人。

漫從磁枕問行藏，肉食功名大可量。解得神仙有經濟，化身翁是杜黃裳。湯臨川以裴休杜黃裳為盧生同年，具寓言之意。

己卯春闈與李石泉論攝生之法戲成一絕

森森梨棗及時栽，脉脉河車往復廻。嚥罷紅霞無個事，待他龍女獻珠來。

題唐六如自畫鍊丹圖應吳鳳白同年屬即送其之官新昌

縱酒清狂不慕仙，自題詩句儘流傳。六如言志詩云：「不鍊金丹不坐禪，不為商賈不耕田。閒來就寫青山賣，不使人間造孽錢。」見堯山外紀。如何丹竈安排處，趺坐蒲團又坐禪。

仙論功德佛慈悲，僊佛同宗理可推。我是部民因讀畫，知君度世有深思。

松陰滿地護梅花，畫意詩情兩足誇。循吏傳中訪仙令，西山故自屬君家。西山為郡城山，祀許真君，晉昔旌陽令也。

永濟寺和心餘先生題壁韻

香雨思尋說法緣，白梅花影漾春煙。禪關小憇拈花去，迦葉知吾住世年。

世緣因我似重圍，豈有閒身傍釣磯。省識懸崖在平地，衣珠只覓自家衣。原詩云「我生未到懸崖上，不向山僧乞衲衣。」今為先生下此一轉語。

恒河沙積幾微塵，乞食從來苦問津。我待飽餐香積飯，轉經說與世間人。

說法何須現宰官，打包隨處有蒲團。不生不滅三摩地，只在儒林傳上看。

初八日臥佛寺觀浴佛

妙相莊嚴古刹開，更遵遺制洗塵埃。憑伊識盡恒河性，終自能乾愛水來。

定慧寺嘯軒落成詩

吳中亦有東坡界，特建新祠著嘯軒。二土由來同一在，公詩如偈佛無言。

佛法須無人我相，穎湖曾詠百東坡。會公此意新成構，彈指華嚴現刹那。

臨皋亭與合江樓，鴻爪何須擇地留？更欲與公為轉語，擬寒山頌本蘇州。

迎門疊石小嵯峨，穿洞行時拂翠蘿。真與書齋傳法乳，洞旁亭子奉東坡。亭奉笠屐像，有蘇齋題跋。

題金壽門蕉葉硯

廿四橋邊遺稿在，吳筠齋畔讀梅花。不知蕉葉濡毫日，僧壁曾籠幾度紗。余在揚州吳穀人先生齋中，見壽門集中說畫梅花事最多。

題梁芷鄰所揭紀文達贈未央宮瓦硯銘冊子

未央宮殿欝崔巍，遺瓦猶堪作硯材。不識當年楊馬手，陶泓何處染毫來。

本師持贈見交情，三世流傳揭本成。信有人間文字壽，可垂無極說長生。

廿年前謁閱微堂，恨不持經帶草旁。今日與君論漢宋，更誰舊學與商量。

阮芸臺相國寄贈大理石小座屏其陽刻字曰秋林霜葉其陰刻字曰瑯環鐙硯屏賦二絶句誌感

天心仁愛護寒松，請看秋林蒼翠容。結子餌仙傳五粒，耐霜不礙著霜濃。

硯屏詩憶東坡子，句為歐陽季默裁。不負當年知貢舉，讓他頭地愛他才。

觀生閣花蝶

棲靈山下讀書齋，春到園林詩境開。此日折枝圖乍展，兒時捉蝶夢都回。

重陽日食蟹有憶

鯉魚風急雨如絲，此日霜螯只獨持。記得玉人樓上座，一簾秋影漾綃帷。

一千里外六年夢，為把霜螯首重回。一種芙蓉脂肉好，累他纖手壓杯來。

楚翹以閩中海丁香見詢未之知也賦斷句以報

食單漫與議芳鮮，仙荔螺柑遠莫傳。考訂因君發瓊想，丁香未結海東緣。

題瑞萼圖

曼陀羅亦尋常樹，孝友門庭瑞自成。一笑世人頌花木，只誇旌節與科名。

題謝向亭秋菊雁來紅幀子

干霄彩筆好年華，康樂詩名自一家。笑我飛騰過莫景，延齡端要治薔花。

牽牛花

秋露垂垂滴滿庭，一鉤斜月墮流螢。怪他樓畔穿鍼女，畫取寒花向晚屏。

月季

也向春風艷彩霞，也同寒蕊美門霜華。中和性自隨時好，生就人間五品花。

擷菜

霜畦葉擁晚風涼，採擷從誇此味長。却笑年來諳客況，故園風色憶江鄉。

送蘿菜與何仙槎

遣暑思邀醉一卮，隔城消息恐難期。食單他日酸寒味，報與先生得預知。

送蘿菜與奎玉庭芝圃

露葉風條入饌宜，年來小圃費鋤治。聊將老圃酸寒色，賺取郎君菜把詩。

為何昭山題畫白菜

菜根許齩未全貧，步履曾尋小圃春。一笑棘闈飽公膳，蹴蔬恐訴夢中神。

為王霞九題畫白菜

食單待遣門生議，生意先看畫本工。一頃綠雲吹不散，儒門認取舊家風。

謝芝圃太守西瓜之惠

翠蔓盈畦水欲波，摘瓜時節屢經過。因君一賦西洲曲，廿載鄉雲入夢多。吾鄉種瓜地土人名之曰西瓜洲。

地接樵川百里遥，楚材晉用惠頻邀。守官須隔鄉人面，口福憑君慰寂寥。予先期致書鄉人，毋至邵武相訪，喜其咸信余言。

訪梅西湖

一棹西湖泛釣槎，冬心有夢約梅花。春風品格端嚴處，不數仙人蕚緑華。

題白華畫松為鄒霞城明府作

松勢蟠空作風雨，攫拏似有鱗之而。籜龍迸地出頭角，我見詩翁畫竹時。

頭沒酒杯盤礴羸，醉中畫興憶當年。滄松不住人間世，去作楞嚴十種仙。

虹舫以其令弟小珊格試作墻外桃花圖以寄懷屬題

池塘春草夢如何？怕說春風管領多。纔喜連床對風雨，却成咫尺隔山河。

阿連不來阿咸去，一遊山右一江鄉。舍弟沅不與計偕舍姪希頤自江南送眷屬往山西遂不北來。他時笑與家人說，墻外桃花香更香。

題白桃花畫幀

水晶簾外玉欄東，漠漠春煙淡淡風。省識花叢真色相，笑他春事競繁紅。

優曇花發幾多時，一卷楞嚴合誦持。白業悟來過卅載，為山待覓志勤師。

偶見

無多籬落兩三家，作苦終年未有涯。滿地緑陰如水積，茅簷紅出一枝花。

詠桃

溪橋南畔裹紅霞，故里年年春色賒。記得今年詩夢在，出門時節未開花。

詠柳

南浦依依黯別魂，曾勞青眼照離樽。而今不遂封侯願，空向秋陰灑淚痕。

題羅賓田桃花石榴花梅花横幅

榴房桃蕚門新奇，不忘枝高出手時。說與百花頭上放，師生心事友生知。

題陶子俊編脩梅竹石畫幅畫為黄小舟編修筆

冰雪叢中艷影開，抱雲玉骨與徘徊。天寒翠袖能寧耐，稷契身原自許來。

花倩士前輩屬題桃李芝蘭横幅

鎖闈仍得事枚鄒，晚節同搴老圃秋。我亦題詩慰宗武，輸公彩筆接瀛洲。

題黄載莽桃李重栽横幅

染將淺碧與深紅，兩度吟秋意思同。準備杏園芳訊在，秋花努力祝春風。

使院桂花初開奴子折供小瓶喜而有作二首

廿年鄉夢眼中廻，喜見瓊枝使院開。猶望兒曹能折取，掄材安肯負真才。

草堂小築傍神京，種樹心期次第成。陡覺禪心通鼻觀，客中先遣夢魂清。

太乙舟外集卷十三

賦

笑賦

昔者無為子遊神乎廣莫之鄉，寓意乎參寥之府，盧牟乎六合，矯首乎上古，元關不啟，谷神寂處，忽焉起坐，振衣長笑。賓實先生過而詫焉，曰：『子之以淡泊為懷者有年於茲矣，謂宜釋智遺形，嗒焉若喪，摧有為無出入浮虛，顧乃情極於溺人之聲而形疑於濕灰之揚，毋乃汩性焚和而玄牝之守不固乎？』無為子曰：『否，否，子固迹夫嚮而未尋夫竅也。今夫天得一以清，地得一以甯，其氣升降與物為體，苟智不足以相扶，胡為藐焉？而於茲中處，吾蓋超兮忽兮倏得其真，惝兮怳兮有動於中，而直以笑為寄焉者也。約其大旨，厥有三端，姑坐毋躁，為子一言。昔者生民之初，狉狉蓁蓁，木石與居，鹿豕為羣。抔飲之風既革，殺烝之禮既著，畫野井井以徹法，助陌蕩阡裂，秦蹶周僕，自三五而還，制增夫綿蕞，法密夫秋荼者，蓋更僕難數也。於是塵塊為其體魄，混沌為其營魂，林林總總，或息或奔。息則剝肌膚而砭骨，奔則骫竿牘以營私。橫目既失其靈而鑿齒乃相與噬之，一動一靜，一剝一復，壺驍電笑，刑天鬼哭，陽藉陰救，舒以慘續。帝甯不忍於斯民，而生殺固相為倚伏也。上覽天時，或春或秋。春膏煦嫗，秋霜虔劉。相時序之代謝，固亦安之如故；痛蕙蘭之不芳，憫萌芽之委路。欲扶瘁而樹栟，事亦知其不可。紛形聲之沓至，蕩耳目以掀簸。悲從中來，淚下如瀉。一笑置之，乾帖坤妥。乃諷詩書，乃揖師儒，一悼其智，一憫其愚。曾殊稟於黔首，而履錯之不逾。鶉不可援，冢乃競發。苦李後掇，甘井先竭。麝以香薰，象以齒焚。濫觴既遠，沮洳旁分。諷子衿於城闕，佻達今猶未艾。惟馬父之深憂，不說學之為害。靡疏濬以宣其惡兮，固眾穢之所萃也。楊檻泉之清洌兮，猶且危乎其既也。髡譏龍辯，孟訕孔逐，橫議餘波，巧辯盈軸，彼嬴氏之一炬；鴞不懷夫好音，餘滛哇於六代。固猶揚其塊塵，言與行之背馳兮，辭與志其異趨；紛獨為此變態兮，陳大道以焉如。臚盛衰於今古兮，攄憤懣其奚舒；砉天地之震蕩兮，縱一笑以忘憂。且夫捉襟露肘，道光結駟，聲出金石，名高天地。彼顏氏之陋巷，樂簞瓢以屢空；傷仲由之負米，廼祿養之遺痛。惟養志之有道，乃孔氏之遺規。彼新野之餓卒，羞王覇之忸怩。斯義迄漢，其猶未沬兮，暨唐室而中衰；誦三書於韓子兮，變素志之堪悲。事會固益以邅迴兮，悼頹波之莫挽夫！孰親養之可忘兮，孰非義之可踐。惟韓子之持道，猶足以處夫中世，寄衡門以浩歌，長鬱邑其侘傺。彼忠信之恒稟，乃不遺於十室。諒美人之多艱，情耿耿以何極。皇天既牖此下民兮，又顛躓於其所遭。吾欲為之一援手焉，又惡夫理拙而媒勞。中夜展轉，永言歎息，忽爾反顧，默焉竟日。念吾身之靡立，曠宇宙以寂寥；曾出位之不戒，徇遊思以自淆。夫是以盱衡今古，獨立徬徨，既自哂其無謂，而益增之慷慨者也。子言雖善，於吾意固相逕庭矣。雖然，亦嘗以子言為監史，冀以日救其所未足也。』於是賓實先生搢笏而起，整衣而立曰：『吾向知子之名而已，今乃覩吾子之志矣。由斯道也，阮籍之哭未足喻乎中道，孫登之嘯未足寫其幽憂也。吾儕小人，不知深義。』遷延席端，再拜而退。

秋林覓句圖賦

蔣醉峯為王春堂守備作圖春堂，有自鐫印曰『戎馬書生』，辛筠谷前輩屬題。

清景初澄，詩懷再寫。喜林影之蕭疎，寄遙情之瀟灑。風來則斑管初停，月出而砑箋仍把。孝廉醉墨，圖自良朋；戎馬書生，君真健者。夫其僦居薊北，謁選春明，門多長者之車轍，室餘古籍之縱横。林邊步屧，花下傳觴。露莖濯翠，霜葉酣頳。他日短衣從縛，此中佳句潛生。乘一障而功名待建，手八叉而聲韻先成。蓋卅年前之豪情勝概也。今者吞雲夢於胸中，其何以賦襄郢而詠荊衡乎？安州之俗，喜儒尚義。覽記載於前聞，詎今昔之殊致。溯授政於誦詩，期靖共於爾位。白兆之禱雨斯誠，屯衛之運田斯置。懿若人之能賢，軫民依於所莅。屬昨歲之水患，民昏墊之堪虞；問災象於全楚，其非獨曰一隅。勤區畫於大吏，輯哀鴻以待餔。惟濬導之溝洫，與作堤之茭芻。曷緩曷亟，曷有曷無。借箸而議，捧檄而趍。君其有紀事之作，而惜余之未覓夫操觚也。

尊壺面其鼻賦以題為韻

昭一代聲名之盛，考三千制度之繁。惟少儀之所錄，徵玉藻以同論。燕雖以示其慈惠，事不敢弛其恪敦。器鄉乎人，爰尚象而具設；君專此酒，不下帶而道存。故立於西隅而命酌，升於東鄉而設尊。惟尊酌酒，惟酒貯壺。取受所繫，酬酢所須。宜夫左者執其事而聿至，主夫右者奉其禮而咸趨。壺之用，異方圓而皆配以兩尊之名，異角散而皆著以觚。當司宮之所陳，與樂縣而並戒，逮小臣之既納，樂酒醴以維濡。瓦大則用冪夫，公尊昭其辨也；洗北特西面夫，膳篚惟其稱夫。或使還而獎勞，或燕居而賜宴。用禁用棜，大夫士之側尊；房間戶間，鄉飲酒之酌膳。其肆於彼之為東為西，固異於此之或取或奠。惟占象於需雲，乃成禮於恩眷。式燕以衎，禮臣者必盡臣歡；允執厥中，敬君者必當君面。第見有文有節。允適允宜，置器而取象於陰陽者，面如呈能於五事；設具而取義於奇偶者，鼻亦受氣於四時。水朝宗而向若，心捧日而傾葵。人則有禮，物詎無知。足四寸而當考，口徑尺而無疑。法度盛乎禮制，惟其若夫。掌禮官之典司，承君命而班賜。酒肴既陳，典章宜備。工歌既合樂以三終，媵爵亦旅酬於爾位。敬其君命，而手足宜疾宜徐；重其典司，而瞻顧或趨或避。臣敢伉禮義參夫宰夫之作主人；君則面尊儀別乎楹間之夾尊鼻。我皇上典有攸司，寵錫殊遇，用人皆因其材，衆士咸持其素。義聲布宣，遠近欣慕。聖恩樂照物以忘疲，吉人洵鍊精而蹈故。幸翼贊之丹心，敢覲光而獻賦。

律呂相生賦以題為韻

惟天子建中和之極音樂胥調，惟盛世昭功德之成條理咸秩。氣分清濁，聲有半而聲有全；運協陰陽，器惟八而音惟七。其因神而存乎其所，則隨時而驗乎其佚。鏗鏘鼓舞之術神，廣大清明之象出。洋洋夫其盈耳，小成以集夫大成；纍纍然而貫珠，審音固由於審律。粵稽夫律也者，本黄帝之神靈，命伶倫而獨舉。啟兩間自然之音，和二氣必暢之緒。一動一靜，互為其根；一陰一陽，各歸其所。其典樂也有雍雍之節，其協律也有渢渢之序。求正聲變聲於濁清，本上生下於律呂。若夫勾倨循環，但用其六十調以為準；周旋風雨，則必以十二律之有常。以參以伍，宛若五味六和，十二食之還相為質；以統以會，恍若五色六章，十二衣之互相為彰。絜天運於璣衡躔度，聿循其次；證人功之學業動靜，交養其相。蓋剛柔相濟，故法陰陽之健順於無已；大小和鳴，故協天地之交泰於有成。惟敘惟歌，自推遷而修其府事；有終有始，察治忽以驗夫昇平。數以紀之，損益每三分而用一；宮其還也，上下隔八位以相生。我皇上體生物之心，達太和之具。善剛柔之用，而律呂之條理自成；得動靜之宜，而律呂之引伸中度。考往復於陰陽，審環周於度數。頌九成之簫韶，願濡毫而作賦。

和容與舞賦 以鄉大夫之所詢為韻

聖天子之講禮作樂也，將以勸天地和萬方，法五帝追三王，化五事之用，敬彰九德之有常。輝光日盛，金玉其相。樂羣雅之輻湊，徵盛事於黨庠。禮以賓之，賢能既登於天府；退而詢乃，眾庶不遺於厥鄉。原夫周禮之書，成王所以致太平；鄉老之職，羣吏所由課殿最爾。其體正氣平，心凝神會，材或遺于大比之餘，詢不出乎五物之外。觀於揖讓，以覘其綏福凝庥；徵厥周旋，以卜其戒驕去泰。惟比禮而比樂，後舉是資；以興賢而興能，籲俊乃大。當夫眾庶之所詢也，退則揚而進則抑，實若虛而有若無。有翼有嚴，心常戒凜；無荒無怠，色愈婉愉。在醜夷不爭，身既反求諸正。鵠由順正之義德，可馴致夫充符。和容合詢，因儕於藹藹之士；主皮絜技，並徵夫屹屹之夫。容貌斯動，舞蹈斯時。不剛不柔，習步射以校武；為步為伐，倣振旅以濟師。櫜鞬固備於左右，鞭弭亦具為馳驅。滿月弓彎，見序賔序賢之不忒；浮雲矢疾，見旅進旅退之攸宜。或屹如山立，或快若風追。並執彤弓旅弓，發彼有的；爭抽鍭矢茀矢，各出其奇。志之所在，功亦從之。觀其志正體直，樂和禮舉。六德既徵，九節有序。鄉老告功，司徒設俎。六膳新陳，主賡式燕之詩；三漿是酌，士霑既醉之處。父老相慶，小民得所。維我皇上之御宇也，身律丕昭，眾音有成。文之管國子所肄，鄉校皆蹈德之人。禮樂繼夫三代，陶鈞遍乎八埏。敢獻頌曰：惟皇建極兮四方來賓，人時敬授兮萬國咸親。濟濟鏘鏘兮俗美風淳，淵淵簡簡兮德教是臻。聖朝貴賢兮博采諮詢，鳳儀獸舞兮嘉德日新。

參天兩地而倚數賦 以題為韻

聖人畫卦而禮具，君子占事以思覃。象列三才，合天地人而畢貫；爻成六畫，統初中上以相參。積數而求之蓍，衍十八變而求其合；觀象而布其策，分左右手以互為探。溯八卦之由始，綜萬象之機緣。其相摩相蕩也，因而重之，則有六十四卦之辭義；其為兩為參也，分而揲之，止此四十九策之方圓。蓋象以數推，圓為天而方為地；而理由數測，兩則地而參則天。原夫天之為道也，其度三百六十，本無臭而無聲；其行百八十二，非有質而有象。考其數而稽諸日星之躔，察其義而得諸時序之掌。理該萬有，倚此而不窮；運會一元，推之而彌廣。惟陰陽之對，待見其神。雖由于數之奇而造化之流行，昭其化必由于數之兩。若夫地之為道也，東西為緯而南北為經，輿地有圖而廣輪有紀。二萬六千之里，亥步能稽；八表四極之遙，庚由是誌。溯坤德之承天，配乾象于大地。由氣化而形化，物紀京垓；惟數昭而理昭，算積三二。數由聖作，理豈人為。欲觀其象于卦，必求其用于蓍。道不外夫陰陽，理原昭若；算乃寓于奇偶，數豈紛而。揲者無心，默識地天之妙；布者以手，畢該宇宙之宜。或往或來，理歸于渾然至一；為分為合，事殊乎萬有可移。惟奇偶之相參，得陰陽之所起。象萬化之周流，通一元之遠邇。推其百世，亦須溯乎太清；考其五方，何可外乎至理。起二四而成七八，不變者不占；成九六而根一三，不倚者曰倚。蓋數必由於錯綜之而始成，而理可借于能左右之曰以也。是則由對峙而流行，自奇生而耦具。參三無已，見生機於以不撓；兩二相成，見生理於焉相附。中虛中實，上溯乎河洛之原；圍四圍三，旁通乎勾股之數。聖天子參兩大以調元，柄四時而成務。精研于旋乾轉坤之神工，心濬於無； 洞徹夫法地效天之妙用，物安其素。一人作覩，羣慚坐井之觀； 萬國抒心，咸競披雲之慕。幸有路之可從，倚無私而獻賦。

試帖賦得午門受俘得成字

上將遵宸算，西陲慶洗兵。俘從馳驛獻，禮以御樓成。劍佩千官肅，旌旃七校明。皇門書列解，掆鼓樂垂聲。頡利嗤唐捷，康居陋漢盟。惟皇彰撻伐，與世導昇平。葱嶺和風扇，天山夙祲清。育仁兼正義，寅合頌由庚。

賦得守邊在得士

邊材非易得，戡亂貴深籌。士苟廉能著，功知指顧收。三明招悍虜，一范懾驕酋。堅壁無驚壘，先機有伐謀。采薇歌待壽，杕杜賞應酬。偃伯靈臺頌，天山佇速郵。

賦得金錯刀得金字五言八韻

西域錢刀在，交文錯以金。星星留暗彩，渺渺話遺琛。輪廓何妨橢，絲繩合配綅。銛鋒名借昔，圜法制垂今。割詎嗤鉛鈍，工休向削尋。鵜膏辭薄蘸，荇葉訝輕沉。應奉邀恩渥，張衡寓感深。寰瀛藏富久，貨幣不須箴。

賦得唐小鏡得銘字五言八韻（一）

貞心何處託，鏡卜已辭聽。別久難成夢，情深故有銘。調鉛憐昔案，官月愴今檽。迴照帷應掩，偏持手肯停。詩傳天寶代，人複子雲亭。以彼芙蓉檻，悲余翡翠屏。鄉雲千里碧，墓草幾番青。新詠多棖觸，香臺只合扃。

賦得蜀中短鋤得鋤字五言八韻（二）

杜老長鑱外，何人此短鋤？不攜辛秀手，或傍瀼川居。物賤誰珍此，名高倘借渠。尋常腰可繫，造次草應除。苗劚黄精畔，煙横赤甲餘。披雲三徑出，握月一彎如。觀艾還名銍，興甿本利鉏。倪寬經可帶，吾欲事經畬。

賦得心遊萬仞得遊字

省識文心妙，澄觀慮自周。五丁同鑿險，萬仞擬縋幽。裊裊憑虛造，森森與目謀。二分垂趾處，九點落煙頭。老鶴盤遙岫，霜鷹刷遠秋。躡空追騄耳，奔日逐驊騮。元覽天機發，精思物態收。好將雲錦叚，持向廣寒遊。

賦得道在瓦甓得存字

欲識希夷道，應知即目存。陶鈞能笵物，瓦甓可忘言。俯看苔錢染，高憑月浪翻。毀方誠有戒，畫墁敢同論。疊處炊煙裊，抛時鳥雀喧。馬犀垂壁帶，斷碣掩頹垣。鎔土初成質，停雲詎有痕。蒙莊多妙諦，一為探根原。

賦得亥既珠得珠字

夏后元圭錫，羣神効走趨。翠華宴河伯，瑞寶獻行廚。光乍疑於月，音還出自珠。雲璈諧玉管，湘瑟壓齊竽。終始三成奏，周旋六律俱。澄輝初朗徹，逸響共恬愉。樂稱賓筵合，名徵水德符。娜嬛紀遺事，誰繪集靈圖。

賦得匠石運斤得斤字

匠石稱殊巧，能揮堊鼻斤。運時方共眩，漫處已全分。妙析微茫質，寧傷粉繪文。月明三折浪，風卸一層雲。熟技從無敵，神鋒迥不羣。入虛心自敏，完樸念原殷。真訝天工奪，空憐拙手勤。蒙莊推至理，一為紀前聞。

賦得芰荷翻雨潑鴛鴦得翻字

碧沼酣香夢，鴛鴦護藕根。光摇波影動，涼送雨聲喧。乍覺紅衣濕，從知翠蓋翻。瀉珠剛弄彩，舒錦不凝暄。露網層霄幕，瓊奩五色昏。阿誰搴水佩，應與泛瑤樽。寶唾真留暈，仙裳欲印痕。湘簾斜啟處，樓上幾消魂。

賦得孤艇接殘春 得殘字

極望水天寒，扁舟泛夜闌。斗迴杓乍轉，春到歲方殘。書劍横孤影，乾坤浸兩丸。羈懷隨暮節，帆勢入雲端。綵勝誰家颭？檣烏盡日看。恰欣生意透，未訝客衣單。梅蕊苞微坼，蓬霜影乍乾。星源逢太乙，好與拜仙官。

賦得蜻蜓立釣絲 得絲字

碧沼明如鏡，澄澄漾釣絲。一痕縈薄霧，百尺照文漪。乍覺蜻蜓倦，遥憐蛺蝶隨。溶溶秋萬頃，裊裊立多時。點水剛斜掠，和煙忽暗垂。檻前魂欲化，樹底眼偷窺。月淡疑無影，波涼訝浸肌。沉竿休便起，輕向岸旁移。

賦得古硯微凹聚墨多 得多字

古硯能留墨，微凹聚處多。拈毫頻許醮，點露不煩磨。鸜眼明春黛，龍賓漾碧波。嵌空雲一朵，貼鏡鈿雙蛾。石骨何年斷，松煙此日和。陶泓傳自久，□□□□□。桑鋏憑誰鑄？元亭許爾過。若逢書詔手，珍重上鑾坡。

賦得花與思俱新 得新字

搦管沉吟日，迎風旖旎辰。心花看欲似，芳思畫難真。爛漫含朝露，清芬掃宿塵。芙蓉初出水，池草暗生春。合與江郎寫，應俱畫錦陳。文成披閱處，摹景一何新。

賦得始見香爐峯 得廬字

適稱登臨志，扁舟泊岸初。峯巒通指顧，面目認匡廬。雲訝煙痕繞，鑪看日照餘。果然名勝地，到此夙懷攄。刻畫宜烏有，雕鐫仗子虛。空懷塵外想，憶讀遠公書。始見千尋秀，還疑一夢蘧。山人詩興逸，應擬賦相如。

賦得芍藥當階得春字

嫣紅輝一色，芍藥正鮮新。得氣無嫌暮，當階好殿春。豈曾酣卯酒，如欲媚芳辰。鹿韭知同友，芙蕖未可珍。迎風翻玉砌，傾露濕香塵。不借朝霞映，應疑火齊陳。時飄承柳絮，相傍有文茵。宏敞開深殿，堪為搢笏臣。

賦得大苞羣生得生字

潤物功原鉅，無私量亦宏。神機看浩浩，大德欲生生。得一資乾體，苞羣合地行。魚龍深窟宅，草木藉敷榮。萬里均沾澤，千秋利不爭。至柔含至健，無跡自無名。誰任盈虧數，難為邱壑情。允哉文子語，與水共為京。

詞

踏莎行 富春以上縴夫由此岸轉彼岸者登舟剪江而過，戲填一闋。

百丈遙牽，西崖漸陡，踏波欲向平沙走。艫聲啞軋起中流，下船共引東岸手。　笠影晴朝，灘聲雨晝，詩情畫意連隄柳。舵樓晚飯有招呼，隔船指點飛蓬首。

兩同心 九月十四夜闈中夢靜娟

樸素衣裳，行步安詳。隨大婦，故鄉清晝。澹相對，曲檻廻廊。安排處，石銚筠籠，事事家常。　自從歸著朝行，別構雲房，悔綘樹銀屏雙貯，只貯得怨蝶啼螿，待按取鈿柱冰絃，怎不思量。

清平樂 煦齋師薝蔔花圖

香清影潔，照過中秋月。更約菊花盟晚節，來與早梅同列。　得佳亭畔吟成，畫情交付門生。玉雪一般為骨，祝將依舊調羹。

沁園春 募修謝文節祠用文文山至元間留燕山作詞韻

抗節人遙，古寺新祠，並峙何妨。歎僦居儒服，捨身佛法，不逢高足，誰識忠腸。初欲建祠於憫忠寺內，為寺僧所阻，乃購民地建斯祠，詳見秋農尚書祠記。柴市前頭，文山廟貌，俎豆今年亦薦香。文文山祠亦於今年拓修竣功。驂鸞侶，似延平龍劍，彩壓純鋼。　補牢莫歎羊亡，看義舉終歸翰墨場。喜閒區十笏，昨成書葄；名花幾種，來送春芳。嵌壁豐碑，表公夙志，擬結精廬趁歲陽。近買得祠旁隙地一畝許，鳩工伊始。馳書去，料畦蘭畝蕙，肯與商量。

東風第一枝 寄懷鄧子久

貼妥才情，溫醇氣象，年華正是初日。曉來不倦臨池，宵分尚勤散帙。真佳子弟，憶少小、分將梨栗。是而翁、茶罷吟餘，窗畔喚人檠出。

旋聽說、謝郎裒屐。旋見取、鹿鳴解額。曲江待宴樓廚，□□待簪彩筆。陳蕃榻掃，下榻處，盼誇佳宅。子久寓吾齋中。料庭畔鹿韭開時，應賦雒香標格。吾齋前牡丹甚盛。

調笑令感懷

霜重霜重，萬一故人通夢。褰帷燭暗空房，鏡裏星星鬢霜。霜鬢霜鬢，心字香燒一寸。

十六字令

聽，月沒流雲兩暗星。挑鐙話，無復影娉婷。

苦雨有憶

難尋舊夢，難抛舊恨。雨絲如織愁痕。懸溜才停，碎珠仍漾，情差似此更番。皮日休詩：『五更看月是情差。』朱竹垞詞：『堪憐此日，騎省寫哀思，不信總為情差』。波暈欲侵門，記个儂扶病同話黃昏，伏暑重經，只憐無計覓秋魂。丁沽幾日歸艙，有離心似水，送汝江村，緣了今生。人非舊雨，牽蘿情事，誰論牕外濕雲屯。悵堦前印屐，永斷迴鸞，蠟淚光中，仰看屋漏有痕存。

好事近夢有人謂余書為七分書者覺而不知所謂戲填此以索同人一笑

楷法溯分書，自笑此生無分。誰與臨池獎借，到秋虵春蚓。　作人若與較高低，一種覺才鈍。敢便向溫公比，只二分猶遜。程子謂溫公是九分人。

感皇恩晴芬少農拜紫禁城騎馬之恩命

虬箭咽銅壺，天街星曉，待漏何人策騕褭。顧雍清望，羣義儒臣恩早。儷文傳藝苑，似坡老。東坡謝賜對衣金帶馬狀最工，君文殊似之。鴻施逾分，鴛姿服皂。君謝表中語，向我殷勤語懷抱。識途師智，不比馳驅年少。遠猶君努力，膝應造。一作有辰告。

玲瓏玉 早起喜雪東顧兼塘

糝徑鋪瓊，更空際、影影飛花。枝頭錯落，曉光全著銀芽。怪底玻璃結暈，隔糢糊窗影，難認朝霞。朝霞，漸天邊，推上雲車。　料得豐穰有兆，恰三番迎臘。今年三見雪。來歲堪誇。昨夜圍爐，問淺斟低唱誰家？遙知袁安高臥，可記取、朝天有客，正控文騧。謂君家少農。撥灰候，笑陰何，應許手叉。

真珠簾 杜石樵少宰同年畫西湖詩意於箑見贈並題詩問賞牡丹約賦一闋

問花心事消寒夢，寫江天，一棹錢唐初送。曾否訪西溪，認桂枝么鳳。觸我紅羅亭畔，感空說有鼠姑矜寵，清供。羨香雨繽紛，佛雲君擁。　惆悵小築林霏，聽年年燕子春來開呀，已過了花期，欠酒懷豪縱。情客有情緣未結，難與話聘梅情重。今年海棠開未盛。低諷。倘句續林逋，聖湖春動。

滿庭芳 送魯服齋觀察

北旆宜留，南轅且駐，綠肥紅瘦天涯。裁蒲翦艾，商畧醉榴花。一笑吾能投轄，只魯酒、持勸君家。三蕉葉，知君持戒，大戶不矜誇。君近止酒。　悠悠，分宦轍，相看霜鬢，共惜年華。儘風情猶在，珠斛溪紗。歸去玫瑰低詰，篝香夜，底感匏瓜。隨緣好，鶯遷燕喜，會與報秋槎。

渡江雲 送吳榭梁觀察

湘帆開九曲，繡衣直指，問俗一褰帷。才鋒歐冶鍊，驗取十年，聲譽出金閨。敷陳中窾，昨領受、天語彤墀。匡濟懷，蕙纕蘭佩，潤色到新詩。　旌旗，頻年使節，玉尺頻攜。記雲卿孺子，題詠外，唐宮舊趾，蜀相新祠。知人論世深情在，請從祀、章奏羣推，聽輿誦、宣公莫負心期。

百字令 從煦齋師齋中摹得宋嘉祐年間壽星像填一闋

玉津園外，倚千條綺陌，市廛鱗次。酒客何來形狀怪，鯨吸老饕遊戲。異事傳聞，玉堦宣見，飲啖良如是。司天臺奏，壽星見紫微位。　此是嘉祐年間，傳來畫稿，今日歸中秘。退直臨摹東閣畔，丞相喜譚文蓺。玉軸裝餘，錦函開處，著録門生事。飄蕭白髮，為拈湘管成記。

百字令 春湖少空周甲初度賓谷前輩邀仝盧容莽大僕吳蘭雪舍人偕余及余從孫孚恩集尺五莊置酒余更乞黄穀原作畫填百字令一闋介壽

綠陰初靜，揀水雲深處，一樽相餉。韋曲池亭聊寄眼，安得拓園詩舫。拓園少空粵西寓園名，有池有舫。尊者南豐，邀將季重，更與盧敖抗。賓谷前輩於少空為尊行。寒山拾得，共話雲倚花傍。　早信恬澹襟期，待登周甲，履曳星辰上。十載萊衣留戀久，老了黑頭卿相。主額題襟，枌榆結社，壓倒旗亭唱。煙霞緣分，恰逢佳客來訪。

滿江紅 追悼小雲別駕却寄吳門

黃鶴樓頭，風吹去、吾宗小阮。渾不料、魚鹽渾跡，吟魂不返。滇海官辭毛義檄，蘇臺夢斷曾元餽。更衰親、買棹漢江來，悲含飯。　懸河口，生花管，才誰敵；命何短！乙酉春小雲招遊法源寺看海棠。昔題詩卷，余昔題小雲春藻集有『韓范功名班馬筆知君不僅是詩人』之句，雲路縱難登上駟，霜蹄豈意摧長坂。歎從今，穆氏說醍醐，人今罕。

一萼紅 喜晤潘紅同年即送其旋粵西

賞花時，問黃花開未？舊雨話襟期。雕玉才華，綻金消息，中秋月到東籬。縱諧謔，觥船一棹，喜聯襼、豪飲興淋漓。比似杭州，酒痕堪念，離緒如斯。　更喜昔年張緒，尚鬖鬖春影，不上霜絲。銅柱功名，烏臺氣節，犵童蠻女能知。廬阜畔，甘棠幾樹，有部民，重與誦前詩。吟取魏公晚節，聽頌蘭錡。

謝池春慢題謝向亭遺照是甲戌年同分校禮闈後屬華君冠所作行看子也

池塘夢草，交誼豈殊昆季。彩筆罷干霄，禁苑辭聯騎，零落金荃句，茫昧玉樓記。我年衰，君齒未？浮生如夢，愴絕人間世。　吉厓華老，曾乞與，傳神技。一幅長收護，十載成交替。乍展吟秋影，陡入傷春淚。石涵青，桐浥翠。清揚苑接，誰識携書意。

【校】

〔一〕銘曰：　乍別情難忍，久離悲恨深。故留明鏡子，持照守貞心。

〔二〕紹興余長生得短鋤於蜀中，桐城江魚之以千錢易得。

附錄

太乙舟文集前序

祁寯藻

凡人立身有本末,師友有淵源,學力有厓涘。國史家傳所不能備者,讀其專集而胥可考焉。此集之所以足重,有不僅因文筆之工者,然文筆不工,則其集亦不傳。

外舅陳石士夫子嘗詔寯藻曰:『力宗漢儒,不背程朱,覃溪師之家法也; 研精考訂,澤以文章,姬傳師之家法也。吾於二師之說無偏執焉。』蓋夫子於乾嘉大儒若朱文正、彭文勤、錢宮詹,江右學者,自蔣心餘、魯山木諸先輩以下,皆擩染浸漬遠有耑緒,而祈向所專,則惟桐城姚先生是法。實事求是,議務持平,不角思於漢宋之爭,而精思所詣,其言自足為世法; 不規規於韓歐之貌,而真氣所薄,其文皆有關乎世教。

視學浙江時,疏罷宋孫覿專祠,天下頌其風烈。而寯藻所尤服膺者,諫垣諸劄子也。論攻道口賊情形,謂宜諭將兵者廣召謀計之士與圖破賊,不必專恃大炮轟擊,則有戎昭果毅之勇而無玉石俱焚之患; 論邪教滋浸之原,則以為大興宛平之選吏未得慎簡之方; 河南山東之察吏未得舉措之道,言洞機要,符於廟算。睢口決上營田三策,一曰急興修堵決口之工,以工代賑; 一曰令地方官曉諭買田者募民耕種,耕田既可得食,買田亦無廢土; 一曰倣廢員效力營田水利之法,令大吏於因公詿誤者責其分段興修,湔雪有路則人樂赴功,復於廢員效力一事更專疏論之,於虖讀書蘄致用也。如夫子之論,豈非實可見諸施行還至而立有效者哉!

夫子胸無城府,旍賢趨士,門無留客。其翼進後學也,諄諄款款,因材曲誘,挾一藝來者無不揄揚微至,若不容已於言。所甄拔士但稍異俗學輒降抑祓濯,不復以籍湜相待。故凡游夫子之門者,莫不滿所欲以去,而飲和飫德,其氣質且久而自變焉。夫子於甲戌春分較禮闈,寯藻實出門下,既復重之昏姻,妻以愛女,後堂絲竹,幸得以聞，用於立身本末、師友淵原、學習厓涘，若皆有以窺見彷彿。今讀太乙舟集，證諸平昔聞見，其氣善，其語質，不以髡衍之辯駕亂經義，不以申韓之術周内人倫，信乎，仁義之人其言藹如矣。

是集編定者梅柏言農部，刻布者黄右爰比部也。右爰性資淳實，風義尤切於師門，謂嶲藻受夫子知愛深，當弁言集端。竊唯夫子以癸巳春出使浙中，越一年，而嶲藻奉諱家居，比夫子還朝，未期月旋歸道山。嶲藻尚未禫也。積二十年師恩，摯眷瞻仰末由，今乃效李漢之序昌黎，是重足悲已。

賜進士出身光禄大夫戶部尚書南書房行走受業婿祁嶲藻謹序。

録自太乙舟文集卷首道光二十三年孝友堂刻本道光清頌堂叢書本。

太乙舟文集後序

祁嶲藻

後起之葆秀世也，先德之一話一言必且研而繹之，播而傳之，俾天下後世之仰名德者咸克循誦習傳以知所宗法，斯務實為有功，而於先德為克紹，而況觥觥之集經猷學業之所著者哉！太乙舟文集若干卷，外舅陳石士先生所著，公子蘭第手所編校者也。前此，公門人黄君右爰嘗刊佈於邗江，嶲已序而行之矣。公長孫大煥官楚北，今年寓書來，謂公集既出，求者紛至，板之留邗江者，道遠無以應，茲且重刊於武昌，囑更為之序，以志爰始。

夫為人子孫之樂傳其先業也固矣，然必其力有所餘而後能行於其志。今大煥以微官求升斗之禄養，遠陟江漢，而能儲其薄禄之餘以廣先人之業，可不謂賢乎！抑因之有感矣。『太乙舟』者先生之家塾也。公退之暇讀書述文嘗居其中。大煥於諸孫年最長，常侍側，其視學閩浙亦皆隨侍。一篇脱稿恒命其手録焉。其研精覃思伸紙行墨之狀，大煥皆親見之。迄於今，公之德業流播當世，公之文章常在天地，即公之聲音笑貌，亦往往於莊誦間彷佛見之，而墓木拱矣，能勿悲哉！至於立身之本末，師友之淵源，學力之厓涘，前序及之矣，茲弗綴焉。

受業婿祁寯藻謹序。

録自太乙舟文集卷首道光二十三年孝友堂刻八卷本。

太乙舟山房文集敘

梅曾亮

見其人而知其心，人之真者也；見其文而知其人，文之真者也。人有緩急剛柔之性，而其文有動靜陰陽之殊，譬之楂梨橘柚，味不同而各符其名、肖其物；猶裘葛冰炭也，極其所長而皆見其短。使一物而兼衆物與衆味之長，則名與味乖，而救其短則長不可以復見，皆失其真者也。失其真，則人雖接膝而不相知，得其真，雖千百世上，其性情之剛柔緩急見於言語行事者可以坐而得之。蓋文之真偽，其輕重於人也固如此。

新城少宗伯陳公，為古文學得於桐城姚姬傳先生，扶植理道，寬博樸雅，不為刻深毛摯之狀，而守純氣專，至柔而不可屈，不為熊熊之光、絢爛之色，而靜虚澹淡若近而或遠，若可摯而不停，蓋其德性粹正，得之天而襮其真於外者，於文其大端也。道光十五年秋，公薨，人無知不知皆喟然曰：『古君子不存於今，然公獨其形質亡耳。』浩浩然隨流平進而不攓撅於升降也；家貧屢空而不戚戚於豐殖也；見一善而亟下之，樂稱道之，忘年位之尊與善之非在己也。莊莊乎不自枉以導人而不齦跟於崖崖也，雖歿世後誦其文如見其生平言語行事。嗟夫，是豈可以偽為之哉！

夫甲冠而乙戴之，途人不能辨也，至耳目也、口鼻也，雖親兄弟不能相為貸，故公之文世有疑為異者而不惑不變，以為是天與之貌也。昔方侍郎苞倡古文學於桐城，性嚴簡能持高論，文亦如之。公與侍郎皆務以文章義法詔後進，於世毀譽未數數然也，而性情異，故文亦異焉。其異也乃其所以為真歟？

公之薨也，子蘭第以遺令定文於曾亮，故謹序之。

昔嘗見語曰：『尊公太夫人遺事幸示余，相為作墓表也』，言諸猶在，今乃序遺文於公，其尤可痛也夫！道光十七年三月上元梅曾亮敘。

錄自太乙舟文集卷首道光二十三年孝友堂刻本、道光清頌堂叢書本。

皇清誥授資政大夫禮部左侍郎陳公神道碑銘

宜興　吳德旋撰　侯官　林則徐書

公諱用光，字碩士，一字實思，姓陳氏，世居江西新城縣，曾祖世爵，候選州同知，贈資政大夫。祖道，乾隆戊辰科進士，候選知縣，贈光祿大夫，常以宋儒之學啟迪後進，學者所稱凝齋先生也。父守詒，河南陳州府知府，贈資政大夫。陳州五子，公次三。幼有至性，九歲喪母魯夫人，家人每言及輒流涕，庶母姚撫之慈甚，喪，其卒如所生。少補邑弟子員，翁學士方綱、李侍郎璜為學政皆器異之。至京師，尤為朱文正、彭文勤兩公所優許，中嘉慶五年順天鄉試舉人，六年成進士，改庶吉士，散館授編修。十九年轉御史，巡視西城，以吏議回原衙門，仍供職編修。道光二年遷司業，歷中允侍講庶子，翰林院侍講學士，詹事府詹事，內閣學士兼禮部侍郎，補禮部右侍郎，署戶部右侍郎，終禮部左侍郎。嘗充日講起居注官，文淵閣直閣事，國史館纂修總纂，文穎館纂修，明鑑總纂，兩為會試同考官，一為順天鄉試同考官，乙酉江南鄉試副考官，提督福建學政、浙江學政，壬辰科會試覆試閱卷大臣，武會試總裁。

公性和易，不與人競，然亦不喜顯立同異。達官有期之喪，公固無意往也，人問之，乃曰：『吾大誤，竟忘往弔！』由侍講學士驟遷至內閣學士，上面諭曰：『我知汝能恬退，故特用汝，汝非有保舉人也。』乾隆嘉慶之際，天下言文章者推桐城，而江西新城亦最盛。桐城姚郎中鼐，公本師也。然公幼學於舅氏同里魯進士仕驥，故為文兼取兩家法而澤之，於詩書仁義則一而已。詩初學船山蔣編修士銓，後亦以姚郎中為法，故氣稍斂抑云。

公奉祿所入悉費於施予，同年查訥勤夫婦相繼卒，無子，以其三女為子婦而子其幼女，擇顧侍郎皋之子嫁之。為外舅、舅氏及師姚郎中置祭田費弍千金或數百金無靳惜，故無一日不貧，然未嘗或見其有憂貧之色。

公之先自凝齋先生以宋儒之學為教，陳州恪遵其說。公幼時習聞之，言動必循禮法，然治經未嘗墨守宋儒門戶，於禮記有刪改陳澔集說，於四書有通義未定本，於春秋則仿呂東萊讀詩記取諸儒先之說，合於己例者順而摭之，緣而成之，名春秋屬辭會義，斷乎於襄公，至臨沒時猶以此書未成為憾。取近時人之嘉言懿行及關於掌故國聞者集為納被錄若干卷，自為詩文集若干卷。

公於為文善上元管同、宣城梅曾亮，同、曾亮皆嘗受古文法於姚郎中，而同為公典試江南所得士，曾亮故年家子，然公接之恒自降抑。即以德旋之淺陋，顧嘗與公妄論詩古文利病，公輒欣然聽之，其能而不自矜如此。公為浙江學政，時奏罷宋孫覿之專祠奉祀以黜邪佞，而海甯祝貢士洤故凝齋先生友也，其為學由楊園張考夫以達於子朱子，公訪得其詩文遺集刻之，此足以見公之志在正人心厚風俗，而非徒以文章為報國之具矣。

娶魯夫人，四子：蘭瑞，太學生；蘭滋，廣西上思州知州；蘭第，戶部河南司候補郎中；蘭豫，甘肅高臺縣縣丞。女七人：適魯應祜、塗慕祁、王輔舜、王汝誠、祁寯藻、譚蘭祜、曹祓。孫三人：大煥、大慶、大基。曾孫一人：曾瑋。公之卒，以道光十五年八月十三日，年六十八，其明年某月日葬於某所，梅郎中曾亮既誌而銘之矣。德旋為之文其碑而系以銘曰：

志矩為學，宗經為文。稽古必力，卓然有聞。久居史職，三長無忝。進弍秩宗，在公黽勉。務既厥實，不矜其聲，謙謙致美，撝而非鳴。多賢之門，韞此懿德。顯詩刻碑，昭示無極。

道光十有七年歲次丁酉孟春之月吉日建。

錄自太乙舟文集卷首道光二十三年孝友堂刻本道光清頌堂叢書本。

資政大夫禮部侍郎陳公墓誌銘

賜進士出身奉政大夫戶部郎中　宣城梅曾亮　撰

賜進士出身榮祿大夫戶部右侍郎兼管錢法堂事務加三級　歙程恩澤　書並篆蓋

公諱用光，字碩士，江西新城人。其大王父贈資政公，世爵，生道，乾隆戊辰科進士，贈光祿大夫。光祿生守詒，陳州府知府，贈資政大夫。陳州生公兄弟五人，公次三。自陳州公以上皆以名德尊重，振匱濟貧，於州里有恩。公七歲喪母魯夫人，逢忌哀感，天性夙成。年十四為四書文，有明人程度。嘉慶五年順天鄉試舉人，次年成進士改庶吉士，散館授編修，十九年轉御史，巡視西城，以部議回編修供職。道光二年遷司業，歷中允侍講庶子、侍講學士，詹事府詹事，內閣學士，禮部右侍郎，署戶部右侍郎，終禮部左侍郎，階資政大夫。

公自少好為文章，及壯，師事姚郎中鼐以為古文詞，必扶植理道，緣經術為義法宗，晳儒不根，而高材生又奴主同異，破碎大體，學不杓行，藝精道荒，慨然欲以文章道術自表見於歐陽文忠歸熙甫，有意乎其為人也。其為御使甚暫，然嘗建深遠之論，不趨避形勢，捃摭細故。自御史回編修益貧甚，人勸其出遊，公曰：『吾近臣矣，又為人客，奈何！』嘗有貸於友人，至則賦詩奕棋盡日，暮忘所事而返。平居著作，鈔錄書史，几案上無空隙處，斷章片紙，帖帖滿屋壁中，或過從賓客遊賞吟弄，不訾省有無費。前後為編修二十年，始轉司業。司業例不與大考，公語曾亮曰：『吾性好閱文而拙於書，莫宜是。』官不數年，驟遷至閣學，上面諭曰：『汝非有保舉人也。朕知汝恬退，進汝官。』公頓首謝。

嘗充日講起居注官，文淵閣直閣事，國史館、文穎館及明鑑總纂，以編修為甲戌、己卯會試同考官，己卯順天鄉試同考官，戊辰河南鄉試正考官，以學士為乙酉江南鄉試副考官，以閣學侍郎為福建學政，壬辰會試覆試閱卷大臣，武會試總裁，浙江學政。為學政時，以宋臣孫觀摧忠助邪，奏罷其專祀。訓諸生，宣詩布文，原本古儒先警戒之義。科舉契戾屏不置口，至後進文士，稱心褒賞，薦寵廣座，不顧人有厚薄然否。使事畢，上以訊浙獄事留公。道光十五年三月讞成復命，適上賜平定回疆圖，公觴客敬觀，樂甚。未幾，病，夢陳州公曰：『求藏木於家，汝藥其半，疾其逃逋。』曾亮聞而傷曰：『病求木，兆之棺矣。』上賞假者再，卒不起。以八月十三日薨，年六十八。

公以文學結主知，正直樂易，立身有本，故始終優禮若此。俸祿所入，散贍昆弟親友及師友。姚郎中鼐、魯進士仕驥祭田千金或數百金。其卒也，家無餘財，有衲被錄太乙舟詩文集若干卷，春秋屬詞會義若干卷未成。配魯夫人，四子：蘭瑞，國學生，早卒；蘭滋，上思州知州；蘭第，戶部河南司候補郎中；蘭豫，高臺縣縣丞。孫：大煥、大慶、大基。曾孫：曾璋。女七人，適魯應祜、涂慕祁、王輔舜、王汝誠、祁嵩藻、譚蘭祜、曹袚。以道光十六年□月□日葬公於新城縣□鄉□原。公之孤蘭第告曰：『知公者莫如子深，敢請銘。』其詞曰：

公行高世，帝遂其逢，人巧人趨，安安而通。持古律衡，命觀五風。貪賢利善，悃悃斷斷。年不極位，孤士幽歎。山盤水交，公神是愉。窆石鑱詞，以奠陰虛。

錄自太乙舟文集卷首道光二十三年孝友堂刻本

道光清頌堂叢書本。

太乙舟詩集序

徐繼畬

余初入詞館，嘗於壽陽祁相國園寓，晤新誠陳石士宗伯，德容粹然，沖和之中森森有矩度，為之肅然起敬。宗伯為桐城姚姬傳先生高足，以文章衣被海內，當世仰之，若歐陽少師之在北宋也。所著太乙舟文集及制義，壽陽相國已序而刻之。

余乙卯從軍上黨，喆嗣淮生太守以新刻太乙舟詩集見寄，曰：『先子之詩，門下士攜稿入吳中，將付剞劂，值江淮被兵，遂不果。稿亦散失。今從家藏稿中重錄得十三卷，鐫於濩澤官署，工已竣矣，而未有序，子其序之。』余自維素不工詩，何足與言詩？且後學小生，不能窺大雅之堂奧，又安敢序先生詩！顧念先生為館臺前輩，嘗有一日之雅，生平之所嚮往；又師友淵源，於世誼為晚輩，義不當以管蠡辭，因取詩集再三披讀，竊見其出入唐宋，不名一家，而自抒性真，語必己出，於閑邪抑蕩之旨，三致意焉。

昔朱竹垞氏論詩，謂『一心專事規摹，則發乎性情也深。善詩者暢吾意所欲言，為之不已，必有出於古人意慮之表者』。曩常服膺斯言，讀先生詩而益知此語之不誣。五古淡樸和以天倪，七古曲折盡意，尺幅中往往具奇勢，尤余所篤嗜。至先生之詩足以蹈藉一時而傳於後世，固有目者所共見而不待余言之贅也。

淮生太守治劇郡，又理戎事，簿書日不暇接，而斤斤以刻是集為先務，可謂賢矣。謹書數語寄淮生附之簡末，若用為弁言則非所敢安也。

咸豐乙卯世晚生徐繼畬謹識。

錄自太乙舟詩集卷首　咸豐四年孝友堂刻本。

祭陳石士先生文

梅曾亮

鳴呼我公，名德世師。區蓋莫罄，言伸其私。我初見公，棋局之側。謂為達尊，長揖自攝。公字先君，曰吾昔友。隨園賦詩，三客一叟。庚申同舉，別面反久。小雙然年丈，造門致恭。自此視我，與猶子同。深友疏客，譽我愔愔。人或貌應，公言愈深。慚欲起尼，口不可禁。於時辛巳，壬午之間。我初入都，翳路顛顛。推轂於泥，期居人先。躓踣莫振，拜公南旋。公淚承睫，我悲在顏。依門望京，別者四年。弔禍商文，字萬過千。主試江南，撤棘過舍。拊竹摩松，問屋所價。謂終結鄰，同臘共蠟。跳踉童甥，索扇乘暇。憐其幼聰，書語褒借。歡留五日，朝盤暮卮。東田之下，潮溝之西。逐蓋追輪，詰曲城陴。留書滿囊，汗走童奚。戊子之秋，閩中提學，書告期會，十月望朔。緩舟詠途，金山之焦。僧帽對著，閣榜松寮。屋腳插江，開簾捲濤。萬馬過枕，海神上潮。圍樓大榭，葉黃於瓢。波水四伏，山聲刁調。惠山捨舟，泉石坐且。杏衫朱魚，遊目分寫。別徑過市，名園暗通。怪花神叢，穿透陰蒙。慫我騎危，坐笑不從。囊棋提局，命擇幽敞。酬答累公，我得恣覽。胥門別歸，閩書隨至。外孫遠來，繼者愛婿。於我廬旅，久不自它。豈我致然，公誠不訛。時遭母憂，勗勸莫仗。厚恤孤凶，非意所望。再見京師，壬辰之冬。意滿莫斂，歲除忽忽。使浙三載，返益貌豐。文酒從讌，冀無終窮。公疾始作，言笑坦坦。自意無他，屬我勿返。執手於榻，為計深遠。越日再見，言詞苦危。曰我為文，子知我師。孰宜去留，筆專子持。苟念生平，當嚴勿期。我笑慰言，此則早計。後今廿年，事當見畀。我言則然，我悲難制。公子持我，踦閭揮涕。子忍乾愁，不我救甚。公竟永逝，嗚乎哀哉！我歸實難，不歸何依？摶摶之天，博博之土，骨肉以外，恩自公數。我今之來，凡百靡就。豈專毒予，見公入柩。銜恩述哀，惟其靈佑。尚饗！梅曾亮

錄自道光清頌堂叢書本太乙舟文集卷首。

誥授資政大夫禮部左侍郎陳公行狀

梅曾亮

曾祖世爵候選州同知　贈資政大夫

祖道乾隆戊辰科進士候選知縣　贈光祿大夫

父守貽河南陳州府知府　贈資政大夫

公諱用光，字碩士，又字實思。世居江西新城縣。陳州五子，公次三。七歲喪母魯夫人，逢忌日哀感如成人；庶母姚宜人卒，喪之如所生。事長嫂極恭，戒其因奕廢書，即屏奕具。中嘉慶五年順天鄉試舉人，次年成進士，改庶吉士，散館，授編修。十九年轉御史，巡視西城，以部議，仍供職編修。道光二年升司業，曆中允庶子、翰林院侍講學士，詹事府詹事，閣學兼禮部侍郎、禮部右侍郎，署戶部右侍郎，禮部左侍郎，嘗充日講起居注官，文淵閣直閣事，國史館文穎館總纂，兩為甲戌、乙卯會試同考官，一為乙卯順天鄉試同考官，戊辰河南鄉試正考官，乙酉江南鄉試正考官，福建浙江兩省學政，壬辰會試覆試閱卷大臣，武會試總裁。自幼學魯進士仕驥為古文，及游江南，師桐城姚學士鼐，其詩文遂一以為學。嘗謂文章之事必合義理、考證而後成，奮然欲以經述通文章、張絕學，而說經者自李文貞方侍郎苞以宋元諸儒議論糅合漢儒，疏通經旨，惟取義合，不名專師，其間未嘗無望文生義、揣合形似之說。而扶樹道教，於人心治術有所裨益，使程朱之學遠而益明。其解

雖不必盡合於經，而不失聖人六經治世之意，則固可略小疵而尊大體，棄短取長，積義成章，治經之道固如是也。後之學者辨漢宋、分南北，以實事求是為本，以專門不倍師法為宗，其始亦出於積學好古之士為之倡，而末流浸以加厲，言易者首虞翻而黜王弼，言春秋者屏杜氏而遵何休，至說之出於宋儒者，因便抵巇文，致大惡詭論驚眾，不顧所安，而性理道術之談，矯之惟恐不甚，涉之惟恐其汙，相尋逐於小言碎義而不要其統，黨同妬真而不平其情，安其所習、毁所不見，終以自蔽，此其患未可謂愈於空疎不學者也。夫經者群言之君也，治經而有繼往開來之功、扶微起廢之術，則君之貴戚大臣也。事一君而惟貴戚大臣之言是附，不可以為純臣；治經而惟一師之言是從，不可謂之正學。蓋公生平學術之大旨如此，故於毛詩深斥陳氏稽古編，而於春秋則自仿東萊讀詩記，為春秋屬詞會義斷手於襄公而未成，又取近時人言行可紀者為衲被録若干卷，自為詩文集若干卷，及商定陳澔集說四書通義未定本常置左右，一室中手抄胥録、零章片句，纍纍者數十百本。暇則過從賓客，詼調棋酒，終日無倦容。與人交，歡然終身。後生有文藝未成立者扶植之，靡所不盡。稠人廣坐，薦寵褒賞，稱心而談，不顧人厚薄然否。嘉興王曇，涇縣包世臣，公為會試同考官薦其文，雖未售，人皆以為能暗中得奇士。主試江南，上元管同中式，公喜曰：『吾今乃得管生，不虛此行。』常州吳德旋，工為古文，公至浙館之幕中，為文必經其商訂乃自信，常曰：『吾文自不及秦侍郎、王學博，況前人乎！』謂秦瀛、王芑孫也。然有問者於文章之淵源雅俗信深於中，矢口不移，不以世俗意瞻顧循護，蓋公雖天性和易，與人無崖岸城府，而介然之操不為詭隨，見於文字者亦其一端也。公為御史，時甚暫，然大軍圍滑縣賊時，陳奏皆中機要。自御史回編修，益貧甚，端午召客戒曰：『至日吾啟後門待君。』客問故，笑曰：『避債客耳。』人勸其出遊，公曰：『遊客非近臣事也。無挾焉固徒為勞，有挾焉則不可。』嘗有貸於友人，至則忘之，談奕終日而返。稍有餘，散贍親友如未嘗貧乏者。兄弟貧者歲周之，至變產舉債不輟。為外舅舅氏及師姚學士立祭田千金或數百金，同年查訥勤夫婦繼卒無子，公娶其女為子婦，而子其幼者，擇顧侍郎皋之子嫁之，故俸祿所入隨手輒盡，然未嘗一日憂其貧。居官雖久不遷，亦無進取意。達官有期喪，公固無意往也，人問之，乃曰：『吾大悞，竟忘往吊！』由學士驟遷至侍郎，上面諭曰：『我知汝能恬退，故特用汝，汝非有保舉人也。』任浙江學政時，奏罷宋孫覿之專祠奉祀，使事畢適有廢員訐告事，即命公為欽差，留訊獄成。以道光十五年三月至京，上賜平定西域圖與客敬觀歡笑，未三日而病，謂從孫溥曰：『吾生平不足於宋史，茲事體大，欲創述難矣。惟屬詞會義一書，先人所遺命，幸不死，角巾南歸，與爾共成之。』疾革，歎曰：『皇上再賞假，恩至矣，吾不能勉強支厲，副聖恩命也。』無如何，以八月十三日薨，年六十八。娶魯夫人，四子：蘭瑞，太學生，先卒；蘭滋，上思州知州；蘭第，戶部河南司候補郎中；蘭豫，甘肅高臺縣縣丞。孫大煥、大慶、大基，曾孫曾璋。女七人，適魯應祜、涂慕祁、王輔舜、王汝誠、祁嶲藻、譚蘭祜、曹祓。公子蘭第以曾亮年家子弟習其事與文，告曰：將備史館採擇，願有述也。遂撰次如右，謹狀。上元梅曾亮。

錄自道光清頌堂叢書本太乙舟文集卷首。